Gemma Burgess

Männerfrei

Roman

Aus dem Englischen
von Claudia Geng

blanvalet

Die englische Originalausgabe erschien 2009 unter dem Titel
»The Dating Detox« bei Avon,
An division of HarperCollinsPublishers, London.

FSC
www.fsc.org
MIX
Papier aus verantwortungsvollen Quellen
FSC® C014496

Verlagsgruppe Random House FSC-DEU-0100
Das FSC®-zertifizierte Papier *Holmen Book Cream*
für dieses Buch liefert Holmen Paper, Hallstavik, Schweden.

1. Auflage
Deutsche Erstausgabe Juni 2011 bei Blanvalet, einem Unternehmen
der Verlagsgruppe Random House GmbH, München.

Dieses Werk wurde vermittelt durch die Literarische Agentur Thomas
Schlück GmbH, 30827 Garbsen
Umschlaggestaltung: bürosüd°, München, unter Verwendung von
Motiven von Getty Images/Brand X Pictures/Jupiterimages
Redaktion: Anita Hirtreiter
NB · Herstellung: sam
Satz: Buch-Werkstatt GmbH, Bad Aibling
Druck und Bindung: GGP Media GmbH, Pößneck
Printed in Germany
ISBN: 978-3-442-37561-5

www.blanvalet.de

Für Anika und Paul

Prolog

Neun Monate früher

Ich wusste vom ersten Moment an, dass ich auf der Party keinen Spaß haben würde. Alle drehten sich nach uns um, als wir den Raum betraten. Dann wurde Rick freundlich begrüßt und ich ignoriert. Das war vor zwei Stunden, und nun sitze ich hier, in meiner dummen Verkleidung als Bibliothekarin, mutterseelenallein in der Küche und versuche vergeblich, mich zu amüsieren. Aussichtslos.

Von meinen Freunden ist keiner hier, was nicht hilfreich ist. Sie treffen sich heute zum Essen in einem Pub in Westbourne Grove. Ich wünschte, ich hätte mich ihnen angeschlossen. Aber ich muss hier sein. Mein Freund Rick ist hier. Er ist mit dem Gastgeber befreundet. Oder er kennt zumindest jemanden, der den Gastgeber kennt. Oder so ähnlich.

Wo zum Teufel steckt Rick überhaupt? Ich habe ihn schon vor einer Ewigkeit aus den Augen verloren, doch ich möchte keine Klette sein. Vor allem nicht nach gestern Abend. Mensch, die Leute hier sind echt unfreundlich. Vielleicht kapieren sie nicht, dass meine Verkleidung als Brillenschlange witzig sein soll.

Das Motto der Party lautet »Dein Traumberuf als Kind«, und ich bin umgeben von lauter heißen Krankenschwestern und Pink Ladys und Ballerinas und Stewardessen. (Berufe, in denen offenherzige/mädchenhafte Bekleidung nicht erforderlich ist, kamen diesen Frauen scheinbar nicht in den Sinn, damals als Fünfjährige.) Ich hätte als Premierministerin gehen sollen oder so. Aber als Kind wollte ich wirklich Bibliothekarin werden. Die Männer sind als Indiana Jones oder Luke Skywalker oder Ritter oder andere Helden verkleidet.

Um Himmels willen, ich bin achtundzwanzig Jahre alt. Ich kann mit unfreundlichen Menschen umgehen, oder nicht?

Wir befinden uns in einer großen Wohnung auf der Kensington Church Street, und die Bude ist rappelvoll. Normalerweise liebe ich das; viele Menschen, die sich lautstark unterhalten und herumalbern. Ich kenne hier niemanden, also sollte ich einfach auf Smalltalk-Modus umschalten, auf die Leute zugehen und gut gelaunt durch die Party tänzeln, um neue Bekanntschaften zu machen. Das habe ich vorhin bereits versucht, aber niemand schien mich wahrzunehmen oder mir Beachtung zu schenken. Glaube ich. Darum möchte ich es kein zweites Mal versuchen. Wären doch bloß meine Freunde hier.

Ich frage mich, wie lange ich es noch in dieser doofen Küche aushalte und dabei so tue, als würde ich nicht existierende SMS lesen und senden. Das sieht mir ganz und gar nicht ähnlich.

Ich wünschte, ich hätte mich nicht so unvorteilhaft angezogen. Ich trage einen Tweedrock, einen Zwicker und einen Stapel Bücher. Dabei fand ich mein Outfit unheimlich chic und erfinderisch, als ich mich zurechtmachte, doch jetzt komme ich mir grau und verloren vor. Ich könnte nach Hause gehen. Allerdings würde Rick sich dann vielleicht aufregen. Außerdem sind das hier seine Freunde, und ich würde sie wirklich gerne näher kennenlernen. Ich kenne nämlich keinen Einzigen von ihnen.

Im Ernst, wo zum Teufel steckt Rick? Er scheint heute Abend im Stress zu sein. Ich weiß, er hat momentan unheimlich viel um die Ohren. Das hat er mir neulich in einer SMS geschrieben. Aber wahrscheinlich ist es gar nicht schlecht für unsere Beziehung, wenn wir uns seltener sehen. Ich verbringe dann eben die Zeit mit meinen besten Freundinnen, wenn er so beschäftigt ist. Oder sitze alleine in fremden Küchen auf Partys herum, wo alle Gäste ein bisschen seltsam und unfreundlich sind. Das ist doch auch spaßig. Seufz.

»Bist du eine Lehrerin?«, fragt ein Gast, der die Küche betritt. Er ist als Kricketspieler verkleidet. (Wie einfallsreich.)

»Bibliothekarin«, stelle ich richtig und füge in meiner besten Bibliothekarinnenstimme hinzu: »Pst!«

Er runzelt die Stirn, holt sich ein Bier aus dem Kühlschrank und murmelt leise: »Krass …«, bevor er wieder verschwindet.

Sehen Sie?

Ich rufe mir mein Mantra (»Haltung ist Stärke, Schweigen ist Gelassenheit«) in Erinnerung und zünde mir die nächste Zigarette an.

So, es reicht, ich mache mich jetzt auf die Suche nach Rick. Küche, Wohnzimmer, Esszimmer, Balkon, zweiter Balkon … Fehlanzeige, Fehlanzeige, Fehlanzeige, Fehlanzeige, Fehlanzeige. Nur fremde Gesichter, die sich nach mir umschauen, erkennen, dass ich nicht interessant genug bin, um sich mit mir abzugeben, und sich wieder wegdrehen, um ihre Unterhaltung fortzuführen. Scheiße, was für eine ätzende Party … Oh Mann, was für ein Gedränge. Und so viele Türen. Rick würde doch sicher nicht ohne mich gehen, oder doch? Vielleicht ist er ja im Eingangs… oh, hier …

Oh Gott, oh Gott, oh Gott, oh Gott.

Rick hockt auf einem Bett, splitternackt bis auf seine Richterperücke, und auf ihm sitzt eine halbnackte Pink Lady. Es ist Frenchy. Das weiß ich, weil sie noch ihre rosafarbene Satinjacke anhat, auf die hinten »Frenchy« gestickt ist.

Die haben Sex, um Gottes willen, die haben Sex. Es

dauert ein paar Sekunden, bis sie überhaupt merken, dass ich in der Tür stehe. Plötzlich drehen sie gleichzeitig die Köpfe zu mir. (Menschen sehen so seltsam aus beim Sex. Kein Wunder, dass ich dieser ganzen Pornografie nichts abgewinnen kann.)

»Verdammt!«, zischt Rick, lässt sich nach hinten plumpsen und schubst die Pink Lady von sich herunter. Sie kichert und fällt fast vom Bett.

Ich muss hier raus. Ich muss hier raus, sofort.

Ich mache rasch ein paar Schritte rückwärts, meinen Bücherstapel und den Zwicker in der linken Hand, meine langweilige Bibliothekarinnen-Handtasche über der rechten Schulter, und stürme zum Ausgang.

Mir ist schlecht. Ich bekomme keine Luft. Wie konnte er nur? Wie konnte er mir so etwas antun? Ich muss sofort raus hier. Als ich die Wohnungstür aufreiße, höre ich hinter mir lautes Gejohle. Anscheinend haben die anderen Gäste Rick und Frenchy auch gesehen. Alle lachen. Ich hasse diese Leute. Ich hasse sie.

Wie konnte er das tun? Wird er mir nachlaufen? Wird er überhaupt jemals ein Wort darüber verlieren? Wie konnte er nur? In meiner Anwesenheit, auf ein und derselben beschissenen Party? Und wie konnte Frenchy das tun? Sie war immer meine Lieblings-Pink-Lady.

Was für ein bescheuerter Gedanke. Sei vernünftig, verdammt. Reiß dich zusammen.

Wo zur Hölle ist hier der Ausgang in diesem verkackten Altbaupalast?

Mir ist übel. Ich habe das Gefühl, ich muss mich übergeben. Ich muss mich tatsächlich übergeben. Wo kann ich …? Ah, dort, der große Pflanzentopf. Prima.

Ich beuge mich über den Topf, drücke die Blätter der Pflanze zur Seite und beginne zu würgen. Meine drei Wodkas und das Erdnussbuttersandwich, das ich gegessen habe, bevor ich zu Hause aufbrach, kommen hoch. Ich kann die Abdrücke meiner Zähne in den Sandwichresten erkennen. Krass. Ich muss mein Essen besser kauen.

Ich richte mich auf und wische mir über den Mund. Meine Hände zittern, und Tränen laufen über mein Gesicht. Wie konnte er nur, wie konnte er nur? Warum kommt er mir nicht nach? Ob er versucht hat, mich zu erreichen? Ich checke mein Handy … Nein, nichts. Was ist zwischen unserer Ankunft auf der Feier und seiner flotten Nummer mit der anderen passiert? Habe ich etwas falsch gemacht? Wer macht so was überhaupt, auf einer Party eine flotte Nummer schieben? Bestimmt hat sie ihn verführt. Ich hasse sie.

Ich werde ihn anrufen. Vielleicht ist alles nur ein großes Missverständnis und er ist dermaßen betrunken, dass er sie mit mir verwechselt hat. Das wäre … Nein, das wäre auch nicht gut. Bitte, bitte, lass es nicht passiert sein.

Beim ersten Mal reagiert er nicht auf meinen Anruf, also versuche ich es erneut. Nach dem siebten Klingeln geht er dran.

»Ja?«

»Ich bin's … Ich … Wie konntest du nur, Rick?«

»Das war ganz easy«, antwortet er und beginnt zu lachen. Seine Stimme klingt plötzlich gedämpft. Was gibt es da zu lachen? Spricht er gerade mit jemand anderem?

»Wer war das?«

»Kennst du nicht.«

Fällt dem gar nicht ein, sich zu entschuldigen? »Ich bin fix und fertig …«, sage ich. Er bleibt stumm. »Hast du das geplant? Warum hast du dann überhaupt …« (Ich beginne zu weinen, bemühe mich aber, es zu verbergen.) »… mich zu der Party mitgenommen?«

»Ich habe dich nicht eingeladen. Komm mir jetzt nicht mit so einem Scheiß. Du hast mich gefragt, was ich mache, und dann hast du dich selbst eingeladen.«

Ich weine noch immer lautlos und versuche, meinen zitternden Atem unter Kontrolle zu bekommen. Typisch Anwalt, verdreht die Fakten, um jede Schuld von sich zu weisen.

»Ich … Ich …« Mir fällt das Sprechen schwer. »Wie konntest d-d-du mir das antun? Das ist echt m-mies von dir …«

Ich höre ihn ungeduldig stöhnen. Ich weiß nicht, was ich noch sagen soll, und da mein Stammeln immer schlimmer wird, sage ich gar nichts mehr. Bitte, bitte, mach, dass er sich entschuldigt. Am liebsten würde ich die Zeit zurückdrehen und alles ungeschehen machen. Lieber Gott, wenn es irgendwie möglich ist, dann spule bitte die Zeit zurück, damit das nicht passiert.

Oder mach einfach, dass er mich um Verzeihung bittet.

Oder sich wenigstens entschuldigt. Nur einmal.

Stattdessen sagt Rick: »Ich habe keinen Bock auf so was. Ich … Ich liebe dich nicht, und ich will dich nicht mehr haben … Ich muss jetzt auflegen.«

Kennen Sie das, wenn man sich die Finger in der Schublade einklemmt und für den Bruchteil einer Sekunde weiß, dass es gleich höllisch weh tun wird, und man dieses seltsame eisige Gefühl in der Brust spürt? So fühle ich mich gerade. Und dann legt Rick auf, und der Schmerz setzt ein, und ich stehe vor der noblen Altbaufassade auf der Kensington Church Street mit einem Bücherstapel und meinem Zwicker und meiner Handtasche und gehe langsam zu Boden – was mit hohen Absätzen gar nicht so einfach ist –, das Gesicht in den Händen vergraben. Ich bekomme nicht richtig Luft. Am liebsten würde ich kotzen, aber mein Magen ist bereits leer. Ich ertrage das nicht. Ich ertrage es nicht, morgen früh mit dieser Erinnerung wach zu werden.

Dieser elende, miese, beschissene Mistkerl. Nie wieder. Ich werde nicht zulassen, dass jemals wieder so etwas geschieht.

Kapitel 1

Heute Morgen

Tja, ich dachte, ich wäre hinter das Geheimnis gekommen, nie wieder abserviert zu werden. Doch dann war Posh Mark gestern Abend bei mir. Und nun gehöre ich wieder zum Singleclub.

Wieder einmal.

Die ganze Sache ist einfach furchtbar. Nicht so furchtbar wie die Nummer von Rick und der Pink Lady vor ein paar Monaten. Nichtsdestotrotz furchtbar, weil es nun schon meine sechste – SECHSTE! – Trennung in Folge ist, und immer bin ich diejenige, die sitzen gelassen wird, und jetzt muss ich wieder ganz von vorn anfangen. Nein, nicht heute, ich weiß, aber irgendwann.

Oh Gott, das ist alles so anstrengend.

Das sind keine besonders positiven Gedanken noch vor dem Aufstehen an einem Mittwochmorgen. Ich setze mich im Bett auf und betrachte das Chaos von gestern Abend: benutzte Papiertaschentücher rund um mein Kopfkissen, Pralinenpapier im ganzen Bett verteilt, eine leere Zigarettenschachtel, die zerknüllt auf dem Boden liegt.

Mon Dieu, quel cliché. Ich lasse mich ins Kissen zurückplumpsen und schließe wieder die Augen. Am liebsten würde ich heulen, aber mir ist die Lust daran vergangen.

Okay, ich erkläre Ihnen besser die Hintergründe, damit Sie mir folgen können.

Trennung Nr. 6: Posh Mark. Wir lernten uns vor ein paar Monaten kennen, im Januar, auf einer Kostümparty (Motto: »Filme aus den Achtzigern«). Er trug ein braves Streifenkleid und eine Lockenperücke und schleppte den ganzen Abend eine Wassermelone mit sich herum. Hätten Sie ihm etwa nicht Ihre Telefonnummer gegeben? Genau. (Ich trug eine weiße Fransenjacke, Khaki-Shorts und weiße Cowboystiefel wie Sloane Peterson in *Ferris macht blau*. Falls Sie sich wundern.)

Ich suchte also zu ihm Blickkontakt, er kam rüber, ich flirtete mit ihm, und er fragte mich, ob ich mit ihm ausgehen würde.

Posh Mark war definitiv kein Scheißkerl. Das stellte ich direkt bei unserer ersten Verabredung im Eight Over Eight (stylishes Asia-Ambiente und ein wunderbarer Ort für ein erstes Date, und von denen kenne ich weiß Gott genug) fest. Posh Mark wohnte in Holland Park (ein teures, grünes Viertel in London, in dem nur Reiche leben), war einfühlsam und liebevoll (wenn auch ein bisschen anhänglich mit seinem ständigen Händchenhalten), las gerne (Sportlerbiografien, aber was soll's), arbeitete nicht für eine der »Verbrecherorganisationen« (Anwaltskanzleien, Banken, Pharmaunternehmen) und hörte sich alles, was ich sagte, mit offenem Mund und verzücktem Lächeln an (ähnlich wie ein Labrador – ich liebe dankbare Zuhörer).

Von entscheidender Bedeutung war jedoch, dass er scheinbar die Anforderungen erfüllte. Was bedeutete, dass er kein Scheißkerl war. Sehen Sie, nach dem Fiasko mit Rick und der Pink Lady (Trennung Nr. 5), dem wochenlangen Liebeskummer und den heftigen Besäufnissen verschoben sich meine Erwartungen an den richtigen Mann geringfügig. Er musste zu nett sein, um mich sitzen zu lassen. Was, falls jemand mitschreibt, kein Grund ist, mit jemandem eine Beziehung einzugehen. Posh Mark war jedenfalls das krasse Gegenteil von Rick, in jeder erdenklichen Hinsicht. Höflich, umgänglich, groß und unheimlich lieb.

Wir fielen sehr schnell in eine selbstzufriedene Co-Abhängigkeit. Er rief jeden Abend an, schickte mir jeden Morgen eine SMS, machte mittwochs Pläne für ein gemeinsames Wochenende und war immer hilfsbereit und zuvorkommend wie ein Pfadfinder. Mein Glück war vollkommen. Gut, ich wollte nicht für immer mit ihm zusammenbleiben, aber ich beschloss, vorerst bloß nicht darüber nachzudenken, vielen Dank auch. Und nach dem verheerenden Sturmtief Rick war Posh Mark ein wunderbar sicherer Hafen.

Die brutale Wahrheit lautet: Posh Mark war (unter uns gesagt) etwas langweilig und, äh, doof. Aber immerhin hatte er sich als »Baby« aus *Dirty Dancing* verkleidet. Offensichtlich besaß er auch eine komische, pfiffige Seite. Und er war einfach verdammt lieb. Wie bereits erwähnt.

Und so kommen wir nun zu gestern Abend. Posh Mark tauchte unangemeldet bei mir auf und meinte, er müsse mit mir reden. (Ein Satz, bei dem sich immer mein Magen zusammenkrampft.) Er sagte, er sei bei unserem Kennenlernen völlig hin und weg gewesen, weil ich »so einen absolut lieben Eindruck« machte. Weiter meinte er, dass es mit mir »absolut witzig, absolut ... ja, witzig« gewesen sei und dass seine Freunde mich gut leiden könnten, was mich natürlich freute zu hören. Dann fügte er hinzu: »Ich habe bloß den Eindruck, du bist sehr, äh, zurückhaltend.«

Hä?

»Ich ... Nach der ganzen Zeit sollte man eigentlich wissen, ob man zusammenpasst oder nicht ... Aber ich habe nicht den Eindruck, Sass, als würden wir uns überhaupt richtig kennen. Vielleicht liegt es ja daran, dass du, äh, vor kurzem noch, äh, Single warst ...«

Meinst du nicht Dauersingle?, lag mir auf der Zunge.

Außerdem war das nicht erst vor kurzem, sondern die Beziehung mit Rick war schon fast ein halbes Jahr zu Ende, bevor ich Posh Mark kennenlernte. Sechs schreckliche Monate.

»Annabel meint, äh, dass du ihn vielleicht noch liebst. Deinen Ex.«

Annabel kann mich mal, dachte ich. Sie ist eine billige Kopie von Sloane mit einem Pashmina-Tuch, das sie ständig trägt, sodass ich sie insgeheim »Kopftuchmädchen« getauft habe. Wahrscheinlich nimmt sie das Kopftuch nicht einmal am Strand ab. Annabel ist außerdem die beste Freundin von Posh Mark und mischt sich aus diesem Grund überall ein. Und ich empfinde sicher nichts mehr für diesen Riesenarsch Rick.

»Darum sollten wir vielleicht einfach, du weißt schon, Freunde bleiben.«

Freunde? Oh Gott.

»Was denkst du?«

Ich dachte nicht viel. Außerdem bin ich nicht gut darin, über Gefühle zu reden. Jedenfalls nicht in letzter Zeit. Tatsächlich habe ich mit Posh Mark kein einziges Mal darüber gesprochen, wie ich empfinde (oder auch nicht). Ich dachte, das wäre in seinem Sinn.

»Ich bin … Ich bin …« Ich bin nicht fähig, den Satz zu Ende zu bringen? Ich fühlte mich hilflos. Ich wollte nicht, dass Posh Mark ging, aber mir fiel kein Grund ein, um ihn aufzuhalten. Weil ich nicht wieder von vorn anfangen wollte? Ich überlegte, ob ich das sagen sollte. Besser nicht.

Auf der Couch zusammenzubrechen und das Gesicht in den Händen zu vergraben, schien mir die bessere Wahl zu sein, als zu reden. Trotz der leisen Stimme in meinem Kopf, die »Das überrascht dich nicht wirklich, oder?« flüsterte, sagte mir eine viel lautere Stimme, dass Posh Mark ein lieber Nicht-Mistkerl war, der mich in der Zeit nach Rick, als ich den Glauben daran bereits verloren hatte, (einigermaßen) glücklich gemacht hatte. Und jetzt musste ich wieder von vorn beginnen. Darum heulte ich.

»Du wirst mir fehlen«, schluchzte ich durch meine Hände. Und das war die Wahrheit. Posh Mark hatte mich stundenlang zärtlich gestreichelt, wenn wir uns DVDs ansahen, und er hatte die perfekten Arme, um mit mir im Bett an einem Sonntagmorgen zu kuscheln. (Klingt das oberflächlich?)

»Du wirst mir auch fehlen, Sass. Wirklich. Es stimmt mich alles andere als fröhlich, dass ich dir das antue. Wir hatten eine absolut schöne Zeit zusammen, wirklich.«

Ich lächelte in meine Hände. Ich mag es, wenn er sagt: »Es stimmt mich alles andere als fröhlich.« Das klingt so gehoben. Und er dehnt das a in meinem Namen in die Länge wie sonst keiner. Saaahhh-ss.

»Das war schon am ersten Abend so. Auf dieser Wahnsinnsparty … Ich musste Hugo einen ganzen Abend im Da Bou freihalten, weißt du, wegen meinem Kostüm, das dir so gefallen hat.«

Pause. Es nervt ein bisschen, dass er statt »Boujis« immer »Da Bou« sagt, aber …

Kostüm?

»Das Achtziger-Filmkostüm, weißt du noch? Mit der Wassermelone. Das in *Girls just wanna have dancing* oder wie der Film heißt. Das war Hugos Idee. Nun ja, eigentlich hat er es auf einer anderen Party in St Andrews gesehen. Und du warst wie die eine in *Breakfast Club* angezogen.«

Tja, wenn ich von der Tatsache, dass ich zum sechsten Mal in Folge verlassen wurde, eine Ablenkung brauchte: voilà.

Den restlichen Abend dachte ich über diesen Satz nach, nachdem ich mich von Posh Mark verabschiedet hatte und hinterher Bloomie und Kate anrief, um zu verkünden, dass auch eine Beziehung mit einem Nicht-Mistkerl keine Garantie war, um nicht den Laufpass zu bekommen, bis ich schließlich in einem Nebel aus Nikotin und leichter Hysterie einschlief und alle zwei Stunden wach wurde, um ein paar Tränen zu vergießen, allerdings mehr aus Selbstmitleid als aus Liebeskummer.

Hatte ich mich wirklich verliebt, nein, sorry, hingezogen gefühlt zu einem Mann, nur weil er ein lustiges Kostüm trug, das sein Kumpel mal auf irgendeiner Studentenfete im verdammten Schottland gesehen hatte? Was zum Teufel stimmte nicht mit mir? Und dabei wusste er nicht einmal, dass mein Filmkostüm aus *Ferris macht blau* war.

Genug mit dem Kopfzerbrechen. Ich schlage meine Bettdecke zurück, wobei ich die gebrauchten Taschentücher und Pralinenpapiere überall verteile, und schlurfe zum Spiegel. Ich sehe nicht wirklich gut aus, aber ich habe schon schlechter ausgesehen.

Ich will mich heute optisch von meiner besten Seite präsentieren, damit die Welt sich mir optisch von ihrer besten Seite präsentiert. Das ist modisches Karma, wissen Sie. Ich glaube fest daran.

Kapitel 2

Shampoo, Conditioner, Ganzkörperpeeling mit Massagehandschuh, Zahnpflege, Achselrasur, danach die Beine (mit einem Rasierer pro Hand, sodass jedes Bein in circa sieben Sekunden fertig ist – eine nichtpatentierte Methode, um Zeit zu sparen, von mir erfunden, als ich vierzehn war). Abtrocknen, fönen, eincremen, Deo, Parfum.

Während meiner Morgentoilette kreist mein Hirn in einer Endlosschleife mit dem Titel »Unglaublich«. Weil ich nicht glauben kann, dass es schon wieder passiert ist. Ich habe mir den nettesten Mann ausgesucht, den ich verdammt noch mal auftreiben konnte, und es ist verdammt noch mal schon wieder passiert.

Beginnen wir mit dem Anfang.

<u>Trennung Nr. 1:</u> Arty Jonathan, der Künstler. Ich war damals zweiundzwanzig und lebte seit ungefähr einem Jahr in London. (Niemand, der in London neu ist, verabredet sich in den ersten sechs Monaten. Man hat zu viel damit zu tun, durchgeknallte Mitbewohner, schlechte Ketten-Gastronomie und falsche U-Bahn-Linien zu meiden.) Ich lernte Arty Jonathan auf der Feier eines Kollegen im Café Kick in Shoreditch kennen, einer damals angesagten, coolen Kneipe mit alternativem Flair, die heute ziemlich yuppiemäßig ist. Arty Jonathan war auf seine Art süß, mit seinem kahlgeschorenen Kopf und seiner großen Klappe. Er zog mich auf und flirtete und machte mir Komplimente, sodass ich in seiner Anwesenheit ständig Kicheranfälle bekam. Er nannte sich selbst einen »Avantgardekünstler«, was bedeutete,

dass er irgendwo Ausstellungen machte, für die er sich auf den letzten Drücker etwas aus Müll, den er auf dem Weg dorthin aufsammelte, zusammenbastelte. Avantgarde ist, wie ich nun weiß, französisch für »hochtrabend«, und immer wenn ich das Wort höre, könnte ich hysterisch losbrüllen. Arty Jonathan hatte sich in den letzten Jahren in verschiedenen Jobs versucht (als Produzent von Independent-Filmen, ohne jemals das nötige Geld dafür auftreiben zu können, oder als Manager von Bands, die niemand unter Vertrag nahm) und konnte so zahlreiche Anekdoten erzählen, mit denen er mich zum Lachen brachte.

Sie haben natürlich recht: Er war ein Loser ohne Talent. Ich würde es gerne auf meine Unerfahrenheit schieben, oder vielleicht bin ich manchmal auch ein bisschen dämlich, aber er machte einen interessanten Eindruck … Ich denke, ich suchte nach einem Mann, der das Gegenteil von den angepassten Studenten an der Universität war. Und sein Glaube an sich selbst war unerschütterlich. Ich stehe auf selbstbewusste Männer.

Rückblickend zucke ich heute noch zusammen, weil ich so naiv war, mich von so einem Kerl beeindrucken zu lassen. Ich war das Groupie eines Künstlers, der nicht wirklich etwas schuf. Ich hockte still im Bricklayer's Arms in Hoxton und leistete meinen gerechten Anteil an Spendierrunden, während ich dem Klatsch von Arty Jonathan und seinen Freunden über die Young British Artists lauschte, von denen ich nie zuvor gehört hatte und die die anderen nicht einmal persönlich kannten. Zwischendurch knutschten wir herum. Er malte Strichmännchen für mich. Die anderen zogen über das Establishment her, was zum Teil sehr lustig war, obwohl ich damals noch nicht wusste, was mit »Establishment« gemeint war. Dann, nach zwei oder drei Monaten, die wir in diesem Stil verbrachten, gerade als ich begann, mich zu fragen, warum Arty Jonathan von den

Dingen, die er ankündigte zu tun, nie etwas tat, und mir außerdem auffiel, dass seine Witze und Sprüche sich wiederholten, machte er Schluss mit mir. Er sah auf seine Uhr, als wir an einem Samstagnachmittag zum Barley Mow gingen, und sagte: »Ich muss weiter zum King's Cross. Meine Freundin kommt in einer Stunde mit dem Zug aus Leeds. Wir fliegen nach Paris heute Abend.«

Ich war wie vom Donner gerührt, statt dass mir das Herz brach. Es gibt da einen Unterschied. Was mir weitaus mehr Schmerzen bereitete, war die Tatsache, dass er ein Schmarotzer war und sich erst zwei Tage bevor er mich abservierte zweihundert Pfund von mir geliehen hatte. Er hatte behauptet, seine EC-Karte wäre kaputt. Aber nun war klar, dass er die Kohle brauchte, um seine Freundin nach Paris einzuladen. Und ich war zu ängstlich/dämlich/höflich, um das Geld zurückzuverlangen. Ich nickte nur und verzog mich, so schnell ich konnte, ohne jemals wieder den Kontakt zu ihm zu suchen. (Ich mag keine Konfrontationen.) Wenig später kamen meine Freunde von der Uni nach London, wodurch sich mein Leben grenzenlos verbesserte, und ich versuchte die Beziehung mit Arty Jonathan als schlechte Erfahrung abzuhaken. Zumindest trieb mir das meine Naivität ein wenig aus.

Oh Gott, das mit Arty Jonathan ist schon eine Ewigkeit her. Und nun stehe ich da. Als Single. Wieder einmal.

Was soll ich heute anziehen?

In Anbetracht meines neuen Singlestatus, meines bisschen Liebeskummers und meines allgemeinen Trübsinns ist es kein Wunder, dass mir heute der Sinn nach einem kriegerischen Outfit steht. Ich ziehe blickdichte Strümpfe an, die schwärzer sind als schwarz, ein schwarzes Kleid, schwarze Stiefel und eine schwarze Motorradlederjacke mit Nieten. Die Haare hochgesteckt zu einem Chignon, ein dicker Balken unter jedem Auge mit schwarzem Eyeliner und ein paar sorgfältige Minuten mit dem Augenbrauenstift. (Ich bin von meinen Brauen besessen. Sie sind mir ein Dorn im Auge.)

Mein äußeres Ich ist auf den Tag vorbereitet. Überprüfe das innere Ich. Das innere Ich ist nicht vorbereitet. Das innere Ich möchte sich am liebsten zu Hause verkriechen und den ganzen Tag *Gossip Girl* schauen, ungeachtet des Umstands, dass das äußere Ich alt genug ist, um eine Mutter in *Gossip Girl* zu spielen.

Ich esse eine Banane in unserer Küche(nzeile) und registriere zufrieden, dass meine Mitbewohnerin/Vermieterin Anna, die nie zu Hause ist, das düstere kleine Wohnzimmer mit Sechziger-Jahre-Einrichtung so picobello wie immer hinterlassen hat. Ich wohne hier schon seit Jahren zur Untermiete. Das Bad ist eine Zumutung, die Teppiche sind ausgetreten, und die Möbel stammen alle noch von Annas Eltern, die hier seit den frühen Siebzigern lebten. Aber Pimlico ist ein gutes Viertel. Zwar gibt es hier keine Promis (Pimlico kann sich nicht entscheiden, ob es nobel/schäbig/langweilig sein will), aber es sind nur fünfzehn Minuten bis zum Oxford Circus, der Heimat von praktisch jeder Modemarke und zugleich Touristenhölle. Mein Zimmer ist sehr ruhig und hell, Anna und ich verstehen uns gut (wir sind locker befreundet, ohne uns ständig gegenseitig auf der Pelle zu sitzen), und das Zimmer ist sehr, sehr günstig. Anna könnte eigentlich mehr dafür verlangen, obwohl die Wohnung nicht der Hit ist, doch daran scheint sie nicht interessiert zu sein. Wenn sie nicht arbeitet, verbringt sie die meiste Zeit mit ihrem Freund, dem ich noch nie begegnet bin. Ich habe langsam den Eindruck, dass sie bald bei ihm einzieht.

Ich wische kurz über die Anrichte mit einem Spüllappen, ignoriere den riesigen Stapel ungeöffnete Kontoauszüge auf dem Brotkasten, schnappe mir meine gelbe Glückshandtasche und mache mich auf den Weg zur U-Bahn. Ich würde normalerweise fröhlich die Treppe herunterhüpfen, aber ich glaube nicht, dass ich heute dazu imstande bin. Seufz.

Ich gehe kurz in den Zeitungsladen und kaufe mir die *Grazia*, um mich ein bisschen aufzuheitern. Während ich in der Schlange warte, kommt ein junger Kerl Anfang zwanzig herein. Er trägt Rugby Shorts und ein T-Shirt mit der Aufschrift: »Ich habe deiner Freundin alles beigebracht, worauf du abfährst«. Ich mustere ihn hinter meiner Sonnenbrille. Muskulöse, kräftige Oberschenkel, stabile Knie, wie riesige Walnüsse. Ah, der Rugbyspieler-Typ. Schade, dass er eine Vorliebe für ätzende T-Shirt-Sprüche und Männerabende, die damit enden, dass er auf die Straße pisst, hat.

Trennung Nr. 2: Rugby Robbie. Er spielte Rugby – was sonst – mit ein paar Leuten aus meiner alten, frisch hergezogenen Uni-Clique, und nach drei Monaten, in denen wir gelegentlich herumgeknutscht hatten, wurden wir ein Paar. Rugby Robbie war ein klassischer Rugby Boy aus Fulham, umgänglich und sehr süß. Sie kennen den Typ Mann: intelligent, aber nicht eingebildet, gutmütig, aber nicht launisch. (Also das genaue Gegenteil von Arty Jonathan.) Meistens verbrachten wir die Zeit in unserem großen Freundeskreis, wir verdienten alle zum ersten Mal in unserem Leben Geld, und das Leben war eine einzige Party. (Ein Glück, weil Robbie und mir unter vier Augen schnell der Gesprächsstoff ausgegangen wäre.) Er hauste in einer völlig chaotischen Wohnung in der Nähe der Dawes Road, zusammen mit drei anderen Rugby-Jungs, mit denen er sich jeden Samstagabend immer derart die Kante gab, dass ich ihn einmal, als ich mit ihm im Sloaney Pony oder im Crazy Larry's war, praktisch nach Hause tragen und ihm die Schuhe und die Hose ausziehen musste. Ein anderes

Mal wachte ich nachts auf und überraschte ihn dabei, wie er gegen den Vorhang pinkelte. »Wenigstens habe ich nicht ins Bett gepisst«, lautete seine Rechtfertigung am Morgen danach. Aus irgendeinem Grund machte es mir damals nichts aus.

Ich mochte Rugby Robbie trotz seiner Schwäche fürs Komasaufen, einfach weil er nach dem seltsamen, einschüchternden Getue der East Londoner Künstlerszene so unkompliziert und vertraut wirkte. Und er hatte einen verdammt tollen Body. (Ähm.) Also ließ ich mich auf ihn ein und kam zu dem Schluss, dass er ein toller Mann war, und führte ein ziemlich zufriedenes Leben. Bis er nach ungefähr drei Monaten Beziehung sagte: »Ich fliege nach Thailand an Weihnachten. Ich melde mich, wenn ich wieder zurück bin.« Um mir dann Mitte Januar zu simsen:

Ich habe in Thailand eine andere kennengelehrnt. Sorry. Bis dann

Abserviert per SMS. Mit einem Rechtschreibfehler. Oder Tippfehler, wohlwollend interpretiert.

Sicher, es war nie die große Liebe; Rugby Robbie brachte mich nur selten zum Lachen und reagierte häufig auf meine Bemerkungen mit: »Du spinnst.« (Tue ich nicht, aber da ihm jegliche Vorstellungskraft fehlte, war meine zu hoch für ihn.) Trotzdem hatte ich ihn ziemlich liebgewonnen, darum tat es weh. Das ist das Problem, wenn man verlassen wird. Selbst wenn man den anderen nicht über alles liebt, tut es trotzdem weh. Denn wenn einem der andere nicht so am Herzen liegt und man trotzdem bei ihm bleibt, braucht dieser sich auch keine große Mühe zu geben, um Schluss zu machen.

Ich hatte davor ein paar Beziehungen an der Universität, wenn Sie es wissen wollen, aber die zählen eigentlich nicht. Damals war es viel einfacher. Man traf sich in Vorlesungen oder auf Partys und verguckte sich ineinander, und da man sich untereinander kannte und vor den Gestörten gewarnt war, flirtete man ausgiebig und knutschte schließlich miteinander herum, und nach dreimal Herumknutschen – zack! – war man zusammen. Nach einer Weile einigte man sich, dass es aus war, und suchte sich jemanden Neues. Ganz easy. Aber die Zeiten sind vorbei.

Ach Scheiße, nicht schon wieder. Ich kann nicht glauben, dass es wieder so weit ist.

Während ich zur Victoria Station gehe, die *Grazia* unter meinen Arm geklemmt, beschließe ich, Bloomie anzurufen. Sie fängt jeden Morgen um sieben an zu arbeiten, weil sie einen wichtigen Job hat. In einer Bank. (Randbemerkung: Trotz ihres wichtigen Jobs in einer der oben erwähnten Verbrecherorganisationen ist Bloomie keine Verbrecherin.)

»Moshi moshi?«

»Weißt du, Bloomerang, du bist keine Japanerin.«

»Geht es dir besser, Sassafras, meine kleine Drama-Queen?«

»Süße, ich geb auf. Entweder man trifft interessante Männer, aber das sind alles Scheißkerle, die einen irgendwann sitzen lassen. Oder man trifft liebe Kerle, doch die sind alle langweilig und lassen einen auch irgendwann sitzen. So eine Scheiße.«

»Dann geht es dir also besser, Darling?«

»Ja. Mir geht es gut. Ich habe es nur satt, diese … ganze Scheiße.«

Manchmal, wenn ich mich aufrege, werde ich gerne dramatisch. Dann muss ich selbst lachen. Und danach geht es mir ein bisschen besser. Selbst wenn ich mich auf der Gedächtnismeile der gescheiterten Beziehungen verlaufen habe.

»Sass, Darling«, flüstert Bloomie. Ich glaube, an ihrem Arbeitsplatz sind Privatgespräche nicht gerne gesehen. »Ich dachte, wir waren uns gestern Abend einig, dass es besser ist, wenn du mit Posh Mark nicht mehr spielst. Sonst hättest du ihn früher oder später in einem See ertränkt.«

Bloomie ist eine meiner besten Freundinnen. Sie schafft es, vier- bis fünfmal pro Minute »Dah-ling« zu sagen. Das ist keine Affektiertheit, das hat seinen Grund. Bloomie ist in Chicago aufgewachsen, weil ihr Vater Amerikaner ist, aber ihre Eltern zogen nach London, als sie sechzehn war. Aus diesem Grund ist ihr Akzent eine Mischung aus Ostküstenamerikanisch und feinem Londoner Slang. Sie spricht schon immer so, seit ich sie kenne, seit unserem ersten Tag an der Uni.

Bloomie ist außerdem ein Alphatier: Sie gibt immer die Richtung vor, ist weitaus selbstsicherer, gefestigter und härter als ich und manchmal – doch das weiß sie selbst – schnell eingeschnappt. Aber natürlich ist sie absolut liebenswert und witzig. Warum wäre ich sonst mit ihr befreundet? Und da ich zu denen gehöre, die nicht im Mittelpunkt stehen, lustige Sprüche reißen und den Ton angeben müssen, passen wir sehr gut zusammen. Mit Kate, von der ich Ihnen später erzählen werde, haben wir gemeinsam neunzehn Beziehungen durchgestanden, sechzehn Urlaube, wahrscheinlich über zweihundertfünfzig Samstagnachmittage mit Kaffee, Zigaretten und Shoppen sowie unzählige verkaterte Vormittage, und trotzdem geht uns nie der Gesprächsstoff aus.

»Irgendwas mache ich falsch. Das ist jetzt schon das sechste Mal, dass ich abserviert wurde, Bloomie!«

»Darling … Das ist einfach nur ganz großes Pech.«

Plötzlich wird mir die Tragweite dieser beiden Feststellungen bewusst. Ich wurde tatsächlich sechsmal in Folge sitzen gelassen. Das kann nicht nur Pech sein. Bestimmt bin ich eine absolute Loserin, und kein Mann wird mich je wieder lieben. (Warum nur bezeichnet Bloomie mich immer als Drama-Queen? Also echt.) Ich fange an zu weinen, oder fast. Eigentlich schniefe ich laut in mein Handy. Bloomie gibt tröstende Laute von sich, dann räuspert sie sich und sagt unvermittelt:

»Darling, ich muss jetzt leider arbeiten. Lass uns heute Abend was trinken gehen. Dann können wir uns ausführlich unterhalten … Ich will ja nicht, du weißt schon, alles schwarzmalen, doch ich möchte vermeiden, dass du in eine Nach-Rick-Depression fällst …«

Warum muss sie mich ausgerechnet daran erinnern? »Wo denkst du hin? Aber das mit dem Drink ist eine gute Idee.«

»Gut, Darling, das ist die richtige Einstellung. Ich werde Kate fragen, ob sie mitkommt. Die Details maile ich dir später. Sayonara.«

Das Gespräch mit Bloomie hat mich aufgeheitert, wie immer, und ich schlendere weiter zur U-Bahn-Station in meiner kriegerischen Aufmachung, mit einer Heiterkeit, die ich nicht wirklich empfinde. Trotz meines Liebeskummers/Herzschmerzes/leichten Seelenleids kann ich nicht anders, als den attraktiven Männern auf meinem Weg nach unten zur Victoria Line hinterherzuschauen. Alle verschwinden in Richtung District Line. Ich frage mich, wo sie hinwollen.

Wo war ich stehen geblieben? Ach ja. Auf der Gedächtnismeile der gescheiterten Beziehungen gelangen wir nun zu einer riesigen Bodenwelle.

<u>Trennung Nr. 3:</u> Clapham Brodie. Ich lernte ihn im Bread & Roses Pub in Clapham kurz nach meinem fünfundzwanzigsten Geburtstag und einer langen Trockenperiode, in der ich eine tolle Zeit hatte und keinem Mann begegnete, der mich ernsthaft interessierte, kennen. Nicht einmal annähernd. Ich hatte natürlich viele kleine Flirts und auch ein paar Dates, aber nur, um in Übung zu bleiben.

Da sich allerdings keiner dieser Männer nach dem ersten oder zweiten (oder dritten oder vierten) Date richtig ins Zeug legte, war das im Grunde deprimierender, als wenn ich mich wirklich verliebt hätte, falls das Sinn ergibt.

Brodie dagegen mochte ich sehr. Er war verdammt süß und hatte perfekte weiße Zähne wie ein Amerikaner. Und er brachte mich zum Lachen.

Clapham Brodie war ein Produktmanager, was zum Henker das auch immer sein mag, und wohnte in Clapham. (Clapham ist ein Viertel im Süden Londons, das bei jungen Leuten beliebt ist, weil es einigermaßen bezahlbar, einigermaßen sicher und einigermaßen nett ist … aber leider auch stinklangweilig.) Brodies gesamter Freundeskreis wohnte in Clapham, und er ging auch nie woanders aus als in Clapham. »Ich werde nie aus Clapham wegziehen«, sagte er bei unserem ersten Date. »Es ist das Zentrum des Universums.« Er machte oft Sprüche, die mich zum Lachen brachten, doch im Nachhinein bin ich mir nicht sicher, ob diese Bemerkung scherzhaft gemeint war.

Clapham Brodie also. Ein Spaßvogel. Er alberte ständig herum, und ich liebte es. Wir verbrachten lange lustige Abende im Metro und im Pepper Tree, wo er das Essen sprechen ließ (»Du darfst mich nicht essen!«, quiekte die Pasta. »Wen nennst du hier ein feiges Huhn?«, schimpfte das Pfannengericht. Ich weiß, was Sie jetzt denken, aber es war echt lustig damals.) Freitags tanzten wir zu Achtziger-Mucke im Café Sol und samstags zu schlechter Musik im Infernos (wenn wir betrunken genug waren), und die Sonntage verbrachten wir im Sun Pub, wo wir die Leute beobachteten und uns Gespräche zwischen Fremden ausdachten. Ich fand Brodie urkomisch, wenn auch ein kleines bisschen von sich selbst eingenommen (einmal korrigierte er meine Aussprache von »Hyperbel«, und das auch noch falsch). Wir führten kein einziges ernstes Gespräch, nie. Da ich kein besonders ernster Mensch bin, kam ich damit gut klar.

Nach ein paar Monaten Beziehung, die ich persönlich sehr schön fand, bekam ich mit, dass er mich in einem Gespräch mit seinen Kumpels in einer Kneipe als »Freundin … fürs Bett« bezeichnete. Mir lief es kalt den Rücken herunter, aber ich war zu feige, um ihn noch am selben Abend darauf anzusprechen. (Meine alte Angst vor Konfrontation hinderte mich daran.)

»Wie denkst du eigentlich, äh, über uns und unsere Beziehung?«, fragte ich seinen Teddybär Ivan am nächsten Abend, als wir uns eine DVD in Brodies Schlafzimmer ansahen. (Clapham Brodie unterhielt sich gerne über sein plüschiges Medium.) »Ich Bärrr. Ich mich fühlen rrriesig!«, knurrte der Teddy. (Ivan war Osteuropäer.) Ich drehte den Kopf zu Clapham Brodie. Er wandte den Blick nicht vom Fernseher ab. Ich beschloss, einen zweiten Versuch zu wagen und mich diesmal ein wenig dumm zu stellen, damit er vielleicht reagierte. »Denkst du … wir sind … du weißt schon, ein festes Paar? Mit Händchenhalten und allem Drum und Dran?«, fragte ich mit starkem amerikanischem Akzent, der hoffentlich über meinen hoffnungsvollen Unterton hinwegtäuschte. Clapham Brodie legte daraufhin den Teddy weg und sah mich an. »Ich habe mich schon gefragt, wann du davon anfängst …«, sagte er und gab mir prompt den Laufpass. Hätte ich nicht gefragt, hätten wir noch monatelang so weitermachen können. Als Freunde fürs Bett. Scheißkerl. Ich war ziemlich geknickt wegen Clapham Brodie, wie ich gestehen muss. Die Fähigkeit, albern zu sein, ist sehr reizvoll und seltener, als Sie vielleicht denken.

Soll ich Ihnen noch rasch von Trennung Nr. 4 erzählen? Okay, also los. Wir sind fast durch auf meiner Herzschmerztour.

Trennung Nr. 4: Der schlaue Henry. Knapp ein Jahr nach Clapham Brodie lernte ich den schlauen Henry bei einem Grillfest in Putney kennen. (Leute, die in Putney wohnen, müssen ihre Gäste mit Essen locken, damit sie kommen.) Ich war mit Bloomie dort, die damals mit dem Gastgeber liiert war, einem Mann, den wir inzwischen »Der behaarte Rücken« nennen. Der schlaue Henry war der Cousin des behaarten Rückens. Der schlaue Henry wohnte auch in Putney, in einer schäbigen Reihenhaussiedlung. Er war sehr groß und dünn und schlampig und trug immer ein olles Tweedjackett, das einmal seinem Vater gehört hatte und in dem er aussah wie ein vornehmer angehender Englischprofessor. Der schlaue Henry schien die perfekte Kombination aus alternativem Milieu (er arbeitete freiberuflich für den *New Musical Express* und berichtete über Filme und Konzerte für den *Guardian*), wahrer Intelligenz (er hatte ein Cambridge-Diplom) und höflichem Benehmen (er stand grundsätzlich auf, wenn ich an den Tisch kam, und sorgte immer dafür, dass ich was zu trinken hatte) zu verkörpern, und er war überraschenderweise albern genug für meinen Geschmack (so sah er mich stirnrunzelnd an, wenn ich ihn neckte, und konterte mit Bemerkungen wie »Du siehst schlauer aus, als du bist« oder »Dir sollte man mal den Hintern versohlen«). Er nannte mich immer bei meinem richtigen Namen, Sarah, statt bei meinem Spitznamen Sass, den ich habe, seit ich mich erinnern kann.

Der schlaue Henry war älter als ich – zweiunddreißig Lenze gegenüber meinen sechsundzwanzig –, was richtig erfrischend war. Genug von diesen Bubis, dachte ich, ich will einen Mann. Der schlaue Henry war sehr lässig drauf und schlug coole, erwachsene Sachen vor wie zum Beispiel Programmkino oder neue, noch unbekannte Restaurants, oder Kunstmärkte, wo wir Cognac aus seinem Flachmann tranken und uns Expertenkritiken ausdachten. Er gab sich immer ein wenig ernst und distanziert, aber ich schob das auf sein Alter. Ich war glücklich.

Dann, ein knappes halbes Jahr später (meine persönliche Beziehungsrekordzeit), eröffnete der schlaue Henry mir, dass er in die Staaten gehen und einen MBA in Harvard machen würde, da er es leid sei, »einen Hungerlohn« zu verdienen, und »richtig Asche machen« wollte. Aus diesem Grund trennte er sich von mir, und ich lief heulend nach Hause.

War ich wirklich am Boden zerstört? Ich weiß nicht. Ja. Glaub schon. Ich hatte es satt. Es kam mir vor, als würde ich schon seit Jahrzehnten nach dem Richtigen suchen. Scheinbar konnten die Männer mich gut leiden, bis sie mich besser kannten. Und dabei versuchte ich immer, wenn ich einen neuen Mann kennenlernte, so positiv und offen und zuversichtlich wie nur möglich zu sein. Ich schloss die Männer immer mehr in mein Herz und fragte mich, ob es Liebe war. Ich dachte, die Männer hätten Spaß. Ich zumindest hatte Spaß. (Allerdings fällt es mir nicht schwer, mich zu amüsieren. Das ist einer meiner Vorzüge.) Trotzdem ging es jedes Mal schief.

Natürlich lernte ich in all den Jahren auch viele Männer kennen, die bis auf einen großen Minuspunkt fast perfekt waren. Ich glaube nicht, dass ich zu wählerisch bin. Oder möchten Sie mit jemandem gehen, der beim Küssen wie eine Schlange züngelt oder mit offenem Mund kaut oder den ganzen Abend nur über Geld redet oder zugibt, eine Crocs-Sammlung in allen Farben zu besitzen, oder der dumme Sachen sagt wie: »Ich bin mir nicht sicher, ob ich an die Erderwärmung glauben soll.« (»Das ist nicht die Zahnfee«, war meine Antwort. »Glaube allein ändert nichts.«) Nun, ich jedenfalls nicht. Ein Date reichte mir. Danach ignorierte ich die Typen oder sie mich, völlig egal: Ein schlimmer Fehler ist ein schlimmer Fehler.

Ach, schlauer Henry, ich hoffe, du machst jetzt richtig Asche. Du Vollidiot. Hätte ich bloß geahnt, was mich als Nächstes erwartete. Der Nächste war Rick.

Ich kann den Gedanken an Rick im Moment nicht ertragen. Es geht einfach nicht. Egal, ich bin ohnehin gleich im Büro.

Ich steige am Piccadilly Circus aus und gehe am Burger King in meine Ecke in Soho vorbei. Ich liebe das Viertel morgens um halb zehn. Die Straßen sind dreckig, und frische Luft mischt sich mit dem Sündenmief von gestern Abend, aber die Sonne scheint auf ihre geistesabwesende Art, die typisch ist für London, und Soho wirkt klein und intim. Nicht wie das große berühmte verrufene Soho, sondern wie mein eigenes kleines hübsches Soho mit der winzigen versteckten Kaffeebar, wo man weiß, was ich möchte, ohne dass ich jedes Mal langwierig erklären muss: »Eine Latte mit einer nicht so dicken Schicht Macchiato und einer größeren Schicht Milch.«

Ich arbeite in einer winzigen Werbeagentur in einer kleinen Seitenstraße nahe dem Golden Square, gleich um die Ecke des Piccadilly Circus. Mein allererster Chef, Cooper, hat irgendwann seinen Job in der (großen, glänzenden, seelenlosen) Werbeagentur hingeschmissen, wo wir früher zusammenarbeiteten, und machte sich selbstständig. Nachdem ich mir ein paar Monate die macchiavellistische Politik in der großen Agentur angeschaut hatte, zögerte ich nicht, Cooper zu folgen. Ich habe einen lockeren Job, nichts Ernsthaftes wie Ärztin oder Lehrerin. Aber er macht mir Spaß. Egal, mehr will ich im Moment über meine Arbeit nicht sagen. Das Einzige, was noch langweiliger ist als Geschichten über den Arbeitsalltag anderer Leute, sind Geschichten über die Träume anderer Leute.

Kapitel 3

»Ich hatte einen toootaaal abgefahrenen Traum letzte Nacht!«, kräht Laura, als ich das Büro betrete. Sie ist unser »Mac Äffchen«, sprich: eine Nachwuchswerbetexterin. Ziemlich durchgeknallt, sehr süß, immer staunend und begeisterungsfähig für alles.

»Wirklich?«, sage ich, schalte meinen Computer an und nehme an meinem Schreibtisch Platz. Ich sitze ganz hinten in der Ecke, von wo aus ich den ganzen Raum überblicken kann. Wenn ich mich auf meinem Stuhl ein Stück kleiner mache, kann mich hinter meinem Monitor niemand sehen. Der perfekte Arbeitsplatz, um sich an einem Tag wie heute zu verstecken.

»Ich habe geträumt, du hast Mark Ronson geheiratet! Kannst du dir das vorstellen? Mark Ronson? Hahaha! Und weißt du, du hattest dieses supertolle Brautkleid aus cremefarbener Thai-Seide an, nein, oh, wie heißt das noch gleich, äh … Hm, nein, so heißt das nicht, nicht Thai-Seide, ich meine einen anderen Stoff. Er ist schwerer und glänzender, aber kein Billigstoff, sondern ein ganz edler.«

»Satin?«

»Genau! Und das Kleid war gerafft, hier und hier, mit einem großen Dingsbums hier, und wir waren in einer großen Kirche, und Coop war auch da, doch er strich die Wände, nein, keine Wände, sondern die Puzzlefenster, weißt du? Die bunten, durch die man durchsehen kann. Die … das Licht bunt färben, weißt du?«

»Buntglasfenster?«

»Genau!«

Ich lasse Lauras Erzählfluss freien Lauf. Coop ist diese Woche nicht da. Er ist in Deutschland, um einen ehemaligen Kunden als neuen Auftraggeber zu gewinnen. Das ist ein Glück, denn ich bin den ganzen Vormittag nicht richtig bei der Sache. Ich überarbeite einen Text, den ich gestern entworfen habe, surfe zur Ablenkung auf den Promi-Klatschseiten und studiere in der Mittagspause ausgiebig die Angebote von topshop.com, shopbop.com und netaporter.com. Eine virtuelle Shoppingtour als seelischer Trost und Therapie, bequem von meinem Schreibtisch aus. Ich bestelle natürlich nichts. Jedes Produkt, das ich am Tag nach einer Trennung erwerbe, wird immer mit dem Makel »aus Liebeskummer gekauft« behaftet sein. Außerdem nutze ich netaporter.com nur, damit ich die Designermode kenne, die später bei Zara und H&M verramscht wird.

»Sass, ich brauche dich kurz zum Korrekturlesen«, sagt eine tiefe männliche Stimme.

Ah ja, das habe ich Ihnen noch nicht erzählt – ich bin Werbetexterin. Das bedeutet, theoretisch denke ich mir, äh, Ideen für die Werbung aus. (Falls sich das nicht widerspricht.) Wir sind eine recht kleine Agentur, was heißt, dass wir keine Kreativteams haben, wie sie in großen Agenturen üblich sind, und ich im Prinzip alles mache, was mit Text zu tun hat: Plakate, Websites, E-Mails, Flyer und Millionen andere Dinge, die täglich von Ihnen gelesen werden und die ja irgendeiner schreiben muss. Und ich lese Korrektur.

»Sofort«, fügt die Stimme hinzu.

Ich sehe auf. Es ist unser Art Director Andy. Er ist Ende dreißig, klein, ungepflegt, hat einen Bauch und krause, leicht fettige Haare. Er kleidet sich wie viele Hobbit-Klone in der kreativen Branche, die hip sein wollen: speckige schwarze Röhrenjeans, ausgefranster Nietengürtel, gelbes T-Shirt mit Siebziger-Jahre-Motiv und zu kurzen Ärmeln, die den Blick auf seine unterentwickelte Muskulatur offenbaren. Die meiste Zeit gibt er durchschaubare, herablassende, gegenkulturelle Kommentare in lautem Ton und mit künstlichem Cockney-Akzent von sich.

Andy ist außerdem ein ungebildeter Sexist, was ihn Sachen wie »Jane Austen? Olle Liebesschnulzen im Korsett« sagen lässt, was natürlich in mindestens zehntausendfacher Hinsicht sehr dumm ist. Seltsam, dass er sich für einen begnadeten kreativen Individualisten hält – ähnlich wie Arty Jonathan –, aber natürlich verfolgt er nur eine andere Parteilinie. Es gibt viele brillante und witzige und originelle Art Directors wie Cooper. Doch es gibt auch welche wie Andy. (Ich brauche ja nicht extra zu erwähnen, dass ich mit einem Kerl wie ihm niemals ausgehen würde, oder? Das ist wahrscheinlich ein weiterer Grund, warum ich so viel ausgehe: Ich werde nie den richtigen Mann über die Arbeit kennenlernen.)

»Welcher Text?«, frage ich, während ich von meinem Schreibtisch aufstehe und Andy folge. Er ist bereits ein paar Meter vor mir, da er weiß, dass ich ihm nachgehe. Arroganter Scheißkerl.

»Shiny Straight«, antwortet er und lässt sich mit einem Seufzen schwungvoll auf seinen Drehstuhl fallen. »Shiny Straight« ist eine Shampoomarke, für die wir Werbung machen.

Ich nicke und richte den Blick auf seinen Monitor. Andy macht sich nicht einmal die Mühe, mir den Text ausgedruckt zu geben, damit ich richtig Korrektur lesen kann. Es geht um eine DIN-A5-Werbebeilage für Zeitschriften wie *Cosmopolitan* oder *Elle*. (Richtig, diese nervigen Werbezettel, die immer herausfallen, wenn man die Zeitschrift aufschlägt … Irgendjemand muss sie ja machen. Sorry.) Aber diesen Text sehe ich zum ersten Mal.

Während ich ihn überfliege, sehe ich sofort, dass er grottenfalsch ist. Der Slogan (oben in großer Schrift) ist neu.

Die Produktbeschreibung (darunter in kleinerer Schrift) enthält nur eines der drei Schlagwörter, die der Kunde uns vorgegeben hat. Sie klingt seltsam förmlich statt jugendlich und freundlich, wie sie sein sollte. Außerdem fehlen die Teilnahmebedingungen – also der Text in Minischrift ganz unten, der den Leuten sagt, was sie zu tun haben (zum Beispiel online eine Gratisprobe bestellen oder den Abschnitt als Rabattgutschein oder was auch immer ausschneiden). Das hier ist nichts weiter als ein zusammengewürfelter Text aus Satzbausteinen, die von mir stammen, bloß dass sie falsch zusammengesetzt sind. Und ich habe einen Satzzeichenfehler entdeckt. Das ist großer Mist.

(Habe ich schon erwähnt, dass Geschichten aus dem Arbeitsalltag anderer Leute langweilig sind? Sorry, Leute, aber ich habe die Muschel. Hihi.)

»Den kenne ich noch gar nicht«, sage ich und sehe Andy an. Er zuckt mit den Achseln.

»Von wem ist der Text?«, versuche ich es wieder und erröte leicht. Es fällt mir schwer, mit Andys unverhohlener Verachtung umzugehen. Ich rufe mir mein Mantra ins Gedächtnis: Haltung ist Stärke, Schweigen ist Gelassenheit. (Ich weiß, das ist kein besonders schlaues Mantra, aber es bewahrt mich davor, in schwierigen Situationen in nervöses Stammeln zu verfallen. Und es hilft mir, eine aufrechte Körperhaltung einzunehmen.)

»Von mir«, antwortet er frech. Er meint, er hat meine alten Texte abgeschrieben beziehungsweise abgeändert, der Scheißkerl. »Charlotte gefällt er.« Charlotte ist unsere Account-Managerin. Sie ist dafür verantwortlich, dass die guten Leute von Shiny Straight mit unserer Arbeit zufrieden sind, und gibt gerne Bewertungen wie »Das ist maßgeschneidert und persönlich auf den Kunden zugeschnitten« ab, ohne zu merken, dass das inhaltlich doppelt gemoppelt ist. Charlotte ist nicht für die Texte verantwortlich. Wenn jemand hier in dieser Zwölf-Mann-Agentur für die Texte verantwortlich ist, dann ist das Cooper oder eben ich. »Lies einfach nur Korrektur, Sass. Das ist keine große Sache.«

»Warum, äh, hast du den Entwurf geändert?«, frage ich und bemühe mich, nach außen hin die Ruhe zu bewahren, während ich auf den verpfuschten Text auf dem Monitor starre. »Warum hast du nicht vorher Rücksprache mit mir gehalten?«

»Das ist ein Eilauftrag. Ich hatte nicht die Zeit, dich einzubeziehen. Aber ich bin gut genug über den Kunden informiert, um zu wissen, was in der Anzeige stehen muss«, antwortet er. »Außerdem zählt in erster Linie das Layout. Der Text ist nur Beiwerk, wie es so schön heißt.«

Ich sehe ihn an, und vor lauter Wut beginnt meine Kopfhaut zu jucken, als ich bemerke, dass er selbstgefällig zu seinen Werbedesignern hinübergrinst.

»Tja, ich finde das, äh, nicht gut«, bemerke ich. Meine Wangen glühen. »Ich kann diesen Entwurf nicht befürworten.«

Die gesamte Kreativabteilung – Andy, seine zwei Art Designer und der freiberufliche Illustrator – schaut mich an. Laura, die auf meiner Seite des Großraumbüros sitzt, weil sie eine Frau ist und diesen Männerclub stören könnte, starrt zu mir herüber. Selbst Amanda, unsere Empfangsdame/Office-Managerin (sie bevorzugt die zweite Bezeichnung, weshalb ich sie als Amanda, die Office-Managerin, in meinem Kopf abgespeichert habe), sagt »Einen Augenblick, bitte!« und legt den Anrufer in die Warteschleife, damit ihr nichts entgeht.

Am liebsten würde ich Andy klarmachen, dass die Anzeige großer Mist ist und der Text ganz sicher nicht nur Beiwerk und dass er ein dummes Arschloch ist, aber das bringe ich nicht fertig. Wie Sie wissen, hasse ich Konfrontationen. Außerdem glaube ich, dass Andy hier sehr beliebt ist, auch wenn ich mir das beim besten Willen nicht erklären kann, und dass mich die anderen wahrscheinlich auslachen werden.

»Tja, ich werde sicher nicht den ganzen verdammten Abend hier herumsitzen und warten, bis du den Text überarbeitet hast. Also, lies einfach Korrektur, oder ich hole Charlotte.«

»Cooper …«, beginne ich zögernd. Ich bin mit Cooper befreundet, jedenfalls besser als alle anderen, und das ist allgemein bekannt. Darum vermeide ich es, Cooper als Bauernopfer in Auseinandersetzungen dieser Art einzusetzen. Ich frage mich, ob das der Grund ist, weshalb ich immer verliere.

»Cooper wäre es vor allem wichtig, dass wir nicht die Deadline für die Druckerei verpassen. Die übrigens in zehn Minuten abläuft. Also, verdammt noch mal, schau einfach kurz über den Text und beschränke dich auf das Wesentliche.« Andy ist jetzt offen feindselig.

Ich atme tief durch. Ich spüre, dass meine Augen feucht werden. Warum kommen mir immer die Tränen, wenn ich wütend bin? Das ist das Letzte, was ich jetzt gebrauchen kann. So wichtig ist das hier nicht. Der Klügere gibt nach. Ich beuge mich über die Tastatur, korrigiere das falsche Satzzeichen (ein überflüssiger Apostroph in »Shinys«) und sehe Andy an.

»Na also. Das war doch gar nicht so schwer, oder?«, sagt er und lächelt. Seine Lippen sind trocken und rissig. Und ich weiß, wenn ich ihm nahe komme, riecht sein Atem nach Kaffee und schlecht gepflegten Zähnen.

Ich drehe mich um und kehre an meinen Schreibtisch zurück. Andy kichert höhnisch, was er schnell hinter einem Husten verbirgt.

Wen kümmert es? Es ist nur ein blöder Flyer.

Aber für die Texte bin ich zuständig. Ich hätte etwas richtig

Gutes daraus machen können. Und man hätte mich vorher informieren sollen.

Vergiss es einfach.

Nun geht eine beschissene Anzeige raus. Was, wenn Cooper sie sieht? Was, wenn der Kunde merkt, wie schlecht sie ist?

Es spielt keine Rolle. In Zeiten wie diesen vermisse ich Chris ganz besonders, den Art Director, mit dem ich früher in der großen Agentur zusammengearbeitet habe. Chris war talentiert *und* nett. Was keine ungewöhnliche Kombination sein sollte.

Ich tauche hinter meinem Monitor ab, während das Team wieder zur Tagesordnung übergeht. Ich habe eine E-Mail von Kate bekommen. Sie kann heute Abend nicht zu unserem kleinen Umtrunk kommen, also verschieben wir unser Treffen auf morgen Abend.

Ich weiß nicht, warum ich den Begriff »Umtrunk« verwendet habe. Tut mir leid. Ich stehe heute ein wenig neben mir.

Andy lässt mich für den restlichen Tag in Ruhe und unterhält sich gerade mit seinen Schleimscheißern über *Doom* oder irgendein ein anderes soziopathisches Ballerspiel, nicht ohne damit anzugeben, wie gut er darin ist.

Ich versuche mich auf meine Arbeit zu konzentrieren, aber meine Gedanken schweifen ständig ab. Sie ahnen bestimmt, in welche Richtung. Schon wieder abserviert! Das sechste Mal. Usw.

Okay, bringen wir es hinter uns.

Der Mann, denn ich in flagranti mit einer Pink Lady erwischt habe.

<u>Trennung Nr. 5:</u> Rick. Anfangs flog ich gar nicht besonders auf ihn, ehrlich nicht. Wir lernten uns vor zwei Jahren in Notting Hill auf der Außenterrasse des Westbourne an einem sonnigen Sonntagnachmittag im Spätsommer

kennen. Von unserer ersten Begegnung an verfolgte Rick mich mit einer Hartnäckigkeit, der nur schwer zu widerstehen war. Ich meine wirklich »verfolgen«. Lustige SMS-Sprüche, witzige E-Mails, zweideutige Wortspielchen und Schmeicheleien … Wie Sie sich vorstellen können, war ich zu jener Zeit eine harte Nuss und sah in jedem Mann einen potenziellen Scheißkerl. Außerdem fand ich Rick zu glatt, zu arrogant und zu charmant, also versuchte ich ihm tunlichst aus dem Weg zu gehen und war anderenfalls sarkastisch und schnodderig zu ihm. Das schien ihn nur noch mehr anzustacheln. Sein Mitbewohner war ein Arbeitskollege von Bloomie, mit dem sie privat befreundet war, und so begegneten wir Rick scheinbar ständig in Kneipen und auf Partys. Er war ein Frauenschwarm. Ich würde ihn nicht als den schönsten meiner Männer bezeichnen, aber er hatte Charisma. Und er machte mir den Hof, was natürlich schmeichelhaft war.

Nach einer vier- oder fünfmonatigen Charmeoffensive von Rick, während der dunklen, endlos langen Winterzeit im Januar, wenn es wirklich sehr deprimierend sein kann, niemanden zum Kuscheln zu haben, nahm ich seine Einladung zu einem gemeinsamen Essen an. Wir trafen uns an einem Donnerstagabend in der Notting Hill Brasserie, wo das Essen und der Wein und das Ambiente dazu beitragen, dass man sich wichtig vorkommt und sich glücklich und interessant zugleich fühlt. Und wir redeten, bis das Restaurant zumachte. Es war das beste erste Date, das ich jemals hatte. Rick offenbarte seine Seele, und ich offenbarte meine, und ich erkannte, das, was ich für aalglatte Arroganz gehalten hatte, war nur hart erarbeitetes Selbstvertrauen (Rick hatte als Schüler und Student mehrere Stipendien bekommen) und aufrichtiger Charme. Wir fanden uns gegenseitig interessant, witzig und clever – jedenfalls behauptete Rick das mehrfach … Mittlerweile gehe ich natürlich davon aus, dass er gelogen hat. Aber damals fand ich ihn wundervoll. Wir küssten uns, und mir schlug das Herz bis zum Hals. Am Ende des Abends sagte er: »Ich weiß, was du gerade denkst. Du fragst dich, ob ich mich morgen bei dir melden werde. Ich werde mir was Besseres einfallen lassen.« Er rief an, kaum dass ich zu Hause angekommen war, und wir redeten weiter, bis ich einschlief. Ich war verhext. (Ich meine verzaubert. Nein, verhext.)

In den ersten drei Monaten war ich im rosa Beziehungshimmel. Rick war klug und geistreich und weltgewandt und aufmerksam und besaß all die anderen tollen Vorzüge, bei denen Frauen weiche Knie bekommen. Doch dann, praktisch über Nacht, begann er plötzlich, sich nicht mehr so, tja, nett zu verhalten. Zuerst hörten die SMS und E-Mails auf (die sind ein absolutes Muss, und ja, ich bin Feministin, aber in diesem Fall scheiß ich drauf), und er wollte mich viel seltener sehen als vorher. Tatsächlich wartete er ab, bis ich einen zaghaften Vorschlag machte, um dann »Lass uns das spontan entscheiden« zu sagen, für den Fall, dass sich etwas (jemand?) Interessanteres ergab. Er fragte nie, wie es mir geht oder nach meinen Plänen für die Woche. Auf meinen Anruf am Donnerstag meldete er sich erst am Wochenende zurück, während ich versuchte, positiv zu denken: »Ist doch prima! So habe ich schön viel Zeit für mich«, bevor er mir dann am Sonntagnachmittag per SMS ankündigte, dass er vorbeikommt für, na ja, nicht besonders spannenden Sex im verkaterten Zustand und einen DVD-Abend. Den Film suchte grundsätzlich er aus. So etwas wie *Sin City*. Oder *Death Proof*.

Mit anderen Worten: ein Scheißkerl. Ein erstklassiger Scheißkerl und Vollidiot, den ich sofort hätte entsorgen sollen, als er sauer wurde wie Milch. Doch das tat ich nicht. Stattdessen versuchte ich mir einzureden, ich wäre rundum glücklich, und erfand Ausreden für mich und meine

Freundinnen: Er muss arbeiten, er ist so im Stress. Ich spürte, wie Rick sich immer weiter zurückzog, wie er das süchtig machende, wärmende Licht seiner Verehrung immer weiter herunterdimmte, und ich konnte es nicht ertragen. Wir waren ein perfektes Paar! Er kannte mich in- und auswendig, ich kannte ihn in- und auswendig! Ich zerbrach mir tage- und nächtelang den Kopf, wie ich ihn dazu bringen konnte, dass er mich wieder so vergötterte wie am Anfang. Ich analysierte jede SMS und jede E-Mail von ihm und hoffte und hoffte und hoffte, dass alles wieder gut werden würde. Sehen Sie mich nicht so an. Das ist Ihnen bestimmt auch schon passiert. Jeder hat schon einmal wegen eines anderen Menschen den Verstand verloren. So wie ich wegen Rick.

Warum, möchten Sie wissen? Weil ich dachte, dass er mich versteht? Weil ich dachte, dass ich ihn verstehe? Wegen meiner unreifen, hoffnungslos romantischen Einstellung? Weil alle meine vorherigen Beziehungen dagegen blass wirkten? Weil jede gescheiterte Beziehung mein Selbstbewusstsein ramponiert hatte? Oder weil meine bisherigen Enttäuschungen mich an diesem potenziell perfekten Glück entschlossen festhalten ließen?

Ich weiß es nicht. Es gibt tausend mögliche Gründe. Keiner davon ist wirklich gut genug.

Und wissen Sie, was noch viel schlimmer ist? Selbst in diesen quälenden sechs Wochen, in denen Rick sich so verhielt und wir uns nur einmal in der Woche sahen oder so – ich natürlich ein einziges Nervenbündel –, war ich immer wieder selig. Er entschuldigte sich, schob es auf die Arbeit, dass wir uns so selten sahen, wir öffneten eine Flasche Wein und quatschten und lachten und strahlten vor Glück, und ich betete ihn noch mehr an als zuvor, trotz der tagelangen, am Selbstbewusstsein nagenden Ungewissheit. Wenn er da war, fühlte ich mich wieder sicher, glücklich und zufrieden. Und es war an einem dieser Sonntagabende, an dem ich ihm sagte, dass ich ihn liebte.

Ich weiß! Sehen Sie mich nicht so an. Glauben Sie mir, ich weiß selbst, dass ich das nicht hätte sagen sollen.

Es war nicht geplant, es rutschte mir einfach so heraus. Normalerweise sage ich so etwas nie, wenn ich mich einigermaßen unter Kontrolle habe. Ich habe es bisher auch nie zu einem anderen Mann gesagt. Vielleicht war ich ja einfach so froh und erleichtert, dass ich das Kribbeln und die Geborgenheit nach einer besonders langen Woche, in der ich kaum etwas von ihm gehört hatte, wieder spürte. Vielleicht – wahrscheinlich – habe ich im Unterbewusstsein gehofft, dass Rick mein Liebesbekenntnis erwidern würde und das Funkeln zwischen uns anhielt wie früher. Wer weiß? Das weibliche Hirn ist ein ärgerliches Mysterium. Selbst für uns Frauen. Zu jener Zeit glaubte ich übrigens, mein Liebesbekenntnis wäre aufrichtig, doch ich merkte bald, dass es keine Liebe war … sondern vielmehr eine Sucht.

Und natürlich hat Rick das Bekenntnis nie erwidert. Er lächelte nur und gab mir einen Kuss. (Wir standen gerade in seiner Küche und kochten Spaghetti Bolognese. Ich hasse Spaghetti Bolognese, allerdings hielt sich jeder meiner Exfreunde für einen begnadeten Koch.) Im Bruchteil einer Sekunde wurde mir klar, dass Rick mein Bekenntnis nicht erwidern würde, weil er mich nicht liebte und nie geliebt hatte. Am liebsten wäre ich heulend davongelaufen, aber stattdessen goss ich mir ein weiteres Glas Wein ein und wahrte mein Lächeln. Es spielt keine Rolle. Alles wird gut. Bleib einfach am Ball, und sei positiv, und zeig ihm, was für eine tolle Freundin du bist.

Und am nächsten Abend war die »Dein Traumberuf als Kind«-Kostümparty.

Wochenlang – monatelang – betrank ich mich regelmäßig und heulte mir die Augen aus. Ich fürchtete bereits, mich in eine menschliche Rosine zu verwandeln, da ich so viele Tränen vergoss. Ich feierte meinen achtundzwanzigsten Geburtstag zwei Wochen nachdem Rick mich verlassen hatte. Dieser Tag war ein absoluter Tiefpunkt. Bloomie hatte für mich ein Abendessen organisiert, und ich saß die ganze Zeit mit einem Taschentuch in der Hand da, um die Tränen abzutupfen, die einfach so über mein Gesicht liefen, auch wenn mir gar nicht bewusst war, dass ich weinte. Ich gab mir hemmungslos die Kante, übergab mich anschließend und musste bereits um zehn Uhr nach Hause gebracht werden. Oh Gott, was für eine erbärmliche Phase in meinem Leben. Ich hasse dieses Ich. Bis auf den Tod. Nach den vorherigen Trennungen kam ich immer ziemlich schnell wieder auf die Beine, mit Hilfe des magischen Dreiecks aus Freunden, Klamotten und Wodka, und war bereit, unter Leute zu gehen und Spaß zu haben. Dieses Mal jedoch nicht. Über Rick hinwegzukommen war wie über eine schwere Krankheit hinwegzukommen. Ich brauchte viel Flüssigkeit (Wodka), abgedunkelte Räume (Kneipen) und Ruhe (alkoholinduzierte Bewusstlosigkeit).

Ich weiß nicht einmal, warum mir die Trennung von Rick dermaßen zusetzte. Es war eben so. Es war – oh Gott, es war wie ein schlimmer Autounfall.

Dagegen war die Trennung von Posh Mark wie ein aufgeschürftes Knie.

Rick hat sich übrigens nie bei mir entschuldigt, wissen Sie. Es gab zwischen uns nicht einmal dieses qualvolle/befriedigende/traurige Ritual, dem anderen seine persönlichen Sachen zurückzugeben. Ricks Mitbewohner übergab Bloomie meinen Augen-Make-up-Entferner und meine Ersatzunterwäsche, die bei Rick deponiert gewesen waren. (Er hatte keine persönlichen Sachen bei mir. Er weigerte sich, bei mir zu übernachten, nach ein paar halbherzigen Versuchen am Anfang. Auch das ist übrigens ein Anzeichen für einen Scheißkerl. Immerhin ist der Heimvorteil nicht zu verachten.)

Ich bin kein Opfer, auch wenn Sie mich vielleicht für einen hoffnungslosen Fall halten, nachdem ich mich offenbart habe. Wissen Sie, ich frage mich insgeheim – sorry, dass ich Sie als Seelenklempner benutze, aber ich kann mir keinen richtigen leisten –, ob ich nach sechsmonatiger Trauer mit exzessiven Besäufnissen mich auf Posh Mark einließ, nicht weil er zu nett zu sein schien, um mich abzuservieren, sondern weil ich automatisch annahm, dass es ohnehin zum Scheitern verurteilt war. Wenn ich nicht so richtig verliebt war, würde es wenigstens nicht so weh tun. Hm. Bloomie bezeichnet eine solche Art von Beziehung als »emotionales Löschpapier«: Sie löscht den Schmerz nach einem Beziehungs-Super-GAU, bis die Zeit alle Wunden geheilt hat und man darüber nachdenkt, eine Beziehung mit jemandem einzugehen, den man wirklich gernhat. Außerdem ist es schöner, in starken, muskulösen Männerarmen aufzuwachen als alleine. Irgendwie.

Oh verdammt, ich kann mir nicht vorstellen, dass ich mich jemals wieder auf eine Beziehung einlasse. Oder besser gesagt: Ich kann es mir vorstellen, aber ich könnte es nicht verkraften. Es ist so deprimierend, wenn ich darüber nachdenke. Da ist so viel falsch gelaufen. Und ich will das alles nicht noch einmal durchmachen. Einen Mann kennenlernen, ihn sympathisch finden, mit ihm essen gehen, warten, ob er sich danach meldet … Das ist nur anstrengend, und es funktioniert ohnehin nicht für mich. Offensichtlich bin ich beziehungsunfähig. Ich will einfach … Ich will mich einfach aus diesem Spiel ausklinken, ganz ernsthaft.

Kapitel 4

Um 17.30 Uhr verschwinde ich so schnell und unauffällig wie möglich aus dem Büro. Auf dem Weg nach draußen wird mir bewusst, dass mein kriegerisches Outfit bei Andy kläglich versagt hat und zum Opfergewand wurde. Ich bin mit Bloomie in einer Kneipe verabredet, die ungefähr zehn Minuten von der U-Bahn-Station South Kensington entfernt ist. Ich würde lieber das Taxi nehmen, kann das aber nicht rechtfertigen. (Ich verbringe Unmengen Zeit damit, meine Ausgaben für Taxis mir selbst gegenüber zu rechtfertigen. Meine beiden Standardausreden lauten: Es ist zu spät und zu gefährlich, jetzt noch mit der U-Bahn zu fahren – was in Zone zwei nicht wirklich zutrifft. Und: Ich trage hohe Absätze.)

Im Linienbus, der die Fulham Road entlangfährt, versuche ich, mich in gute Stimmung zu versetzen. Obwohl das Universum an diesem Abend jedes glücklich verliebte Paar in London mir über den Weg laufen lässt (Warum finden alle anderen die Liebe, nur ich nicht? Wie kommt es, dass die unscheinbare graue Maus vor mir mit ihrem Freund telefoniert und ihm sagt, dass sie später mit dem Abendessen auf ihn wartet? Verdammter Mist, warum bin ich unfähig, so etwas zu erreichen?), fällt mir das gar nicht so schwer. Ich bin eben eine Frohnatur, ich liebe After-Work-Drinks, ich liebe Bloomie, und ich liebe das Lokal, in dem wir uns treffen. Es ist ein Restaurant und heißt Sophie's Steakhouse, aber wir setzen uns immer an die Bar. Sophie's Steakhouse ist kein Baggerschuppen, aber auch kein Pärchenclub, nicht zu laut und nicht zu leise, nicht zu cool und nicht zu spießig. Kurzum, der perfekte Ort für einen frisch gebackenen Single.

Ich schiebe den schweren Türvorhang am Eingang zur Seite und sehe das übliche junge und attraktive Westlondoner Publikum. Es sind einige schöne Männer darunter, wie immer, obwohl mein Riecher mir sagt, dass sie wahrscheinlich so sind wie Rugby Robbie. Ein paar Chelsea-Typen mit lockerem Seitenscheitel und in roten Cordhosen (Wer verkauft so etwas, und wie kann man das in Zukunft verhindern?), ein paar ältere Anzugtypen, die alleine am Tisch sitzen und auf ihre Frau oder Freundin warten, und ich spüre außerhalb meines Blickfelds, dass sich Köpfe nach mir drehen, als ich hereinkomme. Eine Gruppe von fünf Männern, die sich ein frühes Abendessen im Restaurant gönnen. Ich weiß, sie starren mich nur an, weil ich, nun ja, eine Frau bin, aber trotzdem. Es tut gut. Besonders heute.

Bloomie kommt wie üblich eine halbe Stunde zu spät, und ich schlage mit dem interessanten Teil einer Zeitung, die jemand liegen gelassen hat (Sie wissen schon, den Promi-Klatsch sowie Film- und Buchkritiken), die Zeit tot. Als Bloomie eintrifft, vollführen wir wie üblich unser Begrüßungsritual: Küsschen rechts, Küsschen links, und danach ein doppelter Wodka.

Von da an läuft es wie geschmiert. Eigentlich möchte ich mich heute Abend nicht betrinken, weil erst Mittwoch ist und der nächste Gehaltsscheck frühestens in zehn Tagen kommt. Aber schon kurze Zeit später gehen Bloomie und ich für eine Zigarettenpause nach draußen (normalerweise raucht keine von uns, außer in extremen Stresssituationen wie gestern Abend oder wenn wir Alkohol trinken oder, äh, einen ganzen Samstagnachmittag verquatschen oder manchmal am Telefon), was ein sicheres Zeichen ist, dass wir hier länger verweilen möchten.

Bevor ich weiß, wie mir geschieht, knalle ich mit der

Faust auf den Tisch, um meinen Standpunkt zu verdeutlichen (Welchen Standpunkt? Wer kann das sagen? Irgendeinen Standpunkt! Suchen Sie sich bitte einen aus.) und theatralisch Vorsätze zu verkünden, die alle mit »Ich werde NIE WIEDER« oder »Ich werde auf GAR KEINEN Fall« beginnen.

Vom ersten zum zweiten Glas unterhalten wir uns über Posh Mark, vom zweiten zum dritten über Eugene (den unheimlich netten Kerl, mit dem Bloomie seit ein paar Monaten zusammen ist. Sie nennt ihn »Monk«, denn wer zum Teufel heißt schon Eugene?) mit einem kleinen Abstecher zu Bloomies Mitbewohnerin Sara, die seit kurzem arbeitslos ist und bald eine Weltreise machen wird, vom dritten zum vierten Glas über die Wirtschaftskrise. (Das ist nur ein Scherz! Wir reden über Posh Mark und Eugene weiter, natürlich.) Und dann haut das fünfte Glas voll rein.

Und die Gedanken, die mir den ganzen Tag im Kopf herumkreisten, purzeln heraus.

»Bloomie. Bloomster. Hör zu. Ich kann das nicht mehr. Ich kann nicht mehr.«

»Was? Trinken?« Bloomie schreibt gerade eine SMS an den Monk, wobei sie ein Auge zukneift, um das Handy-Display zu fokussieren.

»Nein – ich meine ja, ich möchte noch einen Drink … äh, ja, einen Doppelten, bitte. Ich kann nicht … Ich kann keine Beziehung mehr eingehen. Ich kann das nicht, ich tauge nicht dafür, und ich bin einfach unfähig.« Ich schlage mit der flachen Hand so heftig auf den Tisch, um meinem Standpunkt Nachdruck zu verleihen, dass meine Finger brennen.

»Reiß dich zusammen, Prinzessin.«

»Sieben Jahre lang diese Scheiße, Blooms. Sechs gescheiterte Beziehungen. Ich will nicht mehr. Ich will damit einfach nichts mehr zu tun haben.«

»Du hast eben sieben Jahre Pech gehabt. Mehr nicht. Warte!« Bloomie streckt theatralisch die Hände in die Höhe. »Hast du einen Spiegel zerbrochen, als du einundzwanzig warst?«

»Das ist mein Ernst ... Ich kann nicht mehr. Diese blöden Dates bringen doch sowieso nichts. Man sieht einen Typen in der Kneipe, der dich zehn Minuten später anquatscht, man verabredet sich zu einem Date – und zack!, hat man eine Beziehung. Aber woher soll man wissen, ob er wirklich der Richtige ist?«

»Tja, man muss eben das Beste hoffen«, sagt Bloomie achselzuckend, mit der vollen Zuversicht eines glücklich verliebten Menschen.

»Nein. Ich ertrage das nicht mehr ... Den Brechreiz, die Hoffnung, das Warten darauf, dass er sich meldet, den Brechreiz und, in den seltenen Phasen, in denen es gut läuft und er mich mag und ich ihn, den Brechreiz, weil ich insgeheim damit rechne, wieder verlassen zu werden. Was auch geschehen wird, denn das war immer so, egal mit wem. Ich habe das zu oft erlebt. Und wenn ich an all meine Exfreunde denke, werde ich richtig wütend auf mich, da ich mich überhaupt auf diese Scheißkerle eingelassen habe ... Und habe ich schon den Brechreiz erwähnt?«

Bloomie sieht mich stirnrunzelnd an.

»Geht es hier eigentlich um Rick? Ich schwöre bei Gott, dieser Kerl war ...«

»Nein«, falle ich ihr rasch ins Wort. »Natürlich nicht. Ich bin über ihn hinweg. Ich glaube wirklich, ich meine, ich weiß es, ich *weiß*, dass ich über ihn hinweg bin.«

»Okay ...«, sagt Bloomie in zweifelndem Ton. »Warum konzentrierst du dich nicht einfach in nächster Zeit auf deine Arbeit und machst dir keine Gedanken mehr über ihn? Das habe ich nach dem Facebook-Typen getan, und es war das Beste, was ich tun konnte. Und auch nach dem

Arschgesicht. Und nach dem behaarten Rücken.« Das sind Bloomies Exfreunde. Sie unterbricht sich kurz. »Ich stürze mich dann immer in die Arbeit.« Sie lacht. »Stell dir vor, mein Liebesleben wäre nicht so beschissen gewesen. Dann hätte ich nie Karriere gemacht!«

Ich sehe sie an und seufze. Ich wurde noch nie befördert.

»Ich bin eine totale Niete in meinem Job, Bloomie. Heute war …« Ich schließe die Augen. Ich kann den Gedanken an die Arbeit nicht ertragen. Ich habe Bloomie früher schon von meiner Unfähigkeit, mit Andy umzugehen, erzählt und sie gab mir ein paar Tipps, aber ich kann die Dinge nicht so angehen wie sie. (Ich glaube, der Fachausdruck lautet »Frontalangriff«.) »Ach, vergiss es, es ist nicht der Rede wert. Ich sollte meinen Job an den Nagel hängen. Ich bin dafür ungeeignet. Ich bin eine Versagerin! In allem!« Oh, da ist sie ja wieder, die Drama-Queen. Stolziert vorüber.

»Hey, komm schon. Du machst deinen Job großartig«, antwortet Bloomie tröstend und streckt betrunken eine Hand aus, die auf meiner Schulter landet. »Obwohl ich mir wünschen würde, du hättest gegenüber deinen Kollegen auch so eine große Klappe wie bei uns.«

Ich ziehe zweifelnd die Augenbrauen hoch. »Es ist auch nicht schwer, gegenüber den besten Freundinnen eine große Klappe zu haben. Beim Rest der Welt dagegen schon.«

»Ich hatte heute auch einen schlimmen Tag«, sagt Bloomie solidarisch. »Weißt du, das ist das erste Mal in diesem Monat, dass ich vor acht Uhr aus dem Büro komme. Das kotzt mich an.«

Von wegen, es macht Bloomie gar nichts aus, bis spätabends zu arbeiten, doch ich halte mich zurück. »Im Ernst? Ist alles okay? Was ist denn los bei euch?« Ich nippe an meinem Glas. Ich habe Hunger, aber die Getränke hier sind teuer, also muss ich mit dem Essen warten, bis ich zu Hause bin.

»Liest du keine Zeitung, Darling?«, entgegnet sie lachend. Zum ersten Mal fallen mir die Tränensäcke unter ihren Augen und ihre abgekauten Fingernägel auf, was Bloomie gar nicht ähnlich sieht. »Es sind schwierige Zeiten … Ich muss eben den Kopf einziehen, dann behalte ich vielleicht meinen Job.«

»Oh, äh … ja«, stammle ich und rühre in meinem Glas. Was die Welt der Finanzen betrifft, habe ich keinen Durchblick. Stehen etwa schon wieder ein paar Banken vor dem Zusammenbruch? Ich stelle mir dann immer bildlich Banktürme vor, die einer nach dem anderen umfallen. »Ich bin sicher, du verlierst deinen Job nicht, Blooms.«

»Ja, sicher, alles wird gut«, meint Bloomie mit einer wegwerfenden Handbewegung. »Außerdem habe ich ja den Monk zur Ablenkung. So was brauchst du auch. Einen Monk, der dich ablenkt.«

»Nein«, widerspreche ich ihr mit einem tiefen Stoßseufzer. »Ich bin einfach unfähig, den Richtigen zu finden … Für mich hat das keinen Zweck. Vorbei. Ich habe keinen Bock mehr.«

»Ich kenne dich«, wirft Bloomie lachend ein. »Das sagst du jetzt, aber spätestens morgen, wenn du irgendeinem tollen Typen in einer Bar begegnest, änderst du deine Meinung wieder.«

»Genau! Als ich vorhin hier hereinkam, habe ich als Erstes die Männer abgecheckt und überlegt, welcher etwas für mich sein könnte. Dabei bin ich noch keine vierundzwanzig Stunden Single! Was zum Henker stimmt nicht mit mir? Ich stecke in einem Teufelskreis, in dem sich alles nur um Dates dreht, aber damit versaue ich mir mein Leben. Das ist wie eine Sucht!«

»Nein. Das ist ganz normal, wenn man Ende zwanzig ist und Single.«

»Ich habe die Schnauze jedenfalls voll«, sage ich. »Ich

bin es gründlich und für alle Zeiten leid, verdammt. Gott ist mein Zeuge, ich werde nie wieder eine Beziehung eingehen.«

»Seit wann hast du denn religiöse Anwandlungen, Scarlett O'Hara?«, entgegnet Bloomie und stochert mit ihrem Strohhalm zwischen ihren Eiswürfeln. »Du bist ja nicht einmal getauft.«

»Also gut, so wahr Bloomie meine Zeugin ist …« Ich unterbreche mich kurz und schlage mit beiden Händen so laut auf den Tisch, dass der Barkeeper besorgt herüberschaut. »Ja! Genau! Ich werde von jetzt an offiziell aussteigen und mich von den Männern fernhalten. Keine Dates, keine Enttäuschungen. Ganz offiziell. Ernsthaft.«

»Keine Männer mehr?«

»Keine Männer mehr.«

»Kein Sex?«

»Kein Sex.«

»Nicht einmal ein Flirt?«

Ich zögere kurz. »Nur, wenn er harmlos bleibt. Es spricht ja nichts dagegen, sich mit Männern zu unterhalten …«

»Dann solltest du dieses Gelübde schriftlich aufsetzen.«

»Mach du das«, antworte ich, nehme eine Zigarette aus der Schachtel und klemme sie mir erwartungsvoll zwischen die Lippen. »Ich bereinige mein Leben von Männern. Sozusagen eine Testosteronentgiftung. Eine Männerentgiftung. Sollen wir es eine Männerfastenzeit nennen?«

Bloomie stößt ein lautes Prusten aus. »Nein, das klingt nicht fröhlich genug. Wir nennen es einen Urlaub von der Liebe!«, schlägt sie begeistert vor und kramt in ihrer Tasche nach einem Stift.

»Einen Urlaub von der Liebe? Klingt wie ein Film mit Cliff Richard. Nein, es ist eine … eine Auszeit. Eine Liebesauszeit.«

»Und was, wenn du deinem Traummann begegnest?«

Ich verdrehe die Augen. »Ach was. Wie hoch stehen denn wohl die Chancen dafür?«

Bloomie stößt ein gackerndes Lachen aus. »Und woher weißt du, wann die Auszeit vorüber ist?«

»Nach sechs Monaten. So lange dauert doch ein durchschnittliches Sabbatical, oder?«

»Süße, ganz im Ernst, das ist eine lange Zeit, um das wahre Leben zu ignorieren, selbst für dich.«

»Das ist ja das Problem … Also gut, drei Monate«, lenke ich grinsend ein.

»Okay, ich brauche ein Blatt Papier. Ich frage mal den Barkeeper. Willst du noch einen Drink?«

Während Bloomie sich zum Tresen aufmacht, lasse ich den Blick schweifen und betrachte erfreut all die Männer, mit denen ich mich nicht einlassen werde. Ich spüre eine große Erleichterung, dass ich mit diesem ganzen Kram nichts mehr zu tun habe. Unglaublich, dass ich nicht schon früher darauf gekommen bin! Ich bin ein Genie! Gratulation an mich selbst!

Kapitel 5

Am nächsten Morgen werde ich mit einem vorhersehbar trockenen Mund und einem üblen Geschmack auf der Zunge wach. Ich öffne ein Auge und bemerke, dass meine Wimpern verklebt sind – was bedeutet, dass ich mich nicht richtig abgeschminkt habe – und dass ein Blatt Papier auf meiner rechten Brust liegt. Natürlich sind Sie, liebe Leserin, mir einen Schritt voraus – ich würde auch nichts anderes erwarten – und ahnen bereits, dass auf diesem Blatt die Liste steht, die ich gelesen habe (wobei ich mir ein Auge zuhalten musste, weil ich nach dem Wodka alles doppelt sah), bevor ich letzte Nacht einschlief.

REGELN FÜR DIE LIEBESAUSZEIT

1. Keine Dates annehmen.
2. Keine Männer zu einem Date einladen.
3. Offensives Flirten ist nicht erlaubt.
4. Nach Möglichkeit nicht über die Auszeit sprechen.
5. Über die Auszeit zu sprechen ist nur als Begründung für die Ablehnung eines Date erlaubt. Sonst würde das die Männer nur neugierig machen und eine andere Form des Flirtens sein, die als Herausforderung verstanden wird.
6. Keine verkappten Dates, z.B. ein gemeinsamer Besuch im Kino oder so, der offenkundig arrangiert ist, auch wenn das bestritten wird.
7. Keine neuen Männerbekanntschaften. Das stiftet nur Verwirrung. Und es eröffnet Gelegenheiten für ein verkapptes Date unter dem Vorwand eines rein plato-

nischen Freundschaftstreffens, das im Grunde auf ein Date hinausläuft.

8. Küssen ist verboten. Außer in Extremsituationen, z.B. ein Männermodel/witziges Genie steht kurz davor, in See zu stechen, um die Welt zu retten, und beim Abschied fängt dieser Traummann plötzlich an zu weinen und schluchzt, dass er noch nie einen richtigen Liebeskuss erlebt hat.
9. Solltest du tatsächlich einem Männermodel/witzigen Genie begegnen, das die Welt retten will, darfst du mit ihm ins Bett gehen. Ansonsten gilt: Keine Besucher in deinem Salamiversteck; das macht die Dinge nur komplizierter. Ohne jede Ausnahme.
10. Keine Scheißkerle.

Das Blatt trägt meine Unterschrift und die von Bloomie. Unsere Handschrift ist, wenig überraschend, schwungvoller als sonst. Ich habe sogar das Wort »Frau« vor meinen Namen gesetzt. Hm.

Was zum Teufel ist ein Salamiversteck?

Shampoo, Conditioner, Achseln rasieren, Zähne besonders gründlich putzen, meine Beine bekommt heute niemand zu Gesicht, Scheiß auf das Peeling, Handtuch … Wo zur Hölle ist die Feuchtigkeitslotion? Egal – Deo, Parfüm. Mein modisches Credo lautet heute: »Bequem muss es sein.« Ich entscheide mich für meine uralte Levi's 501, ein acht Jahre altes graues Schlabber-T-Shirt, das ich »Ol'Grey« nenne, eine braune Strickweste, Wollsocken und Converses. Ich sehe aus wie ein Fan der Smashing Pumpkins. Ein männlicher Fan. Aus dem Jahr 1992. Das geht nicht. Wenn ich an meinem Outfit zweifle, motiviere ich mich normalerweise mit dem Spruch »Wenn ich sage, das geht, dann geht das auch«, aber dieses Mal gelingt mir das nicht.

Ich ziehe alles wieder aus und überlege einen Augenblick. Was wäre sonst noch bequem? In den Siebzigern zu leben war bestimmt bequem. Glaube ich jedenfalls. Keine E-Mails, keine Handys, überall durfte geraucht werden, und man tippte auf Schreibmaschinen. Wie simpel. Ich ziehe schließlich meine Jeansschlaghose an, ein geripptes weißes Oberteil und meine Chucks, flechte meine feuchten Haare zu einem seitlichen Zopf, binde mir einen H&M-Schal aus Seide (beziehungsweise Polyester) im dezenten Retrolook als Gürtel um die Hüfte und verknote ihn an der Seite. Dann betrachte ich mich wieder im Spiegel. Ah ja. Erinnert ein bisschen an eine Studentin in den Siebzigern. Das geht so. Ein Glück, dass ich in der Werbebranche arbeite und anziehen kann, was ich will. Müsste ich jetzt einen Hosenanzug tragen, würde ich mir die Pulsadern aufschlitzen … Make-up … hm. Meine Brauen sind wieder einmal besonders ätzend, doch ich habe heute keine Geduld dafür. Dicke Wimperntusche, ein bisschen Selbstbräuner und Rouge für ein gesundes Aussehen, Lippenbalsam. Ich ergänze das Ganze mit einem beigekarierten Herrenmantel, den ich in einem Charity Shop gekauft habe, und voilà. Leicht wässrige Augen, aber es geht. Ich sehe auf meine Uhr. Ich habe heute doppelt so lange gebraucht wie gestern, um mich fertig zu machen. Genau aus diesem Grund trinke ich unter der Woche nicht (viel).

Auf dem Weg zur Arbeit denke ich in der U-Bahn über meine männerfreie Zeit nach. Natürlich ist die Idee albern. Aber auch so einfach. Eine einfache Möglichkeit, sich nicht damit auseinanderzusetzen, dass man wieder Single ist.

Ich könnte die männerfreie Zeit nutzen, um mein oben erwähntes gebrochenes Herz zu heilen – okay, okay, es ist nicht gebrochen, und ich habe im Prinzip gestern keinen Gedanken an Posh Mark verschwendet. (Mensch, Sie sind eine sehr aufmerksame Leserin.) Trotzdem ist mein Herz im Moment eingeschüchtert und traut sich nicht, zum

Spielen rauszukommen. Lieber legt es sich mit Schokolade und einem Liebesroman von Jilly Cooper in die Badewanne.

Ich öffne meine gelbe Glückshandtasche, um noch einmal die Zehn-Punkte-Liste für meine männerfreie Zeit zu überfliegen, wobei mir ein Batzen Quittungen über die Getränke gestern Abend in die Finger gerät, die sich auf über sechzig Pfund summieren. Ach du Schande. Ich aktualisiere im Kopf meine Einnahmen-Ausgaben-Bilanz. (Nein, das ist keine narrensichere Methode, um seine Finanzen zu kontrollieren, aber für mich funktioniert sie. Einigermaßen. Da ich nicht viel verdiene, muss ich auf manche Dinge verzichten, um möglichst viel übrig zu haben für das, was mir wichtiger ist, zum Beispiel Klamotten und Wodka und Taxifahrten. Aus diesem Grund bin ich kein Mitglied in einem Fitnessstudio, leiste mir keine unnötigen Friseurbesuche und gebe so gut wie nichts aus für Dinge wie, Sie wissen schon, Lebensmittel. Ich ernähre mich hauptsächlich von Baked Beans, Dosenthunfisch, Bananen und Toast.)

Ich bin jetzt an meinem Arbeitsplatz, einen perfekten Kaffee vor mir, und schreibe eine E-Mail an Bloomie:

Hey, mein Gelübde ist noch aktuell.

Sie antwortet:

Ach, wirklich? Gut. Das kannst du gleich morgen Abend auf Mitchs Party antesten.

Ich antworte:

Gebongt.

Ich verstecke mich den ganzen Tag hinter meinem Monitor. Andy würdigt mich keines Blickes. Eigentlich sollte ich mit ihm über einen neuen Auftrag sprechen, aber stattdessen schicke ich ihm eine E-Mail, als er in der Mittagspause ist. Ich kann ihm heute einfach nicht unter die Augen treten.

Ich bin mit Kate heute Abend zum Essen verabredet. Sie ist die Dritte in unserem Bund, der seit der Uni existiert, nimmt allerdings ungefähr ein Jahr schon nicht mehr so oft an unserem gesellschaftlichen Leben teil, seit sie in einer lächerlich stabilen Langzeitbeziehung lebt. Wir treffen uns in Mayfair, wo Kate arbeitet, im The Only Running Footman, einem Pub mit pseudorustikalem Ambiente. Dort wimmelt es von Leuten aus der Finanzbranche, die ihren Kummer ertränken, doch wir entdecken noch einen freien Tisch unten im Restaurant. Ich registriere ein paar sehr attraktive Männer. Schande, ich bin auf Diät, also brauche ich gar nicht hinzugucken, rufe ich mir in Erinnerung.

Über Burger und Bier hinweg erkläre ich Kate die Theorie meiner Männerauszeit. Sie nickt sehr ernst und stellt mir fundierte und schonungslose Fragen, die ich ziemlich gelassen beantworte, bis …

»Na schön, Sass. Das sieht dir mal wieder ähnlich. Aber was, wenn du einen Mann kennenlernst, an dem du ernsthaft interessiert bist?«

Ich zögere, die Pommesgabel in der Luft.

»Wie meinst du das?«

»Was, wenn du … Du weißt schon, wenn du einen Mann triffst, auf den du total abfährst und mit dem du ausgehen möchtest?«

»Einen Mann? Auf den ich total abfahre? Und mit dem ich ausgehen möchte?«

Ich bin verwirrt. Daran hatte ich gar nicht gedacht. Ich habe seit Jahren keinen Mann kennengelernt, an dem ich ernsthaft interessiert war. Ich gehe einfach zu Dates, weil ich dann beschäftigt bin. Und wenn der Mann sich schon traut, mich um ein Date zu bitten, dann, finde ich, sollte ich Ja sagen, außer er ist hässlich oder ein Schleimer oder Loser oder mit Sicherheit ein Scheißkerl, und dann mal sehen, was passiert. (Obwohl dieser Ansatz, wie die Vergangenheit gezeigt hat, nicht wirklich funktioniert.) Doch das kann ich Kate so nicht sagen. Es klingt dämlich.

»Hm … nun … Ich glaube, ich bin an keinem Mann ernsthaft interessiert, bevor er mich nicht zu einem Date einlädt. Kann schon sein, dass ich den Typen am anderen Ende der Theke ziemlich scharf finde oder so, aber ich denke mir nichts weiter dabei, bis der Mann den ersten Schritt macht. Wozu unnötig Energie verschwenden?«

»Das klingt irgendwie so … passiv«, sagt Kate vorsichtig und tunkt eine Pommes in den Riesenklecks English Mustard auf ihrem Tellerrand. Echt schräg, ihre Vorliebe für englischen Senf.

Ein bisschen mehr über Kate: sehr hübsch, sehr klein und ein absolutes Goldstück. Wahrscheinlich der liebste Mensch, mit dem ich jemals befreundet war. Kate, Bloomie und ich sind seit unserem ersten Tag auf der Uni beste Freundinnen, wo wir Wohnheimpartys feierten, uns mit Cidre betranken und unsere gemeinsame Begeisterung für Jeff Buckley entdeckten (ja, voll das Klischee). Kate wuchs in einer Kleinstadt in Cambridgeshire auf, war früher bei den Pfadfindern und im Reitverein und sieht auch heute noch aus wie das hübsche, gesunde Mädel vom Land. Die Jungs fuhren schon immer auf sie ab. Männer mögen kleine Frauen, ist Ihnen das schon einmal aufgefallen? Ich bin übrigens eher groß. Und ich hatte nie einen Freund, der groß genug war, dass ich acht Zentimeter hohe Absätze anziehen konnte. (Ob mein Beziehungstrauma jemals aufhört, frage ich Sie?) Sorry, zurück zu Kate. Sie ist Wirtschaftsprüferin, obwohl ich nicht weiß, warum, denn eigentlich hat sie Italienisch und Französisch studiert. Sie war sogar ein Jahr in Florenz. Kate war schon immer ein kleiner Kontrollfreak, ein Mensch, der bereits Wochen im Voraus plant und in Panik gerät, wenn unvorhergesehene Ereignisse eintreten. Vielleicht ist das ja typisch für Wirtschaftsprüfer.

Kate wohnt mit ihrem Freund zusammen. Er heißt Tray. Bloomie und ich nannten ihn zuerst den netten Tray, als wir ihn kennenlernten, später dann den ernsten Tray. Inzwischen ist er der langweilige Tray. Er ist absolut nett, trägt aber nie etwas zur Unterhaltung bei. Dabei ist es nicht so, als würde ich mich nicht gerne mal mit ihm unterhalten. Vielmehr ist es so, dass ich mich weitaus lieber mit allen anderen unterhalte. Ich schätze, die beiden verbindet irgendetwas Verrücktes, sonst wäre Kate nicht schon drei Jahre mit ihm zusammen. Mein Vater sagt immer, keiner sieht das Spiel wie die Spieler. (Mein Vater ist ein unerschöpflicher Quell an Gleichnissen über Sport/Liebe.) Kate macht in letzter Zeit einen recht glücklichen Eindruck – ein bisschen ruhiger und ernsthafter, und wir bekommen sie nicht mehr so oft zu Gesicht, aber sie scheint glücklich zu sein.

»Warst du an Tray ernsthaft interessiert, bevor er dich zu einem Date eingeladen hat?«

Kate blinzelt nachdenklich. »Keine Ahnung … Ich fand ihn einfach interessant und irgendwie … lieb. Ein lieber, interessanter Gesprächspartner. Genau das, was ich mir für meine nächste Beziehung wünschte. Ja, ich schätze, ich war an ihm ernsthaft interessiert.«

»Und die sexuelle Chemie?«

»Oh ja, ja, die auch«, sagt Kate rasch. »Weißt du, ich wollte unbedingt einen lieben Mann haben. Ich hatte davor so viele, äh … Scheißkerle. Erinnerst du dich noch an Dick the Prick? Und an das fehlende Glied?«

Ich muss lachen. Dick the Prick war Kates erster Freund in London, doch er betrog sie und sie machte Schluss mit ihm. Das fehlende Glied war nicht so ein Arsch, aber auch er war nicht besonders nett. Er war ziemlich doof und sah gut aus.

»Nach all den Scheißkerlen hast du dir also gezielt einen Nicht-Scheißkerl gesucht?«

»Äh … ja.«

»Das ist wie bei mir und …« Ich überlege kurz, bis mir der Name einfällt. »… Posh Mark! Der war auch lieb!«

Und strohdoof, füge ich im Stillen hinzu. Ich bin ein herzloses Biest.

»Ja, allerdings bezweifle ich, dass du und Posh Mark jemals zusammengepasst hättet. Tray und ich dagegen haben viel gemeinsam. Ich mag seine Gesellschaft. Er ist sehr klug«, fügt sie hinzu. Wieder.

Hm. Sie klingt ein bisschen wie die Frauen von Stepford und sie weicht meinem Blick aus, aber ich beschließe, ihr recht zu geben.

»Du hast recht. Du bist ein richtiger Glückspilz, Süße. Es ist wichtig, einen Mann zu haben, der lieb und klug ist.«

Vielleicht ist hier irgendetwas faul, doch ich werde sie nicht ausfragen. Kate spricht nur über ihre Gefühle, wenn sie es möchte. Sie gibt sich immer nett und reserviert, allerdings nicht auf eine kühle Art – Kate würde alles für uns tun. Ich glaube, sie ist schüchtern. Bei Kate weiß man nie, ob es ihr super geht oder absolut beschissen, außer sie möchte, dass man es erfährt. Ich wünschte, ich wäre nicht so ein offenes Buch. Meine Mutter erkennt meine Stimmung daran, wie oft ich es klingeln lasse, bevor ich ans Telefon gehe.

»Wie geht es dir denn wegen Posh Mark, Sass?«, fragt Kate. Ich hatte ihr am Dienstagabend am Telefon etwas vorgeheult, peinlicherweise.

»Oh, ganz gut«, antworte ich wahrheitsgemäß. »Weißt du, er war ein Rettungsanker. Noch immer besser, als in einem Meer aus Selbstmitleid und Wodka zu ertrinken.«

»Hübscher Vergleich«, sagt Kate grinsend. »Und, wo können wir jetzt nicht mehr hingehen?«

»Ins Eight Over Eight. Da hatten wir unser erstes Date«, antworte ich und beiße nachdenklich in meinen Burger.

»Und ins Julie's, weil wir dort immer brunchen waren, wenn ich bei ihm geschlafen habe.«

»Gibt es in deiner Ecke überhaupt noch Läden, in denen wir brunchen können, ohne dass du sie mit irgendeinem Ex in Verbindung bringst?«, fragt Kate lachend. Sie kann nicht nachvollziehen, warum ich die Orte meide, die mich an die Männer erinnern, von denen ich sitzen gelassen wurde. Besonders weil die Liste inzwischen lächerliche Ausmaße angenommen hat.

»Nein«, antworte ich ehrlich. »Pimlico ist inzwischen für mich eine einzige No-go-Area. Vielleicht sollte ich umziehen.«

Kate und ich tratschen über ein paar gemeinsame Bekannte und kommen schließlich auf die Party zu sprechen, die bei Mitch morgen Abend stattfindet. Anscheinend sollen jede Menge Gäste kommen, darunter viele Leute, die ich schon seit Ewigkeiten nicht mehr gesehen habe. Yeah. Ich klinke einen Teil meines Gehirns aus und gehe in Gedanken meine Garderobe durch, um mein Outfit für morgen zu planen.

Nachdem wir gegessen haben, bezahlen wir und beschließen, unser Bier draußen bei einer Zigarette auszutrinken.

»Gott, ich vermisse das Rauchen«, seufzt Kate.

»Warum hast du dann aufgehört?«, frage ich mit einer Kippe zwischen den Lippen, während ich ihre anzünde. Ein Klassiker.

Kate nimmt einen tiefen Zug und stößt glücklich den Rauch aus. »Tray hasst es, und er hat auch recht. Rauchen ist tödlich.«

»Ja, er hat recht. Rauchen ist tödlich.«

Scheinbar gibt es nicht mehr zu sagen. Sehen Sie? Die bloße Erwähnung seines Namens erstickt sofort jede Konversation.

»Was macht die Welt der Wirtschaftsprüfer?«, erkundige ich mich.

»Die boomt«, antwortet Kate knapp. »Wenigstens werde ich nie arbeitslos, egal wie es mit der Wirtschaft aussieht.«

»Warum?«

»Buchprüfer werden immer gebraucht. Man kann uns mit Prostituierten vergleichen. Das sind die ältesten Berufe der Welt.«

So eine Bemerkung von Kate ist sonderbar. Sie ist komisch drauf heute Abend. Komisch wie seltsam, nicht wie lustig.

»Oh, das ist gut«, sage ich und lache. »Hast du eigentlich am Sonntag schon was vor? Ich habe wahrscheinlich wie üblich sturmfreie Bude am Wochenende. Wie wäre es mit einem DVD-Nachmittag? Zuerst schauen wir *Das darf man nur als Erwachsener*, dann *Overboard – Ein Goldfisch fällt ins Wasser.* Habe ich erwähnt, dass ich ein Fan von Goldie Hawn bin? Die finde ich echt super. Danach *Dirty Dancing*, dann *Pretty Woman*, dann *30 über Nacht*. Scheiße, bei dem letzten muss ich immer heulen.«

»Bei *30 über Nacht* musst du HEULEN?«

»Ja. Sobald ich Jennifer Garner weinen sehe, ist es vorbei. Keine Ahnung, woran das liegt. Ich habe sie auch mal in *Alias* heulen sehen, als ich zufällig reingezappt habe. Ich wusste also gar nicht, worum es in der Szene ging, und trotzdem habe ich mir die Augen ausgeheult … Oder wir sehen uns stattdessen *Old School* an, als Highlight zum Schluss. Toller Film.«

»Ja«, stimmt Kate mir fröhlich zu. »Aber findest du nicht auch, dass alle Frauenfilme gleich sind?«

Ich schnaube in gespielter Empörung.

»GLEICH?«

»Ja, du weißt schon … Es ist immer dieselbe Handlung. Irgendwie doof.«

»Und? Weihnachten ist auch doof und immer dasselbe. Hasst du auch Weihnachten?«

Kate lacht. »Nein …«

»Frauenfilme sind definitiv NICHT doof. Vielmehr präsentieren Frauenfilme ein erfolgreiches Konzept in kleinen, subtilen Variationen, meine Liebe. Die weibliche Hauptrolle ist immer so konzipiert, dass Frauen sich damit identifizieren können. Und die männliche Hauptrolle ist unerreichbar.« Ich beginne, mit meiner Argumentation warm zu werden. »Mode spielt eine wichtige Rolle. Und natürlich darf die Tanzszene nicht fehlen. Genauso wenig wie die trottelige Freundin. Manchmal ist auch die Heldin trottelig. Und irgendwann kommt es zum Konflikt, wo er Angst bekommt, dass er alles vermasselt hat, und sich vor ihr beweisen muss, um ihre Liebe zu gewinnen.«

Kate nickt. »Ja. Ich habe das Schema kapiert. Im Alter von sechs Jahren.«

»Auf Weihnachten kann ich verzichten. Aber Frauenfilme zählen zu meinen Lieblingsdingen im Leben, wie zum Beispiel Burger. Oder superhohe Absätze! Oder ein Wochenende in New York! Oder sexuelle Erfahrungen! Lauter unterschiedliche Dinge, und trotzdem erfüllen sie denselben Zweck und das – hoffentlich – gleich gut!«

Wir lachen. Okay, wir gackern. Ein kleiner Bierrausch ist sehr schön.

»Äh … Ladys, ich möchte nicht stören, aber habt ihr Feuer?«

Tiefe Stimme. Amerikanischer Akzent. Männlich. Ende zwanzig. Ich sehe in Kates Gesicht, doch sie starrt zu Mr. America hinter mir. Ich drehe mich um, während ich mein Feuerzeug hervorkrame.

»Klar.« Ich gebe ihm das Feuerzeug, und er grinst und zündet seine Zigarette an. Sehr süß, wenn auch ein bisschen zu sportlich-lässig. Hellblaue Baggy Jeans, Poloshirt von Ralph Lauren, kurze Haare mit Seitenscheitel wie ein amerikanischer Banker. Der ist bestimmt neu hier. Amerikanische Männer tragen furchtbare Jeans, bis sie merken, dass alle anderen Männer in London dunklere und engere Jeans bevorzugen. Dann gehen sie los und kaufen sich Diesel Jeans. (Die Frisur ändern sie aber nicht.)

»Danke.« Er beugt den Oberkörper zurück und bläst den Rauch aus, mit einem kleinen Grinsen im Gesicht. »Du magst also wirklich Frauenfilme genauso gern wie Sex?«

»Es ist sehr unhöflich, andere zu belauschen.«

In diesem Moment klingelt Kates Handy. »Das ist Tray – bin gleich wieder da …«

Hm, nun muss ich auf Kate warten und mich mit Mr. America unterhalten. Ich könnte auch drinnen warten und mich streng an meine Regeln halten … Aber er ist so süß. Ein bisschen poppermäßig, Typ amerikanischer Elitestudent und unheimlich süß. Verdammt, Sass, reiß dich zusammen, schimpfe ich still mit mir. Ich sollte auf so etwas gar nicht achten. Ich beschließe, meine Zigarette auszumachen und mein Gelübde anzutesten. Ich rufe mir mein Mantra ins Gedächtnis, mehr aus Gewohnheit als aus Not. Ich kann kein Date mit ihm machen, also gibt es auch keinen Grund, nervös zu sein. Aber er sieht echt gut aus.

»Ich persönlich kann mir jeden Film von John Hughes anschauen. Darum stimme ich dir bei *Das darf man nur als Erwachsener* voll zu. Aber ich bin mir nicht so sicher bei *Overboard.*«

Ich sehe ihn an, als wäre ich überrascht, dass er noch immer neben mir steht. (Breche ich gerade Regel Nr. 3? Kein offensives Flirten? Nee, das ist noch nicht offensiv.)

»Ich mag Goldie Hawn. Tolle Schauspielerin.«

»Sicher, aber am besten fand ich sie in *Schütze Benjamin.*«

»Oh, ich liebe diesen Film! ›Wenn Sie saubere Toiletten interessieren, schauen Sie rein.‹«

Mr. America lacht. »Ja, offenbar eine deiner Lieblingsszenen.«

Ich muss grinsen, und unsere Blicke treffen sich. Er strahlt Selbstbewusstsein aus. Bonjour, sexuelles Verlangen.

»Also … deine kleine Rede eben hat mir gefallen.«

»Die über Frauenfilme? Das war nur Quatsch …«

»Ich mag Quatsch.«

Warum können amerikanische Männer solche Sätze sagen und damit punkten? Es muss am Akzent liegen. Dieser Amerikaner strotzt nur so vor Selbstsicherheit. Und er ist unheimlich attraktiv. Allerdings weiß ich nie, wie ich reagieren soll, wenn jemand offen auf mich zukommt, also lächle ich nur und ziehe an meiner Zigarette.

»Würdest du mir deine Nummer geben? … Dann könnten wir vielleicht mal essen gehen.«

Ich zögere und lächle. Scheiße. Zeit, mit dem Männerverzicht ernst zu machen.

»Ich kenne viele Filme. Ich kann dich den ganzen Abend mit Filmzitaten unterhalten.« Er grinst. Perfekte Zähne. Ein weiterer attraktiver Zug bei Amerikanern.

»Normalerweise liebend gerne, aber im Moment will ich kein Date.« (War doch ganz einfach. Regel Nr. 1: Keine Dates annehmen, und Regel Nr. 5: Über die Auszeit zu sprechen ist nur als Begründung für die Ablehnung eines Date erlaubt.)

»Versteh ich nicht. Hast du einen festen Freund?«

»Nein. Ich bin nur … Zurzeit verabrede ich mich nicht mit Männern.«

»Hat dir jemand das Herz gebrochen?«

Ich lache. »Nein! Ich habe nur … Ich bin … Ich möchte im Moment kein Date. Ich nehme gerade eine Auszeit von, äh, Männern.«

»Bist du lesbisch?« Seine Stimme klingt ungläubig.

»Nein.«

»Du möchtest einfach … kein Date.«

»Genau.«

»Wie lange denn nicht?«

»Drei Monate«, antworte ich lässig. »Womöglich, wahrscheinlich länger.« Er soll nicht auf die Idee kommen, dass er in drei Monaten ein Date mit mir haben kann. Vor allem nicht, weil ich wahrscheinlich Ja sagen würde. Es ist schon schwer genug, auf dieses Date zu verzichten. (Sehen Sie? Dates SIND eine Sucht. Gott sei Dank bin ich gerade auf Entzug. Mit jedem Nein wird es einfacher werden. Just say No.)

»Das ist echt … krank. Irgendein Kerl muss dich wohl richtig mies behandelt haben.«

Seine Bemerkung ärgert mich. »Oh, bitte. Ich möchte einfach im Moment kein Date.«

»Hey, ich werde mich deswegen nicht mit dir streiten!« Er drückt seine Zigarette aus und zeigt mir mit zwei Fingern die Pistole. »Dein Pech.«

Er stürmt zurück in die Bar, während Kate wiederkommt. »Das war Tray … Ich muss nach Hause. Was zum Teufel war denn mit dem los?«

»Er hat eine Abfuhr bekommen«, antworte ich fröhlich. »Das war meine erste Abfuhr in meiner Männerpause. Seine Reaktion war: ›Dein Pech.‹« Ich imitiere seine Zwei-Finger-Geste und untermale sie sicherheitshalber mit einem »Peng!«. Kate und ich brechen lachend zusammen und machen uns schließlich auf den Weg zur U-Bahn.

Kapitel 6

Okay. Morgenroutine. Ich schlummere bis 8.25 Uhr und gönne mir dann eine ausgiebige Dusche ohne Shampoo und Conditioner, weil ich heute Abend zu Mitchs Party mit frisch gewaschenen Haaren erscheinen möchte, und wenn ich sie zweimal am Tag wasche, hängen sie herunter wie zu besten Hippie-Zeiten. Zähneputzen, Ganzkörperpeeling mit dem Massagehandschuh, Achseln und Beine rasieren, Blabla, Sie kennen ja den Rest.

Heute ist mein äußeres Ich auf ein Achtziger-New-Wave-Outfit programmiert, also wähle ich spitze blaue Schuhe, hautenge weiße Jeans, ein ärmelloses schwarzes Oberteil mit Rollkragen und einen schwarzen Blazer. Während ich den Blazerkragen hochklappe und die Ärmel hochrolle, frage ich mich, ob das nicht seltsam aussieht, beschließe dann aber, nicht weiter darüber nachzudenken. Vor ein paar Monaten ist mir bewusst geworden, dass sich mein Modestil im Wesentlichen nicht geändert hat, seit ich dreizehn war. Ich wähle ein Thema und suche mir so lange etwas zusammen, bis es passt. (Mein Lieblingsoutfit mit dreizehn: Doc Martens, blickdichte schwarze Strumpfhose, abgeschnittene Jeans, ein schwarzer Gürtel mit einem Peace-Zeichen als Schnalle, ein weißes T-Shirt und ein schwarzer Blazer. Würde ich heute auch noch anziehen, abgesehen von dem Gürtel mit dem Peace-Zeichen.) Die Haare kräftig durchbürsten, damit der einen Tag alte Talg wie glänzende Frische aussieht, und zu einem unordentlichen Chignon hochstecken. Den täglichen Kampf mit den Augenbrauen gewinnen. Das innere Ich ist jetzt für Tag zwei meiner Männerauszeit bereit. Ich schnappe mir meine gelbe Glückshandtasche und laufe nach unten.

Als ich in die Küche(nzeile) gehe, um mir eine Banane und eine Dose Thunfisch zu holen, entdecke ich Anna, zusammengerollt unter ihrer Bettdecke, auf einem der Sechziger-Jahre-Sofas.

»Morgen, Anna!«, rufe ich. Sie stöhnt als Antwort, und ich werfe einen genaueren Blick auf sie. »Alles okay mit dir?«

Sie hebt den Kopf, und ich kann ihre Augen sehen. Sie sind geschwollen und rot wie bei einem neugeborenen Welpen. Ach du dickes Ei.

»Don und ich haben uns getrennt«, sagt sie und greift nach einer Kleenexbox, die irgendwo unter der Bettdecke versteckt ist.

»Oje …«, antworte ich, gehe hinüber und setze mich zu ihr auf die Couch. Er heißt Don? Seit 1955 heißt niemand mehr Don. »Kann ich etwas für dich tun?«

»Nein danke, ich komme klar«, meint Anna und schnieft in ein Kleenex. Sie sieht mich eindringlich an. »Er hat eine Frau, weißt du. Ich bin mir nicht sicher, ob er sich von ihr trennen möchte.«

Ach du doppelt dickes Ei. Nicht einmal ich würde in so eine Situation kommen. Ich betrachte Anna, die sich wimmernd zusammenkauert. Sie ist sehr hübsch, ungefähr dreißig Jahre alt, eine große Frau mit langen braunen Haaren und langen eleganten Armen. Ich schwöre, dagegen sind meine Oberarme anormal kurz. Egal, zurück zu Anna. Ich weiß nicht, was ich sagen soll, um sie aufzuheitern. »Das ist nicht … ähm … gut.«

»Ich habe es einfach satt«, seufzt sie und schnäuzt sich die Nase. »Ich habe mich in diesen Arsch verliebt, weil ich die Männer leid war, die nur Spielchen spielen. Er hat behauptet, er wäre unglücklich verheiratet und würde zurzeit getrennt leben. Und ich dachte, er wäre der perfekte Mann für mich, sonst hätte ich mich gar nicht auf ihn eingelassen. So eine bin ich nicht ... Und dann erzählt er mir gestern Abend, dass seine Frau und er sich wieder versöhnen wollen. Von meinen Freundinnen versteht das keine. Die sind alle in festen Langzeitbeziehungen oder verheiratet ...« Auwei, Anna und ich stehen uns nicht nah genug für so ein Gespräch.

»Äh, oh ...«, stammle ich. »Du wirst darüber hinwegkommen, Anna. Am besten, du nimmst jetzt eine schöne heiße Dusche und ziehst dir was Hübsches an. Dann wirst du dich gleich besser fühlen.«

Sie schüttelt den Kopf und starrt ausdruckslos ins Leere. Ich sehe, dass Erinnerungen in ihrem Kopf kreisen. An unschöne Gespräche. Ich versuche es ein zweites Mal. »Du schaffst das, Anna ... Ich weiß, wie schwer das ist. Ich habe sechsmal hintereinander den Laufpass bekommen.«

»Wirklich?«, hakt sie nach und sieht mich mit neuem Interesse an. »Wie zum Teufel hast du das überlebt?«

»Ähm ... Ich habe einfach weitergemacht und eben immer das Beste gehofft, schätze ich. Und im Moment, tja, habe ich offiziell keine Dates mehr. Ich nehme eine Auszeit von den Männern. Da ich immer die falschen Entscheidungen treffe, treffe ich lieber gar keine mehr. Ich darf mich nicht mehr mit Männern verabreden, weder zufällig noch absichtlich, und das drei Monate lang.« Ich mache eine kurze Pause. »Ähnlich wie eine Nonne.«

»Gefällt mir, die Idee«, sagt Anna. »Das ist wahrscheinlich die einzige Möglichkeit. Das Einzige, was funktioniert. Man kann nämlich noch so sehr aufpassen, am Ende ist man immer die Dumme. Achtzehn Jahre ist es her, dass ich meinen ersten Freund hatte. Ich habe das alles so satt ...«

»Genau.« Ich nicke. Das ist irgendwie süß. Anna und ich haben uns noch nie so unterhalten. »Ich muss jetzt los zur

Arbeit, Anna … Kommst du klar? Hast du eigentlich heute Abend schon was vor? Mitch, ein Freund von mir, gibt eine Party, falls du Lust hast …«

»Oh, danke, aber ich fahre nach Edinburgh zu meiner Mutter«, entgegnet sie und stemmt sich hoch in eine Sitzposition. »Ich sollte mich besser auch fertig machen. Die guten Leute von Unilever kommen nicht ohne mich zurecht.«

Ich frage mich, was Anna beruflich macht. Eigentlich sollte ich es wissen. »Okay, gut, dann viel Spaß«, meine ich. Ich beuge mich zu ihr vor und umarme sie ungeschickt. Ihr Gesicht wird gegen mein Schlüsselbein gedrückt. Mist. Nichts Blöderes als eine verpatzte Umarmung. »Ich hoffe, du fühlst dich bald wieder besser.«

»Danke«, sagt sie und steht von der Couch auf. »Vielleicht sollte ich es auch mit einer Männerpause versuchen.«

Ich drehe mich lächelnd in der Tür um. »Ja, vielleicht kann das nicht schaden!«

Auf dem Weg zur Arbeit denke ich an das erste Opfer meines Enthaltsamkeitszölibats gestern Abend. Mr. America war sehr selbstsicher gewesen, sehr süß und sehr witzig. Genau der Typ Mann, auf den ich stehe. Doch zum Schluss hat er sich als ein arroganter Arsch entlarvt, der schnell seine Selbstbeherrschung verlor. Ohne Zweifel ein Vollidiot, ein klassischer Scheißkerl.

Wäre ich mit ihm ausgegangen, hätte er mich sicher mit seinem guten Aussehen bezaubert, mit seinem Selbstbewusstsein beeindruckt, mit schönen Worten verführt – und schließlich nach ein paar Monaten abserviert, wenn er von mir genug gehabt hätte. Das weiß ich, weil das jedes Mal so war. Das habe ich gut gemacht. Ich komme mit dem Männerverzicht ganz gut klar. Ich kann sogar noch besser werden darin.

Plötzlich fühle ich mich unheimlich glücklich. Stark und

glücklich. Ich hüpfe fröhlich eine kleine Treppe herunter und klatsche mich selbst ab. (Das geht so: Man springt in die Luft und klatscht, indem man eine Hand in Kopfhöhe ausstreckt und die andere von unten dagegenschlägt. Es sieht seltsam aus, aber es fühlt sich toll an. Ich kann es nur wärmstens empfehlen.) Ein Mann, der mir entgegenkommt, zuckt instinktiv zurück, als wollte ich ihn schlagen, und ich muss kichern. Tag zwei meiner Männerpause fängt bereits gut an.

Ich betrete das Büro mit meinem auf mich persönlich abgestimmten Kaffee. Als ich sehe, dass Andy noch nicht da ist, flöte ich ein lautes »Guten Mooorgen!« und gehe an meinen Schreibtisch. Laura hebt den Kopf und sieht mich mit schmalen Augen an.

»Du siehst heute so anders aus! Hat das einen Grund? O-oh, ich wollte es dir schon die ganze Zeit sagen – aber wie denn, ich habe dich ja nicht mehr gesehen. Dabei dachte ich gestern Abend, ich hätte dich gesehen. Aber das warst nicht du. Die Frau sah dir auf den ersten Blick unheimlich ähnlich, und ich habe mich gefragt: ›Was macht Sass denn in Hackney?‹ Denn du wohnst ja in Putney.«

»Pimlico«, verbessere ich. »Und … Was willst du mir unbedingt sagen?«

»Oh! Genau! Coop will dich sehen. In seinem Büro, äh, es ist ja kein Büro, aber du weißt schon, an seinem Schreibtisch. Er ist nämlich da.«

»Danke, Laura«, brummt Cooper von der anderen Seite des chinesischen Wandschirms, der ihn von uns Normalsterblichen trennt. Wirklich albern, er kann nämlich alles hören.

Ich gehe um den Wandschirm herum und nehme mit einem fröhlichen Morgengesicht Platz, das ihn sicher ärgert. Coop war früher einmal, in den Achtzigern, ein gut aussehender Mann, denke ich. Er spielte in einer mäßig erfolgreichen New-Wave-Band. Dann, in den Neunzigern, feierte er mit Oasis und Blur wilde Partys (nun, vielleicht nicht mit ihnen persönlich, aber ganz in ihrer Nähe). Das ließ ihn schnell altern, und er sah ziemlich verlebt und aufgedunsen aus. Um jene Zeit hat er in der Werbung angefangen. Nun hat er eine deutsche Freundin, Marlena, ein ehemaliges Model und neuerdings Schmuckdesignerin, die biodynamisch isst, lebt, atmet und Coop zwingt, dasselbe zu tun. Heute ist er ein wandelndes Beispiel für eine gesunde Lebensweise.

Normalerweise ist Coop immer ein wenig zerstreut und leicht gereizt, aber wenn er sich auf eine Sache konzentriert, macht es Spaß mit ihm. Ich glaube, das liegt daran, dass das Texten zu den wenigen Dingen zählt, die er gerne macht. Außerdem hält er große Stücke auf meine Arbeit, was immer angenehm ist, und ich denke, dass ich daher gegenüber Coop selbstbewusster als gegenüber meinen Kollegen auftrete. (Wie hatte mein Grundschullehrer in mein Zeugnis geschrieben: »Sarah reagiert gut auf Lob und Anerkennung.« Hihi.) Und in all den Jahren hat Coop immer ganz toll reagiert, wenn ich nach einer Trennung wie ein Häufchen Elend heulend im Büro saß, auch wenn er hinterher immer behauptet hat, sich an nichts mehr zu erinnern.

»Du. Text-Ass. Erklär mir mal, was zum Teufel dieser Pfusch hier soll.«

Wenn Coop »Pfusch« sagt, meint er nicht harmlose kleine Fehler, sondern Mangel an kreativen Ideen. Ich setze mich neben ihn, und wir diskutieren über den Pfusch. Währenddessen höre ich Andy kommen. Seltsam, allein schon seine Stimme lässt mich schaudern.

»Gibt es noch was zu berichten?«, fragt Coop und überfliegt ein letztes Mal den Pfusch.

Ich schüttle den Kopf. »Nein.«

Das ist gelogen, aber da er mich nicht ansieht, merkt er es nicht. Ein Glück. Er hätte mir die Geschichte mit Andy in weniger als einer Minute aus der Nase gezogen.

»Gut. Schön zu wissen, dass du nach dem Rechten schaust, wenn ich nicht da bin. Bei dir ist der Laden in sicheren Händen«, lobt er mich und schreibt etwas in sein Notizbuch, das er immer mit sich herumträgt. »Hast du in den nächsten paar Monaten einen Urlaub geplant? Oder ein verlängertes Wochenende?«

»Nein.« Ich zucke mit den Achseln. »Ich habe zurzeit keinen Freund«, füge ich erklärend hinzu.

Coop sieht auf, runzelt die Stirn und geht über meine Bemerkung hinweg. »Ich brauche dich vielleicht, um die Deutschen zu betreuen. Sie werden in nächster Zeit häufiger zwischen Berlin und London pendeln.«

»Ich? Ich soll mich um potenzielle Neukunden kümmern?«

»Ja, und du wirst ihnen preiswürdige Entwürfe präsentieren.«

Er beginnt, mich einzuweihen. Wie es aussieht, geht es um die Firma Blumenstrauß, einen großen deutschen Hersteller von Hygieneartikeln – Tampons und Zahnpasta und Rasierer, oje! –, der vier seiner erfolgreichsten Produkte im nächsten Jahr in Großbritannien einführen möchte. Es ist geplant, dass wir gemeinsam mit den Deutschen in den nächsten Monaten eine Werbekampagne ausarbeiten, und wenn unsere Entwürfe ankommen, kriegen wir den Auftrag. Eine Art Feuerprobe. Mir wird schnell klar, dass es hier um einen sehr großen Auftrag geht. Das könnte der Agentur einen ungeheuren Impuls geben, und Coops Karriere erst recht.

»Das ist ja super, Coop«, sage ich. »Ich kann es kaum erwarten.«

»Dachte ich mir, dass dir das gefällt«, entgegnet er. »Tatsächlich, Text-Ass, möchte ich, dass du das Projekt leitest.«

Ich? Mir verschlägt es die Sprache. Coop wirft einen Blick auf seine Uhr. »Ich bin spät dran. Trommle die ganze Belegschaft zusammen, und informiere sie über das Projekt. Sag ihnen, dass in den nächsten paar Monaten jede Menge Arbeit auf uns zukommt. Das bedeutet viele Überstunden, da wir die anderen Kunden nicht vernachlässigen wollen.«

Ich soll die schlechte Botschaft überbringen? Und die nächste Auseinandersetzung nach dem Drama mit Andy am Mittwoch provozieren? »Äh …«, beginne ich, während ich fieberhaft überlege, wie ich da wieder rauskomme. Der Hund hat meine Rednerstimme gefressen? »Warum schickst du nicht eine E-Mail an alle? Wäre es nicht besser, wenn du selbst die anderen informierst?«

»Nein«, widerspricht Coop und steht auf. »Solche E-Mails liest doch keiner richtig durch. Nichts ersetzt die persönliche Ansprache. Scott weiß bereits Bescheid.« Scott ist unser Account Director, ein redegewandter Typ, der wie Barbies Ken aussieht. »Scott hat einen Termin mit den Leuten von Shiny Straight. Egal, du informierst die anderen und beantwortest alle Fragen zu dem Projekt. Wir sehen uns später.«

Ich kehre an meinen Schreibtisch zurück und tauche hinter meinem Monitor ab, um kurz nachzudenken. Ich soll eine Betriebsversammlung einberufen, um den anderen mitzuteilen, dass sie sich vorerst von ihrem gesellschaftlichen Leben verabschieden können? Ich spüre, wie sich meine Kehle vor Panik zusammenschnürt. Warum? Warum verlangt Cooper das von mir? Ich kann das nicht. Wirklich nicht.

Ich schaue auf die Uhr. Es ist noch früh. Ich warte einfach, bis alle ihre Frühstückspause gemacht haben. Dann sind sie in besserer Stimmung. Ich schicke Amanda, unserer Office-Managerin, eine E-Mail wegen des Brainstormings und google »Blumenstrauß«. Lala. Aufschieben. Aufschieben aus Panik. Mir ist leicht übel. Vielleicht werde ich ja krank.

Um elf Uhr kann ich es nicht länger hinauszögern. Cooper könnte jeden Moment zurückkommen. Mit einem flauen Gefühl im Magen schicke ich eine E-Mail an alle mit der Aufforderung, sofort in die Kreativabteilung zu kommen.

Als die Kaufleute eintrudeln und sich nach Cooper umsehen, räuspere ich mich und stelle mich mitten in den Raum.

»Cooper musste weg, darum hat er mich gebeten …«, beginne ich. Keiner hört mir zu. Die Buchhaltung diskutiert über Charlottes neue Maniküre. Andy telefoniert mit seinem Handy. Seine Untergebenen sehen sich irgendetwas auf YouTube an und kichern laut. Amanda, die Office-Managerin, stochert zwischen ihren Zähnen und klaubt die Frühstücksreste heraus, während Laura ihre Haarspitzen untersucht und Spliss wegschnippelt. Wenn sie so weitermacht, hat sie bald eine Frisur wie ein Strohhaufen, doch jetzt ist nicht der passende Zeitpunkt, um ihr das zu sagen.

»Alle mal herhören!«, sage ich lauter. Laura hebt den Kopf, lässt rasch ihre Haare los und legt die Schere weg. Alle anderen lassen sich nicht stören.

Ich schnappe mir einen Teil von Lauras Frühstücksgeschirr auf ihrem Schreibtisch und klopfe mit einem Löffel gegen ein Glas. Die ersten paar Male treffe ich nicht richtig, aber dann klirrt es richtig laut. Alle unterbrechen augenblicklich ihr Tun und starren mich an. Ich spüre, dass mir das Blut ins Gesicht schießt. *Bring es einfach hinter dich.* Ich lehne mich lässig gegen Lauras Schreibtisch und täusche eine Ruhe vor, die ich gerade nicht besitze. Haltung ist Stärke, Schweigen ist Gelassenheit.

»Hallo zusammen … Äh, wie ihr wisst, war Coop letzte

Woche in Deutschland … Die gute Neuigkeit lautet: Wir haben einen großen deutschen Hersteller am Haken, der mit seinen Hygieneartikeln auf dem britischen Markt Fuß fassen will.« Die Wörter purzeln hastig aus meinem Mund, und ich mache eine Pause, um kurz die Stimme zu räuspern und durchzuatmen. Alle sehen mich an und hören überraschenderweise sogar zu. »Wir möchten den Deutschen ein Komplettpaket anbieten, angefangen von der Einführungsstrategie über die Verpackung und den Produktnamen bis hin zur Online- und Offline-Vermarktung und … eben alles. Wenn wir den Auftrag bekommen, wird die Agentur doppelt so groß oder sogar dreimal so groß. Es handelt sich also um einen richtig großen Deal.«

Plötzlich habe ich die ungeteilte Aufmerksamkeit von allen. Während der nächsten Minuten beantworte ich Fragen zu dem Projekt. Erst Laura kommt auf die wesentliche Frage. Wahrscheinlich ist sie die klügste Person im Raum.

»Wann geht das Projekt los? Und was heißt das für uns?«

»Das Projekt beginnt ab sofort«, antworte ich und höre ein leises Murren unter den Anwesenden. Oh shit. Ich hasse es, anderen etwas zu sagen, das sie nicht hören wollen. »Um drei Uhr findet ein Brainstorming statt. Alle sind dazu eingeladen, für die Kreativabteilung ist Erscheinen Pflicht. Ähm … Es wird alle paar Wochen Meetings mit dem Kunden geben statt einen großen Termin. Coop kennt den, äh, Geschäftsführer der deutschen Firma, und er, äh, präsentiert uns als Agentur, die partnerschaftlich arbeitet, statt nur zu liefern …« Ich lasse den Blick schweifen. Ich habe die hundertprozentige Aufmerksamkeit. Boa.

Ich räuspere mich. »Die zweite gute Neuigkeit lautet, dass außer uns sich niemand für den Auftrag bewirbt – noch nicht. Die schlechte Neuigkeit lautet, wenn die Deutschen mit unseren Ideen nicht zufrieden sind, wird es nichts mit dem Auftrag. Das bedeutet, dass wir in den nächsten paar

Monaten ziemlich unter Druck stehen werden. Coop will, dass jeder sich ins Zeug legt. Richtet euch also auf lange Abende im Büro und womöglich auch auf Wochenendschichten ein …«

Ich höre noch lauteres Murren. Scheiße. Das riecht nach Meuterei.

Andy meldet sich zu Wort. Doppelte Scheiße. »Wir können das nicht auch noch stemmen. Das ist unmöglich.«

»Tja, es muss sein«, sage ich zur Wand, da ich mich nicht traue, ihn direkt anzusehen.

»Ich schufte jetzt schon jeden Abend bis um acht«, redet er weiter. »Mein Team und ich leisten hier mehr Überstunden als alle anderen. Wir brauchen Verstärkung. Ich kenne ein paar freiberufliche Grafikdesigner. Ich werde sie anrufen.«

»Nein«, widerspreche ich ihm, den Blick auf sein Kinn geheftet. »Jeder von uns arbeitet hart, Andy. Wenn du und dein Team nicht den halben Tag auf YouTube herumsurfen würdet, müsstest ihr nicht so lange arbeiten.«

Ich sehe, dass die Kaufleute grinsen.

»Das gehört zur kreativen Recherche«, rechtfertigt er sich laut. »Wir brauchen schließlich Anregungen. Wir schaffen daraus etwas Neues, weißt du …«

Gott, du bist erbärmlich, denke ich.

Plötzlich fühle ich mich nicht mehr von ihm eingeschüchtert. In diesem Augenblick ist es mir egal, ob er – oder einer der anderen – mich leiden kann oder nicht. Ich trage die Verantwortung für dieses Projekt, und ich werde nicht zulassen, dass ein dummer großer Junge mir alles versaut.

Ich stelle mich gerade hin und sehe Andy direkt in die Augen. »Nun, in den nächsten Monaten werden Danny, Ben und du euch eure kreativen Anregungen außerhalb der Arbeitszeit holen. Das ist das wichtigste Großprojekt, das diese Agentur jemals hatte. Ich möchte nicht, dass wir wegen der Kreativabteilung diesen Auftrag verlieren, und ich bin mir sicher, du willst das auch nicht.«

Andy starrt mich sprachlos an. Ich halte seinem Blick stand. Er wendet die Augen als Erster ab. Wahnsinn! Sieg!

Danny hebt die Hand. Oh Mann, wo sind wir, in der Schule? »Ja, Danny?«

»In meiner letzten Agentur habe ich Johnson & Johnson betreut. Ich kenne die Branche. Ich möchte mich gerne in das Projekt einbringen.«

»Super.« Mann, welchen Teil von »Coop will, dass jeder sich ins Zeug legt« hast du nicht verstanden?, denke ich. Danny schenkt mir ein kurzes Lächeln, und mir wird bewusst, dass er das gesagt hat, um mir seine Unterstützung zu demonstrieren und Andy den Stinkefinger zu zeigen. Doppelboa.

Charlotte räuspert sich und hebt ihre manikürte Hand mit Nägeln, die in »Got a Date To-Knight!« von OPI lackiert sind. »Ich möchte auch mitmachen. Mein Team kann meine aktuellen Projekte übernehmen.« Charlottes »Team«, zwei Kundenbetreuer, frisch von der Uni, die sie schuften lässt wie Ochsen, wechselt einen ängstlichen Blick. »Ist das okay?«

Sogar Charlotte behandelt mich wie eine Projektleiterin? »Ich denke schon. Du musst aber Scott um Erlaubnis fragen.«

Charlotte nickt. Alle Blicke ruhen erwartungsvoll auf mir. Was soll ich jetzt noch sagen? Die Stunde ist beendet? »Okay, wir sehen uns dann alle nachher um drei im Konferenzraum.« Das Büro beginnt sich rasch zu leeren, aber das eifrige Getuschel lässt auf allgemeine Begeisterung für das Projekt schließen. Das ist wirklich eine verdammt große Nummer, wissen Sie. Und Coop hat mir die Verantwortung übertragen, sozusagen.

Als ich zu meinem Schreibtisch zurückgehe, schenkt Laura mir ein strahlendes Lächeln, und ich zwinkere zurück. Ich fühle mich richtig gut. Ich fühle mich sogar großartig. Ich setze mich, und mir wird bewusst, dass mein Herz vor lauter Aufregung rast. Ich kann nicht glauben, wie gut es gelaufen ist. Ich sehe hinüber zu Andy, der lautstark sein Team nach draußen zu einer Kaffeepause einlädt. Damit sie schön über mich herziehen können, vermute ich. Laura und ich sind natürlich nicht eingeladen.

Während der nächsten paar Stunden bin ich mit meinen aktuellen Projekten beschäftigt, und als Coop zurückkommt und fragend zu mir herübersieht, nicke ich lächelnd. Alles bestens, Alter. Allerbestens. Das Brainstorming um drei läuft auch gut. Abgesehen von Andy, der alle meine Vorschläge kritisiert, ohne eigene beizusteuern. Mein Gehirn ist hundertprozentig auf die Aufgabe vor mir konzentriert. Männer, Liebe, Dates – mit solchen Dingen verschwende ich nicht mehr meine Zeit und Energie.

Am Ende des Meetings stehe ich auf und sage: »Ich danke euch allen«, womit ich nicht nur meine Dankbarkeit ausdrücken will, sondern zudem Andy wissen lassen möchte, dass er mich nicht besiegt hat. Er ignoriert mich. Ich grinse Cooper auf dem Weg nach draußen an, und er reckt beide Daumen hoch. Ich beschließe, das als solidarisches Zeichen zu werten. Gott sei Dank ist er endlich zurück aus Deutschland. Es ist viel schöner im Büro, wenn der fiese blöde Andy sich nicht ständig aufspielt.

In den letzten Stunden vor dem Wochenende kümmere ich mich um eine meiner liebsten Routineaufgaben: ein wöchentlicher Newsletter für junge Mädchen mit Akneproblemen, im Auftrag einer Firma, die Pflegeprodukte herstellt. (Wer den Newsletter auf der Homepage des Herstellers anfordert, erhält jede Woche Hautpflegetipps und Infos über Menstruation/Hormone/Hygiene/Jungs.

Und die üblichen Angebote, Wettbewerbe und Preisausschreiben.)

Mal sehen ... Entdecke die Macht von makelloser Haut. Entdecke die Freude an makelloser Haut. Stell dir vor: samtweiche, porenreine Haut. Auch du kannst makellose Haut haben. Makellose Haut, jeden Tag. Verschönere deine Haut und dein Leben. Autsch, das ist ein bisschen übertrieben. Fangen wir mit dem ersten Satz an. »Entdecke« ist ein hübsches, starkes, aktives Wort, und Alliterationen machen sich sowieso immer gut. Außerdem verspricht der Text keine makellose Haut. Man kann nämlich nicht etwas wie »garantiert makellose Haut« versprechen. Vielmehr muss man schreiben, wie schön es sein *könnte*, makellose Haut zu haben. Anderenfalls – behauptet zumindest die neurotische Marketingchefin des Kosmetikherstellers – könnte ein Teenager, der die Produkte verwendet und trotzdem einen Pickel bekommt, Schadenersatz einklagen. (Wer würde so etwas schon tun?)

Die Macht der positiven Überzeugung. So würde ich den heutigen Tag betiteln. Coop hat mich positiv davon überzeugt, dass ich eine Führungsrolle übernehme und die anderen informiere, und ich habe alle von dem Projekt überzeugt.

Während ich meinen peppigen Newsletter zu Ende bringe, überkommt mich eine seltsame, nachdenkliche Stimmung. Die armen Teenies, denke ich. Ich fand es ziemlich schwer als Teenager. In der Pubertät litt ich unter einem Schüchternheitskomplex, der sich durch leichtes Stammeln/Haspeln bemerkbar machte, wenn ich den Mund aufmachte. Das ist nicht ungewöhnlich; Kate hatte scheinbar dasselbe Problem. (Bloomie natürlich nicht.)

Manche Mädchen haben das angeborene Talent, ihr Leben nach ihren Vorstellungen zu leben. Ich vermute, diese Mädchen lesen nicht meinen Newsletter, denn ich kenne sie von der King's Road in Chelsea: sechzehnjährige schmollmundige Grazien mit taufrischem Teint und der Ausstrahlung von mit Sahne verwöhnten, verhätschelten Perserkatzen. Ich war nie eins von diesen Mädchen. Als ich dreizehn war, zogen meine Eltern von London nach Berkshire, und ich wechselte von einer modernen, liberalen kleinen Schule in Notting Hill, wo es ziemlich lustig und albern und laut zuging, auf eine ziemlich noble, strenge, sportorientierte Schule auf dem Land, wo die schmollmundigen Schönheiten mit ihren glänzenden Haaren den Ton angaben. Sie checkten mich ab, hörten sofort meine kleine Sprachstörung, und schon war ich untendurch. Und wenn man bei den anderen nicht ankommt, zweifelt man automatisch an sich selbst, bis man schließlich kein Wort mehr herausbringt, jedenfalls gilt das für mich.

Damals habe ich mit meinem Mantra »Haltung ist Stärke, Schweigen ist Gelassenheit« begonnen. Die Idee war, wenn ich einen starken und gelassenen Eindruck machte, würde ich mich auch stark und gelassen fühlen. Und die Leute könnten denken, dass ich gleich etwas Geniales sage. Und wenn ich dann tatsächlich etwas sagte, würden sie vielleicht zuhören, was meinem Stottern Abhilfe schaffen könnte.

Mit anderen Worten: Immer schön lächeln, bis man am Ziel ist.

Dank meines Mantras habe ich die Schulzeit überlebt. Danach war ich auf der Universität, wo ich viele Gleichgesinnte traf, vor allem in Gestalt von Bloomie und Kate, und feststellte, dass ich mein Mantra nicht mehr brauchte. Es ist alles viel einfacher, wenn man Freundinnen hat, die dich witzig finden. In jedem schüchternen Mädchen steckt ein Geltungsdrang, der sehnsüchtig darauf wartet herauszukommen.

Ich greife heute noch auf mein Mantra als eine Art Sicherheitsnetz zurück, wenn ich es brauche. Also im Prinzip dann, wenn mich etwas verunsichert. Zum Beispiel ein Kollege. Oder ein schlimmes Date. Oder, wenn ich genauer darüber nachdenke, jede Begegnung mit Rick, als es dem Ende zuging.

Hm.

Mein Mantra hat heute Morgen definitiv funktioniert. Alle taten so, als, nun, ich will nicht übertreiben, aber … als wüsste ich, wovon ich rede. Doch das lag nicht am Mantra. Ich wusste tatsächlich, was ich tue, und die anderen wussten es auch. Immer schön lächeln, bis man am Ziel ist. Ich habe es geschafft. Ich habe es tatsächlich geschafft, verdammt.

Heute habe ich einen guten Tag. Mehr als gut.

Einen fantastischen Tag.

Während ich meinen Gedanken nachhänge, starre ich minutenlang die Wand an, bis mir bewusst wird, dass es schon zehn vor fünf ist, und mein Text muss um halb sechs fertig sein. Ich verdränge alles andere aus meinem Kopf und beende den Newsletter, lese Korrektur und schicke ihn schließlich dem Account Manager. Oh, dieser Adrenalinstoß, wenn man die Deadline gerade noch geschafft hat.

Übrigens ist mir bewusst, dass ich meine eigene Regel breche, niemals über die Arbeit (beziehungsweise Träume) zu reden. Keine Sorge. Das Wochenende steht vor der Tür. Und am Wochenende denke ich eigentlich nur darüber nach, was ich anziehe und wohin ich feiern gehe. (Und in früheren Zeiten mit wem ich ausgehe.) Auf dem Weg zur U-Bahn mache ich ein paar fröhliche Hüpfschritte. Kurz darauf laufe ich auf der Brewer Street vor dem Crown direkt Cooper in die Arme, der gerade mit einem Pint herauskommt, und renne ihn fast über den Haufen. Ich persönlich setze keinen Fuß mehr ins Crown. Dort hat der schlaue Henry mit mir Schluss gemacht.

»Coop! Sorry!«, rufe ich lachend. »Ich hab's eilig, ich muss die Bahn kriegen …«

Cooper grinst mich an. »Und darum hüpfst du wie ein Känguru?« Ich muss wieder lachen und drehe den Kopf zu seinem Begleiter. Mitte dreißig, sehr schöner grauer Anzug, die Haare einen Tick zu lang. Ausgeprägte Wangenknochen und himmelblaue Augen. Ich reiße mich schnell zusammen und sehe wieder Cooper an, der uns jetzt einander vorstellt. Der Name des Unbekannten ist Lukas, und er wird in Kürze von Berlin nach London ziehen, um seine neue Stelle als Geschäftsführer der britischen Niederlassung von Blumenstrauß anzutreten. (Das erklärt die europäische Frisur.)

»Oh, das freut mich«, erwidere ich. »Wir haben heute den ganzen Tag über Ihre Firma gesprochen.«

»Ich rede seit acht Wochen über nichts anderes mehr, seit ich dort angefangen habe«, entgegnet Lukas lächelnd und blickt mir tief in die Augen. »Bitte, lassen Sie uns über etwas anderes reden. Zum Beispiel darüber, was Sie trinken möchten.«

Flirtet der etwa mit mir? »Oh, ähm, ich würde ja gerne, aber ich muss nach Hause. Ich habe heute Abend schon was vor«, sage ich. (Regel Nr. 6: Keine verkappten Dates.) »Trotzdem danke. War nett, Sie kennenzulernen. Wir sehen uns bald wieder.«

»Ja, das stimmt«, antwortet er. »Sehr bald.« Sein deutscher Akzent ist dezent und verleiht seiner Sprechweise einen hübschen zackigen Klang. »Ich wünsche Ihnen einen schönen Abend.« Ja, er flirtet definitiv. Er ist ein bisschen schleimig. Wahrscheinlich ein Scheißkerl.

»Bis Montag«, meint Cooper.

Ich flitze weiter zur U-Bahn und rekapituliere im Geist

die Ereignisse des Tages, bis mir bewusst wird, dass ich versuchen sollte, von der Arbeit abzuschalten und darüber nachzudenken, was ich heute Abend anziehe. Normalerweise weiß ich das immer spätestens um zehn Uhr morgens. Oh Gott, was ist nur mit mir los?

Kapitel 7

Auf der Party herrscht bereits gute Stimmung, als Bloomie und ich gegen neun Uhr eintreffen. Unterwegs habe ich wieder meine Regeln für die männerfreie Zeit durchgelesen, anschließend das Blatt zusammengefaltet und sicher in meiner gelben Glückshandtasche verstaut. Ich habe beschlossen, es immer bei mir zu tragen.

Mitch wohnt in Chelsea an der Grenze zu Fulham, in einer erwiesen partytauglichen kleinen Wohnung. Es gibt eine saubere geflieste Küche, ein Wohnzimmer ohne Teppichboden – das ist eine wesentliche Voraussetzung, wie Sie mir sicher zustimmen werden – und einen nicht besonders schönen Garten, in dem man nichts ruinieren kann. Trotz der gemütlichen Enge passen mit dem richtigen sozialen Schmiermittel (Gin, Wodka, Bier, Wein) über hundert Leute in die Wohnung. Im Moment sind erst ungefähr fünfzehn Leute im Wohnzimmer, von denen die meisten das nie endende Partyspiel spielen, Nein, *ich* habe die bessere Musik auf meinem iPod, und ein paar weitere Gäste sind in der Küche. Dort geht Bloomie direkt hin, um ihre Mitbringsel auszupacken.

Ich entdecke Mitch, der den iPod-Krieg überwacht, und begrüße ihn mit einem Küsschen auf die Wange. Nun fühle ich mich verpflichtet, jeden im Raum mit einem Küsschen auf die Wange zu begrüßen, was bedeutet, dass ich meine Runde mache und rechts und links von jedem Gesicht den Kopf ruckartig wie ein Vogel bewege. Nach drei Minuten habe ich schließlich alle im Raum durch und stelle mich wieder zu Mitch.

Mitch zählt zu meinen besten Freunden, aber denken Sie jetzt bloß nicht, dass wir heimlich ineinander verliebt sind. Im ersten Jahr an der Uni war er hinter Bloomie und mir her, bis er sich schließlich mit einer Freundschaft abfand, und inzwischen behauptet er, uns äußerlich abstoßend zu finden. Er arbeitet in einer Bank, wie Bloomie, doch ich fürchte, er ist ein Verbrecher, jedenfalls manchmal.

Mitch ist auch ein schlimmer Aufreißer, aber da er den Frauen nie vormacht, dass er mehr will als Sex, kommt er meistens davon. Knapp.

»Wie geht es dir, Spezialeinheit? Ich habe das mit dir und Posh Mark gehört.«

»Mmm«, sage ich. »Spezialeinheit« ist sein Spitzname für mich – und eine Anspielung auf den Special Air Service, kurz: SAS(S). Außer ich bin richtig betrunken. Dann nennt er mich »Spezialnotfall«.

»Pech, aber der Typ war auch wirklich saudämlich. Verschone mich allerdings bloß mit deinem Herzschmerz. Erzähl mir lieber von dieser interessanten Sex-Abstinenz.«

»Männerpause.«

»Was auch immer.«

»Und, wird die Hütte voll heute Abend, Bitch?«, frage ich. Kein besonders origineller Spitzname, aber wir müssen beide darüber lachen.

»Wechsle nicht das Thema … Schätze, es kommen ungefähr siebzig Mann«, entgegnet Mitch und stiert auf einen in einer engen weißen Jeans verpackten weiblichen Po in der iPod-Gruppe. Er dreht sich wieder zu mir. »Ich bin ein Trendsetter, weißt du. Meine Partys überstehen jede Wirtschaftskrise.«

»Soso?«, meine ich.

»Hauspartys sind momentan der letzte Schrei. Wohnzimmer sind das neue Boujis, Bier ist das neue Crystal.«

»Ach so.«

»Wo ist Gekko? Ich habe mit ihr etwas Geschäftliches zu besprechen.«

»In der Küche.«

Mitch nennt Bloomie »Gekko«, eine eher freundliche Anspielung auf den Film *Wall Street*. Bloomie sagt, sie hasst diesen Spitznamen, aber ich bin mir nicht sicher. Mitch geht in die Küche und klatscht auf dem Weg Gäste von oben und unten ab. Er ist gut darin, Leute zusammenzubringen. Die meisten der Gäste, die heute Abend kommen, kennen sich von der Universität, und sie bringen ihren Anhang mit, Arbeitskollegen, Schulkameraden und Familienmitglieder. Ein Teil dieses zusammengewürfelten Haufens zu sein macht das Leben in London viel einfacher: Man hat einen Bekanntenkreis, der sich ständig vergrößert, ohne dass man etwas dafür tun muss. Mein erstes Jahr in London, bevor Mitch und Eddie und Bloomie und Kate ebenfalls hierherzogen, ist kaum der Rede wert. Ich nenne es das verlorene Jahr, das Jahr, bevor ich mit Arty Jonathan zusammenkam. Ich verbrachte meine Freizeit hauptsächlich damit, mich mit anderen Neu-Londonern in schrecklichen Touriläden zu betrinken, um anschließend in den Nachtbus nach Mortlake zu steigen, einen südwestlichen Außenbezirk von London, der nur per Bus zu erreichen ist und wo ich mir eine versiffte kleine Wohnung mit vier Fremden teilte. Dann kam zum Glück meine Uni-Clique nach, und ich vergaß meine neuen Bekanntschaften und flüchtete in den Schoß meiner alten Freunde.

»Sass! Ich habe gehört, du bist eine verbitterte Frau!«, ruft Harry, ein rundlicher Architekt, der während der letzten Minuten in eine leidenschaftliche Diskussion über Jack Johnson verstrickt war. Als Harry sein Studium begann, war er spindeldürr. Nun spannt das Hemd über seinem Bauch, sodass sich sein Bauchnabel abzeichnet. Ich lächle ihn an und sage nichts. Er fügt fröhlich hinzu: »Einfach den Männern abschwören!«

Die anderen iPod-Krieger sehen grinsend herüber.

Um Gottes willen, meine Freundinnen sind Klatschweiber. Sieht so aus, als hätte sich meine Männerpause bis auf die Straße herumgesprochen. Regel Nr. 4: Nach Möglichkeit nicht über die Auszeit sprechen.

»Lieber schwöre ich den Männern ab, als auf sie zu schwören!«, antworte ich geheimnisvoll. Ich war schon schlagfertiger, aber ich beschließe, so zu tun, als wäre das ein Totschlagargument, und werfe Harry einen vielsagenden Blick zu, bevor ich in Richtung Küche auf der Suche nach Bloomie davonstolziere.

Obwohl ich vor lauter Arbeit kaum Zeit hatte, mir über mein Outfit Gedanken zu machen, ist mir eine recht fröhliche Kombination gelungen: ein sehr kurzes tailliertes schwarzes Kleid, dünne schwarze Nylonstrümpfe und Ankleboots, und ich trage eine Pferdeschwanzfrisur im Rockabilly-Stil mit Stirntolle. (Okay, okay, warum ich mich wie eine Mischung aus den Frauen in einem Robert-Palmer-Video und Elvis style, obwohl ich doch angeblich nicht auffallen will, ist mir selbst ein Rätsel, aber alte Gewohnheiten legt man nicht so schnell ab. Außerdem steht in den Regeln nicht: »Vernachlässige dein Styling.«)

Bloomie steht an der Küchentheke, eine Kippe im Mundwinkel wie ein Cowboy, während sie mit einer Flasche Wodka, einer Flasche Blue Curaçao, einem Körbchen Heidelbeeren und dem Mixerdeckel herumhantiert. Eddie – ein anderer guter Freund von mir aus London – steht neben ihr und hält in den Armen zwei Flaschen Morgan's Spiced Rum, Bananen, eine Kokosnuss und eine Tüte Mangosaft. Das ist übrigens der Sinn von Mitchs Hauspartys. Wir bringen die Zutaten mit, er leiht sich von überall Mixer (von mir bestimmt nicht, ich besitze nicht einmal ein Bügeleisen, geschweige denn einen Mixer), und wir erfinden neue Cocktails und geben ihnen anschließend Namen. Ja. Das ist gefährlich.

»Das ist es, Leute«, verkündet Bloomie in dramatischem Ton, soweit das mit einer Kippe im Mundwinkel möglich ist. »Bereitet euch auf den ultimativ härtesten Cocktail seit dem Unterwäsche-Auszieher vor.« Das war offenbar die Bezeichnung für Bloomies Cocktail auf der letzten Party (weißer Rum, Kokosmilch, Malibu, Erdbeeren und eine Prise Zimt).

»Dieses Mal aber ohne den ekelhaften Malibu«, ruft Mitch, während er die Küche mit einer Runde Schnaps für die iPod-Brigade verlässt. »Gekko kippt in jeden von ihren Cocktails dieses widerliche Kokoszeug. Wie damals in der Schule. Und verdammt, in meiner Küche wird nicht geraucht!«

»Wie du wünschst, Bitch, mein Schatz …«, sagt Bloomie abwesend, offenbar mehr darauf konzentriert, die Cocktailzutaten auf der Anrichte auszubreiten.

Ich beuge mich zu Eddie und gebe ihm ein Begrüßungsküsschen auf die Wange. Eddie und ich waren an der Uni einmal ein Paar und trennten uns nach zwei Wochen aus Gründen, die in Vergessenheit geraten sind. (Er steht nicht offiziell auf der Liste meiner gescheiterten Beziehungen.) Eddie hat seit zwei Jahren eine Fernbeziehung mit einer Frau namens Maeve, die ausgerechnet in Genf lebt. Die beiden sehen sich nur alle zwei Monate, und er spricht nur selten von ihr. Ich vermute ja insgeheim, dass er bloß zu faul ist, andere Frauen anzusprechen. Eddie ist Ingenieur. Was genau er macht, weiß ich nicht. Irgendetwas bauen?

»Was geht ab, Edward?«, frage ich.

»Nicht viel«, antwortet er. »Meine Schwestern sind morgen Abend in London. Am Sonntag fliegen sie nach Spanien. Hast du Lust, uns Gesellschaft zu leisten? Wir wollen irgendwo in Notting Hill essen gehen, wo es billig und gemütlich ist.«

»Viel Glück bei der Suche«, bemerkt Bloomie.

»Ja, gerne«, sage ich. »Ich liebe die lieben Schwestern. Wie geht es Maeve?«

»Gut, es geht ihr gut. Weißt du zufällig, wie man eine Kokosnuss aufmacht?«

»Aufmacht?«, wiederhole ich.

»Ich will uns einen Tropical Punch mixen.«

»Wie exotisch«, meine ich.

»Ist dir wohl nicht originell genug, mein Kreativmäuschen? Also gut. Hier die Erklärung, nur für dich: Wer meinen Punch trinkt, bekommt sofort einen Schlag in die Fresse. Kapiert? Punch wie Schlag.«

Ich muss lachen. »Nimm mir mal die Kippe aus dem Mund, Darling«, funkt Bloomie dazwischen. Mit »Darling« bin ich gemeint, also nehme ich ihr die Zigarette ab, woraufhin sie sofort herumwirbelt und die Hände nach oben streckt. »Alle mal herhören! Ich habe eine Geheimwaffe! Einen Stößel und einen Mörser. Damit mache ich uns eine leckere Mischung aus Heidelbeeren und Zucker als Basis für den Siegercocktail des heutigen Abends!«

Die Leute in der Küche lachen und jubeln. Nach ein paar Minuten ist das Beerenmus fertig und wird mit Eis, Wodka und Blue Curaçao vermischt. Dann verteilt Bloomie den Cocktail in circa fünfzehn Likörgläser, von denen Mitch jede Menge eigens für seine Partys angeschafft hat. Sie hebt ihr Glas empor, »Einen Toast auf den Blue-mie-Mond!«, und leert es in einem Zug. Wir wiederholen »Auf den Blue-mie-Mond!« im Chor und folgen ihrem Beispiel. (Sollte dieser Cocktail mit einem Mojito verwandt sein, dann ist er ein entfernter, mit lästigen Heidelbeerschalen gespickter Inzucht-Cousin.) Der Abend hat begonnen.

Eine Stunde später haben wir Mitchs Megageile Medizin

gekostet (Tequila und Crème de Menthe, richtig ekelhaft), das Melasse-Monster (der stammt von mir, und, wenn ich hinzufügen darf, ist mir eine köstliche Mischung aus Karamell und Espresso gelungen), den Brennt-wie-Feuer (mit Tabasco – muss ich mehr dazu sagen?) und den Beiß-mich (Butterscotch-Likör mit Baileys, garniert mit Crunchie-Krümeln). Eddie wurde nach draußen verbannt, um seine Kokosnuss mit einem Beil zu knacken, und einer der Neuen hat entdeckt, wie irgendein Neuer das immer tut, dass eine Mischung aus Limonade und Eis zu Tränen führt.

Bloomie und ich haben unsere Früh-am-Abend-Position auf dem Sims vor dem großen Küchenfenster eingenommen. Während wir unsere brennenden Kippen aus dem Fenster halten, können wir gleichzeitig das Geschehen innen verfolgen. In meinem knappen Kleidchen ist das eine gewagte Sitzposition, aber ich behelfe mir mit einem Geschirrtuch, das ich geschickt über meine Beine drapiere. Das Beste an dem Platz im Fenster ist jedoch, dass man alles mitbekommt. Alle Neuankömmlinge zeigen sich kurz in der Küche, um Hallo zu sagen und einen oder fünf Cocktails zu probieren, bevor sie sich einen Platz in der Nähe der Champagnerkübel suchen, die überall im Wohnzimmer, auf der Treppe und im Garten strategisch verteilt sind.

Ich erzähle Bloomie von meinem Abend mit Kate und dem Yankee mit der Fingerpistole. Sie kringelt sich vor Lachen.

»Ich hatte heute in der Arbeit ein richtiges Erfolgserlebnis«, sage ich grinsend und wackle mit den Augenbrauen.

Bloomie stößt einen Jauchzer aus. »Das wird auch höchste Zeit, Darling. Hast du denen endlich mal gezeigt, was du draufhast?«

»So ähnlich«, antworte ich. »Ich möchte dich nicht mit den Details langweilen … Wo ist eigentlich der Monk?«

Ihr Gesichtsausdruck verklärt sich. »Auf dem Weg hierher. Er hat mir gerade eine SMS geschickt. Er war heute Abend mit seiner Schwester essen. Sie ist schwanger. Sie heißt Julie. Sie lebt in Paris. Sie klingt richtig nett.«

Ich bin schockiert. Solche Sätze sind ganz untypisch für Bloomie und äußerst erfreulich. Wir lächeln uns an, doch bevor das hier zu einer kitschigen Szene ausartet, verziehe ich mein Lächeln schnell zu einem wahnsinnigen, fiesen Grinsen, rümpfe die Nase, blecke die Zähne und drehe das Gesicht zur Küche … gerade als ein absolut göttlicher Mann hereinkommt.

Er ist sehr groß, hat breite Schultern und dunkle Haare. Und sein Blick bleibt sofort auf meiner Grimasse haften. Scheiße. Ich versuche rasch, wieder ein hübsches Gesicht zu machen, aber es ist zu spät. Sein Blick schweift bereits von mir ab zu den Leuten hinter ihm, mit denen er gekommen ist. Bloß gut, dass ich gerade nicht auf dem Markt bin, denke ich.

Bloomie schwingt ihre Beine in die Küche. »Mitchs Cousin ist hier!«, sagt sie zu mir. Das ist Mitchs Cousin?, denke ich. Mitch ist blond und dünn. Bloomie hüpft mit der Sorglosigkeit von jemandem, der eine Jeans trägt, vom Sims herunter und bahnt sich einen Weg durch die Leute mit einem lauten »Jake!«.

Ich bewege mich vorsichtig von dem Sims herunter und beschließe, Männerabstinenz oder nicht, dass ich einem attraktiven Mann namens Jake nicht gegenübertreten kann, nachdem er meine Schweinsgrimasse gesehen und mich wahrscheinlich sofort abgehakt hat.

Stattdessen schaue ich nach, was in der Cocktailküche passiert. Fraser, auch ein alter Studienfreund von mir, braut gerade etwas zusammen. Er sieht aus wie ein frühzeitig gealterter Mann in einer Cordhose und mit einem kleinen Bauch. Er nimmt eine Packung Valrhona-Kakaopulver, einen Ben-&-Jerry's-Eisbecher, eine Tüte Vollmilch und eine

Flasche Cognac aus einer Liefertasche von Ocado. Wir begrüßen uns mit Küsschen rechts und links.

»Ich brauche deine Hilfe!«, sagt Fraser. »Wie zur Hölle funktioniert dieser gottverdammte Apparat?«

»Das ist ein Mixer, Herzchen«, antworte ich. »Heilige Kalorien, Batman, was zum Geier soll das werden?«

»Ein Dessert-Cocktail. Hatte ich neulich Abend bei einem Date. Ein Teufelszeug, aber verflucht lecker.« Frasers Vater war in der Armee, und Fraser redet wie er. Schroffe, unvollständige Sätze und altmodische Schimpfwörter.

»Der Cocktail oder das Date?«, frage ich.

»Der Cocktail. Das Date hat zu viel davon gesoffen und musste kotzen. War ein vergeudeter Abend. Glaube, sie fand mich langweilig.«

»Ach wo«, widerspreche ich ihm. »Unmöglich.«

Dabei ist das durchaus möglich, falls Fraser angefangen hat, von der Geschichte und dem Aufbau der britischen Armee zu erzählen. Er ist wirklich ein lieber Kerl, doch das ist wahrscheinlich schon das fünfzigste Mal, dass er mir von einem verpatzten Date berichtet.

»Die Frau hat sicher ein Alkoholproblem, Fraymund«, sage ich, während wir die letzten Zutaten in den Mixer geben und den Deckel draufdrücken. »Du musst es einfach weiter versuchen. Na, wie willst du deinen Cocktail nennen? Muffinkruste? Ersatzreifen?«

Fraser lacht. »Ich wollte ihn eigentlich Dessert-Cocktail nennen.«

»Gute Wahl«, meine ich. Wir füllen die dickflüssige Mischung in Gläser und schlagen den Gong, den Mitch auch eigens für seine Partys angeschafft hat. (Er nimmt die Sache ernst, habe ich das schon erwähnt?) Alle, die noch ohne Getränk sind, umringen uns, um ein Glas abzubekommen, Fraser spricht einen Toast aus (»Auf den Dessert-Cocktail!«) und notiert den Cocktailnamen auf einer Liste an der Wand. Der Cocktail schmeckt köstlich, allerdings ist er – wen wundert es? – unheimlich mächtig. Er bekommt sieben Punkte von zehn. Danach zeige ich Fraser, wie man den Mixer auseinandernimmt (»Menschenskind, das ist ja wie bei einem verfluchten Gewehr!«), die Einzelteile mit dem Spülschlauch reinigt und anschließend auf ein Geschirrtuch zum Trocknen legt, neben all den anderen Mixeraufsätzen, die auf ihre nächste Chance zu glänzen warten. Fraser beginnt eine Unterhaltung mit zwei Frauen, die neben der Cocktailliste stehen, über die Vorzüge von Vollmilch, während ich die leeren Gläser einsammle und sie in heißes Spülwasser tauche.

»Das ist viel zu kompliziert. Was ist aus der guten altmodischen Trinkkultur geworden?«, bemerkt eine Stimme hinter mir. Ich drehe mich um und – Sie ahnen es bereits, aber es ist wahr – der göttliche Cousin steht vor mir. Wie hat Bloomie ihn genannt? Jake. Ich sortiere rasch meine Gedanken.

»Das hier ist Trinkkultur auf höherem Niveau. Es hat Jahre gedauert, sie zu entwickeln.«

Während der letzten vier Sekunden sind mir ein paar mehr Dinge an ihm aufgefallen. Er ist ungefähr eins neunzig groß, schätze ich. Kleine Lachfältchen in den Augenwinkeln. Ebenmäßige Zähne, sehr weiß. Dunkle Wimpern, aber nicht zu lang. Lippen sehen aus, als hätten sie viel Sonne abbekommen. Kurzum: höllisch attraktiv.

Go-go-Gadget Mantra. Haltung ist Stärke, Schweigen ist Gelassenheit.

»Macht auf mich den Eindruck, als läuft es wie geschmiert«, sagt er.

Ich nicke lässig. »Das letzte ungelöste Problem ist nur, je später der Abend, umso schlechter kann man die Namen und die Ergebnisse auf der Liste lesen. Wir wissen also nie genau, wer gewonnen hat.«

»Hm.« Er sieht hinüber zu dem Ranking. »Nun, ich bin gewappnet und bereit zu siegen.«

Verdammt, eigentlich brauche ich mein Mantra gar nicht. Du hast Männerpause, Fräulein. Und vergiss nicht Regel Nr. 3: Offensives Flirten ist nicht erlaubt.

»Was hast du mitgebracht?«, frage ich.

»Passionsfrucht. Wodka. Ananassaft. Ingwer.«

»Interessant. Hast du auch schon einen Namen dafür?«

»Wir können uns gemeinsam einen ausdenken, während du mir bei der Zubereitung hilfst.« Er sieht mich an und grinst. Mist, ich stehe auf charmante Machos. Doch, im Ernst, das tue ich.

»Okay.«

Ich beschäftige mich damit, die Passionsfrüchte aufzuschneiden und auszuhöhlen, er schält den Ingwer. Während wir Seite an Seite schnippeln, entsteht sekundenlanges Schweigen, und ich überlege mir angestrengt eine lässige und geistreiche Bemerkung. Aber ich kann nur daran denken, wie nahe er bei mir steht, und das macht mich ganz heiß und kribbelig und rot. Hey – lassen Sie das. Ich weiß genau, was Sie jetzt denken. Selbstverständlich werde ich nicht die Regeln meiner Männerpause beim ersten Mann, zu dem ich mich tatsächlich ernsthaft hingezogen fühle (übrigens seit einer Ewigkeit, also seit Jahren), brechen. Moment, warum überlege ich überhaupt, was ich sagen soll? Regel Nr. 3, verdammt, denk an Regel Nr. 3.

»Ich brauche noch was«, erklärt er unvermittelt.

»Du wirst es hier sicher finden. Die Leute bringen immer alles Mögliche an Zutaten mit … Ich meine, neulich schleppte sogar jemand einen Hundewelpen an.«

»Einen Welpen? Als Zutat für einen Cocktail?«, ruft er entsetzt und dreht den Kopf, sodass wir uns zum ersten Mal direkt in die Augen sehen.

Ich nicke und versuche, das nervöse Flattern in meinem Bauch zu ignorieren. »Ja, tragisch, aber lecker. Ein Blue Curawau.« Ist das offensives Flirten?

»Blue Curawau. Hübsch. Ich wollte schon sagen ein Cockertail, aber ich sehe, ich muss mir was Besseres einfallen lassen.« Er grinst mich wieder an, und das Flattern im Bauch wird sofort heftiger. Ich habe das Gefühl, als würde ich fürchterlich schwitzen. Schwitze ich? Plötzlich fällt sein Blick auf Bloomies Stößel und Mörser. »Bingo!«

Er schnappt sich beides, legt den kleingeschnittenen Ingwer in das Gefäß und beginnt, ihn zu einem Brei zu verarbeiten.

»Süßer!«, rufe ich.

»Ja, Süße?«, erwidert er.

Ich muss kichern. Wie albern. (Ist das offensives Flirten? Nein, bloß Höflichkeit.) »Nein, ich meinte, es muss süßer werden. Da muss Honig rein. Zu dem Ingwer.«

»Mann, du bist schlauer als du aussiehst, nicht wahr?«, meint Jake in bewunderndem Ton.

Ich mache ein dummes Blondinengesicht, klimpere mit den Wimpern und knabbere an meinem kleinen Finger. (Okay, okay, ich gebe es ja zu. Das ist hart an der Grenze zu offensivem Flirten. Ich mache wieder ein normales Gesicht und versuche, ernst zu bleiben.)

»Also gut, Honig ... Ingwer ... Passionsfrucht ... Ananassaft. Ich fürchte fast, das könnte zu süß werden ... Sollen wir besser vorher mal kosten?«

»Oh nein. Das ist nicht erlaubt«, antworte ich bedauernd. »Streng verboten. Damit die Leute sich vorher über ihre Zutaten Gedanken machen.«

»Wie faschistisch.«

Ich muss wieder kichern. Shit, ich benehme mich total albern. Oh verdammt, dieses Kribbeln ... Schlagfertig, attraktiv ... und er scheint es nicht auf ein Date anzulegen.

Er flirtet zwar mit mir, aber auf eine angenehme, spielerische Art. Das ist erschreckend anziehend.

Ich brauche jemanden, der einschreitet. Es muss doch irgendeinen Hinweis geben, dass er ein Scheißkerl ist. Ich werde sicher bald fündig, dann schlage ich ihn mir sofort aus dem Kopf und halte mich wieder brav an meine Regeln.

»Wie wäre es mit etwas Zitronensaft? Oder Limettensaft?«, schlage ich vor.

»Ja, ja, das ist gut.«

Wir pressen zwei Zitronen und zwei Limetten aus und geben den Saft in den Mixer. Jake kippt ungefähr eine Drittelflasche Wodka hinterher, ich das Eis. Er setzt den Deckel mit einer geschickten Bewegung auf – große Hände, überraschend kräftig wirkende Finger, schlimm abgekaute Daumennägel, wie zum Teufel komme ich überhaupt dazu, mich mit einem Mixerdeckel zu vergleichen? – und drückt ihn herunter. Er lächelt mich an, und ich erwidere sein Lächeln. Mmm. (Aah! Außergewöhnlich starkes sexuelles Verlangen. Aufhören!)

»Der Name!«, sage ich erschrocken. »Du brauchst einen Namen für den Cocktail, bevor er fertig ist!«

»Scharfes Zeug! Scharfes Luder! Rattenscharf und endsgeil!«, rattert Jake herunter, dann schlägt er sich mit der freien Hand an die Stirn. »Nein, bloß nicht! Mann, was für ein schlimmer Film.«

»Was?« Ich kann nicht anders als lachen angesichts seines panischen Gesichtsausdrucks. »Ähm … ähm … Saurer Ingwer? Kehlenwärmer? Linda Lovelace?«

»Du hast ja schmutzige Gedanken …«, entgegnet er verächtlich und lässt den Mixerdeckel los. »Vergiss das alles. Hiermit taufe ich diesen Cocktail ›Das Biest‹. Ich glaube, er ist süß, erfrischend würzig und ziemlich scharf.«

Ich überlege, ob das eine Anspielung auf mich ist, und falls ja, wie eine angemessene Antwort lauten könnte, als plötzlich Mitch hinter uns mit einem Tablett voller ausgetrunkener Likörgläser auftaucht. »Okay, Kinder, lasst Mami mal vorbei, damit sie die Gläser spülen kann … Ein Glück, dass ich dreihundert Stück davon besorgt habe.« Er kippt die Gläser in das Spülwasser. Ich sammle ein paar saubere Gläser ein, und Jake füllt sie, schlägt den Gong und spricht einen Toast auf »Das Biest«. Der Cocktail ist sehr lecker: eine Mischung aus zitroniger Süße mit dem warmen Geschmack von Ingwer.

»Mmm. Nicht schlecht für einen Anfänger«, meint Mitch, gießt sich ein zweites Glas ein und vollführt ein Riechen-Spülen-Schlucken-Ritual wie bei einer Weinprobe. »Das muss an den Genen liegen, Cousin. Schade, dass du von Mitchs Megageiler Medizin nichts abbekommen hast. Das war bis jetzt der Beste.«

Ich sehe Jake an, schüttle den Kopf und forme lautlos mit dem Mund ein Nein. Er grinst, und als Mitch schnell den Kopf zu mir dreht, um herauszufinden, was vor sich geht, sagt Jake rasch etwas, um ihn abzulenken. »Ich hatte eine großartige Unterstützung«, erzählt er. »Jesus ist in meinem Herzen und hilft mir bei allem, was ich tue.«

Ich pruste los. Ich versuche, mir eine geistreiche Antwort zu überlegen, und mir wird bewusst, dass ich tatsächlich, ohne jeden Zweifel, offensiv mit ihm flirte und er zurückflirtet und ich vorhabe, noch offensiver zu flirten, während ich mich frage, wo Jake wohnt, was er macht, wie sein Nacken riecht, wie lange es wohl dauert, bis er mich zu einem Date einlädt, und was ich dazu anziehen werde. Mit anderen Worten: Ich bin hochgradig gefährdet, die Regeln meiner Männerpause zu brechen, obwohl sie gerade einmal achtundvierzig Stunden dauert.

Ich gehe zum Kühlschrank und nehme drei Flaschen Corona heraus, um mir etwas Zeit zum Nachdenken zu verschaffen. Ich bin kurz davor, mein Gelübde für einen großen, attraktiven Klugscheißer über den Haufen zu werfen. Die Sorte Mann, für die ich eine ausgeprägte Schwäche habe, die Sorte Scheißkerl, die mich zuerst zum Lachen bringt, um mir danach das Herz zu brechen, wenn sie von mir genug hat. Jake ist wie Rick. Ein besser aussehender, größerer und witzigerer Rick. Mehr aber auch nicht.

Genau. Mach dich auf die Suche nach Bloomie, und lass diese Versuchung möglichst weit hinter dir. Ich gebe den beiden Jungs je ein Bier, hole tief Luft und sage »Ich muss wieder, Leute …« zu Mitch. Ich versuche, Jakes Blick zu vermeiden, kann es aber doch nicht verhindern, als ich mich zum Gehen wende. Er lächelt mich süffisant an. Sehen Sie? Ein Klugscheißer.

Kapitel 8

Die Party erreicht nun langsam ihren Höhepunkt, und die Gäste strömen aus dem Wohnzimmer in den Garten. Irgendwer hat den iPod-Krieg gewonnen (Marvin Gaye). Ich entdecke Fraser mitten im Wohnzimmer, wo er sich mit seinen Mitbewohnern unterhält, und beschließe, Hallo zu sagen.

»Da ist sie ja!«, ruft Ant, als ich mich der Gruppe nähere. Ant und ich haben bei unserem ersten Kennenlernen mal rumgeknutscht, unter dem Einfluss von Tequila und, äh, Tequila. Ich habe es sofort bereut. Ant wäre ein hübscher Mann, wenn er mehr aus sich machen würde. Außerdem sind seine Augenbrauen zusammengewachsen. Im Moment wirkt er sehr zufrieden mit sich selbst. »Die Frau, über die jeder spricht! Die Frau, die ein Keuschheitsgelübde abgelegt hat!«

»Redet ihr über mich?«, frage ich nach. Super. Sieht aus, als hätte ich mich zum allgemeinen Gespött gemacht. »Ihr müsst ein ziemlich langweiliges Leben haben.«

»Eine Dating-Queen wie du will plötzlich den Männern abschwören? Es wundert mich, dass das nicht in der Zeitung stand.« Ant kichert wie eine Hyäne, und die anderen Mitbewohner, abgesehen von Fraser, kichern mit.

»Wie lange dauert eigentlich deine frauenfreie Zeit schon, Ant? Acht Jahre oder mehr?«, stichelt Fraser. Ich lächle ihn dankbar an. Das war mal eine gute Antwort.

»Wir unterhalten uns gerade über die Wirtschaftskrise«, erklärt einer der anderen in ernstem Ton, ein echt niedliches Kerlchen namens Felix, der ein Auge auf mich geworfen hat, glaube ich. Trotzdem hat er mit den anderen über mich gelacht, also habe ich kein Mitleid mit ihm.

»Wie faszinierend«, sage ich. Felix macht ein zerknirschtes Gesicht, und ich bekomme ein schlechtes Gewissen. Ich sollte mich nicht auf Schwächere stürzen. »Leider habe ich von so was nicht viel Ahnung, Felix«, füge ich hinzu.

»Scheißlangweiliges Thema«, meint Fraser.

»Du wirst bald eine Ahnung bekommen, wenn du in Zukunft dein Essen selber bezahlen musst«, bemerkt Ant. »Dann gibt es kein Dinner for two mit saftigen Steaks mehr.« Ich gebe es nur ungern zu, aber er hat nicht unrecht. Dates waren für mich eine gute Nahrungsquelle im Laufe der letzten Jahre. Natürlich biete ich grundsätzlich an, die Rechnung zu übernehmen, doch die Männer lassen mich nicht. Jedenfalls nicht beim ersten Date. Ich frage mich, ob Jake Steak mag. Ich könnte für uns beide kochen. Bei mir zu Hause. Vielleicht, wenn wir alle richtig arm werden, müssen wir uns Baked Beans auf Toast teilen. Nein, streichen Sie das. Bohnen sind nicht geeignet für ein Date. Ich könnte … oh, ich könnte Omelette machen. Ich frage mich, ob Jake Eierspeisen mag.

In meiner absolut lächerlichen und meinem Gelübde nicht zuträglichen Träumerei werde ich von Mitch unterbrochen, der auf uns zusteuert, den Arm lässig um den Hals des Mädchens in der weißen Jeans geschlungen.

»Red bloß nicht mit Sass, Süße. Sie ist eine MÄNNERHASSERIN«, raunt er ihm hörbar zu. Das Mädchen kichert, hickst und scheint Galle auf der Zunge zu schmecken.

Während alle brüllen vor Lachen, schenke ich Mitch ein Lächeln/eine Grimasse und warte, ob mir eine passende Bemerkung dazu einfällt. Fehlanzeige. Ich frage mich, ob Mitch Jake von meiner Auszeit erzählt hat. Oh Gott, das sollte mir völlig egal sein. Plötzlich fühle ich mich sehr erschöpft. Ich beschließe, für den restlichen Abend einen großen Bogen um sämtliche Männer zu machen, und gehe hinüber zu Tory, einer ehemaligen Arbeitskollegin von Mitch. Tory ist ziemlich nett, redet aber fast nur über Sex. Das ist irgendwie seltsam. Ich glaube, Mitch lädt sie immer ein, weil sie dann garantiert nicht alleine nach Hause geht. Sie ist eine Art Partyversicherung. (Ist das gemein von mir? Was soll's.)

»Du bist wohl gerade auf Männerentzug, nicht, Sassy?«, bemerkt Tory nach unserem Begrüßungssmalltalk grinsend. »Ich weiß alles darüber. Ich will das auch machen!«

»Im Ernst?«, meine ich. Ich hasse es, wenn man mich »Sassy« nennt. »Ähm, wow. Das ist super.«

»Ja. Es ist nur Sex, weißt du? Dieses ganze gefühlsduselige Gelaber und Getue … Das kann man sich gleich sparen«, erklärt sie, nimmt einen großen Schluck aus ihrem Glas und lässt prüfend den Blick durch den Raum kreisen.

Ich nicke und entschuldige mich unter dem Vorwand, dass ich Bloomie suchen müsse. Es gelingt mir, auf meinem Rundgang nur zweimal stehen bleiben zu müssen, um ein paar mäßig unterhaltsame Gespräche zu führen. Trotzdem ist meine Paranoia geweckt, und ich bin überzeugt, dass jeder über mich lacht. Ich kann Jake nirgendwo sehen. Nicht dass ich nach ihm Ausschau halten würde, vielmehr will ich ihn möglichst meiden. Ich entdecke Bloomie schließlich im Garten, zusammen mit Kate – deren Kommen ich gar nicht mehr erwartet habe, sodass ich angenehm überrascht bin – und Eugene.

»Hallo, Prinzessinnen«, sage ich und gebe Kate und Eugene Begrüßungsküsschen. Eugene ist natürlich nicht wirklich ein Monk. Er ist Anfang dreißig, arbeitet in der Finanzbranche wie Bloomie – sie haben sich bei einer Telefonkonferenz kennengelernt, wie romantisch – und ist Halbfranzose, obwohl er überwiegend in London aufgewachsen ist und ohne den geringsten Akzent Englisch spricht. Dafür sieht er aus wie ein Franzose: schlank, sexy, halblange Haare. Er kann sogar großkarierte Halstücher tragen und sieht damit noch immer ziemlich scharf aus, was eine unglaubliche Leistung ist, wenn man genau darüber nachdenkt.

»Und, was gibt es bei euch Neues? Anscheinend bin ich heute das Thema des Abends.«

Kate nickt. »Du und die Wirtschaftskrise. Du bist lustiger.«

Ich seufze. »Oh Mann. Wie geht es dir, Eugene?«

»Super«, antwortet er und grinst Bloomie an. Sie kichert und grinst zurück. Was zum Teufel geht hier ab? Die Beziehungen von anderen Leuten sind mir ein Rätsel.

»Wo ist Tray?«, frage ich verwundert, als hätte ich plötzlich seine Abwesenheit bemerkt.

»Oh, der ist zu Hause«, erwidert Kate und starrt an mir vorbei, als hätte sie unvermittelt etwas Faszinierendes am Haus entdeckt. »Er … muss arbeiten. Hast du eine Zigarette für mich, Sass?«

Ich schaue zu Bloomie, um einen kurzen Blick mit ihr zu wechseln, aber sie schmachtet nach wie vor Eugene an. Kate starrt ins Leere. Ich frage mich, was Jake wohl gerade macht, und schaue unwillkürlich zum Küchenfenster. Drinnen sehe ich nur Ant, der eine Cola light und eine ganze Flasche Rum in den Mixer kippt und anschließend auf den Deckel drückt. Idiot. Ich nehme drei Zigaretten aus der Schachtel und zünde sie alle an, gleichzeitig, dann gebe ich Kate eine und Bloomie eine. Ein altes Ritual aus unserer Studentenzeit. So uncool, dass es schon fast wieder cool ist.

»Wow, Mädels … Ihr erinnert mich an die Pink Ladys«, meint Eugene.

Oh, um Gottes willen. »Ein blöderer Vergleich hätte dir nicht einfallen können …«, sagt Bloomie und lacht. Eugene macht ein verdutztes Gesicht. »Erklär ich dir später …«, fügt sie hinzu, und sie lächeln sich glücklich an. Ich warte, ob noch mehr kommt, aber die zwei scheinen über ihre verliebten Blicke zu kommunizieren.

»Junge Liebe, was, Kate?«, bemerke ich und wende mich von dem glücklichen Paar ab.

»Mm«, antwortet Kate geistesabwesend.

Mensch, was für ein lustiger Haufen.

Bloomies Blackberry klingelt, und ihr Gesichtsausdruck wechselt so schnell von glücklich zu ernst, dass es aussieht, als würde sie eine lachende/weinende Theatermaske aufsetzen und abnehmen. Sie drückt Eugene wortlos ihr Glas in die Hand, nimmt das Gespräch an und bellt in ihr Blackberry »Susan Bloomingdale!«, während sie sich von uns entfernt.

»Es ist Freitagnacht, elf Uhr«, sagt Eugene, halb zu sich selbst.

»Wahrscheinlich ein Anruf aus den Staaten«, vermute ich. »Sie hat doch häufig mit der Niederlassung in San Francisco zu tun, nicht wahr? Machst du nicht so was Ähnliches in deinem Job?«

Eugene zuckt mit den Achseln auf eine lässige gallische Art und sieht uns sonderbar an. Nun, mich jedenfalls. Kate scheint sich geistig völlig ausgeklinkt zu haben und ist nur noch körperlich anwesend. »Ich bin Finanzanalyst. Aber ich bin nicht davon besessen.«

»Bloomie genauso wenig«, verteidige ich sie, obwohl es nicht ganz der Wahrheit entspricht. »Sie gibt eben immer hundert Prozent, das ist alles.«

Eugene nickt. »Schön, ihr entschuldigt mich kurz. Ich will mir in der Küche was zu trinken holen. Soll ich euch was mitbringen?«

»Danke, ich habe noch«, antworte ich und sehe zu Kate, die nach wie vor stumm ist. »Sie ist auch versorgt.«

Ich stehe ungefähr dreißig Sekunden lang schweigend da und warte, dass Kate den Mund aufmacht.

»Kate«, sage ich schließlich und ziehe an meiner Zigarette. Kate reagiert nicht. »Ich bin schwanger.«

Sie ist in Trance. Ich seufze und lasse den Blick durch den Garten schweifen. Es wird laut gelacht und wild durcheinandergetrunken. Der Lärmpegel auf der Party scheint jetzt doppelt so hoch zu sein. Aus der Anlage dröhnen The Killers, und aus dem Wohnzimmer dringt lautes Johlen, was wahrscheinlich bedeutet, dass Mitch gerade den Wurm über den Teppich macht. Die erste Hausparty in meiner männerfreien Zeit, es ist elf Uhr, und ich weiß nicht, was ich mit mir anfangen soll. Ich bin mir nicht einmal mehr sicher, ob ich Spaß habe. Alles war gut, bis ich Jake begegnet bin.

»Hallo, Ärger«, sagt eine Stimme hinter mir. Ich drehe mich um. Oh mein Gott.

Es ist Rugby Robbie. Mein Ex. Trennung Nr. 2. Scheiße, den habe ich schon seit Jahren nicht mehr gesehen. Ich dachte, er wäre ins australische Brisbane gezogen, um dort mit der Frau zu leben, die er in Thailand kennengelernt hat. Die, wegen der er mich verlassen hat.

»Robbie!« Ich schenke ihm ein Lächeln und gebe ihm ein Küsschen auf die Wange. Ich kann nicht so tun, als wäre ich noch immer sauer, fünf Jahre später. Vor allem nicht, wenn ich es gar nicht bin.

»Du siehst fantastisch aus!«, meint Rugby Robbie und mustert mich sehr genau von oben bis unten. »Wie geht es dir?«

»Danke«, erwidere ich. »Es geht mir super.« Er dagegen sieht nicht fantastisch aus, darum kann ich sein Kompliment nicht erwidern. Aus dem fitten Sportler ist ein fetter Kerl geworden. Sein Gesicht sieht aus, als wäre es mit Luft aufgepumpt.

»Und, Sass, was treibst du so in letzter Zeit?«, fragt er in herzlichem Ton und starrt auf meine Brüste. Wie abstoßend. »Wohnst du noch in London?«

»Ja«, gebe ich zurück. »Und du, machst du gerade Urlaub hier?«

»Urlaub wovon – Brisvegas?«, entgegnet er. Gott, Leute, die »Brisvegas« sagen, nerven. »Nö. Ich bin schon seit einem halben Jahr wieder zurück.«

»Zusammen mit Kerry?«, frage ich höflich. So hieß sie.

»Oh nein«, antwortet er und erwidert meinen Blick. »Wir haben uns getrennt. Ich wohne wieder bei Riggsy und Martin, nahe der Fulham Palace Road. Wie in alten Zeiten!«

»Lustig.« Ich lächle. Ich frage mich, ob er noch immer an die Vorhänge pinkelt. »Ja, war schön, dich mal wiederzusehen. Ich muss dringend zu Mitch. Er braucht vielleicht meine Hilfe bei, äh, irgendwas.« Ich blicke zu Kate, die nach wie vor in einer Art Wachkoma zu sein scheint. Was zum Teufel ist los mit ihr?

»Hey, äh, kann ich deine Nummer haben?«, fragt Rugby Robbie. »Ich würde dich gerne mal zum Essen einladen. Wir haben uns viel zu erzählen.«

»Haben wir das?«, sage ich spitz, bevor ich mir einen Ruck gebe und ihm ein süßes Lächeln schenke. »Tut mir leid, aber das geht nicht, Robbie. Pass auf dich auf. Komm, Katie.« Bevor einer der beiden etwas sagen kann, schnappe ich mir Kates Hand, und wir marschieren entschlossen zurück zum Haus.

»Boa, Thelma und Louise!«, ruft ein Typ, der draußen vor der Tür steht. Er trägt ein T-Shirt mit einem riesigen Abercrombie-&-Fitch-Logo. »So ernste Gesichter, Ladys! Das hier ist eine Party! Amüsiert ihr euch nicht?«

Wir bleiben stehen und sehen ihn an.

»Dann bring mich zum Lachen«, fordere ich ihn auf.

»Äh …«, stammelt er und blickt hilfesuchend seinen Kumpel an, der neben ihm steht.

»Zu spät«, sage ich, und wir gehen ins Haus.

»Wow, das war aber ein bisschen hart«, bemerkt Kate.

»Ich bin im Moment einfach nicht in der Stimmung«, entgegne ich und führe sie zu einer kleinen Kommode in der Diele. »Ich habe eine verdammt lange Woche hinter mir, und ich habe mir die Party verdient. Aber ich bezweifle, dass ich in die richtige Feierstimmung komme ohne …« Ich beuge mich herunter, ziehe die Schiebetür der Kommode auf und nehme eine halb volle Flasche heraus. »… Jägermeister.«

Kates Augen leuchten auf. »Ist die etwa noch von der letzten Party übrig?«, ruft sie überrascht. »Großartig!«

Wir gehen in die Küche, holen uns zwei saubere Schnapsgläser und gießen uns Jägermeister ein. In der Küche wimmelt es von Leuten, und in der Ecke entdecke ich Fraser, der wild mit Eddies hennagefärbter Arbeitskollegin Tory herumknutscht. Ist es nicht ein bisschen früh dafür? Fraser legt sich richtig ins Zeug, mit vollem Körpereinsatz. Iii.

Zwei Jungs stehen neben dem Kühlschrank und mustern Kate und mich.

»Weißt du«, sagt der eine sehr laut zu dem anderen. »Mein Leben hat sich seit dem Sechser im Lotto gar nicht so sehr verändert.«

Ich drehe mich um, sehe ihn an und breche in schallendes Gelächter aus. »Oh Mann … Das ist der beste Spruch, den ich je gehört habe«, ist alles, was ich herausbringe, während ich mir die Tränen abwische. »Darauf müssen wir anstoßen.«

»Kein Problem!«, entgegnet er und grinst. Sein Gesicht glänzt, und er hat viele Leberflecke. Sein Kumpel und er kommen zu uns an die Küchentheke, und wir kippen gleichzeitig unsere Gläser.

»Oh, das war wahrscheinlich keine gute Idee«, stöhnt Kate.

In diesem Moment tauchen Bloomie und Eugene auf, händchenhaltend.

»So, das war der letzte geschäftliche Anruf heute Abend! Oh, Jägermeister? Ohne mir Bescheid zu sagen? Was wird hier gespielt?«, fragt Bloomie.

»Du kriegst jetzt einen«, antworte ich, und eine Minute später kippen wir alle die nächste Runde.

»DAS war jetzt eindeutig keine gute Idee«, meine ich zu Kate.

Plötzlich landet Mitch mit einem dumpfen Poltern vor unseren Füßen, nachdem er einen dreifachen Purzelbaum vom Wohnzimmer in die Küche geschlagen hat, und tut nun so, als würde er auf dem Boden brustschwimmen. Er sieht zu Bloomie und mir hoch und lächelt. »Gekko und Spezialeinheit. Meine beiden Lieblingsfrauen ... Das war ein dreifacher Axel in der Vorwärtsrolle ... Der gelingt mir immer.«

»Bitch macht Extremsport«, erklärt Bloomie Eugene.

»Warum gehöre ich nicht zu deinen Lieblingsfrauen?«, fragt Kate beleidigt.

»Der dreifache Axel ist aber nichts gegen den Extrem-WURM!«, ruft Mitch von unten.

»Und, bist du öfter hier?« Ich drehe mich um. Es ist der lebergefleckte Lottogewinner. Von einem genialen Spruch zu einem saudummen Spruch innerhalb von sechzig Sekunden.

Ich sehe ihm direkt in die Augen und sage in einem Ton Nein, der »Verpiss dich!« ausdrücken soll. Er wechselt einen kurzen Blick mit seinem Freund, und die beiden verziehen sich.

Bloomie schnappt sich die Flasche Jägermeister. »Nächste Runde!«

Plötzlich kommt Rugby Robbie in die Küche. »Hi, Leute! Jägermeister? Aber gerne!« Er stellt sich neben mich und legt seine verschwitzte Hand um meine Taille.

»Ich bin raus!«, sage ich und löse mich von der Gruppe,

woraufhin Rugby Robbies Hand heruntersackt. Mein Hals, mein Magen und auch mein Kopf fühlen sich ziemlich heiß an. Bloomie gießt sich, Rugby Robbie, Eugene und Kate das nächste Glas ein, dann beugt sie sich mit der Flasche herunter und schüttet einen Schluck in Mitchs offenen Mund. Er gurgelt dankbar. Robbie bietet mir den Rest in seinem Glas an. Ich schüttle den Kopf und versuche, seinem Blick auszuweichen.

Harry kommt in die Küche. »Ich bin dran mit Cocktails! Ich mische uns eine klebrige Überraschung!«

Ich wechsle ein paar Blicke mit Bloomie, und wir gehen ins Wohnzimmer, gefolgt von Eugene und Kate. Die Iren haben dort sämtliche Möbel auf eine Seite geschoben und machen gerade einen Wettbewerb in rhythmischer Sportgymnastik, angefeuert von der Menge. Im Augenblick zeigt einer der Bewerber eine wunderbare Kür mit einem unsichtbaren Band. Er krümmt und streckt sich, wirbelt links herum und rechts herum, sodass es einem den Atem verschlägt, bis Mitch aus der Küche gerannt kommt und ihn rugbymäßig von der Seite rammt.

Der Jägermeister hat nun mein zentrales Nervensystem erreicht, was kein unangenehmes Gefühl ist. Irgendwer dreht die Musik lauter, und Bloomie steigt mit Eugene auf den Couchtisch und beginnt zu tanzen. Kate holt ihr Handy hervor, liest eine SMS und verschwindet mit einem gestressten Gesichtsausdruck in den Garten hinaus. Hm, irgendetwas stimmt da nicht.

Im nächsten Moment sehe ich Jake aus dem Garten hereinkommen und zu mir herüberschauen. Unsere Blicke kreuzen sich. Ich schaue rasch weg. Ignoriere ihn. Nein, das ist unhöflich. Sag Hallo. Nein, ignoriere ihn.

Ich sehe wieder zu ihm, als würde ich ihn zum ersten Mal wahrnehmen, und nicke ihm kurz zu. Er erwidert das Nicken. Und zwar so prompt, dass ich lächeln muss.

Während er auf mich zukommt, wäge ich schnell ab, wie betrunken ich bin. Ich bin ganz schön dicht, aber genau darum habe ich den Jägermeister getrunken. Ich kriege das hin. Habe ich nicht ein Mantra für vermeintlich schwierige Situationen? Ich meine für … unheimlich schwierige Situationen. Ich meine … was?

»Das Cocktailbiest«, sagt er lächelnd. »Amüsierst du dich?«

»Ich … Ja. Ja, ja, tu ich.« Wo zur Hölle ist mein Mantra?

»Du bist ein sehr dummes Mädchen, weil du so viel Jägermeister trinkst, weißt du das?«

Hat er mich dabei beobachtet?

»Ich habe eine schlimme Woche hinter mir. Und nenn mich nicht ein dummes Mädchen. Ich bin eine dumme FRAU.«

»Eine sehr dumme Frau.«

»Mhm«, sage ich. Er hat sehr schöne Augen. Und ich stehe total auf seine Schultern. Wenigstens habe ich nicht mehr dieses Flattern im Bauch. Im Grunde spüre ich so gut wie gar nichts mehr. Ein Hoch auf Jägermeister! »Ich glaube, ich sollte nach Hause gehen.« Ja? Glaube ich das wirklich?

»Wäre wahrscheinlich besser«, stimmt er mir zu. »Ich glaube, du hast dir soeben zwei volle Schnapsgläser mit fünfunddreißig Prozent Alkohol in weniger als drei Minuten hinter die Binde gekippt. Wo ist deine Komplizin?«

»Da«, antworte ich und deute auf den Couchtisch, wo ich Bloomie zuletzt gesehen habe, doch Eugene und sie sind verschwunden. Wahrscheinlich draußen, um herumzuknutschen und eine zu rauchen.

»Sollen wir unsere Unterhaltung an die frische Luft verlegen? Dann kannst du ein bisschen ausnüchtern«, schlägt Jake vor.

Ich sehe ihn stirnrunzelnd an.

»Nein. Nein. Neinneinnein.«

»Schon gut, du brauchst nicht gleich auszuflippen. Es ist ja nicht so, als hätte ich dich zu einem Date eingeladen.«

Das hat eine leicht ernüchternde Wirkung auf mich. Ich sehe ihm direkt in die Augen. Mein logisches Denken ist betrunken. Jake macht nicht den Eindruck, als ob er mich verspotten würde, aber seine Augen lachen.

»Deine Augen lachen«, bemerke ich.

»Was?«, fragt er und bricht in lautes Lachen aus.

Ich bin mir nicht sicher, was ich sagen soll, also sage ich gar nichts mehr, sondern lächle ihn nur an. Scheiße, ich darf nicht lächeln, das ist wie Flirten. Also versuche ich stattdessen, ein finsteres Gesicht zu machen, was in einer merkwürdigen Grimasse endet, wie ich fürchte.

»Ich fühle mich ganz glasig«, meine ich. Woher kam das denn?

»Du siehst auch so aus«, nickt er und beugt sich näher zu mir. »Aber du …«

Genau in diesem Augenblick stürmt Kate auf uns zu. »Ich muss nach Hause, Süße. Das Taxi steht schon vor der Tür …«

Gott sei Dank. Ich kann mich nicht mehr an die Regeln meiner Männerpause erinnern, und ich wäre wahrscheinlich nicht einmal imstande, sie zu entziffern, vorausgesetzt, ich finde überhaupt den verdammten Zettel in meiner Handtasche, doch ich bin mir ziemlich sicher, dass ich kurz davor stehe, sie zu brechen. Ich drehe den Kopf und sehe Robbie in der Küche, der begeistert »Ein Trinkspiel!« brüllt. Ich muss hier dringend weg.

»Kann ich mitfahren?«

»Sicher. Es geht allerdings sofort los. Keine Zeit für lange Abschiedsszenen.«

»Ich bin startklar. Bloomie schicke ich gleich eine SMS«,

sage ich. Ich sehe Jake an. Seine Augen lachen nicht mehr. »Äh … tschüss.«

»Tschüss.«

»Tschüss.«

Kate und ich gehen vorsichtig an einem Iren vorbei, der gerade eine beeindruckende Kür mit einem unsichtbaren Reifen zeigt, steigen über Mitch hinweg, der leidenschaftlich mit dem Mädchen in der weißen Jeans herumknutscht, und verlassen das Haus.

Kapitel 9

Zum ersten Mal seit – realistisch betrachtet – Jahren werde ich am nächsten Morgen nach einer Party nicht wach und denke automatisch an den Kerl, der mich gestern Abend zu einem Date eingeladen hat, an den Kerl, der mich verlassen hat, oder an den Kerl, der neben mir liegt. Ich mache mich nicht verrückt, weil ich sehnsüchtig auf eine SMS oder auf den ersten Kuss warte. Ich überlege nicht, was ich anziehen soll, falls er, wer auch immer er sein mag, mich zum Essen einlädt, und ich kümmere mich nicht um einen Kerl mit einem schlimmen Kater.

Ich liege einfach da, ganz alleine, mitten in meinem Bett, Arme und Beine in alle vier Richtungen ausgestreckt wie ein Seestern, und räkele mich mit wohligem Stöhnen.

Ich wäge ab, ob es sich lohnt, mir Tee und Toast zu machen und im Bett zu frühstücken, und beschließe, dass die Mühe sich lohnt. Ich habe nur einen leicht trockenen Mund und fühle mich auch ganz fit. Mit acht Stunden Schlaf kann man alles kurieren, ernsthaft. Nach wenigen Minuten liege ich bereits wieder faul im Bett und kaue genüsslich.

Das ist toll.

Natürlich kann ich nicht lügen. Nach ein paar Minuten glücklichen Wohlbehagens wandern meine Gedanken automatisch zu Jake. Ich denke an die Schmetterlinge in meinem Bauch, als ich neben ihm in der Küche stand.

Wissen Sie, es läuft auf Folgendes hinaus: Jake ist wahrscheinlich der schönste Mann, der mir je begegnet ist. Ich meine das ernst. Und vielleicht ist das alles Kates Schuld, weil sie von meinem Traummann angefangen hat. Ich habe mich seit Jahren nicht mehr so stark zu einem Mann hingezogen gefühlt. Vielleicht noch nie. Normalerweise nehme ich die Attraktivität eines Mannes ziemlich sachlich wahr, wie schöne Haare, breite Schultern, gute Zähne etc. Aber gestern Abend war das anders. Ich reagierte auf Jake wie eine Chemikalie auf, äh, eine andere Chemikalie. (Denken Sie sich was aus. Mir fällt gerade nichts ein.) Ich spürte ein echtes Kribbeln, immer wenn er in meiner Nähe war. Ich spüre auch jetzt ein leichtes Kribbeln, nur weil ich an ihn denke.

Mein Handy piept.

Frühstück im Stammcafé um 11?

Eine SMS von Bloomie. Hurra, sie muss an diesem Samstag zur Abwechslung mal nicht arbeiten. Ich antworte:

Bis später.

Ich frage mich, ob Jake mich am Ende des Abends wegen meiner Männerpause auf die Probe stellen wollte.

Aber – und das ist das Beste – ich frage mich nicht, ob er sich meldet. Kann er gar nicht, da er meine Nummer nicht hat. Das ist auch gut so, denn schließlich weiß ich genau, dass es böse enden würde und ich am Schluss wieder die Dumme wäre, die leidet. Ich kann meine männerfreie Zeit nicht beenden, schon gar nicht für einen Kerl wie Jake. Er ist zu arrogant, um nett zu sein, und zu smart, um kein Scheißkerl zu sein. Während ich mir das alles überlege, huscht Jake genauso schnell aus meinem Kopf, wie er hineingehuscht ist, und ich fühle mich wieder wohl und als Herrin der Lage. Ich lächle selbstgefällig. Ich habe den ersten Stolperstein in meiner männerfreien Zeit überwunden. Glückwunsch an mich.

Meine Gedanken schweifen ab zum Wochenende, das vor mir liegt. Ich habe einige Pläne für heute: Frühstück mit Kate und Bloomie, danach ein Bummel über den Markt auf der Portobello Road, dann ein Spaziergang durch den Hyde Park, ein oder zwei Kaffees zwischendurch und eine ausgiebige Inspektion von H&M und Zara in Knightsbridge. Damit sollten wir ein paar Stunden beschäftigt sein. (Gehen Sie samstags nie in den Topshop in Knightsbridge – nur die Filiale am Oxford Circus ist zu empfehlen –, denn dann ist der Laden bevölkert von schrecklichen Teenagerhorden.)

Duschen, einseifen, rasieren, schrubben, abtrocknen, eincremen … Ich fühle mich gut und bin zufrieden mit mir, weshalb ich beschließe, mich heute von den schicken Müttern in Manhattan inspirieren zu lassen. Ich ziehe eine weiße Jeans an, einen goldenen Gürtel, ein weißes Unterhemd, eine karamellfarbene Weste und karamellfarbene Stoffballerinas mit Steppmuster. (Ist es nicht seltsam, dass mein Outfit am Mittwoch perfekt war, aber heute völlig unpassend wäre?) Ich binde einen seidigen (Polyester-) Schal an meine gelbe Glückshandtasche, um sie ein bisschen aufzupeppen. Meine Haare sind frisch gewaschen und glatt. Meine Brauen tun genau das, was ich ihnen sage. Mein äußeres und inneres Ich sind gelassen und zufrieden und schlendern Hand in Hand die Madison Avenue entlang.

Auf dem Weg nach Notting Hill erreicht mich eine SMS von Mitch.

Hast du die Nummer von dem Bus, der mich gestern überrollt hat?

Ich antworte:

Nenn sie nicht »Bus«, Herzchen, sie schien nett zu sein.

Mitch simst:

Haha. Joe will deine Nummer haben. Nachdem du mich beim letzten Mal fast gekreuzigt hast, frage ich dich lieber vorher. Mach schnell, ich bin nämlich nicht deine Sekretärin.

Ich antworte:

Nein. Ich date im Moment niemanden.

Ich überlege kurz, dann schicke ich hinterher:

PS: Welcher war denn Joe?

Mitch antwortet:

Der mit dem A&F-T-Shirt.

Ich antworte:

Oh Gott, bloß nicht. Auf keinen Fall. Wir reden später. Danke für die Party gestern Abend.

Hm, seltsam. Ich war alles andere als nett zu dem Kerl, und trotzdem habe ich genug Eindruck auf ihn gemacht, dass er meine Nummer haben will? Schräg. Mein Handy piept wieder.

Hey, Ärger. Hier ist Ant. Bock auf 1 Drink mo A? :-)

Uh, SMS-Kürzel sind genauso gruselig wie Ant mit seiner durchgehenden Augenbraue. Was zum Teufel? Ich überlege ein paar Minuten, dann antworte ich:

Hallo, Ant. Ich bin geschmeichelt, doch die Antwort ist Nein, aufgrund meiner bereits erwähnten Männerpause.

Ant simst:

Komm schon. Ein Drink ist nicht gleich ein Date.

Ich simse zurück:

Tut mir leid, ich kann nicht. Ich habe ein Gelübde abgelegt.

Im nächsten Moment klingelt mein Handy. Es ist Ant. Ich hasse es, von Leuten angerufen zu werden, mit denen man gerade simst. Ich weiß nicht genau, warum es unhöflich ist, aber es ist so. Ich schalte mein Handy stumm und hüpfe gleich darauf aus der Buslinie 52. Ich freue mich auf den Tag. In meiner Tasche sind hundertfünfzig Pfund, die ich für Klamotten auf den Kopf hauen kann. Damit kommt man bei H&M und Zara recht weit, wissen Sie. (Verschonen Sie mich mit Kreditkarten. Ich hatte mit dreiundzwanzig bereits mehrere tausend Pfund Schulden – 4893, um genau zu sein –, und nach einem riesigen Theater mit der Bank und meinen Eltern hat es Jahre gedauert, um die

Summe abzubezahlen. Der bloße Gedanke daran verursacht mir Magenschmerzen. Daher ziehe ich es vor, mir über Geld möglichst keine Gedanken zu machen. Aus diesem Grund öffne ich auch nie meine Kontoauszüge.)

Kate sitzt bereits an unserem Lieblingstisch in unserem Lieblingscafé in Westbourne Grove, und als ich dort kurz nach elf eintreffe, wartet bereits eine große Latte mit einer nicht so dicken Schicht Macchiato/größeren Schicht Milch auf mich. Auf Bloomie, die dreißig Sekunden nach mir auftaucht, wartet ein dreifacher Espresso. Verdammt, Kate hat es mit dem Timing voll drauf.

»Chic!«, ruft Bloomie. Sie selbst sieht heute Morgen sehr hübsch aus: rosige Wangen und strahlende Augen. Sie hatte guten Sex, nehme ich an. (Mmm. Sex. Darüber werde ich mir später Gedanken machen. Ich werde ihn vermissen. Warum fühle ich mich zu Jake so stark hingezogen? Will mein Körper mich ärgern, weil er weiß, dass er in der nächsten Zeit auf Action verzichten muss? Das sieht mir gar nicht ähnlich. Hm.)

»Danke, Süße«, antworte ich, gleite auf die Bank und ziehe meinen Macchiato näher heran. »Wie fühlen wir uns denn heute?«

»Bombig«, sagt Bloomie und grinst. »Ich hatte bei Eugene wegen dem geschäftlichen Anruf gestern Abend etwas wiedergutzumachen.« Sie streckt sich und gähnt. »Ich kann guten Gewissens behaupten, dass ich mich selbst übertroffen habe.«

»Iii«, meine ich.

»Schön«, sagt Kate, während sie die Karte überfliegt.

»Mir ist schleierhaft, warum du die Karte studierst, meine Süße«, bemerke ich. »Du bestellst dir doch sowieso ein BLT mit einem Extraklecks englischer Senf.«

»Und du bestellst dir ein Ciabatta mit diesem ekelhaften Parmaschinken«, erwidert sie und klappt die Karte schwungvoll zu. »Oh, da fällt mir was ein.« Sie schlägt ihren Organizer auf, blättert zu »Notizen« (trägt da tatsächlich jemand was ein?) und notiert »Ciabatta« in eine Liste mit mehreren Spalten.

»Was ist das?«

»Meine Einkaufsliste.«

»Stehen die Spalten für die Regalreihen im Supermarkt?«

»Ja.«

»Wahnsinn.«

»Können wir bestellen, ihr Süßen? Ich sterbe gleich vor Hunger«, funkt Bloomie dazwischen.

Während wir auf unser Frühstück warten, berichtet Bloomie, was auf der Party geschah, nachdem Kate und ich gegangen waren. Offenbar war die Hölle losgebrochen – diese Iren lassen auf Partys ganz schön die Sau raus. Dann erzähle ich kurz von meinem Gespräch mit Jake gestern Abend, lasse aber den Teil mit dem Kribbeln im Bauch weg und füge sicherheitshalber hinzu, dass ich nicht im Geringsten an ihm interessiert bin dank meiner herrlichen, großartigen Auszeit und dass ich heute Morgen völlig glücklich war, alleine in meinem Bett aufzuwachen. Ich erzähle auch von den SMS, die ich vorhin erhalten habe. Wie auf Stichwort piept mein Handy.

Von einer unbekannten Nummer:

Hier ist Robbie! Hoffe, es ist nicht schlimm, dass Mitch mir deine Nummer gegeben hat. Hast du Lust auf einen Drink Dienstagabend? Wir haben viel zu bequachen. Ich vermiese dein Lachen!

Bah. Dieser beknackte Mitch gibt einfach meine Nummer heraus an meine beknackten Exfreunde. Außerdem ist Robbies Rechtschreibung grauenhaft. Ich zeige den beiden anderen die SMS und lösche sie anschließend, ohne zu antworten. Danach lasse ich Bloomie und Kate die SMS von Ant lesen.

»Ich habe mich kaum mit ihm unterhalten«, sage ich verwundert. »Ich glaube, er ist ein Arsch.«

Ich tippe einen kurzen Text an Mitch:

Ich habe dir verboten, meine Nummer weiterzugeben! Jetzt habe ich den Vorhangpisser am Hals!

Von Mitch:

Er ist gerade bei mir. Hat deine Nummer ohne meine Erlaubnis gezockt. Und er hat deine letzte SMS gelesen, Mensch.

Kate und Bloomie brechen laut prustend zusammen.

»Scheiß auf Robbie«, schimpfe ich. »Er hat mir vor fünf Jahren den Laufpass gegeben.«

»Richtig so, Schwester«, meint Bloomie aufmunternd. »Aber er war damals ohnehin nur ein Zeitvertreib für dich …«

»War er das?«, entgegne ich. Ich kann mich nicht daran erinnern.

»Du hast seine Anrufe ignoriert, wenn du mit uns aus warst, weißt du nicht mehr? Vielleicht irre ich mich. Doch ich hatte jedenfalls nicht den Eindruck, dass du viel für ihn übrig hast.«

»Hm«, sage ich. Interessant, ich weiß es wirklich nicht mehr. Nichtsdestotrotz hat er mich damals abserviert, per SMS. Außerdem ist er längst nicht mehr so süß wie früher. Und ich bin auf Männerdiät und ohnehin nicht interessiert. »Aber warum zum Teufel will ausgerechnet Ant, dieser Schluffi, mit mir ausgehen? Außerdem will irgendein Billy meine Nummer haben …«

»Die Rechnung ist ganz einfach«, erklärt Kate, die Wirtschaftsprüferin. »Es geht um Angebot und Nachfrage. Da du derzeit auf dem Markt nicht zur Verfügung stehst, steigt die Nachfrage nach dir.«

»Ach was. Das liegt allein an ihren Pheromonen. Sass strahlt so eine abgefahrene ›Hey, großer Junge, nur gucken, nicht anfassen‹-Aura aus. Das ist der Grund«, widerspricht Bloomie.

»Bist du noch betrunken?«, frage ich sie.

»Wahrscheinlich«, antwortet sie und nippt an ihrem Espresso. »Übrigens, ich finde Jake toll. Das ist ein Mann, der gut zu dir passen würde.«

Ich werde diese Bemerkung ignorieren. Bloomie ist manchmal ein bisschen zu direkt. »Wie kommt es, dass du ihn kanntest und ich nicht?«, erkundige ich mich.

Bloomie überlegt. »Ich glaube, ich kenne ihn aus unserem Skiurlaub letzten März, als du nicht mitkonntest, weil du arbeiten musstest. Und er war auf der Party bei Fraser, die du gecancelt hast, da Rick kurz vorher mit dir Schluss gemacht hat und du nicht mehr aus dem Bett kamst.«

Ich werde auch darauf nicht eingehen.

»Jake ist vor ungefähr einem Monat nach London gezogen.«

»Wo hat er vorher gelebt?«

»Edinburgh? Keine Ahnung.«

»Er hat aber keinen schottischen Akzent«, grüble ich laut. Ich ertappe Bloomie dabei, wie sie Kate einen vielsagenden Blick zuwirft.

»Warum fragst du ihn nicht selbst? Mitch kann sicher ein Treffen arrangieren«, bemerkt Bloomie grinsend.

»Tja, leider habe ich gerade Männerpause und bin daher nicht interessiert«, erwidere ich leichthin.

»Jammerschade!«, meint Bloomie, noch immer mit einem Grinsen, das sich plötzlich in ein Gähnen verwandelt. »Ich bin ABSOLUT im Arsch.« Das ist eine Imitation von Posh Mark. Bloomie hat seinen Akzent geliebt. »ABSOLUT.«

»Du sollst in meiner männerfreien Zeit nicht meine Exfreunde nachahmen«, weise ich sie bestimmt zurecht.

»Das steht nicht in den Regeln«, kontert Bloomie. »Absolut tragisch.«

Kate tunkt ihr BLT-Sandwich in den englischen Senf und sagt leise: »Ich muss euch was sagen, Leute.«

»Ich schwöre bei Gott, meine Süßen, ich bekomme neben dem Monk kein Auge zu. Er ist so verdammt sexy, dass ich ihn die ganze Nacht vernaschen könnte. Und jetzt bin ich hundemüde, und dabei muss ich nachher noch arbeiten …«

»Halt die Klappe, Bloomie!«, murmele ich, da ich sehe, dass Kate Tränen in den Augen hat.

»Ich überlege, ob ich gehen soll … Ich überlege, ob ich … alles hinschmeiße …«

»Was, die Beziehung mit Tray?«, frage ich.

Kate nickt. Dicke Kullertränen rollen über ihre Wangen. Ich krame nach einer Packung Taschentücher. Diese doofe Glückshandtasche, enthält nur unnützes Zeug.

»Ich kann einfach nicht mehr. Ich fühle mich so … gefangen. Nach unserem Essen neulich Abend, als wir über das Thema gesprochen haben, keine Ahnung … Ich glaube, als ich Tray kennenlernte, habe ich im Prinzip dasselbe gemacht wie du, nur statt einen Bogen um alle Männer zu machen, habe ich mich für den sichersten, langweiligsten Weg entschieden … Und jetzt ist alles so festgefahren … und so … langweilig … und wir wohnen zusammen …«

Kates Sätze sind ein wenig durcheinander und unter ihrem Schluchzen schwer zu verstehen. Ich habe sie seit Jahren nicht weinen sehen, und es macht mir irgendwie Angst.

»Wie lange hast du schon dieses Gefühl?«, hakt Bloomie nach. Wir tätscheln und streicheln Kate, als wäre sie ein Hund.

»Seit Monaten.« Kate holt zitternd Luft. »Seit Monaten. Aber dann kam Weihnachten und sein Geburtstag und der Urlaub, den wir schon gebucht hatten …«

»Du kannst nicht in einer unglücklichen Beziehung bleiben, nur weil ihr einen Urlaub gebucht habt«, sagt Bloomie.

»Und dann war ich zu Hause bei meinen Eltern, und plötzlich konnte ich an nichts anderes mehr denken, und ich habe mit Mum geredet, und sie hat gesagt, dass dieses Gefühl völlig normal wäre und gar nicht so schlimm …«

»Das stimmt nicht!«, rufen Bloomie und ich unisono.

»Und dann gibt es wiederum Tage, an denen ich denke, er ist so lieb und so klug und ich hätte es schlechter erwischen können und dass alle anderen Männer auf der Welt mir nur das Herz brechen würden wie all die Arschlöcher vorher. Also was soll's, dass ich nicht mehr so auf ihn abfahre und er nicht gern redet und keinen Spaß hat an den Dingen, die mir Spaß machen. Ich muss endlich erwachsen werden und begreifen, dass das Leben nicht nur aus Spaß und Abenteuern besteht.«

Ach nein?, denke ich im Stillen.

»Er redet nicht gern?«, fragt Bloomie.

»Doch, schon … Ich meine, äh, nur nicht so oft wie ich. Wenn er von der Arbeit nach Hause kommt, redet er am liebsten … gar nicht. Ich weiß ja, dass er beruflich viel Stress hat und so, aber Herrgott noch mal! Er sagt einfach nichts. Nicht ein Wort. Den ganzen Abend nicht. Außerdem geht er im Urlaub am liebsten wandern, und er weiß wahrscheinlich gar nicht, wie man lacht.«

Es sieht Kate nicht ähnlich zu fluchen, während sie nun scheinbar mit sich selbst spricht. »Aber das ist ja alles nicht schlimm! Ich bin so ein Miststück, weil ich kein gutes Haar an ihm lasse.«

»Oh Darling, du bist kein Miststück«, sagt Bloomie. »Es ist ganz normal, dass du dir einen Partner wünschst, der, du weißt schon, gut zu dir passt. Einen, mit dem man lachen kann, mit dem man wenigstens ein paar Gemeinsamkeiten hat, der einen so akzeptiert, wie man ist, und vergöttert.«

Kate nickt und seufzt. Ich sehe Bloomie ungläubig an.

Akzeptanz und Vergötterung? Das klingt erstaunlich. Das hatte ich nie. Echt nicht. Ich kann mir das auch gar nicht vorstellen. Ich frage mich, ob Bloomie das mit Eugene hat. Ich frage mich, ob ich überhaupt dazu fähig wäre. Ich gebe mir innerlich einen Ruck. Das ist nicht der richtige Zeitpunkt, um über meine dumme Beziehungsuntauglichkeit nachzudenken. Kate braucht uns.

»Kate …«, beginne ich. »Hast du mit Tray jemals darüber gesprochen?«

»Soll das ein Scherz sein?«, entgegnet sie. »Das würde ihm das Herz brechen. Aber im Grunde weiß ich, dass es nur eine Lösung gibt. Ich muss ihn verlassen … Ich will ihn nicht heiraten. Außerdem glaube ich, er will mich auch nicht heiraten. Er hat jedenfalls nie davon gesprochen. Hilfe, bei der bloßen Vorstellung habe ich das Gefühl zu ersticken … Was haben wir uns nur dabei gedacht, als wir zusammengezogen sind?«

Bloomie und ich nicken gleichzeitig.

»Außerdem läuft es auch sonst nicht gut. Unsere Firma baut Arbeitsplätze ab, und jeder hat eine Scheißangst, dass es ihn als Nächsten erwischt. Ganz miese Stimmung. Normalerweise würde ich mich furchtbar darüber aufregen, aber es lässt mich kalt. Es gibt nichts, was mich wirklich tangiert. Überhaupt nichts. Ich habe das Gefühl, als wäre das nicht mein Leben …«

Ach herrje, sie steigert sich hinein. Ich kenne das Gefühl. Wenn einem nichts Nettes einfällt und man darum an den ganzen Mist in seinem Leben denkt, wird man immer deprimierter.

»Kate, Süße, du darfst dich da nicht reinsteigern«, rate ich ihr.

»Huch!«, sagt Kate.

»Hast du dich nicht neulich mit einer Prostituierten verglichen? Weil Leute wie du immer Arbeit finden?«

»Das versuche ich mir auch die ganze Zeit einzureden …« Sie schüttelt verzweifelt den Kopf.

»Mensch, Leute, was habt ihr nur für Gesprächsthemen? Katie, wegen deinem Job kannst du dir später noch Gedanken machen«, meint Bloomie in bestimmtem Ton. »Zuerst musst du das mit Tray klären.«

»Ja, schon, ich meine, eigentlich sollte ich mich von ihm trennen und ausziehen, bevor ich noch mehr Zeit verschwende …« Wieder beginnt sie zu weinen. »Wisst ihr, ich habe das Gefühl, ich sitze in einer Falle. Ich kann nicht bei ihm bleiben, aber ich will ihn auch nicht verletzen. Außerdem … wo soll ich wohnen?«

»Du brauchst das nicht heute zu entscheiden«, werfe ich ein.

»Du kannst bei mir wohnen!«, ruft Bloomie. »Sara zieht aus.«

»Wirklich? Wann denn? Ich könnte vorerst bei meiner Schwester für ein paar Wochen unterkommen …«, überlegt Kate laut, dann geht ein Ruck durch sie. »Nein, nein, warte. Ich kann nicht jetzt schon Pläne für die Zeit danach schmieden – falls ich ihn überhaupt verlasse. Das finde ich irgendwie herzlos.« Sie schnäuzt sich ungefähr viermal. »Ich werde mich heute nicht mehr mit dem Thema auseinandersetzen. Bevor ich nicht weiß, was ich will, macht das keinen Sinn. Okay. Was unternehmen wir als Nächstes?«

Gott, sie hat sich unheimlich unter Kontrolle.

»Bist du sicher? Ist auch wirklich alles okay mit dir?«, frage ich.

»Alles bestens!«, erwidert sie und überprüft kurz ihr Aussehen in dem Spiegel neben unserem Tisch.

»Ernsthaft? Oder möchtest du lieber noch ein bisschen weiterquatschen?«, hakt Bloomie nach.

»Nein!«, antwortet Kate schroff. »Das reicht. Tut mir leid,

dass ich euch mit meinem Scheiß belästigt habe. Lasst uns shoppen gehen.«

Kate wirkt wieder entspannt. Keine Spur von den Tränen, die sie noch vor dreißig Sekunden vergossen hat. Bloomie zuckt kaum wahrnehmbar mit den Achseln. Kate wird mehr offenbaren, wenn sie dazu bereit ist, schätze ich.

Kapitel 10

Die Heilkräfte einer guten Boutique sollten nie unterschätzt werden. Ich weiß, das klingt oberflächlich, aber es ist wahr. Die nächsten paar Stunden verstreichen in einem angenehmen Sich-treiben-Lassen mit bummeln, shoppen, Kaffee trinken, Zigaretten rauchen, Schokolade naschen (als Energielieferant) und jede Menge Klamotten anprobieren. Bis um zwei Uhr habe ich ein kurzes schwarzes Kleid erworben (ja, ich habe bereits vier davon, na und?), einen schrägen, aber niedlichen Blazer aus gekochter Wolle, ein weißes Muscle-Shirt mit perfektem Halsausschnitt (Sie wissen ja, wie schwer die zu finden sind) und eine neue Jeans. Sie ist hauteng, und ich dachte eigentlich, ich hätte diese Phase hinter mir. Offenbar nicht, wie sich zeigt. Ein Hoch auf mich, und ein Hoch auf günstige Mode. Ich habe nicht einmal mein ganzes Geld ausgegeben. So bleibt was übrig für Taxis und Wodka, denke ich fröhlich, während ich die Zahlen in meiner Tabellenkalkulation – na schön, seien wir ehrlich, es ist ein Rechenschieber – in meinem Kopf aktualisiere.

Um halb drei bekomme ich die nächste SMS von Rugby Robbie:

Spielst du die Unnereichbare?

Ba. Löschen. Wie kann man »Unerreichbare« nur so falsch schreiben?

Kate scheint es gut zu gehen, auch wenn sie ein wenig abwesend wirkt. Ich wette, sie bereut es, dass sie uns ihr Herz ausgeschüttet hat. Ich glaube, es ist ihr peinlich, über ihre Gefühle zu reden. Wie retro.

»Alles okay, Darling?«, frage ich sie, als wir den H&M in Knightsbridge verlassen.

»Ja! Ja. Ehrlich. Alles okay.«

»Kopf hoch«, sage ich.

Kate lacht. »Ja, danke für, äh, das Gespräch.«

»Jederzeit, das weißt du.«

Bloomie räuspert sich. »Sara zieht übrigens in drei Wochen aus …« Kate nickt und sieht weg. Bloomie wechselt das Thema. »Ich bin total im Eimer, ihr Süßen. Ich muss noch ein paar Stunden arbeiten. Danach lege ich mich kurz aufs Ohr, um heute Abend fit zu sein. Ein französischer Cousin vom Monk spendiert heute ›Au revoir‹-Drinks irgendwo in Notting Hill. Möchtet ihr auch kommen?«

»Ich bin mit Eddie und seinen Schwestern zum Essen verabredet, auch irgendwo in Notting Hill. Ich simse dir nachher, wo wir hingehen … Was ist mit dir, Süße?«

»Vielleicht fahre ich heute Abend zu meinen Eltern«, antwortet Kate. »Ich muss nachdenken. Kommt schon, gehen wir zur U-Bahn.«

Ich beschließe, zu Fuß nach Hause zu gehen. Es ist einer dieser seltsamen warmen Märztage in London, wenn die Sonne so tut, als wären wir an der Côte d'Azur im Hochsommer. Ich liebe sonnige Samstage in London, die überraschend kommen. Alle sind dann fröhlicher und lebhafter und lächeln öfter als sonst.

Ausgeglichen und zufrieden, die Kauflust gestillt und sonnenverwöhnt. Verdammt, so gut habe ich mich seit Monaten nicht mehr gefühlt.

In den letzten fünf Tagen, überlege ich, habe ich eine Trennung verkraftet, einen tollen Arbeitstag erlebt, mich auf einer Party amüsiert, ohne mich rumkriegen zu lassen (beziehungsweise ohne meinen Freund mit einer anderen zu erwischen) und ein paar schöne Sachen für meine Garderobe gefunden. Jake schwebt in meinen Kopf herein und genauso schnell wieder hinaus. Ein sehr schöner Mann. Aber im Moment will ich keinen. Es spielt also keine Rolle.

Und das habe ich alles meiner Auszeit zu verdanken.

Vielleicht sollte meine Mitbewohnerin Anna sich tatsächlich ein Beispiel an mir nehmen. Und auch Kate, nach der Trennung von Tray. Vielleicht sollte jeder es mal ausprobieren. Vielleicht sollte ich eine Selbsthilfegruppe gründen. Wie könnte ein guter Slogan für eine Liebesauszeit lauten?, überlege ich vergnügt. Verzicht ist der neue Gewinn? No Sex in the City?

Ich schalte meinen iPod an und gehe die Sloane Street im Takt der Musik (Tom Petty, »American Girl«) entlang, während ich die ganze Zeit laut mitsinge. (Niemand kann mich hören. Auf der Sloane Street gibt es keine Passanten, nur Leute, die aus einem Rolls Royce mit verdunkelten Scheiben steigen und schnell bei Chanel oder Louis Vuitton oder Chloé verschwinden.) Ich kann es gar nicht erwarten, am Montag ins Büro zu gehen und das Projekt mit den Deutschen zu beginnen, denke ich. Gleich darauf muss ich darüber lachen, dass ich mich tatsächlich auf die Arbeit freue.

Noch immer singend nehme ich eine Abkürzung durch Belgravia (Carl Douglas, »Kung Fu Fighting«), mache einen Bogen um das Pantechnicon, einen edlen Pub, den ich früher oft mit dem schlauen Henry besucht habe und in den ich daher keinen Fuß mehr setzen kann, marschiere weiter auf dem Eaton Place (The Beach Boys, »Don't worry Baby«) und erreiche schließlich die Elizabeth Street, gerade als mein aktueller Lieblingssong anfängt: »99 Problems« von Jay-Z. Da niemand in der Nähe ist, singe ich weiter, wackele mit dem Kopf und bewege die Arme, wie Jay-Z es in meiner Vorstellung tun würde. Falls Sie den Song nicht kennen, bitte googeln Sie ihn. Die erste Textzeile sagt alles.

Genau in dem Moment, als ich ziemlich laut diese Textzeile schmettere, kommt ein großer Mann aus einer der feinen Bäckereien in der Elizabeth Street.

Es ist Jake.

Vor lauter Überraschung muss ich zweimal hinschauen, dann bleibe ich stehen und sage: »Oh – hi! Hey. Hallo«, ziehe meine Ohrstöpsel heraus und beginne nervös zu kichern.

»Jay-Z«, sagt er und lächelt.

Mein Kichern verhallt in einem Gurgeln, und ich nicke, während mir plötzlich sehr heiß wird. »Ja.«

Wie freundlich seine Augen lächeln. »So was, dass wir uns hier über den Weg laufen«, staunt er. Es fällt mir schwer, ihm in die Augen zu sehen. Ich beschließe, meine Sonnenbrille aufzusetzen. Gleich darauf überlege ich, ob das unhöflich ist, und nehme sie wieder ab. Dann fällt mir mein iPod herunter. Verdammt, reiß dich zusammen, Frau. Und steh gerade. (Haltung ist Stärke.)

»Allerdings«, antworte ich. Mir fällt nicht mehr ein, also halte ich den Mund und sehe ihn an. (Und Schweigen ist Gelassenheit.)

»Du bist gestern Abend so plötzlich verschwunden«, meint Jake. Mir gefallen seine Augen wirklich sehr. Und sein Mund. Oh, mein Bauch meldet sich wieder und tanzt Breakdance zwischen meinen Rippen.

»Oh, weißt du, ich wollte rechtzeitig zu Hause sein, damit ich keinen Hausarrest bekomme.«

»Überängstliche Eltern sind eine Plage, nicht wahr?«

»Absolut.«

Ich lächle ihn an. Er erwidert das Lächeln. Nach ein paar Sekunden glücklichen Schweigens beruhigt sich mein Bauch wieder. Das ist neu.

»Ich liebe diese Bäckerei«, sagt er schließlich. »Die ist zwar sauteuer, aber das ist es mir wert. Ich konnte die Baguettes nicht bezahlen, also habe ich denen meinen Erstgeborenen versprochen. Das sollte sie vorerst eine Weile besänftigen …«

»Gute Idee«, bestätige ich ihm. »Die akzeptieren auch deine Seele, wenn du mal wieder in Verlegenheit kommst.« Ich spähe kurz auf seine Tüte. »Vier Baguettes? Bist du dir sicher, du kannst dir so viele Kohlenhydrate leisten?«

»Ich weiß, eine Minute auf der Zunge, ein Leben lang auf der Hüfte … Nein, ich tue meiner Mitbewohnerin einen Gefallen. Sie kocht heute Abend für Gäste. Ich bin für das Brot und den Wein zuständig.«

»Ach herrje. Wie ein Priester.«

»Ja. Ja, du hast recht. Ich bin wie ein Priester. In vielerlei Hinsicht.«

»Mmm …« Ich lächle ihn weiter an. Es entsteht eine Gesprächspause, aber es ist eine glückliche Pause. Ich genieße diese locker-lustige Unterhaltung. Scheiße, ich hätte fast Regel Nr. 3 vergessen: Offensives Flirten ist nicht erlaubt. War das offensiv? Oh, ich kann es nicht beurteilen.

»Allerdings wollte ich mich gerade vor meinen priesterlichen Pflichten drücken und mir einen Drink im Thomas Cubitt gönnen. Draußen ist gerade ein Tisch frei, der sehr einladend aussieht. Richtig verführerisch. Kann ich … dich dafür begeistern, mir Gesellschaft zu leisten?«

Ich würde ja gerne. Liebend gerne. Ähm. Er sieht mich lächelnd an. Ich mag … alles an seinem Gesicht.

»Komm schon, Cocktailbiest. Sei nicht dumm. Diese ganze Singerei, und das zu Fuß … Du hast dir einen Drink verdient.«

Das ist wahr. Doch was ist mit Regel Nr. 6: Keine verkappten Dates? Ich kann meine Auszeit nicht beenden. Nicht, wenn es mir dabei so gut geht.

»Ich würde ja gerne, aber … ich kann nicht. Ich muss … Ich bin heute Abend mit ein paar Freunden zum Essen verabredet. Darum muss ich jetzt nach Hause und dann … essen.«

»Ah …«, meint er leichthin. »Nun, das klingt nach einem schönen Abend. Wo geht ihr denn aus?«

»Äh, irgendwo in Notting Hill. Danach treffe ich mich noch mit Bloomie in irgendeiner Bar, glaube ich. Keine Ahnung. Ich muss Eddie anrufen.«

»Ich sollte mich auch besser auf den Heimweg machen. Claudette vibriert sonst noch vor lauter Stress mit einer Frequenz, die nur Hunde wahrnehmen können.«

Ich nicke und wende mich zum Gehen. »Okay, dann noch einen schönen Abend!« Ups, zu viel Enthusiasmus.

»Dir auch.« Er schenkt mir ein Lächeln, und ich erwidere es, bevor ich mich umdrehe und weitergehe.

Ich hoffe, er glotzt mir nicht auf den Arsch.

Eigentlich hoffe ich das nicht. Und das verstößt nicht gegen die Regeln.

Als ich zu Hause ankomme, bin ich von dem Geplänkel mit Jake so aufgedreht, dass ich beschließe, etwas zu tun, was ich schon seit Ewigkeiten nicht mehr getan habe. Ich fahre mein Laptop hoch und schreibe. Eine alberne kleine Kurzgeschichte, eine Art moderne Fabel, über einen Frosch im Wald. Ich habe keine Ahnung, was ich damit machen werde oder worauf die Geschichte hinausläuft, aber ich schreibe eine ganze Stunde lang. Ich lese sie anschließend nicht einmal durch – sonst werde ich sie löschen, das weiß ich –, ich schreibe nur und schreibe, und als ich fertig bin, speichere ich sie in dem Ordner »Entwürfe« ab, in dem ich kleine Texte und Geschichten sammle. Ich sehe, dass es der erste Text seit über einem Jahr ist, den ich dort abspeichere. Seit ich mit Rick zusammenkam, um genau zu sein.

Kapitel 11

Als ich Eddies Zwillingsschwestern zum ersten Mal begegnete, waren sie neun und ich achtzehn. Inzwischen bin ich achtundzwanzig (was sich nicht viel anders anfühlt als neunzehn, bloß dass ich mich jetzt besser kleide und von Alkohol einen Brummschädel bekomme), und die Zwillinge haben ihre Pubertät mit den Abermillionen Dramen überstanden und sind nun erwachsen. Eine seltsame Vorstellung, die mütterliche Gefühle in mir auslöst.

Wir sind im Churchill Arms auf der Kensington Church Street verabredet, nur einen kurzen, beschwipsten Spaziergang von Windsor Castle entfernt, wo Posh Mark sich wahrscheinlich gerade aufhält. Mit der dicken Annabel Kopftuchmädchen. Brr. London ist ein Minenfeld von Lokalen, in denen meine Exfreunde verkehren.

Zum Glück habe ich Männerpause, sonst würde ich noch in Crouch End landen, nur um in Ruhe ein Glas zu trinken.

Ich leiste mir ein Taxi, weil (hier kommt die Rechtfertigung) ich spät dran bin und es, offen gestanden, satthabe, tagaus, tagein mit der U-Bahn zu fahren, und außerdem die Wochenenden dazu da sind, um auszuspannen und Spaß zu haben, wissen Sie, oh, und ich sehr hohe Absätze trage, weshalb Gehen heute nicht angesagt ist. (Ich spreche übrigens von spitzen schwarzen Stilettos, dazu meine neue hautenge Jeans, ein cremefarbenes Seidentop und eine Kette mit falschen schwarzen Perlen aus der Lanvin-Kollektion von H&M, abgerundet mit einem schwarzen Trenchcoat. Außerdem habe ich meine Haare zu einer kunstvollen, glänzenden Frisur geföhnt wie Kim Basinger in Batman. Motto: »Vicki Vale«.)

Ich springe mit einem fröhlichen Hüpfer aus dem Taxi und betrete den Pub, der so urig ist, wie eine altmodische Kneipe nur sein kann, mit einer Dekoration aus unzähligen Nachttöpfen und Churchill-Porträts. Der Laden ist gerammelt voll, wie üblich, mit einer Mischung aus alten Männern, amerikanischen Studenten und jungem Publikum in unserem Alter. Ich wäre fast an Eddie und seinen Schwestern vorbeigegangen. In den zwei Jahren, seit ich Emma und Elizabeth das letzte Mal gesehen habe, sind sie erwachsen geworden. Und gewachsen. Sehr sogar. Ich muss mir auf die Zunge beißen, um mir einen Kommentar zu ihren 70E-Körbchen zu verkneifen, und merke, dass ich nur wenige Schritte davon entfernt bin, mich in eine komische alte Schrulle zu verwandeln.

»Emma! Elizabeth! Du meine Güte! Seht euch nur an!« Jawohl, eine komische alte Schrulle. Wir tauschen Begrüßungsküsschen aus, und, als ich sehe, dass die anderen volle Gläser haben, beuge ich mich zur Theke und bestelle mir einen Wodka. Lecker.

»Alles klar, Süße?«, fragt Eddie grinsend. Seine Augen sehen ein wenig wässrig aus. Der Kokosnusscocktail gestern Abend muss gewirkt haben. Oder vielleicht hat Eddie einen tropischen Schlag abbekommen.

»Was zum Henker ist mit deinen Schwestern passiert?« Ich strahle die Zwillinge an. Sie haben sehr glänzendes braunes Haar und sorgfältig geschminkte Augen, und sie nippen recht selbstbewusst an ihren Weingläsern. »Es ist gerade mal zwei Jahre her, dass ich euch gesehen habe, und jetzt seid ihr plötzlich so erwachsen …« Emma und Elizabeth machen ein höflich-gelangweiltes Gesicht. Ich wechsle das Thema. »Erzählt doch mal von eurem Spanienurlaub!«

Die beiden geraten gleichzeitig ins Schwärmen, und es entwickelt sich schnell eine angeregte Unterhaltung. Sie machen zurzeit ein Auslandspraktikum für sechs Monate, das fast zu Ende ist – als »Hüttenschlampen« in Österreich –, und danach haben sie einen langen Sommeraufenthalt im familieneigenen Ferienhaus in Spanien geplant, bevor ihr Studium im Herbst beginnt. Wir unterhalten uns über ihre Studienziele und die tollen Partys, die sie an der Uni erwarten. Ich berichte Eddie von Mitchs spektakulärer Vorstellung gestern Abend, kurz bevor ich aufbrach.

»Es ist echt gemein von dir, Tedward, dass du Mitch heute Abend nicht eingeladen hast«, sagt Emma schmollend. »Er ist voll durchtrainiert.«

Ich verschlucke mich an meinem Wodka. »Du bist genau sein Typ, Engelchen«, versichere ich ihr. »Ich bin mir sicher, du wirst ihn bald wiedersehen.«

Wir bestellen die nächste Runde und gehen anschließend in das Thai-Restaurant hinten im Garten hinaus, wo wir stattliche Portionen durchschnittliches, aber mit sechs Pfund pro Person extrem geldbörsenfreundliches Thai-Essen verputzen. Sie fragen sich vielleicht – nun, vielleicht auch nicht, aber ich werde es Ihnen trotzdem sagen –, ob mir währenddessen Jake durch den Kopf spukt, und meine Antwort lautet Nein.

Ich meine, meistens nicht.

Ich meine, nein.

Tatsächlich denke ich fast gar nicht an Jake, als ich auf das Dessert verzichte (meine hautenge Jeans erlaubt das nicht wirklich). Eddie grinst.

»Ich hätte gedacht, du lässt dich gehen, nachdem du den Männern abgeschworen hast«, bemerkt er.

»Du hast was? Den Männern abgeschworen?«, hakt Emma mit heruntergeklappter Kinnlade nach. »Warum?«

»Äh …« Sie sind noch zu jung, um das zu verstehen. Sie werden mich für verrückt halten.

»Hat dir jemand das Herz gebrochen?«, fragt Elizabeth mitfühlend.

»Äh, nein, nein …«, antworte ich und spiele nervös an meiner Serviette. »Es ist nur so … kompliziert geworden. Das mit den Dates. Mit Jungs – Kerlen. Männern. Ich entscheide mich sowieso immer für den Falschen. Darum habe ich beschlossen, mich gar nicht mehr zu entscheiden, indem ich einfach mit keinem Mann ausgehe. So kann ich keinen Fehler machen.«

Die Mädchen zwinkern ungläubig. Das scheint über ihren Verstand hinauszugehen.

»Ich wäre froh, wenn ich überhaupt mal ein Date hätte«, erklärt Emma. »Das ist bestimmt unheimlich aufregend. Wir lernen immer nur auf irgendwelchen beschissenen Partys Jungs kennen, die uns gleich an die Wäsche wollen.«

»Hey«, meint Eddie warnend. Was meint er? Etwa das Schimpfwort? Wir blicken ihn alle drei stirnrunzelnd an und setzen dann die Unterhaltung fort.

»Ja … Dates sind aufregend«, räume ich ein. »Aber dort draußen laufen jede Menge üble Scheißkerle herum.«

»Hey!«, sagt Eddie wieder. Wir mustern ihn ein zweites Mal stirnrunzelnd und reden weiter.

»Woran erkennt man die?«, erkundigt sich Elizabeth.

»Ähm … lasst mich mal überlegen … Woran erkennt man einen klassischen Scheißkerl? … Nun, es kann jemand sein, der aggressiv ist oder gemein oder egoistisch. Das kann sich auf, äh, vielfältige Arten zeigen, die nur schwer zu erkennen sind, weil man sie gerne übersieht. Du musst ja nicht gleich an einen richtigen Scheißkerl geraten, allerdings vielleicht an einen, der dich nicht so sehr liebt wie du ihn, und irgendwann lässt er dich sitzen, und das tut weh. Oder du verliebst dich in den Falschen, und dein Traummann entpuppt sich als ein bisschen doof oder seltsam oder er betrügt dich oder er ist ein schrecklicher Langweiler, aber bis du das merkst, hast du dein Herz bereits verloren. Aus diesem Grund endet es immer damit, dass du leidest. Jedes Mal.«

Ich schwenke mein Glas, während ich meine nicht ganz nüchternen Weisheiten verbreite. Die Zwillinge nicken mit ernsten Gesichtern und großen Augen. Plötzlich fühle ich mich, als hätte ich gerade Fünfjährigen erklärt, dass der Weihnachtsmann nicht existiert.

»Ich meine, natürlich sind nicht alle Männer Schweine …«, füge ich rasch hinzu. »Es gibt viele tolle Männer da draußen, die eine Frau suchen … Denn das ist doch der Sinn von allem, oder nicht? Sich zu verlieben. Und jeden Tag einen ersten Kuss zu bekommen und gemeinsam im Bett zu liegen und herumzualbern.«

Die Zwillinge nicken eifrig. Ich staune sehr, wie romantisch ich die Sache verkläre. Glaube ich wirklich, was ich sage? Was hat es mit den Dates und der Aufregung nur auf sich? Die bloße Erinnerung an die Männer, mit denen ich in den letzten zehn Jahren zusammen war, strengt mich an. Was zum Teufel habe ich mit meiner verdammten Zeit angestellt? Und wie mag es wohl sein, im Bett mit einem süßen Mann herumzualbern? Plötzlich wird mir bewusst, dass ich in die Luft starre, während mir diese Gedanken durch den Kopf gehen, und ich sehe wieder zu den Mädchen. Sie starren mich mit offenem Mund an. Ich lächle, und sie erwidern das Lächeln, doch mit leicht ängstlichem Blick. Na bitte, eine komische alte Schrulle.

»Mann, mich langweilt dieses Thema«, sagt Eddie, während er versucht, eine der sehr beschäftigten Kellnerinnen auf sich aufmerksam zu machen. »Lasst uns bezahlen und an die Bar gehen.«

Kurz darauf schickt Bloomie mir eine SMS, in der sie

vorschlägt, dass wir ins Montgomery Place kommen sollen, eine Cocktailbar, die von hier aus zu Fuß zu erreichen ist, aber schneller geht es mit dem Taxi. Natürlich nehmen wir ein Taxi.

Eine große Gruppe von feinen Kensington-Mittdreißigern, Franzosen und Engländer, belagert die lange, schmale Theke im Montgomery Place. Wir quetschen uns dazwischen und bestellen unsere Getränke. Die Zwillinge werden praktisch sofort von einigen Franzosen in Beschlag genommen, und Eddie kommt mit Eugene ins Gespräch, was mir ein paar Minuten Zeit gibt, um Bloomie detailliert von meiner zufälligen Begegnung mit Jake heute Nachmittag zu berichten.

»NEIN!«, ruft sie aus. »Das ist ein Zeichen!«

»Ein Zeichen? Ich krieg Brechreiz«, sage ich.

»Oh Mann, du bist so was von letztes Jahrtausend. Hältst du dich etwa für Brenda oder Donna?«, stöhnt Bloomie. »Du bist jedenfalls bestimmt nicht Anthea.«

»Oh Gott, nein, bloß nicht Anthea. Ich war immer totaler Kelly-Fan!«, entgegne ich. »Außer in den späteren Folgen als Zicke vom Dienst, da fand ich sie langweilig. Jetzt bin ich wahrscheinlich Serena, weißt du? Du kannst mich in Zukunft ›van der Woodsen‹ nennen.«

»Schön zu sehen, dass du wieder ganz die Alte bist, Darling«, meint sie und lächelt mich an. »Nach der Trennung von Rick war ich echt … besorgt um dich. Und Posh Mark … Mit dem hast du auch nicht gerade einen glücklichen Eindruck gemacht.«

»Das ist ja das Schöne an meiner männerfreien Zeit«, erwidere ich frohlockend. »Ich bin wieder mein altes Ich! Nur noch besser!«

Wir werden von einem gut aussehenden Franzosen unterbrochen.

»Entschuldige, Bloomie«, sagt er, wobei er ihren Namen

auf der zweiten Silbe betont. (Ich spare mir die Mühe, seine Sprechweise in Lautschrift darzustellen. Sie wissen sicher, wie ein französischer Akzent klingt.) »Würdest du mich deiner Freundin vorstellen?«

»Natürlich!«, antwortet Bloomie grinsend und macht uns miteinander bekannt. Es ist ein guter Freund von Eugene. Sein Name ist Benoit.

»Hübscher Pulli, Benoit«, bemerke ich. Er trägt einen roten Strickpullover um die Schultern, dessen Ärmel über der Brust zusammengeknotet sind, zu einem weißen Hemd und gebügelten Jeans. Ich glaube, das nennt man ein ironisches Popper-Outfit. Nur dass Benoit es wahrscheinlich nicht ironisch meint.

»Oh, donke. Isch mague doine Montelll«, erwidert er. (Okay, diesen Seitenhieb auf seinen Akzent konnte ich mir doch nicht verkneifen. Klingt sehr lustig.) Er trägt eine niedliche kleine randlose Brille. Wir unterhalten uns ein bisschen über Paris – wo Benoit herkommt, aber jetzt lebt er in London –, während Bloomie von Eugene weggezogen wird, der dabei so tut, als ginge es um Leben oder Tod (er will knutschen, soweit ich das beurteilen kann). Benoit und ich plaudern über unsere Arbeit, unsere Wohnungen, dann geht mir fast der Smalltalk aus, als er sagt:

»Eines meiner französischen Lieblingsrestaurants in London ist in Pimlico, direkt bei dir um die Ecke. Das La Poule au Pot. Ich würde dich gerne mal dorthin zum Essen einladen.«

»Oh! Oh, wow …« Das war eine Feststellung, keine Frage. Was soll ich sagen? (Sag einfach Nein.)

»Passt es dir am Mittwochabend? Ich kann dich zu Hause abholen.«

Gott sei Dank. Darauf weiß ich eine Antwort.

»Mittwochabend kann ich nicht … Benoit, das ist sehr nett von dir, aber …«

»Du hast einen festen Freund!«, ruft er aus. »Natürlich.«

»Nein, ich habe keinen festen Freund. Ich will im Moment keinen … Ich nehme keine Einladungen zu, äh, einem Abendessen an. Von niemandem.«

Benoit betrachtet mich ausdruckslos zwei oder drei Sekunden. »Okay.« Er zuckt mit den Achseln, dreht sich um und beginnt ein Gespräch mit der Frau hinter ihm.

Wow. Ich kann nicht anders als lachen. Diese Männerauszeit macht mich zur unbeliebtesten Person in ganz London. Und sie scheint auch den Scheißkerl in den Männern hervorzubringen.

»Wenn man sich alleine vor Lachen biegt, sieht das aus, als hätte man einen Knall«, sagt eine Stimme hinter mir. Ich drehe mich rasch um. Es ist Jake.

»Stalking ist eine bundesweit anerkannte Straftat, weißt du«, entgegne ich.

»Wir sind hier nicht in Amerika, Cocktailbiest. Bei uns gibt es keine bundesweiten Straftaten.«

Er beugt sich vor und küsst mich auf beide Wangen. Es ist das erste Mal, dass wir uns berühren. Warme Wangen, frisch rasiert, mit einem warmen Hauch von Zitrus. Mmm, tolle Lachfältchen. Aber was zum Henker macht er hier? Hat er nicht gesagt, dass er heute Abend Gäste hat? Ich werde nicht fragen. Kann es sein, dass es hier drinnen ziemlich heiß ist?

Ich ziehe meinen Mantel aus.

»Jake, Darling! Was für eine Überraschung! Ich dachte, du gibst eine Dinnerparty!«, ruft Bloomie dazwischen, die mich ablöst und Jake mit Küsschen begrüßt.

»Habe ich auch«, erwidert er und grinst. »Nach dem Essen hat Claudette beschlossen, dass wir schon genug Dreck in der Wohnung gemacht haben. Also sind wir für ein paar Absacker losgezogen. Ich wohne direkt um die Ecke.«

»Wie war das Baguette?«, frage ich.

»Absolut köstlich«, antwortet er. »Was wollt ihr trinken? Und darf ich euch die anderen vorstellen …«

Die anderen Überlebenden eines offenbar höllischen Abends stehen an der Theke und machen einen erleichterten Eindruck. Jake stellt uns zuerst die beiden Jungs vor, Barry und Sam, dann die beiden Frauen, Claire und Yvonne, und zum Schluss die mondäne, aber sehr genervte Claudette, die mit niemandem ein Wort zu wechseln scheint.

Wir stoßen mit unseren Gläsern an und beginnen uns zu unterhalten. Jakes Freunde sind witzig, Jake ist witzig, und ich glaube, ich kann einigermaßen mithalten (mit Bloomies Hilfe, die mir ständig den Anfang meiner besten Sprüche vorsagt. Nicht dass ich flirten würde, oh nein), und ich verdränge jeden Gedanken an das nervöse, sehnsüchtige Gefühl in meinem Bauch oder an den Umstand, dass ich in kaltem Schweiß gebadet bin.

Es dauert nicht lange und die französische Gruppe und Jakes Gruppe und Eddies Gruppe vermischen sich und unterhalten sich angeregt. Irgendwie bleiben Jake und ich alleine an der Theke zurück, und statt nervös oder zitterig oder nassgeschwitzt zu sein, wird alles in mir plötzlich still und leise und zufrieden. Genau wie heute Nachmittag vor der Bäckerei, als ich völlig locker war, nur sogar noch stärker.

»Mir gefällt dein Trenchcoat. Du siehst aus wie Kim Basinger in *Batman*«, sagt Jake.

»Das ist genau der Look, den ich kopiert habe«, erwidere ich begeistert.

»Hast du dich schon von deinem Jägermeister-Exzess gestern Abend erholt?«

»Ja, einigermaßen«, antworte ich. »Ich glaube, ich bin allergisch gegen das Zeug, weißt du. Ich werde davon betrunken. Echt seltsam.«

»Ja, echt seltsam«, stimmt er mir zu.

Wir sitzen ein paar Sekunden lang schweigend da und lächeln uns an. Mmm.

»Magst du Homer Simpson?«, fragt er plötzlich.

Ich überlege kurz.

»Nun … ja. Ich muss ihn wohl mögen. Ich zitiere ihn ganz gerne, zwar nicht ständig, aber regelmäßig. Ich schlüpfe auch gerne in Fantasiegeschöpfe wie Elfen, Gremlins und Eskimos. Oh, ich habe allerdings eine starke Phobie gegen Handpuppen. Doch, ja, wenn ich genauer darüber nachdenke, mag ich Homer Simpson.«

»Ah, Cocktailbiest«, sagt er kopfschüttelnd und sieht mir in die Augen. Ich habe keine Ahnung, was er damit sagen will oder warum er mich auf Homer Simpson angesprochen hat, und es ist mir auch egal. Ich fühle mich im Moment so wohl in seiner Gesellschaft, dass es das Natürlichste der Welt wäre, mich vorzubeugen, den Kopf an seine Brust zu legen und die Augen zu schließen. Plötzlich kommt mir ein Gedanke in den Sinn, so klar und deutlich, dass ich mich kurz vergewissern muss, ob ich ihn laut geäußert habe. *Ich bete dich an.*

»Erzähl mal, wie war euer Abendessen?«, erkundige ich mich. Genau. Smalltalk. Smalltalk vertreibt die Anspannung.

»Na ja«, meint er. »Das einzig interessante Gesprächsthema war die *Stoppelig in den November*-Kampagne. Schon mal gehört? Männer erklären sich bereit, sich den ganzen November nicht zu rasieren, um Spendengelder für die Erforschung und die Therapie von Prostatakrebs zu sammeln …«

»Eddie und Mitch haben letztes Jahr mitgemacht. Es war für beide eine Katastrophe«, bejahe ich nickend. »Ich würde gerne eine ähnliche Kampagne für Frauen starten, die sich einen Damenbart wachsen lassen. Die heißt dann ›Trimmen verboten‹.«

Jake prustet laut los. Ich bringe ihn gerne zum Lachen.

»Erzähl mir vom letzten Mal, als man dir dein Herz gebrochen hat«, sagt er und nimmt einen Schluck aus seinem Glas.

Ich ziehe die Augenbrauen hoch. Dieser Mann stellt gerne unvermittelt Fragen. Unvermittelt persönliche Fragen. Aber ich darf ihm nicht meinen weichen weißen emotionalen Bauch zeigen. Er soll nur den glänzenden schützenden lustigen Schildkrötenpanzer sehen. So läuft das beim Flirten. (Nicht dass ich flirten würde. Oder doch?) »Äh … mein Herz war nicht wirklich gebrochen, es war gar nicht so schlimm, echt nicht … Vor ungefähr neun Monaten war ich mit einem Mann zusammen, der mich nicht sehr nett behandelt hat. Wir waren auf einer Kostümparty, und ich war als Bibliothekarin verkleidet und habe ihn im Bett mit einer Pink Lady erwischt.«

Jake macht ein verwirrtes Gesicht.

»Du weißt schon, wie die in *Grease.*«

Er sieht noch immer verwirrt aus.

»Das Musical.«

»Ach so, *Grease!*«, ruft er. »Ich dachte zuerst, du meinst eine Apfelsorte, darum … ergab das alles irgendwie keinen Sinn. Natürlich. Und warum hast du dich als Bibliothekarin verkleidet?«

»Das Motto war: Dein Traumberuf als Kind. Du weißt schon, Tierarzt, Pilot, Ballerina … Ich wollte eben immer Bibliothekarin werden.«

»Du bist ein richtiges Original, nicht wahr?«, bemerkt Jake.

»Ein richtig scharfes Original«, verbessere ich und nippe an meinem Glas. »Und für dich noch immer *Miss* Richtig Scharfes Original.« (Oh, ist ja gut. Ich weiß, dass ich flirte. Es ist mir einfach so herausgerutscht.)

»Ganz schön eingebildet«, meint er kopfschüttelnd.

Ich weiß nicht genau, was ich darauf erwidern soll. Ich selbst würde mich sicher nicht als »eingebildet« bezeichnen.

»Siehst du? Du hast es nicht einmal nötig, darauf zu antworten. Typisch eingebildet. Also gut, dann rede ich. Du hast mich zwar nicht gefragt, aber ich hätte mich für die Kostümparty als Hund verkleidet. Bevor ich fünf war, hielt ich mich nämlich für einen Hund. Ich wollte nur aus einer Schüssel essen, die auf dem Boden neben dem Hundenapf stand. Scooby und ich haben gerne gemeinsam Bäume angepinkelt.«

»Braver Junge«, sage ich und lächle ihn an. »Ein Glück, dass deine Eltern dich nicht kastrieren ließen.«

»Großes Glück«, stimmt er mir zu.

Es entsteht eine kleine Pause, und wir lächeln uns an.

»Warum seid ihr eigentlich alle so scharf auf diese Motto-Partys?«, fragt Jake. »Habt ihr euch sonst nichts zu erzählen, oder was?«

»Ja, du hast es erfasst. Manchmal benutzen wir Kärtchen mit Stichworten für Gesprächsthemen. Das spart uns eine Menge Mühe.«

Er grinst. Die letzten paar Minuten waren so warm, so leicht, eine merkwürdige Mischung aus Aufregung und Trost. Ich genieße dieses ungezwungene, angenehme, alberne Geplänkel.

Und plötzlich überkommt mich aus heiterem Himmel eine Mordsangst.

Es ist einfach offensichtlich, dass wir uns küssen werden. Oder er wird mich zum Essen einladen. Oder beides. Und das ist genau die Falle, in die ich nicht tappen möchte. Das ist genau der Grund, warum ich eine Auszeit von den Männern brauche und warum ich mich strikt an die Regeln halten muss. Jake ist zu witzig, zu selbstsicher, er versprüht so viel Charme und sieht dermaßen gut aus, dass sich dahinter ganz sicher ein Scheißkerl verbirgt, der mich irgendwann satthat und gemein wird und mich abserviert, und ich kann dann wieder nach Hause gehen.

»Ich muss nach Hause«, sage ich.

Jake wirkt kurz überrascht, bevor er wieder ein cooles Gesicht macht. »Kein Problem, Cocktailbiest. Ich bringe dich hinaus und organisiere für dich ein Taxi.«

»Nein!«, widerspreche ich ihm, ein bisschen zu energisch. »Nein, ich muss zuerst zu Bloomie … Ich muss … sie etwas fragen.« Ich schlüpfe rasch in meinen Mantel und übersehe dabei geflissentlich, dass er mir behilflich sein wollte. »Okay, wir sehen uns.« Ich beuge mich vor und gebe ihm rechts und links ein Küsschen. Darauf war er nicht vorbereitet, und er zuckt leicht zusammen, bevor er sich wieder im Griff hat.

»Okay. Bis dann.«

Ich entferne mich rasch, ohne einen Blick zurückzuwerfen, und schnappe mir im Vorbeigehen Bloomie, ohne stehen zu bleiben.

»Setz mich in ein Taxi«, fordere ich sie auf.

»Was ist los, Darling?«, fragt Bloomie. »Du bist ja leichenblass!«

»Jake … Ich kann nicht … mein Gelübde … aber da ist irgendwas …« Ich hole tief Luft und schüttle den Kopf. In diesem Moment hält ein Taxi vor uns, und Mitch steigt aus und fällt mir um den Hals. Er ist betrunken.

»Du darfst noch nicht gehen, Schätzchen. Ich bin jetzt hier«, meint er. »Die Party kann beginnen.«

Ich schüttle den Kopf. »Bloomie, sag den anderen bitte Tschüss von mir. Und du, Bitch, lässt die Finger von Eddies Schwestern. Ich schicke euch eine SMS, sobald ich sicher zu Hause angekommen bin. Nach Pimlico, bitte!« Ich warte nicht einmal eine Antwort von Bloomie, Mitch oder dem Fahrer ab. Ich steige einfach in das Taxi, knalle die Tür zu und sehe stur geradeaus, während der Wagen losfährt. Alles, was ich denken kann, ist, dass ich wegmuss. Weit weg.

Zu Hause angekommen habe ich Mühe, den Schlüssel in das Türschloss zu kriegen. Das Schlüsselloch ist schon völlig zerkratzt von den zahlreichen Versuchen, bei denen ich ähnliche Schwierigkeiten hatte. Was ich lustig und erbärmlich zugleich finde.

Ich laufe die Treppe hoch in die Küche, stelle meine gelbe Glückshandtasche ab und beuge mich über die Spüle.

Die Gedanken in meinem Kopf schlagen Purzelbäume, einen nach dem anderen, so schnell, dass ich kaum einen festhalten kann, bevor der nächste anfängt. Ich wünschte, ich wäre Jake nie begegnet. Ich wünschte, ich wäre auch Rick nie begegnet, oder Posh Mark. Ich wünschte, ich hätte mich nicht immer wieder auf Dates als eine Art Kurzschlussreaktion eingelassen. Ich wünschte, der helle, breite Weg, den ich früher gegangen bin, wäre nicht so trüb und eng geworden. Ich wünschte, ich müsste am Montag nicht zur Arbeit und Andy sehen. Ich wünschte, ich wäre nicht in allem so scheiße. Ich wünschte, dass nichts von alldem passiert wäre. Ich wünschte, ich könnte alles ausblenden.

Das könnte ich noch ewig weiterspinnen. Mein Atem geht stoßweise, ich fühle mich seltsam zappelig, und ich finde keine innere Ruhe. Mein Puls rast, und ich habe ein lautes Rauschen in den Ohren. Ist das eine Panikattacke? Ja? Ja? Oh, Scheiße, ist das wirklich eine?

Einatmen. Ausatmen. Ruhig aaa-tmen.

Ich konzentriere mich darauf, langsam zu atmen, und schließe die Augen. Es scheint zu funktionieren. Es ist keine Panikattacke. Verdammte Drama-Queen.

Ich gieße mir ein Glas Wasser ein und trinke es langsam, während ich den Blick durch die Küche schweifen lasse. Ich lebe in dieser alten kleinen Wohnung schon seit vielen Jahren, und mein Leben hat sich überhaupt nicht verändert.

Alle anderen dagegen sind in ihrem Leben weitergekommen, während ich noch immer hier hocke, Wodka trinke, dieselben Dinge und dieselben Fehler mache. Immer wieder. Und, wissen Sie, es sind eigentlich keine Fehler oder falsche Entscheidungen, sondern nur passive Reaktionen, die mich in dieser erbärmlichen Warteschleife festhalten. Ich kann weder vor noch zurück noch sonst wohin. Ich kann mir meine Zukunft nicht vorstellen, und ich weiß nicht einmal, wie ich sie mir wünschen würde, wenn ich es könnte.

Und wissen Sie noch was? Ich glaube, ich habe ganz normal angefangen. Aber irgendwo unterwegs habe ich mich verirrt. Wenn ich an meine Zeit mit Rick zurückdenke – und an die Zeit danach –, habe ich Mitleid mit mir armem Mädchen. Und wenn ich an die Zeit mit Posh Mark denke, wundert es mich nicht, dass ich ihn immer auf Abstand gehalten habe. Und von Jonathan und Robbie und Brodie und Henry will ich gar nicht erst anfangen. Jeder dieser Kerle hat mich sitzen gelassen. Und ich habe bei keinem damit gerechnet. Würden Sie nach solchen Erfahrungen nicht genauso denken wie ich? Keine Ahnung, ob ich beziehungsunfähig bin oder ob ich einfach nur verdammtes Pech hatte, aber eines weiß ich ganz sicher: Ich mache das nicht noch einmal durch. Ich kann einfach nicht.

ICH KANN NICHT.

Ich denke so laut, dass meine Hand unwillkürlich das Glas loslässt, das klirrend auf dem Boden zersplittert. Wie dramatisch, denke ich, während ich auf die Scherben starre.

Die Männerpause ist nun keine Schnapsidee mehr, sondern bitterer Ernst. Sie ist das einzige Mittel, das mich vor diesem Teufelskreis aus falschen Dates schützen kann, das Einzige, was mir helfen kann, meinen Verstand zu bewahren.

Ich werde mich strikt an die Regeln halten. Ich werde

Orte meiden und Partys, wo ich Jake begegnen könnte. Irgendetwas ist zwischen uns, und das stiftet nur Verwirrung und würde zu einer Katastrophe führen, sollte jemals mehr passieren, weshalb ich ihn einfach völlig verdrängen sollte. Ich traue mir nämlich zu, dass ich wieder in dieselbe Falle tappe wie früher. Stattdessen werde ich mich lieber auf meine Arbeit stürzen und dieses Projekt mit den Deutschen klarmachen. Ich werde mich auf die Dinge konzentrieren, die ich unter Kontrolle habe, und herausfinden, was ich will, um es in die Tat umzusetzen.

Ich werde mein Leben ändern.

Kapitel 12

Nach dreimonatiger Männerpause wache ich morgens um sechs Uhr auf, strecke mich mit wohligem Stöhnen und lächle zur Decke hoch. Ich glaube nicht, dass ich jemals glücklicher war.

Tatsächlich, geht mir durch den Kopf, während ich die Turnschuhe für meine Morgenrunde schnüre, habe ich früher nicht einmal geahnt, dass es möglich ist, so glücklich zu sein. Und das habe ich alles meiner Männerabstinenz zu verdanken.

Und wissen Sie was? Mein Leben hat sich nicht groß verändert: derselbe Job, dieselbe Wohnung und so weiter. Aber ich habe die Art geändert, es zu leben. Ich habe mich verändert.

Als ich das Haus verlasse und meine Lieblingsjoggingroute durch Pimlico, über die Chelsea Bridge zum Battersea Park einschlage, schaue ich lächelnd zu dem herrlichen rosa-blauen Morgenhimmel hoch. Um falsch zu zitieren aus *Das darf man nur als Erwachsener:* Alles ist Platin. Erinnern Sie sich, dass ich an jenem ersten Samstagmorgen nach Mitchs Party mit dieser befreienden Klarheit aufwachte, die scheinbar mehr oder weniger eine direkte Folge davon war, dass ich mir keine Gedanken mehr um irgendeinen Kerl machte? Nun, das war erst der Anfang.

Nicht nur, dass ich nicht am Boden zerstört bin und irgendeinem Idioten hinterhertrauere, auch geht mir alles unheimlich leicht von der Hand. Ich habe sehr viel gearbeitet und es seltsamerweise genossen. Die Meetings mit den Deutschen alle zwei Wochen sind sehr gut gelaufen, und ich denke, wir bekommen den Auftrag. Coop ist ganz von mir begeistert. Andy, unser fieser Art Director, hält sich tunlichst von mir fern. Ich gehe nicht mehr so oft aus (einerseits, weil ich die halbe Zeit ohnehin nur ausging, um Männer kennenzulernen, andererseits, weil ich sehr viele Überstunden mache), darum trinke ich weniger und gebe weniger Geld aus, was den Gebrauch meines Rechenschiebers im Kopf viel einfacher macht. Wenn ich ausgehe, dann erlebe ich immer tolle Abende, die nicht in einer Knutscherei oder Tränen enden. Ich spanne hin und wieder am Wochenende bei meinen Eltern aus, was ganz neu ist. Früher bin ich nie am Wochenende nach Hause gefahren, aus Angst, etwas zu verpassen, also den richtigen Mann.

Was noch? Gott, einfach alles. Ich jogge mehrmals in der Woche, da es leichter fällt, morgens um sechs aus den Federn zu kommen, wenn man am Abend davor nicht betrunken war, und es gute Laune macht, den Tag so zu beginnen. An anderen Tagen schreibe ich ein paar Stunden, bevor ich zur Arbeit gehe – nichts Wichtiges, nur Kleinigkeiten, die mich fröhlich stimmen. Ich habe in letzter Zeit mehr Bücher gelesen als in all den Jahren davor, und neuerdings lese ich sogar Zeitung. Auch den langweiligen Teil, sprich: die Wirtschaftsnachrichten. (Ich muss dann oft Bloomie anrufen, um mir bestimmte Dinge erklären zu lassen, doch das ist okay. Kleine Schritte, wissen Sie?) Die Männerpause ist kein magisches Erfolgsrezept für jeden Lebensbereich. Einmal wollte ich ein aufwendiges Essen für Bloomie, Eugene und Mitch kochen, und der verkohlte Braten veranlasste Mitch, mich laut anzuflehen, auch eine Kochpause zu machen. Aber alles in allem hat es den Anschein, als müsste ich nur die Regeln meiner Auszeit befolgen und mein Leben klärt sich von alleine. Ich bin rein, geläutert und entgiftet von Männern.

Mit anderen Worten: Ich bin eine durchtrainierte, männerfreie Kampfmaschine.

Ich würde sagen, dass ich mich wieder fühle wie ich selbst – also mein Ich vor Rick und all den anderen gescheiterten Beziehungen –, doch in Wirklichkeit bin ich besser als mein altes Ich. Ich bin das beste Ich, das ich jemals war. Und verdammt noch mal, ich liebe es.

Ich kann nicht glauben, dass ich sechs Trennungen brauchte, um dahinterzukommen. Ich bilde mir auf meine Männerabstinenz so viel ein und bin so davon überzeugt, das Geheimnis für ein zufriedenes, produktives, stressfreies Leben entdeckt zu haben, dass ich vor ein paar Wochen meine Mutter anrief und ihr davon erzählte. Ihre Reaktion bringt mich jetzt noch zum Lachen, und ein paar Jogger, die mir auf der Chelsea Bridge entgegenkommen, werfen mir sonderbare Blicke zu. Ich strecke ihnen die Zunge heraus.

»Oh … Schätzchen«, sagte meine Mutter mit brüchiger Stimme. »Ich habe mich schon gefragt, warum du uns in letzter Zeit so oft besuchst. Du bist zynisch geworden … genau wie diese schreckliche Rothaarige mit den schlechten Tischmanieren in *Sex in the City.*«

»Es heißt *Sex AND the City,* Mutter. Und ich bin nicht zynisch geworden. Außerdem habe ich gerade einmal zwei Wochenenden bei euch verbracht! Also im Ernst …«

»Aber du solltest in deinem Alter ausgehen und dich amüsieren! Dieser Mark hat doch einen sehr netten Eindruck gemacht. Wenn du ihn nicht mehr willst, warum verhältst du dich dann nicht so wie ich und meine Freundinnen, als wir noch jung waren? Geh raus zum Spielen, Schätzchen. Geh raus und amüsiere dich.«

»Mir ist durchaus bewusst, dass mein Plan langfristig nicht funktioniert, Maman«, entgegne ich und frage mich gleichzeitig, ob ich das wirklich denke, so gut, wie er im Moment für mich funktioniert. »Das ist nur eine Phase.«

»Und wie lange dauert die?«

»Sie dauert. Kann ich bitte mit Dad reden?«

Mein Vater ist natürlich höchst erfreut, dass sein einziges Kind, sein kleines Mädchen, von Männern die Finger lässt.

»Ich denke, das ist eine wunderbare Strategie, Sassy Sausage«, meint er. »So kannst du in Ruhe deine Möglichkeiten abwägen und deine Taktik gegebenenfalls anpassen. Es besteht kein Grund zur Eile. Lass dir Zeit.«

Bitte erzählen Sie nicht weiter, dass er mich »Sassy Sausage« nennt.

Meine Freunde haben sich auch an meine Männerpause gewöhnt. Auf Frasers Geburtstagsparty vor ein paar Wochen machte sich nicht einmal mehr jemand die Mühe, mich damit aufzuziehen. (Ant ignorierte mich die meiste Zeit, was wundervoll war.) Bloomie, die mit dem Monk trotz ihrer Arbeitsüberlastung noch immer sehr glücklich ist, hat ihren Kolleginnen davon erzählt, von denen zwei behaupten, sich an mir ein Beispiel genommen zu haben (Ergebnisse stehen noch aus). Anna, meine Mitbewohnerin, hat es auch versucht, kam allerdings nach drei Wochen wieder mit ihrem verheirateten, aber jetzt offiziell getrennt lebenden Don zusammen. (Vielleicht hat es ja gewirkt.) Mitch kündigte eines Abends in einer Kneipe lautstark eine Frauenpause an, hauptsächlich weil er dachte, das würde bei den Frauen gut ankommen, da sie ihn dann als Herausforderung betrachteten. Doch nachdem sechs Aufreißversuche hintereinander damit endeten, dass die Frauen ihn stehen ließen, sobald er davon anfing, erklärte er seine Frauenpause für eine »bescheuerte Schnapsidee« und gab es auf.

Lustig, dass es bei Männern den gegenteiligen Effekt hat. Und ich gehe nicht mit meiner Abstinenz hausieren, denn wie Regel Nr. 5 uns sagt, würde es die Männer nur neugierig machen und als Herausforderung betrachtet werden.

Trotzdem muss ich eine Komm-her-und-verpiss-dich-Aura ausstrahlen, die Männer unwiderstehlich anzieht, da ich ständig angesprochen werde. Es ist bizarr. Nachdem mir das in den ersten vier Tagen meiner Auszeit dreimal passierte, schob ich es noch auf den Zufall. Aber nach drei Monaten ist das absurd.

An den wenigen Abenden, die ich ausging, wurde ich jedes Mal angequatscht und angebaggert (einer folgte mir sogar auf die Toilette, um an meine Nummer zu kommen, Grundgütiger), genau wie in der U-Bahn (eine Brutstätte sexueller Anspannung, ist Ihnen das schon aufgefallen?), in meinem Frühstückscafé (was sehr ärgerlich ist, denn nachdem ich denselben Kerl zweimal dort gesehen habe, trinke ich meinen Kaffee morgens wieder zu Hause, und Sie wissen, wie gern ich in diesem Café sitze – so weit gehe ich, um die Integrität meiner Auszeit nicht zu gefährden) und sogar im Sainsbury's in Pimlico (in der Obstabteilung bei den Bananen, was laut Bloomie »normal« ist). Irgendwie nervt das.

Und wissen Sie, ich sehe nicht besser aus (leider). Und ich bin auch nicht witziger als früher (leider, leider).

Daraus kann ich nur schließen, der einzige Grund, dass ich bei den Männern so gut ankomme, ist, weil sie spüren, dass ich kein Interesse habe, und weil sie das haben wollen, was sie nicht haben können. Je weniger ich die Männer will, umso mehr wollen sie mich. Das ist ein Sich-Zieren auf einem ganz anderen Level.

Aber, oh Gott, das Leben ist viel einfacher als vorher. Meine Männerabstinenz ist nicht nur meine zweite Natur, sondern meine einzige Natur. Außerdem kann ich nicht lügen. Ich möchte mit keinem meiner Verehrer ausgehen. Keiner von ihnen interessiert mich im Geringsten. Natürlich sind immer wieder ein paar süße Typen darunter – wie dieser Amerikaner gleich am ersten Abend oder Lukas, der attraktive Deutsche, mit dem ich zusammenarbeite, oder der obercoole Jake –, doch ich muss nicht wie früher überlegen, ob da gerade ein Scheißkerl mit mir spricht, da es kein Thema mehr ist.

Manchmal frage ich mich, ob ich meine Auszeit beenden würde, wenn ich jemanden kennenlernte, der mir vom ersten Moment an unheimlich sympathisch ist. Dann fällt mir wieder ein, dass es ja immer auf dieselbe Art enden würde. Die Beziehung würde kippen, er würde gemein werden, irgendetwas Schlimmes würde passieren, und ich wäre dann tatsächlich einen Schritt näher, mich in die zynische Rothaarige aus *Sex and the City* zu verwandeln.

Ich weiß, was Sie wissen möchten. Ich habe Jake nicht mehr gesehen. Einmal dachte ich, ihn gesehen zu haben, in einem Restaurant, wo ich am Sonntagmittag mit meinen Eltern essen war, aber es war ein anderer großer Mann mit schönen breiten Schultern. Und ein anderes Mal dachte ich, er würde in meiner U-Bahn sitzen. Doch er stieg aus, bevor ich ihn richtig sehen konnte. Außerdem glaube ich, dass er sich in letzter Zeit woanders herumtreibt. Niemand hat ihn jemals wieder erwähnt. Und ich habe nicht nach ihm gefragt.

Nicht dass es eine Rolle spielen würde.

Und nun ist es Mittwoch und genau drei Monate her, dass Posh Mark mir den Laufpass gab und die männerfreie Zeit ausgerufen wurde. Heute ist ein wichtiger Tag. Um elf Uhr haben wir ein Meeting mit den Deutschen für die Abschlusspräsentation – wir enthüllen unseren endgültigen Entwurf für den Produktnamen und den Slogan und das Logo und die Markteinführungsstrategie. (Ups, da ist es passiert. Ich rede schon wieder über die Arbeit.) Ich kann es kaum erwarten.

Und heute Abend bin ich mit Bloomie und Kate zum Essen verabredet. Ich habe so viel gearbeitet, dass ich sie seit über einer Woche nicht mehr gesehen habe, nämlich seit dem vorletzten Wochenende bei dem Treffen mit unseren ehemaligen Freundinnen von der Uni. (Ein toller Abend: Wir waren auf einer Clubnacht mit dem Motto »Guilty Pleasures«, wo die besten schlechten Songs der vergangenen zwanzig Jahre gespielt wurden. Natürlich beinhaltete der Abend exzessiven Alkoholgenuss, an dem ich übrigens nicht beteiligt war. Ich zeigte stattdessen einfach meine besten Tanzfiguren aus den Achtzigern, bewies, dass ich jedes Wort von Dolly Partons »9 to 5« auswendig kann, gab drei Möchtegernverehrern einen Korb und lag zu einer anständigen Uhrzeit, das heißt morgens um drei, ganz alleine brav in meinem Bett.)

Ach ja, ich habe vergessen, von Kate zu erzählen. Sie hat, was Sie wahrscheinlich nicht besonders wundert, Tray verlassen, nur wenige Wochen nach unserer Shoppingtour. Sie ist bei Bloomie eingezogen und hat die Trennung unglaublich gut verkraftet. (Ein weiterer Grund, warum ich in letzter Zeit seltener ausgehe – stattdessen machen wir hin und wieder ein gemütliches Essen bei den beiden). Ich habe Kate seit Jahren nicht so glücklich gesehen. Sie glaubt, sie hat um ihre Beziehung bereits getrauert, bevor es endgültig aus war, da sie monatelang weinte und um ihre Beziehung bangte. Sie sagt, seit sie ausgezogen ist, habe sie nur einmal geweint – nämlich als sie zurück in ihr gemeinsames Haus ging, um ihre Sachen abzuholen –, aber dass sie sich getröstet habe, indem sie sich immer wieder sagte: »Nur weil wir zwei nette Menschen sind, bedeutet das nicht, dass wir zusammenbleiben müssen. Ich will nicht mehr. Das ist die richtige Entscheidung. Es musste so kommen.«

Ob ihr Zustand stabil ist? Zumindest macht Kate einen stabilen Eindruck, allerdings ist sie auch ein beherrschter, zurückhaltender Mensch. Sie könnte kurz vor dem Durchdrehen sein, und wir würden nichts davon merken, wenn sie es nicht wollte.

Die meiste Zeit während meiner Joggingrunde denke ich an den Tag, der vor mir liegt. Um Viertel nach sieben muss ich spätestens zurück sein, um zu duschen und mich anzuziehen. Gott, ich liebe den Frühsommer im Juni. Der ist noch besser als der richtige Sommer, wenn man immer Panik hat, auch nur eine Sekunde lang die Sonne zu verpassen, da sie jederzeit wieder für ein halbes Jahr verschwinden kann.

Der Gedanke an die Arbeit verdrängt jegliche Stylingideen aus meinem Kopf, was in letzter Zeit immer wieder vorkommt, und ich finde mich wieder vor meinem Schrank – nach der üblichen Haare waschen/Haut schrubben/rasieren-Routine –, unfähig, mir etwas zusammenzustellen. Verdammter Mist, ich kann es nicht fassen, dass mir das schon wieder passiert. Ausgerechnet mir. Das ist, als wäre Casanova impotent geworden, denke ich. Richtig. Was soll ich heute anziehen?

Nichts Auffälliges, nichts Verspieltes, nichts Albernes. Etwas Praktisches.

Wow, habe ich das eben gedacht? Was zum Teufel ist los mit mir? Sei endlich kreativ, verdammt! »Praktisch« ist der Feind alles Guten und Anständigen in der Welt.

Okay. Katharine Hepburn beim Lunch. Dunkelblaue Hose mit hohem Bund und weiten Beinen, dazu ein blassgelbes kurzärmeliges Top. Die Haare zu einem losen Chignon zusammengesteckt. Rote Ballerinas für ein bisschen Pep. Dezentes Make-up mit ein bisschen gutem altem »Satin Taupe«-Lidschatten von M.A.C., nur so zum Spaß. Die Augenbrauen sind – ich schenke ihnen ein Lächeln und widerstehe dem Bedürfnis, ihnen eine Kusshand zuzuwerfen – absolut perfekt. Okay, ich bin bereit.

Ich sehe auf meinen Radiowecker. Es ist achtzehn nach

sieben, was noch verdammt früh ist, aber ich möchte so schnell wie möglich ins Büro, um nochmals alles durchzugehen, bevor die anderen eintrudeln. Ich muss den Konferenzraum checken, die Präsentation doppelt kontrollieren und mir einprägen, wer was sagt. Um halb zehn findet eine Generalprobe statt, sodass genügend Zeit bleibt, um letzte Mängel zu beheben, sollte es welche geben, bevor die Deutschen um elf kommen. Ich bin nicht nur für die kreative Arbeit verantwortlich, sondern stelle sie auch in den Meetings vor. Cooper möchte, dass die Agentur sich als eine kreative Ideenschmiede präsentiert, und nicht als eine Textfabrik, die mit ihm steht und fällt. Shit! Ich muss dafür sorgen, dass Amanda, die Office-Managerin, Kaffee und Tee bereitstellt. Ich klappe das kleine Notizbuch auf, das ich seit ein paar Wochen mit mir herumtrage, und notiere es mir. Ich weiß, das ist sehr gewissenhaft und Kate-like von mir, aber nachdem ich gleich zweimal etwas Wichtiges für die Arbeit vergessen habe, hätte ich mich am liebsten erschossen, und, wissen Sie, es schien mir einfacher zu sein, ein Notizbuch zu besorgen, als eine Pistole. Oh, und ich werde unterwegs anständiges Gebäck kaufen. Als ich das beim letzten Mal Amanda der Office-Managerin überließ, ging der Schuss nach hinten los. Diesen Fehler mache ich kein zweites Mal. Nur die echten Rich-Tea-Kekse, sonst gar nichts.

Ich mustere kurz mein Spiegelbild. Ja, genug gestylt. Los geht's.

Ich schaue mich nach meiner gelben Glückshandtasche um. Ich fürchte, sie beißt sich mit meinem buttergelben Oberteil – die Handtasche ist knallgelb –, doch ich kann auf sie heute nicht verzichten. Nennen Sie mich abergläubisch, aber nachdem mir die Tasche ein Jahr lang kein Glück gebracht hat, wird sie nun vielleicht endlich ihrer Bezeichnung gerecht.

Als ich das Haus verlasse – man hat in Hosen mit hohem Bund einen ganz besonderen Gang, ist Ihnen das schon aufgefallen? –, mache ich ein paar fröhliche Hüpfschritte und blicke lächelnd zum Himmel hoch. Drücken Sie mir die Daumen.

Kapitel 13

Das Büro ist noch leer, als ich es betrete, was mir eine wohltuend stille Vorbereitungszeit verschafft. Die beiden finalen Entwürfe von uns sind (wie ich hoffe) gut, und die Schautafeln (auf denen wir unsere Ideen für den Produktnamen und die Markteinführung präsentieren) sehen super aus. Die wöchentlichen Vorbesprechungen sind gut gelaufen, auch wenn nur Lukas mit den blauen Augen daran teilgenommen hat, der britische Geschäftsführer. Er schaut sich unsere Arbeit an und gibt seine Meinung dazu, aber da er bei Blumenstrauß noch neu ist, hat er wahrscheinlich nicht viel mehr Einblick als wir. Doch heute ist es anders. Die beiden Hauptgeschäftsführer, Stefan und Felix, kommen heute Vormittag aus Deutschland. Ich habe sie vor ungefähr sechs Wochen kennengelernt, als sie für ein paar Meetings hier waren, um die Strategie zu besprechen, allerdings ist das heute das erste Mal, dass ich mit ihnen ausgiebig reden werde. Hoffentlich nicht das letzte Mal.

Ich lese meine Stichworte für die Präsentation durch, überprüfe die Tafeln ein letztes Mal und sehe auf meine Uhr. Es ist 8.36 Uhr. Das Büro ist noch immer leer. Ich schicke eine kurze E-Mail an Amanda, die Office-Managerin, um sie an den Kaffee für die Deutschen zu erinnern, und checke mein Notizbuch. Ja, sieht so aus, als hätte ich alles erledigt. Und es sind nach wie vor über zwei Stunden, bis es losgeht. Ich kann mich zurücklehnen. Ich atme tief ein und langsam wieder aus. Zen. Tief ein und aus.

»Hey, ich wollte dich fragen, ob du für das Meeting Hilfe brauchst.«

Es ist Danny, einer von Andys Speichelleckern. Danny hat für das Projekt ziemlich hart gearbeitet, aber er war noch nie vor zehn im Büro. Ich bin platt. Er trägt sogar – ich mustere ihn kurz – eine einigermaßen saubere Jeans und ein langärmeliges Hemd.

»Oh, super. Ja, bitte«, antworte ich und überlege mir schnell eine Aufgabe für ihn. »Du könntest noch mal die Entwürfe für den Markennamen checken, und wenn die Zeit reicht, könntest du noch ein bisschen Bildmaterial zusammenstellen, damit wir was in der Hinterhand haben.«

»Kein Problem«, sagt er.

Während der nächsten fünfundvierzig Minuten arbeiten wir still vor uns hin, mit Ausnahme der gedämpften Musik von Ladyhawke, die aus Dannys iPod-Kopfhörer dringt. Die restliche Belegschaft trudelt nach und nach ein – zuerst die Account Manager, dann die Kreativen. Alle kommen früher als üblich, weil sie wissen, dass heute ein wichtiger Tag für die Agentur ist.

Um 9.30 Uhr macht ausschließlich das Projektteam einen kleinen Probelauf. Charlotte, unsere Account-Managerin, Scott, unser Account Director, Cooper und ich. Jeder weiß, wer wann redet, wer wen vorstellt und wer wo sitzt. Scott ist in so einem Scheiß gut. Er hat das bei Ogilvy gelernt, und nun färbt sein Glanz auf uns ab. Charlotte wird ein bisschen herumschwärmen, Cooper macht ein strenges Gesicht, und ich – ich frage mich, wie ich mich geben soll. Keine Ahnung. Egal, es wird schon gut gehen, denke ich, ich werde bei meiner Präsentation nichts vergessen. Charlotte und Scott besprechen ein paar letzte kleine Änderungen für ihren Projektbereich, während ich an meinen Schreibtisch zurückkehre und Atemübungen mache. Noch eine Stunde und fünfzehn Minuten, bis der Daumen sich über unsere gesamte Arbeit der letzten drei Monate hebt oder senkt. Ich habe keine Angst, aber ich schäume auch nicht gerade vor Begeisterung. Ich möchte es einfach nur hinter mich bringen.

Der Letzte, der kommt, um zehn vor zehn, ist Andy. Wie üblich ignoriert er alle auf dem Weg zu seinem Schreibtisch und lässt geräuschvoll seine Tasche fallen. Er sieht auf Dannys Monitor hinüber und, wie ich vermute, auf die Entwürfe für Blumenstrauß, stößt ein spöttisches Schnauben aus und verzieht das Gesicht. Meine Augen werden schmal. Diese kleine hinterlistige Schlange sollte mir heute besser nicht in die Quere kommen. Sonst werde ich … Na schön, ich werde wahrscheinlich einfach versuchen, ihn zu ignorieren.

Nun ist der Zeitpunkt, um zu gestehen, dass nach unserer letzten Meinungsverschiedenheit an dem Tag, an dem Cooper mich beauftragte, die anderen über das Projekt zu informieren, ich mich nur – wie soll ich sagen – notgedrungen mit dieser ganzen Situation zwischen Andy und mir arrangiert habe. Man legt nicht plötzlich seine Konfliktscheu ab, nur weil man eine Männerpause macht, wissen Sie. Also habe ich den Kopf eingezogen und bin Andy möglichst aus dem Weg gegangen, und er mir genauso. (Wenn man das so nennen kann bei einem, der ständig im Büro herumstolziert und laut und widerlich ist und für jeden außer für mich ein freundliches Wort übrig hat.) Wenn die Zusammenarbeit mit Andy sich nicht vermeiden ließ, trat ich für mich und meine Ideen ein (ein klarer Fortschritt, nicht?) und ergriff danach schnell, Sie wissen schon, die Flucht.

Die Arbeit macht mir großen Spaß, trotz Andy. Auch die anderen sind sehr optimistisch und bemüht um das Projekt. Und alle lächeln oft, was ein gutes Zeichen sein muss. Oh, und mir ist noch etwas aufgefallen: Die Designer zeigen mir ihre Ideen, um meine Meinung zu hören oder mich um Rat zu fragen, wenn sie nicht mehr weiterwissen. *Mir,* und nicht Andy. Ein paar Mal hat Andy sich eingemischt und mir ständig widersprochen, trotzdem sind sie meinem Rat gefolgt. Das sind zwar kleine, aber sehr befriedigende Siege.

Ich konzentriere mich wieder auf meine Arbeit, hebe allerdings sofort den Kopf, als ich Andy vor Coopers chinesischem Wandschirm laut »Klopf, klopf, Kumpel!« sagen höre.

»Herein«, ruft dieser.

»Ich bin es nur, Kumpel …«, meint Andy und geht hinter den Wandschirm.

Ich frage mich, was er vorhat. Das ist das Problem bei Großraumbüros, wissen Sie. Man bekommt immer mit, was die anderen die ganze Zeit machen.

Ben, der zweite von Andys Art Designern, kommt an meinen Schreibtisch. »Brauchst du noch Hilfe?«

»Ja«, sage ich und stehe auf. »Schaff bitte die Tafeln in den Konferenzraum. Wir werden bald anfangen.«

»Okey-dokey«, erwidert er.

Ich werfe wieder rasch einen Blick auf meine Uhr am Computer – noch genau eine Stunde, bis der Startschuss fällt – und gehe in das Büro, wo die Account Manager sitzen, um Charlotte und Scott kurz etwas wegen der Einleitung zu fragen. Danach kehre ich in die Kreativabteilung zurück, als ich plötzlich jemanden laut »Oh, verdammt!« im Konferenzraum fluchen höre. Ich renne sofort hinein.

Ben hat aus einer großen silbernen Thermoskanne Kaffee über die Schautafeln verschüttet. Die mit unseren tollen Ideen darauf.

»Ich dachte, die Kanne ist leer! Ich habe sie versehentlich umgestoßen!«, ruft er. »Verdammt!«

Hektisch wischt er den Kaffee von der obersten Tafel und verteilt ihn dadurch erst recht.

»Keine Panik«, beruhige ich ihn. »Und hör sofort auf damit.«

Ich löse schnell die Tafeln voneinander und begutachte den Schaden. Die unteren drei sind okay und haben nur kleine Flecken an den Rändern. Aber die anderen drei sind ruiniert. Auf dem obersten schwimmt eine große Kaffeepfütze, die seitlich auf die beiden anderen heruntergelaufen ist. Scheiße. Es dauert eine Ewigkeit, die Entwürfe auf unserem beschissenen Plotter in Farbe auszudrucken, und danach müssen wir sie auch noch laminieren und auf die Tafeln kleben. Ich sehe auf die Uhr an der Wand. Uns bleiben zweiundfünfzig Minuten.

»Hol sofort Papiertücher, Laura, Charlotte und Amanda. Beeil dich!«, weise ich Ben an und lehne die drei Tafeln, die gerettet werden können, an die Wand, damit sie trocknen. Ben spurtet los und ruft laut nach den anderen, bevor er zehn Sekunden später wieder mit den Papiertüchern da ist. Er sieht aus, als würde er jeden Moment in Tränen ausbrechen, was vermuten lässt, dass er die Arbeit nicht absichtlich sabotiert hat.

»Es tut mir schrecklich leid …«, sagt er, als Laura und Amanda, die Office-Managerin, herbeieilen.

»Schon gut. Shit happens«, erwidere ich, während ich rasch mit den Papiertüchern aufsauge, was geht. »Laura, ich möchte, dass du und Ben sofort diese drei Entwürfe neu ausdruckt. Weißt du, wo sie auf dem Server abgespeichert sind? Pass auf, dass du die richtige Version erwischst. Wenn du dir nicht sicher bist, frag Danny. Achtet darauf, das richtige Papier zu nehmen, und zum Schluss beklebt ihr die Tafeln. Ich glaube, wir haben fast keine Powerstrips mehr, darum möchte ich dich bitten, Ben, ins Lager zu gehen und welche zu besorgen. Charlotte, du informierst die anderen, dass sie in der nächsten Stunde nichts ausdrucken können. Und schick bitte eine E-Mail an alle, dass sie sich vom Printing Studio fernhalten sollen. Amanda, du holst Schwämme, Geschirrtücher und Reinigungsspray. Und in

Zukunft wartet ihr bitte, bis der Kunde da ist, bevor ihr die Getränke auf den Tisch stellt. Der Kaffee wäre in einer Stunde ohnehin nur noch lauwarm gewesen, und so passieren solche Missgeschicke.«

Alle drei nicken wie Wackeldackel und stürzen förmlich aus dem Raum. Amanda, die Office-Managerin, ist im Nu wieder zurück, und obwohl ich ihr ansehe, dass sie wegen meiner Schelte leicht eingeschnappt ist, hilft sie mir rasch, die Kaffeeflecken zu entfernen. Ich bedanke mich bei ihr und bitte sie, frischen Kaffee für genau fünf vor elf aufzusetzen und die gute Cafetière zu benutzen statt die Thermoskanne. Dann eile ich zurück in die Kreativabteilung, wo ich Cooper und Andy über den Weg laufe.

»Da kommt genau die Richtige«, sagt Cooper. Ich sehe schnell von ihm zu Andy. Dieser meidet meinen Blick, und er hält ein paar kleine Schautafeln mit Schwarzweißentwürfen in den Händen.

»Andy hat ein paar Ideen für die Blumenstrauß-Kampagne«, erklärt Cooper. »Er möchte sie heute präsentieren, zusammen mit den anderen Entwürfen. Es ist deine Entscheidung.«

»Du hast an diesem Projekt gearbeitet … auf eigene Faust?«, stelle ich Andy zur Rede. Ich bin baff. Das ist absolut ungewöhnlich. Und es ist ein deutliches Bekunden von Misstrauen gegen mich als kreative Projektleiterin.

»Ich habe Coop gerade erzählt, dass ich in letzter Zeit an Schlafproblemen leide«, meint Andy und sieht mich mit milder Verachtung an. »Ich dachte, ich nutze meine Schlaflosigkeit sinnvoll. Diese Ideen sind in den letzten zwei Nächten entstanden. Und weißt du, ich dachte, jede Kleinigkeit hilft.«

Ich spüre, dass beide mich ansehen und meine Reaktion abwarten. Abgesehen von meiner Wut – wie kann Andy es wagen, sich in letzter Minuten so hineinzudrängen? – bin ich auch erstaunt, dass Cooper mir die Entscheidung überlässt, ob ich Andys Arbeit in mein Projekt aufnehme. Das ist bestimmt ein Test. Ich muss unvoreingenommen sein. Es wäre eine Katastrophe, wenn wir das Projekt verlieren und dann herausfinden, dass Andys Ideen uns hätten retten können.

»Lasst uns mal einen Blick darauf werfen«, sage ich. »Eine gute Idee ist eine gute Idee, egal woher sie stammt. Trotzdem schade, Andy, dass du dich nicht schon früher eingebracht hast. Es wäre super gewesen, wenn wir deine Unterstützung gehabt hätten …«

»Irgendwer musste sich ja um unsere anderen Kunden kümmern«, antwortet Andy über seine Schulter hinweg, nachdem er mich auf dem Weg in den Konferenzraum angerempelt hat. Das ist so unfair. Ich habe mich ebenso um unsere anderen Kunden gekümmert. Cooper hält mir die Tür auf und sieht mich fragend an, während er versucht, meine Gedanken zu lesen. Ich checke meine äußerliche Verfassung und gebe mir selbst ein »Bestanden«. Ich bin Profi. Cooper vertraut mir.

»Also, sehen wir uns die Sachen an!«, schlage ich in unbekümmertem Ton vor und betrete den Konferenzraum.

»Hier sind meine Vorschläge«, sagt Andy zu Cooper und breitet seine Tafeln auf dem Tisch aus. Ich betrachte sie kurz, aber in meinem Kopf dreht sich alles, und ich habe Mühe, mich zu konzentrieren. Plötzlich wird mir bewusst, dass unsere monatelange harte Arbeit von Andys Schnellentwurf in zwei Nächten ausgestochen werden könnte. Das wäre oberscheiße. Es ist möglich, dass Andys Ideen gut sind. Er hat viel mehr Erfahrung als ich. Verdammt.

»Ich habe gestern Abend Charlottes Markteinführungskonzept durchgelesen. Ich habe den Namen ›Bliss‹ von euch übernommen und ansonsten nur ein paar minimale

Änderungen vorgenommen. Ich bin von folgender Grundidee ausgegangen: Kosmetik und Hygiene sind Frauensache. Genau das sollten wir ausnutzen. Vergesst den langweiligen PC-Scheiß. Frauen treffen die Kaufentscheidungen, Frauen achten darauf, welches Shampoo ihr Freund benutzt. Den Männern ist das scheißegal. Die interessiert nur eins: Sex. Und die Frauen interessiert nur, dass die Männer sie begehren.«

So weit, so pseudo-simplifizierend/selbstsicher/sexistisch. Frauen gegen Männer. Grr.

»Ich habe mir überlegt, das Ganze ein bisschen frecher zu gestalten. Diese Marke soll die Freuden von Körperhygiene repräsentieren. Den Sexappeal. Den Body.«

Mein Blick wandert wieder zu seinen Entwürfen, während er den ersten laut vorliest.

»Bliss. Für ihr Vergnügen … Und deins.«

Es gelingt mir endlich, meinen Blick auf die Schwarzweißzeichnung zu konzentrieren. Sie stellt einen weiblichen Körper im Schatten dar, gebogen in Ekstase, mit großen Brüsten, die zur Decke ragen, eingebettet in etwas, was ein Schaumbad zu sein scheint. Darüber steht der Slogan, darunter die Zeile: »Zeig mir die Schaumblasen.«

Ich sehe mir den zweiten Entwurf an. Wieder ist ein Frauenkörper abgebildet, dieses Mal unter der Dusche, beide Arme gegen die Wand gepresst, offenbar auch wieder in Ekstase. Derselbe Slogan mit der Unterzeile »Zeig mir das saubere Gefühl.«

Ich sehe mir den dritten Entwurf an. Es ist eine Frau im Bademantel, eine Schulter verführerisch enthüllt, die sich die Beine rasiert. »Zeig mir das glatte Gefühl.« Mein Blick überfliegt rasch die restlichen Tafeln. Alles derselbe Mist. Das Logo besteht aus einer Linie in Form eines weiblichen Torsos auf dem Rücken, die Brüste nach oben gereckt. Die Linie endet in einer kleinen Blüte. Und wieder »Für ihr Vergnügen … Und deins.« Ich sehe Coop an. Er erwidert meinen Blick, mit ausdruckslosem Gesicht.

»Was meinst du?«, frage ich Cooper.

»Was meinst DU?«, entgegnet er.

Ich räuspere mich und versuche, mich so kurz wie möglich zu fassen, damit ich nicht ins Stottern gerate. »Hm, mal sehen. Ich bin … Ähm, was genau will der Slogan ›Für ihr Vergnügen … Und deins‹ ausdrücken? Dass Bliss-Produkte Frauen sexuell stimulieren, damit der Mann sich die Mühe sparen kann?«

»Sicher, meinetwegen. Das Entscheidende ist, es ist sexy«, sagt Andy. »Und es ist ironisch. Man kann ruhig ein bisschen Humor reinbringen. Ich finde außerdem, wir sollten den Namen der Bodylotion in Funderwear ändern.«

(»Funderwear« ist der Name, den Andy für eine von ihm geleitete BH-Werbekampagne vor ungefähr einem Jahr vorgeschlagen hatte. Seine »Idee« war, normale Frauen bei ihren normalen Tätigkeiten in Unterwäsche zu zeigen. »Zum Beispiel eine Polizistin, die den Verkehr regelt – aber in BH und Slip!« Ah, die Frau als Sexobjekt. Steh ich drauf. Wir haben den Auftrag nicht bekommen. Kein Wunder. Cooper hat Andy seither kein Projekt mehr anvertraut, wenn ich genauer darüber nachdenke.)

»Das ist doch nicht ironisch, sondern nur … äh, ich denke, es ist sexistisch und reduziert die Frauen zum Objekt.«

»Nur weil der weibliche Körper gezeigt wird, soll es sexistisch sein? Ach komm …« Andy verdreht die Augen. Ich bezweifle, dass er verstanden hat, was ich meine.

»Nein. Die Frauen werden zum Objekt reduziert, weil es suggeriert, wir würden allein schon dadurch zum Sexobjekt werden, dass wir in der Badewanne liegen. Es ist sexistisch, weil wir Frauenprodukte für Frauen vermarkten, aber der Slogan explizit Männer anspricht. Warum ist er ›du‹ und sie ist ›sie‹? Können Frauen nicht ihre eigenen Produkte kaufen?« Ich rede mit Andy, doch mein Blick ist auf die Entwürfe gerichtet, da es mir schwerfällt, ihm das alles ins Gesicht zu sagen. »Und der Text … Ich meine, ich kann einfach nicht … Der Text ist wischiwaschi. Wer sagt ›Zeig mir‹? Die Frau? Oder wir, die Betrachter, damit sie uns ihren Körper zeigt? Ich habe nichts gegen ein bisschen nackte Haut, aber es muss spritzig sein oder lustig …«

»Komm mir jetzt nicht mit deinem ollen haarigen Feminismus«, stöhnt Andy. »Das hier ist sexy und geistreich. Und es weckt Fantasien.«

Oh mein Gott, ich hasse es, wenn Männer über den Feminismus reden, als würde er den Tod ihres Geschlechts bedeuten, doch ich kann diese Diskussion nicht gegen einen Idioten wie Andy gewinnen. Und was meint er mit Fantasien? Was für Fantasien soll das bei mir wecken? Dass ich in der Badewanne meine Titten in die Höhe strecke? Mein Blick wandert kurz zu Andy und dann wieder zurück zu den Entwürfen. »Was ist denn daran bitte schön sexy oder geistreich oder weckt Fantasien? Dass sie einen Orgasmus erlebt oder dass sie eine Figur wie ein Pornostar hat?«

»Beides. Alles. Hör zu, das ist das Einmaleins der Werbung: Man sagt den Frauen, dass die Männer sie begehren, wenn sie dieses Produkt benutzen. Das verstehst du doch sicher, oder, Herzchen?« Ich spüre, dass Andy mich verächtlich ansieht.

Ich hole tief Luft. Ich kann es nicht ausstehen, von Vollidioten »Herzchen« genannt zu werden. Ich darf nicht emotional werden. Ich sehe wieder Coop an, aber der starrt auf die Entwürfe, mit völlig ausdrucksloser Miene. Ich halte diese Ideen wirklich für misslungen, wenn ich mich allerdings aufrege, kommen mir die Tränen vor Wut, und wenn ich Andy oder Cooper sehen lasse, wie sehr mich das ärgert – nicht nur der unterschwellige Sexismus der Anzeigen oder die schlechte Idee, sondern auch, dass Andy auf den letzten Drücker in der festen Überzeugung, dass er übernehmen kann, damit anrückt –, dann verliere ich. Und ich muss gewinnen. Höchste Zeit, dass ich gewinne.

»Der Text funktioniert nicht, Andy …«

»Okay, vielleicht sollten die ›Zeig mir‹-Zeilen noch mal überarbeitet werden«, unterbricht Andy mich. »Aber die Idee stimmt.«

»Hier gibt es keine Idee, Andy. Die Kampagne richtet sich an Frauen, und die werden auf diesen … diesen Softporno nicht ansprechen.«

»Mag sein, dass du dir wünschst, dass es nicht funktioniert, aber du irrst dich. Sex sells. Kannst du nachschlagen.«

Ganz cool bleiben. Ich sehe Andy direkt in die Augen und halte seinem Blick stand. (Wow, so schwer ist das gar nicht.)

»Wir wenden uns an Frauen, nicht an Männer. Frauen sind nicht dumm, Andy. Denk nur an die Dove-Kampagne vor ein paar Jahren mit den ›echten Frauen‹. Dove hat damit seinen Umsatz um siebenhundert Prozent gesteigert. Das war eine attraktiv verpackte Wahrheit, warm und freundlich … und keine kalten, durchsichtigen Hochglanzlügen. Frauen sprechen auf so etwas nicht an. Du kannst sie mit diesem ›Weckt Fantasien‹-Scheiß nicht locken. Das ist der *Playboy* mit einer Shampooflasche in der Ecke.«

»Reg dich ab, Herzchen«, sagt Andy spöttisch. »Es ist vielleicht ein bisschen gewagt, aber … Damit erregt man in der Presse Aufsehen. Erinnerst du dich noch an die ›Hello Boys‹-Kampagne von Wonderbra? Oder an die ›FCUK‹-Kampagne von French Connection?«

Ich hole tief Luft. Zeit auszupacken.

»Ja. ›Hello Boys‹ war frisch und frech, ist allerdings schon eine Generation her. Das hier ist weder frisch noch frech und auch nicht themenrelevant … Danke, Andy, dass du für dieses Projekt so viel Zeit geopfert hast, doch diese Entwürfe hier funktionieren einfach nicht.« Ich sehe, dass er etwas erwidern will, aber ich halte seinem Blick stand und rede weiter, in möglichst neutralem Ton. »Um ehrlich zu sein, sie sind nur abgekupfert. Die Idee mit dem Orgasmus durch Pflegeprodukte ist ein Abklatsch von der früheren Herbal-Essences-Werbung. Wie der eine Spot mit der Frau, die unter der Dusche herumstöhnt und kreischt.« Ich sehe im Augenwinkel, dass Cooper nickt. Ich hole wieder tief Luft und fahre fort. »Das ist ein alter Hut seit *Harry und Sally.* Urkomisch, ja, aber schon über zwanzig Jahre alt. Und das ›Zeig mir‹ ist sicher abgeschaut von Jerry Maguire, was auch schon über zehn Jahre her ist. Das sagt man heute nicht mehr.«

»Wieso nicht?« Andys Stimme klingt ein wenig lauter. »Hör zu, Herzchen, vielleicht fehlen dir einfach die Erfahrung und der Mut, so etwas zu bringen …«

»Das hat nichts mit Mut zu tun. Ich finde, äh, die ganze Grundidee langweilig und überholt.« Warum zum Teufel sagt Cooper nichts? Ist das ein Test? »Andy, die Kunden werden in einer guten Viertelstunde hier sein. Wir haben keine Zeit mehr, selbst wenn das hier der perfekte Wurf wäre, der uns anderen irgendwie in den Vierzehn-Stunden-Schichten während der letzten Monate nicht eingefallen ist. Wir haben zwei Entwürfe, mit denen wir zufrieden sind und von denen Lukas, der immerhin der hiesige Geschäftsführer ist, denkt, dass sie der Konzernleitung gefallen werden. Vielen Dank für deine Unterstützung, aber wir können deine Ideen nicht verwenden.«

Es entsteht eine sehr, sehr lange Pause. Ich kann die Anspannung im Raum fast greifen. Ich schwitze ein wenig.

»Also schön«, meint Andy schließlich und rafft seine Entwürfe unsanft zusammen. »Viel Glück bei der Präsentation.«

»Danke, Andy«, entgegnet Cooper und steht auf. »Ich

weiß deine Arbeit zu schätzen. Wir sehen, wie es nachher läuft, und kommen bei Bedarf auf dich zurück.« Scheiße, Coop stellt mich tatsächlich auf die Probe. Wenn meine Ideen nicht ankommen, ist Andy am Zug. Mein Magen beginnt nervös zu flattern. Mantra, Mantra, wo ist mein Mantra? Ich habe es seit Monaten nicht gebraucht, wenn ich genauer darüber nachdenke, aber oh Gott, jetzt brauche ich es. Als wir den Raum verlassen, hält Andy für Cooper die Tür auf und lässt sie mir ins Gesicht fallen.

»Ich wollte auf keinen Fall sexistisch sein«, bemerkt er spöttisch.

»Danke.« Ich strahle zurück.

Am liebsten würde ich ihn umbringen.

Ich gehe direkt zu den Druckern, wo Laura, Ben und Danny gerade die letzten Luftbläschen zwischen Papier und Tafeln herausstreichen. Denk nicht an Andy. Denk an all die anderen beschissenen Probleme bei diesem Projekt.

»Wie sieht's aus?«, frage ich.

»Gut«, antwortet Danny. Er macht einen deutlich erleichterten Eindruck. Ich betrachte kurz die Tafeln. Die ersten beiden sind gut, aber die dritte …

»Das ist nicht die aktuelle Version«, erkläre ich. »Wir haben den Text am Montag geändert.«

»Scheiße!«, flucht Danny.

»Wir haben noch fünfzehn Minuten. Beeil dich«, sage ich. Danny stürzt an den Computer, um die richtige Version zu finden und auszudrucken.

»Es tut mir schrecklich leid!«, entschuldigt sich Laura und sieht mich panisch an.

»Laura, ganz ruhig bleiben. Wir schaffen das. Bring die beiden Tafeln in den Konferenzraum. Ich komme gleich nach.«

Ich gehe an Dannys Schreibtisch und sehe ihm über die Schulter, bis er die richtige Version gefunden hat, dann kehre ich an meinen Platz zurück und starre auf meine Notizen für die Präsentation. Die Wörter verschwimmen, und die Aufregung der letzten Viertelstunde geistert durch meinen Kopf. Habe ich mich klar genug ausgedrückt? Denkt Coop, dass ich unrecht habe? Ich denke … Ich denke, es lief ganz gut. Ich habe meine Meinung gesagt und nicht herumgestammelt. Mir schwirrt der Kopf. Tief durchatmen. Haltung und Stärke und Schweigen und Atmen und – oh, eine neue E-Mail.

Sie ist von Cooper:

Gut gemacht. Hätte es selbst nicht besser ausdrücken können. Viel Glück für gleich. Zeigen wir denen, was wir draufhaben.

Mein Herz macht einen Satz vor Freude. Cooper glaubt an mich. Ich sollte mir selbst mehr vertrauen. (Ich frage mich nur, warum er Andy das alles nicht selbst gesagt hat? Egal, sinnlos, sich jetzt darüber den Kopf zu zerbrechen …)

Danny kommt mit der letzten Tafel angerannt und zeigt sie mir mit besorgtem Gesicht. Ich mustere sie rasch. Sie ist perfekt.

»Super«, sage ich. »Danke, das hast du gut gemacht.«

Er strahlt. Ich nehme die Tafel, stehe auf und gehe hinter den Wandschirm zu Coopers Schreibtisch.

»Bereit?«, frage ich ihn mit breitem Lächeln.

Cooper hebt den Kopf und zwinkert, dann macht er »Schsch« und legt den Zeigefinger auf die Lippen. Er will mich warnen, dass Andy jedes Wort mithören kann, das wir sagen. Cooper räuspert sich und sagt in geschäftsmäßigem Ton: »Ja. Ich komme gleich.«

Als ich das Büro auf dem Weg zum Konferenzraum durchquere, ruft Laura »Viel Erfolg!« und beginnt laut zu klatschen. Plötzlich folgen Danny und Ben ihrem Beispiel, und auch Amanda, die eingeschnappte Office-Managerin (die in der Küche gerade Kaffee und Tee mit leichter Verspätung vorbereitet), feuert mich an, und selbst die beiden Account Manager, die drüben bei den Druckern ein Schwätzchen halten, sehen herüber und beginnen zu klatschen. Ich werfe rasch einen Blick nach hinten. Cooper sitzt noch in seinem Mini-Pseudobüro. Die feuern *mich* an.

Oh, wie schön. Ich kann nicht aufhören zu lächeln.

»Danke, Leute …«, meine ich. »Aber spart euch den Beifall für später, wenn wir den Auftrag im Sack haben!«

»Das hätte ich auch nicht besser sagen können«, bemerkt Andy, an niemanden speziell gerichtet.

»Danke, Andy!« Ich schenke ihm ein freundliches Lächeln und gehe weiter zum Konferenzraum. Noch vier Minuten. Auf geht's.

Kapitel 14

Schritt, Schritt, Schritt, Schritt, Schritt, fröhlicher Hüpfer, Schritt.

Es lief gut. Nein, es lief … BOMBIG! Ich hüpfe die letzten paar Meter auf der Fulham Road bis zu Sophie's Steakhouse, wo ich mit Bloomsicle und Katiepie verabredet bin.

Ein Hochgefühl hat sich meiner bemächtigt, nachdem das Meeting zu Ende war. An die Präsentation selbst erinnere ich mich nur verschwommen, aber dafür umso deutlicher an die lächelnden Gesichter und den Handschlag am Schluss. Cooper und Lukas haben mir beide den Daumen nach oben gezeigt, als Stefan und Felix um ein Uhr gingen, und die nächsten paar Stunden verflogen rasch, weil ich noch einiges für unsere anderen Kunden aufzuarbeiten hatte. Noch haben wir nichts gehört, doch Cooper ist mit Lukas, Felix und Stefan beim Mittagessen, und sie sind noch nicht zurück, was ein gutes Zeichen sein muss …

Plötzlich wird mir bewusst, dass ich vor der Theke stehe und die ganze Zeit mit einem leicht irren Lächeln seit ungefähr einer Minute ins Leere starre.

»HALLOOO!«, rufen zwei Stimmen links von mir. Ich drehe schnell den Kopf. Es sind Bloomie und Kate, die bereits auf ihren Plätzen an unserem Stammtisch sitzen.

»Jemand zu Hause? Na los, Darling, hopp, hopp!«, meint Bloomie.

»Sorry! Ich …« Ich haste an den Tisch und setze mich. »Sorry … Ich bin ein bisschen … durch den Wind. War heute ein guter Tag in der Arbeit.«

»Die Präsentation?«, fragt Kate und beugt sich vor, um mich auf die Wange zu küssen. Ich nicke.

»Ja dann, ein Hoch auf dich, Darling! Jetzt haben wir doppelt Grund, um anzustoßen!«, freut sich Bloomie.

Mein Blick fällt auf den Tisch, auf dem drei Gläser Wodka stehen.

»Was ist das?«

»Das Happy End deiner männerfreien Zeit!«, ruft Bloomie. Kate jubelt laut. Verdammt, sie ist sehr gesellig in letzter Zeit. Ich mustere sie und bemerke, dass sie eine sexy rote Corsage unter ihrem dunkelgrauen Hosenanzug trägt.

Ich muss lachen. »Das Happy End meiner männerfreien Zeit?« Scheiße. Ich will nicht, dass sie endet. Wirklich nicht.

»Sass! Darling! Wir sind einfach nur glücklich, dich glücklich zu sehen!«, sagt Bloomie und grinst. »Mach dir keine Sorgen. Ich habe für dich eine Rede vorbereitet. Ich werde die Regeln vorlesen, und wir werden prüfen, ob du sie eingehalten hast.« Sie räuspert sich und sieht Kate und mich mit hochgezogenen Augenbrauen an. »Bereit?«

»Ich habe die Liste in meiner Tasche«, antworte ich. Die Regeln sind zwar praktisch in mein Gedächtnis eingraviert, aber ich habe die Liste trotzdem immer dabei. »Soll ich sie rausholen?«

»Nicht nötig. Also, fangen wir an. Die Regeln der Männerauszeit. Erstens: Keine Dates annehmen. Bestanden. Zweitens: Keine Männer zu einem Date einladen. Bestanden.«

»Ich verstehe bis heute nicht, was die Regel soll«, entgegne ich nachdenklich, während mein Wodka-Soda serviert wird. »Ich meine, als ob ich mich jemals anbiedern würde.«

»Ähm! Drittens: Offensives Flirten ist nicht erlaubt. Hat sie das bestanden, Katiepie?«

Kate macht ein »Wie schade!«-Gesicht. »Ich habe beobachtet, wie Sass sich an dem einen Abend bei Mitch mit diesem Kerl, über den sie partout nicht sprechen will, verhalten hat.« Ich runzle die Stirn. Wen meint sie? Jake? Ich war absolut brav auf der Party! Außerdem habe ich alles getan, was ich konnte, um Jake aus dem Weg zu gehen. Okay, letzten Monat habe ich mich gefragt, ob er zu Frasers Party kommen würde, allerdings war er nicht da, und – oh, aufgepasst. »Aber ich denke, wir lassen ihr dieses eine Mal durchgehen.«

Bloomie nickt. »Einverstanden. Viertens: Nach Möglichkeit nicht über die Auszeit sprechen. Bestanden. Fünftens: Über die Auszeit zu sprechen ist nur als Reaktion auf die Einladung zu einem Date erlaubt. Bestanden. Sechstens: Keine verkappten Dates. Bestanden, obwohl ich an jenem Abend im Montgomery Place meine Zweifel hatte.«

»Ich konnte ja nicht ahnen, dass Jake auch dort sein wird!«, protestiere ich. Ups. Eigentlich versuche ich, seinen Namen nicht zu erwähnen. Sehen Sie, ich habe erkannt, wenn ich über Jake rede – der Mann, der immerhin den Erfolg meiner Männerauszeit nach gerade einmal vier Tagen gefährdet hat –, könnte mich das ermutigen, in ihm ein potenzielles Lust-/Liebesobjekt zu sehen, was dem Sinn meiner Männerpause widerspricht und meine Zufriedenheit gefährden könnte. (Sehen Sie, wie gut ich in den letzten drei Monaten war?)

»Ist schon gut, Darling. Siebtens: Keine neuen Männerbekanntschaften. Auch da können wir einen Haken setzen. Sie hat sich gut geschlagen, nicht wahr, Katie?«

»Das ist unser Mädchen!«, erwidert Kate grinsend. So ausgelassen habe ich sie seit ihrer Trennung von Tray nicht mehr erlebt. Ich frage mich, ob Bloomie und sie vorher schon Wodka hatten.

»Achtens: Küssen ist verboten. Außer in Ausnahmesituationen. Aber das können wir vergessen, weil Sass nicht einmal ansatzweise in die Nähe von einem Männermodel/ witzigen Genie gekommen ist …«

»Ah, das alte Klischee vom Männermodel/witzigen Genie.« Ich nicke. »Das taucht inzwischen sogar in Eheverträgen auf, stimmt's?«

»Neuntens: Keine Besucher in deinem Salamiversteck …«

»Wo denkst du hin!«, sage ich in prüdem Ton.

Bloomie fährt fort, als hätte ich nichts gesagt. »… Bestanden. Bestimmt wächst da mittlerweile ein richtiger Urwald. Und zu guter Letzt zehntens: Keine Scheißkerle. Bestanden.«

Kate jubelt. Ich lächle die beiden an. »Meine liebsten Freundinnen, ohne euch hätte ich das nicht geschafft. Und das Salamiversteck habe ich die ganze Zeit wie eine sauber gestutzte Hecke gepflegt. Man muss einen gewissen Standard aufrechterhalten, und sei es nur für sich selbst.«

Wir heben unsere Gläser und sprechen einen Toast auf die Männerpause und das gepflegte Salamiversteck aus, dann kippen wir den Wodka in einem Zug herunter.

»Okay, du bist nun also über Posh Mark hinweg. Höchste Zeit, dass du dich wieder mit Männern triffst! Willkommen zurück im echten Leben!«, sagt Bloomie.

Posh Mark? Ach, der. »Es ging nicht darum, über eine Trennung hinwegzukommen, Bloomie«, erkläre ich und rühre nachdenklich in meinem Glas. »Sondern darum, lieber alleine zu bleiben, als eine Scheißbeziehung zu haben, die ohnehin nicht gut ausgeht.« Ich hebe den Kopf und sehe, dass die zwei stumme Blicke wechseln. »Und jetzt geht es darum, meine Energie auf mein gesamtes Leben statt nur auf mein Liebesleben zu konzentrieren. Ein Hoch auf das produktive Single-Dasein.« Ich mache das Peace-Zeichen, obwohl ich selbst nicht weiß, ob ich das scherzhaft meine.

Kate lacht, während Bloomie süffisant grinst und die Augen verdreht. »Mal im Ernst, Darling … Man kann es auch zu weit treiben. Und ein lebenslanger Zölibat ist wahrscheinlich die Definition von ›es zu weit treiben‹.«

»Ich habe mich ja nicht für den Zölibat entschieden«, wende ich ein, auch wenn mir dieser Gedanke bereits selbst gekommen ist. Ich vermisse den Sex. Und ich möchte wieder Sex haben. Vielleicht muss ich auf One-Night-Stands ausweichen. Tut mir leid, ich schweife ab. »Das ist nur ein Nebeneffekt in der Männerpause. Und selbstverständlich kann ich auf Sex verzichten. Ich meine, seht euch nur die Nonnen an.«

»Die Nonnen und ihre Männerpause, was?«, meint Bloomie.

»Ja, die schwören darauf«, entgegne ich. »Darum singen sie auch ständig.«

»Vermisst du denn nicht das Flirten? Du warst früher ziemlich gut darin«, bemerkt Kate wehmütig.

»Bei unserem Ehemaligentreffen im Koko konnten die anderen nicht glauben, wie du dich verändert hast«, sagt Bloomie. »Rach hat mich gefragt, ob du lesbisch geworden bist oder so.«

»Oh, ich fasse es nicht«, stöhne ich. »Rach hat den ganzen Abend diesen einen Typen in dem grauen Blazer angebaggert. Ein absoluter Arsch, wenn ihr mich fragt … Und nachdem sie bei ihm nicht landen konnte, war ihre Stimmung im Keller, und sie ist ziemlich früh abgehauen. Hat sie sich überhaupt amüsiert?«

»Wir meinen ja nicht, du sollst dir an Rach ein Beispiel nehmen …«, räumt Kate ein.

»Aber … es gibt ein Gleichgewicht«, fügt Bloomie hinzu. »Und jetzt, wo deine Auszeit zu Ende ist, kannst du es wiederfinden.«

Ich räuspere mich. »Nein. Ich verlängere die Männerpause auf unbestimmte Zeit. Mir geht es gut damit.«

»Das kannst du nicht machen, Darling«, widerspricht Bloomie. »Sie war von Anfang an für drei Monate geplant. Ich habe die Regeln nicht festgelegt. Oh, warte, doch, habe ich wohl …«

»Nein!«, wiederhole ich mit Nachdruck, was mich selbst überrascht. Bloomie und Kate machen erschrockene Gesichter. »Nein … Ich will noch nicht aufhören. Ich mag mein Leben, so wie es ist … Wisst ihr, es fällt mir so viel leichter, mich auf andere Sachen zu konzentrieren.«

»Ist das nicht das Argument der Befürworter von reinen Mädchenschulen?«, gibt Kate zu bedenken. »Dass die Mädchen sich besser konzentrieren können und bessere Noten schreiben, wenn keine Jungs in der Nähe sind, die sie ablenken könnten? Jungs dagegen haben bessere Noten in gemischten Klassen, weil sie sich dort besser benehmen und sich vor den Mädchen mehr anstrengen.«

»Seht ihr?«, sage ich und sehe Kate erfreut an. »Das ist biologisch bedingt!«

»Das gilt für Fünfzehnjährige, nicht für Achtundzwanzigjährige. Irgendwann, Darling, kommt der Punkt, an dem du deine Männerpause beenden musst«, erklärt Bloomie. »Auszeiten können naturgemäß nicht ewig dauern.«

Ich schüttle den Kopf. Ich werde die Pause nicht beenden. Ich will mich nicht in mein altes Ich, die Sitzengelassene, zurückverwandeln. Die beiden werden mich nicht umstimmen können. »Lasst uns über was anderes reden. Wie geht es dir eigentlich, Katie? Wie war dein Singleleben in dieser Woche?«

»Gut«, antwortet sie nachdenklich. »Seltsam. Und ein bisschen unheimlich. Aber gut. Gestern Abend habe ich mich mit Tray getroffen …«

»Und, wie war's?«, frage ich.

»Gut«, sagt sie wieder und beißt sich auf die Unterlippe. Eine ihrer klassischen Ausweichtaktiken in Gesprächen. Plötzlich platzt sie heraus: »Er will mich zurückhaben, doch ich habe sofort Nein gesagt … Er wirkte ziemlich unglücklich. Ich habe ein schlechtes Gewissen, wenn ich an ihn denke. Er leidet, und das ist meine Schuld.«

»Es ist nicht deine Schuld!«, widersprechen Bloomie und ich ihr sofort im Chor.

Kate schüttelt den Kopf. »Wäre es andersherum, würdet ihr ihn als elenden Scheißkerl und Vollidioten beschimpfen, und das wisst ihr.«

Darauf gibt es nicht viel zu sagen. Es stimmt irgendwie.

»Aber du warst nicht glücklich …«, wende ich ein.

»Du hast dich sehr tapfer verhalten«, ergänzt Bloomie.

Kate zerreißt ihre Serviette in perfekte kleine Quadrate. »Ich konnte die ganze Nacht nicht schlafen, weil es mir keine Ruhe lässt.« Sie wirft rasch einen Blick über die Schulter, um sich zu vergewissern, dass niemand in Hörweite ist, und flüstert: »Ich habe überlegt, mir einen Vibrator zu kaufen. Das würde mir beim Einschlafen helfen.«

Ich muss so sehr lachen, dass ich fast keine Luft mehr bekomme. So eine Bemerkung hätte ich nie von Kate erwartet. Bloomie und ich sprechen über Sex, Kate dagegen nie.

»Kann ich nur empfehlen!«, ruft Bloomie.

»Von wegen!«, halte ich dagegen. »Die Dinger machen einen Höllenlärm und sind einfach ekelhaft. Ich kann damit nichts anfangen. Das törnt mich in keiner Weise an.«

»Sass, du hast ihn bestimmt falsch benutzt. Ich möchte auf meinen nicht mehr verzichten«, sagt Bloomie. »Und zwar auf keinen von beiden … Ich kann zwischen zwei Dildos wählen, je nach Stimmung«, fügt sie erklärend hinzu, während Kate und ich vor Lachen zusammenbrechen. Gleich zwei? Ach du Schande.

Kate dreht sich zu mir. »Warum kannst du die Dinger nicht leiden?«

Ich zucke mit den Achseln. »Anfangs war ich richtig gespannt, als ich den Dildo ausprobierte, aber er ist einfach nur laut und unhandlich und außerdem neongrün. Er liegt schon seit einer Ewigkeit in meiner Sockenschublade. Ich nenne ihn ›Der schlafende Riese‹.«

Bloomie und Kate lachen Tränen. Bloomie weiß von dem schlafenden Riesen, mit Kate habe ich dagegen nie darüber gesprochen. Ich dachte, sie wäre schockiert.

»Nun, vielleicht sollte ich mir doch keinen anschaffen. Aber wisst ihr, woran ich ständig denken muss?« Sie senkt ihre Stimme und flüstert: »An Sex.«

»Vielleicht liegt das daran, dass du keinen mehr hast?«, mutmaße ich.

»Davor hatte ich auch keinen!«, ruft Kate. »Es hat mich einfach nicht interessiert, und ich dachte schon, mit mir stimmt was nicht. Doch jetzt kann ich an nichts anderes mehr denken …«

»Ich war nach der Trennung von Richie von Sex besessen«, sagt Bloomie. Richie war ihre erste längere Beziehung, als sie Anfang zwanzig war. »Sonst ist genau das Gegenteil der Fall, wenn ich sitzengelassen wurde.«

»Ja, das ist ein absoluter Lustkiller«, stimme ich ihr zu.

»Ich glaube, der Monk hält mich für nymphoman«, meint Bloomie nachdenklich.

»Wie süß«, entgegne ich, während Kate kichert. »Das muss Liebe sein.«

»Ist es auch«, erwidert Bloomie und grinst.

»Und wann ist die Hochzeit?«, fragt Kate hoffnungsvoll.

»Wahrscheinlich bald, und dann kommen die Kinder und das Häuschen in Surrey«, spotte ich. Von wegen. Heiraten ist etwas für andere Leute. Für ältere Leute. Erwachsene.

Bloomie stößt ein nervöses Räuspern aus. »Wir haben tatsächlich schon darüber gesprochen.«

Ich bin baff. »Im Ernst?«

»Ja«, antwortet sie und sieht uns unsicher an, was gar

nicht zu ihr passt. »Nicht über Kinder oder das Häuschen in Surrey, aber ich … ich, äh, weiß irgendwie, dass es so kommen wird. Es fühlt sich einfach richtig an, wenn ich mit ihm zusammen bin. Es ist nicht so, als würden wir uns nie streiten, hin und wieder fliegen sogar ordentlich die Fetzen, doch ich … ich liebe ihn.«

»Ich wusste es«, kräht Kate fröhlich. »Ichwussteesichwussteesichwusstees.«

Ich bin sprachlos. Ich weiß, dass Bloomie den Monk aufrichtig liebt und dass ihre Beziehung sehr gut läuft, allerdings kann ich mir beim besten Willen nicht vorstellen, dass sie heiratet. Ich kann mir keine von uns verheiratet vorstellen. Das ist irgendwie so … so endgültig. Bloomie, die selbst ein wenig von ihrem Eingeständnis überrascht scheint, wird ganz still und schüchtern. Wir sehen uns alle stumm an, bis Kate flugs das Thema wechselt und mich nach meinem Arbeitstag fragt.

»Dieser Andy scheint ein richtig mieser Typ zu sein. Gut, dass du ihn in seine Schranken verwiesen hast«, bemerkt Bloomie, nachdem ich ihnen die Highlights erzählt habe.

»Wenn ihr den Auftrag von den Deutschen kriegt, kommst du dann gratis an Pflegeprodukte heran?«, fragt Kate. »Das wäre ganz praktisch, falls Bloomie und ich gekündigt werden …«

»Ihr werdet nicht gekündigt«, sage ich, obwohl ich nicht ganz davon überzeugt bin. Vor ein paar Tagen habe ich nämlich im Wirtschaftsteil der Sunday Times gelesen, dass Kates Firma eine Gewinnwarnung veröffentlicht hat und die Geschäftsleitung in diesem Jahr freiwillig auf ihre Bonuszahlungen verzichtet. Sicher kein gutes Omen. Ich drehe mich zu Bloomie. »Eure Bank hat doch vor kurzem erst eine andere geschluckt, oder nicht? Also muss es euch doch gut gehen.«

»Ja, aber jetzt ist jede Stelle doppelt besetzt, weißt du?«, entgegnet Bloomie und zieht die Stirn in tiefe Falten. »Das bedeutet, dass ungefähr die Hälfte von uns wahrscheinlich ihren Hut nehmen darf.«

Oh, das hatte ich nicht bedacht. Das ist nicht gut.

Die Unterhaltung wechselt rasch zu Kates scharfen roten High-Heels von asos.com (»Ich bin es einfach leid, die langweiligen, braven Pumps von L.K. Bennett zu tragen, von denen einer allein hundertneununddreißig Kröten kostet. Und es ist mir egal, wenn die hier nuttig aussehen und aus billigem Kunstleder sind. Sie haben nur fünfundzwanzig Pfund gekostet, und ich LIEBE sie.«) und dem üblichen Tratsch: Eddie und Mitch vertragen sich wieder, nachdem monatelang Funkstille zwischen den beiden war, weil Mitch natürlich Eddies Schwester Emma an jenem Abend im Montgomery Place anbaggern musste. Und Fraser und Tory führen nach wie vor eine On/Off-Beziehung.

Dann sprechen wir über unsere Pläne für das übernächste Wochenende.

Wir werden wegfahren und zwei Tage lang in Eddies Elternhaus Party machen. »Oxfordshire ist das neue Ibiza!«, tönte Eddie laut bei Frasers Geburtstagsfeier vor ein paar Wochen. Allmählich hängt es mir zum Hals heraus, wenn rezessionsfreundliche Dinge als »das neue« Soundso verkauft werden. Mitch hat es mal eine Weile mit »Sex mit mir ist das neue Personal Training« versucht, allerdings nur mit mäßigem Erfolg. Egal, Eddies Party wird bestimmt so gut wie in alten Zeiten. Seine Eltern sind mit den Zwillingen in Spanien, sodass wir das ganze Haus für uns haben, einen Riesenkasten mit zahlreichen Schlafmöglichkeiten (für uns als First-Class-Freunde sind natürlich die besten Betten reserviert).

Von Bloomie und Kate erfahre ich, dass am Freitagabend ein kleiner Umtrunk geplant ist und am Samstag ein großes Saufgelage, mit ausgiebigen Erkundungstouren durch die Natur.

Ich nehme gerade einen Schluck von meinem Wodka, als Bloomie plötzlich und ohne Vorwarnung verkündet: »Jake kommt auch.«

Mein ungestümes Vor Schreck-nach-Luft-Schnappen ist zeitlich schlecht gewählt. Ich inhaliere meinen Wodka und bekomme prompt einen Hustenanfall. Meine Augen tränen, aus meiner Nase tropft Wodka, meine Brust zuckt wie bei einem heftigen Schluckauf, und ich spucke sabbernd den Rest Wodka in meinem Mund über mein Kinn, meinen Pullover und den Tisch.

»Um Gottes willen«, sagt Bloomie.

Ich sehe die beiden mit Panik in den Augen an, um ihnen zu signalisieren, dass das hier kein normaler Hustenanfall ist, woraufhin Kate aufspringt und mir kräftig auf den Rücken klopft. Nach circa zehn Sekunden, obwohl es mir viel länger vorkommt, ist der ganze Wodka aus mir heraus. Ich bin ein einziges vollgesabbertes, klebriges Chaos, ich spüre, dass mein Eyeliner bis zu den Schläfen verläuft, und alle Leute in der Bar starren mich mit einer Mischung aus Angst und Ekel an. Ich hole tief und zitternd Luft und vergrabe mein nasses Gesicht in meinen nassen Händen. Wie supermegaoberpeinlich.

Jake kommt auch. Jake kommt auch.

Was zum Teufel stimmt nicht mit mir?

Kate gibt mir – warum zum Teufel? – parfümierte Feuchttücher.

»Du hast Feuchttücher dabei?«, krächze ich.

»Das ist jetzt nicht der richtige Zeitpunkt, um dich über mich lustig zu machen«, entgegnet sie und macht sich daran, mir die Hände und das Gesicht abzutupfen. Ein Barmann kommt, um den Tisch abzuwischen. Bloomie bestellt direkt die nächste Runde.

»Möchtest du über Jake reden«, fragt sie mich mit einem verschlagenen Lächeln.

»Nein, nein, nein«, sage ich, während ich mir die letzten Wodkatropfen vom Hals wische und die Flecken auf meiner Hose abtupfe. »Dieses nervöse Flattern im Bauch, das ich bei meiner ersten Begegnung mit Jake gespürt habe, war nur eine abartige Reaktion meines Unterbewusstseins auf meine Männerpause. Außerdem hat mein Körper geglaubt – irrtümlicherweise! –, dass er ohne Sex nicht auskommt, und hat prompt den nächstbesten Mann mit den passenden Pheromonen begehrt. Das war nichts als purer Trieb.« Ich werde Jake wiedersehen. Endlich. Oh shit, vielleicht sollte ich besser nicht zu der Party mitfahren. Aber Eddie ist mein Freund, verdammt. Jake ist nur der blöde Cousin von dem blöden Mitch. Ich habe als Gast Vorrang. Außerdem kann ich damit umgehen. Es ist drei ganze Monate her, dass ich Jake das letzte Mal gesehen habe. Ich packe das. Ich habe keine einzige Regel in meiner männerfreien Zeit gebrochen. Und ich werde jetzt bestimmt nicht damit anfangen. Reiß dich zusammen, Sass, schelte ich mich selbst.

»Bestellen wir noch eine Runde?«, frage ich in unbekümmertem Ton.

Während Bloomie sich wegdreht, um einen der Kellner auf uns aufmerksam zu machen, checke ich rasch mein Handy. Ich habe eine SMS von Laura.

Du warst super! Du warst heute im Büro das *Tagesgespräch.«*

Oh, wie schön. Ich schreibe rasch eine SMS zurück.

Das war Teamwork. Alle haben dazu beigetragen!

Sie antwortet:

Ich meinte Andy! Echt super, dass du dich gegen ihn durchgesetzt hast!

Wahnsinn. Ich habe noch nie so eine SMS erhalten. Na ja, ich habe auch noch nie so etwas wie heute erlebt, also ist das keine große Überraschung. Und das alles nur wegen meiner Männerpause. Gott segne sie.

Kapitel 15

Drei Burger später kommt der Abend richtig in Schwung. Der Gedanke, dass ich Jake bald wiedersehen werde, kreist mir unablässig durch den Kopf wie ein hyperaktives Kind, bevor es Ritalin gab, weshalb ich es in die Ecke meines Gehirns verbannt habe, mit dem Gesicht zur Wand. Bis jetzt verhält es sich gehorsam und lässt mich den Abend genießen. Wir unterhalten uns gerade angeregt über die Vorteile des Singlelebens (Kate und ich) gegenüber den Freuden einer jungen Liebe (Bloomie).

»Quer im Bett liegen.« Das kam von mir.

»In Löffelchenstellung einschlafen.« Das war Bloomie.

»Aufwachen und wissen, dass keiner ins Bett gefurzt hat außer ich selbst«, sagt Kate, worauf Bloomie und ich lachen. Vor allem über ihr sehr leises und geziert gesprochenes »gefurzt«.

»Geküsst werden, bevor man morgens die Augen aufmacht.«

Würg. Kate und ich sehen uns an und rollen mit den Augen.

Ich hebe den Zeigefinger. »Nicht jede Woche zweimal eine Tasche packen müssen, wenn ich bei ihm übernachte.«

Bloomie grinst frech. »Wissen, dass er immer bei dir übernachtet.«

Kate kontert: »Sich jeden Tag chic machen, weil man nie weiß, wer kommt.«

Bloomies Augenbrauen wölben sich leicht nach oben. »Sich jeden Tag chic machen, um ihn zu beeindrucken … und um Komplimente zu bekommen.«

Ich werfe eine Pommes nach ihr.

»Im Bett lesen, so lange man will«, sage ich. Nicht das beste Argument, aber ich hatte noch nie einen Freund, der genauso gerne liest wie ich.

»Zusammen im Bett liegen und stundenlang reden und herumalbern.«

Mist. Gibt es etwas, was zusammen im Bett liegen und stundenlang reden und herumalbern schlägt?

»Abends mit Gesichtsmaske, Haarkur und Selbstbräuner ins Bett gehen, ohne dass einen jemand sieht«, meine ich. Kate beugt sich vor und klatscht mich ab.

»Sex.« Bloomie spielt ihren Trumpf aus. »Wilder, leidenschaftlicher Sex, die ganze Nacht lang. Mit einem leicht geröteten Gesicht von seinen Bartstoppeln aufwachen und einen Morgenquickie machen. Ihn-morgens-um-vier-wecken-Sex, weil man nicht schlafen kann. Sex eben.«

Wir sitzen ein paar Minuten schweigend da. Wieder erhebt das Thema »Sex« sein hässliches, äh, Haupt. Was gibt es im Leben eines Single, das Sex schlägt?

»Wissen, dass man nicht abserviert wird«, sage ich. »Nicht ewig auf seinen Anruf warten. Nicht jede SMS und jede E-Mail analysieren. Sich keine Sorgen machen, dass man an den Falschen geraten ist. Nicht wegen einem Vollidioten durchdrehen.«

Kate und Bloomie starren mich leicht überwältigt an. Ich habe meine kleine Rede mit etwas mehr Nachdruck vorgetragen als angemessen, wohl wahr. Bloomie will etwas sagen, als Kate plötzlich laut keucht und zischt: »Rick! Rick! Rick! Hinter dir. Hinter dir.«

Ich zucke zusammen, und mein erster Gedanke ist: »Ich kann Rick nicht unter die Augen treten. Ich sehe beschissen aus.« Ich habe mir nicht einmal die Mühe gemacht, mein Make-up nach meinem kleinen Wodka-Erstickungsanfall zu überprüfen. Bloomie ist sogar noch schneller als ich. Sie wirft mir ihren prall gefüllten Schminkbeutel in den Schoß und zischt: »Ab zur Toilette. Sofort. Geh. Geh.« Ich stehe auf, ohne meine Beine durchzustrecken oder den Kopf zu heben, und eile zur Toilette, den Schminkbeutel fest unter den Arm geklemmt. Oh mein Gott, Rick.

Ich weiß, was Sie jetzt denken. Und, Hand aufs Herz, ich erkläre hiermit, dass ich ihn natürlich weder zurückhaben möchte noch ihn mag oder heimlich Gefühle für ihn hege. Außerdem mache ich gerade eine Männerpause, schon vergessen? Ich schwöre, dass ich ihn nicht nehmen würde, selbst wenn er mich zurückhaben wollte. Wenn ich überhaupt noch einen Gedanken an ihn verschwende, was selten genug vorkommt, dann spüre ich nichts als tiefen, selbstgerechten Zorn, weil er es gewagt hat, mich so schlecht zu behandeln. Denke ich an mein armes kleines Ich, das er rücksichtslos manipuliert hat, und an meine verzweifelte Hoffnung, dass alles besser wird, und an seine brutale Hinhaltetaktik, dann kommt es mir vor, als wäre das einer anderen passiert. Trotzdem hat sie es nicht verdient, so mies behandelt zu werden. Genauso wenig hat sie es verdient, dass ihr »Ich liebe dich« unerwidert bleibt und sie ihn zu allem Überfluss mit einer Pink Lady im Bett erwischt. Mir steigt die Zornesröte ins Gesicht, wenn ich nur daran denke.

Aber will ich mich wirklich bei unserem ersten posttraumatischen Wiedersehen von meiner besten Seite präsentieren? Verfluchte Kacke, ja.

Gesegnet sei der Mensch, der für die dezente Beleuchtung auf der Toilette verantwortlich ist, und gesegnet sei Bloomie für ihr erstklassiges Reparaturwerkzeug: Ihr Schminkbeutel lässt keine Wünsche offen. Drei Minuten bürsten, abdecken, pudern, Kajalstrich und Lipgloss, und im Spiegel bin noch immer ich zu sehen, nur viel besser. Was würden wir bloß ohne Schminkzeug machen? Ich meine, ernsthaft.

Ich zeige auf mein Spiegelbild. Sei selbstbewusst. Sei kühl. Vergiss nicht, er ist ein Scheißkerl. Er soll nicht auf die Idee kommen, dass er dir irgendetwas bedeutet hat. Außerdem hast du Männerpause und stehst weit über so einem Mist.

Als ich die Treppe in den Restaurantbereich hochgehe, sehe ich, dass Rick sich am Tisch mit Bloomie und Kate unterhält. Er trägt einen recht schicken dunkelblauen Anzug. Er hat oft Dunkelblau getragen, als wir zusammen waren. Einmal meinte er, das würde seine haselnussbraunen Augen betonen, was mir damals schon seltsam eitel für einen Mann vorkam.

Oh Scheiße, er ist es wirklich.

Adieu, selbstgerechter Zorn. Bonjour, nackte Angst. Um Gottes willen. Ich kann nicht glauben, dass ich gleich mit Rick reden werde. Das letzte Mal, als wir miteinander gesprochen haben, war ich weder ruhig noch hatte ich mich unter Kontrolle. Und seine letzten Worte waren: »Ich liebe dich nicht, und ich will dich nicht mehr haben.« Und das, nachdem er mich betrogen hat, BETROGEN, mit einer Pink Lady, vor meinen Augen. Arschlochwichserhurensohn. Ich hasse ihn dafür, dass er mir das angetan hat.

Aber ich werde ihm keine Szene machen. Das habe ich nicht nötig. Ich bin ganz ruhig. Mantra, übernehmen Sie.

Ich erreiche unseren Tisch. Mein Herz rast, und ich glaube, meine Hände zittern, weshalb ich den Schminkbeutel hinter meinem Rücken halte. Was soll ich zu ihm sagen? Ich möchte einen höflichen, distanzierten und würdevollen Eindruck machen. Ja. Ich habe mich unter Kontrolle. Mantra, übernehmen Sie.

»Sass«, sagt Rick, als er mich bemerkt. »Ich habe gerade von dir gesprochen. Wie geht es dir?«

Ich gebe keine Antwort, sondern begnüge mich mit einem Lächeln. Ich hoffe, es ist nicht so schief wie meine

Eingeweide. Rick beugt sich vor und gibt mir ein Küsschen auf die Wange. Sein Gesicht ist sehr warm. Meine Hände zittern noch immer, und ich glaube, mein Lächeln zuckt auf einer Seite.

»Ach, und ich dachte, du sprichst die ganze Zeit von dir«, bemerkt Bloomie zuckersüß. Ich versuche, tief zu atmen und mich innerlich zu beruhigen, ohne dass es auffällt.

»Tatsächlich?«, bemerkt Rick, aber ich glaube nicht, dass er richtig zugehört hat. Er sieht mich sonderbar an. »Du siehst toll aus, Sass«, meint er und mustert mich von oben bis unten. Irgendwie sammle ich durch meine Atemübungen den Mut, seinem Blick standzuhalten und ihn zum ersten Mal seit fast einem Jahr richtig anzusehen.

Rick ist nicht besonders groß, jedenfalls nicht groß genug, wenn ich acht Zentimeter hohe Absätze trage, hat mittelbraunes Haar und die zuvor erwähnten haselnussbraunen Augen. Seine Wimpern sind zu gerade, zu hell und irgendwie zu schwer. Ich entdecke Nasenhaare, die aus seinen Nasenlöchern ragen. Seine Haut sieht trocken aus. Er sollte eine Feuchtigkeitscreme benutzen.

Ich ertappe mich dabei, dass ich ihn anlächle. Interessant. Ich finde ihn nicht attraktiv. Null.

»Wie geht es dir?«, erkundige ich mich.

»Fantastisch. Aber das weißt du ja.« Er zieht die Augenbrauen hoch und schürzt die Lippen zu einer vermeintlich verführerischen Schnute. Ein superlanges Brauenhaar kringelt sich über seinem Auge.

Ich kann das nicht, ich muss hier weg. Ich drehe mich zu Bloomie und Kate. »Möchtet ihr noch was trinken? Ich gehe an die Theke.«

Beide heben die Hand wie Achtjährige, die in ein Völkerballteam gewählt werden möchten.

»Ich komme mit«, sagt Rick. Scheiße. »Wir können aber auch warten, bis der Kellner kommt. Du weißt ja, dass ich lieber anderen die Arbeit überlasse.« Sein Grinsen verrät, dass er erwartet, wir müssten über seinen Spruch lachen. Fand ich so etwas früher wirklich zum Totlachen, oder war Rick damals witziger? Und warum tut er so, als wären wir noch Freunde oder so? Hat er das mit seinem »Ich liebe dich nicht« vergessen? Oder das mit seiner Pink Lady?

»Ja, aber an der Theke geht's schneller«, erwidere ich.

»Also schön«, räumt er ein. Gemeinsam gehen wir an die Theke. Wie zum Teufel konnte das passieren? Warum bin ich plötzlich alleine mit ihm?

»Du siehst wirklich großartig aus«, bemerkt er.

»Danke«, entgegne ich. Vielleicht hat er die Pink Lady tatsächlich vergessen. Er grinst. Zugegeben, ein recht attraktives Grinsen. Da er offenbar keine Fragen an mich hat, sage ich – mein würdevolles, höfliches Ich –: »Und, was treibst du so?«, woraufhin er zu erzählen beginnt.

Ich lausche halb in Panik, doch ich weiß, an welchen Stellen ich lachen oder in erstauntem/beeindrucktem Ton »Wirklich?« sagen muss. Ich konzentriere mich darauf, meine zitternden Hände ruhig zu halten und seinen Blick zu erwidern, ohne zusammenzuzucken.

Als ich die Getränke bezahle (Rick war nie sehr großzügig, muss ich sagen, obwohl er fünfmal so viel verdient wie ich), meint er: »Ich glaube, ich setze mich ein paar Minuten zu euch. Ich warte hier auf Skipper.« Ich habe keine Ahnung, wer Skipper ist, aber Rick denkt das wohl, oder es ist ihm egal. »Wirklich toll, dass wir mal ein bisschen Zeit zum Plaudern haben.«

Ich drehe mich um und sehe ihm direkt in die Augen. Ich ertrage es nicht, wenn er sich zu uns an den Tisch setzt. Ich sammle die ganze Entschlossenheit und Stärke, die ich in meiner Männerpause entwickelt habe, hole tief Luft und lächle ihn an. »Das wäre echt nett, Rick«, erkläre ich. »Aber wir haben heute einen männerfreien Abend.«

Er macht ein verblüfftes Gesicht. Oh verflucht, wahrscheinlich denkt er jetzt, ich bin – Augenblick, warum mache ich mir Gedanken darüber, was er denkt? Übernimm das Kommando! »Ich möchte nicht unhöflich sein. Du verstehst. War trotzdem nett, dich mal wiederzusehen, Rick.« Ich beuge mich zu ihm und küsse ihn auf die Wange. »Pass auf dich auf.«

Er sagt keinen Ton, während ich die Gläser nehme und an den Tisch zurückgehe. Ich bin absolut ruhig und beherrscht. Glückwunsch an mich selbst!

»Was war denn los?«, zischt Bloomie. »Der Blödmann starrt noch immer zu dir herüber. Ich habe ihn noch nie mit so einem dummen Gesicht gesehen. Dem hat es die Sprache verschlagen. Aber gründlich.«

»Was für ein Vollidiot …«, sage ich, halb zu mir selbst. Ich hebe den Kopf und sehe, dass Bloomie und Kate mich anstarren. »Konntet ihr ihn eigentlich jemals leiden, als ich noch mit ihm zusammen war?«, frage ich leise. Mein Herz klopft nach wie vor laut. Doch bestimmt nicht aus Liebe, dessen bin ich mir sicher. Nur vor Schreck, Rick zu begegnen. »Ich meine, ich weiß, ihr könnt ihn jetzt nicht mehr leiden, aber was war vor der, ihr wisst schon, Pink Lady?«

Bloomie und Kate sehen sich an und machen ein vielsagendes »Hmmm!«.

»Okay, lass mich überlegen«, meint Bloomie. »Rick ist ein richtiger Macho, und ich denke, wenn er seine Aufmerksamkeit mal auf dich gerichtet hat statt auf sich, konnte er bestimmt sehr, äh, charmant sein. Vergiss es. Er ist ein Arsch.«

Ich nicke.

»Er wollte ja nie etwas mit uns unternehmen, darum musste ich mich auch selten mit ihm abgeben …« Sie sieht mich an und seufzt. »Er war nie wirklich nett zu dir. Schon vorher nicht, vor dem Abend mit der Pink Lady. Was willst du noch hören, Darling? Wegen seinem schäbigen Verhalten, vor allem auf dieser Party, hätte ich ihn am liebsten umgebracht, weil er dich so sehr verletzt hat.«

Ich nicke. Ich höre es nicht gerne, da ich mir im Nachhinein wie ein verdammter Vollidiot vorkomme, aber wahrscheinlich ist das gut für mich. Und bis jetzt hat Bloomie sich nicht annähernd so über Rick geäußert. Ich sehe Kate an und erwarte ihr Urteil.

»Natürlich hasse ich ihn auch dafür, was er dir angetan hat … Allerdings kann er wirklich sehr charmant sein«, sagt Kate vorsichtig. »Außerdem finde ich, dass du einen sehr … menschlichen Effekt auf ihn hattest.«

Wir müssen alle kichern. Einen menschlichen Effekt? Genau in diesem Moment geht Rick an uns vorüber, um einen Neuankömmling zu begrüßen – bestimmt Skipper –, ohne uns eines Blickes zu würdigen. Wir lachen lauter. Rick zuckt leicht zusammen. Ist es schlimm, wenn ich zugebe, dass mir das eine gewisse Genugtuung verschafft?

»Konntet ihr denn Posh Mark leiden?«, frage ich. Ich bin an der Antwort nicht brennend interessiert, doch die Frage beschäftigt mich trotzdem. Bloomie tut so, als würde sie schlafen und dabei laut schnarchen, sodass Kate wieder kichern muss. »Okay, er war ein bisschen langweilig«, gebe ich zu. »Aber sein Body …«

Ein Glück, dass ich Männerpause habe, denke ich, während ich beobachte, wie Rick die Kellnerin ruft, um zu bestellen. So etwas muss ich mir nie wieder antun. Beruhigt euch, meine Eingeweide. Ich drehe mich wieder zu meinen Freundinnen, doch ich weiß nicht, was ich sagen soll, solange Rick im selben Raum ist. Ich muss hier raus.

»Okay, ich habe genug«, sage ich. »Es ist zehn Uhr. Ich bin hundemüde.«

»Noch eine schnelle Kippe?«, schlägt Kate vor, die in letzter Zeit jede Gelegenheit nutzt, um zu qualmen.

Wir verlangen die Rechnung und gehen mit unseren Drinks nach draußen, ohne Skipper und Rick zu beachten. Ich kann nicht fassen, dass er sich einfach so zu uns setzen wollte. Dieser miese, ekelhafte Angeber.

»Heute waren es nur zwei«, meint Bloomie, während sie ihre Zigaretten hervorholt und verteilt.

»Hm?«

»Nur zwei Männer haben dich in der Bar beobachtet. Normalerweise sind es mehr, jedenfalls in letzter Zeit. Allerdings traut sich nur ungefähr jeder Siebte, dich anzusprechen.«

Ich grinse, während Bloomie mir Feuer gibt. »Wirklich? Mir sind da drinnen keine Männer aufgefallen. Abgesehen vom Arschgesicht, natürlich.«

»Ich war eigentlich diejenige, die Rick entdeckt hat«, sagt Kate. »Du hättest ihn nie bemerkt.«

Ich stoße nachdenklich den Rauch aus. Das stimmt. Ich kann Ihnen nicht sagen, ob heute Abend in der Bar Männer anwesend waren oder ob sie attraktiv waren, hässlich, jung, alt, klein, dick … Ich habe sie einfach nicht wahrgenommen. Keinen.

»Dass ausgerechnet du nicht mehr auf Männer achtest …« Bloomie schüttelt den Kopf. »Und ich habe noch nie erlebt, dass du so viel Aufmerksamkeit bekommst.«

»Wahrscheinlich haben die Kerle einen sechsten Sinn dafür, was sie nicht haben können.« Als mir bewusst wird, dass das arrogant klingt, ohne dass das meine Absicht war, füge ich schnell hinzu: »Selbst wenn mir einer davon aufgefallen wäre, es würde doch sowieso darauf hinauslaufen, dass ich irgendwann wieder sitzen gelassen werde. Das hat sich sechsmal nacheinander gezeigt. Meine Männerpause ist kein soziales Experiment, sondern reiner Selbstschutz.« Ich stoße den Rauch aus und bemühe mich dabei – völlig lächerlich –, Ringe zu blasen.

»Was würdest du sagen, wenn jemand dich zu einem Date einlädt?«, fragt Kate. »Übrigens, hübsche Rauchringe.«

»Danke. Ich versuche, jede Anmache von vornherein abzuwürgen, damit es erst gar nicht so weit kommt. Wisst ihr, das ist so anstrengend …« Bloomie runzelt die Stirn und sieht mich verwundert an. Ich frage mich, ob sie ahnt, wie sehr mich die Begegnung mit Rick aufgewühlt hat. Ich will nicht, dass sie es bemerkt – nach allem, was die beiden über ihn gesagt haben, würden sie mich für meschugge halten. Was ich vermutlich bin. Schnell ablenken. »Möchtet ihr wissen, wie die Standardreaktionen auf meine Männerabstinenz lauten?«

»Ja, bitte«, erwidert Kate.

Ich zähle an den Fingern ab, während ich die Beispiele herunterleiere. »Bist du lesbisch? Hast du schlechte Erfahrungen gemacht? Ganz schön arrogant, sich einzubilden, du brauchst eine Männerpause, um nicht mehr zu einem Date eingeladen zu werden. Ein Drink ist nicht gleich ein Date. Dann lass uns doch einfach nur Sex haben.«

Bloomie und Kate lachen.

»Leute, es hängt mir zum Hals raus. Und ich bin nicht ein einziges Mal in Versuchung geraten.«

Kate spielt mit ihrem Strohhalm. »Hat mir denn irgendeiner da drinnen nachgeschaut?«, fragt sie und macht einen traurigen Schmollmund, der wahrscheinlich nur halb scherzhaft gemeint ist.

»Bestimmt …«, antwortet Bloomie. »Aber bei dir ist das was anderes. Du strahlst wahrscheinlich noch immer so eine ›Ich bin vergeben‹-Aura aus.«

»Was? Wie werde ich die bloß los?« Kate unterbricht sich und zuckt zusammen. »Oh Gott, ich habe ein schlechtes Gewissen wegen Tray … Jetzt ist es wieder weg.«

»Probier doch auch mal eine Männerpause aus«, schlage ich vor. »Das ist anscheinend wie Katzenminze.«

»Das kann ich nicht. Ich hatte ja nicht mal ein Date bisher. Was für Möglichkeiten habe ich noch?«

»Flirten«, sagen Bloomie und ich gleichzeitig.

»Aber wie, wenn ich mich nicht mit ihnen unterhalte?«, fragt Kate.

Bloomie rollt mit den Augen. »Man kann auch ohne Worte flirten, Darling.«

»Soso?«, meint Kate.

»Du weißt schon …«, versuche ich zu erklären. »Zuerst stellst du Blickkontakt her, einmal, zweimal, bis du dir sicher bist. Dann gehst du innerhalb der nächsten Viertelstunde an die Theke. Er wird nachkommen, wenn er was von dir will. Garantiert.«

»Das ist wie ein Paarungstanz«, fügt Bloomie hinzu und nickt.

»Wirklich?« Kate macht einen zutiefst verwirrten Eindruck. »Und was passiert dann? Lädt er mich zum Essen ein?«

»Nein!«, widersprechen wir ihr, wieder gleichzeitig.

»Du stehst also an der Theke und siehst dich lässig um. Du kannst ihn entweder ignorieren – das zieht vor allem bei den Gutaussehenden, das stachelt sie nämlich erst richtig an – oder, wenn er normal aussieht, schenkst du ihm ein Lächeln …«

»Mit geschlossenen Lippen! Lächeln, nicht grinsen!«, fällt Bloomie dazwischen.

»Und dann drehst du dich wieder zur Bar. Er wird dich ansprechen. Er gibt bestimmt einen Kommentar zu deiner Bestellung oder über die Wartezeit an der Theke ab …«

»Du ziehst die Augenbrauen hoch, lächelst und sagst etwas wie … Nun, das hängt davon ab, was er zu dir gesagt hat. Aber du erwiderst etwas Geistreiches.«

»Ja, etwas Geistreiches.«

Kate schüttelt den Kopf. »Habe ich das mal alles gewusst?«

»Ich bin mir nicht sicher«, entgegne ich. »Es hat Jahre gedauert, um das zu perfektionieren. Und in dieser Zeit warst du in einer glücklichen, vorehelichen Zweierbeziehung.«

»Ich habe die ganzen Abfuhren und den Liebeskummer und die Scheißkerle verpasst …«, meint Kate traurig. »Also gut, ich versuch's. Irgendwann.«

»Hm, okay«, sage ich. »Damit möchte ich mich verabschieden. Das mit Rick war … zu viel.«

Ich gebe den beiden Küsschen auf die Wange, schnappe mir meine gelbe Glückshandtasche und drehe mich zur Straße, um ein Taxi anzuhalten. Ich muss nach Hause und über die Begegnung mit Rick nachdenken sowie über die Tatsache, dass ich Jake in weniger als drei Wochen wiedersehen werde. Nein, das werde ich nicht tun. Schließlich habe ich Männerpause, rufe ich mir ins Gedächtnis.

Zwei Typen auf dem Bürgersteig mustern mich, und einer hebt die Hand und winkt mich herüber. Recht attraktiv, superhässliches Hemd.

»Oh, um Gottes willen«, denke ich. Warum jetzt? Wenn ich kein Date möchte? Wo waren die alle vor sechs Monaten?

Kapitel 16

Shampoo, Conditioner, Zähne putzen, Peeling mit Massagehandschuh und Körper einseifen, Achseln und Beine rasieren. Es ist der Morgen nach dem Abend in Sophie's Steakhouse, wo mir Rick begegnete. Die Sonne scheint, und es ist schon fast warm. Ich bin noch immer leicht erhitzt von meiner Joggingrunde, während ich in Unterwäsche vor meinem Schrank stehe und auf eine modische Eingebung warte.

Volle fünf Minuten später, nachdem ich meine mangelnde Fantasie verflucht habe, entscheide ich mich für ein weißes ärmelloses Oberteil, ein kurzes schwarzes Trägerkleid und flache schwarze Sandalen. Ich nenne das Outfit »St. Germain-Schulmädchen« und ergänze es mit einem langen, dünnen gestreiften Schal aus Baumwolle. Haare: strenger Seitenscheitel, lässiger Chignon im Nacken. Make-up: bitte ja. Amy-Winehouse-mäßiger Lidstrich, blassrosa Rouge. Die Brauen sind fast verdächtig gehorsam. Ich trete einen Schritt zurück und überprüfe das Ergebnis. Es hat ein bisschen länger gedauert als geplant, doch das innere und das äußere Ich gehen beschwingten Schrittes, Arm in Arm, gemeinsam die Straße entlang.

Heute kann ich es in der Arbeit ein wenig ruhiger angehen lassen, aber trotzdem möchte ich früh im Büro sein. Das Tohuwabohu gestern, mit dem Kaffeedesaster und Andys Intrige und der Präsentation anschließend, war irgendwie anstrengend, und ich will heute in Ruhe meinen Schreibtisch aufräumen und mir einen Überblick verschaffen.

Der Gedanke, dass Jake auf Eddies Party übernächstes Wochenende sein wird, schwebt mir durch den Kopf. Ich lasse ihn kurz verweilen, bevor er wieder davonschwebt. Ob Jake denkt, ich habe einen Knall, weil ich an jenem Abend im Montgomery Place weggelaufen bin? Warum kommt er mir täglich in den Sinn, obwohl ich ihn seit drei Monaten nicht gesehen habe? Egal. Ich brauche mir nicht seinetwegen den Kopf zu zerbrechen, ich habe Männerpause. Lalalaaa. Hallo, Gelassenheit, meine alte Freundin.

Die Gelassenheit bekommt sofort von Rick, der ungeduldig hinter den Kulissen wartet, einen Tritt gegen den Schädel. Die zufällige Begegnung mit ihm gestern Abend war zutiefst verstörend. Ich kann noch immer nicht genau einschätzen, was ich davon halten soll. Ich habe Desinteresse gespürt, als ich mich mit ihm unterhalten habe. Ich fand ihn gar nicht mehr so attraktiv, und ich hasse ihn nach wie vor, da er so ein widerlicher Scheißkerl ist. Warum muss ich dann jede Sekunde unserer Begegnung genauestens analysieren?

Tatsächlich kann ich auch zu Ihnen absolut offen sein. Als ich gestern Abend im Bett lag, schwelgte ich in sehr männerauszeitfeindlichen Fantasien, in denen Rick vor meiner Tür auftauchte und mir sagte, ich sei die schönste und wunderbarste Frau, der er je begegnet ist, und er habe die größte Dummheit in seinem kurzen, verkorksten Leben begangen. Er gab außerdem zu, ein egoistisches, arrogantes Schwein zu sein. Meine Reaktion konnte ich in meiner Fantasie nicht sehen, aber offenbar habe ich ihn während seiner Beichte herablassend gemustert. Und ich war top gestylt. Ich spulte besagtes Fantasieszenario immer wieder an den Anfang zurück, öfter, als ich zugeben mag. Das war wahrscheinlich nicht im Sinne meiner Männerpause. Und die ist noch nicht vorbei, trotz allem, was Bloomie und Kate sagen. Sie ist noch aktuell.

Ich sehe in den Spiegel, mache ein böses Gesicht und zeige auf mich. Hör sofort auf mit dieser Jake-Rick-Jake-Rick-Gedankenspirale, und ich meine sofort. Hör auf, deine Gedanken an diese Scheißkerle zu verschwenden, verdammt. Das ist erbärmlich. Du hast noch immer Männerpause. Du bist glücklicher als je zuvor. Reiß dich zusammen.

Ich schimpfe gerne mit mir selbst. Besonders wenn ich keine Widerrede gebe.

Ich hüpfe fröhlich die Treppe herunter, wobei mir auffällt, dass Anna wieder selten zu Hause ist, was bestimmt für die Beziehung mit Ron oder Don oder wie auch immer er heißt gut ist, ganz zu schweigen für mich. Ich liebe es, die Wohnung für mich alleine zu haben. Es ist ein herrlicher Morgen, als ich durch den St. James's Park in der wunderbaren Junisonne zur Arbeit spaziere. Das macht einen freien Kopf und gibt innere Ruhe, und ich komme ausgeglichen und konzentriert in die Agentur. Ich habe für diverse Kunden einiges zu erledigen, sodass der Vormittag wie im Flug vergeht. Ich frage mich, wann wir nach der Präsentation gestern etwas von den Deutschen hören werden. Die anderen scheinen alle zu denken, ich verfüge über Insiderwissen, weil ich ständig gefragt werde, ob es etwas Neues gibt.

Als Coop gegen elf ins Büro stürmt, breitet sich sofort gespannte Stille aus, aber er marschiert direkt in sein Büro hinter dem Wandschirm, während er in sein Handy »Ja. Ja. Ja. Ja.« bellt. Seufzend drehe ich mich wieder zu meinem Monitor.

Schon seltsam, wie deprimierend es ist, nicht mehr diesen Projektdruck im Nacken zu haben, nun, nachdem ich mich daran gewöhnt habe. Und leider gibt es sonst nicht viel, was mich davon ablenkt, über Dinge nachzudenken, über die ich nicht nachdenken sollte. Zum Beispiel über Rick und Jake. Ich habe mir das Online-Shoppen bis zum

Monatsende verboten, und es kommen nur sporadisch E-Mails herein. (Mit ungefähr Mitte zwanzig haben meine Freunde und ich aufgehört, alle paar Minuten eine E-Mail zu verschicken. In unseren ersten Jobs war das noch üblich. Beispiel: »Ich habe Hunger. Was soll ich essen?« Ich werde nie vergessen, dass ich einmal »Ich sehe was, was du nicht siehst« via E-Mail mit Leuten in Büros in London Bridge, Liverpool Street, Mayfair und Park Royal – also auf der anderen Flussseite – gespielt habe.)

Coop ruft mich am Nachmittag herein.

»Text-Ass. Heute Abend sind die Deutschen bei mir zu Hause zum Essen eingeladen«, sagt er, während er in dem Chaos auf seinem Schreibtisch wühlt. »Kommst du auch?«

»Was?«, gebe ich zurück.

Er hasst es, wenn er sich wiederholen muss. »Die Deutschen. Kommen. Zum Essen. In mein Haus. Heute Abend.«

»Warum?«

Coop seufzt. »Ursprünglich war ja ein gemütlicher Abend geplant, damit Stefan und ich mal wieder ungestört miteinander quatschen können, aber dann sind wir mit der Nachbesprechung pünktlich fertig geworden, also musste ich Felix auch einladen, und Lukas konnte ich schließlich nicht außen vor lassen. Dann wären da noch Marlena, ihre Schwester und du.« Er zieht sein Handy hervor und liest eine neue SMS. »Warte, Marlenas Schwester kann nicht kommen. Sie ist in einem Yoga-Retreat für Notfälle. Was für eine Irre. Egal, ich möchte gerne, dass du kommst. Ich hoffe, sie verraten uns heute Abend, ob wir den Auftrag bekommen.«

Nach der Arbeit eile ich nach Hause, um mich kurz unter die Dusche zu stellen und in ein kundenfreundliches, aber nicht zu offenherziges Outfit zu werfen. Ich entscheide mich für ein sehr braves gepunktetes Cocktailkleid, ähnlich dem, das Vivian in *Pretty Woman* beim Polo trägt. Nur dass meins dunkelblau ist, nicht braun. Und die Punkte sind kleiner. (Okay, es ist doch nicht so ähnlich. Aber darum habe ich es ursprünglich gekauft. Ruhe jetzt.)

Rote Schuhe, Haare glatt mit Seitenscheitel und Spange überm Ohr, Trenchcoat – perfekt. Schick, aber trotzdem geschäftstauglich. Vielleicht kehrt meine modische Inspiration zurück. Ich nehme ein Taxi in die Nahverkehrswüste Battersea (Kommen Sie mir jetzt nicht mit Bus und Bahn, ich bitte Sie, das ist schließlich geschäftlich, und ich kann das Fahrgeld als Spesen abrechnen, brauche ich eine weitere Entschuldigung?) und werde an der Tür von Coops Reihenhaus von Marlena in einem »Das habe ich vor Jahren auf Ibiza entdeckt«-Kleid in Weiß begrüßt. Es bringt ihre langen gebräunten Arme, ihr Dekolleté, ihre Wangenknochen und die langen glänzenden schokoladenbraunen Haare zur Geltung.

»Ah, Sass. Wie schön, dich zu sehen.« Marlena lächelt mich an. Absolut perfekte Zähne. Kein Make-up – da ich damit gerechnet habe, habe ich mich selbst ganz dezent geschminkt, oder besser gesagt: Ich bin voll geschminkt, aber nur, um sehr natürlich zu wirken.

Ich bemühe mich, auf andere Frauen nicht neidisch zu sein, wirklich. Das ist so eine negative, sinnlose Empfindung. Trotzdem bewundere ich die lässige Perfektion von Marlena und wünsche mir, ich hätte wenigstens ein bisschen was davon. Neben ihr komme ich mir vor wie eine Anziehpuppe für Kinder.

Seufz. Was soll's. Ich bin eine Anziehpuppe.

Wir betreten das Wohnzimmer mit der hohen Decke und der großen weichen weißen Couchgarnitur. Coop kniet in der Ecke und sucht Schallplatten für den Abend aus.

»Kann ich dir in der Küche helfen, Marlena?«, frage ich und nehme ein Glas Champagner entgegen.

»Nein.« Sie macht eine wegwerfende Handbewegung und

wendet sich zum Gehen. »Ich habe ein paar Fertiggerichte bei Marks & Spencer besorgt. Ich hasse Kochen. Das Essen ist zwar nicht bio, aber ich dachte, ich riskier mal was.«

»Ja, warum nicht?« Ich nicke und frage mich, warum Cooper uns dann zum Essen eingeladen hat.

»Ich dachte, es ist eine nette, persönliche Geste, wenn ich bei mir ein Essen veranstalte«, sagt er, als hätte er meine Gedanken gelesen. »Inzwischen bereue ich es.«

»Was sind das für Scheiben?«, erkundige ich mich und sehe auf seine Schallplatten. »Laser Discs?«

»Sehr lustig«, entgegnet er, ohne aufzusehen.

»Kann ich irgendwie behilflich sein? Um wie viel Uhr kommen die Deutschen?«

»Nein. Jetzt.«

Coop ist nervös. Ich zucke mit den Achseln und lasse den Blick durch den Raum schweifen. Ich betrachte ein paar Bikinifotos von der jüngeren und noch schöneren Marlena, Urlaubsschnappschüsse von den beiden und ein paar Aufnahmen von Coop aus den Achtzigern, als er in einer Band spielte. Auf manchen trägt er eine abstehende Vokuhila-Frisur, auf anderen ziemlich viel Make-up – Gott segne New Wave –, und auf jedem Bild demonstriert er vorbildlich, was es heißt, mit der Kamera zu flirten.

»Du warst früher bestimmt der Hahn im Korb, nicht wahr?«, necke ich ihn.

Er hebt den Kopf. »Ich hatte großen Erfolg bei Frauen, wenn du das meinst.«

»Ich kann mir vorstellen, dass du so mancher Frau das Herz gebrochen hast.«

»Nur weil sie nicht die Richtigen waren«, gibt er achselzuckend zurück.

Ich bin mir nicht sicher, was ich darauf erwidern soll. Das widerspricht meiner gesamten »Manche Männer sind die geborenen Scheißkerle«-Philosophie.

»Aber das widerspricht meiner ›Manche Männer sind die geborenen Scheißkerle‹-Philosophie«, sage ich und nippe an meinem Champagner. Der steigt mir meistens direkt in den Kopf. Wuuh.

»Du und deine Vorurteile«, bemerkt Coop grinsend und sieht mich an.

»Ernsthaft. Der Grund, weshalb ich seit einem halben Jahr eine Männerpause mache – was dir wahrscheinlich neu ist, weil du mich nie danach gefragt hast, obwohl ich tausend Anspielungen gemacht habe –, ist, dass ich die Scheißkerle von den anständigen Männern nicht unterscheiden kann und ständig sitzen gelassen werde oder Fehler mache und, du weißt schon, das alles.«

Coop legt schließlich The Cure auf und steht auf. »Eigentlich ist das alles nicht so schwierig.«

Ich hasse diesen Spruch. »Ist es doch.«

Er lächelt und sieht mich kopfschüttelnd an. »Du wirst einen Mann kennenlernen, den du mehr begehrst als alle anderen Männer auf der Welt. Wenn er sich wie ein Scheißkerl benimmt, dann … stellt er dich einfach nur auf die Probe. Und du stellst ihn auf die Probe, wenn du herumzickst. Du wirst es lieben. Du wirst das alles noch lernen, wenn du erwachsen bist.«

Wenn ich erwachsen bin? Autsch. Allmählich komme ich mir wirklich unreif vor, nachdem Bloomie bereits von Hochzeit spricht, während ich höchstens zwei Wochen im Voraus planen kann. Andererseits knie ich mich wirklich in die Arbeit. Ich habe die sehr erwachsene Entscheidung getroffen, die Pausetaste in meinem Liebesleben zu drücken. Und ich lese inzwischen den Wirtschaftsteil der Zeitung. Das ist doch ein Zeichen von Reife, oder nicht? Ich finde schon, verdammt.

Ich will Coop gerade ein paar Fragen stellen, als es an der Tür klingelt.

Gleich darauf höre ich fröhliche deutsche Stimmen, und zwei Minuten später versammeln sich alle im Wohnzimmer, wo Coop den anderen Marlena vorstellt. Stefan, der Marketingvorstand, ist groß und blond und wirkt ein wenig einschüchternd, obwohl Coop und er sich recht nahe stehen. Felix, der Vorstandsvorsitzende, ist leicht – na schön, ziemlich – rund und kahl. Lukas, der neue Geschäftsführer des britischen Ablegers, ist sein altes kantiges Ich mit den blauen Augen, aber irgendetwas ist heute Abend anders an ihm. Ich starre ihn einen Moment lang an, bevor mir bewusst wird, dass er sich von seiner Euro-Frisur getrennt hat. Das Ergebnis ist fantastisch. Außerdem trägt er ein sehr schönes Hemd und Jackett zu einer eher lässigen Jeans.

Wow, der Champagner wirkt bereits.

»Bevor wir noch länger herumstehen, möchte ich gerne eine kleine Rede halten«, verkündet Felix fröhlich, während Coop Champagnergläser verteilt.

»Nach unserem Meeting heute war ziemlich klar, was der nächste Schritt sein wird«, beginnt er lächelnd. Ich werfe einen Blick auf Coop, der Felix wie ein Besessener anstarrt. »Wir freuen uns, bekannt zu geben, dass wir gerne mit der Agentur Cooper zusammenarbeiten möchten, um den britischen Markt zu erschließen.«

Cooper stößt einen Freudenschrei aus, und alle beginnen gleichzeitig zu reden. Ich klatsche begeistert in die Hände, bis ich mich dabei ertappe und es schnell wieder sein lasse. Ich sehe mich um und bemerke, dass Lukas mich angrinst.

Wir stoßen auf die Zukunft von Blumenstrauß an und diskutieren über die Pläne für die Markteinführung. Marlena stellt Felix ein paar Fragen über Frankfurt, wo beide herstammen, während Lukas und ich uns ein wenig privat unterhalten. Zurzeit sucht er eine Wohnung, am liebsten in Marylebone oder Belsize Park.

»Ich habe gehört, die Mieten sind momentan niedrig. Es dürfte also nicht so schwer sein, eine nette Wohnung zu finden«, fügt er hinzu.

»Ja. Das sind beides sehr hübsche Viertel«, bestätige ich.

»Vielleicht können Sie mir mal die Stadt zeigen, wenn ich hier wohne«, sagt er. »Ich würde London gerne besser kennenlernen. Ich dachte zum Beispiel an den Borough Market, an einen Spaziergang durch den Hyde Park, an eine Kneipentour durch Chelsea …«

Ich nicke liebenswürdig, während er seine Ideen aufzählt, dann … Augenblick mal. Meint der etwa, er will mit mir ausgehen … wie bei einem richtigen Date? Das ist Regel Nr. 1! Oder meint er das rein platonisch? Aber Moment, das ist Regel Nr. 7! Aus dem Augenwinkel heraus bemerke ich, dass Stefan und Felix plötzlich lachen.

»Gute Idee. London hat sich wahrscheinlich in den letzten drei Jahren, als du das letzte Mal hier gewohnt hast, sehr verändert«, meint Stefan.

Ich sehe Lukas verdattert an. »Sie haben schon mal in London gelebt?«

Lukas wirkt nicht im Geringsten verlegen, sondern grinst mich nur an. »Ja …, aber eine Auffrischung kann nicht schaden.«

Ich bin sprachlos, und die Unterhaltung wechselt zum Thema Wirtschaft. Hat Lukas vorgetäuscht, sich in London nicht auszukennen, damit er mich angraben kann? Nein, er ist einfach einsam. Das muss es sein.

Felix erzählt eine lange Geschichte von einem Freund in Deutschland, der pleitegegangen ist. Ich habe zwei Gläser Champagner getrunken und bin leicht beschwipst, konzentriere mich aber trotzdem bestmöglich aufs Zuhören, bis Felix fertig ist.

»Würden Sie mich bitte kurz entschuldigen? Ich möchte gerne eine rauchen gehen«, sage ich höflich.

»Ich komme mit«, antwortet Lukas. Na toll.

Wir öffnen die Verandatür und treten hinaus. Coops Garten ist überraschend groß und sehr gepflegt: eine grüne Oase der Ruhe, in die Marlena unzählige weiße Wildblumen gepflanzt hat, dekoriert mit bunten Lichterketten. Ich setze mich auf einen Holztisch und lege die Füße auf einen Stuhl.

Lukas gibt mir wortlos Feuer, und wir sitzen ein paar Sekunden schweigend da. Mir fällt ein, dass es meine Aufgabe ist, die Kunden zu unterhalten, also beginne ich einen unverfänglichen Smalltalk.

»Wahnsinn! Ist das nicht eine tolle Neuigkeit? Ich freue mich sehr auf die Zusammenarbeit mit Blumenstrauß«, meine ich. Mmm, ich liebe es, diesen Namen zu sagen.

Lukas wirft mir rasch einen Blick zu, und wieder einmal fällt mir auf, wie klar und blau seine Augen sind. »Ich freue mich auch auf unsere Zusammenarbeit«, erwidert er und nickt.

»Ja, ich denke, das wird eine sehr, äh, spannende Sache …«, plappere ich fröhlich weiter und nehme einen Schluck von meinem Champagner.

»Hören Sie, es tut mir leid, dass ich so getan habe, als wäre ich fremd in London«, erklärt Lukas. »Das war nicht nett von mir.«

Ich sehe ihn an, und er macht ein so aufrichtig zerknirschtes Gesicht, dass ich lachen muss. »Ganz schön frech, wenn nicht sogar gemein … Wie lange haben Sie hier gelebt?«

»Vier Jahre.«

»Vier Jahre!« Ich muss wieder lachen. »Haben Sie nichts Besseres zu tun, jetzt, wo Sie wieder hier sind, als sich mit mir herumzutreiben?«

»Nicht wirklich«, antwortet er und lächelt. Er ist sehr glatt. Glatt rasiert, glattes Kinn, glatte Bewegungen. Wir flirten beinahe. (Regel Nr. 3, meine alte Achillesferse. Die holt mich immer wieder ein.) Zeit, das Gespräch wieder auf Smalltalkniveau zu senken.

»Tut es Ihnen leid, dass Sie aus Berlin wegziehen? Ich bin übrigens ein großer Berlin-Fan. Eine fantastische Stadt.«

»Ach, Sass, ich habe Berlin satt«, sagt er und ascht seine Zigarette ab. Er spricht »Sass« sehr scharf aus. »Ich bin bereit für eine Veränderung. Ich habe mich vor kurzem von meiner Freundin getrennt, und wissen Sie … Es ist Zeit, neue Leute kennenzulernen.«

Ich überlege, ob ich ihm von meiner Männerpause erzählen soll, komme aber zu dem Schluss, dass es besser ist, von dem Thema nicht anzufangen. Es macht mir nichts aus, dass Lukas noch an seinem Trennungsschmerz knabbert – im Gegenteil, das macht ihn nur sympathischer –, aber ich will verdammt sein, wenn er erfährt, dass ich das auch tue.

»Haben Sie noch viele Freunde hier aus Ihrer früheren Zeit in London?«, frage ich.

»Na ja, viele sind umgezogen, das ist ja normal in so einer großen Stadt. Aber ich hatte damals hauptsächlich Kontakt zu Franzosen und Deutschen. Es gibt zwei Freunde, zu denen ich noch regelmäßig Kontakt habe … glücklicherweise«, fügt er hinzu. »Es ist schwer in einer fremden Stadt ohne soziales Netzwerk.«

»Oh ja, ich weiß«, stimme ich ihm zu und nippe an meinem Glas. »Ich bezeichne mein erstes Jahr in London als ein verlorenes Jahr.«

Er lacht. »Genau wie mein erstes Jahr hier! Ich war damals vierundzwanzig, oh Gott, das war so schwierig …«

Wir tauschen unsere Erfahrungen über die Einsamkeit von Neu-Londonern und über schreckliche Samstagabende im West End aus, bis man irgendwann merkt, dass niemand am Wochenende im West End ausgeht. Niemand.

»Ich würde mir lieber die Pulsadern aufschneiden, als auch nur einen Samstagabend in Covent Garden zu verbringen«, meine ich fröhlich. Lukas stimmt mir zu. Er ist sehr pflegeleicht. Ich verzeihe ihm, dass er mich vorhin angeschwindelt hat.

Wir drücken unsere Zigaretten aus und gehen wieder hinein. Cooper und Stefan unterhalten sich angeregt über ihre alten Rockerzeiten – Stefan ist auch ehemaliger Musiker –, und Felix und Marlena sitzen auf dem Boden und plaudern auf Deutsch.

Cooper gibt wilde Geschichten von Touren und Schlägereien und Groupies und Drogen zum Besten, und zu jeder Anekdote hat Stefan das passende teutonische Gegenbeispiel. Nicht lange, und Lukas und ich biegen uns vor Lachen, während Cooper von dem Champagner einen leichten Silberblick und Stefan ein knallrotes Gesicht bekommen hat. Als er sein Spiegelbild über dem Kamin wahrnimmt, schüttelt Stefan traurig den Kopf.

»Das ist der Grund, warum ich in den Neunzigern so viele Drogen ausprobiert habe«, bemerkt er wehmütig. »Ich vertrage keinen Alkohol. Seht euch nur meine rote Birne an.«

Felix steht auf. »Cooper, ich habe mich mit Ihrer bezaubernden Frau unterhalten und diesen herrlichen Champagner getrunken, und da sie es hasst zu kochen und es etwas zu feiern gibt, haben wir beschlossen, essen zu gehen.« Er lächelt.

»Whooo!«, jubelt Marlena. Ich habe sie noch nie so laut erlebt.

»Ich lasse uns einen Tisch im Nobu Berkeley reservieren«, sagt Felix weiter. »Cooper, rufen Sie uns ein Taxi, und damit hat sich der Fall.«

Das ist wahrscheinlich das erste Mal, dass Cooper herumkommandiert wird. Er nimmt es locker; er hat bereits sein Handy in der Hand und wählt die Nummer der Taxizentrale. Marlena verkündet, dass sie heute Abend wieder mit dem Rauchen anfangen wird, woraufhin ich sofort mit ihr rausgehe. Gott, ich liebe Zigaretten und Champagner.

»Lukas kann dich gut leiden«, erwähnt Marlena, inhaliert ungeschickt und bläst den Rauch sofort wieder aus.

»Weiß nicht«, zweifle ich. Ich fühle mich ein bisschen benebelt und überschlage im Kopf, wie viele Gläser ich getrunken habe. Jedenfalls gibt es ab sofort keins mehr, bis wir im Nobu sind. Ooh, das Nobu. Wie Prä-Wirtschaftskrise. »Ich bin nicht ernsthaft interessiert.«

»Er ist ein guter Mensch«, sagt sie, umklammert meinen Arm und sieht mich eindringlich an. »Felix hat mir von ihm erzählt. Er hat eine ziemlich schlimme Trennung hinter sich … Seine Freundin ist kein guter Mensch.« Ich nicke, und ihr Blick verursacht mir leichtes Unbehagen. Wie viele Gläser sie wohl hatte?

Ihre Augen wirken leicht unkonzentriert, während sie mir erzählt, was für ein guter Mensch Felix ist, und danach, was für ein guter Mensch Stefan ist. Offenbar ist jeder ein guter Mensch, wenn Marlena eine halbe Flasche Schampus und vier Wodkas intus hat.

Wenig später sind zwei Taxis da. Marlena, Felix und ich steigen in das erste ein, Cooper, Lukas und Stefan in das zweite.

Als wir aus dem Haus gingen, habe ich mein Handy gecheckt und gesehen, dass ich zwei Anrufe verpasst habe. Beide von Rick. Der erste um 19.59 Uhr, der zweite um 20.43 Uhr. Er hat keine Nachricht hinterlassen. Mein Herz setzt einen Schlag lang aus, als ich Ricks Namen auf dem Display lese. Ich kann nichts dafür, das ist wie bei den pawlowschen Hunden. Ein Vierbeinerdessert auf Eiweißbasis.

Marlena und Felix setzen sich nach hinten, also nehme ich vorne Platz, noch immer leicht beschwipst, und frage mich, was zum Teufel Rick von mir wollte. Wir sind gerade auf der Chelsea Bridge, als mein Handy klingelt.

Es ist Rick.

Ich lasse es viermal klingeln und beschließe dann, dass es nicht schaden kann herauszufinden, was er will. Felix und Marlena plaudern auf Deutsch und können mich ohnehin bei dem türkischen Popgedudel im Radio nicht hören.

»Hallo?« Ich habe auch beschlossen, dass es eine gute Idee ist, so zu tun, als hätte ich Ricks Nummer gelöscht und daher keine Ahnung, wer anruft.

»Na endlich!«

»Äh, hallo? … Wer ist da?« Ich versuche, abgelenkt zu klingen, beschäftigt und desinteressiert, während ich insgeheim wie eine Wahnsinnige in mich hineingrinse. Eine angetrunkene Wahnsinnige.

»Ich bin es. Rick.«

»Rick! Oh, shit, tut mir leid, ich habe deine Stimme nicht sofort erkannt.«

Pause. Ich könnte »Und, was gibt es?« sagen, aber wozu die Mühe? Soll er sich doch anstrengen.

»Und … Wie geht es dir? Was treibst du heute Abend?«, fragt er. Was soll der Smalltalk? Als wir noch zusammen waren, hat er nicht ein einziges verdammtes Mal angerufen und sich nach meinem Befinden erkundigt.

»Super«, antworte ich vergnügt. »Ich bin gerade auf dem Weg zu einem Geschäftsessen. Ich habe daher keine Zeit zu plaudern …«

»Wo geht's denn hin?«, erkundigt sich Rick freundlich. Warum ist er plötzlich so nett? Total ungewohnt.

»Ins Nobu. Am Berkeley Square …«

»Oh, nobel. Grüß Nick von mir, den Barkeeper.« Was für ein blöder Angeber. Außerdem klang er überrascht, da ich so ein edles Restaurant besuche, nachdem er meinen Job immer belächelt hat.

»Mach ich.«

Lange Pause.

»Okay, Rick, ich muss jetzt auflegen. Ich muss mich um die anderen kümmern …«

»Ja, ja, ich ruf auch nur an, weil … Eigentlich wollte ich dir vorschlagen, dass wir mal zusammen essen gehen.«

Plötzlich fühle ich eine große Gleichgültigkeit. »Ach ja?«

»Ja, und zwar gleich morgen Abend. Nach dem Wiedersehen mit dir gestern Abend … Es gibt sehr viele Dinge, die ich dir sagen möchte. Ich habe einen Tisch im Oak reserviert. Ich werde ab neun Uhr dort sein.«

Natürlich, im Oak. Das ist nur zwei Straßen von seinem Haus entfernt. Dieser faule Scheißkerl. Ich weiß nicht, was ich sagen soll.

Als Erstes kommt mir natürlich »Nein, verpiss dich!« in den Sinn, aber ich spüre eine seltsame Genugtuung über seine Einladung, nachdem ich mir in der Woche nach der Pink Lady nichts sehnlicher wünschte. Die Pink Lady! Verfluchte Scheiße! Vielleicht will er sich entschuldigen. Vielleicht liebt er mich noch immer verzweifelt, und ich kann mich endlich für seine Abfuhr revanchieren. Das wäre klasse. Meine Gedanken schwirren ein paar Sekunden lang wild durcheinander, bis mir bewusst wird, dass ich etwas sagen sollte.

»Ich weiß nicht …«, erwidere ich. Ich weiß, ich sollte Nein sagen. Reiß dich zusammen, Frau. »Ich kann nicht …«

»Dann vielleicht auf einen Drink?«, insistiert er. »Ich muss unbedingt mit dir reden. Komm schon, bitte! Willst du, dass ich dich anflehe? Das mache ich glatt …«

Ich sollte nicht ich sollte nicht ich sollte nicht. Ich muss an Regel Nr. 1 denken. Die wichtigste von allen. Keine Dates annehmen.

»Komm schon«, drängt er, leicht ungeduldig. »Bitte. Ich muss dir unbedingt etwas sagen.«

»Also gut …«, gebe ich nach. »Aber kein Date. Nur ein Drink. Einen.«

Das ist kein Date, wenn wir früher einmal ein Paar waren, oder? Ich rufe mir die Regeln in Erinnerung. Sie sagen nichts darüber, dass man sich nicht mit seinem Ex treffen darf. Gar nichts. Lalalaaa.

»Super«, stimmt Rick mir zu.

»Aber wir treffen uns in Chelsea«, sage ich. Ich scheine mein ganzes Leben damit zu verbringen, nach Notting Hill zu fahren, und für Rick nehme ich diesen Weg sicher nicht auf mich. »Wir treffen uns im Botanist um acht.« Ooh, ich übernehme das Kommando. Das ist neu.

»Dann ist das Date abgemacht!«, erklärt er.

»Es ist nur ein Drink«, verbessere ich ihn rasch. Mein Champagnerrausch ist einem schlechten Gewissen gewichen, weil ich mich nicht darauf einlassen sollte. Ich ignoriere es und lege auf, ohne mich von Rick zu verabschieden. Ich werde hingehen, mir anhören, was er zu sagen hat, und danach wieder abhauen. Das ist okay. Völlig okay. Ich habe die Situation unter Kontrolle. Ich habe schließlich Männerpause.

Als wir im Nobu ankommen, sitzen die anderen drei bereits an einem Tisch, auf dem sechs Matsuhisa Martinis stehen, ein Cocktail aus Wodka, Sake und Ingwer, absolut köstlich. Ich setze mich und trinke in einem Zug ungefähr ein Drittel meines Cocktails.

»Wenn ich den Namen von dem Zeug nicht mehr aussprechen kann, dann hindert mich bitte am Weitertrinken«, meine ich zu niemandem Bestimmtem. Lukas grinst mich an.

Ich sitze zwischen Felix und Lukas. An unserem Tisch geht es laut zu. Felix ruft den Kellner. »Bringen Sie uns als Vorspeise scharfe Miso Chips, Spicy Tuna Maki, Tempura mit Süßkartoffeln, oh, und Stiertartar. Und noch eine Runde für alle«, sagt er und tippt gegen sein Martiniglas. Er lässt den Blick über den Tisch schweifen. »Meine absoluten Favoriten«, fügt er entschuldigend hinzu. Felix hat Lieblingsspeisen im Nobu?

Um mich von der Tatsache abzulenken, dass ich gerade einer Verabredung – sorry, einem kurzen Treffen, was also fast nicht zählt – mit Rick zugestimmt habe, lasse ich den Blick durch das Restaurant wandern. Ich entdecke ein paar Gesichter, bei denen es sich um C-Promis handeln könnte, aber, wie üblich in London, wimmelt es hier von unbekannten Schönheiten, die automatisch alle Aufmerksamkeit auf sich ziehen. Sie stammen vielleicht aus England, Frankreich, New York, Russland, Brasilien oder Dubai (oder alles zusammen) und machen einen gut erholten und gut gekleideten Eindruck, während sie sich an der Bar und an den Tischen unterhalten. Diese Selbstsicherheit, diese lässige Perfektion. Ich frage mich, ob diese Leute Mantras haben. Irgendwie bezweifle ich das. Plötzlich werde ich auf einen Mann in mittlerem Alter zwei Tische weiter aufmerksam, der mir zuwinkt. Ich starre zu ihm hinüber. Er trägt einen grauen Anzug und sitzt mit einer blonden Frau am Tisch. Beide trinken Sake. Er winkt wieder, und ich sehe genauer hin.

Plötzlich macht es Klick.

Es ist der schlaue Henry. Der ernste, distanzierte, schlaue Henry. Und er winkt mich an seinen Tisch.

»Ich glaube, der meint Sie«, bemerkt Lukas.

»Ich weiß, ich weiß«, sage ich. Shit, schätze, ich muss wohl rübergehen.

Der schlaue Henry springt auf, als ich mich seinem Tisch nähere. Er wirkt irgendwie aufgedunsen und dick, trotz seines geschniegelten Anzugs, und viel älter als vierunddreißig. Wo ist sein hübsches altes Tweedjackett?, denke ich traurig. Er scheint sich sehr zu freuen, mich zu sehen, und drückt mich zur Begrüßung fest an seine Brust.

»SARAH!«, ruft er. »Du siehst FANTASTISCH aus!«

»Danke«, erwidere ich, leicht überwältigt. »Wie geht es dir?«

»GUT! Und DIR?«, entgegnet er. Wow, so enthusiastisch habe ich ihn noch nie erlebt.

»Auch gut«, antworte ich und starre leicht schockiert in sein Gesicht. Er ist so alt und fett geworden, wo ist der hagere, lakonische, unabhängige Autor, wegen dem ich so viele Tränen vergossen habe? »Wie geht es dir, ich meine, wie war's in Harvard?«

»Spitzenmäßig!«, antwortet der schlaue Henry und stellt mir seine Begleiterin vor. Sie heißt Kristina und kommt von irgendwo aus Skandinavien. Falsche Titten, falsche blaue Kontaktlinsen, diese merkwürdig nach oben gewölbten Augenbrauen wie bei Kylie und der Blonden von Girls Aloud. Aber sie hat ein sehr nettes Lächeln.

»Du siehst toll aus!«, meint er. Seine Stimme hat einen seltsamen transatlantischen Akzent angenommen. »Was machst du so? Wie läuft es in der PR?«

»Äh, ich arbeite nach wie vor in der Werbebranche«, sage ich. »Und du?«

»Ich bin gerade mit meinem MBA fertig, weißt du. Kristina und ich machen hier nur einen Zwischenstopp auf dem Weg nach Zürich. Ich werde dort ab Juli für eine große europäische KG arbeiten.«

»Die Finanzwelt ist bestimmt nicht einfach im Moment«, bemerke ich. Was zum Geier ist eine KG?

»Eine schöne Frau wie du braucht sich um so etwas keine Gedanken zu machen«, erwidert er und lächelt mich auf eine Art an – jetzt, wo er so alt und fett aussieht –, die man nur als gönnerhaft beschreiben kann. Fand ich das früher wirklich ironisch und amüsant? Unsere Trennung ist gerade einmal zwei Jahre her, und er hat sich so sehr verändert? Oder habe ich mich verändert? Nein, ich bin noch die Alte. Es muss an ihm liegen.

»Ich muss wieder zurück … an meinen Tisch«, erkläre ich und schenke den beiden ein Lächeln. Kristinas Gesicht sieht aus, als würde es schmerzen, wenn sie lächelt. »War nett, dich wiederzusehen.«

Der schlaue Henry gibt mir noch schnell seine Visitenkarte – natürlich –, bevor ich an unseren Tisch zurückkehre, während ich mich frage, warum zum Teufel ich jemals eine Beziehung mit diesem hohlen Spießer eingegangen bin. Ich setze mich und bemerke, dass Lukas mich fragend ansieht, worauf ich mein Glas erhebe, ihn angrinse und es auf ex leere. Das darf doch nicht wahr sein, ausgerechnet der schlaue Henry. Der sich in einen spießigen Wichser mit einer Freundin aus Silikon verwandelt hat. Rick hat mich um ein persönliches Gespräch gebeten, und ich werde ihm morgen Abend eine Abfuhr erteilen. Besser kann es nicht laufen.

»Und«, sage ich beiläufig, während ich den Alkohol im Blut spüre, »wie lange ist es her, dass Sie sich von Ihrer Freundin getrennt haben?«

Lukas zieht überrascht die Augenbrauen hoch, leert seinen Matsuhisa Martini mit maskulinem Schwung und grinst zurück. »Zwei Monate«, antwortet er. Er sagt »muns« statt »months«. Er zuckt mit den Achseln, hebt dann den Kopf und blickt mich an. »Eigentlich hat sie mich verlassen. Wegen meinem besten Freund.«

»Ist doch nicht wahr!«, rufe ich. »Das ist nicht nett. Wie lange waren Sie denn mit ihr zusammen?«

Er stutzt kurz über meine Art, direkt mit der Tür ins Haus zu fallen, spricht dann aber weiter. »Knapp fünf Jahre«, erwidert er und holt tief Luft. »Die beiden hatten hinter meinem Rücken eine Affäre.«

»Miese Bastarde«, sage ich und frage mich eine Sekunde zu spät, ob das ein angemessener Umgangston bei einem neuen Kunden ist.

»Allerdings, miese Bastarde«, bekräftigt er in ruhigem Ton. »Und nun ziehe ich nach London. Neu anfangen. Wieder eine Frau kennenlernen. Dem Schicksal vertrauen.«

»Wow«, meine ich, überrascht, dass er nach allem so positiv denkt.

»Und Sie? Sie haben wohl auch Bekanntschaft mit einem miesen Bastard gemacht, vermute ich?«, vermutet er lächelnd.

Ich nicke und erwidere sein Lächeln kurz. »Ja.« Mit dem ich morgen Abend eine Verabredung habe. Weil ich selten dämlich bin.

Die Vorspeisen werden serviert, und wir verlieren uns in einer Orgie des Kostens und Teilens. Felix bestellt den nächsten Gang: Kushiyaki-Grillspießchen, saure Shrimpssuppe, Hummer in Buttersauce und natürlich schwarzer Dorsch mit Miso.

Während des Essens unterhalten Stefan und Coop sich über Musik, während Felix Marlena von seinen Kindern erzählt. Lukas und ich beginnen ein Gespräch über Urlaubsreisen. Es stellt sich heraus, dass wir im Sommer vor zehn Jahren beide in Venedig waren und auf der verzweifelten Suche nach einem scheinbar nicht existierenden Nachtleben. Die Unterhaltung ist witzig und locker, und das Essen vergeht wie im Flug.

Als wir fertig sind, ist es fast elf Uhr. Ich habe versucht, nüchtern zu werden, und bin gescheitert, weshalb ich mich nun darauf konzentriere, den Mund zu halten. Ich schaue mich um und sehe, dass der schlaue Henry und Silikon-Kristina gegangen sind. Ein Glück.

Wir gehen nach unten in die Bar, die mit Gästen gerammelt voll ist.

Auf dem Weg zum Ausgang kommen wir an einer lauten Gruppe von leicht alkoholisierten Männern in Anzügen vorbei, und mein Blick bleibt an einem von ihnen hängen. Groß, breitschultrig, dunkelhaarig.

Er dreht mir den Rücken zu, aber ich bin mir sicher, er ist es.

Ich gehe direkt an ihm vorüber, und vor dem Ausgang kann ich nicht anders, als mich umzudrehen, um auf seinen Hinterkopf zu starren, als er sich in diesem Moment zur Seite dreht, um jemanden zu begrüßen. Soll ich hingehen und Hallo sagen?

Es ist doch nicht Jake. Der Kerl hat zusammengewachsene Augenbrauen, um Gottes willen.

Enttäuschung macht sich in mir breit. Ich bin so dämlich.

Ich wende mich wieder zum Ausgang, während Lukas mir die Tür aufhält, und trete hinaus in die Nacht. Draußen beginnt eine einzige Orgie aus Händeschütteln und Abschiedsküsschen. Ich habe das brennende Verlangen, wieder hineinzugehen, um mich zu vergewissern, dass das tatsächlich nicht Jake ist. Aber ich weiß, dass er es nicht ist. Das war – wie nennt man das gleich? Projiziertes Wunschdenken.

Ich wünschte wirklich, es wäre Jake gewesen. Warum treffe ich mich mit Rick? Was will ich damit beweisen? Warum kann ich nicht einfach weggehen?

Argh. Ich schlage mir klatschend gegen die Stirn, wodurch ich einen schiefen Blick von Stefan ernte, und tue daraufhin rasch so, als würde ich meine Frisur in Ordnung bringen.

Nach vielen »Nein, ihr zuerst«-Protesten steigen Felix und Stefan in das erste Taxi, während Marlena sich zu Lukas, Cooper und mir umdreht.

»Auf ins MAHIKI!«, ruft sie und macht eine »Abrocken!«-Geste mit beiden Fäusten. Wow, sie ist total dicht.

»Ich komme mit«, erklärt Lukas.

»Ich auch«, meine ich, fast ohne nachzudenken.

»Nein, wir fahren jetzt nach Hause«, sagt Cooper bestimmt, legt den Arm um Marlenas Taille und führt sie zum nächsten Taxi.

Lukas dreht sich zu mir.

»Sieht so aus, als wären nur noch wir beide übrig«, bemerkt er.

»Ja, sieht so aus.« Ich nicke. Ups. Shit. Ich bin dabei, gegen Regel Nr. 6 zu verstoßen: Keine verkappten Dates. Und ich bin zu betrunken, um mir etwas zu überlegen, wie ich aus der Nummer wieder herauskomme. Ach, Scheiß drauf. Als wir uns zu Fuß in Richtung Mahiki aufmachen, wechselt Lukas automatisch die Seite und geht außen auf dem Bürgersteig. Sehr gute Manieren.

»Waren Sie schon einmal im Mahiki?«, fragt er.

Ich schüttle den Kopf. »Das ist nicht ganz meine Abteilung. Ich gehe lieber irgendwohin, wo man sich bei ein paar Gläschen gemütlich unterhalten kann. Ich stehe nicht so auf Tanzen.«

»Im Mahiki kann man sich bei ein paar Gläschen gemütlich unterhalten«, erwidert er, und zehn Minuten später sind wir angekommen, und ich sitze in einem hohen Korbsessel mit einem riesigen Cocktail in der Hand.

»Was trinke ich da?«, rufe ich über die Musik hinweg.

»Einen Honolulu Honey«, ruft Lukas zurück. Mit seinem Akzent klingt das so lustig, dass ich lachen muss. Er beugt sich zu mir vor und rückt seinen Sessel näher heran, damit wir uns unterhalten können.

»Werden Sie mit mir essen gehen, wenn ich hier wohne?«, will er von mir wissen. »Das soll kein Trick sein, sondern eine Einladung.«

»Ähm …«, sage ich. Oh Gott. Ich sehe Lukas direkt in seine superblauen Augen und beschließe, ihm einfach die Wahrheit zu sagen. Schließlich ist das nach Regel Nr. 5 erlaubt. »Wissen Sie, ich habe gerade Männerpause«, entgegne ich ausweichend, woraufhin er nickt und sich näher heranbeugt.

»Okay. Erzählen Sie mir mehr darüber.«

Während sein Ohr so dicht vor meinem Gesicht ist, dass ich sein Aftershave riechen kann, erkläre ich ihm das Konzept meiner männerfreien Zeit. Er hört aufmerksam zu und nickt ernst. Nach ungefähr einer Minute gerate ich ins Stammeln: »Ich bin nicht … zynisch oder, ähm, gestört, ich will bloß eine Weile lang keine Romanze in meinem Leben, ähm …«

»Und wann ist es vorüber?«, erkundigt sich Lukas und lehnt sich zurück. »Wann ist Ihre Männerpause zu Ende?«

»Keine Ahnung«, antworte ich. »Vielleicht nie. So easy, wie es zurzeit läuft.«

»Ich denke«, beginnt er und beugt sich wieder vor, »dass sie zu Ende sein sollte, wenn Sie jemanden kennenlernen, mit dem Sie gut reden können. Jemanden, der interessant ist. Jemanden, der kein … mieser Bastard ist.«

Ich muss lachen. »Schon möglich.«

»Jemanden wie mich. Ich bin ein netter Kerl. Und ich finde Sie unglaublich.«

Wie bitte?

»Wie bitte?«, sage ich.

Lukas beugt sich sehr dicht an mich heran, so nah, dass ich seinen warmen Atem an meinem Ohr spüre. »Ich finde Sie bezaubernd. Selbstbewusst … stark … aufgeschlossen … Ich möchte gerne mehr Zeit mit Ihnen verbringen.«

Möchte er das? Bin ich das? Er kennt mich doch gar nicht. Ich bin nur in bestimmten Lebenssituationen selbstbewusst, und ich bin sicher nicht stark, ich komme ja morgens meistens nicht einmal aus dem Bett. Moment, das stimmt nicht mehr ganz.

»Sie bringen mich zum Lachen, ich finde Sie süß, wir verstehen uns gut … Keine große Sache. Ihre männerfreie Zeit kann zu Ende gehen …«

Es klingt sehr, sehr aufrichtig, wie er es ausdrückt. Man kann sich gut mit ihm unterhalten. Und wir verstehen uns tatsächlich gut. Er ist wahrscheinlich kein Scheißkerl, eher seine Freundin, so wie es sich anhörte. Und er will mit mir ausgehen, warum also nicht Ja sagen?

Weil es das alte Muster ist: Ich finde Männer reizvoll, weil sie mich reizvoll finden. Außerdem kann ich die Männerpause nicht beenden. Nicht wenn ich mein Leben so gut unter Kontrolle habe, zum ersten Mal überhaupt.

Ich überlege weiter und spüre, wie die Versuchung nachlässt, als Lukas plötzlich seinen Kopf vorschiebt und mich küsst. Ich bin so überrumpelt, dass ich den Kuss zuerst nicht erwidere, bis mein Instinkt sich meldet und ich ungefähr dreißig Sekunden lang das Gefühl genieße, einen Mann zu küssen, nach drei langen Monaten ohne einen einzigen Kuss. Lukas küsst langsam und überlegt. Seine Lippen sind etwas kühler, als ich erwartet habe, und seine Zunge ist ein bisschen forscher, als es mir gefällt, aber nun ja, wenn man nicht gerade an einen Unbegabten gerät, macht Küssen eigentlich immer Spaß. Finden Sie nicht?

Plötzlich kommt mir Jake in den Sinn. Nicht meine Männerpause, obwohl ich gerade Regel Nr. 8 mit mutwilliger Hingabe breche, und auch nicht die Tatsache, dass Lukas der Geschäftsführer der Firma ist, die unserer Werbeagentur einen Großauftrag beschert. Nein, nur Jake. Ich weiche so rasch zurück, dass Lukas einen Moment lang mit geschlossenen Augen und gespitzten Lippen in der Luft hängt.

Ich suche verzweifelt nach einer Ausrede. Die Männerpause wird kein zweites Mal ziehen, fürchte ich. »Sie sind unser neuer Kunde. Das ist total unethisch.« Jackpot.

»Pff … Das hat nichts zu sagen«, erwidert Lukas. »Die meisten Paare lernen sich am Arbeitsplatz kennen.«

Ich schüttle den Kopf. »Nein. Nein, das ist keine gute Idee. Ich werde nun … nach Hause gehen.«

Als wir aufstehen, will Lukas meine Hand greifen, aber ich krame absichtlich in meiner gelben Glückshandtasche, um es zu verhindern. Was für eine Schnapsidee. Oh, verdammt, ich habe mit einem Kunden geknutscht. Dieser Gedanke beschäftigt mich so sehr, dass ich auf dem Weg nach draußen kaum etwas sage. Ich entdecke ein Taxi. Das gelbe Licht auf dem Dach, das anzeigt, dass das Taxi frei ist, ist manchmal ein höchst willkommener Anblick.

»Vielen Dank für den schönen Abend, Lukas«, sage ich.

»Ich hoffe, es ist alles okay?«, entgegnet er. »Ich fliege morgen nach Deutschland. Wir werden uns in den nächsten zwei Wochen nicht sehen … Ich hoffe, Sie sind nicht böse auf mich?«

»Ganz und gar nicht«, beruhige ich ihn. »Machen Sie sich deswegen keine Gedanken.«

»Würden Sie mir Ihre Nummer geben?«

Ich tue so, als hätte ich ihn nicht gehört, beuge mich vor und gebe ihm ein flüchtiges Küsschen auf die Wange. Während ich in das Taxi steige, sieht Lukas mich eindringlich an. Ich tue so, als ob ich es nicht bemerken würde, und ziehe die Wagentür zu. »Nach Pimlico, bitte.«

Hätte ich Lukas irgendwann in den letzten acht Jahren kennengelernt, hätte ich mir seine Einladung nicht entgehen lassen. Dann würde ich jetzt sicher leidenschaftlich mit ihm im Mahiki herumknutschen und auf Teufel komm raus mit ihm flirten, ohne einen Gedanken an die Folgen zu verschwenden. Die Männerpause hat mich wirklich verändert. Ich habe beschlossen, den Umstand zu ignorieren, dass ich beim Küssen an Jake gedacht habe und nicht an die Auszeit. Wichtig ist nur, dass ich rechtzeitig die Bremse gezogen habe.

Einen Moment lang bin ich richtig stolz auf mich, bis

mir einfällt, dass ich Rick morgen Abend treffe. Oh, doppelt verdammt, ausgerechnet Rick.

Fünfundzwanzig Minuten später bin ich geduscht und liege im Pyjama im Bett. Das Zimmer schwankt leicht.

Wie konnte ich nur einen weiteren Ball für meine endlose Gedankenjonglierererei dazunehmen?, frage ich mich, als mein Kopf in das Kissen sinkt. Lukas-Rick-Jake. Jake-Rick-Lukas.

Plötzlich wird mir bewusst, dass ich die Verabredung mit Rick morgen Abend canceln kann. Und ich werde Oberwasser haben, weil er das Treffen will und ich ihm einen Korb gebe. Ja. Ich werde absagen. Kein Lukas. Kein Rick. Ganz einfach.

Kapitel 17

Man weiß, dass man wahrscheinlich etwas Schlimmes getan hat, obwohl man sich nichts anmerken lässt, wenn man es vor seinen besten Freundinnen geheim hält. So wie ich mein Date mit Rick.

Den kurzen Drink, meine ich. Es spielt keine Rolle, überlege ich, schließlich werde ich ohnehin absagen. Genau. Absagen. Ich schicke ihm also eine E-Mail am Freitagmorgen:

Rick, tut mir leid, aber ich kann heute Abend nicht. Ich erkläre es dir später.

Kurz, distanziert, vage, höflich. Perfekt.

Ich erhalte zwanzig Minuten später eine Abwesenheitsnotiz. Rick ist heute nicht in der Kanzlei und kann seine E-Mails nicht lesen. Er ist der einzige Anwalt, den ich kenne, der kein BlackBerry mit sich herumträgt.

Also schicke ich ihm eine SMS:

Kann heute Abend nicht. Mir ist was dazwischengekommen. Sorry.

Keine Antwort. Gut, das wäre erledigt. Ich gratuliere mir selbst und werfe einen raschen Blick durch das Büro. Heute Morgen ist es ruhig, weil die ganze Arbeit aufgeholt werden muss, die während des Projekts liegen geblieben ist, aber trotzdem herrscht eine fröhliche, fast euphorische Geschäftigkeit. Cooper ist heute nicht da und hat mich um neun per SMS angewiesen, dass ich wieder die Belegschaft zusammentrommeln und die gute Neuigkeit verkünden soll. Mein Gott, hat sich das gut angefühlt. Ich habe jeden Beteiligten einzeln hervorgehoben und mich für die Unterstützung bedankt. Sie alle haben so hart gearbeitet, das verdient Lob und Anerkennung. (Andy hat die ganze Zeit herumgesimst oder zumindest so getan.)

Ich habe übrigens nichts von Lukas gehört. Gleich nach dem Aufwachen heute Morgen fiel mir der Kuss ein, und mir drehte sich sofort der Magen um, was, ich schwöre, mehr auf mein Schamgefühl zurückzuführen war als auf die Matsuhisa Martinis. Abgesehen davon habe ich kaum an Lukas gedacht. Ich bin recht gut daran, Dinge zu ignorieren, über die ich nicht nachdenken möchte, was Sie sicher nicht wundert. Jetzt ist er ohnehin erst einmal zwei Wochen weg.

Im Moment schreibe ich eine E-Card im Pseudo-Siebziger-Stil für eine Firma, die Boiler herstellt, traditionell ein Produkt, das nur gekauft wird, wenn der alte seinen Geist aufgibt, also ein »Notkauf«. Die Idee ist, eine witzige Grußbotschaft zu finden, die möglichst oft weitergeleitet wird, damit unser Auftraggeber mehr potenzielle Kunden erreicht. Das Siebziger-Layout soll den Leuten bewusst machen, dass ihr Boiler veraltet ist. Angeblich.

Wir haben ein paar lustige Bilder von Burt-Reynolds-Doppelgängern in camelfarbenen Polyesteranzügen mit Schlaghose zusammengestellt, die allerliebst vor der Kamera posieren, also brauche ich mir nur noch den Text auszudenken und Platz einzufügen, damit die Leute den Namen der Person eintragen können, an den sie den Gruß verschicken.

(Name), du erinnerst mich an einen Langflorteppich. Weich, warm und an den richtigen Stellen behaart.

(Name), darf ich Sie auf einen Drink einladen? Sie brauchen sich nur in meinen Wagen zu setzen. Ich komme dann raus, wenn der Pub schließt.

Hm, noch nicht wirklich der Brüller. Ich bin mir einfach nicht sicher, wie gut diese Werbestrategie funktioniert. Sie stammt nicht von mir. Andy und Danny haben sie sich ausgedacht, während ich mit dem Blumenstrauß-Projekt beschäftigt war. Es ist das erste Mal, dass ich den Entwurf sehe.

Cooper und Andy sind den ganzen Nachmittag außer Haus, also schreibe ich beiden eine E-Mail und teile ihnen meine Bedenken mit. Ich wähle meine Worte sehr sorgfältig, ich möchte nämlich nicht unhöflich klingen, sondern klar und sachlich. Wow, es macht richtig Spaß, sich stärker in solche Sachen einzubringen. Noch vor wenigen Monaten hätte ich den Mund gehalten und einfach einen Text dazugeschrieben.

Plötzlich piept mein Handy. Eine Antwort von Rick.

Sei nicht albern, verschieb die andere Sache. Ist doch bloß für eine halbe Stunde.

Wie ätzend. Es ist ein Unterschied, ob man charmant herumkommandiert wird, was ich mag, oder ob man gesagt bekommt, was zum Teufel man zu tun hat, was ich hasse.

Ich kann nicht. Sorry.

Rick gibt nicht auf.

Bitte. Ich muss dringend mit dir reden.

Leider weckt er meine Neugier, und er hat tatsächlich »Bitte« geschrieben ... Vielleicht liebt er mich ja doch noch. Das wäre interessant. Nicht dass ich ihn auch noch lieben würde. Kein Stück. Ich bin nicht im Geringsten interessiert.

Trotzdem wäre es schön, wenn ich ihm mal eine Abfuhr erteilen könnte. Vielleicht ist er ja im Grunde gar kein schlechter Mensch. Nein, ist er nicht, ich meine, doch, ist er wohl, er ist ein Scheißkerl, und er hat mich nie nett behandelt, selbst nicht vor Pink-Ladygate. Oh Gott, mein Verstand bringt mich um.

Wissen Sie was, ich gehe einfach hin und verabschiede mich nach einem halben Glas. Das ist absolut in Ordnung. Das zählt fast gar nicht.

Eine E-Mail in meinem Posteingang von einem unbekannten Absender reißt mich aus meinen privaten Überlegungen. Von Eugene Durand, an Kate und mich. Wer zum – oh. Der Monk.

Hallo, ihr … Sorry, wenn ich störe … Wollte nur fragen, ob ihr wisst, ob mit Bloomie alles okay ist … Ich habe seit Mittwochabend nichts mehr von ihr gehört … Danke … Eugene.

Ich überlege kurz. Das war der Abend in Sophie's Steakhouse. Ich habe seitdem auch nichts mehr von ihr gehört. Ich hole mein Handy hervor und wähle Bloomies Geschäftsnummer, dann probiere ich es auf ihrem Handy. Beide Male ohne Erfolg. Gleich darauf kommt eine E-Mail von Kate, die nur an mich ist.

Hast du was von B gehört? Sie antwortet nicht auf Mails und SMS, und ich kann nicht mal sagen, ob sie letzte Nacht zu Hause geschlafen hat. Was sollen wir tun? Der Monk macht sich Sorgen.

Himmel, vielleicht hat Bloomie eine Affäre. Aber sie hat gesagt, sie will den Monk heiraten, also kann das nicht sein. Ich versuche es erneut in ihrem Büro, dieses Mal mit unterdrückter Rufnummer – telefonisches Stalking! –, und beim sechsten Klingeln geht sie dran.

»Susan Bloomingdale.«

»Blooms, ich bin's.«

»Was gibt es?«

»Ich wollte nur wissen, ob alles okay ist. Du hast nichts mehr von dir hören lassen. Eugene macht sich Sorgen. Kate sagt, sie hat dich gestern den ganzen Abend nicht gesehen …«

»Ich arbeite. Ich habe einen Job, falls du das noch nicht bemerkt hast.«

Sie legt auf. Verdammt, manchmal ist sie eine richtige Zicke.

Ich rufe Kate an.

»Ich habe sie erreicht. Sie sagt, sie arbeitet.«

»Ich habe noch nie gehört, dass jemand so viel arbeiten muss. Abgesehen von unserem Mittwochabend und den Sonntagen mit Eugene verbringt sie täglich mindestens siebzehn Stunden im Büro, und das schon seit zwei Wochen.«

»Verdammt. Das ist absurd.«

»Wenigstens hat sie noch Arbeit«, flüstert Kate in den Hörer. »Ich habe fast nichts zu tun. Ich wollte schon vorschlagen, eine Runde ›Ich sehe was, was du nicht siehst‹ zu spielen.«

»Ha. Ich muss wieder, Katieschatz. Ich schicke dem Monk eine Mail.«

Nachdem ich aufgelegt habe, schreibe ich eine kurze Nachricht an Eugene.

Sie arbeitet. Schick ihr doch eine E-Mail …

Eugene:

Nachdem ich ihr bereits drei geschickt habe? Na, wenigstens lebt sie noch. Danke.

Wow, das nenne ich schwarzen Humor. Offenbar ist er ziemlich angefressen. Bloomie war schon immer ein fleißiges Bienchen, aber das hat im letzten Jahr eine neue Form des Wahnsinns angenommen. Sie ist so sehr auf ihren Job konzentriert, dass alles andere allmählich aus dem Gleichgewicht gerät. Genau wie ich früher auf die Männer konzentriert war, in alten Zeiten. Vielleicht braucht Bloomie ja eine Arbeitspause.

Meine Gedanken wandern wieder zu dem heutigen Abend. Scheiße, Rick. Ich werde nur zweimal an meinem Glas nippen, mir anhören, was er zu sagen hat, und dann verschwinden. Perfekt.

Auf dem Weg von der Arbeit nach Hause erreicht mich eine SMS von Bloomie. Darin entschuldigt sie sich für ihr unhöfliches Benehmen vorhin am Telefon und lädt mich heute Abend bei Kate und ihr zu Pizza und Poker ein, zusammen mit Eugene und Eddie. Ich antworte, dass ich etwas später komme. Es wäre im Moment zu kompliziert zu erklären, warum ich mich vorher mit Rick treffe.

Ich werde gar nichts trinken. Ich werde nur so tun als ob, mir seinen Vortrag anhören und die Fliege machen.

Kurze Dusche, blabla, die Haare habe ich heute Morgen gewaschen, also stecke ich sie zu einem lockeren Chignon hoch, Deo, Parfüm. Nein, kein Parfüm. Ach, komm, Parfüm. Weckt das einen falschen Eindruck? Nein. Das zeugt einfach von einem gewissen Standard. Oh, ich benutze Le Dix von Balenciaga, falls Sie es wissen wollen, und ich habe Jahre gebraucht, bis ich es entdeckt habe. Die Parfüms, die ich früher benutzt habe, erinnern mich natürlich an meine Exfreunde oder an bestimmte Lebensphasen. Meine Mutter schenkt mir zum Geburtstag immer einen neuen Duft, und wissen Sie, das scheint sich jedes Mal mit einer Veränderung in meinem Leben zu decken. Anaïs Anaïs ist die Schulzeit, Lou Lou fast das gesamte Studium. Arty Jonathan ist Gucci Rush. Rugby Robbie ist Chanel No. 19. Clapham Brodie ist Allure. Der schlaue Henry ist L'Instant de Guerlain. Rick ist Shalimar, und mir ist schleierhaft, was ich daran mal gefunden habe. Wenn ich es heute rieche, wird mir übel. Eigentlich sollte Le Dix mich an Posh Mark erinnern, doch leider erinnert es mich nur an mich selbst. Okay, wo war ich stehen geblieben?

Ach ja … Was soll ich anziehen? Ich möchte natürlich scharf aussehen, allerdings nicht so, als würde ich es darauf anlegen, das heißt hochgeschlossen, aber sexy. Und hohe Absätze, weil Rick nicht besonders groß ist. Ha. Acht Zentimeter hohe hellbraune Plateaupumps. Weiße Jeans mit breitem Schlag, die meine Schuhe verdecken, sodass ich wie eine Riesin wirke. Weißes ärmelloses Top. Roter Gürtel. Ein zweites weißes Top über dem ersten, weil sie billig waren und billige Sachen besser aussehen, wenn man sie übereinander trägt, denke/hoffe ich. Weiße Kurzjacke. Haare offen. Ja. Ich taufe dich »Keusche Jetsetterin«. Ich sehe auf meine Uhr. Es ist fünf nach sechs. Das Treffen ist erst in zwei Stunden. Seufz. Ich will es hinter mich bringen.

Ich überprüfe erneut mein Make-up, ziehe den Lidstrich nach und trage taupefarbenen Lidschatten auf. Miau.

Ich bin nicht gut darin, Zeit totzuschlagen. Da ich in einer Stadt wie London lebe, muss ich das normalerweise nicht. Ich wirbele einfach von einem Ort zum nächsten. Ich überlege, ob ich schreiben soll – meine kleinen Kurzgeschichten mehren sich fleißig –, aber mir ist gerade nicht danach. Stattdessen räume ich mein Zimmer auf, probiere drei andere Paar Schuhe als Alternative an und gehe anschließend nach unten in die Küche. Dabei begegne ich zufällig Anna, die mit einer großen Tasche auf dem Rücken auf dem Weg zur Wohnungstür ist.

»Anna!«, sage ich. »Hallo.«

»Oh, hi«, erwidert sie, dreht sich um und lässt theatralisch ihre Tasche fallen. Ich sehe sie genauer an und bemerke, dass ihre Augen rot und geschwollen sind. Das Neugeborene-Welpen-Syndrom.

»Äh … Fährst du weg?«, frage ich. Was natürlich eine ziemlich blöde Frage ist, genau wie »Alles klar?«, wenn der Angesprochene ein Gesicht macht, das an eine Zyste erinnert.

»Ja, nach Edinburgh, zu meiner Mutter«, antwortet Anna und sucht in den Ärmeln ihrer Weste ein Taschentuch. Ungefähr sieben fallen auf den Boden. »Don hat mich verlassen. Zum zweiten Mal.«

»Oh Gott, das tut mir leid …«, meine ich. Ich versuche, mich zu erinnern, wann ich Anna das letzte Mal gesehen habe, als sie noch glücklich war. Letzte Woche? »Nun, ich bin sicher, seine Ehe ist … du weißt schon, sehr, äh … kompliziert, und das ist irgendwie verständlich …«

»Er ist nicht zu seiner Frau zurück!«, schreit sie. »SIE hat IHN wegen einem anderen verlassen. Das habe ich nicht gewusst, weil er nie irgendwelche Details erzählt hat. Als ich annahm, dass er wieder bei ihr ist, war das ein Irrtum. Er hat zu mir gesagt, dass er etwas Abstand braucht, weshalb meine Vermutung zunächst naheliegend war. Abstand!«, wiederholt sie und spuckt das Wort aus wie abgekaute Nagelhaut.

»Elender Scheißkerl«, sage ich.

»Allerdings! Ich dachte, das mit der Männerpause würde ziehen, damit er zu mir zurückkommt, verstehst du? Ich habe wirklich fest daran geglaubt.« Sie sieht mich an, mit leicht flackerndem Blick. »Ich habe seine Anrufe und seine E-Mails ignoriert, bis er plötzlich eines Abends bei mir im Büro auftauchte, und dann lief es einen ganzen Monat lang so gut.« Sie legt eine dramatische Pause ein.

»Bis ich ihn gefragt habe, was mit der Scheidung und mit uns ist. Daraufhin hat er mich wieder verlassen.« Sie beginnt hysterisch zu schluchzen. »Ich treffe immer die falschen Entscheidungen! Ich bin wie so ein Wasserstab für falsche Entscheidungen!«

»Du meinst eine Wünschelrute?«, frage ich. Ihr Schluchzen wird lauter. »Oh, Anna, nicht, äh, nicht aufregen …«, füge ich hinzu, ein wenig sinnlos. »Sei zuversichtlich, alles wird wieder gut …«

»Ich muss nach Hause«, erklärt sie mit einer hohen, weinerlichen Stimme. »Ich kann mein Leben nicht mehr ertragen. Ich kann einfach nicht.« Sie beugt sich herunter, um ihre Tasche aufzuheben. »Das einzig Gute ist, dass ich fünf Kilo abgenommen habe.« Sie richtet sich auf und wirft mir ein triumphierendes Lächeln zu. »Ist das nicht toll?«

»Oh ja!«, stimme ich ihr zu.

»Okay, also dann, wir sehen uns.« Sie knallt die Tür hinter sich zu.

Wow. Ich glaube, die letzte Abfuhr hat Anna in den Wahnsinn getrieben. Mir wäre es jedenfalls so ergangen. Das kann mir noch immer passieren. Es ist so leicht, sich einzubilden, dass man alles richtig macht, obwohl man in Wahrheit alles falsch macht … Oh Gott, oh Gott, ich glaube, ich mache alles verkehrt.

Ich öffne den Kühlschrank und überlege, ob ich was essen soll, um mich zu beruhigen. Ich habe wahrscheinlich meine gesamte Pubertät vor dem Kühlschrank verbracht, wenn mir langweilig war, und überlegt, was ich essen soll, wobei ich insgeheim hoffte, dass jeden Moment auf wundersame Weise ein paar kalte, weiche Brownies auftauchten oder eine übrig gebliebene klebrige Hühnerkeule in Honig. Da meine Mutter für den Inhalt des Kühlschranks verantwortlich war, geschahen solche magischen Dinge manchmal wirklich.

Aber wie üblich ist mein Kühlschrankfach mit fettarmem Streichkäse, Bio-Erdnussbutter und einer Flasche japanischem Reisessig von einem verunglückten Sushi-Abend, den ich letztes Jahr gegeben habe, gefüllt. Im Gefrierfach ist Brot (es macht keinen Sinn, frisches Brot zu kaufen, wenn man nur ein paar Scheiben in der Woche isst), doch ich bin zu faul, es in den Toaster zu stecken. Ich habe nicht einmal Milch da, um mir einen Kaffee zu machen.

Das ist nicht der Kühlschrank eines Erwachsenen, denke ich. Irgendwann in meinem Leben möchte ich richtige Lebensmittel in einem richtigen Kühlschrank haben.

Ich mache den Kühlschrank wieder zu und starre eine Weile aus dem Küchenfenster. Hinter unserem Haus ist ein hübscher Innenhof mit Kopfsteinplaster. Die kleinen Hintergebäude sind in verschiedenen Pastellfarben gestrichen, wie kandierte Mandeln in einer Reihe, vor denen Luxusautos wie ein Porsche und Range Rover parken.

Manchmal, in aller Herrgottsfrühe, sehe ich die Ehemänner zur Arbeit fahren, die in diesen ehemaligen Kutscherhäuschen wohnen. Um neun Uhr gehen die Kindermädchen mit den Kleinen spazieren. Kurz vor zehn kommen die Personal Trainer der Ehefrauen. Und gegen ein Uhr gehen die nun tadellos gekleideten und frisierten Ehefrauen zum Lunch, manchmal mit tadellos gekleideten und frisierten Kindern im Schlepptau, manchmal nicht.

Und wissen Sie, diese Leute zählen nicht einmal zu den wirklich Reichen in London. Trotzdem ist es ein Leben, das ich mir niemals vorstellen könnte, und dabei ist es nicht so, als wäre ich Almosenempfängerin. So ist eben London. Dort gibt es so viel Reichtum, dass es einfach absurd ist, sich damit zu vergleichen. Ich werde nie genug verdienen, um mir ein Haus in London leisten zu können. Manche meiner Freunde haben das geplant, andere wie Bloomie haben bereits eine Eiegntumswohnung gekauft, aber ich werde wahrscheinlich mein Leben lang zur Miete wohnen. Ich werde zwei Drittel meines Gehalts für die Miete opfern müssen, Nebenkosten, Einrichtung und der ganze Rest nicht inbegriffen. Ich habe es ausgerechnet (okay, Kate hat es für mich ausgerechnet), und mir wurde ganz schlecht bei dem Ergebnis. Kein Wunder, dass ich nicht erwachsen werden will. Meine wirtschaftliche Situation erlaubt das nicht.

Wissen Sie, dass ich in der ganzen Zeit, die ich für Coop gearbeitet habe, keine einzige Gehaltserhöhung hatte? Ich habe nie danach gefragt, und mir wurde nie eine angeboten. Daran muss ich etwas ändern.

Gott, dieser Mist ist deprimierend.

Ich drehe mich um und nehme beinahe unbeabsichtigt ein Glas aus dem Schrank über der Spüle, gebe ein paar

Eiswürfel hinein und drei Fingerbreit Wodka. Am liebsten würde ich mir einen Cocktail machen, aber wir haben keinen Mixer. Ich sehe mich in der Küche um, ob wir Zitronen haben, aber Fehlanzeige. Nur ein Stapel ungeöffnete Kontoauszüge auf dem Brotkasten, wie üblich.

Ich gehe hinüber ins Wohnzimmer, nehme mir aus meiner Tasche auf dem Tisch eine Zigarette und ein Feuerzeug, kehre zurück in die Küche, lehne mich aus dem Fenster und zünde meine Zigarette an. Ein Glück, dass ich meine Männerpause nicht unterbrochen habe. Ohne sie wäre ich im selben Zustand wie Anna. Nun ja, vielleicht nicht ganz so durchgeknallt. Aber wahrscheinlich nicht weit davon entfernt. Noch ein paar Jahre mit schlechten Dates und Ricks und …

Oh Gott, die Auszeit, und Rick. Rick, Rick in … Ich sehe auf meine Uhr … einer Stunde und zwanzig Minuten.

Vom Küchenfenster aus kann ich direkt in das Wohnzimmer eines Kerls sehen, der sich irgendeine Reality-Show auf einem riesigen Flachbildschirmfernseher ansieht. Es ist eine von diesen Talentshows. Ich kann damit nicht so viel anfangen, vor allem weil ich mir nie merken kann, wann die Sendungen laufen. Ich glaube, am Samstagabend, und da bin ich sowieso immer verabredet. Aber immer wenn ich zufällig hineinzappe, kommen mir garantiert mindestens einmal die Tränen, meistens zweimal. Wenn man verfolgt, wie die Leute hoffen und beten und dann rausfliegen, ist das natürlich ein bisschen traurig. Doch zu verfolgen, wie die Leute hoffen und beten und dann gewinnen – oh Gott, das macht mich einfach fertig. Der bloße Gedanke rührt mich zu Tränen.

Ich drücke meine Zigarette aus, gieße mir wieder drei Fingerbreit Wodka ein und zünde mir die nächste an. Warum war ich mit Rick so lange zusammen, obwohl er sich wie ein elender Scheißkerl aufgeführt hat? Warum habe ich weiterhin alles versucht, damit er nach mir verrückt ist, so wie in den ersten Wochen? Will er mir erklären, warum er vor meinen Augen eine Pink Lady flachgelegt hat? Will er mich zurückhaben? Zu spät. Ich liebe ihn nicht mehr. Falls ich das jemals getan habe und man das überhaupt Liebe nennen kann, was immer das war. Würg.

Warum betreibe ich diese Nabelschau, wenn ich doch mein Leben in meiner männerfreien Zeit genießen sollte?

Ich hole mein Handy hervor und überlege, ob ich Bloomie und Kate anrufen soll. Scheiße, ich kann nicht. Die wissen doch nicht, dass ich mit Rick verabredet bin. Ich komme mir hinterhältig vor, weil ich es ihnen verschwiegen habe. Aber was erwartet man von mir? Dass ich jeden meiner Gedanken und Pläne, jede Sekunde meiner Zeit meinen Freundinnen schildere?

Ich sehe auf meine Uhr. 18.45 Uhr. Argh. Das dauert eine Ewigkeit. Ich nehme wieder mein Handy und rufe meine Mutter an. Sie wird zu Hause sein und gerade überlegen, was sie zum Abendessen kochen soll oder ob Dad und sie einfach essen gehen.

»Hallo?«, meldet sie sich ungefähr nach dem zehnten Klingeln, als ich gerade auflegen wollte.

»Mammutsch!«, begrüße ich sie mit meinem Kosenamen für sie. Wenn ich zu Hause übernachte, rufe ich ihn immer so lange, bis sie kommt und mir einen Gutenachtkuss gibt. Ich weiß, das ist unreif. Ich frage mich, wenn ich damit aufhöre, würde ich dann darüber nachdenken, erwachsen zu werden und zu heiraten?

»Oh, mein kleiner Schatz, hallo!«

»Ça va, Maman? Was machst du gerade?«

»Ich überlege, ob ich was kochen soll oder ob dein Vater und ich auswärts essen.«

»Geht essen. Das Leben ist zu kurz, um in der Küche zu stehen, Schwester«, sage ich und nehme einen Schluck

Wodka. Einmal in den Semesterferien haben meine Mutter und ich uns gegenseitig aus ihren alten feministischen Büchern vorgelesen. Die sind verdammt lustig. (Aber wichtig. Wichtig und lustig.) »Wie war dein Bridge-Nachmittag?«

»Ah … gut«, meint sie. Ich höre, dass sie sich auf die Couch setzt, den Hörer zwischen Ohr und Schulter geklemmt. »Ich habe mich in der ersten Stunde sehr gut geschlagen, und dann habe ich mit Frances zusammen gespielt, weißt du, die aus meinem Yogakurs, und normalerweise sind wir ein gutes Team, aber die anderen beiden haben das Spiel furchtbar ernst genommen, und dann hat Frances vergessen, was Trumpf war, und mir ist es auch nicht mehr eingefallen, und dann mussten wir so sehr lachen, dass Frances fast vom Stuhl gefallen wäre. Das kam nicht gut an … Die sind dort ziemlich verkrampft.«

Ich muss bei der Vorstellung, dass meine Mutter und Frances einen hysterischen Lachanfall im Bridge-Club hatten, grinsen. Neuerdings ist Alkohol dort tabu – ich denke, das könnte mit meiner Mutter und Frances zu tun haben.

»Und, was gibt es bei dir Neues, Liebling?«, fragt sie mich.

»Oh … Mammutsch«, seufze ich, lehne den Kopf gegen das Küchenfenster und schaue auf den Innenhof. »Nun, in der Arbeit läuft es super. Richtig super. Und … äh, ich treffe mich nachher kurz auf einen Drink mit Rick.«

»Rick? Der Kerl, der dich betrogen hat?«

Mist, ich hatte vergessen, dass ich ihr das erzählt habe. »Äh … Ja.«

»Oh, Liebling, warum? Warum in aller Welt … machst du das?« Meine Mutter fügt in ihre Sätze gerne Pausen zur dramatischen Betonung ein.

»Äh …, weil er mich eingeladen hat?«

»Er hat dich nicht verdient! Er ist nicht … gut genug … für dich.«

»Tja, ich habe aber schon zugesagt …«

»Dann sag ab! Zeig ihm die Zähne, Süße! Zeig … ihm … die Zähne.« Seufz. Sie hat früher zu viele Talkshows gesehen und benutzt heute noch mit Begeisterung und Hingabe die Sätze, die sie damals aufgeschnappt hat.

»Aber … sollte ich mir nicht zuerst anhören, was er will?«

»Nein. Vergiss … es.«

»Aber … es wäre unhöflich, so kurz vorher abzusagen.«

»Für jemanden, der so schlau ist wie du, mein Schatz, verhältst du dich ziemlich dumm … Ich meine das mit deiner Männerpause, und davor war es dein Anti-Scheißkerle-Eid, und jetzt willst du dich ausgerechnet mit Rick treffen, der dir von dem ganzen Haufen am übelsten mitgespielt hat …«

Gott, wenn sie es so ausdrückt, hört sich das wirklich an, als hätte ich einen Dachschaden. Ich mache ein klägliches »Miau« in den Hörer, um sie zum Lachen zu bringen.

»Was willst du? Willst du, dass er sich um hundertachtzig Grad ändert und sich entschuldigt und dir sagt, dass er dich liebt?«

Ja. »Nein.«

»Warum hast du dann zugesagt?«

»Er war ziemlich … hartnäckig.«

»Du darfst dich nicht von einer starken Persönlichkeit dominieren lassen. Und du solltest dir auch keinen Mann suchen, den du dominierst.«

Autsch. Das bezog sich auf Rick und Posh Mark. Jetzt hört es sich an, als wäre ich eine verdammte Geisteskranke.

»Ich kann mich erinnern, dass du früher ein sehr glückliches Kind warst. Wenn dich allerdings in der Schule jemand nicht leiden konnte, hast du immer gedacht, du musst dich besonders anstrengen, um dich bei allen beliebt zu machen.«

»So bin ich nicht mehr«, widerspreche ich ihr entschieden, während mir bewusst wird, dass ich vielleicht doch noch so bin. »Ach, egal, das ist eben ein typisch weiblicher Wesenszug. Wir wollen gefallen. Die Gesellschaft lehrt uns, hübsch und brav zu sein. Der Weiblichkeitswahn.« Der Wodka scheint seine Wirkung zu entfalten.

»Unsinn. Der Weiblichkeitswahn meint Frauen, die ihre Identität und Erfüllung nur durch einen Ehemann und Kinder finden. Betty Friedan! Und ich habe dich sicher nicht dazu erzogen, nur hübsch und brav zu sein! Vielmehr habe ich die klassischen Geschlechterrollen unterwandert und dir sogar kleine Spielzeugtrucks geschenkt.«

»Ja, die ich Ursula und Grace genannt habe und denen ich hübsche Kleider für eine Teeparty anzog.«

»Ja, das ist wahr«, sagt sie und lacht bei der Erinnerung.

»Äh …, gut …, was soll ich denn jetzt tun?«

»Du bist achtundzwanzig Jahre alt!«, entgegnet sie schroff. »Das musst du selbst wissen! Du bist … alt genug …, um deine eigenen Entscheidungen zu treffen.«

»Aber ich fühle mich nicht alt genug«, kontere ich. Im Moment fühle ich mich eher erbärmlich. Am liebsten würde ich mich zu Mum auf die Couch setzen, meinen Kopf an ihre Schulter lehnen und gemeinsam *Schwere Colts in zarter Hand* anschauen, unseren Lieblingsfilm.

»Du kannst nicht ewig so weitermachen, weißt du. Du hast nichts anderes im Kopf als Klamotten und Ausgehen und dein Vergnügen. Wir sind noch immer mitten in einer Wirtschaftskrise, weißt du. Ich hoffe, du sparst ein wenig Geld …«

»Oh, Mum …« Ich möchte natürlich nicht auf der Couch sitzen, den Kopf an ihre Schulter gelehnt, wenn sie mir eine Strafpredigt hält.

»Das ist mein Ernst. Bloomie und Kate führen anscheinend ein geregeltes Leben.«

Augenblick mal.

»Das ist nicht wahr, Mum. Bei mir läuft es im Moment

gerade sehr gut im Job und mit der Männerpause auch. Bloomie dagegen macht eine Million Überstunden in der Woche, und ihr Freund weiß die halbe Zeit nicht, wo sie steckt. Und Kates Firma geht gerade den Bach runter, und außerdem hat sie sich von Tray getrennt. Keine von uns führt ein geregeltes Leben.«

»Nun gut …«, räumt sie widerwillig ein. »Zumindest klingt es so, als würdest du dein Leben wieder mehr genießen. Aber nun … zurück zu diesem ›Rick‹. Warum triffst du dich mit ihm?«

Ich gebe keine Antwort.

»Wenn du nicht diese Männerpause machen würdest, was für einen Mann würdest du dir dann wünschen? Etwa einen wie Rick?«

»Ähm …« Ich überlege angestrengt. Tief im Innern weiß ich, was ich will, und ich weiß auch, dass es nicht Rick ist. »Ich wünsche mir einen Mann …, ich weiß nicht …, bei dem es sofort Klick macht. Einen Mann, der witzig und auf Zack ist, der mich zum Lachen bringt und der mich auch witzig findet … Außerdem muss er lieb und spontan und interessant sein …« Ich komme mir ein bisschen albern vor, meinen Wunschzettel zu formulieren. Und sinnlos. Auch ein Mann, der all diese Kriterien erfüllt, kann ein Scheißkerl sein. »Das Problem ist, Mum, dass ich mir immer den Falschen aussuche. Hundertprozentig.«

»Nun, ich muss dir leider recht geben, da du dich heute Abend mit diesem Rick triffst«, erwidert sie in scharfem Ton. »Sag mal, bringt dieser Rick dich zum Lachen?« Sie betont seinen Namen besonders, als wäre es ein Pseudonym.

»Ich weiß es nicht mehr.« Ich kann mich im Moment wirklich nicht erinnern. Ich war ausschließlich darauf konzentriert, ihm zu gefallen. Denn es konnte richtig schön sein mit ihm, schöner als mit allen anderen zuvor.

»Kannst du nicht einfach ausgehen und einen Mann kennenlernen, der dich zum Lachen bringt und den du attraktiv findest und so weiter?«

Plötzlich muss ich an Jake denken. Der süße, witzige, reizende, verdammt verführerische Jake.

»Das ist nicht so einfach, Mum … Außerdem weiß ich, dass es sowieso wieder schiefgehen wird.«

»Oh Gott, du darfst nicht so schwarzsehen, Liebling. Ändere deine Einstellung!« Das ist auch so ein Lieblingsspruch von meiner Mutter, obwohl ich beim besten Willen nicht weiß, woher er stammt. Oder was er bedeutet. »Sei einfach … du selbst! Und sei positiv! Alles geschieht aus einem bestimmten Grund!«

»Danke, Maman«, sage ich seufzend. »Okay. Ich denk darüber nach.«

»Oh, dein Vater kommt gerade. Ich hab dich lieb. Kommst du zurecht?«

»Natürlich. Ich melde mich morgen wieder. Ich hab dich auch lieb. Danke, Mum. Kann ich noch kurz mit Daddy reden?«

Es gibt eine längere Pause, während ich im Hintergrund Stimmen höre, und als ich bereits denke, sie haben mich vergessen, nimmt Dad den Hörer ans Ohr.

»Gut, dann gehen wir essen. Schätzchen?«

»Hallo, Daddy!«

»Hallo, mein Schatz. Du klingst recht munter. Wie geht es dir?«

»Gut.« Ich erzähle ihm von dem Essen gestern Abend im Nobu. Mein Vater ist ein kleiner Feinschmecker.

»Klingt sehr lecker«, meint er. »Gut, erzähl mir das Neueste von deiner Spieltaktik.«

»Äh, ich denke, die erste Halbzeit ist um, Daddy. Ich bin mir nicht sicher, ob meine Taktik aufgeht, aber bis jetzt läuft es ziemlich gut, da der Gegner nicht viel Widerstand leistet.«

»Schön, schön«, sagt er. Ich weiß, dass er grinst. »Nun, wahrscheinlich hat der Gegner deine Stärken und Schwächen ausgelotet. Du musst also auf der Hut sein. Vergiss nicht, es gibt eine zweite Halbzeit.«

»Okay, Papa«, antworte ich und nehme wieder einen Schluck Wodka. »Ich werde dich über die Ergebnisse auf dem Laufenden halten.«

»Nutze die Auszeit als Chance … Und überlege dir, was du dir als Nächstes zum Ziel setzen willst. Vergiss nicht, die Messlatte für zukünftige Leistungen sind ehemalige Leistungen.«

»Okay.« Ich fühle mich von den elterlichen Ratschlägen und feministischen Leitsätzen und Sportmetaphern etwas überwältigt.

»Gut, Zeit für einen Whisky. Meldest du dich mal am Sonntag? Ich hab dich lieb, mein Schatz.«

»Ich dich auch, Daddy.«

»Ruf … an … und … sag ihm ab!«, höre ich meine Mutter aus der anderen Ecke des Zimmers rufen, bevor Dad auflegt.

Ich gieße mir wieder drei Fingerbreit Wodka ein und zünde mir eine Zigarette an.

Ich weiß, meine Eltern haben recht. Einen Moment lang habe ich Mitleid mit mir selbst, im nächsten ärgere ich mich über mein erbärmliches Selbstmitleid, dann amüsiere ich mich darüber, dass ich wieder in diesem Teufelskreis stecke und mir dabei vorkomme wie die verdammte Bridget Jones (auch wenn ich sie natürlich liebe), bevor ich wieder in Selbstmitleid verfalle. Wodka geht runter wie Öl.

Ich leere mein Glas, fülle es nach, rauche zwei Zigaretten und motiviere mich selbst mit Argumenten wie »Das verstößt nicht gegen die Regeln«, »Ich will ihn nicht zurück, also ist es auch kein Date«, »Ich habe alles unter Kontrolle«, »Sei positiv«, »Alles passiert aus einem bestimmten Grund«

oder »Vielleicht entschuldigt er sich ja, und ich kann danach mit diesem schrecklichen, grauenvollen Abend auf der Pink-Lady-Party besser umgehen.« Es sind keine besonders einfallsreichen Argumente, aber sie funktionieren. Irgendwie.

Dann ist es zwanzig vor acht und Zeit, sich auf den Weg ins Botanist zu machen.

Kapitel 18

Als ich das Botanist betrete, kann ich Rick nirgendwo entdecken. Er ist zu spät. Super. Der Laden ist gerammelt voll wie immer, aber irgendwann gelingt es mir, mich an die Theke durchzuquetschen und zwei Gin Tonics zu bestellen. Es wäre nämlich Zeitverschwendung, Rick vorzuschicken, wenn er kommt, denn er muss sich ja hinten anstellen. Dann gehe ich nach draußen, um eine zu rauchen.

Nach einer Zigarette und dem ersten Gin Tonic ist Rick noch immer nicht da. Ich sehe auf mein Handy. Es ist Viertel nach acht. Eigentlich mag ich Gin Tonic gar nicht besonders, denke ich. Warum habe ich mir dann einen bestellt? Weil Rick immer Gin Tonic trinkt, lautet die prompte Antwort. Du dummes Weib.

Ich nippe an dem zweiten Gin Tonic, der für Rick bestimmt war, und zünde mir die nächste an. Ich beobachte gerne die schicken Leute im Botanist. Ich frage mich, wo sie verkehrten, als der Laden noch ein schäbiger, alter Pub war. Vor ein paar Jahren wurde er von Grund auf renoviert und ist heute ein beliebtes Bar-Restaurant. Und es ist das einzige Lokal am Sloane Square, das einen Besuch lohnt. Das Oriel ist sehr französisch, und die Chelsea Brasserie hat eine vorzügliche Küche, aber den Makel, dass es ein Hotelrestaurant ist, und ein Stück weiter Richtung Belgravia gibt es noch das Antelope, einen gemütlichen, leicht angestaubten Pub, der besonders in den dunklen kalten Wintermonaten beliebt ist, wenn jeder nur eins möchte: mit einem Glas Rotwein am offenen Kaminfeuer sitzen.

Ich beschäftige mich damit, die unheimlich erfolgreich

aussehenden Mittdreißger zu beobachten, die rauchend vor dem Botanist stehen und sich in der glänzenden Perfektion des anderen sonnen. Da die Bar durch die hohen, weit geöffneten Verandatüren nur eine Kniehöhe entfernt ist, stehen die Gäste gerne stundenlang vor dem Laden und lassen sich ihre Getränke von drinnen nach draußen durchreichen. Ich stehe östlich von dem Pulk, um besser Ausschau halten zu können, ob Vollarsch, ich meine Rick, auftaucht.

Ich bewundere gerade eine junge Frau, die sehr laut und stolz erzählt, dass ihre Freunde Fenella und Tarquin an der Cowes Week teilnehmen, als ich aus dem Augenwinkel Annabel Kopftuchmädchen wahrnehme, die aus einem Taxi steigt. Ich drehe mich sofort um und blicke in die entgegengesetzte Richtung, obwohl es dort nicht viel zu sehen gibt. Posh Marks beste Freundin, die alles besser weiß, ist der letzte Mensch, dem ich begegnen möchte. Doch dann überkommt mich die Neugier, und ich spähe vorsichtig nach hinten über meine linke Schulter, durch meine Haare hindurch zur Tarnung. Kopftuchmädchen trägt heute sein himbeerfarbenes Kopftuch, was wohl bedeutet, dass es gute Laune hat, und dann …

Um Gottes willen, da ist Posh Mark! Er läuft gerade über die Straße und ruft: »Belly!« Ist das irgendein geheimer Spitzname? Ich habe keine Zeit, mich weiter zu wundern, da ich sehe, dass Kopftuchmädchen stehen geblieben ist und ihm fröhlich winkt. Gleich werden sie sich zur Begrüßung eng umschlungen hin und her wiegen, wie sie das immer tun, keine drei Meter entfernt von mir!

Ich mache rasch vier Schritte zur Seite, bis ich gegen die Fassade des Botanist stoße und mich links halte. Jetzt ducke ich mich hinter zwei superschlanke Botox-Schönheiten in Designerklamotten von Temperley und Issa, die mich ansehen – Kippe und Gin Tonic in der Hand, gelbe Handtasche unter meinen Arm geklemmt –, als würde ich Kleider von H&M tragen. Was zutrifft.

Posh Mark und Kopftuchmädchen zelebrieren ungefähr eine Minute lang ihren Stehtanz, bevor sie sich unterhaken und die Cliveden Place in Richtung Belgravia entlangschlendern. Wahrscheinlich gehen sie ins Antelope, denke ich wütend. Ich habe ihm die Kneipe gezeigt damals, im Januar.

Gleich darauf wechseln sie die Straßenseite, und Posh Mark greift nach ihrer Hand, woraufhin beide für einen zärtlichen Kuss stehen bleiben.

Mir verschlägt es den Atem. Ich wusste, dass sie auf ihn abfährt! Großartig! In meinem Gesicht erscheint ein breites Lächeln. Posh Mark hat eine Frau verdient, die ihn anbetet. Sie werden heiraten und viele dumme, vornehme Kinder haben und bis in alle Ewigkeit glücklich leben.

Jemand tippt mir auf die Schulter.

Es ist Rick. Fünfundzwanzig Minuten zu spät. Scheiße, ich hatte ihn ganz vergessen.

»Tut mir leid, ich habe mich an deinem Gin vergriffen«, sage ich zur Begrüßung. Auweia. Ich bin angeheitert. Rick beugt sich vor und küsst mich auf die Wange. Sein Atem riecht säuerlich, kaum kaschiert von einem kürzlich ausgespuckten Spearmint Extra. Ich überrage ihn mit meinen Absätzen, stelle ich fest. Ha.

»Kein Problem«, erwidert er. »Sorry, dass ich zu spät komme. Ich war mit Morse und McKinley was trinken, und wir sind ein bisschen versackt.«

Wer zum Henker sind Morse und McKinley? Warum geht Rick immer davon aus, dass jeder weiß, von wem er spricht?

»Freut mich, dass du Zeit für mich hast«, sagt er, während hinter uns gerade ein kleiner Tisch frei wird. »Du besetzt den Tisch. Ich besorge uns eine Flasche Wein.«

Es würde ein bisschen merkwürdig klingen, wenn ich ihm erkläre, dass ich eigentlich nur auf ein halbes Gläschen bleiben möchte, nachdem ich bereits anderthalb Gläser Gin intus habe (sowie drei – oder waren es vier? – Wodkas zu Hause), also nicke ich und setze mich, wobei ich mit den Knien gegen den Tisch stoße, sodass er fast umkippt. Scheiße, ich hätte keine doppelten Gin Tonics bestellen sollen. Bin ganz schön benebelt. Ich lehne mich lässig auf meinem Stuhl zurück und zünde mir eine Zigarette an. Posh Mark und Kopftuchmädchen! Ich kichere in mich hinein, verkneife es mir aber, als ich die Temperley-Schickse und die Issa-Schickse tuscheln sehe und beide die Köpfe zu mir drehen und mich anstarren. Blöde Zicken.

Ich fletsche die Zähne und mache ein drohendes Gesicht zu den beiden, als Rick mit einer Flasche Weißwein und zwei Gläsern zurückkehrt. Ich habe beschlossen, das nächste Glas langsamer zu trinken. Zu viel Alkohol macht mich immer redselig und übermütig. Ich darf nicht vergessen, ich bin nicht hier, um zu bezaubern und zu flirten und zu funkeln. Ich bin hier, um mir anzuhören, was er zu sagen hat.

Und das ist viel. Und doch unterm Strich nichts.

Während der nächsten Viertelstunde schwärmt Rick mir vor, was für eine tolle Wohnung er hat, wie toll es in seinem Job läuft, dass er geniale juristische Tricks kennt, auf die noch keiner gekommen ist, dass er einen tollen Neuwagen fährt und dass er nächstes Wochenende einen tollen Kurztrip nach Ibiza macht.

Und wissen Sie was? Während er diesen ganzen Blödsinn vom Stapel lässt, sieht er mich kein einziges Mal an. Stattdessen wandert sein Blick von der Wand hinter mir zu den Frauen, die in unserer Nähe stehen, zu den vorbeifahrenden Autos und wieder zurück zu den Frauen.

Kurzum, er ist das schlimmste Date, das ich je hatte,

auch wenn es genau genommen gar kein Date ist. Rick stellt mir nicht eine persönliche Frage. Er hält einfach einen Monolog.

War er schon immer so ichbezogen? Hat er mich jemals zum Lachen gebracht? Warum war ich gerne mit ihm zusammen? Hat er nicht gesagt, dass er etwas Besonderes mit mir zu bereden hat? Soll ich ihn darauf ansprechen? Eigentlich geht es mir am Arsch vorbei. Ich nehme ein weiteres Schlückchen – na schön, einen großen Schluck, ups – von meinem Wein, lehne mich wieder zurück und beobachte ihn mit schmalen Augen.

Was für ein bescheuerter Angeber.

Ich beginne, ihn mit einer gewissen Distanz zu betrachten, und nehme einen großen Schluck von meinem Wein. (Ups, schon wieder.) Ricks Haare wirken fettig am Ansatz, und wie an dem Abend in Sophie's Steakhouse fällt mir auf, dass seine Wimpern hell und schwer sind. Das widerspenstige Brauenhaar kringelt sich noch immer über seinem Auge. Ich frage mich, wie lange es wohl ist und ob Rick kreischen würde wie ein kleines Mädchen, wenn ich es ihm ausrupfte, hier und jetzt.

Während ich ihn weiterbeobachte und nebenher meinen Wein schlürfe, fällt mir wieder ein, was ich an Rick früher attraktiv/anziehend fand – sein unerschütterliches Selbstbewusstsein, seinen arroganten Humor. Aber jetzt erkenne ich, was er wirklich ist: ein Idiot. Nicht einmal ein idiotischer Scheißkerl, sondern bloß ein unhöflicher, egozentrischer, oberflächlicher Idiot. Was für eine Zeitverschwendung, mit ihm eine Beziehung zu führen, mir seinetwegen den Kopf zu zerbrechen, seinetwegen zu weinen, und vor allem was für ein verschwendeter Freitagabend hier mit ihm.

Ich habe ihn nie geliebt. Wie konnte ich mir das jemals einbilden?

Inzwischen ist es mir völlig egal, warum er mich hergebeten hat. Ich möchte einfach gehen. Meine Mutter hat recht. Er ist nicht gut genug für mich. Ich rutsche auf die Stuhlkante vor und fülle mein Glas auf, während ich überlege, wie ich Rick unterbrechen kann, der gerade damit prahlt, dass er und seine Clique in Monaco die besten Dealer kennen – »und ich spreche nicht von Blackjack« –, bevor er seine Hand auf mein Knie legt und sagt: »Übrigens, danke, dass du die Sache auf der Party so locker genommen hast.«

Ich bin sofort ganz Ohr. »Wie bitte?«

»Du weißt doch, die Party und so ... Danke. Ich brauchte eine Pause. Das wurde allmählich zu intensiv. Aber weißt du, als ich dich neulich Abend wiedergesehen habe ... Du siehst echt toll aus. Du fehlst mir. Darum habe ich mir überlegt, ob wir nicht einfach ... da weitermachen können, wo wir aufgehört haben ...« Er beugt sich vor, als wolle er mich küssen, und noch in derselben Sekunde ziehe ich mein Bein weg, sodass seine Hand von meinem Knie rutscht, und lehne mich kerzengerade zurück.

»Ich glaube wohl, ich höre nicht recht.«

»Was?«

»Warum?«, frage ich.

»Warum?«, wiederholt er ungläubig.

»Ja. Warum sollte ich? ... Nein, falsch, warum sollte ich mich überhaupt noch mit dir abgeben, Rick?«

Er sagt nichts, sondern sieht mich nur mit seinem blöden langen gekringelten Brauenhaar an, das seine blöden schweren hellen Wimpern streift. Meine trunkene Distanziertheit hat sich in Luft aufgelöst, und ich platze fast vor Wut. Was hat er erwartet? Dass er nur aufzutauchen braucht, und wir knüpfen nahtlos an früher an – was der reinste Horror war? Nachdem ich ihm gesagt habe, dass ich ihn liebe, und er zum Dank fremdgegangen ist, *vor meinen Augen*?

Ich sitze ganz aufrecht auf meinem Stuhl und versuche angestrengt, meine Gedanken zu sortieren, damit ich nicht ins Stammeln oder ins Haspeln gerate. Es ist so schon schwer genug mit dem ganzen Wodka und Gin und Wein, der in mir herumschwappt. Ich hole tief Luft.

»N-n-nein, Rick. Vergiss es … Du hast … Du hast dich kein einziges Mal bei mir dafür entschuldigt, dass du mich so b-behandelt hast, du hast nie gesagt, sorry, dass ich vor deinen Augen eine Pink Lady flachgelegt habe, sorry, dass ich ein egoistischer, schlechter Freund war und dass ich dich so lange verfolgt habe, bis ich dich hatte, und dass ich dann nur sonntagabends für eine schnelle Nummer vorbeikam, und, und, und dass ich dich ohne jegliche Skrupel abserviert habe …«

Er starrt mich mit offenem Mund schockiert an. »Was? Sass, ich …«

Ich koche vor Wut. Mein Gesicht glüht, und meine Stimme ist schrill und zittert.

»Du hast dich nach der Party nie mehr bei mir gemeldet, du hast nie versucht, mir ein besseres Gefühl zu verschaffen, indem du dich entschuldigst oder sogar zugibst, dass du dich mies verhalten hast. Denn das hast du, du hast dich absolut mies verhalten …«

Rick verdreht die Augen und schiebt seinen Stuhl vom Tisch zurück, als wolle er aufstehen, doch ich komme ihm zuvor und baue mich vor ihm auf.

»Ich dachte, du wolltest dich heute Abend für das alles entschuldigen, aber weißt du was? Ich lege gar keinen Wert darauf. Es ist mir EGAL. Ich will dich nicht, ich kann dich nicht einmal leiden. Nicht die Bohne. Du bist …« Mein Herz hämmert in der Brust, und all die Beschimpfungen, die mir eben noch durch den Kopf jagten, sind plötzlich aus meinem alkoholbenebelten Gehirn verschwunden, und so bleibt mir nur, ihn anzufauchen, wie eine Mischung aus meiner Mutter und Marlena: »Du bist … kein guter Mensch. Du bist einfach … kein … guter Mensch.«

»Von mir aus, Herzchen«, meint Rick achselzuckend, steht auf und schnappt sich seinen Blazer von dem Stuhl daneben. »Was zum Teufel hast du denn gedacht, warum du heute hier bist?«

»Ich habe keine Ahnung«, antworte ich, obwohl ich genau weiß, dass es nicht wahr ist, da ich insgeheim gehofft habe, dass er zu mir zurückgekrochen kommt und ich ihn abblitzen lasse und hinterher auf mich stolz bin. Statt des charmanten, umwerfend charismatischen Mannes, auf den ich gehofft habe, steht vor mir allerdings dieses hohle, schreckliche schwarze Loch von einem Mann, der davon ausging, dass ich genau so reagieren würde, wie er erwartet hat, wahrscheinlich weil ich das früher auch immer getan habe.

Aber dieses Mal nicht.

Ich hole tief Luft. »Weißt du was, Rick? Du kannst … Fahr doch zur Hölle.«

Er funkelt mich an, während er seinen Kragen glattzieht, und macht eine wegscheuchende Geste in meine Richtung. »Ja, ja. Du mich auch.«

Ich kann es nicht verhindern.

Mit einer geschmeidigen Bewegung greife ich nach meinem vollen Weinglas und schütte ihm den Inhalt ins Gesicht. Danach schnappe ich mir sein Weinglas und schütte ihm ebenso den Inhalt ins Gesicht.

All die vornehmen Leute um uns herum schnappen entsetzt nach Luft und weichen zurück. Temperley und Issa halten sich erschrocken an den Armen. Rick wischt sich den Wein aus dem Gesicht und blickt mich durch seine Finger an. Ich sehe echte Wut in seinen Augen, und für eine Sekunde habe ich sogar Angst.

Also flitze ich schnell zur Straße, winke einem Taxi, das gerade zufällig vorbeifährt, steige ein und knalle die Tür zu.

»Nach Westbourne Grove, bitte«, sage ich, und meine Stimme zittert noch immer leicht. Höchste Zeit, zu Bloomie und Kate zu flüchten, weit weg von dieser schrecklichen Situation.

Während wir im Dämmerlicht des Frühsommerabends um den Sloane Square fahren, spähe ich durch die Heckscheibe und sehe, dass Rick sich zu Fuß in Richtung Belgravia entfernt. Ein paar der Gäste vor dem Botanist starren ihm nach. Der Rest führt seine Unterhaltungen fort, wie es die meisten Kneipenbesucher tun würden, nachdem sie Zeuge wurden, wie eine Frau einem Mann zwei Gläser Wein ins Gesicht schüttete.

Kurz darauf, als wir an einer roten Ampel stehen und ich wieder einen Blick zurück auf die Sloane Street zu den Leuten vor dem Pub werfe, sehe ich eine große Gestalt, die meinem Taxi hinterherstarrt.

Die Gestalt steht draußen vor dem Botanist, auf der anderen Seite als der, wo Rick und ich saßen, in Begleitung von zwei anderen Männern, die sich vor Lachen ausschütten. Der Mann wirkt wie hypnotisiert von meinem Taxi, das den Sloane Square umkurvt. Er ist nah genug, dass ich glaube, ihn zu erkennen, aber ich bin mir nicht hundertprozentig sicher, was zum Teil daran liegt, dass ich doppelt sehe.

Als wir wieder am Botanist zur Sloane Avenue in Richtung Knightsbridge vorbeifahren, kann ich einen besseren Blick auf ihn werfen. Er ist groß, hat braune Haare, trägt einen dunkelgrauen Anzug und starrt nach wie vor zu meinem Taxi. Zu mir.

Er ist es. Jake.

Kapitel 19

Während das Taxi die Sloane Street entlangfährt, versuche ich, mich zu sammeln.

Wissen Sie, ich bin nicht für Konfrontationen gemacht. Ich kann nicht verhindern, dass mir die Tränen kommen, wenn ich wütend bin. Ich denke, das liegt daran, dass meine Emotionen überlaufen und in den »Tränenspeicher« in meinem Kopf fließen. Und obwohl es mir gelungen ist, die Tränen zurückzuhalten, als ich Rick die Meinung gesagt habe, spüre ich jetzt, wie meine Augenwinkel feucht werden.

Ich versuche, meine Atmung zu kontrollieren, die stoßweise kommt.

Ruhig. Gaaanz ruhig.

Oh Gott, das war grauenhaft. Ich fühle mich schmutzig, nur weil ich Rick gesehen habe. Was zum Teufel ist mein Problem? Die Männerpause soll mich eigentlich vor so einer Scheiße bewahren, aber stattdessen hat sie mich praktisch direkt in die Arme des King of Shit getrieben.

Brr. Ich kann nicht glauben, dass ich tatsächlich einmal in seinen Armen lag.

Meine Versuche, meine Atmung zu kontrollieren, scheitern. Als wir auf die Knightsbridge biegen und am Hyde Park entlangfahren, habe ich das Gefühl, dass ich hyperventiliere. Ich stecke den Kopf zwischen meine Beine und bemühe mich, so tief wie möglich ein- und auszuatmen. Das Taxi bremst plötzlich scharf vor einer Ampel, die auf Rot umspringt, wodurch mein Kopf gegen den Vordersitz nach vorne geschleudert wird und ich mich schließlich im Fußraum wiederfinde.

»Au«, sage ich. Es ist überraschend bequem hier unten.

»Alles in Ordnung, Engelchen?«, ruft der Fahrer nach hinten.

»Ja!«, rufe ich zurück. »Alles bestens!« Wenigstens hat der Aufprall meine Tränen versiegen lassen.

Ich klettere wieder hoch und lege mich quer auf die Rückbank. Mein Kopf braucht Ruhe. Mir doch egal, dass eine Million Leute hier gesessen und hineingefurzt haben. Im Moment ist der Rücksitz dieses Taxis ein Ort der Ruhe und Erholung. Ich lege meinen Kopf auf meine gelbe Glückshandtasche und schließe die Augen. In meinem Kopf dreht sich alles, und ich glaube, der Wein hat soeben mein Nervensystem erreicht.

Das Nächste, was ich weiß, ist, dass das Fahrzeug scharf bremst, sodass ich fast wieder vom Sitz gerollt wäre.

»Chepstow Villas, Engelchen!«, meint der Fahrer. Ich setze mich rasch auf. Wahrscheinlich bin ich eingenickt/ohnmächtig geworden.

»Sorry! Mensch, das ging aber schnell!«, gebe ich mit hoher Stimme zurück und bezahle das Fahrgeld. Bloomies Haus ist direkt auf der anderen Straßenseite. Ich gehe hinüber – leicht wacklig, wie ich feststelle, diese blöden hohen Hacken – und klingle. Es scheint eine Ewigkeit zu dauern, bis Bloomie an die Tür kommt, also lehne ich mich gegen den Rahmen und gönne meinen Augen kurz Entspannung.

»Oh, um Gottes willen, Darling, was ist denn mit dir passiert?« Sie muss die Tür geöffnet haben. Ich habe es nicht gehört.

»War einen trinken. Mit Superarsch. Rick.« Plötzlich fallen mir ganze Sätze unheimlich schwer. Der Wein, der Wodka und der Gin Tonic feiern eine Kennenlernparty in meinem Körper. Und sie mögen sich nicht.

»Du hast WAS?«, ruft sie aus. »Was zum Teufel hast du dir dabei gedacht?«

»Schimpf nicht mit mir«, kontere ich und beuge mich in die offene Tür. Ich höre, dass ich lalle. Ich glaube, der Gin Tonic und der Wein prügeln sich gerade. »Ich hatte meine Lektion bereits. Es war grauenhaft. Ich habe ihm Wein ins Gesicht geschüttet.«

»Du hast Rick Wein ins Gesicht geschüttet?«

»Ja, mitten in die Fresse.« Irgendwie bin ich die Treppe hochgekommen und stehe jetzt im Wohnzimmer, wo ich Kate, Eugene und Eddie entdecke, die am Esstisch sitzen und Karten spielen. Sie starren mich alle an. Ich hasse es, so zu sein. Ich bin sonst nie so. Nun, jedenfalls nicht mehr seit den Wochen unmittelbar nach der Trennung von Rick. Da war ich oft so.

»Hallo, zusammen … Shit … Ich habe versehentlich zu viel getrunken. Ich bin … Oh Gott, es tut mir leid, das war nicht meine Absicht …« Ich stütze mich auf der Couch ab. Ich kann nicht mehr klar sehen.

»Du bist sturzbetrunken«, meint Bloomie. »Ich kann nicht glauben, dass du es wieder getan hast.«

»Es war grauenhaft. Nie wieder. Er ist kein guter Mensch.« Ich versuche, mir an die Stirn zu schlagen, verfehle sie aber und falle fast um.

»Ich stecke dich ins Bett. Wir unterhalten uns morgen weiter. Du hast für heute genug.«

»Tut mir so leid …«, flüstere ich. Irgendwie sind wir jetzt im Bad, und Kate macht mein Gesicht sauber. Ich fühle mich seekrank. Ich will den ganzen Alkohol aus meinem Körper haben. Sofort.

»Oh, Katie … Ich glaube, ich … Mir wird übel …«

Mit einer vermeintlich schnellen Bewegung, obwohl man das nicht mit Sicherheit sagen kann, hänge ich meinen Kopf über die Toilettenschüssel. Zwischen meinen fast flüssigen Würgeattacken stoße ich keuchend Entschuldigungen hervor.

»Tutmirleid …«

»Ist okay, Schnecke …«, beruhigt mich Kate und massiert meinen Rücken. »Besser draußen als drinnen.«

»Tutmirleid …«

Ich höre Bloomies Stimme in der Tür. »Oh, verdammte Scheiße.«

Und jetzt sind wir in Kates Zimmer, wo Bloomie und sie mich in einen Schlafanzug und anschließend ins Bett verfrachten.

»Und bleib gefälligst auf deiner Seite«, befiehlt Kate mir. »Versuch bloß nicht, nachher mit mir zu kuscheln.«

»Du wirst gar nicht merken, dass ich hier bin!«, rufe ich, ein Auge geschlossen, damit ich ihr Gesicht nicht doppelt sehe. »Ich bin ganz leise … mucksmäuschenstill. Wie ein Mäuschen!« Ich mache das andere Auge auch zu. Sofort überkommt mich Erleichterung.

»Sie lässt sich besser eine verdammt gute Erklärung einfallen, weil sie sich mit diesem Arsch getroffen hat«, höre ich Bloomie sagen, während die beiden das Zimmer verlassen.

»Ach, lass sie in Ruhe«, verteidigt mich Kate. »Du weißt genau, was für ein Chaos er in ihrem Kopf angerichtet hat.«

»Nach der stressigen Woche kann ich es einfach nicht gebrauchen, dass sie hier hackedicht auftaucht.«

»Bloomie, komm schon. Um Himmels willen. Gönn ihr eine Pause.«

»Ich habe Jake gesehen«, flüstere ich, als die Tür zugezogen wird. Aber sie geben keine Antwort. Oh Gott, ich bin total erledigt. Ich öffne wieder ein Auge. Das Zimmer dreht sich. Es kann gut sein, dass ich bei dem Aufprall im Taxi eine Gehirnerschütterung erlitten habe, sonst würde sich der Raum nur von einer halben Flasche Wodka, zwei Gin Tonics und zwei Gläsern Wein nicht so schnell drehen. Ich schließe die Augen wieder und dämmere in meinem

Rauschzustand in den Schlaf. Mein letzter bewusster Gedanke ist, dass das der Grund ist, warum die Männerpause existiert. Wenn ich versuche, mein Leben ohne sie zu leben, stürze ich ab und verbrenne.

Kapitel 20

Am nächsten Morgen werde ich von dem »Piep, Piep« einer eingehenden SMS wach. Ich öffne ein Auge und blicke zu den Fenstern hinter den rosa Vorhängen in Kates Zimmer. Schlagartig fällt mir ein, was gestern Abend passiert ist. Um Gottes willen.

Ich schließe wieder die Augen und lasse die Ereignisse von gestern Abend Revue passieren. Mir versehentlich ein bisschen zu viel Mut angetrunken. Versehentlich länger mit Rick zusammengesessen als die zwei Minuten, die es gedauert hätte, ein paarmal pseudomäßig an meinem Glas zu nippen und zu gehen. Versehentlich meine Beherrschung verloren und ihm Wein ins Gesicht geschüttet. Versehentlich vor Bloomies Tür aufgetaucht, sternhagelvoll, gekotzt und sofort ins Bett verfrachtet worden.

Mein Naturwissenschaftslehrer hätte gefragt: »Und was lernen wir daraus?« Wir lernen daraus, dass die Männerpause ab sofort wieder gilt, genau das.

Ich versuche, mich zu meinem fröhlichen Dehn- und Streckritual zu motivieren, aber es hilft nichts. Ich bin durch einen extrem trockenen Mund und dem unguten Gefühl, dass ich Bockmist gebaut habe, wie gelähmt. Wieder einmal. Ich will mich nicht damit auseinandersetzen. Ich stoße ein tiefes Seufzen aus und drehe mich auf die andere Seite, wo Kate liegt.

Sie weint still. Ihre Augen sind geschlossen, und die Tränen kullern ihr einfach über die Wangen in das Kissen. Ihre rechte Hand umklammert ihr Handy auf ihrem Bauch.

»Kate … oh, Süße, ist alles okay? Ist was passiert?«

Sie macht die Augen auf und nickt, dann räuspert sie sich, um zu reden.

»Ich habe gerade eine SMS bekommen … von Tray. Er ist so traurig …, und das ist alles meine Schuld … Ich möchte, dass er glücklich ist. Das wünsche ich mir wirklich sehr.«

Oh Gott, die süße, liebe Kate. Ich setze mich auf, greife nach der Kleenexbox auf dem Nachttisch und gebe ihr eins.

»Ich weiß, ich weiß, dass ich das Richtige getan habe, ich weiß es.«

Ich nicke.

»Aber manchmal fühle ich mich so … traurig …« Ihre Stimme wird bei dem Wort »traurig« ganz brüchig und hoch, und sie beginnt wieder lautlos zu weinen.

Ich nehme ihre Hand und streichle sie, und nach ein paar Minuten sage ich (wobei ich ganz flach atme, weil ich einen Mundgeruch wie ein toter Penner habe): »Darling … du wirst nicht immer traurig sein. Das weiß ich.«

»Doch es tut so weh … Und ich … verstehe mich ja mit ihm. Aber ich wollte einfach dieses Leben nicht mehr. Ich wollte ihn nicht mehr.«

Sie bricht wieder in Tränen aus, und ich rupfe ein neues Kleenex heraus und gebe es ihr.

»Fühlt man sich immer so mies, wenn man sich von jemandem trennt?«

»Keine Ahnung«, antworte ich ehrlich. »Ich habe darin keine Erfahrung.«

Kate blickt mich einen Augenblick an, und als sie sieht, dass ich grinse, muss sie unter Tränen lachen. Spucke und Rotz fliegen durch die Gegend.

»Oh Mann!«, sage ich, rupfe gleich mehrere Kleenex heraus und tupfe ihr das Gesicht ab. »Krass.«

»Weißt du was?«, fährt sie fort, in normalerem, nicht mehr weinerlichem Ton. »Ich fühle mich gar nicht wie ein

Single. Ich kann mir nicht vorstellen, mit einem Mann auszugehen, obwohl ich seit Monaten nichts anderes mache, als auf jeden halbwegs anständigen Mann abzufahren, dem ich begegne.«

»Das klingt doch … gesund«, erwidere ich. »Das ist ein Zeichen, dass du dich weiterorientierst, wenn du andere Männer attraktiv findest.«

»Du solltest mich mal in der U-Bahn erleben. Ich beobachte immer genau, wer einsteigt. Könnte ja sein, dass ein toller Mann dabei ist.«

Ich muss lachen. »Und was machst du dann? Räkelst du dich an der Haltestange und leckst sie verführerisch ab?«

Wir müssen beide laut kichern, was in einem gleichzeitigen Stoßseufzer endet, woraufhin wir wieder loskichern.

»Wann hast du dich getrennt, vor sieben Wochen? Wahrscheinlich ist es höchste Zeit, dass du wieder in den Sattel steigst.«

»Schon möglich«, entgegnet Kate. »Bist du eigentlich okay?«

Ich nicke. »Tut mir leid, dass ich in diesem Zustand bei euch aufgekreuzt bin.«

»Schon gut. Allerdings kann ich nicht fassen, dass du dich mit Rick getroffen hast. Wie kam es denn dazu? … Nein, stopp. Lass uns mit den blutigen Details warten, bis Bloomie hier ist.«

»Ich kann nicht warten«, erkläre ich seufzend. Ich erinnere mich vage, dass Bloomie gestern Abend ziemlich sauer war. Normalerweise versuche ich ihr aus dem Weg zu gehen, wenn sie einen Hass auf mich hat, aber ich weiß nicht, wie ich aus diesem Schlamassel wieder herauskomme.

»Sie macht sich eben Sorgen um dich«, sagt Kate, die meine Gedanken liest. »Sag maaal, was hältst du denn von Pfannkuchen?«

Wir stehen auf und gehen in die kleine Küche. Wir bemühen uns, leise zu sein, da Bloomie und Eugene noch schlafen, doch nach lautem Scheppern mit der Pfanne, unterdrückten Kicheranfällen und dem Gurgeln und Rülpsen der Nespresso-Maschine tapst Bloomie im Flanellpyjama und ihren Bibo-Pantoffeln in die Küche.

»Guten Morgen, Engel«, begrüße ich sie. »Bevor du etwas sagst, es tut mir leid, dass ich mich gestern Abend wie eine soziale Handgranate verhalten habe. Ich hatte meine Lektion.«

Sie lehnt sich gegen den Türrahmen, reibt sich die Augen und sieht mich stirnrunzelnd an. »Im Ernst, Darling, ich kann nicht damit umgehen, dass du dich jedes Mal besäufst, wenn du ausgehst, und dann wie ein Häufchen Elend vor meiner Tür stehst.«

»Das kommt nicht mehr vor!«, verspreche ich rasch. »Das war der erste Ausrutscher seit mehreren Monaten!« Seit der Trennung von Rick.

»Was hast du dir überhaupt dabei gedacht, dich mit diesem Vollarsch zu verabreden? Ich meine ..., verdammt noch mal, das war falsch, und das weißt du.«

»Ich BEMÜHE mich, das Richtige zu tun, Bloomie«, entgegne ich mit leicht erhobener Stimme. »Mein ganzes verdammtes Leben dreht sich im Grunde um nichts anderes.« Es ist nicht ihre Aufgabe, mich auszuschimpfen. Es ist ihre Aufgabe, meine Freundin zu sein.

»Wie kann ein Treffen mit Rick das Richtige sein? Gott, vergiss es einfach ... Es ist bloß so erbärmlich ... Krieg dich endlich wieder ein.« Wow. Knallhart.

»Erbärmlich?«, sage ich und werde noch lauter. »Ich muss dich nicht um Erlaubnis fragen, wenn ich was mache, weißt du? Außerdem bist du auch nicht perfekt. Dein Freund muss Kate und mich kontaktieren, um rauszufinden, ob du überhaupt noch lebst, so wie gestern. Außerdem warst du am Telefon verdammt unhöflich zu mir.«

»Ich habe einen richtigen Job. Ich kann nicht ständig Privatgespräche führen«, rechtfertigt sich Bloomie.

»Ich habe auch einen richtigen Job, Susan. Was zum Teufel willst du damit sagen?« Ich bin jetzt wütend, aber meine üblichen Wuttränen bleiben aus. Wie merkwürdig.

»Nichts«, schreit Bloomie. »Ich wollte damit nicht sagen …«

»Natürlich wolltest du. Himmel, wie kann man so etwas Gemeines sagen?«

Es entsteht eine Pause, und wir funkeln uns wütend an. Kate rührt stumm den Pfannkuchenteig und starrt in die Schüssel, als gäbe es nichts Interessanteres auf der Welt.

»Tut mir leid«, sagt Bloomie kleinlaut und senkt den Kopf. »Entschuldige, das habe ich nicht so gemeint. Es regt mich eben nur immer auf, wenn du so bist … Ich hasse es, dich leiden zu sehen.«

Ich seufze laut. »Alles hat sich in den letzten Monaten verändert, Bloomie. Okay, gestern Abend habe ich Mist gebaut, aber trotzdem … Ich bemühe mich. Und du kannst es mir nicht verübeln, dass ich mein Leben so führe, wie ich es möchte. Es ist mein Leben, nicht deins.«

»Ich weiß. Trotzdem … Erinnerst du dich, wie das war nach Rick, in was für einem katastrophalen Zustand du warst?«

Ich mache eine Pause. Ich erinnere mich nicht so gut an diese Zeit. Ich versuche, sie auszublenden.

»Blooms, danke, dass du dich nach … nach Rick um mich gekümmert hast. Das ist mein Ernst, danke. Und das mit gestern Abend … Hör zu, es war eine bescheuerte Idee, das habe ich schon vorher gewusst, doch ich konnte nicht anders. Rick hat mich am Donnerstag angerufen und angekündigt, er müsste mir etwas Persönliches sagen, und ich war neugierig und habe gehofft, dass er sich wegen der Pink Lady entschuldigt und zugibt, den größten Fehler seines Lebens begangen zu haben, oder so ähnlich … Ich weiß, wie sich das anhört, aber ich konnte einfach nicht anders.«

»Ich kann das verstehen«, meint Kate unterstützend.

»Es tut mir leid, dass ich gestern in diesem Zustand hier aufgetaucht bin. Ich wollte mich gar nicht betrinken«, erkläre ich. »Ich war irgendwie seltsam drauf, ziemlich nachdenklich, und zuerst habe ich eine halbe Flasche Wodka getrunken, danach zwei Gin Tonics und dann Wein, und Rick war so ätzend … Und dann habe ich ihm mein Glas ins Gesicht gekippt.«

»WAS?«, ruft Bloomie, die plötzlich ihre missbilligende Haltung vergisst. »Du hast gestern Abend schon so was gemurmelt, doch ich dachte, das ist das Geschwätz einer Besoffenen. Erzähl uns alles sofort.«

»Also schön«, sage ich seufzend. In den nächsten zehn Minuten, während wir die Pfannkuchen backen und den ersten (der fällt immer auseinander) den Pfannkuchengöttern opfern, sie anschließend auf drei Teller mit, je nach Geschmack, Zitrone und Zucker, Nutella oder Schinken und englischem Senf (raten Sie mal, wer das isst) verteilen und uns auf die Couch plumpsen lassen, berichte ich detailliert, was gestern Abend passiert ist.

Während ich erzähle, werde ich immer wieder von den beiden unterbrochen. »Du hast ihm einen Gin Tonic besorgt, obwohl er sich verspätet hat? Er war doch derjenige, der DICH auf einen Drink eingeladen hat … Kein Wunder, dass er dich für eine dumme Nuss hält.« (Bloomie, natürlich) oder: »Ich wünschte, ich hätte sein Gesicht gesehen, als du den Wein über seinen Kopf gekippt hast!« (eine schadenfrohe Kate) und schließlich: »Bist du sicher, dass das Jake war?« (beide im Chor).

»Ja«, antworte ich. »Er war es definitiv. Das ist das Letzte, woran ich mich noch deutlich erinnern kann. Gott, der

Kerl hat eine Art Spürsender oder so, der auf mich eingestellt ist.«

»Nennt man das bei euch Kids neuerdings so?«, sagt Bloomie.

»Gibst du endlich zu, dass du ihn gut findest?«, fragt Kate aufgeregt.

Ich runzle die Stirn und schüttle den Kopf. Ich weiß nicht, was ich sagen soll, also stecke ich mir stattdessen ein großes Stück von meinem süßsauren Pfannkuchen in den Mund.

»Trotzdem, gut gemacht, Sassafras-Schatz. Ich wünschte, du hättest Rick auch noch eine Ohrfeige verpasst«, meint Bloomie. Es herrscht noch immer eine gewisse Kühle zwischen uns, aber die wird bald vorüber sein. »Obwohl ich nach wie vor nicht verstehe, warum du zu dem Date überhaupt Ja gesagt hast – okay, okay, zu dem Drink.«

Ich zucke mit den Achseln. »Nun, das liegt daran, dass du du bist und ich ich … Das musst du nicht verstehen. Du musst mich einfach trotzdem liebhaben, weißt du.«

»Oh, Darling, das tue ich doch!«, bekräftigt Bloomie und breitet die Arme aus. Aah. Das ist die Bloomie, die ich kenne und liebe. Das harte Alphatier mit dem weichen Kern. »Tut mir leid, dass ich gestern am Telefon so ätzend war. Und es tut mir leid, was ich über deinen Job gesagt habe«, murmelt sie in meine Haare. »Bitte, verzeih mir. Ich habe eine grauenhafte Woche hinter mir, aber das soll keine Entschuldigung sein.«

»Möchtest du darüber reden?«, frage ich.

»Nö«, antwortet sie und löst sich von mir. »Sinnlos, sich noch mal darüber zu ärgern. Du riechst übrigens ein bisschen nach Kotze.«

»Das ist mein neues Shampoo. Es heißt Sinnlich bis zum Erbrechen. Egal, Leute, das Letzte, was ich dazu sagen möchte, ist, dass ich eindeutig und hundertpro einen Kamikaze-Instinkt beim Daten habe, und die einzige Möglichkeit zu überleben ist, mich freiwillig in Liebesquarantäne zu begeben, was der Grund ist, warum meine Auszeit bis auf Weiteres wieder gilt.« Ich unterbreche mich kurz. »Übrigens, das hätte ich ja fast vergessen! Ich habe gestern Abend auch Posh Mark gesehen!« Ich schildere den beiden rasch den Kuss zwischen Posh Mark und Annabel Kopftuchmädchen auf offener Straße.

»Woher weißt du, dass sie schon immer auf ihn stand?«, erkundigt sich Bloomie.

»Sie hat sich praktisch jedes Mal an seinem Bein gerieben, wenn sie ihn gesehen hat«, erwidere ich.

»Was meinst du damit?«, hakt Kate nach.

»Na, wie ein läufiger Köter, Süße«, sage ich.

Kate prustet lachend los. Bloomie gibt mir den letzten ihrer Nutella-Pfannkuchen. Ich weiß, es ist ein Friedensangebot, also nehme ich grinsend an.

»Da ich – danke – hier gerade alles auf den Tisch bringe, solltet ihr auch wissen, dass ich mit einem Kunden gegen Regel Nr. 8 verstoßen habe«, meine ich. »Das Kussverbot«, füge ich erklärend hinzu, als ich ihre verwirrten Gesichter sehe.

»WIE BITTE?«, entgegnen beide unisono. Ich habe nicht mehr so viel Dramatik geboten seit … nun, seit ein paar Monaten.

Ich schildere kurz die Geschichte mit Lukas und ende mit: »Wisst ihr, die Männerpause existiert aus einem bestimmten Grund. Ich bin absolut unfähig, die richtige Entscheidung zu treffen. Darum bin ich auf Männerentzug. Ich kann spüren, wie der ganze giftige Dreck aus mir herauskommt.«

»Das sind nicht die Männer, Darling. Sondern der Alkohol«, bemerkt Bloomie liebenswürdig.

»Nett«, kommentiert Kate.

»Es wundert mich nicht, dass du bei dem scharfen Deutschen schwach geworden bist«, räumt Bloomie ein. »Vermisst du nicht den Sex?«

»Ja-ha«, erwidere ich in gespielt genervtem Ton. »Ich vermisse das Knutschen und den Sex und das Kuscheln. In dieser Reihenfolge. Aber nicht genug, dass ich mich wieder auf einen Mann einlassen möchte.«

»Noch ein paar Wochen Enthaltsamkeit, und deine Auszeit beendet sich von selber, denke ich«, sagt Bloomie. Ich werfe ihr einen tödlichen Blick zu, den sie mit einem Zwinkern beantwortet.

»Heißt das, du begleitest mich nicht heute Abend, um Männer kennenzulernen?«, will Kate von mir wissen. »Ich brauche dich. Du musst mir erklären, wie man richtig flirtet, um ein Date zu bekommen …«

»Nein!«, widerspreche ich ihr energisch. Es kommt direkt aus dem Bauch heraus und überrascht uns alle ein bisschen. »Ich meine … vielleicht. Aber denk doch nur daran, was gestern Abend passiert ist. Ich muss solche Situationen meiden mit. Du weißt schon, solche mit Jungs. Und Männern.«

»Oh, mit Jungs und Männern«, spottet Bloomie. »Gleich mit beiden Sorten.«

Kate zieht einen Schmollmund. Ich bekomme ein schlechtes Gewissen. Sie ist erst seit wenigen Wochen Single. Ich sollte eigentlich ihre Begleitperson sein.

»Na gut, vielleicht komme ich mit …«, lenke ich ein. »Aber nur als Ratgeberin. Ich werde mich selbst an keinem Flirt beteiligen.«

»Juchu!«, jubelt Kate.

»Hey!«, wirft Bloomie ein. »Du hast gegen eine der Regeln verstoßen. Bedeutet das nicht, dass deine Auszeit damit null und nichtig ist? Und warum hast du sie nicht auch mit Jake gebrochen?«

Ich verschlucke mich an meinem Kaffee. »Ich … habe über Jake nichts zu sagen. Es war seltsam, ihn zu sehen, mehr nicht. Und Lukas hat mich geküsst, nicht ich ihn. Die Männerpause ist nach wie vor aktuell«, rechtfertige ich mich mit einer Leichtigkeit, die ich nicht spüre.

»Wenn du meinst«, sagt Bloomie und grinst mich an. »Noch sechsmal schlafen bis zu Eddies Wochenendparty …« Mist. Mein Pokergesicht hat versagt. Ich wünschte, ich hätte ihr nie erzählt, dass ich noch immer wie früher die Nächte vor bestimmten Ereignissen zähle.

Ich schwöre mir, Jake nie wieder zu erwähnen, egal wie oft er mir in den Sinn kommt. (Ich frage mich, ob er gesehen hat, wie ich Rick Wein ins Gesicht geschüttet habe? Oh Gott, denk lieber nicht darüber nach. Jake ist nur ein weiterer elender Scheißkerl, und du hast gerade Männerpause.)

Während ich über all das sinniere, piept Kates Handy.

»Neiiin«, sagt sie und macht eine große Show daraus, mit einem Auge ängstlich auf das Display zu schielen und die Nachricht zu lesen, als könnte das Handy jeden Moment explodieren.

»Ach, das ist nur Immie«, meint sie erleichtert. »Sie geht nachher mit Tom auf den Portobello Market. Supi-dupi! Ich treffe sie dort.«

»Kann ich mitkommen?«, frage ich und ignoriere das »Supi-dupi«. Immie ist Imogen, Kates Schwester, und Tom ist Immies Baby.

»Ja klar«, antwortet Kate und schwingt ihre Beine von der Couch, die mit einem dumpfen Poltern auf dem Boden landen. »Aber du musst vorher duschen. Das Gift strömt aus deiner Haut wie Nebel über einem See an einem Wintermorgen.«

»Oh, wie hübsch!«, bemerke ich und kichere. Ich liebe es, wenn Kate albern ist. Ich bin froh, dass sie über ihren kleinen Depri heute Morgen hinweg ist. Es ist Jahre her, dass sie so entspannt war.

»Ich würde euch ja gerne begleiten, Darlings«, schaltet sich Bloomie ein. »Aber ich muss arbeiten.« Sie sieht auf ihre Uhr. Wer trägt zum Pyjama eine Armbanduhr, frage ich Sie? Wer trägt überhaupt eine Armbanduhr? »Der Monk schläft noch … Ich möchte ihn nicht wecken. Ich gehe nur kurz unter die Dusche, bevor ich verschwinde.«

Sie kehrt in ihren Bibo-Pantoffeln in ihr Zimmer zurück und wackelt bei jedem Schritt mit dem Hintern, während Kate und ich ihr hinterherpfeifen.

»Ja, wackle mit deiner Schwanzfeder, Baby!«, ruft Kate.

»Ich hasse es, wenn du gehst, Schatz … doch ich LIEBE es, dir beim Gehen zuzusehen!«, ereifere ich mich.

Danach spülen wir rasch das Frühstücksgeschirr, duschen und ziehen uns an. Kate, wieder einmal typisch, hat eine funkelnagelneue Zahnbürste für mich. Tatsächlich hat sie sogar vier davon. Außerdem sechs Rollen Wattepads, drei Zahnpastatuben und jeweils drei Flaschen Shampoo, Conditioner und Duschgel.

»Haben wir bald Krieg?«, erkundige ich mich bei ihr, als ich aus dem Bad komme, mit vier Wattepadsrollen in der Hand. »Gibt es bei Boots einen Räumungsverkauf? Weißt du etwas, was ich nicht weiß?«

»Lass mich in Ruhe«, erwidert Kate, schaltet ihren Föhn aus und hält eine Hand hoch. »Ich kann es eben nicht leiden, wenn Sachen ausgehen.«

»Darf ich dein Schminkzeug benutzen, Darling?«, frage ich.

»Nur wenn du mich schminkst«, entgegnet sie. Ah, das alte Ritual, die Freundin herauszuputzen. »Ich möchte bitte das volle Programm«, fügt sie hinzu und setzt sich auf das Bett, hält den Kopf ganz still und schaut an die Decke.

Ich beginne mit Concealer und Highlighter. »Du würdest

hübscher aussehen … Nein, du bist so hübsch genug …«, erkläre ich. Ich liebe dieses Zitat aus *Dirty Dancing*. Weiß die Schwester überhaupt, wie mies das von ihr ist, wenn sie das sagt?

Zehn Minuten später sehen Kate und ich frisch und strahlend aus und sind bereit für den Portobello Market.

Ich habe dieselbe Schuhgröße wie Bloomie (ganz schön groß) und borge mir auf dem Weg zur Tür ein paar von ihren vielen ausgetretenen Converses aus der kleinen Kommode in der Diele. Gerade als wir die Haustür hinter uns zuziehen wollen, höre ich einen Schrei aus einem der Schlafzimmer. Eine Sekunde später schlurft Eugene in Socken, Boxershorts und langem Hemd heraus.

»*Lockere Geschäfte!*«, sage ich.

»Soso?«, meint er. »Wo ist Bloomie, Leute?«

»Arbeiten«, antwortet Kate. »Sie wollte dich nicht aufw…«

»Sie ist in dieser Scheißbank?!«, bricht es aus ihm heraus, dann gewinnt er seine Beherrschung zurück. »Okay, danke. Ich … muss auch gleich los.«

»Okay …«, meinen Kate und ich im Chor.

Eugene dreht sich um und verschwindet wieder im Schlafzimmer. Ich sehe, dass er leise den Kopf schüttelt, als er die Tür hinter sich schließt.

»Neulich Abend habe ich mitbekommen, dass die beiden eine Diskussion hatten«, erzählt mir Kate, als wir die Straße betreten. »Er hat so was gesagt wie arbeiten, um zu leben, und nicht leben, um zu arbeiten …«

»Oje. Das klingt nicht gut«, bemerke ich.

»Mmm«, sagt Kate. »Aber die beiden scheinen trotzdem wunderbar zusammenzupassen, weißt du …« Wir gehen schweigend ein paar Meter.

»Mein Vater sagt immer, niemand sieht das Spiel wie die Spieler selbst … Wer hat eigentlich gestern Abend beim Poker gewonnen?«, frage ich.

»Eddie«, erwidert Kate. »Er war außergewöhnlich gut gelaunt.«

»Kommt Maeve aus Genf zu seiner Hausparty nächstes Wochenende?«, will ich wissen.

»Er meinte, sie muss arbeiten«, entgegnet Kate mit einem Achselzucken.

Es ist ein so herrlicher sonniger Vormittag, dass mich plötzlich ein großes Glücksgefühl überkommt und ich mir Kates Hand schnappe und sie zwinge, mit mir bis zur Portobello Road zu hüpfen. Niemand auf der Straße beachtet uns. Wir begegnen nur lässigen, schicken Notting-Hill-Yuppies, die es eilig haben, zum Markt oder nach Hause zu kommen beziehungsweise die dem touristischen Albtraum entfliehen möchten, der sich mittlerweile jeden Samstag auf dem Markt abspielt.

»Immie wartet auf uns im Electric«, meint Kate.

Die Electric Brasserie gehört zu den Läden, die ich meide. Früher war ich dort oft mit Rick. Plötzlich wird mir bewusst, dass es mir scheißegal ist. Falls ich ihm begegne, werde ich ihm noch einen Drink ins Gesicht schütten. Ha. Ich kann nicht glauben, dass ich gestern Abend mit ihm verabredet war. Manchmal bin ich ein totaler Vollidiot. Ich hätte ernsthaft meine glückliche Phase ohne Männer gefährden können. Das passiert mir kein zweites Mal.

Kapitel 21

Als wir das Electric betreten, ist Immie bereits da. Tom, der vor kurzem erst ein Jahr alt geworden ist, lacht sie aus seinem Buggetyboo-Kinderwagen an (ich vergesse immer den Namen, aber Sie wissen schon, welche Marke ich meine – hey, ich bin keine Mutter).

Sie springt auf, als wir zu ihr gehen, und wir begrüßen uns. Ich mag Immie sehr. Sie hat vor drei Jahren geheiratet, einen lieben Mann namens Michael. Sie leben in Maida Vale, einem Wohnviertel im Westen der Stadt, wo man anscheinend täglich neue beste Freundinnen kennenlernt, indem man einfach mit seinem Baby im Buggy spazieren geht (fährt?), da es dort eine Vielzahl von anderen jungen Müttern gibt, die mit ihren Babys im Buggy spazieren gehen (fahren).

»Wie geht es dir, meine Süße?«, fragt Immie und beugt sich vor, um Kates Hand zu berühren. Sie sieht genauso aus wie Kate, ein hübsches brünettes Energiebündel, nur dass sie ungefähr dreißig Zentimeter größer ist. »Hast du gut geschlafen?«

»Na ja, ich musste mein Bett letzte Nacht teilen«, antwortet Kate vielsagend und zieht die Augenbrauen hoch.

»Du kleines Luder«, lässt Immie verlauten und grinst begeistert. »Erzähl mir alles darüber.«

Kate sieht mich an. Immie folgt ihrem Blick.

»Sie hat es mit mir geteilt«, sage ich. »Ich bin Alkoholikerin«, füge ich erklärend hinzu.

Immie lacht. »Hat Katie die Situation wieder schamlos ausgenützt?«

»Ja, es war furchtbar … Oh, Immie, darf ich ihn bitte mal halten?« Ich liebe Babys. (Hey, ich habe nur gesagt, dass ich keine Mutter bin, und nicht, dass ich keinen Mutterinstinkt habe.) Tom ist milchig und warm und weich und pausbäckig und hat ein breites, freches, strahlendes, zahnloses Lächeln wie ein kleiner Kobold. »Mmm, unwiderstehlich.« Ich sehe Immie an und grinse. »Er ist perfekt. Meine Eierstöcke ziehen vor Sehnsucht.«

Sie lächelt. »Ja, er ist einfach klasse. Aber weißt du, ich habe vor kurzem *Eat, Pray, Love* gelesen – kennt ihr das Buch? Ich kann es euch nur empfehlen, es ist von Elizabeth Gilbert. Sie schreibt, ein Baby zu haben ist wie ein Tattoo im Gesicht. Man muss sich verdammt sicher sein, dass man es möchte, weil es kein Zurück gibt.«

Wir brechen alle in Lachen aus. Tom quietscht fröhlich und laut in mein Ohr, angesteckt von der Begeisterung der drei Frauen um ihn herum, die ihn bewundernd betrachten. Ein zukünftiger Scheißkerl, keine Frage.

Meine Ohren klingeln. »Autsch … Ich brauche noch einen Kaffee, glaube ich. Und was zu essen.«

»Ich nehme ein Sausage-Sandwich«, erklärt Kate.

»Und ich Spiegeleier«, meint Immie.

»Äh … ich glaube, für mich nur Toast«, sage ich. »Oh, und gebratenen Speck.«

Nachdem wir unser Frühstück bestellt haben (ich war versucht, gleich zwei Kaffees zu bestellen, um Zeit zu sparen), unterhalten wir uns über Kate und Tray. Nach der Trennung von Tray wohnte Kate die erste Woche bei ihrer Schwester, bevor sie in Bloomies Eigentumswohnung einzog. Immie ist daher in alle Details eingeweiht, aber wir sprechen trotzdem darüber, dass es die richtige Entscheidung war.

»Ich habe schon an Weihnachten gemerkt, dass mit euch beiden was nicht stimmt«, bemerkt Immie. »Ich habe es geahnt, doch ich konnte nichts sagen. Und Michael hat es auch geahnt.«

»Kann Michael Tray leiden?«, fragt Kate unvermittelt.

»Äh, ja, sicher«, antwortet Immie, einen Tick zu spät. »Ich meine, er kennt ihn kaum, Katie. Es war schwierig, Tray … näher kennenzulernen.«

»Mmm …«, meint Kate und sieht stirnrunzelnd ein paar Sekunden in die Ferne. »Lasst uns über was anderes reden.«

»Möchtest du meinen Rat als Psychologin hören?«, erkundigt sich Immie. Das war der Beruf, den sie ausübte, bevor sie Tom bekam. Sie sagt, sie will in ein paar Jahren wieder einsteigen. Michael arbeitet in der City in einem geheimnisvollen und sehr stressigen Job, der etwas mit Begriffen wie Aktienmarkt und Kapital zu tun hat.

»Nein danke … Jetzt bin ich mal dran!«, sagt Kate, nimmt Tom auf den Arm und bedeckt sein Gesicht mit Küssen.

»Ich kann allerdings deinen Rat brauchen, wenn du Lust hast«, werfe ich ein. »Mein Leben ist derzeit ein einziges Chaos.«

»Suuuper«, entgegnet Immie. »Lass mich so tun, als würde ich rauchen, während ich dich analysiere. Ich finde das immer ganz hilfreich … Wie in den guten, alten Zeiten …« Sie spitzt die Lippen und führt ihre Hand an den Mund, mit einer imaginären Zigarette zwischen den Fingern, die sie wie ein Vogue-Model aus den Fünfzigern hält.

»Eine gute Ersatzbefriedigung«, erkläre ich. »Okay, es geht im Grunde darum, dass … ich mir ständig die falschen Männer aussuche. Ich werde zu einem Date eingeladen, sage Ja, wir werden ein Paar, und zum Schluss werde ich sitzen gelassen.«

»Ich habe ihr schon gesagt, dass sie immer nur passiv reagiert«, erwähnt Kate stolz. »Ich habe dabei an dich gedacht, Immie. Oh, Tom, lass das …«

Das Baby zieht an Kates Haaren und beginnt zu quengeln. (Et voilà, das Ziehen meiner Eierstöcke hört sofort auf.)

»Leg ihn einfach in den Wagen, wenn du möchtest, Süße. Er ist müde«, sagt Immie, bevor sie sich wieder mir zuwendet und einen imaginären Zug an ihrer Zigarette macht. »Mit was für Männern warst du denn bisher zusammen?«

»Äh … mit denen, die mich angesprochen haben?«

»Mhm … Sonst noch was?«

»Äh, nun ja, eigentlich … Ich glaube, ich habe einen Hang zu Männern, die auf eine Art perfekt sind. Meine Männer waren witzig oder clever oder lieb oder haben sich mit meinen Freunden gut verstanden … Aber keiner hat das alles in sich vereint, und ich habe zu keinem eine große Verbundenheit gespürt. Und ich war immer die Sitzengelassene, nach jeder Beziehung.«

Während der ganzen Zeit nickt Immie und macht nachdenklich »Hmhm«.

»Einer war besonders mies zu mir, Rick. Ich war verrückt nach ihm, wobei ›verrückt‹ das entscheidende Wort ist. Obwohl ich sagen würde, dass ich mittlerweile endgültig über ihn hinweg bin …«

Kate grinst breit.

»Gut, gut …«, brummt Immie mit tiefer Therapeutenstimme. »Du hast den Kopf wegen einem Scheißkerl verloren. Okay, beginnen wir mit dem Bedürfnis nach Anerkennung von außen …«

Ich sehe sie erschrocken an. Ich hoffe, dass sie nicht wirklich vorhat, mich zu analysieren.

Sie zwinkert mir zu. Puh, das war nur Spaß. Sie holt tief Luft und fährt fort, mit ihrer Therapeutenstimme zu sprechen, während sie mit ihrer imaginären Zigarette herumwedelt, um ihren Worten Nachdruck zu verleihen.

»Also, in der Verhaltenstherapie lernen wir, wenn jemand insgeheim an seinem Selbstwert und seiner Fähigkeit, eine

Beziehung aufrechtzuerhalten, zweifelt, lockt das automatisch heiratsscheue Halunken an, denen wir widerstehen sollten, weil sie alte, aber liebgewonnene Komplexe auslösen.«

»Wow«, meint Kate. »Willst du damit sagen, dass sie auf Scheißkerle abfährt, da sie insgeheim glaubt, sie hätte das verdient?«

Immie tut so, als würde sie abaschen. »Am besten fragen wir sie selbst, oder?«

Daraufhin drehen sich beide zu mir.

»Nein, das tue ich nicht«, kontere ich. »Ich glaube nicht, dass ich sie verdient habe, und ich habe auch kein zu geringes Selbstwertgefühl ... Na schön, nach der Trennung von Rick schon, aber in letzter Zeit bin ich wieder ganz zufrieden mit mir. Ich glaube allerdings, dass ich einen Mann verdient habe, der, ähm, toll ist. Allerdings bezweifle ich, dass ich einen tollen Mann erkennen würde, nicht einmal dann, wenn ich über ihn stolpern würde. Vielleicht falle ich immer auf die Schurken herein, weil sie witziger und interessanter sind ...«

»Ja, das ist die Crux, Scheißkerle sind meistens interessanter als die netten Männer«, stimmt Immie mir zu und nickt. »Das lässt sich nicht bestreiten.«

»Ich bin mir nicht einmal sicher, ob alle meine Exfreunde Scheißkerle waren, weißt du?«, sage ich nachdenklich. »Sie wollten eben nicht mehr mit mir zusammen sein. Stempelt sie das nun ein Leben lang zu einem Scheißkerl ab?«

Wir sitzen schweigend eine Weile da und denken nach. Es ist das erste Mal, dass mir diese Überlegung gekommen ist.

Immie stößt ein Räuspern aus. »Nun, vielleicht solltest du in Zukunft die Männer näher kennenlernen, bevor du dich auf sie einlässt. Ob Scheißkerl oder nicht, jedenfalls weißt du dann, ob etwas Echtes hinter dem Geplänkel steckt.«

»Eigentlich mache ich gerade eine Männerpause, Ims. Ich

habe keine Dates mehr. Ich kann mir selbst nicht trauen, die richtige Entscheidung zu treffen. Also bringe ich mich gar nicht erst in die Situation.«

Immie beginnt zu lachen. »Eine Männerpause? Krieg ein Baby, dann hast du automatisch Männerpause … Gott, wie gern würde ich wieder die guten, alten Zeiten erleben, in denen ich herumgeflirtet habe und jedes Wochenende aus war … Das hat so viel Spaß gemacht, im Nachhinein betrachtet. Alles war so easy.«

»Easy!«, wiederholt Kate.

»Ja, Katie, easy …«, bekräftigt Immie. »Hört zu, ich bin nicht allwissend, aber … ihr solltet einfach euer Leben genießen, wisst ihr, und euch keine Sorgen machen. Diese Zeit wird nämlich nicht ewig dauern. Ich wünschte, ich hätte sie mehr genossen … Ich bin wirklich gerne Mutter, doch es gibt eben kein Zurück.«

»Versprochen?«, sage ich.

Sie schüttelt den Kopf und lacht wieder. In diesem Moment kommt unsere Bestellung, und wir unterbrechen unser Gespräch für ein paar Minuten und konzentrieren uns auf das Essen. Danach muss Immie los, weil sie mit Michael verabredet ist, und Kate eröffnet mir, dass sie unbedingt eine Jacke kaufen will. Also stöbern wir ein paar Stunden an den Ständen auf der Portobello Road. Ich kaufe nichts, obwohl ich am Stand mit den Military-Klamotten bei einer alten Armeejacke in große Versuchung gerate.

»Dafür bist du zu alt«, wendet Kate entschieden ein.

»Aber … die ist so cool! Eine deutsche Armeejacke! Eine ostdeutsche!«

»Du bist zu alt für eine ostdeutsche Armeejacke, die lauter Löcher hat, viel zu groß ist und nach Mottenkugeln riecht.«

Ich ziehe einen Schmollmund und hänge die Jacke zurück, bevor wir weitergehen.

»Ich glaube, du hast recht. Wir sind schon ganz schön alt«, vermute ich nachdenklich.

»Es sind nur noch zwei Wochen bis zu deinem Geburtstag!«, ruft Kate. »Hätte ich fast vergessen. Machst du eine Feier?«

»Nö«, entgegne ich. »Diesmal nicht.«

Wir gehen schweigend ein Stück weiter.

»Wie geht es dir mit Tray, Katepie?«, erkundige ich mich, um das Thema zu wechseln.

»Gut, gut«, antwortet sie ausweichend. Die Jalousie ist wieder unten. »Lass uns über was anderes reden, Darling. Es macht keinen Sinn.«

Wir schlendern weiter, betrachten die Schaufensterauslagen und holen uns Kuchen auf die Hand, den wir unterwegs essen.

»Ich glaube, ich bekomme bald die Kündigung«, sagt Kate aus heiterem Himmel.

»Ich bin mir sicher, so weit kommt es nicht«, widerspreche ich ihr, obwohl ich mir keineswegs sicher bin.

»Ich frage mich, wie hoch meine Abfindung sein wird. Ich arbeite dort seit … sechs Jahren. Das macht …« Kate beginnt im Kopf zu rechnen. Ich werfe einen kurzen Blick auf meinen Rechenschieber im Kopf. Umsonst, ich habe keine Ahnung.

»Ach, was soll's«, meint sie seufzend. »Es macht keinen Sinn, sich darüber den Kopf zu zerbrechen.«

»Das stimmt«, erwidere ich. »Wahrscheinlich passiert das sowieso nicht, und den Teufel an die Wand zu malen, ist wenig hilfreich.«

Kate zieht die Augenbrauen hoch. »Das sagst ausgerechnet du, mit deiner Männerpause. Du machst doch nichts anderes, als den Teufel an die Wand zu malen.«

Ich denke, ich werde das überhören. »Hattest du eine Gehaltserhöhung in den letzten Jahren?«, frage ich sie.

»Ja«, antwortet sie. »Natürlich. Zuerst nach meinem Wirtschaftsprüferexamen, und dann nach den meisten Beurteilungsgesprächen … Außerdem bekomme ich einen Bonus, allerdings nicht im letzten Jahr … Warum?«

»Ich hatte noch nie eine Gehaltserhöhung«, erzähle ich. »Keine einzige. Ich verdiene heute noch genauso viel wie in meinem ersten Berufsjahr.«

»Das ist ein Witz«, gibt Kate zurück. Wir gehen schweigend ein paar Schritte weiter, dann fügt sie hinzu: »Ich meine es ernst. Das ist schlimm. Du musst etwas daran ändern.«

»Ich weiß«, sage ich nachdenklich. »Ich denke darüber seit dem Großprojekt nach. Ich meine, wir hätten den Auftrag nicht bekommen, wenn ich nicht gewesen wäre. Wirklich nicht … Ich werde wie eine studentische Aushilfskraft bezahlt, leite aber Großprojekte.«

»Sprich mit Cooper. Mach dir eine Liste mit Argumenten, die belegen, wie sehr du dich ins Zeug gelegt hast, und recherchiere, wie viel du bei anderen Agenturen verdienen könntest«, rät mir Kate. Sie ist jetzt in ihrem Element und zählt mit den Fingern auf, was ich zu tun habe. »Überlege dir vorher, wie er reagieren könnte, und bereite deine möglichen Antworten vor. Und du musst eine konkrete Zahl im Kopf haben. Offen gesagt, da du nie eine Gehaltserhöhung hattest, würde ich nicht bescheiden sein.«

»Okay«, erwidere ich. »Dann will ich vierzig Prozent mehr … Ich muss nur noch ausrechnen, wie viel vierzig Prozent von meinem Gehalt sind.« Ich tue so, als würde ich mit den Fingern rechnen, und wir müssen beide kichern.

»Lass uns nach Hause gehen und ein bisschen abhängen«, schlägt Kate vor, und wir schlendern zurück zur Chepstow Villas. Ich sollte eigentlich nach Pimlico in mein Zuhause, aber es ist schwer, die Energie aufzubringen, mit der

Bahn oder dem Bus die ganze Strecke nach Pimlico zu fahren und dann den ganzen Weg zu unserem Haus zu latschen und zum Schluss die ganzen Treppen ohne bestimmten Grund hochzusteigen. Also gehen wir gemütlich durch Notting Hill bis zu Bloomies Haus. Es ist ein typischer Maitag in London: vereinzelt sonnig, aber mit einem unangenehm frischen Wind.

Bei Kate und Bloomie angekommen machen wir es uns auf der Couch gemütlich und sehen uns *Mad Men* auf DVD an, während wir nebenher Popcorn und Smarties futtern.

»Ich liebe diese Serie«, sagt Kate. »Ich wünschte, wir hätten 1960.«

»Ich auch«, stimme ich ihr zu. »Dann wären wir verheiratet und hätten ein Alkoholproblem. Und Kinder.«

»Das wäre toll.«

»Ich weiß.«

Ich bin sehr entspannt, habe aber trotzdem das vage Gefühl, dass ich an einem Samstagnachmittag etwas Besseres zu tun habe, als DVDs zu schauen. Die ich bereits gesehen habe. Schon zweimal.

Gegen achtzehn Uhr spüren wir allmählich eine innere Unruhe, die sich einstellt, wenn man einen ganzen Nachmittag lang gefaulenzt hat. Ich mache uns einen Kaffee und gehe mit meiner Tasse auf den Balkon, um eine zu rauchen.

»Was sollen wir heute Abend machen?«, fragt Kate und klaubt Popcornkrümel von ihrem Oberteil, die sie sich nacheinander in den Mund steckt.

»Du siehst aus wie ein Äffchen … Ich weiß nicht.«

»Die Jungs haben eine SMS geschickt«, sagt sie.

»Ich weiß. Ich wette, wir haben beide dieselbe Nachricht bekommen«, antworte ich. »Hast du noch die letzte von Mitch? Lies sie doch mal vor …«

Kate nimmt ihr Handy. »Er schreibt … ›Ihr Süßen‹«, beginnt sie in herablassendem Ton. »›Fulham. Sofort. Rugbyparty. Zieht euch was Hübsches an.‹«

»Ha, genau derselbe Text. Steht am Schluss ›Zeigt eure Beine‹?«

»Nein. ›Zeigt eure Tüten‹«, liest sie. »Was soll das heißen? Welche Tüten? Ich kapiere das nicht …« Ich ziehe die Augenbrauen hoch und grinse dreckig, und langsam geht ihr ein Licht auf. »Oh mein Gott! Was für ein Schwein.«

»Ja. Ich habe keinen Bock auf ein Besäufnis. Du?«, frage ich.

»Mein Cousin ist heute Abend in Shoreditch«, liest Kate eine andere SMS vor.

»Zu viele Idioten«, meine ich.

»Überall sind zu viele Idioten«, gibt Kate zu bedenken.

»Ja, aber die in Shoreditch sind besonders schlimm«, bekräftige ich und denke dabei an Arty Jonathan und seine Kumpels.

»Fraser hat gesimst, dass er heute Abend in Soho ausgeht, falls wir uns anschließen möchten.«

»In Soho? An einem Samstagabend? Was will er da?«

»Mona Pferdearsch feiert in Clapham ihren Geburtstag«, fährt Kate fort. Mona Pferdearsch kennen wir von der Uni. Sie hat einen Arsch wie ein Pferd.

»Clapham? Mona Pferdearsch? Bist du auf Crack?«

»Ich weiß, ich weiß. Sollen wir eine Kneipentour hier durchs Viertel machen?«

»Oh, Katie-Maus … Müssen wir überhaupt ausgehen?« Bei meinem Glück laufen wir Rick über den Weg. Oder noch schlimmer, Jake. Seit dem Abend im Montgomery Place vermeide ich es, in Notting Hill auszugehen, um ihm nicht zu begegnen. Außerdem kann ich ihm nicht unter die Augen treten, nachdem er gestern Abend die peinliche Szene auf offener Straße vor dem Botanist mitbekommen hat.

»Du hast es mir versprochen!«, protestiert Kate. »Bitte. Bitte. Bitte. BITTE.«

Sie springt von der Couch, hüpft heraus auf den Balkon und nimmt einen Zug von meiner Zigarette, während sie mit den Augen klimpert. »Ich muss raus. Obwohl ich nicht einmal weiß, wohin.«

»Oh, also gut … Aber nur, weil du letzte Nacht dein Bett mit mir geteilt hast. Ich hoffe, du lässt mich auch heute Nacht wieder bei dir schlafen. Soll ich uns eine Flasche Wein aufmachen?«

Kapitel 22

Gegen einundzwanzig Uhr stehen wir im Beach Blanket Babylon an der Theke. Das Beach Blanket Babylon ist eine tolle Bar in Notting Hill, mit guten Cocktails und einer schrägen opulenten Einrichtung im römisch-mittelalterlich-königlichen Stil oder so.

Das Problem ist nur, dass es heute überfüllt ist. Es herrscht ein aggressives, enges Gedränge. Kate und ich haben unser erstes Glas schon seit zwanzig Minuten leer, aber die Barkeeper wollen meine hoffnungsvoll ausgestreckte Hand und mein »Bitte, nimm mich dran«-Gesicht für mindestens weitere zwanzig Minuten nicht sehen. Und während ich darauf lauere zu bestellen, kann ich mich nicht richtig mit Kate unterhalten. Denn wenn ich länger als zwei Sekunden meine Augen von dem Barmann, der mir am nächsten ist, abwende, kann man darauf wetten, dass er in diesen zwei Sekunden den Kopf in meine Richtung dreht und einen meiner durstigen Nachbarn bedient.

Ich meine, dieses Chaos ist anstrengend. Kein Wunder, dass wir früher immer zu dritt ausgingen. So konnte eine sich an der Theke anstellen, und die anderen beiden konnten sich zumindest unterhalten. Doch Bloomie ist heute Abend mit Eugene essen. Ach, die unvermeidbare Abwesenheit von verliebten Freundinnen.

Der Barmann, der am nächsten steht, dreht den Kopf plötzlich in meine Richtung und zu den vier anderen erwartungsvollen Gesichtern, die mich umringen.

»Wer ist dran?«

»Ich!«, brüllt eine aggressive Frau neben mir. (Sie lügt.)

»Zwei Mojitos, eine Margarita und einen Passion Martini.« Sie dreht den Kopf zu mir und lächelt triumphierend. Sie hat das J bei »Mojito« nicht wie ein H gesprochen. Ich glaube, sie ist aus Neuseeland. Ich lächle nett zurück und drehe den Kopf zu Kate.

»Katie«, schlage ich vor, »können wir nicht verschwinden und woanders hingehen?«

»Bin ich auch dafür«, antwortet sie, und wir bahnen uns einen Weg in Richtung Ausgang. »Ich dachte eigentlich, du machst sie wenigstens darauf aufmerksam, dass sie ›Mojito‹ falsch ausspricht«, sagt Kate, als wir die Ledbury Road entlanggehen.

»Ich glaube, es ist gemeiner, wenn ich es sie weiterhin falsch aussprechen lasse, meinst du nicht auch?«, erwidere ich.

Ich habe mir übrigens noch mehr Sachen von Bloomie geborgt. Sie kam von der Arbeit nach Hause, und bevor sie zu ihrem Essen mit Eugene aufbrach, hatten wir eine ziemlich alberne Anprobe. (Oh, na gut, da Sie fragen, ich trage ein kurzes weißes Kleid mit ultrahohen braunen Stiefeletten und eine alte, zerschlissene braune Lederjacke. Ich nenne meinen Look »Getoastetes Marshmallow«. Kate stöckelt auf ihren neuen roten Lieblingspumps herum, im kleinen Schwarzen und dem weißen Umhängetuch, das ich gestern zu der Verabredung mit Rick anhatte. Sie wollte nicht, dass ich ihr Outfit taufe.)

»Ich liebe es, am Wochenende zu verreisen«, meine ich nachdenklich, während wir uns der Westbourne Grove nähern. Ich war seit vierundzwanzig Stunden nicht zu Hause. »Das Wetter in Notting Hill ist fantastisch. Und die Leute hier sind so freundlich.«

Kate kichert.

»Na schön, Süße, wenn wir die Bars abklappern wollen, brauchen wir eine Strategie«, erkläre ich. »Was willst du? Männer ansprechen? Oder möchtest du lieber angequatscht werden?«

»Ich unterhalte mich gerne den ganzen Abend mit dir, aber es wäre vielleicht auch nett, wenn ich meinen Marktwert testen könnte …«, entgegnet Kate nachdenklich. »Ich möchte angebaggert werden, selbst wenn mir der Mann nicht gefällt.«

»Also schön, ich helfe dir«, gebe ich nach. »Lass es uns zuerst im Westbourne House versuchen.«

Als wir das Westbourne House erreichen, inspiziere ich rasch den Außen- und Innenbereich wie schon zuvor im BBB, um nach großen, dunkelhaarigen Männern wie Jake Ausschau zu halten. Ein paar Mal falscher Alarm und unnötiges Herzklopfen, bevor ich merke, dass er nicht hier ist. (Ich frage mich, ob er das tatsächlich draußen vor dem Botanist war. Egal. Drücken Sie einfach die Daumen, dass er mir nicht wieder über den Weg läuft.)

Wir bekommen schnell unsere Drinks und stellen uns neben eine Säule, wo wir so tun, als würden wir uns unterhalten, während wir tatsächlich den Laden abchecken.

»Irgendeiner hier, der dir gefällt?«, raune ich ihr aus dem Mundwinkel zu.

»Hm …« Kate lässt den Blick durch den Raum schweifen. »Nein, nein, vielleicht, nein … vielleicht, nein … ja. Oh ja … da drüben, der in dem schwarzen Hemd … Auf zwei Uhr. Vielleicht auch Viertel nach zwei.«

Ich schaue in Richtung Viertel nach zwei und sehe einen gut aussehenden Mann in einem schwarzen Hemd, der in einer kleinen Runde steht. Ich sehe keine Frau, die den Eindruck macht, als wäre sie seine Freundin. Das ist gut.

»Okay, du wartest ungefähr eine Minute und suchst Blickkontakt zu ihm. Dann trinkst du aus und gehst an die Theke, wie besprochen. Wenn du an ihm vorbeikommst, fass dir ein Herz und versuche wieder, Blickkontakt aufzunehmen. Er wird ihn definitiv erwidern.«

Kate nickt gehorsam und macht ein paar Minuten später genau das, was ich ihr gesagt habe. Ich beobachte, wie der Kerl sie anstarrt, als sie an ihm vorübergeht. Er leert rasch sein Glas und stellt sich neben sie an die Theke.

Ein hervorragender Schüler.

»Hey«, sagt eine Stimme, und ich drehe den Kopf. Neben mir steht ein blonder Typ in einem T-Shirt mit tiefem V-Ausschnitt. Ich entdecke ein paar feine blonde Brusthaare. Gott, T-Shirts mit tiefem V-Ausschnitt sind eine schreckliche Mode für Männer.

»Hey«, erwidere ich so unfreundlich wie möglich, ohne unhöflich zu sein.

»Ich gehe an die Theke. Kann ich dir eine Insel kaufen?«

Ich kann mir ein Lachen nicht verkneifen. »Nein, ich habe schon eine. Danke.«

»Und wie wäre es mit einem Drink?« Er hat Grübchen, wenn er lächelt. Ich wette, seine Mami hat ihm früher, als er klein war, immer gesagt, er sei der hübscheste Junge der Welt. Ich frage mich, ob er deshalb denkt, dass er mit solchen Sprüchen punkten kann.

»Nein, meine Freundin holt gerade Nachschub«, antworte ich und schaue von ihm weg. Manche Männer fühlen sich schon durch Blickkontakt ermutigt.

»Komm schon …« Er lässt nicht locker und probiert sein wahrscheinlich charmantestes Lächeln aus. »Wie wäre es mit einem Kurzen? Hattest du schon mal einen Orgasmus? Ich würde dir gerne einen besorgen.«

Ich gebe einen Stoßseufzer von mir und sehe ihn an. »Bitte geh.«

Er ist zu verdattert, um etwas zu erwidern, und trottet davon, gerade als Kate zurückgeflitzt kommt. Sie hat einen panischen Gesichtsausdruck. »Los, raus. Sofort.«

Wir eilen nach draußen und zünden uns Zigaretten an.

»Ich dachte zuerst, es läuft ganz gut«, flüstert Kate. »Aber dann hat er mich gefragt, was mich heute Abend hierhergetrieben hat, und ich habe gesagt, dass es meine erste Kneipentour als Single-Frau ist, und dann fand ich es so tröstlich, mit ihm zu reden, dass ich ihm alles über Tray erzählt habe und wie schwierig es ist …«

»Oh Gott«, sage ich.

»Wie?«, hakt Kate nach. »War das nicht gut?«

»Das ist ein Tabu. Du darfst nie deinen Ex erwähnen. Oder irgendwas, das dich stresst. Jetzt hält er dich für einen frischen Single und glaubt, du suchst einen neuen Mann.«

»Ja? Ist das schlimm?«, entgegnet sie ängstlich. »Offenbar schon, denn er hat mir plötzlich einen schönen Abend gewünscht und ist gegangen.«

»Sein Pech«, meine ich. »Mach dir keine Gedanken deswegen. Lass uns austrinken und weiterziehen. Der Laden hier nervt.« Als ich mein Glas leere, muss ich daran denken, dass Jake mich gefragt hat, wann mir zum letzten Mal jemand das Herz gebrochen hat. Warum habe ich ihm die Wahrheit gesagt? Das sieht mir gar nicht ähnlich.

Zwanzig Minuten später stoßen wir auf eine fröhliche Menge vor dem Walmer Castle. Wir gehen hinein, um zwei Wodkas an der Theke zu bestellen, und gehen anschließend wieder hinaus. Die Gäste im Walmer sind immer eine bunte Mischung aus Betrunkenen, die seit dem Mittag hier versackt sind, laut krakeelenden Gruppen, die die ganze Nacht durchfeiern wollen und – last but not least – exzentrischen Alteingesessenen von Notting Hill, die stur an ihrem Stammlokal festhalten, komme, was wolle.

Wir lehnen uns gegen die Mauer des Walmer Castle und zünden uns Zigaretten an.

»Okay, wie soll ich mich also verhalten? Wenn ein Typ mich anspricht?«, fragt Kate.

»Du meinst, wie du mit ihm ins Gespräch kommst? Nun, das Wichtigste ist natürlich, sei du selbst. Doch sei fröhlich. Einnehmend. Ein klein wenig sarkastisch und ein klein wenig distanziert. Lächle, aber nicht zu oft lachen. Sei freundlich, allerdings nicht überschwänglich. Erzähl nicht gleich alles. Vermeide nicht sofort Gesprächspausen, sondern lass ihn überlegen, was er sagen soll. Du darfst ihn niemals berühren, genauso wenig deine Haare, Lippen oder deinen Hals. Das sind lauter falsche Flirtsignale, viel zu durchsichtig.« Ich zähle mit den Fingern auf, ohne richtig darüber nachzudenken, bis mir plötzlich einfällt, dass ich mich mit so etwas nicht mehr auseinanderzusetzen brauche. Ein Glück. »Wenn er dich nach einem Date oder nach deiner Telefonnummer fragt, mach kein zu begeistertes Gesicht. Sag einfach ›Klar‹ und tu so, als würde dir das jeden Abend achtmal passieren. Und vor allem, verschwende nicht deine Zeit. Wenn er sich nicht genug Mühe gibt, schieß ihn in den Wind.«

»Ist alles mit Hilfe von Eselsbrücken abgespeichert«, erwidert Kate und nickt. Typisch. »Aber wie brutal. In den Wind schießen? Woher weißt du das alles?«

Ich überlege. »Aus jahrelanger Erfahrung, schätze ich. Ich habe sechs gescheiterte Beziehungen hinter mir, und inzwischen dürften es um die siebzig Dates sein, nach denen es oft zu einem zweiten Date kam.« Ich überlege wieder. »Nur sehr wenige haben ein drittes geschafft.«

»Ich hatte überhaupt erst zwei Dates«, meint Kate. »Ich wusste nicht, dass man dabei so ein Spiel spielen muss.«

»Ein Spiel?« Mir ist nie in den Sinn gekommen, es als ein Spiel zu betrachten. Wenn es eins ist, dann bin ich die größte Verliererin aller Zeiten. Kate sollte sich eigentlich vor meinen Ratschlägen hüten.

»Was, wenn mich jemand heute Abend zu einem Date einlädt? Ich bin erst seit ein paar Wochen Single. Ist das nicht zu früh, um eine neue Beziehung einzugehen?«, fragt sie, die Stirn in tiefe Sorgenfalten gelegt.

»Eine Frau wartet mindestens einen Monatszyklus ab, bevor sie eine neue Beziehung eingeht«, erläutere ich. Das sollte ein Scherz sein, doch Kate ist das nicht bewusst.

»Das ist so deprimierend! Und anstrengend! Und woher weiß ich, ob er ein Scheißkerl ist?«, erkundigt sie sich. Sie macht ein sehr bekümmertes Gesicht. »Die offenkundigen Scheißkerle erkenne ich ... zum Beispiel wenn sie das Personal unhöflich behandeln oder gelangweilt tun, wenn sie sich mit dir unterhalten. Worauf muss ich noch achten?«

Ich seufze. »Im Ernst, wenn ich es wüsste, würde ich keine Männerpause machen.«

Ich drücke meine Zigarette aus, als wir von einem jungen, gut aussehenden Mann angesprochen werden.

»Ladys«, begrüßt er uns höflich. Ein Australier. »Ich muss euch bitten, in den nächsten paar Minuten aufzupassen, da gleich der Notting-Hill-Eisschnelllauf-Cup beginnt. Ihr wollt doch nicht im Weg stehen. Es ist sehr gefährlich.« Sähr gefäährlich.

»Oh«, sage ich.

»Was für ein Privileg!«, begeistert sich Kate, beträchtlich aufgemuntert.

Der Aussie mustert sie. Er trägt khakifarbene Bermuda-Shorts, ein enges gelbes T-Shirt, Havaianas Flip-Flops und eine Spiegelsonnenbrille von Oakley über der Stirn. Er gehört wahrscheinlich zu der Fraktion, die seit dem Mittag hier versackt ist. Allerdings handelt es sich um einen Australier, und in London nutzen Australier – selbst Männer wie dieser, der kein neunzehnjähriger Rucksacktourist ist, sondern wahrscheinlich ein siebenundzwanzigjähriger Banker – jeden Vorwand, um kurze Hosen und Flip-Flops anzuziehen, damit sie ihre muskulösen Beine zeigen können. Nicht dass ich mich beschweren würde.

»Ich spreche fließend Sarkasmus, solltest du wissen«, meint der Aussie zu Kate. »Ist wie eine zweite Muttersprache für mich. Oder sogar … meine erste.« Ich registriere ein kaum merkliches Schwanken, was bedeutet, dass er definitiv ein All-day-Trinker ist.

»Rod!«, ruft einer seiner Freunde. Wir blicken alle hinüber. Circa sieben Australier stehen und sitzen um den nächsten Tisch und sehen zu uns herüber, mit zwei offensichtlich miteinander konkurrierenden Blondinen, die coole, rein dekorative Filzmützen tragen und beschützend über die Männer wachen.

»Lass die Mädels in Ruhe«, schaltet sich einer aus der Gruppe ein, ein sehr großer und ebenso attraktiver Australier. »Du machst ihnen nur Angst. Das hier ist eine professionelle Meisterschaft. Wir brauchen heiße Zuschauerinnen.«

»Der findet uns heiß!«, raunt Kate mir zu und kichert leise.

Ich habe keine Zeit zu antworten, da zwei Männer aus der Gruppe plötzlich einen Satz in perfekter Synchronisation nach vorne machen. Jeder nimmt seine Startposition ein und verharrt angespannt, und als eine der »heißen Zuschauerinnen« eine imaginäre Startpistole abfeuert, gleiten sie mit schwingenden Armen vorwärts wie beim Eisschnelllauf.

Könnte ich es doch nur für Sie aufmalen … Okay, stellen Sie sich Folgendes vor: Machen Sie mit dem rechten Bein einen seitlichen Ausfallschritt. Das linke Bein knicken Sie nach hinten ab in einem Fünfundvierzig-Grad-Winkel. Ihr rechter Arm ist gerade nach hinten gestreckt, der linke schwingt frei vor dem Oberkörper. Schieben Sie nun langsam das linke Bein vor, und verlagern Sie das Gewicht darauf, während Sie mit den Armen ausbalancieren …

Jetzt bin ich selbst verwirrt. Am besten, Sie googeln »Eisschnelllauf« und sehen sich ein Video auf YouTube oder so an. Sie werden sehen, was ich meine.

Die beiden Aussies imitieren perfekt Eisschnellläufer, während sie auf dem Gehweg ein bis zwei Meter vorschwingen und wieder zurück und sich immer wieder Blicke zuwerfen wie Rivalen, die sich ein Kopf-an-Kopf-Rennen liefern. Ein dritter Aussie spielt den Kommentator. Der Rest feuert die beiden an.

»Das ist ja noch abgefahrener als imaginäre rhythmische Sportgymnastik«, sage ich zu Kate.

Die beiden Kontrahenten liegen jetzt gleichauf. Sie werden schneller und schneller und mimen erste Anzeichen von Erschöpfung, indem sie sich den imaginären Schweiß von der Stirn wischen und laut keuchen. Es ist richtig spannend.

»UndnunerreichendieLäuferdieZielgeradeundesisteinKopfanKopfRennenzwischendenaltenFreundendiehierzumerstenMalKonkurrentensindwerwirdgewinnen?«, spult der Pseudo-Kommentator herunter. Die beiden Pseudo-Eisschnellläufer werfen sich mit letzter Kraft nach vorn in Richtung Ziel, aber plötzlich verliert der eine einen halben Meter und blickt gequält und ängstlich auf seinen gewinnenden Freund. Die Anfeuerungsrufe werden lauter, und ein paar Sekunden später beschließt der Kommentator, dass das Rennen vorbei ist, und erhebt seine Stimme, um das Ergebnis zu verkünden: »UndderGewinneristRosieLadysandGentlemenRosiehateswiedergeschafftsiehtsoausalswäredieserKerlnichtzuschlagenmehrGlückbeimnächstenMalSmithy!«

Rosie richtet sich auf und tut so, als wäre er völlig erschöpft, aber begeistert von seinem Sieg, und schüttelt triumphierend die Fäuste über dem Kopf. Smithy, der Verlierer, wirkt enttäuscht, macht allerdings ein tapferes Gesicht. Er sieht zu Kate und mir, während wir noch immer laut jubeln und klatschen. »Ich habe immer Pech. Eigentlich müsste diese Phase doch irgendwann mal ein Ende haben«, bemerkt er traurig.

»Beim nächsten Mal hast du mehr Glück!«, versuche ich ihn aufzumuntern.

Kate sieht mich besorgt an. »Aber die beschließen doch sicher vorher schon, wer gewinnt, oder nicht?« Sie macht ein sehr verwirrtes Gesicht.

»Ja, ich denke schon …«, sage ich. »Ist ja kein echtes Rennen. Und keine echte Bahn.«

Smithy kommt zu uns herüber und schenkt uns ein perfektes Tom-Cruise-Lächeln. Er macht einen durchtrainierten Eindruck wie die meisten australischen Männer, als hätte er als Kind jeden Tag in der Sonne Kricket und Rugby gespielt. Was wahrscheinlich zutrifft. »Keine Sorge, Ladys, Rosie ist zwar schon seit Jahren der König auf dieser Strecke, aber irgendwann werde ich ihn vom Thron stoßen. Das ist mein Traum für die Winterolympiade.«

»Trainierst du sehr viel?«, fragt Kate ernst.

»Meint sie das ernst?«, wendet er sich an mich.

»Ich gehe an die Theke«, entgegne ich. »Willst du noch ein Glas, Katie? Und was ist mit dir … Smithy, richtig?«

»Ja, bitte«, antwortet Kate.

»Ich hab noch, danke«, erwidert er und schenkt mir wieder sein Tom-Cruise-Lächeln. »Ich passe solange auf Kadey auf.«

Ich lasse Kate alleine zurück, damit sie ihren Marktwert bei Smithy testen kann. Die Aussies sind alle ziemlich süß, obwohl ich mir keinen genauer angesehen habe. Schließlich ist die Männerpause nicht beendet.

Als ich zurückkomme, sitzt Kate fröhlich am Tisch zwischen Smithy und Rosie. Ich stelle mich daneben und zünde mir eine Zigarette an, während ich die Unterhaltung verfolge. Uns wird die Entstehungsgeschichte des imaginären Eisschnelllaufs erzählt, die extrem lang und verschlungen zu sein scheint.

»Es gab auch mal imaginäres Rodeln, doch das mussten wir sein lassen. Zu gefährlich«, erklärt Smithy.

»Es gab Tote«, ergänzt Rosie.

»Wow«, sagt Kate, die sich allmählich für diese imaginären Wintersportarten zu erwärmen scheint und die sich erfreulich fröhlich/einnehmend/sarkastisch/freundlich gibt, wie ich sie instruiert habe. »Da bin ich aber froh, dass ihr eine Schutzausrüstung tragt.«

»Flip-Flops sind als Schutzausrüstung vom Internationalen Olympischen Komitee offiziell anerkannt«, meint Rosie nickend.

Rod kommt herüber und legt den Arm um mich. Er ist ein bisschen kleiner als ich in meinen hohen Absätzen, sodass ich keine Probleme habe, in jede Richtung und auf ihn herunterzuschauen.

»Was soll das?«, will ich in leicht missbilligendem Ton wissen. Ich möchte nicht unhöflich sein, aber ich möchte auch nicht seinen Arm um mich haben.

»Wie geht es dir, mein Sonnenschein?«, fragt er und rückt mir noch dichter auf die Pelle. Er ist etwas betrunkener als eben und lallt.

Smithy hebt den Kopf. »Lass sie in Ruhe, hot Rod.«

»Sie ist okay! Wir sind okay, oder nicht?«, raunt Rod mir zu.

Ich werfe einen hilfesuchenden Blick zu Kate. Sie springt von ihrem Platz auf. »Ich muss los! Wir sind … äh, mit Freunden verabredet«, erklärt sie. Rod lässt mich links liegen und schlendert glücklich zu dem Platz, der gerade frei geworden ist.

Smithy steht auf und stellt sich zu uns an das Tischende, während wir austrinken. »Äh, Kate, kann ich deine Nummer haben? Wir gehen später noch in einen Club, vielleicht hast du ja Lust mitzukommen. Oder wir könnten auch, äh … demnächst mal zusammen einen trinken gehen.«

»Sicher!«, antwortet sie mit großer Begeisterung, bevor sie schnell wieder einen auf lässig macht.

Smithy holt sein Handy hervor, und sie gibt ihm ihre Nummer.

»Danke«, meint er und lächelt.

»Okay … bis dann!«, entgegnet sie. Wir stellen unsere leeren Gläser auf den Tisch und gehen los in Richtung Portobello Road.

»Marktwert: hoch. Sehr hoch«, sage ich grinsend zu ihr, sobald wir außer Hörweite sind. »Das war super.«

»Das war so aufregend!«, schwärmt sie aufgeregt. »Aber oh Gott, was, wenn er sich meldet? Was, wenn wir ausgehen? Was, wenn es ernst wird? Ich meine, er will sicher irgendwann zurück nach Australien, nicht? Könnte ich in Australien leben? Oh mein Gott …«

»Vielleicht solltest du nicht weiter denken als bis … zu eurem gemeinsamen Drink«, empfehle ich ihr.

»Ja … ja, du hast recht«, stimmt sie mir zu und nickt ernst. Komisch, dass Leute, die lange in einer Beziehung waren, automatisch denken, dass sie bald die nächste eingehen. Die Wahrheit ist eine andere.

»Übrigens hat sich keiner von denen für mich interessiert«, erzähle ich ihr. »Vielleicht ist mein magischer Enthaltsamkeitszauber verflogen.«

»Nein! Lass es uns noch mal antesten. Wie wäre es mit dem Montgomery Place? Oder der Bar im E&O? Ooh!«, ruft Kate und schaut aufgeregt zu der Bar, der wir uns nähern. »Lass uns da mal reingehen!«

»Ins Lonsdale? Gute Idee«, erwidere ich. Wir betreten die schmale Vorderterrasse aus Holz und gehen hinein. Das Lonsdale ist ein sehr stylisher Laden mit futuristischem Sechziger-Dekor und einer ausgeklügelten stimmungsvollen Beleuchtung. Die Bar ist brechend voll mit Leuten in unserem Alter, die sich die Kante geben.

Während wir uns einen Weg durch die Menge zur Theke bahnen, schaue ich mich nach Jake um (wir sind sicher, er ist nicht da).

Wir bekommen recht schnell unsere Drinks und stellen uns seitlich an die Theke, wo wir uns über die Australier unterhalten.

»Smithy ist sehr witzig, und er sieht gut aus«, sagt Kate glücklich. »Ich hoffe, er meldet sich. Du denkst doch nicht, er ist ein Scheißkerl und verarscht mich, oder?«

»Nein, nein«, wehre ich ab, obwohl ich keine Ahnung habe.

»Nehmen wir mal an, ich komme mit ihm zusammen. Woher weiß ich, ob er mich nicht irgendwann sitzen lässt?«, fragt Kate. »Es ist schon so lange her, dass ich Single war … Ich kann mich nicht mehr erinnern, wie das war.«

Das kann ich beantworten. »Nun, zum Beispiel, wenn er sich plötzlich ohne jeden Grund kühl verhält.«

»Wie denn? Indem er auf meine SMS nicht reagiert?«, entgegnet Kate.

»Zum Beispiel. Aber du solltest ohnehin nie als Erste simsen, sondern immer nur auf seine Nachrichten antworten. Und frag ihn nie etwas per SMS.«

»Warum nicht?«

Ich kann das nicht begründen. Es ist eben etwas, was ich tue. Ich meine, nicht tue.

»Und achte auf bestimmte Zeichen. Zum Beispiel wenn er in letzter Minute Verabredungen absagt oder wenn er sich zum Telefonieren immer zurückzieht. Oder wenn er in deiner Anwesenheit ständig mit anderen simst. Oder wenn er dich über seine Pläne für die Zukunft im Unklaren lässt. Allerdings solltest du ihn ohnehin nie darauf ansprechen. Genauso wenig auf seine Gefühle. Niemals.«

Kate sieht mich stirnrunzelnd an. »Das hat was mit Rick zu tun, richtig?«

Ja.

»Nein«, sage ich.

»Oh doch, es geht hier nur um Rick. Du hast dir angewöhnt, ihn mit solchen Fragen nicht zu belästigen. Darum fand Posh Mark dich zu reserviert.«

»Nein«, schnaube ich.

»Oh doch«, wiederholt sie liebevoll. »Du bist eine Psychopathin. Ich gehe jetzt zur Toilette. Ich möchte, dass du über dein psychopathisches Verhalten nachdenkst, solange ich weg bin.«

Statt über mein psychopathisches Verhalten nachzudenken, was einfach zu deprimierend ist, checke ich lieber mein Handy. Bloomie hat mir eine SMS geschickt. »Habe Zoff mit Eugene. Wo seid ihr?«

Shit. »Im Lonsdale. Komm vorbei. Alles okay?«, simse ich zurück.

Sie antwortet: »Dieser Pavianarsch.«

Iii. Kate kehrt zurück, und nachdem wir uns neue Getränke besorgt haben, zeige ich ihr Bloomies SMS.

»Oje«, meint sie. »Schätze, irgendwann einmal streitet sich jedes Paar …«

Hm. Ich kann mich an keinen einzigen Streit erinnern. Alle meine Beziehungen tuckerten so vor sich hin, bis das Ganze in einen Feuerball aus Zurückweisung und Quälerei mündete. Eigentlich soll man doch Streit in einer Beziehung um jeden Preis vermeiden, weil das bedeutet, dass dann irgendetwas nicht stimmt, oder?

Mir dämmert gerade, dass von all den anderen blöden und psychopathischen Dating-Regeln/Weisheiten/Überlegungen diese vielleicht die blödeste und psychopathischste ist, als plötzlich ein Kerl auf uns zukommt und sagt: »Verzeihung, aber ich glaube, es gibt in dieser Bar eine besondere Regel. Hier sind nur Gäste erwünscht, die Interesse an einem Flirt haben.«

Ich schaue ihn ungläubig an. Es ist Mr. America aus dem Pub. Der süße, höchstwahrscheinlich bescheuerte Amerikaner, der die erste Bewährungsprobe in meiner männerfreien Zeit war. Er lächelt so höflich, dass ich lachen muss.

»Hi ...«, sage ich. »Sorry, ich weiß gar nicht, wie du heißt.«

»Rob«, antwortet er grinsend.

Kate und ich stellen uns vor.

»Dann verfolgst du mich also?« Ich seufze. »Habe ich dich an unserem ersten Abend so sehr mit meinem Humor und Aussehen beeindruckt?«

Ich bin ein bisschen beschwipst, und, wer hätte es geahnt, schon werfe ich die gute, alte Regel Nr. 3 über Bord. Hey ho.

»Nein«, widerspricht er lachend. »Ich wohne auf der Hereford Road. Das hier ist mein Stammlokal.«

»Wie schrecklich«, bemerke ich, obwohl es gar nicht schrecklich ist. Wissen Sie, manchmal kommen einfach Worte aus meinem Mund, die gar nichts zu bedeuten haben.

»Oh ja, allerdings«, bestätigt er mir und grinst. »Darf ich euch meine Freunde vorstellen?«

Robs Freunde stehen ein paar Meter entfernt auf der anderen Seite der Theke und kommen sofort zu uns herüber. Pete und Nick. Zwei durchtrainierte Ami-Boys, sehr geschniegelt und sehr selbstbewusst. Nick hat tolle Haare.

»Du siehst aus wie ein Kennedy«, meine ich zu ihm.

»Wow ... äh, danke«, erwidert er lachend. Kate plaudert fröhlich mit Rob. Es stellt sich heraus, dass alle drei aus New York stammen und seit ungefähr einem Jahr in London leben.

»Ich liebe diese Stadt«, beteuert Pete. »Aber die Drinks sind hier alle so klein. Das ist mein einziges Problem. Und das Wetter ist scheiße. Abgesehen davon ist London die perfekte Stadt.«

Ich nicke. »Andererseits, als ich das erste Mal in New York war, hatte ich nur zwei Wodkas und habe prompt versucht, eine Polonaise durch die Gramercy Tavern anzuführen. Es hat also Vor- und Nachteile.«

»In manch einer Bar in Manhattan sind zwei Wodkas ungefähr vier bis fünf Liter«, bekräftigt Pete mit stolzem Grinsen.

»Ihr solltet Warnhinweise für ahnungslose Briten auf die Gläser drucken«, schlage ich vor.

»Los, stoßen wir mit einem Kurzen an!«, ruft Nick begeistert und bestellt eine Runde Tequila. Die Bar hat inzwischen ihren vollen Dreiundzwanzig-Uhr-Lärmpegel erreicht, und wir fünf verstehen uns sehr gut. Wir haben es mit drei typischen Amerikanern im Ausland zu tun: sehr selbstsicher und höflich, mit, wie bereits erwähnt, gerade ausreichend amerikanischem Charme und Haltung, um mit Komplimenten wie »Übrigens, Mädels, ihr seht toll aus, klasse Outfits« davonzukommen. Rob ist nicht so aufdringlich, wie ich nach dem ersten Abend befürchtet habe. Er ist sogar ziemlich süß. Vielleicht ist er doch kein Blödmann.

»Sorry übrigens wegen dieser einen Sache«, sagt er zu mir. Kate diskutiert gerade leidenschaftlich mit Pete und Nick über die weltweit kulturelle Bedeutung von *California High School*.

»Welche Sache?«, frage ich.

»Ich habe am ersten Abend ein bisschen überreagiert«, meint er, nimmt einen Schluck von seinem Bier und lässt den Blick über die Theke wandern. »Das war nicht meine Absicht … Ich habe ein Problem mit Abfuhren.« Ich denke, er macht einen Scherz.

»Wow, das ist ja lustig«, erwidere ich. »Und ich habe ein Problem mit Dates.« Er sieht mich an und lacht.

»Tja, Schätzchen, dafür gibt es inzwischen Medikamente«, erklärt er mir.

»Ja, ich glaube, eines heißt Rohypnol«, entgegne ich. Rob lacht laut und sieht zu seinen Kumpels.

»Jungs, habt ihr das gehört?« Alle drehen den Kopf nach uns, als Bloomie plötzlich auf der Bildfläche erscheint. Sie hat geheult, das sehe ich, aber sie sieht noch immer verdammt gut aus.

»Bloomingdale!«, rufe ich, während Kate ihr den Wodka gibt, den wir für sie bestellt haben.

»Danke«, sagt sie, sammelt sich kurz und mustert die Ami-Boys. »Äh, hallo. Ich bin Bloomie. Sorry, dass ich einfach so hereinplatze ... Ich hatte gerade ziemlichen Zoff mit meinem Freund. Richtig schlimm.«

»Was?«, entrüstet sich Rob. »Was ist der Kerl, ein Arschloch?«

Bloomie muss lachen. »Nein! Ich meine, ja ... Ich meine, nein. Er denkt, dass ich zu viel arbeite. Dass die Arbeit mir mehr bedeutet als er.« Sie muss betrunken sein, sonst würde sie nie Fremden ihr Herz ausschütten.

»Seid ihr verlobt?«, erkundigt sich Rob. Was ist denn das für eine Frage?

Bloomie nickt.

»Echt beschissene Situation«, meint Rob und nickt.

»Allerdings, nicht?«, entgegnet Bloomie. »Dabei sollte man annehmen, er würde Verständnis zeigen. Er hat gesagt, er will nicht länger die zweite Geige spielen.«

»Oh Mann. Dann hast du ihn wohl ... stehen lassen?«, hakt Rob nach. Liegt es an mir, oder ist er ungeheuer einfühlsam? Ich kann nicht beurteilen, ob er tatsächlich mitfühlt, ob er sich nur einschmeicheln will oder ob er einfach so ist.

»Mhm.« Bloomie nimmt einen großen Schluck von ihrem Wodka. »Wir waren mitten im Dessert.«

»Ich bin mir sicher, das hat keiner mitbekommen«, sagt Kate tröstend.

»Alle haben es mitbekommen. Wir waren im Ziani's.«

»Oh, toller Laden«, bemerkt Nick.

»Alter, das war jetzt überflüssig«, weist ihn Rob zurecht und wirft mir einen entschuldigenden Blick zu.

»Lasst uns rausgehen und eine rauchen«, schlage ich Kate und Bloomie vor.

Wir lassen die Jungs an der Theke zurück und gehen hinaus auf die Vorderveranda, wo wir uns neben den dösenden Hund des Türstehers setzen.

»Das renkt sich schon wieder ein ... Er ist eben stur geblieben! Und ich bin auch stur geblieben«, überlegt Bloomie laut. Offenbar ist sie betrunken, weil sie sich wiederholt. »Was sagt das über die Zukunft unserer Beziehung aus ...? Er muss doch zu mir halten! Ich habe einen Job! Was ist so schlimm daran?«

»Bitte, schreien Sie nicht so, sonst beschweren sich die Anwohner«, bittet uns der Türsteher. Klar, wenn man sich ein Haus direkt gegenüber einer Bar in Londons beliebtestem Ausgehviertel kauft, rechnet man nicht mit ein bisschen Lärm an einem Samstagabend.

»Er will eben mehr von dir haben ... Das ist doch gut«, meint Kate im Flüsterton.

»Was erwartet er denn? Dass ich zu Hause sitze und stricke?«, ruft Bloomie empört. »Ich habe einen Job!«

»Das weiß er«, gebe ich zurück. »Aber du kannst doch sicher seinen Standpunkt nachvollziehen, oder nicht ...?«

»Ich weiß nicht ...«, antwortet sie und macht ein weinerliches Gesicht. »Er hat gesagt, er möchte von mir hören, dass die Arbeit nicht automatisch an erster Stelle steht. Allerdings habe ich mich geweigert und erwidert, wie er es wagen kann, mir zu sagen, was ich zu tun habe. Woraufhin er meinte, das wäre kein Befehl gewesen, sondern eine Bitte ... Dann bin ich aufgestanden und gegangen. Er hat mir seitdem nicht mal eine SMS geschickt.«

»Möchtest du nach Hause, Süße?«, fragt Kate.

»Ja«, entgegnet Bloomie seufzend. »Ja, bitte. Ich werde ihn anrufen. Ich habe es total vermasselt.«

Ich gehe noch einmal kurz hinein, um unsere Jacken zu holen und mich von den Amerikanern zu verabschieden. Die plaudern bereits mit ein paar anderen Frauen an der Theke und scheinen nicht besonders traurig über unsere Abwesenheit zu sein.

»Ich weiß, es hat keinen Sinn, nach deiner Nummer zu fragen«, sagt Rob grinsend. »Deshalb ... bis irgendwann mal.«

»Ja, bis irgendwann mal«, erwidere ich lächelnd. Wirklich ein netter Kerl. Vielleicht doch kein Scheißkerl. Ich gehe wieder nach draußen, wo ein Taxi wartet.

»Willst du wieder bei uns übernachten?«, bietet mir Kate an. »Du bist mehr als willkommen. Ich bin morgen mit Immie verabredet, aber du kannst so lange bleiben, wie du möchtest.«

»Nein, ich sollte nach Hause«, sage ich. »Mein Zimmer weiß schon gar nicht mehr, wie ich aussehe.«

Die beiden stecken mich in das Taxi und halten das nächste an.

Als ich zu Hause ankomme, bin ich ziemlich erledigt. Ich schlurfe durch mein Zimmer, wasche mir das Gesicht, putze mir die Zähne und schlüpfe in ein altes dunkelblaues T-Shirt und Boxershorts, während die Musik im Lonsdale noch leise in meinen Ohren klingelt. Ich klettere ins Bett und stoße dabei einen tiefen Seufzer aus. Ich habe keine Regeln gebrochen. Gut, ich habe das Flirtverbot aufgeweicht, aber nur ein bisschen. Und wenigstens, geht mir durch den Kopf, während ich langsam einnicke, bin ich nicht Jake über den Weg gelaufen.

Kapitel 23

Der Sonntag gehört mir alleine. Und offen gestanden ist das perfekt. An den ersten paar Wochenenden in meiner männerfreien Zeit kam ich mir ein wenig verloren vor und litt stark an Sonntags-Blues (-Paranoia, -Psychose, -Depri oder wie immer man das nennen will). Aber heute freue ich mich über meine eigene Gesellschaft und habe nicht mehr das Bedürfnis, mich abzulenken, um den Tag rumzukriegen. Ich habe auch nicht mehr das Bedürfnis, über meine Männerpause oder über Jake oder über die Ins und Outs beim Daten nachzudenken. Ich habe nicht einmal – man staune – das Bedürfnis, shoppen zu gehen.

Draußen scheint die Sonne, also schlüpfe ich in meine heißgeliebte alte abgeschnittene Jeans und mein altes graues Schlabber-T-Shirt und gehe zu dem italienischen Café in der Nachbarschaft, wo ich einen Latte und ein Ciabatta mit Parmaschinken mitnehme, um danach im Kiosk an der Ecke die Sonntagszeitungen zu holen. Gerade als ich zu Hause ankomme, beginnt es stark zu regnen. Hurra. Jetzt kann ich mich wieder ohne schlechtes Gewissen ins Bett verkrümeln.

Ich beschließe, beide Zeitungen von vorne bis hinten durchzulesen – sogar den Auto- und Immobilienteil, nur um zu sehen, ob ich das kann – und im Bett zu frühstücken. Sieht so aus, als wäre Kates Firma in ernsthaften Schwierigkeiten. Und Bloomies Bank drohen weitere gravierende Einschnitte. Gegen elf Uhr rufe ich sie an.

»Moshi moshi …«

»Bist du okay, Blümchen?«

»Ja …«, antwortet Bloomie in gedämpftem Ton. »Bleib mal kurz dran, Darling, ich liege noch im Bett …« Ein paar Sekunden und Türschließgeräusche später fährt sie fort: »Ich habe ihn gleich angerufen, als wir zu Hause waren, und ihn gebeten herzukommen, und wir haben darüber geredet und … uns wieder versöhnt.«

»Super!«, meine ich. Das klingt positiv.

»Mhm …« Ich weiß, dass sie sich gerade die Augen reibt. Das macht sie, wenn sie gestresst ist.

»Ist bei dir wirklich alles okay?«, frage ich. Ich weiß nicht genau, was ich sagen soll. Es ist seltsam, aber ich kann Eugenes Standpunkt verstehen, was Bloomies Einstellung betrifft, dass die Arbeit immer zuerst kommt. Bisher war es nämlich so, dass, wenn eine von uns mit ihrem Freund Streit hatte, immer der Mann der Schweinehund war.

»Es geht mir gut«, entgegnet sie. »Ich … Es wird alles wieder gut. Ich habe ihm gesagt, dass ich ihn liebe und dass ich eben so bin und dass er mich akzeptieren muss, wie ich bin. Daraufhin hat er gelächelt und den Kopf geschüttelt, und wir sind im Bett gelandet …« Sie erklärt das in ihrem selbstbewussten Ton, bevor sie leiser hinzufügt: »Meinst du, das war gut?«

»Äh«, stammle ich. Das klingt alles andere als gut. »Nun, weißt du, es könnte nicht schaden, wenn du ihm das Gefühl vermittelst, er ist es wert, dass du dein Leben ein bisschen änderst …«

»Das tue ich doch. Es ist fast Mittag, und ich liege noch im Bett, statt zu arbeiten.«

»Du sollst heute auch nicht arbeiten«, kontere ich. »Es ist Sonntag. Du solltest lieber mit deinem Freund im Bett bleiben.«

»Hm …«, sagt sie. »Aber nächste Woche steht bei uns ein wichtiger Termin an, und ich habe noch so viel zu tun, obwohl …«

»Okay, wenn es so wichtig ist, wird er sicher dafür Verständnis haben …«, räume ich ein.

»Schon möglich«, entgegnet sie. »Wir werden das gleich am Frühstückstisch besprechen. Ich dachte immer, Männer führen nicht gerne Beziehungsgespräche. Aber Eugene und ich tun das verdammt oft … Egal. Ich hab dich lieb, Darling. Bist du okay?«

»Ja, alles super. Ich hab dich auch lieb«, entgegne ich. Schön, dass wir »Ich hab dich lieb« nach unserem nicht ganz feinen Schlagabtausch gestern sagen.

Die nächsten Stunden verstreichen in einem glücklichen, faulen Nebel. Draußen regnet es, und ich habe nicht das geringste Bedürfnis auszugehen. Also verbringe ich einen herrlichen Tag nur mit mir selbst. Ich glaube, das habe ich noch nie getan. In meinen früheren Zeiten als Single habe ich mich immer mit Freunden zum Brunch oder zu einem Nachmittagsdrink (gewöhnlich irgendwo, wo man viele Singlemänner traf) oder zu einem DVD-Nachmittag bei irgendjemandem zu Hause oder so getroffen.

Stattdessen räume ich mein Zimmer auf und lasse so oft die Waschmaschine laufen, dass ich auf dem Boden meines Wäschekorbs Klamotten entdecke, die dort seit meiner Trennung von Rick liegen, wie mir bewusst wird. Ich lese die Wochenendbeilagen der Zeitungen und die *Vanity Fair* in der Badewanne ungefähr eine Stunde, bis ich kein heißes Wasser mehr nachlaufen lassen kann. Ich öffne schließlich meine Kontoauszüge (Es ist so einfach! Und es gab keine bösen Überraschungen; mein Ergebnis im Kopf lag ziemlich dicht dran) und hefte meine Unterlagen zum ersten Mal ordentlich ab. Ich recherchiere die besten Sparanlagen, in die ich Geld investieren könnte (sieht so aus, als würde sich keine richtig lohnen). Ich lege meine beiden Ok-Go-CDs auf und spiele sie hintereinander ab, ganz laut, während ich mitsinge. Ich nasche Tunnock's Tea Cakes im Bett, betrachte die Decke und denke, was für ein Glück, dass ich a) sehr schöne Füße habe und b) es bald warm genug ist, um morgens mit dem Rad zur Arbeit zu fahren. Ich schreibe einen Brief an mein rumänisches Patenkind (ein Mädchen, das ich monatelang für einen Jungen hielt, weil es einen Topfschnitt hatte) und lange, fröhliche E-Mails an zwei Freundinnen von der Uni, die jetzt in Hongkong und in Sydney leben. Ich rufe meine Eltern an und halte mit ihnen einen netten, langen Plausch (ohne den üblichen »Ich habe es dir ja gesagt«-Kommentar von meiner Mutter dank meiner stark zensierten Beschreibung von dem Vorfall mit Rick am Freitagabend). Ich lege mich auf den Boden und mache ein paar Yoga-Übungen, die ich noch von früher weiß, als ich versucht habe, eine Yoga-Anhängerin zu werden, und kläglich gescheitert bin. Ich schreibe meine Stichwortliste für meine Gehaltsverhandlungen und nehme mir vor, Kate später anzurufen, um zu hören, was sie dazu sagt. Ich lese die Kurzgeschichten durch, an denen ich in den letzten Wochen immer mal wieder geschrieben habe, und nehme ein paar Änderungen vor. Ich mag meine Geschichten, denke ich zufrieden. Danach schreibe ich eine über meine Füße. Die mag ich nämlich auch sehr.

Ich denke weder an die Arbeit noch an Jake oder Lukas oder Dates oder keine Dates, sondern nur an einfache Dinge, die mich glücklich machen. Als der Tag sich dem Ende neigt, bin ich bestens gelaunt und sehr zufrieden mit mir. Ein wirklich schönes Gefühl. Das Glücksgefühl nach einem erfolgreichen Kleiderbummel oder einem richtig guten ersten Kuss ist auch schön, überlege ich, das will ich nicht abstreiten, aber diese innere Ruhe und Hochstimmung sind pure … Glückseligkeit. Und das ist nicht nur eine Reaktion auf meine Unzufriedenheit mit den Männern, sondern kommt wirklich ganz tief aus mir heraus.

Inneres Glück, das nach außen strahlt.

Wie schön.

Gegen einundzwanzig Uhr sehe ich auf meinem Handy-Display, dass ich vor einer halben Stunde eine SMS bekommen habe. Ich muss tief in Gedanken versunken gewesen sein, dass ich es nicht gehört habe.

Sie ist von Mitch.

Was zum Teufel bedeutet »Cocktailbiest«?

Oh, verdammt! Ich bin sofort hellwach. Er muss mit Jake zusammen sein. Und der hat über mich gesprochen! Ist das gut? Ich denke schon. Ich antworte:

Es bedeutet brillant, intelligent, urkomisch, immer chic gestylt, überraschend handwerklich talentiert, natürlich schön etc.

Hihi.

Fünf Minuten später kommt die Antwort von Mitch:

Ich verteidige dich gerade. Es gibt Leute, die dich für eingebildet halten.

Oooh. Sie reden tatsächlich über mich. Jake hat mich an jenem Abend im Montgomery Place als eingebildet bezeichnet. Was wahrscheinlich eine schmeichelnde Umschreibung für arrogant ist. (Moi?)

Ich antworte mit hochgezogener Augenbraue, als könnten sie mich sehen:

Ein Glück, dass du mein wahres bescheidenes, wohltätiges Ich kennst und die Dinge richtigstellen kannst.

Er antwortet:

Eigentlich habe ich gerade erzählt, dass du früher oft rot geworden bist. Niemand, der sich was einbildet, wird so schnell rot.

Verdammt! Ich spüre, wie mir die Röte ins Gesicht steigt. Warum werde ich rot, wenn gar keiner hier ist, verflucht? Ich dachte, ich hätte dieses Problem seit der Universität im Griff. Ich frage mich, was Mitch ihm noch alles über mich erzählt hat. Bitte, halt den Mund, Mitch, denke ich. Ich hoffe, er erwähnt nichts von meiner Männerauszeit. Und ich hoffe, Jake erwähnt nicht die Szene vor dem Botanist. Ich frage mich, wo sie gerade sind. Vielleicht könnte ich es einfädeln, dass der Feueralarm losgeht, damit sie ihr Gespräch unterbrechen müssen, weil das Gebäude geräumt wird.

Ich fühle mich ausgeliefert. Ich spüre Anspannung. Ich spüre Übelkeit. (Nein, ich habe nur ein bisschen Hunger. Ich fühle mich tatsächlich ausgeliefert und angespannt.) Was soll ich antworten?

Mein Magen krampft sich vor Nervosität zusammen, was nach meinem ruhigen, ausgefüllten Tag nur für mich höchst unwillkommen ist. Siehst du?, denke ich. Der bloße Gedanke an Männer stört mein Glück. Wieder ein Beweis dafür, wie weise die Männerpause ist.

Also antworte ich, um die Unterhaltung zu beenden:

Gut, weiterhin viel Spaß beim Spielen. Wir sehen uns nächstes Wochenende.

Mitch antwortet:

Mit Peitschen, Ketten und Glöckchen, Sweetheart.

Nun, wenigstens weiß ich, dass die Nachrichten definitiv von Mitch sind, und nicht von Jake. Das ist nämlich einer von Mitchs Lieblingssprüchen.

Kapitel 24

Heute werde ich eine Gehaltserhöhung verlangen.

Ganz sicher.

Es ist Freitagnachmittag, und ja, ich habe es die ganze Woche vor mir her geschoben. Ich habe jeden Tag versucht, Coopers Stimmung auszuloten, und bin zu dem Entschluss gekommen, dass sie nicht gut genug ist, um mir dann schließlich doch ein Herz zu fassen, doch dann hat er das Meeting verlassen oder bekam einen Anruf oder ich hatte plötzlich Kohldampf oder was auch immer. Aber genug ist genug. Es ist Freitag, heute Abend fahren wir zu Eddies Hausparty, und unter uns gesagt, ich bin bereits nervös, weil ich Jake an diesem Wochenende wiedersehe, also macht es für meine Nerven keinen großen Unterschied, mich zu überwinden und um eine Gehaltserhöhung zu bitten.

Außerdem bin ich von gestern Abend leicht verkatert, was nicht gerade hilfreich ist. Bloomie und ich haben uns zum Essen in der Old Brompton Road in der berühmten Cocktailbar Nam Long Le Shaker getroffen, die so tut, als wäre sie ein vietnamesisches Restaurant. Es war ein super Abend. Wir haben ausgiebig gequatscht wie schon seit Monaten nicht mehr, wenn nicht schon seit Jahren. Bloomie ist immer so beschäftigt und zerstreut, während ich – wollen wir ehrlich sein – mit meinem Liebeskummer ein bisschen neben der Spur lief. Wir haben uns dem Leben aus unterschiedlichen Richtungen genähert. Und nach der Kotzerei und der Diskussion wegen Rick letzten Samstag mussten wir uns wieder richtig versöhnen. Was wir bei Nudeln, Pfannkuchen mit Ente und Tiger-Bier auch taten.

Bloomie erzählte ein bisschen mehr von sich und Eugene und dass er denkt, sie benutze die Arbeit als Vorwand, um ihn auf Abstand zu halten. Der Streit ist noch nicht ganz beigelegt, aber sie arbeitet daran.

»Scheinbar muss ich …« Sie räusperte sich, als würde ihr das Wort Schwierigkeiten bereiten. »… Kompromisse machen.«

Ich bezweifle, dass Bloomie jemals in ihrem Leben freiwillig Kompromisse eingegangen ist.

Sie räumte ein, dass ihr die Arbeit wichtiger ist als ihre Beziehung. Beruflich wurde sie schließlich nie enttäuscht, und nach fast genauso vielen gescheiterten Beziehungen wie ich ist ihre Haltung verständlich. »Es ist doch so«, sagte sie. »Eugene könnte mich morgen verlassen. Es gibt keine Garantie. Aber Arbeit ist Arbeit. Selbst wenn sie scheiße ist. Sicher, ich könnte meinen Job verlieren, doch dann suche ich mir eben was Neues. Das ist auf jeden Fall sicherer als …« Sie verstummte.

»Ich weiß genau, was du meinst«, stimmte ich ihr zu und wünschte, ich könnte ihr widersprechen. Aber sie hat recht. Es gibt keine Garantie für eine Beziehung. Man kann sich einfach nie sicher sein. Ich hasse das.

»Er hat mich am Tag nach unserem Streit im Ziani's gefragt, ob mir bewusst ist, dass das mit uns wahrscheinlich nicht hinhaut, wenn ich ihm nicht entgegenkomme, was bedeutet, ich soll beruflich kürzer treten und meinem Job, wenn schon nicht weniger, dann zumindest gleich viel Bedeutung beimessen wie Eugene … Das war mir tatsächlich nicht bewusst. Ich dachte, es könnte immer alles nach meinem Kopf gehen, was sich anhört, als wäre ich ein totales … Miststück.« Sie nahm einen großen Schluck von ihrem Cocktail. »Ich hasse es, unrecht zu haben.«

Eugenes emotionale Reife ist beeindruckend, nicht wahr? Offenbar hat er weder die Beherrschung verloren noch ihr ein Ultimatum gesetzt oder ihr vorgeworfen, dass sie sich wie eine Idiotin verhält – drei Dinge, die Bloomie umgehauen hätten. Er hat lediglich das Thema zur Sprache gebracht und sie darüber nachdenken lassen.

Er hat es ihr nicht einmal übel genommen, dass sie überreagierte und aus dem Ziani's weglief, worauf ich Bloomie extra hinwies. Eine große Geste von ihm, einfach so über die öffentliche Demütigung hinwegzusehen.

»Ich weiß«, räumte Bloomie mit leicht verlegenem Blick ein. »Ich bin so blöd. Und er ist so … gar nicht blöd.«

Offenbar hat sich die Lage diese Woche entspannt, da Bloomie jeden Abend um acht aus dem Büro verschwand und nur noch geschäftlich über E-Mail oder Telefon erreichbar war. Ich bin beeindruckt und insgeheim auch überrascht.

»Was war denn eigentlich bei euch in der Bank letzte Woche los?«, fragte ich.

Sie hob die Schultern. »Wir haben diesen Auftrag reinbekommen … Jedenfalls mussten wir alle ranklotzen. Ich bin noch glimpflich davongekommen, denn ich musste nur zwei Nächte durchmachen. Egal, jetzt ist es geschafft. Diese Woche war verglichen mit der letzten richtig langweilig. Ich habe nichts zu tun.«

»Ist es denn gut ausgegangen?«

»Ja, wir haben es hinbekommen … Lass uns nicht über die Arbeit reden. Was ist mit dir, Darling?«, erkundigte sie sich und stieß einen winzigen Tiger-Rülpser aus, nachdem wir mit dem Essen fertig waren.

»Was soll mit mir sein?«, entgegnete ich und stieß selbst einen winzigen Tiger-Rülpser aus.

»Deine Männerpause«, fuhr sie fort. »Da sie jetzt vorüber ist, finde ich, du solltest dich wieder raustrauen. Ich denke, du bist dazu bereit.«

»Raustrauen?«, wiederholte ich ungläubig. Bloomie lächelte und nahm wieder einen Schluck von ihrem Bier. »Ich habe mir die ganze Woche Gedanken darüber gemacht und bin zu folgendem Schluss gekommen: Mein Leben hat sich grundlegend geändert, seit ich mit der Männerpause angefangen habe.«

»Mmm«, sagte sie.

»Egal ob beruflich, privat, finanziell oder was meine Schreiberei betrifft, einfach … grundlegend. Am Anfang war es nur eine kleine Veränderung, aber die hatte gewaltige Auswirkungen. Und mittlerweile bin ich so ausgeglichen und zufrieden … Die Dates und die Typen und das alles – das hat vorher meine gesamte Zeit und Energie verschlungen. Außerdem war ich noch nie so glücklich, jedenfalls nicht wirklich, wie zurzeit.« Ich entfernte das Etikett von meiner Bierflasche, während ich redete.

»Das will ich gar nicht bestreiten«, meinte daraufhin Bloomie. »Doch jetzt verschwendest du gar keine Zeit oder Energie mehr dafür. Abgesehen natürlich von dem Zungenkuss im Mahiki und dem Flop im Botanist … Du bist nicht im Gleichgewicht.«

»Genau das meine ich doch. Verstehst du? Nach dem Kuss von Lukas und der Szene mit Rick bin ich prompt wieder in mein altes durchgeknalltes, besoffenes Ich gefallen. Ich hasse es, so zu sein.«

»Beziehung und Glück schließen sich nicht gegenseitig aus«, gab Bloomie zu bedenken. »Du brauchst nur den richtigen Mann. Und jeder Mann ist der falsche, bis du dem richtigen begegnest.«

Ermutigt durch den offenen Erfahrungsaustausch an diesem Abend beschloss ich, etwas zuzugeben, das ich mir selbst kaum eingestehen konnte. »Ich … frage mich, ob … Ich meine …, Jake … ist interessant …, aber …« Ich hob eine Hand, da Bloomie erwartungsvoll grinste. »Eigentlich versuche ich, mir nicht zu viele Gedanken über ihn zu machen. Schließlich habe ich ihn seit Monaten nicht gesehen. Außerdem ist er ein Klugscheißer. Und zu witzig, zu selbstbewusst, zu überlegen, um mich sexuell zu reizen …«

»Ach«, rief Bloomie. »Ich dachte, du stehst auf solche Männer!«

»Tu ich auch!«, rief ich nun. »Das ist ja das Problem. Weißt du, ich traue meinem eigenen Urteilsvermögen nicht. Er ist unter der glatten Oberfläche ganz bestimmt ein Scheißkerl. Er würde mich nur verrückt und unglücklich machen, und das will ich nicht mehr.«

»Ich glaube nicht, dass er ein Scheißkerl ist«, meinte sie, trank ihr Bier aus und signalisierte der Kellnerin, Nachschub zu bringen. »Warum bist du so negativ? Warum denkst du, dass du die positiven Veränderungen in deinem Leben für eine Beziehung opfern musst?«

Ich schüttelte den Kopf. »Ich bin nicht negativ, ich bin nur … Ich bin nicht mehr bereit, alles zu riskieren. Nicht, wenn mein Leben so gut läuft. Ich könnte alles wieder vermasseln.«

»Gut, kannst du wenigstens das Wochenende abwarten und sehen, wie du dich hinterher fühlst? Versprich mir das. Schließ nicht von vornherein alles aus.«

Ich nickte. »Versprochen.«

Sie grinste spöttisch. »Sass ist in Jakeeey verliebt!«

»Halt den Mund, Susan«, sagte ich.

In der Bar herrschte zu diesem Zeitpunkt der größte Gästeandrang. Eine Männerrunde am Nebentisch trank den Cocktail des Hauses: Flaming Ferrari. (Es handelt sich um einen Cocktail in der Größe eines Hundewelpen, der aussieht und schmeckt wie Diesel – oh, und ja: Er wird flambiert getrunken. Während man am Strohhalm saugt, tönt aus den Lautsprechern in der Bar ein aufheulender Ferrari-Motor.) Bloomie und ich begannen uns über das bevorstehende Wochenende zu unterhalten, als uns zwei

Martinis serviert wurden – offenbar spendiert von den Jungs am Nebentisch.

Bloomie und ich sahen uns an. Noch vor sechs Monaten hätten wir die Gläser sofort genommen und uns zu den Jungs rübergesetzt, und mindestens eine von uns hätte herumgeknutscht und/oder sich näher auf mindestens einen von denen eingelassen.

»Mir ist nicht danach«, sagte Bloomie.

»Mir auch nicht«, stimmte ich ihr zu. Ich beugte mich zu den Jungs, die uns herüberwinkten.

»Nein, danke ... Wir gehen gleich.«

Es gab ein paar betrunkene Proteste, aber nachdem wir hart blieben, kehrten sie achselzuckend an ihren Tisch zurück. Wenig später brachen wir auf. Es war ein toller Abend: finanziell anspruchslos und emotional lohnend.

Und heute habe ich einen leichten Tiger-Kater, hinzu kommt meine Nervosität wegen der Gehaltsforderung. Gott, verkatert von nur vier Bier. Anscheinend werde ich alt.

Um fünfzehn Uhr stehe ich auf und gehe langsam zu Coopers chinesischem Wandschirm.

»Äh ...«

Schlechter Anfang. Verhandlungen darf man nie mit »Äh« beginnen.

»Cooper?«

»Ja?«

»Hast du kurz Zeit?« Ich stecke den Kopf hinter den Schirm und lächle zögerlich.

»Komm rein.«

»Können wir in den Konferenzraum gehen?«

Cooper runzelt die Stirn. »Sicher.«

Wir gehen schweigend zum Konferenzraum, und ich spüre, dass alle Augen im Büro auf uns gerichtet sind.

Kaum sind wir im Raum, dreht Cooper sich zu mir um.

»Keine Sorge, er ist bald weg.«

Das bringt mich aus dem Konzept.

»Wie bitte?«

»Andy. Er verlässt uns.«

»Deswegen wollte ich nicht … Augenblick, Andy hat gekündigt?«

»Ich dachte, das weißt du …«

Ich schüttle den Kopf. Cooper seufzt.

»Ich habe mit Scott darüber gesprochen. Andy war am Montag bei mir und hat mich vor die Wahl gestellt: Entweder du gehst oder er geht.«

Ich bin sprachlos.

»Es ging konkret um die E-Mail, die du mir geschickt hast und in der du seine Kreativstrategie hinterfragst. Ich habe mir seine Arbeit angesehen und die E-Mail gelesen und dein Recht verteidigt, solche Fragen zu stellen, obwohl ich den Entwurf nicht so kritisch gesehen habe …« Ich nicke. Er spricht von den Siebziger-Postkarten.

»Dann hat er also von dir verlangt, dass du mich rausschmeißt?«

»Nicht direkt«, antwortet Cooper. »Er meinte, er könnte einfach nicht mit dir arbeiten. Du wärst zu unerfahren, zu grün hinter den Ohren.« Ich spüre, wie mir das Blut ins Gesicht schießt und die unweigerlichen Tränen in meine Augen – ah, ja, Wuttränen. Cooper lehnt sich zurück. »Ich habe Andy gesagt, er soll sich eine Woche Zeit nehmen, um über seine Einstellung nachzudenken, und mich danach informieren, ob er uns nach wie vor verlassen möchte. Es ist nämlich völlig ausgeschlossen, dass ich dich gehen lasse.«

Jetzt ist mir erst recht nach Heulen zumute. Verhalte dich professionell, verdammt. Du willst schließlich mehr Geld von dem Mann. Ich räuspere mich und schenke Cooper ein Lächeln.

»Danke, Cooper. Das … freut mich sehr zu hören. Andy ist so ein …«

»Ich weiß«, fällt Cooper mir ins Wort.

»Dann … verlässt er uns tatsächlich?«

Cooper nickt. »Heute Morgen hat er mir seine Kündigung auf den Tisch gelegt. ›Kündigung‹ hat er übrigens falsch geschrieben … Egal, ich dachte, du solltest das wissen.«

Ich muss wegen des Seitenhiebs auf Andys Rechtschreibung kichern, doch meine Gedanken überschlagen sich. Was für ein Oberarsch. Ich überlege, ob Andy zu mir diese Woche besonders unhöflich war, aber ich habe nur mein übliches Ding gemacht und mich von ihm ferngehalten.

»Ja, das ist sehr interessant. Und wer soll ihn ersetzen?«

»Ich treffe mich heute Abend auf einen Drink mit Chris«, sagt Cooper.

»Chris!«, rufe ich begeistert. »Denkst du, er kommt zu uns?« Chris ist mein ehemaliger Art Director, mit dem Coop und ich in der großen Agentur zusammengearbeitet haben. Chris ist genial, absolut teamfähig und würde hervorragend zu uns passen.

»Ja, wenn das Geld stimmt«, entgegnet Cooper. »Ich habe ihn gestern Abend angerufen. Wir sind uns so gut wie einig.«

Ich huste. Jetzt oder nie. Zeit für meine Ansprache.

»Da wir gerade von Geld sprechen, Cooper, ich wollte mit dir über mein Gehalt reden. Ich weiß, momentan haben wir eine Wirtschaftskrise, aber du wirst mir sicher zustimmen, dass ich für jemanden mit meiner Erfahrung und Verantwortung deutlich unterbezahlt bin. Der Agentur geht es finanziell gut, und ich bin in alle Projekte einbezogen, und ich denke, du weißt, dass ich für die erfolgreiche Präsentation letzte Woche einen wesentlichen Beitrag geleistet habe.« Puh.

Cooper nickt, sagt jedoch nichts. Ich glaube, er will sehen, wie lange ich noch weiterrede, bevor mir die Argumente ausgehen.

»Ich habe ein bisschen recherchiert. Das Durchschnittsgehalt eines Werbetexters mit meiner Erfahrung liegt zwischen …« An dieser Stelle muss ich zensieren. Es macht Ihnen doch nichts aus, oder? Über Geld in der Öffentlichkeit zu reden schickt sich nicht. »… Und ich weiß ja, dass die wirtschaftliche Lage derzeit schwierig ist, aber unsere Firma ist davon nicht betroffen, und ich finde, ich habe einen wesentlichen Anteil daran.« Ups, das stand nicht im Script. Ich habe mich inhaltlich wiederholt. Was soll's. Ich hole tief Luft und sehe Cooper an.

»Einverstanden«, meint er. Was? Ich dachte, er würde mit mir herumdiskutieren. »Ich habe mich schon gefragt, wann du damit ankommst. Wie viel?«

Verdattert nenne ich ihm die Zahl.

»Abgemacht.«

»Und ich möchte das Geld rückwirkend bis zu meiner letzten Beurteilung haben, als es mir schon zugestanden hätte«, füge ich hinzu. Das ist halbwegs improvisiert. Das war Kates Idee, als sie mir bei meiner Rede half, doch ich tat sie verächtlich ab, weil es mir unverschämt vorkam.

»Abgemacht.«

»Okay«, antworte ich. »Wow. Danke.« Ich bin zum zweiten Mal innerhalb von fünf Minuten sprachlos.

»Gut. Wenn Chris kommt, werden wir die Firma umstrukturieren. Du wirst mit ihm zusammen die Kreativabteilung leiten.« Meine Kinnlade klappt herunter. »Du bekommst zwar offiziell noch keinen neuen Titel, aber da wir unser Auftragsvolumen fast verdoppelt haben und ich in Zukunft viel öfter verreisen muss und nicht so präsent sein kann, wie ich gerne möchte, brauche ich dich, um das Kreativteam zu managen. Wir werden ein paar Texter und

Grafikdesigner einstellen, für die du dann auch verantwortlich sein wirst. Du hast in den letzten paar Wochen einen unheimlichen Teamgeist geweckt, und deine Reaktion auf Andy kurz vor der Präsentation war richtig toll. Ich dachte, es kann nicht schaden, dich ins kalte Wasser zu werfen … Ich bin davon überzeugt, du wirst das großartig machen. Und in drei Monaten können wir uns über eine offizielle Beförderung unterhalten.«

Ich bin noch immer sprachlos, und mein Mund steht leicht offen. Cooper steht auf und gibt mir die Hand. Ich muss grinsen.

»Warte«, sage ich.

»Ja?«

»Warum … Warum ich und nicht Andy?« Ich habe mich das noch nie zuvor gefragt, doch warum hat Cooper so lange an Andy festgehalten?

Cooper seufzt. »Andy hat in der Agentur praktisch ohne Bezahlung angefangen, als ich mich selbstständig gemacht habe. Ich hatte das Gefühl, ich bin ihm was schuldig. Außerdem ist er ein guter, ordentlicher Designer. Nur … eben nicht mehr.«

Ich folge Cooper aus dem Konferenzraum zurück ins Büro und grinse nach wie vor. Ich sehe zu Andy, der mich mit unverhohlener Abneigung anstarrt. Ich schenke ihm mein strahlendstes Lächeln.

Ich bekomme mehr Gehalt und eine Beförderung. Eine Art Beförderung jedenfalls. Aber dafür ganz sicher mehr Geld. Ich stoße ein zufriedenes Seufzen aus. Das nenne ich »vor Freude strahlen«. Das hätte ich schon viel früher machen sollen. Warum habe ich nicht genug an mich selbst geglaubt?

Ich frage mich, wie es heute Abend wird, wenn ich Jake wiedersehe.

Oh, hallo, ein zufälliger Gedanke an Jake.

Ich setze mich an meinen Schreibtisch und bekomme sofort nervöses Magenflattern.

Konzentriere dich auf die Arbeit, verdammt.

Es geht nicht, meine Gehaltsforderung war das Einzige, was mich ablenken konnte, und jetzt kann ich nur noch an Jake und das Wochenende bei Eddie denken.

Ich bemühe mich, tief ein- und auszuatmen und die zufriedene Gelassenheit zu finden, die ich letzten Sonntag erreicht hatte. Es nützt nichts. Ich versuche Kate zu erreichen, damit sie mich tröstet. Sie geht nicht dran. Ich rufe Bloomie an. Offenbar herrscht ein ruhiger Tag in der Finanzwelt, weil sie sich sofort meldet.

»Moshi moshi?«

»Meine Nerven bringen mich um, da ich Jake wiedersehen werde. Mir ist kotzübel«, raune ich ins Telefon.

»Woo-hoo!«, jubelt sie, dann räuspert sie sich und sagt leise: »Oh Mann, wie man hier gleich angestarrt wird, wenn man sich nicht wie ein Roboter verhält …«

»Häääälfe!«, sage ich flehentlich. »Biiide, hälf.«

Bloomie ist von meiner Imitation aus *Das fünfte Element* nicht besonders beeindruckt.

»Du hast den Leeloo-Akzent nicht drauf. Dann hast du es dir also anders überlegt? Wirst du deine Auszeit für Jake beenden?«

Ich denke darüber nach, meinen Status von »unverfügbar bis in alle Ewigkeit« in »gebunden« zu ändern, und einen Moment lang befürchte ich, mich übergeben zu müssen. Das würde total in die Hose gehen. Ich weiß das.

Das ist nicht vor Freude strahlen. Das ist vor Angst kreidebleich werden. »Da fresse ich lieber einen Besen … Ich meine, nein. Ich habe nur gesagt, dass ich nervös bin.«

»Nun, wenigstens gibst du endlich zu, dass du auf ihn abfährst, nach deinem ›Jake … ist … interessant‹-Gestammel gestern Abend.«

»Abfahren ist genau das richtige Wort«, antworte ich. »Ich fühle mich nämlich wie ein abgefahrener Reifen.«

»Okay … Warum rufst du überhaupt an?«

»Kannst du mich nicht ablenken?«, sage ich im Jammerton.

»Armes Baby«, entgegnet sie und kichert. »Ich werde Eddie eine E-Mail schreiben und ihn fragen, was genau heute Abend abgeht. Er wird sich nichts dabei denken und seine Antwort an alle schicken. Dann können wir ein bisschen chatten. Das sollte dich ablenken, damit du deine Nerven beruhigen kannst.«

»Genial«, meine ich.

Bloomie hält Wort, denn ungefähr eine halbe Stunde später kommt eine E-Mail von Eddie.

Betreff: Das beste Wochenende, das ihr jemals erleben werdet

Hm.

Die Mail enthält hauptsächlich eine Wegbeschreibung zu Eddies Elternhaus. Darum brauche ich mich nicht zu kümmern, da Kate fährt. (Ich kann nicht Auto fahren. Ich weiß, das sollte ich ändern, also meckern Sie nicht.) Dann sehe ich, dass Eddie ein PS hinzugefügt hat.

PS: Wenn ihr wissen wollt, was am Wochenende abgeht, das Programm sieht ungefähr so aus: Die Männer probieren zuerst den Wein, dann das Bier und anschließend die harten Sachen. Die Frauen kochen. Die Männer schauen den Frauen beim Kochen zu. Die Männer essen. Die Frauen räumen auf. Das wiederholen wir für jede Mahlzeit, mit Ruhepausen dazwischen. Hakuna matata, Mädels.

Ha! Ich weiß, das hat er nur geschrieben, um uns zu ärgern. Anscheinend besitze ich keinen besonders hohen EQ, denn es funktioniert bei mir. Ich überlege, ob ich meine Antwort an alle schicken soll, und überfliege die Verteilerliste. Bloomie, Eugene, Kate, Fraser, Ant (Ant? Oh, scheiße), Tory. So weit, so vorhersehbar. Und dann sehe ich es. J.Ryan@proxicol.co.uk. Sein Familienname ist Ryan? Das muss er sein, er ist der Einzige mit J, dessen Adresse ich nicht kenne.

Ich studiere ein paar Minuten lang Eddies E-Mail und beschließe, ein paar Entwürfe für eine Antwort aufzusetzen.

(Ja, E-Mail-Antworten sind tatsächlich so wichtig.)

Edward. Ich bin begeistert, dass du dir so viele Gedanken um das Wohl der Frauen machst, die das Glück haben, zu deiner Party eingeladen zu sein.

Neinneinnein. Offener Sarkasmus zieht hier nicht. Ich muss einfach auch sexistisch sein.

Edward. Kleine Änderung im Programm: Die Männer probieren den Wein, saufen das Bier und überlassen die harten Sachen den Frauen.

Pff. Das ist nicht gut. Schickt man eine E-Mail an mehrere Empfänger, ist das wie Stand-Up-Comedy. Man muss sich verdammt sicher sein, dass der Text beim Publikum ankommt.

Ich lösche beide Entwürfe und klicke auf »Senden/Empfangen« in meinem E-Mail-Programm, um zu sehen, ob einer der anderen geantwortet hat.

Eine von Bloomie:

Super, Edward. Ich werde auf alle Fälle meine Gummihandschuhe mitbringen, du kennst ja meinen Putzfimmel. Außerdem, du stehst doch auf Gummi und Latex, nicht wahr?

Ha. Bloomie hat sich auch über seine Mail geärgert.

Eine von Mitch:

WAS? Die Frauen dürfen sich ausruhen?

Haha, sehr lustig, Mitch.

Ich klicke erneut auf »Senden/Empfangen«. Nichts. Jake muss wohl beschäftigt sein. Vielleicht kommt er gar nicht. Vielleicht findet er lustige Chats doof.

Hör auf, darüber nachzudenken.

Ich beschließe, Mittagspause zu machen und mich draußen auf den Golden Square mit Sushi to go von Kulu Kulu und einer Cola light zu setzen, während ich auf meinem iPod Aerosmith höre.

An sonnigen Tagen ist der Golden Square ein super Platz, um Leute zu beobachten. Ich sehe ein Paar, das zaghaft flirtet. Während er den Lässigen mimt, fällt es seiner nervösen Begleitung schwer, den Blickkontakt aufrechtzuerhalten, aber das Knistern zwischen den beiden ist spürbar. Ein anderes Paar döst in der Sonne. Ihr Kopf ruht auf seinem Bauch, während er die Freiheit genießt, anderen Frauen hinterherzuschauen. Auf der anderen Seite der Wiese entdecke ich eine junge Frau am Handy, die weinend an einer Zigarette zieht.

Ah, die drei Phasen einer Beziehung. Die aufregenden ersten Annäherungsversuche, das vermeintliche Glück zu zweit und die klägliche Einsamkeit. Seufz. Ich blicke auf die andere Seite des Platzes, wo zwei Männer Hand in Hand gehen. Ich frage mich, wie Schwulenbeziehungen sind. Ich wette, sie sind ehrlicher als Heterobeziehungen. Ich schaue genauer hin. Oh mein Gott. Einer der händchenhaltenden Männer ist Clapham Brody.

Will mich hier jemand verarschen?

Ich ducke mich flach auf die Wiese und beobachte die beiden Männer durch meine Sonnenbrille. Sie schweben in ihrer Glücksblase, ohne einmal in meine Richtung zu blicken und ohne ihre Umgebung wahrzunehmen, die ihnen spöttisch hinterhergafft, während sie den Golden Square überqueren.

Clapham Brody sieht in seiner Jeans richtig knackig aus, geht mir unsinnigerweise durch den Kopf. Und sein Freund ist ein echter Hingucker.

Die beiden verlassen den Golden Square, und ich setze mich auf und schaue mich erschrocken um. Scheiße, Clapham Brody ist schwul. Kein Wunder, dass wir uns so viele DVDs angesehen haben und dabei keusch nebeneinanderlagen. Augenblick. Das bedeutet, dass ich in den letzten sechs Wochen jeden Ex von mir gesehen habe, mit dem ich länger als einen Monat zusammen war. Bis auf Arty Jonathan. Es ist unwahrscheinlich, dass ich auch ihm begegne. Bestimmt hat er sich meine zweihundert Pfund geschnappt und lebt jetzt in einem besetzten Haus in Brighton oder wo auch immer talentlose Künstler enden.

Was will das Universum mir damit sagen? Will es mich daran erinnern, dass meine Fehltritte der Vergangenheit gesund und munter sind, damit ich an meiner Auszeit festhalte? Oder will es mir nur zeigen, dass meine Exfreunde fett, langweilig, gemein, von einer Belly verführt oder eben schwul geworden sind? Oder will es mir nur sagen, dass ich mir neue Gebiete in London zum Ausgehen erschließen sollte?

Ich glaube, ich brauche eine Zigarette, was ich mir normalerweise ohne den Vorwand zu telefonieren verkneifen würde, denn das wäre dann ja »eine zusammen rauchen«. Aber mal im Ernst. Clapham Brody ist *schwul.*

Als ich ins Büro zurückkehre, quillt mein Posteingang mit Antworten von fast allen, die am Wochenende dabei sind, über. Ich überfliege die Absender … Bloomie, Ant, Mitch, Eddie, noch mal Ant, blabla … Offenbar will jeder etwas zu der Party beisteuern. (Lebensmittel, Alkohol und Luftmatratzen, was weitere Vorschläge wie aufblasbare Gummipuppen, ein aufblasbares Schaf und das Kunststück, einen Kirschstiel im Mund zu verknoten, auslöste. Der letzte Vorschlag stammte von Tory.) Ich fühle mich seltsam blockiert. Das sieht mir gar nicht ähnlich. Dann kommt eine Antwort an alle von Jake Ryan.

Mein Beitrag für das Wochenende ist meine Fähigkeit, an glatten Wänden hochzuklettern. Außerdem kann ich eine Jacht steuern und aus einer Büroklammer und Rotzkügelchen Luftballons machen.

Hihi. Ich beschließe trotzdem, mich vorerst zurückzuhalten. Ich warte einfach noch ein bisschen ab, was passiert. Während der nächsten Stunde werden die E-Mails immer alberner. Fraser bietet an, uns vorzuführen, wie man in weniger als einer Minute ein Gewehr auseinanderschraubt und wieder zusammenmontiert. Tory schreibt, sie würde einen Spagat machen, Mitchs Beitrag lautet – typisch – ein Extremwurm-Seminar, nackt. Um sechzehn Uhr zweiundfünfzig kommt die nächste E-Mail von Jake.

Sie ist an mich adressiert. Ausschließlich an mich. Mein Herz macht einen Satz.

Klopf klopf … Jemand auf Empfang? Die werden immer doller …

Ich warte knapp zehn Minuten – das muss man bei so einer Mail, wenn man nicht zu interessiert wirken will – und antworte:

Ich warte noch auf einen lustigen Beitrag.

Er antwortet (knapp acht Minuten später):

Du und dein vornehmes Schweigen.

Ich antworte (neun Minuten später):

Lass das, sonst werde ich noch rot.

Er antwortet (sechs Minuten später):

Äh … das war kein Kompliment. Und ich dachte, du als Werbetexterin kannst zwischen den Zeilen lesen.

Grins. Ich antworte (acht Minuten später):

Wie ich gehört habe, sprichst du mit deinem Cousin über mich. Du weißt ja sicher, dass er ein begnadeter Lügner ist.

Er antwortet (vier Minuten später):

Wer einer anderen Person Wein ins Gesicht schüttet, muss damit rechnen, dass über ihn gesprochen wird.

Shit.

Ich überlege, was ich schreiben soll, und entscheide mich (neun Minuten später) für:

Das war Live-Kabarett. Du wirst es nicht glauben, aber alle Beteiligten haben nur geschauspielert. Auch der Wein.

Er antwortet (sechs Minuten später):

Wow, das war eine oscarreife Vorstellung. Besonders von dem Kerl, der den arroganten Exfreund spielt.

Ich antworte (sieben Minuten später):

Ja, er wurde beim Casting entdeckt. Leider bekommt er seitdem kein Engagement mehr.

Er antwortet (in weniger als zwei Minuten):

Kein großer Verlust für die schillernde Welt des Live-Kabaretts. Er sah nicht aus wie einer, dem man die Frau gönnt.

Oh Mann. Ich schwitze leicht. Das ist verdammt brillant.

Ich schaue auf meine Uhr. Es ist fast vier.

Ich antworte (sechs Minuten später):

Okay, das war sehr charmant, aber ich muss jetzt nach Hause und packen. Zahnbürste, Pyjama, Büroklammern, Rotzkügelchen … das Übliche. Wirst du den restlichen Nachmittag ohne mich überstehen?

Er antwortet (sofort):

Das wird sich zeigen, Cocktailbiest.

Ich spüre Euphorie, wenn auch meine Hände leicht feucht sind. Ich frage mich, ob er schon heute Abend kommt oder erst morgen mit der anderen Gruppe. Schätze, ich werde es herausfinden.

Ich stehe auf, räume meine Sachen auf dem Schreibtisch zusammen und schnappe mir meine Jacke und meine Handtasche. Auf dem Weg zum Ausgang registriere ich, dass Andy hinter seinem Schreibtisch aufsteht, aber ich tue so, als würde ich ihn nicht sehen, bevor ich den Raum verlasse.

»Sass«, sagt er, während er mir aus dem Büro folgt und die Tür hinter sich schließt. Oh Gott, was kommt jetzt?

Ich drehe mich um und sehe ihm direkt in die Augen. »Oh, Andy. Ich wollte gerade nach Hause …«

»Kann ich kurz mit dir reden?«, fragt er.

»Ich habe es eilig. Kannst du es sehr kurz machen?«, entgegne ich und sehe, wie er seine Augenbrauen hochzieht.

»Sollen wir in den Konferenzraum gehen?«

»Nein, hier ist es gut«, antworte ich. Ja! Punkt für mich. Es ist mir egal, was für hässliche Dinge Andy mir an den Kopf werfen wird, wie ich jetzt merke. Soll er ruhig anfangen.

»Äh, vielleicht weißt du es noch nicht, doch ich werde die Agentur verlassen. Ich wollte dir nur sagen, dass du in ein paar Jahren sicher ein guter Creative Director sein wirst. Vor dir liegt eine glänzende Zukunft, wie es so schön heißt.«

Nicht hässlich. Nur herablassend.

»Ja, ich weiß, dass du aufhörst«, erwidere ich mit breitem Lächeln. »Cooper hat mich informiert. Schade, dass dein Ultimatum nicht funktioniert hat. Und danke, aber ich weiß auch so, dass ich ein guter Creative Director sein werde, weil ich nämlich in meinem Job verdammt gut bin. Danke für das Gespräch, Andy. Wir sehen uns am Montag.«

Andy starrt mich mit offenem Mund an. Er sagt nichts weiter, also lächle ich ihn nach ein paar Sekunden wieder an und wende mich zum Gehen. Ich hüpfe fröhlich die Treppe herunter und hinaus in die Abendsonne. Ich beglückwünsche mich von allen Seiten.

Kapitel 25

Ich treffe bei Bloomie und Kate um halb sieben ein, nachdem ich wie ein Wirbelwind nach Hause geeilt bin, um zu packen und mich umzuziehen, und nun bin ich mental, körperlich und modisch für die Begegnung mit Jake und was das Wochenende sonst noch für mich bereithält gewappnet. Ich bin für ein Wochenende auf dem Land (Motto »Wandertauglich«: hellblaue Röhrenjeans, Converses, dunkelgraues Oberteil, Bloomies Lederjacke) perfekt gestylt. Meine Haare sind frisch gewaschen. Mein Make-up ist dezent. Meine Brauen verhalten sich so, wie ich möchte. Ich habe eine Tasche mit einer Auswahl von praktischen, aber trotzdem sexy Klamotten gepackt. Wenn man ausgeblichene T-Shirts für sexy hält. Was ich tue.

»Und wo waren deine E-Mails heute Nachmittag?«, fragt Bloomie zur Begrüßung. Sie steht vor dem Haus, an Kates Wagen gelehnt. Kate ist drinnen und holt ihre Tasche. »Schließlich war das alles nur deinetwegen …«

»Lampenfieber ist echt ätzend«, entgegne ich achselzuckend. Ich werde ihr später von den E-Mails mit Jake erzählen.

»Zigarette, um die Nerven zu beruhigen?«, bietet sie mir an und fischt ihre Marlboro Lights aus der Handtasche. Sie trägt meine weiße Jeans. Ich finde, sie steht ihr besser. Verdammt.

»Ich finde, meine Jeans steht dir besser als mir«, sage ich als eine Art Antwort.

»Und ich finde, meine Jacke steht dir besser als mir«, erwidert sie, zündet zwei Zigaretten an und gibt mir eine.

»Kommt der Monk mit?«

»Nein, er muss sich um seine Verwandtschaft kümmern«, entgegnet Bloomie. »Sein Cousin ist gerade hier auf Klassenreise. Sie gehen heute Abend in ein Musical. Ich habe mich mit der Begründung, dass ich bei Musicals immer Mordgelüste bekomme, geweigert.«

»Fair«, stimme ich ihr nickend zu.

»Er kommt morgen früh. Zusammen mit diesem Benoit, der dich an dem Abend im Montgomery Place angebaggert hat.«

Ich ziehe die Augenbrauen hoch. Großartig.

»Lasst uns losfahren«, meint Kate, die aus dem Haus kommt. Bloomie und ich diskutieren sofort, wer vorne sitzen darf. Ich gewinne. Es ist nett, wieder mit der alten Dreierclique unterwegs zu sein. Abgesehen davon, dass Kate wieder öfter mitmacht, hat sie ihre Verkrampftheit wegen Tray fast abgelegt und ist wieder so lustig und albern wie früher. Sie wird allerdings immer ein zwanghaftes Verhalten an den Tag legen. Heute hat sie eine Stunde damit verbracht, die beste Route auf viamichelin.com und Google Maps auszudrucken, um sie danach mit Bloomies Straßenkarte abzugleichen.

Während wir durch Notting Hill fahren, fällt mir etwas ein, was ich Kate schon die ganze Woche fragen möchte.

»Hat sich eigentlich der süße Aussi mal bei dir gemeldet?«

»Habe ich dir das nicht erzählt? Er hat mir noch in derselben Nacht eine SMS geschickt, um vier Uhr – ich meine Sonntagmorgen – und mich zu einem Nachttrunk bei sich zu Hause eingeladen.« Sie schüttelt den Kopf. »Was denkt der sich?«

»Schade. Ich glaube, das nennt man nicht Nachttrunk, sondern One-Night-Stand.«

»Dummer Kerl«, sagt Bloomie. »Er konnte sich einfach

nicht beherrschen und hat seine Munition ein bisschen zu früh verschossen, sozusagen …« Sie macht eine Pause. »Gott, tut mir leid, das war ziemlich unanständig von mir. Mitchs Ergüsse färben offenbar auf mich ab, sozusagen … Oh Gott! Schon wieder! Sorry!«

Kate und ich kichern.

»Ich habe mich gefragt, ob ich mich beim Flirten vielleicht ungeschickt anstelle«, überlegt Kate laut. »Oder ich war so gut, dass er dachte, ich wäre für eine schnelle Nummer morgens um vier Uhr zu haben. Könnt ihr mich dieses Wochenende im Auge behalten und beobachten, wie ich mich verhalte?«

»Klar«, antworten Bloomie und ich. »Obwohl ich finde, du stellst dich beim Flirten sehr geschickt an«, füge ich hinzu.

Kate zuckt mit den Achseln. »Vielleicht war er nur betrunken. Ich habe natürlich die Nachricht samt seiner Nummer direkt gelöscht.«

»Natürlich«, geben wir wieder unisono zurück. Dann fallen wir in Schweigen und lauschen dem Radio eine Weile. Plötzlich fällt mir ein, dass ich den beiden die Neuigkeiten des Tages noch gar nicht erzählt habe.

»Ich habe heute eine Gehaltserhöhung bekommen. Und eine Beförderung. Und ich habe Clapham Brody auf dem Golden Square gesehen. Er ist schwul, und sein Lover sieht echt scharf aus.«

»WAS?«, kreischen Bloomie und Kate aufgeregt, woraufhin ich ins Detail gehe. Nachdem ich ein paar Minuten lang neugierige Fragen beantwortet habe, stellt sich wieder Schweigen ein.

»Oh Mann, ich wünschte, die würden mir endlich sagen, ob ich meinen Job behalte«, sagt Kate. »Heute Mittag war ich mit meinem Chef essen, und er hat mit mir über meine Halbjahresziele gesprochen. Das muss ein gutes Zeichen sein.«

»Ich bin mir sicher, dass alles gut wird«, beruhigt sie Bloomie. Sie lügt.

»Ich auch«, stimme ich ihr zu. Ich lüge auch.

»Was würdet ihr tun, wenn ihr euren Job verlieren würdet?«, fragt Kate.

»Ich … würde mir erst Gedanken darüber machen, wenn es so weit ist«, entgegne ich.

»Ich würde mir eine Auszeit nehmen«, erwidert Bloomie. »Ein halbes Jahr oder ein Jahr, und hinterher schauen, wie es aussieht.«

»Kannst du dir das denn leisten?«, will ich von ihr wissen.

Bloomie zuckt mit den Achseln. »Ich habe ein paar Ersparnisse.«

Ich vergesse immer, dass jeder außer mir Rücklagen hat.

Kate stößt ein tiefes Seufzen aus und beginnt, an den Nägeln zu knabbern – ein Novum, normalerweise sind ihre Hände tadellos gepflegt. Besser, ich wechsle das Thema, um sie abzulenken.

»Weiß jemand, ob Jake schon heute Abend kommt oder erst morgen?«, platze ich heraus. Tolle Ablenkung. Idiotin.

»Ich glaube, heute Abend. Eddie meinte, Mitch und ›seine Sippschaft‹ machen sich heute noch auf den Weg … Also auch dein Lover!«

Beide beginnen mich zu hänseln, als wären wir zehn Jahre alt. Bloomie hat Kate hundertprozentig von meiner »Jake … ist … interessant«-Ansprache erzählt, nachdem sie gestern Abend nach Hause kam, was normal ist unter uns drei.

»Und, bist du in ihn verliebt?«

»Willst du eine Beziehung mit ihm?«

»Willst du ihn küssen?«

»Willst du sein DING anfassen?«

»Wenn ihr nicht sofort still seid, muss ich euch beide schlagen. Mit der Faust. Auf den Mund.«

»Natürlich will sie! Sie würde es liebend gern anfassen.«
»Iii, ich wusste es.«
Beide kichern hysterisch.
»Ich wollte euch eigentlich von den E-Mails erzählen, die er mir heute Nachmittag geschickt hat, aber jetzt lasse ich das«, meine ich blasiert und sehe aus dem Fenster. Wie rasch man aus London heraus und im Grünen ist. Seltsam, denn wenn man mitten in der Stadt ist, kann man sich nur schwer vorstellen, dass es so etwas wie eine grüne Landschaft gibt.
»Sag schon!«, schreien beide gleichzeitig. »ERZÄHL. SOFORT.«
»Erzähl, oder ich halte an, und du kannst den Rest zu Fuß gehen«, droht Kate.
»Also schön, also schön«, gebe ich nach. Ich beschreibe unseren kleinen Schlagabtausch. Die beiden kichern über Jakes witzige E-Mails (Kate weist außerdem darauf hin, wie höflich und einfühlsam er mit dem Vorfall im Botanist umging, was mir noch gar nicht in den Sinn kam) und sind nun erst recht gespannt darauf, wenn ich ihn heute Abend wiedersehe.
»Er ist ziemlich glatt«, beginne ich und spreche damit einen Gedanken aus, den ich seit den E-Mails im Kopf habe. »Das erinnert mich an Rick.«
Schweigen.
»Jake kannst du nicht mit Rick vergleichen«, bemerkt Bloomie. »Erstens: Jake ist nett.«
»Jake sieht viel besser aus«, ergänzt Kate.
»Jake ist ein Pfadfinder. Und ein Prinz«, meint Bloomie.
»Ja, ein Prinz«, bekräftigt Kate.
»Jake ist ein Pony. Du solltest ihn reiten …«
Kate stößt ein kreischendes Gelächter aus.
»Jake ist ein Softeis, das sie gerne lecken würde«, fügt Bloomie hinzu.

»Ooh! Jake ist ein Schokoriegel, den sie sich gerne auf der Zunge zergehen lassen würde«, stellt Kate fest.

»Jake ist ein Fisch, den sie gerne schuppen würde«, wirft Bloomie ein.

Beide prusten laut los. Sie wissen, dass ich Wortspiele liebe, verdammt.

»Jake«, sage ich gegen meinen Willen, »ist ein Rostbraten. Und ich möchte nicht nur sein Fleisch probieren, sondern auch seine zwei Beilagen.«

»Jake ist … ein Chutney, und du würdest gerne seine Gurke anknabbern!«, schreit Bloomie. Kate muss so sehr lachen, dass sie kein Wort herausbringt.

»Jake ist … ein Gerüstbauer, und ich würde gerne seine lange Stange sehen.«

»Jake ist … ein warmes Frühstück. Und du möchtest gerne an seiner Wurst knabbern.«

»Jake ist … ein Postfach, und ich möchte gerne sein Päckchen in die Hand nehmen.«

Die Fahrt zu Eddies Elternhaus dauert normalerweise anderthalb Stunden, aber durch unser Herumalbern, die kurzen Pausen und den Freitagabendverkehr sind wir erst nach neun Uhr da. Als wir in die lange Auffahrt biegen, habe ich vor Nervosität ein Kribbeln im Bauch und Herzklopfen.

Ich frage mich, ob Jake schon da ist. Ich frage mich, ob er von meiner Auszeit weiß. Es wäre mir peinlich, wenn das der Fall sein sollte. Das macht den Eindruck, als wäre ich eine ehemalige Serientäterin. Und ein Fall für die Klapse.

Es ist ein perfekter Maiabend. Der Himmel ist noch nicht ganz dunkel, und es ist ruhig und klar. Ich liebe dieses Haus. Es ist alt, sehr groß und überraschend gemütlich. Die Außenfassade ist vollständig mit Efeu zugewachsen, und im Innern herrscht ein göttliches Chaos aus riesigen Räumen und Kaminen und Fotos und Skulpturen und überquellenden Bücherregalen. Ich hole tief Luft, als wir hineingehen …

… und atme aus, als wir die Küche betreten. Nur Eddie und Ant sind da.

Sie sitzen an dem langen Küchentisch bei einem Bier und unterhalten sich lautstark. Sie sind bereits betrunken. Innerhalb von wenigen Minuten haben wir unsere Taschen nach oben in unsere Zimmer gebracht, sitzen am Küchentisch und machen eine Flasche Wein auf.

Ich fühle mich richtig heimisch in dieser Küche. Der Tisch, an dem ungefähr vierundzwanzig Personen Platz haben, nimmt die Hälfte des Raums ein, die andere Hälfte eine offene Küche, (natürlich) mit einem gusseisernen Aga-Herd, einem riesigen Kühlschrank, einer Arbeitsplatte und anscheinend Dutzenden von Tassen über dem großen, klassisch-rustikalen Spülbecken. Eine Wand besteht nur aus Fenstern und großen Verandatüren, die auf den perfekt getrimmten Rasen von gewaltigen Dimensionen und auf liebevoll gepflegte Blumenbeete, die zu den Tennisplätzen führen, zeigen. Das restliche Haus ist auch sehr schön, aber dieser Raum hier – das ist Küchenporno.

»Haben wir was verpasst?«, fragt Bloomie.

»Nein, nichts, was für eure hübschen kleinen Ohren geeignet wäre«, antwortet Ant und grinst. »Das war ein Gespräch unter Männern. Wir müssen nur noch kurz aufwischen.«

Ich verdrehe die Augen.

»Ich bin entlassen worden, wenn ihr es unbedingt wissen wollt«, sagt Ant.

»Oh, Mann … wie schrecklich«, entgegne ich. »Das tut mir leid.« Bloomie und Kate drücken auch ihr Bedauern aus.

»Das braucht euch nicht leidzutun. Ich habe damit seit Monaten gerechnet. Egal, jeder, der noch freiwillig arbeiten geht, ist ein Trottel. Das ist jetzt der perfekte Zeitpunkt, um auf einer einsamen Insel abzutauchen. Und nach zwei Jahren kommt man zurück und übernimmt die Welt.«

»Kannst du dir das denn leisten?«, erkundigt sich Kate.

»Nein, natürlich nicht«, erwidert er. »Trotzdem ist das eine verdammt geniale Idee.«

Ant ist so ein Idiot. Er sagt nichts anderes, was Bloomie nicht schon vorhin im Wagen gesagt hat, aber es kommt auf das Wie an. Ich wende mich an Eddie.

»Was gibt es Neues, Schmusekater?«

»Die saugen mich in der Arbeit aus«, antwortet er, lehnt sich auf seinem Stuhl zurück und stößt einen zarten Bierrülpser aus. »Nichts Neues also.«

»Das heißt lutschen, nicht saugen«, verbessert ihn Kate mit engelgleichem Lächeln.

»Da wir gerade von lutschen und saugen sprechen, da fällt mir die Geschichte von der Frau und ihrer zahmen Schlange ein«, meint Eddie.

»Oh Gott«, stöhnt Bloomie.

Eddie beginnt eine lange und unterhaltsame Geschichte, die ich schon mehrmals gehört habe. Er braucht fünfzehn Minuten, bis er fertig ist. Ich kann Sie Ihnen in fünfzehn Sekunden erzählen. Eine Bekannte von ihm hatte eine Schlange als Haustier. Irgendwann hörte diese auf zu fressen und versteifte sich immer stundenlang wie ein Holzstab. Also brachte die Frau die Schlange zum Tierarzt, und der meinte: »Nun, die Schlange macht sich steif, um sich mit Ihrer Länge zu messen, und sie frisst nicht mehr, weil sie einen großen Appetit ansammeln will. Es ist gut, dass Sie gekommen sind, denn sie hat bereits absichtlich ihren Kiefer ausgerenkt, was bedeutet, dass sie versucht hätte, Sie innerhalb der nächsten zwölf Stunden zu verschlingen.« (Bei diesem Satz kreischen immer alle auf.) Eddie schwört, dass diese Geschichte wahr ist. Ich überlasse Ihnen die Entscheidung.

Ich höre, wie draußen ein Wagen vorfährt.

»Ich muss mal … aufs stille Örtchen«, sage ich und flitze nach oben.

Während ich mir die Hände wasche, höre ich die Stimmen der Neuankömmlinge unten in der Diele. Mein Herz beginnt laut zu klopfen vor Angst/Aufregung, und ich spähe vorsichtig über das Treppengeländer, um zu sehen, ob er dabei ist. Nein, nur ein paar von Eddies Ingenieurfreunden, Neil und Harriet, die zusammen mit Fraser und Tory gekommen sind. Letztere sind offenbar wieder zusammen, was leichten Anlass zur Sorge gibt. Harriet gehört zu diesen von Konkurrenzdenken geprägten Frauen, die glauben, sich im Sport auszukennen, und versuchen, bei den Männern zu punkten, indem sie über nichts anderes als Cricket sprechen. Ich finde es sehr schwierig, mit ihr warm zu werden. Die meiste Zeit verbringt sie damit, Neil zu sagen, was er zu tun hat. Neil ist ein schmächtiger Kerl mit einer schlechten Frisur. Bisher konnten wir noch nichts Bemerkenswertes an ihm feststellen, da er nie etwas zur Unterhaltung beiträgt, aber Eddie scheint ihn gut leiden zu können … Wahrscheinlich ist Neil in Wirklichkeit saukomisch und geistreich und hält mich für eine blöde Tussi. Seine Beziehung mit Harriet ist am Ende, denke ich.

Oh Gott, die Warterei bringt mich um.

Ich gehe zurück ins Bad und zeige mit dem Finger auf mein Spiegelbild. Komm endlich runter, verdammt. Wahrscheinlich ist Jake kein guter Mensch, und du steigerst dich da in etwas hinein, was tödlich für dich ist. Du kannst dir selbst nicht trauen. Außerdem ist er ein gewitztes, geistreiches, charmantes Alphamännchen mit einem ausgeprägten Selbstbewusstsein, und du weißt, wie es enden würde: in Tränen, Elend, Enttäuschung. Aus diesem Grund hast du die Männerpause angefangen. Also tu dir den Blues rein

(Den Blues?, denke ich, als ich die Treppe hinuntergehe. Oh Mann, ich bin ein seltsames Wesen.)

»Hallo, zusammen«, sage ich, als ich in die Küche zurückkehre.

»Hallo, Zuckermaus«, ruft Fraser. Ich beuge mich zu ihm herunter und gebe ihm ein Küsschen auf die Wange, bevor ich zu meinem Stuhl gehe, wobei ich zufällig sehe, dass Torys schmutziger kleiner Fuß in seinem Schoß spielt. Ich sehe zu ihr hinüber, und wir lächeln uns an. Du brauchst dringend eine Pediküre, denke ich. Und einen Maulkorb, füge ich stumm hinzu, während ich am anderen Ende des Tisches Platz nehme und Tory lautstark beginnt, von ihrem letzten Geburtstag zu erzählen. Ich höre nicht richtig zu – Bloomie und Kate machen sich als Mitbewohnerinnen übereinander lustig, was recht unterhaltsam ist –, bis Tory kräht:

»Und ich dachte, weißt du was, ich habe einen Geburtstagsfick verdient.« Der gesamte Tisch verstummt schlagartig. »Wirklich, den hat jede Frau verdient … Leider wusste ich damals noch nichts von Frasers Liebeskünsten, sonst hätte ich ihn natürlich sofort für die ganze Nacht gebucht, nicht?« Ich schaue zu Fraser, der einen roten Kopf vor Verlegenheit oder möglicherweise, was ich nicht hoffe, vor Freude hat. Tory plappert weiter: »Also habe ich die ganze Nacht damit verbracht, alle Männer anzurufen, mit denen ich jemals zu tun hatte, nicht? Aber die leben inzwischen alle in einer festen Beziehung und konnten mir nicht behilflich sein. Könnt ihr euch das vorstellen? Ich bin wohl so eine Art Hochschule für Männer, die sich fest binden wollen …«

»Hochschule? Das ist das erste Mal, dass sie es so nennt«, raunt Bloomie mir zu.

»Was so nennt?«, fragt Kate genauso leise.

»Ihre Mumu«, murmelt Bloomie. Kate prustet los und sprüht Rotwein über den ganzen Tisch. Alle sehen zu uns.

»Sorry, sie verträgt keinen Alkohol«, erklärt Bloomie, und wir verziehen uns schnell an die Spüle, um Schwämme und Handtücher zu holen, während wir wie die Irren lachen. Plötzlich fühle ich mich viel entspannter.

Gegen halb elf haben wir schon einige Flaschen Wein geleert, und Bloomie, Kate und ich qualmen fröhlich vor uns hin und naschen von dem köstlichen Käse und dem Brot, ein Mitbringsel von Tory und Fraser. Ich bekomme immer wieder mit, wie sie ihm sehr tiefe Blicke zuwirft. Fraser kann nicht verführerisch gucken, selbst dann nicht, wenn sein Leben davon abhängen würde, doch er starrt so angestrengt zurück, wie er nur kann.

Ant, Kate und Neil unterhalten sich am anderen Tischende über die Zuteilung der Zimmer am Wochenende. Nun ja, Ant und Kate unterhalten sich. Nach unserer letzten Zigarettenpause packte er sie an der Hand und wollte sie nicht loslassen, bevor sie sich neben ihn setzte. Gott, ich hoffe, sie sieht das nur als Flirttraining.

»Ich verstehe nicht, warum die Zimmer nach Geschlechtern aufgeteilt werden«, sagt Ant. »Schließlich sind wir alle erwachsen. Ich meine, ich habe schon Tausende von Brüsten gesehen. Warum glaubt ihr Frauen, ich bin so scharf darauf, eure zu sehen?«

Eddie gibt ein Husten von sich, das wie »Schwachsinn« klingt. Die alten Sprüche sind oft die besten.

Kate beginnt zu lachen. »Aber ich möchte mein Zimmer nicht mit einem Kerl teilen. Das Schnarchen, die anderen Körpergeräusche …«

»Ich bin durchaus fähig, ein Wochenende lang den kleinen Jimmy und seine Jungs in Ruhe zu lassen«, erwidert Ant.

Iii.

Kate lacht noch mehr. »Das meinte ich nicht mit ›Körpergeräusche‹.«

»Komm schon, ich weiß doch, dass ihr Frauen an nichts anderes denkt …«, meint er und rückt näher an sie heran. »Allerdings solltest du wissen, dass eine Frau hohe Ansprüche erfüllen muss, um bei Jimmy auf die Liste zu kommen.«

»Zwei Beine und ein Herzschlag?«, rufe ich ans andere Ende hinüber.

»Oh, hallo, seht mal, wer seinen Senf dazugibt!«, ruft Ant zurück. »Das ist hier ein intimer Schnack, wenn ich bitten darf.«

»Intimes Schnackseln …«, witzelt Kate, und Ant lacht lauter, als er sollte.

Ich hoffe, sie verwechselt seine schleimige Art nicht mit frechem Charme. Eine klassische Falle für unerfahrene Singles. Andererseits ist Kate ein großes Mädchen, und ich werde ihr nicht sagen, wie sie sich zu verhalten hat. Ich drehe mich wieder zu Eddie und Bloomie, die ernsthaft diskutieren, ob man Hautentzündungen mit Schimmelkäse behandeln kann, der angeblich wie Penicillin wirken soll.

»Leute … im Ernst. Das ist krass. Eben hatte ich noch Hunger, aber der ist wieder weg.«

»Wir haben schon gegessen«, sagt Eddie. »Doch ich wollte sowieso ein paar Würstchen heiß machen.«

Ich liebe Männer und ihren ständigen Hunger.

»Kommt Maeve eigentlich auch?«, fragt Bloomie.

»Äh, sie muss arbeiten«, erwidert Eddie.

Ich sehe ihn mit nachdenklichem Stirnrunzeln an. Er fängt meinen Blick auf und legt selbst die Stirn in Falten. Dann steht er auf und geht zum Kühlschrank. Ich folge ihm und bleibe hinter ihm stehen, während er nach den Würstchen kramt und der Butter, bis er sich umdreht und zusammenzuckt.

»Jesus, Frau!«, stößt er erschrocken aus. Er hat nicht gemerkt, dass ich hinter ihm stand.

»Bist du überhaupt noch mit Maeve zusammen?«, erkundige ich mich leise.

»Wieso interessiert dich das?«, entgegnet er.

»Antworte mir.«

Es entsteht eine lange Pause. Er sieht mich an, seufzt und sagt: »Wir haben uns vor zwei Monaten getrennt. Ich hatte einfach keinen Bock, darüber zu reden.«

»Ist das dein Ernst?«, zischt Bloomie, die plötzlich neben uns steht und sich gegen die Küchenanrichte lehnt. Am Tisch herrscht eine rege Unterhaltung über Körpergeräusche, sodass uns keiner Beachtung schenkt.

»Verdammt, jetzt wollt ihr bestimmt den Grund wissen …« Eddie schüttelt den Kopf und gibt mir ein Netz Zwiebeln. »Kleinschneiden, bitte.«

Ich schnappe mir die Zwiebeln, ein Küchenbrett und ein Messer und beginne zu schälen. »Teddyboy, was war denn los? Was ist passiert?«

Er zuckt mit den Achseln, gießt Öl in eine große Pfanne und stellt sie auf den Herd. »Es ist einfach … auseinandergedriftet. Es ist nicht so, dass ich mich jede Nacht in den Schlaf weine.«

Bloomie schüttelt den Kopf. »Du verdrängst es.«

»Allerdings«, stimme ich ihr zu und wische mir eine Träne aus dem Gesicht. »Sorry, das sind die Zwiebeln, obwohl ich das mit Maeve natürlich sehr traurig finde … Möchtest du darüber reden?«

»Möchtest du in den Arm genommen werden?«, fragt Bloomie. In ihren Augen stehen echte Tränen. Oh Mann, in Liebesdingen wird sie immer ganz sentimental.

Eddie lacht. »Lasst mich in Frieden«, gibt er herzlich zurück. »Ich habe schon zwei Schwestern.«

Bloomie und ich sehen uns achselzuckend an und kümmern uns dann darum, die Zwiebeln und die Würstchen anzubraten. Eddie schneidet die Baguettes und bestreicht sie mit Butter, und innerhalb von fünfzehn Minuten sitzen wir wieder am Tisch und mampfen riesige Sandwiches mit Würstchen.

»Möchtest du etwa auch ein Stück Wurst zu deinem Senf, Süße?«, höre ich Ant zu Kate sagen, die daraufhin lacht.

»Jeder, der morgen früh Touch Rugby spielen möchte, hebt die Hand!«, ruft Harriet. Alle ignorieren sie. »Na schön, ich schau mal, ob sie im Fernsehen die Cricket-Spiele zeigen. Ich habe heute Nachmittag die Live-Konferenz auf meinem Computer im Büro verfolgt. Das war superspannend!« Sehen Sie? Echt nervig. Harriet stapft mit ihrem Sandwich aus der Küche, dicht gefolgt von Neil. Dicke Waden. (Beide.)

Das Einzige, was ich in den nächsten Sekunden höre, ist zufriedenes Kauen/Schmatzen.

»Aah …, geht doch nichts über eine knackige Wurst«, sagt Tory in neckischem Ton und sieht Fraser mit hochgezogenen Augenbrauen an. Warum denken manche Leute, ihre privaten Anspielungen sind, ähm, für Außenstehende unverständlich? Bloomie und ich brechen kichernd zusammen, und wir müssen beide an das Gespräch im Wagen denken, was uns den Rest gibt. Tory schaut zu uns herüber und hat die Würde, ein verlegenes Gesicht zu machen.

Eddies Handy klingelt. Er sieht auf das Display und sagt: »Mitch. Die haben sich bestimmt verfahren.«

Er geht dran.

»Mitch … Ohne Scheiß. Ja, man kann die Abzweigung leicht verpassen … Ja, absolut. Okay, das macht Sinn. Und … Sorry? Ihr seid wo?«

Er beginnt zu lachen.

»Oh Mann. Dann sehen wir uns in circa vier Stunden.«

Er legt auf. »Sie irren gerade durch Wales.«

»Wer war das?«, ruft Ant vom anderen Tischende herüber.

»Mitch, Jake und irgendein Sam.«

Ich spüre, dass Kate und Bloomie mir bedeutungsvolle Blicke zuwerfen, und ignoriere sie. Mist. Es wird also noch ein bisschen dauern, bis er hier ist.

Wir räumen den Tisch ab. Die sogenannte Freitagabendparty hat sich ein wenig verlaufen. Neil und Harriet hängen vor der Glotze und schauen Cricket, Tory und Fraser verabschieden sich und gehen ins Bett, und Ant rammelt praktisch Kates Bein.

»Gut …, ich hau mich in die Falle«, sage ich.

»Ich auch!«, rufen Bloomie und Kate im Chor.

»Wir sind ganz schön alt geworden«, schimpft Eddie. »Vor drei Jahren wären wir um diese Zeit schon sturzbetrunken gewesen.«

»Kommt, spielen wir Strip-Poker!«, schlägt Ant vor. »Katie, mein süßes Kätzchen, spielst du mit?«

»Sehr verlockend!«, antwortet sie freundlich und wirft mir einen hilfesuchenden Blick zu. Ich wusste, dass sie nicht interessiert ist.

»Sorry, Ant, aber ich muss sie jetzt entführen.« Ich schenke ihm ein strahlendes Lächeln. Er erwidert es mit einem offenkundig falschen.

Bloomie, Kate und ich gehen nach oben in mein Zimmer und lassen uns aufs Bett plumpsen.

»War ich gut beim Flirten?«, fragt Kate.

»Was meinst du, Darling?«, erwidert Bloomie. »Eben? Mit Ant?«

»Ja …«, entgegnet sie. Sie macht ein so hoffnungsvolles Gesicht.

»Ja, du hast tatsächlich ein bisschen geflirtet«, sage ich. »Aber wenn ich ehrlich bin, Ant ist …«

»Ein läufiger Köter?«, ergänzt Kate. »Ja, ich weiß. Doch ich dachte, das ist eine gute Übung. Außerdem ist er gar nicht so übel, hinter seinem Getue. Er hat erzählt, dass er wahrscheinlich sein Haus verkaufen muss und wieder zu seinen Eltern zieht, weil er jetzt arbeitslos ist.«

Wir hören, dass draußen ein Wagen vorfährt. Wir sehen uns an und schnappen theatralisch nach Luft, bevor wir ans Fenster stürzen. Manchmal (immer) ist es schön, sich kindisch zu benehmen. Bloomie steckt vorsichtig den Kopf hinaus.

»Das ist Tara Jones, glaube ich«, meint sie enttäuscht. »Zusammen mit … Ist das Perry?«

Tara Jones ist die Exfreundin von Mitch, und Perry ist ihr jüngerer Bruder. Tara ist sehr ruhig und lieb. Ich habe sie seit über einem Jahr nicht mehr gesehen. (Genau das passiert, wenn jemand in den Norden der Stadt zieht.)

Die Außenbeleuchtung geht an, als Eddie herauskommt, um die beiden zu begrüßen. Bloomie späht wieder hinaus.

»Ja, Tara … und … wow, der ist aber … groß geworden …«

Kate und ich müssen kichern und schubsen Bloomie zur Seite. Tara und Perry schauen zu uns hoch und winken, und wir winken zurück. Perry war schon immer ein hübscher Junge, aber jetzt ist er weniger ein Junge und noch viel, viel hübscher.

»Wie alt ist er?«, flüstert Kate.

»Bin mir nicht sicher«, entgegne ich. »Dreiundzwanzig, vierundzwanzig?«

»Mmm …«, sagt sie abwesend.

Ich ziehe den Kopf wieder ein und kichere. »Kate hat gerade ihr Dessert gesehen, das sie morgen Abend vernascht.«

Als die beiden mein Zimmer verlassen, ist es nach Mitternacht. Ich liege im Bett und denke eine Weile nach.

Ich weiß, ich sollte nicht zu viel nachdenken, und ich weiß auch, dass ich das trotzdem oft mache, doch ich darf nicht vergessen, dass die Chancen sehr hoch stehen, Jake könnte ein Blender wie Rick sein. Ich muss an unsere wenigen Begegnungen denken. Jake war immer aalglatt und selbstsicher, was vermutlich ein schlechtes Zeichen ist. Er hat mich auf Mitchs Party in der Küche angesprochen, ohne jede Schüchternheit. Nur ein Scheißkerl ist so dreist. Außerdem ist er mit Mitch verwandt, und Mitch ist ein Spieler, was sich vermutlich durch die ganze Familie zieht. Und Jake hat noch nichts getan, um bei mir den Eindruck zu wecken, er sei ein netter oder rücksichtsvoller Mensch. Er ist nur recht witzig, mehr nicht. Wenn ich zwischen Jake und meiner Auszeit abwäge, gewinnt immer die Auszeit. Und mit diesen Gedanken schlafe ich langsam ein.

Kapitel 26

Als ich wach werde, bin ich im ersten Moment verwirrt, bis ich mich umsehe und das Zimmer wiedererkenne. Ein riesiges Doppelbett, ein großer Schrank, schöne dicke Vorhänge, an deren Rändern die Sonne durchblinzelt, ein Frisiertisch (Gott, so einen habe ich mir immer gewünscht) und ein kleines Bad. Ich schlafe immer in diesem Zimmer, wenn ich hier übernachte, und ich betrachte es mittlerweile als meins.

Das wohlige Seestern-Stretching, das mich am ersten Wochenende meiner Männerpause überkam, überkommt mich auch jetzt, und dank meiner inneren Zufriedenheit viel ausgiebiger denn je. Ich bin halb fertig damit, als mir plötzlich einfällt, dass ich heute definitiv und hundertpro Jake sehen werde, und sofort bekomme ich einen nervösen Magen, der Hula-Hoop spielt. Ich sage ihm, er soll aufhören, und erinnere ihn an das Gelübde und an meinen Entschluss gestern Abend vor dem Einschlafen. Er ignoriert mich und hopst weiter herum.

Ich sehe auf meine Uhr und beschließe, nach unten in die Küche zu gehen, mir einen Kaffee zu organisieren und mich hinaus in den Garten zu setzen. Er ist riesig und atemberaubend schön, ein Garten, wie man ihn in London nie zu sehen bekommen wird, und der ganze Stolz von Eddies Mutter. Ich glaube, sie hat dafür sogar Preise bekommen. So früh am Morgen kann man die Vögel beobachten und alles andere. Oh, vielleicht sogar Schmetterlinge! (Ich bin sehr naturverbunden, wissen Sie?)

Die anderen sind noch nicht auf – es ist erst kurz nach

acht –, und ich stöbere fröhlich in der großen Küche herum und finde einen Kaffeebereiter, einen kleinen Topf, eine Packung Illy-Kaffee und Milch. Ich stelle den Wasserkocher an, gieße Milch in den Topf und erhitze sie langsam. Dann gebe ich exakt dreieinhalb Löffel Kaffeepulver in die Kanne, gieße langsam das kochende Wasser darüber und rühre dreimal gegen den Uhrzeigersinn, dann dreimal im Uhrzeigersinn und wieder dreimal gegen den Uhrzeigersinn. Ich tauche kurz den kleinen Finger in die Milch und drücke ihn auf mein Handgelenk, um die Temperatur zu prüfen, dann rühre ich die Milch kräftig um und nehme den Topf vom Herd. Zum Schluss drücke ich den Pressstab herunter und gieße gleichzeitig Kaffee und Milch in die größte Tasse, die ich finden kann, bis er die richtige Farbe hat. Währenddessen summe ich die ganze Zeit fröhlich vor mich hin.

»Du machst wieder mal den Eindruck, als hättest du nicht alle Tassen im Schrank«, sagt plötzlich eine Stimme aus der Ecke.

Ich stoße einen spitzen Schrei aus – ich weiß, ich weiß, das ist so mädchenhaft, doch ich kann nichts dagegen machen. Ich dachte, ich wäre alleine. Ich drehe mich um. Es ist Jake.

»Oh Gott! Du hast mich zu … Du hast mich erschreckt.«

»Tut mir leid«, entgegnet er. Er sitzt am unteren Tischende, vor sich ein aufgeschlagenes Buch. Er sieht – tja, sorry, aber es ist so – umwerfend aus. Seine Haare sind ein bisschen länger als beim letzten Mal und frisch gewaschen, allerdings ein wenig zerzaust, als wäre er gleich nach dem Aufwachen unter die Dusche gesprungen, ohne hinterher in den Spiegel zu sehen. Er trägt ein offenbar heißgeliebtes hellrosa T-Shirt mit einem Loch am Ausschnitt. Nur starke Männer können Rosa tragen, denke ich immer.

Ich muss zugeben, nachdem ich mir in den letzten Wochen erfolgreich eingeredet habe, dass Jake ein schleimiger, klugscheißerischer Schönredner und Bastard wie Rick ist, bringt sein Anblick, wie er hier still am Tisch in lockerer Aufmachung sitzt und liest, mein überaktives Hirn zum Stehen. Mein Magen, mitten im Sprung, plumpst herunter und schlägt sich das Knie auf, während mein Herz zu rasen beginnt.

Oh, das Herzrasen ist neu.

»Kein Problem«, erwidere ich lächelnd. Ich werde verlegen, weil mir einfällt, dass ich mein altes Schlabber-T-Shirt und sehr weite schwarze Boxershorts anhabe. Verdammt, warum besitze ich keine anständige Nachtwäsche? »Einen Moment, bitte«, sage ich und flitze in die Gästetoilette neben der Speisekammer, um rasch mein Aussehen zu überprüfen. Meine Augenbrauen stehen praktisch kreuz und quer, meine Haare genauso, und ich habe definitiv schlechten Atem. Ich entdecke eine Tube Zahnpasta unter dem Waschbecken und schlucke ein wenig davon herunter. Wenigstens habe ich keine Augen wie ein Pandabär, denn sie sind klar, und die Haut sieht okay aus, also scheiß drauf. Brauche ich mein Mantra? Nein. Ich habe es schon lange nicht mehr gebraucht, wenn ich genauer darüber nachdenke. Nicht mehr seit jenem Abend mit Rick im Botanist, als es mir nicht einmal mehr einfiel. Ich zeige auf mein Spiegelbild. Du hast noch immer Männerpause. Jake ist wahrscheinlich ein Scheißkerl, also ist das absolut in Ordnung. Ich putze mir rasch die Nase und gehe dann wieder in die Küche.

»Dieser verflixte Heuschnupfen«, sage ich als Ausrede.

»Ja«, meint er. »Kann ich auch einen Kaffee haben?«

»Ja, natürlich«, antworte ich. »Mit Milch und Zucker?«

»Ich möchte ihn genauso, wie du ihn trinkst«, entgegnet er. »Ich habe den Eindruck, du hast lange an der Rezeptur herumgetüftelt.«

»Perfektion erfordert Anstrengung. Wahrscheinlich verstehst du das nicht.« Ich nicke und gieße ihm eine Tasse perfekten Kaffee ein.

Er grinst mich an und steht auf, während ich auf die andere Seite des Tisches gehe. Ich setze mich schräg gegenüber von ihm und gebe ihm seinen Kaffee. Ich erwidere sein Grinsen, aber jetzt sind wir uns so nahe, dass es mir schwerfällt, den Blickkontakt aufrechtzuerhalten. Ich versuche es zu verbergen, indem ich mir schläfrig die Augen reibe. Verdammt, mein Herz will sich nicht beruhigen. Und die Sonne, die durch das Fenster scheint, macht den Raum verdammt heiß. Unterhalte dich einfach ein wenig mit ihm. Ohne zu flirten. Vergiss nicht Regel Nr. 3.

»Ich habe gehört, ihr hattet gestern leichte Orientierungsprobleme«, bemerke ich und sehe ihn an durch meine Finger.

»Orientierungsprobleme, Benzinprobleme, Mitchs Schnarchprobleme …«, zählt er auf und nippt an seiner Tasse. »Oh, Cocktailbiest. Danke. Der Kaffee ist köstlich. Wirklich köstlich. Ich bin schwer beeindruckt.«

Ich erwidere sein Lächeln und will gerade mit einem flapsigen Spruch kontern, als mein Blick auf sein Buch fällt.

»*Jim im Glück!* Oh mein Gott, das ist mein Lieblingsbuch.«

»Du machst Witze«, erwidert er. »Meine Schwester hat mir das Buch vor kurzem geschickt … Sie hat mir besonders die Stelle empfohlen, die sie die Hangover-Szene nennt.«

»Die ist wirklich sehr witzig«, bestätige ich. Ich habe *Jim im Glück* ungefähr zwanzigmal gelesen und könnte die ersten Sätze besagter Szene wortwörtlich zitieren, aber das wäre ein bisschen zu eingebildet, selbst für mich.

»Bis jetzt finde ich die Geschichte toll«, erzählt er und stößt ein Räuspern aus. »Meine Schwester schickt mir immer Bücher, damit ich von dem Stress runterkomme. Ich hatte in den letzten paar Monaten beruflich ziemlich viel um die Ohren, darum ist das ... entspannend.«

Mir fällt nichts ein, was ich sagen kann, außer lauter uncoole Fragen (Wie heißt deine Schwester? Hältst du mich nach dem Vorfall im Botanist für verrückt? Was hattest du für Beziehungen? Was machst du beruflich? Magst du deinen Job? Warum hattest du so viel um die Ohren? Was isst du am liebsten? Magst du mich? Kann ich auf deinem Knie sitzen und an deinem Nacken schnuppern? Bist du ein Scheißkerl?), also begnüge ich mich mit einem Nicken und lächle.

»Und, wie geht es dir so?«, erkundigt er sich. Ja. Zeit für einen Smalltalk.

»Äh, super«, antworte ich. Ich kippe meinen Exfreunden Wein ins Gesicht, das Übliche eben.

»Bist du gestern Abend selbst gefahren? ... Von London aus? Wo genau wohnst du überhaupt?«, fragt er. Ich sage es ihm und erzähle ihm von der Fahrt mit Kate und Bloomie, von meiner Unfähigkeit, ein Fahrzeug zu lenken, und den vielen vergeblichen Versuchen meiner Freunde im Laufe der Jahre, mir Fahrstunden zu geben. Er lacht in den richtigen Momenten und gibt lustige kleine Kommentare dazu, die mich zum Kichern bringen. Ich glaube nicht, dass Rick mich jemals gefragt hat, wo ich wohne, bis er mir an die Wäsche wollte und dem Taxifahrer eine Adresse nennen musste. Rick hat mich eigentlich nie etwas Persönliches gefragt. Warum vergleiche ich Jake ständig mit Rick? Mein nervöser Magen ist plötzlich ganz ruhig und still wie ein Yogameister. Ich betrachte Jakes Lachfältchen, während er bedächtig an seinem Kaffee nippt. Ich höre draußen die Vögel zwitschern. Wie in einem verdammten Disneyfilm.

»Und, was steht nachher auf dem Programm?«

»Ich weiß nicht genau ...«, überlege ich. »Gestern Abend war nicht viel los. Wahrscheinlich wird Eddie als Gastgeber heute alles geben, damit es die beste Wochenendparty aller Zeiten wird.«

»Oh nein, ich meinte für mich. Für mich und die Jungs. Ich dachte, du und die anderen Mädchen – sorry, Frauen – kümmert euch den ganzen Tag um das Essen.«

»Verdammt, ich habe meine Lieblingsschürze vergessen …«

»Ich bin mir sicher, dass wir irgendwo in dieser riesigen Küche eine auftreiben können. Oder … vielleicht hat eine von deinen Freundinnen eine Ersatzschürze dabei.«

»Tja, gut möglich … Bloomie schließt gerne in ihrer Lieblingsschürze ihre Millionendeals ab. Aber denkst du nicht, dass eine Schürze mein cooles Auftreten konterkariert? Ich meine, Superwoman steht auch nicht am Herd.«

»Das stimmt«, entgegnet Jake. Er nimmt wieder einen Schluck von seinem Kaffee und stößt ein übertriebenes, genießerisches »Ahh« aus. Ich kichere. Wir verstummen ein paar Sekunden und lächeln uns an. Das fühlt sich vertraut an und so … schön.

Er steht auf. »Hast du Lust, mir zu helfen? Ich mache Frühstück für alle.« So etwas würde ein besserwisserischer Scheißkerl niemals sagen. »Dann können wir uns nämlich später vor dem Kochen drücken und den Nachmittag in der Kneipe verbringen und Karten spielen.« Hm, so läuft der Hase. Aber die Idee ist gut.

»Ein perfekter Plan!«

Wir stehen auf und holen die Zutaten für das Frühstück aus dem Kühlschrank und der Speisekammer. Speck, Würstchen, Eier, Tomaten, Champignons, Baked Beans, Brot. Jake beginnt damit, das Brot in den Toaster zu stecken.

»Ich würde noch warten, sonst wird der Toast kalt … Sei ein braver Junge und putz die Pilze«, weise ich ihn an und fülle den Wasserkocher.

»Du bist ja noch despotischer als ich.«

»Ich habe es charmant gesagt«, protestiere ich.

»Ich bin noch nie so charmant herumkommandiert worden«, gibt er zurück. Er beugt sich vor und schaltet das Radio ein. Es läuft gerade »Sealed with a kiss« von Jason Donovan.

»Ich mag die Mucke, die die hier auf dem Lokalsender spielen«, sage ich und arrangiere die Würstchen und den Speck, um sie auf den Grill zu legen.

»Wir sind in Oxfordshire, Darling. Nicht im äußersten Osten von Kentucky«, erwidert Jake, während er flott die Pilze kleinschneidet.

»Als ich dieses Lied zum ersten Mal hörte, dachte ich, es geht um Meeraale«, erzähle ich. »Schließlich handelt es vom Sommer, was baden gehen bedeutet, und ich hatte erst kurz davor erfahren, dass so etwas wie Meeraale existieren. Für mich schien das Sinn zu machen.«

»Sea eeled with a kiss?«, meint Jake und lacht. »Wie wäre es mit … Skandal im Störbezirk?«

Ich lache auch und gehe im Geiste alle möglichen Fischarten durch, die sich mit Songtiteln reimen. Dazu muss man sich nur einen Fisch ausdenken, den Namen im Kopf singen, und normalerweise fällt einem dann ein Lied ein. »Wie wäre es mit … Dorsch, was kommt von draußen rein …«

Jake gibt die Champignons und einen Klumpen Butter in eine Pfanne und beugt sich vor, um das Radio auszuschalten. »Lachs, das war sein letztes Wort …«, singt er.

Und dann, während wir kleinschneiden und anbraten und toasten und buttern, stelle ich fest, dass Jake bei Wortspielen verdammt gut ist.

»Verdammt, ich lieb Fisch, ich lieb Fisch nicht …« (Ich.)

»'Cause for twenty-four years I've been living next door to Schellfisch!« (Er.)

»Prawn in the USA!« (Ich.)

»Hai don't wanna dance!« (Er.)

Ich stöhne laut auf. »Oh Mann …«

»O-oh, Cocktailbiest, sieht so aus, als würde dir nichts mehr einfallen …«, sagt er und schneidet das Brot. »Dann bin ich wieder dran. Prawn to run!«

»Ich habe gerade Prawn in the USA gesagt. Das ist derselbe Fisch und derselbe Künstler!«

»Aber es ist ein anderer Song. Und schließlich ist das ein Songspiel, kein Fischspiel. Sing einen Song, oder gib auf.«

»Ähm … Akropolyp adieu?«

»Another brick in the Wal …« Er beginnt, sehr unmusikalisch mit dem Hintern zu wackeln.

»Meine Güte, du hast nicht besonders viel Rhythmusgefühl …«, meine ich bedauernd. »Ooh! Another brick in the Aal!«

»Das ist nicht erlaubt. Diesen Song habe ich schon genannt. Dasselbe Lied, das geht nicht. Derselbe Fisch ja, derselbe Song nein. Sieh mich nicht so an, Cocktailbiest, du kennst die Regeln so gut wie ich …«

»Okay, okay, lass mich überlegen …« Ich überlege kurz. »Hai Energy?«

»Akzeptiert! Matjes Tom?« Verdammt, den hatte er schon parat. Ich muss überlegen.

»Haijaijai on emotion …«

»Flunder gibt es immer wieder …«

Beim letzten muss ich so sehr lachen, dass ich kaum meine Antwort herausbringe: »Ein Butt im Dornwels … Gleich zwei Fischarten! In einem Lied!«

»Hai Oh Hai … auch zwei Fische in einem Lied«, bemerkt er mit verschlagenem Lächeln.

»Das ist zweimal derselbe Fisch. Das zählt nicht!« Ich bin empört.

»Ich bin mir nicht sicher, ob ich wissen möchte, was hier vor sich geht«, sagt eine Stimme hinter uns. Ich drehe den

Kopf und sehe Bloomie. Sie ist frisch geduscht, angezogen und hübsch gemacht und lehnt sich gegen den Küchentisch, die Arme vor der Brust verschränkt.

»Wir machen Frühstück, das sieht man doch. Und ein Wortspiel mit Fisch-Songtiteln. Das hört man doch«, entgegnet Jake.

»Sicher«, gibt Bloomie zurück und geht zu ihm hinüber, um ihn zur Begrüßung zu umarmen. Über seine Schulter hinweg macht sie zu mir ein aufgeregtes Kindergesicht.

Plötzlich fällt mir ein, dass ich noch immer mein Schlabber-T-Shirt und meine Boxershorts anhabe.

»Gut, ich muss mal, äh, mich frisch machen. Kannst du übernehmen, Blooms? Ich bin in zwanzig Minuten wieder da.« Ich schenke mir Kaffee nach und flitze hoch in mein Zimmer. Ich bekomme das Grinsen nicht aus meinem Gesicht. Wenn man davon absieht, dass ich gerade erst aufgestanden bin und aussehe wie Scheiße, war das … einfach verdammt nett.

Ich nehme eine lange, heiße Dusche und mache meine übliche Morgenroutine. (Ich werde nicht mehr alles aufzählen, inzwischen dürften Sie das Prozedere kennen.) Mein Make-up ist Country light: frisches Gesicht und rosige Wangen. Die Kleidung hat heute kein Motto. Verschlissene alte Jeans, Converses und ein figurbetontes weißes T-Shirt mit Knopfleiste. Man kann kein Stylingmotto auf dem Land haben. Wo wäre der Sinn? Das würde nur verrückt aussehen. (Dagegen braucht man in der Stadt unbedingt ein Motto, sonst geht man in der Menschenmasse unter.)

Als ich wieder nach unten gehe, sitzen alle bis auf Jake, Tara und Perry am Tisch und frühstücken. Mitch hält wie immer Hof.

»Schätze, das einzig Gute an der Geschichte war, dass Wales erstaunlich schön ist«, meint er in weisem Ton. »Darauf würde man nie kommen, wenn man die Waliser sieht.«

»Ich bin halb Waliserin, Bitch!«, ruft Bloomie empört und wirft einen Pilz nach ihm.

»Ein Glück, dass sich die andere Hälfte durchgesetzt hat, Darling«, entgegnet Mitch mit breitem Grinsen.

Ich hole mir noch einen Kaffee und eine Banane aus der Obstschale, bevor ich mich neben Kate und den Neuen an den Tisch setze. Er ist groß, wie Jake, hat aber eine unmögliche Frisur und eine Hornbrille. Er erhebt sich höflich, als ich Platz nehme, was ihm ein paar Zwischenrufe von Mitch und Ant beschert. Kate macht uns rasch miteinander bekannt – es ist Sam.

»Oh, hi!«, sage ich. »Wir haben uns kurz an dem einen Abend im Montgomery Place kennengelernt.«

Sam macht ein verwirrtes Gesicht. »Ach, der Abend von Claudettes Dinnerparty! Was für ein Albtraum! Sie hat beim Essen meine Tischmanieren gerügt. Zweimal.«

»Vielleicht zu Recht?«, erwidere ich grinsend und beiße von meiner Banane ab.

»Nein, ich kann dir versichern, ich habe tadellose Manieren. Ein Glück, dass Ryan uns überredet hat, rauszugehen und durch die Bars zu ziehen.«

Ryan? Jake Ryan?

»Ja?«, sage ich. »Dann habt ihr es an dem Abend also krachen lassen?«

»Wir haben einfach am unteren Ende der Kensington Park Road angefangen und uns in jeder Bar einen Drink genehmigt, bis wir euch getroffen haben. Was für ein verdammter Zufall.«

»Was für ein verdammter Zufall«, wiederholt Kate und wirft rasch einen Blick zu mir.

»Könntet ihr euch bitte über Themen unterhalten, bei denen ich mitreden kann?«, ruft Mitch vom anderen Tischende. »Was zum Teufel stellen wir jetzt überhaupt an? Nein, Harriet, wir spielen NICHT Touch Rugby«, fügt er hinzu, schließt die Augen und hält eine Hand hoch, um sie am Sprechen zu hindern.

»Ich hole mir die Zeitung und haue mich auf die Couch«, erklärt Ant. »Immerhin ist Samstag.«

»Gut, dann fragen wir Edward, was für Vergnügungen er sich für uns an diesem Wochenende ausgedacht hat«, antwortet Mitch. »Edward?«

Eddie nimmt einen großen Schluck von seinem Orangensaft, schluckt ihn langsam herunter, macht dabei wiederkäuende Bewegungen mit dem Mund und blinzelt ein paar Mal. »Nicht viel«, meint er schließlich.

»Muss ich denn alles alleine machen?«, beschwert sich Mitch und sieht dabei zur Decke hoch. »Wir brauchen Alkohol, den können wir heute noch besorgen. Wir werden grillen, und wenn es regnet, feiern wir drinnen. Musik ist auch geklärt, ihr habt ja alle euren iPod dabei, richtig? Was brauchen wir noch? Eine Hüpfburg? Pokerkarten? Drogen?«

»Keine Drogen«, widerspricht Eddie bestimmt.

»Also gut, keine Drogen. Gut, denn ich habe keine dabei … Aber wenn man sich in Gottes schöner Natur nicht zudröhnen kann, wo dann?«

»Nein.« Eddie bleibt hart.

»Okay. Hast du eine Einkaufsliste für das Essen heute Abend gemacht?«, fragt Mitch.

»Ähm … nein«, entgegnet Eddie und knabbert an einem Stück Toast. Wir anderen verfolgen diesen Schlagabtausch wie ein Tennisspiel, links, rechts.

»Du bist zu nichts zu gebrauchen. Gut, dann mach sie jetzt.«

»Darf ich zuerst meinen Toast aufessen, bitte?«

»Wer isst schon Marmelade?«, höhnt Mitch. »Außer Paddington Bear und meiner Großmutter.«

»Ihr zwei seid wie ein altes Ehepaar«, sagt Kate.

Es entsteht eine Pause, und Eddie und Mitch sehen sich

misstrauisch an, als könnte einer in den anderen heimlich verliebt sein. Es ist wahr: Je älter sie werden, umso nervöser und empfindlicher wird Mitch, während Eddie umso gemächlicher und fauler wird, doch sie sind trotzdem unzertrennlich. Wie ein altes Ehepaar.

»Irgendwer muss den Tisch abräumen«, wirft Eddie ein. »Und irgendwer muss nach Banbury fahren, um einzukaufen.«

»Kein Problem«, erwidert Sam. »Ich biete mich gerne an.«

»Ich mich auch«, sagen Bloomie, Kate und ich im Chor.

»Aber Jake und ich haben das Frühstück zubereitet«, füge ich hinzu. »Also brauchen wir nach den Regeln von Eddies Wochenendpartys nicht abzuräumen.«

»Nein, definitiv nicht«, pflichtet Jake mir bei, der gerade die Küche betritt. Ich hebe den Kopf, und unsere Blicke kreuzen sich, und wir tauschen ein Lächeln aus. Seine Haare sind noch feucht von der Dusche, und er trägt nun ein dunkelblaues Hemd und eine alte Jeans. Mmm.

Meine Aufmerksamkeit wandert zu Mitch, der sagt: »Gut. Ich räume das Frühstück ab. Danach krümme ich allerdings keinen Finger mehr für den Rest des Tages, bis es Zeit für den ersten Drink ist. Es kann auch ein anderer nach Banbury fahren.«

»Das mache ich. Ich brauche nur eine gute Wegbeschreibung«, antwortet Jake. Er steht hinter der Küchentheke und macht sich ein Bacon-Sandwich. Als er bemerkt, dass ich ihn beobachte, wirft er mir einen fragenden »Auch eins?«-Blick zu und zeigt auf das Sandwich. Ich schüttle rasch den Kopf und beschließe, ihn vorerst nicht mehr anzusehen. Seine Anwesenheit mitten in dieser Runde macht mich nervös. Ich muss pinkeln.

»Ich helfe dir beim Abräumen. Ich muss sowieso auf Eugene und Benoit warten«, erklärt Bloomie. »Sie müssten ungefähr in einer Stunde hier sein.«

»Sieht aus, als bleiben wir vier übrig«, meint Jake zu Kate, Sam und mir.

»Und wir!«, ruft Harriet dazwischen. Gott, bloß nicht. Ich kann das Gequatsche über Cricket und den armen gequälten Neil nicht ertragen.

»Oh, Harriet, willst du unbedingt mit?«, fragt Bloomie schnell. »Ich habe gehofft, du gibst mir eine kurze Zusammenfassung von dem Cricket-Spieltag gestern. Leider habe ich die Ergebnisse verpasst …« Was für eine Schauspielerin. Wenn wir gerade von Teamleistung sprechen …

»Ja, gerne!«, gibt Harriet glücklich zurück. »Neil, wir bleiben hier«, fügt sie hinzu, ohne ihn eines Blickes zu würdigen. Der arme gequälte Neil nickt.

»Auwei«, sagt eine klare Stimme. »Haben wir das Frühstück verpasst?« Es ist Tara mit ihrem nicht mehr so kleinen Bruder Perry. Tara sieht umwerfend hübsch aus. Ihre dunkelblonden Haare fallen in glänzenden Wellen über die Schulter, sodass ihr schwarzes Tanktop und die schwarze Jeans tausendmal edler wirken, als sie tatsächlich sind.

»Natürlich nicht!«, entgegnet Mitch schnell und springt vom anderen Tischende auf. »Ich mache dir ein Bacon-Sandwich, wenn du magst.«

Sie nickt und lächelt. »Hi, Mitch.«

Plötzlich herrscht eine Anspannung in der Luft. Interessant.

»Ich nehme zwei davon, Alter. Danke«, sagt Perry grinsend, während er die Küche betritt. Mitch und er begrüßen sich mit einem männlichen Handschlag/Schulterklopfen und einem »Schön, dich zu sehen!«. Ich drehe den Kopf zu Kate und bemerke, dass sie Perry mit unverhohlener Lust anstarrt. Ich muss unbeabsichtigt losprusten. Der ganze Tisch sieht mich an, Jake inbegriffen, also täusche ich schnell einen Hustenanfall vor.

»Sorry …«, entschuldige ich mich und klopfe gegen meine Brust.

»Dieser verflixte Heuschnupfen«, schimpft Jake. Daraufhin ziehe ich die Augenbrauen hoch, während Tara ihren Bruder Perry der Runde vorstellt.

»Wir wollen in die Stadt fahren, um Essen und Getränke für heute Abend zu besorgen. Falls ihr Lust habt mitzukommen …«, meint Kate zu Perry und Tara. (Hauptsächlich zu Perry.)

»Klingt gut«, antwortet er und schenkt ihr ein freundliches Lächeln. Taras Aufmerksamkeit wird von Mitch beansprucht, der wissen will, wie sie ihren Speck haben möchte. Perry setzt sich zu uns an den Tisch, und wir kommen ins Plaudern. Es stellt sich heraus, dass er vor kurzem sein Juraexamen bestanden hat und in ein paar Monaten ein Anwaltspraktikum in einer Londoner Kanzlei beginnt.

»Du Glückspilz. Und, hast du Pläne für den Sommer?«, fragt Sam.

»Ich fahre nach Florenz«, erwidert Perry.

»Ohmeingottichhabedorteinjahrgelebt«, ruft Kate aufgeregt, bevor sie sich zusammenreißt und hinzufügt: »Das war, äh, eine sehr schöne Zeit. Du wirst die Stadt lieben. Ich meine, sie wird dir bestimmt gefallen … Ist echt schön da.«

Ich kämpfe gegen das Bedürfnis, wieder loszuprusten, aber ich glaube, Jake beobachtet mich, also runzele ich stattdessen die Stirn und mache ein »Wie faszinierend, erzähl weiter«-Gesicht. Hinter mir kann ich Mitch hören, der sich mit Tara unterhält.

»Und, äh, wie hast du letzte Nacht geschlafen? Du hast eins von den Zimmern unter dem Dach, richtig?«

Hm. Ich habe noch nie erlebt, dass Mitch aufmerksamen Smalltalk macht, noch nie. Am anderen Tischende zeigt Bloomie ihre Version von einem »Wie faszinierend, erzähl weiter«-Gesicht, während sie Harriet zuhört, die wieder einmal über Cricket spricht.

Jake räuspert sich. »Okay, es macht keinen Sinn, hier rumzusitzen«, erklärt er. »Lasst uns losfahren und sehen, was Banbury zu bieten hat. Irgendjemand sollte eine Einkaufsliste schreiben. Ich mach das. Okay, Vorschläge, bitte.«

»Warum kochen wir nicht einfach Spaghetti Bolognese?«, schlägt Eddie vor. »Das ist einfach, und mein Rezept ist der Hammer.«

»Nein«, sagen Jake und ich gleichzeitig.

»Ich verwende nämlich sonnengereiftes Tomatenmark! Und Cashew-Nüsse. Und eine kleine Prise Zimt.«

»Nein«, wiederholen wir. Ich fange Jakes Blick auf und grinse. Ich frage mich, ob er Spaghetti Bolognese genauso hasst wie ich.

Gleich darauf werden Vorschläge für den Abend durcheinandergerufen. Es herrscht allgemeine Einigkeit darüber, dass wir draußen grillen – angekündigt ist mildes, vereinzelt sonniges Wetter, Regenschauer nicht ausgeschlossen (also im Prinzip die übliche Vorhersage für England von Mai bis September) –, was bedeutet, wir brauchen Fleisch, Fisch, Salate, Brot, Alkohol und Zutaten für das Frühstück morgen. Jake notiert alles.

»Wie viele Leute kommen eigentlich?«, erkundige ich mich.

Eddie beginnt, an den Fingern abzuzählen und reihum auf die Leute am Tisch zu zeigen. »Du, ich, Kate, Mitch, Jake, Sam, Bloomie, Harriet, Neil, Tara, Perry … Eugene und sein französischer Kumpel Benoit. Die sind schon auf dem Weg hierher. Außerdem noch die Iren, die kommen heute Abend aus London. Lass mich überlegen … Habe ich jemanden vergessen?«

»Morgen zusammen«, dröhnt eine Stimme. »Wo ist das

Futter?« Es ist Fraser. Er ist geduscht und angezogen und wirkt sehr zufrieden, wenn auch ein bisschen übermüdet.

»Fraser und Tory«, sage ich ausdruckslos. »Die hast du vergessen.«

Tory betritt jetzt auch die Küche in unanständig kurzen und engen hellbraunen Samtshorts und, passend dazu, einer engen Kapuzenjacke mit Reißverschluss. Sexy Mode vom Textildiscounter. Ihre Haare sind zu einem schlampigen »Ich hatte die ganze Nacht Sex«-Chignon gesteckt, und ihr Kinn ist von Frasers Bartstoppeln rot. Sie hat definitiv nicht geduscht. Mit kokettem Lächeln nimmt sie mitten am Tisch neben Sam und Jake Platz, die beide aus Höflichkeit aufstehen. Gute Manieren.

»Ich bin Tory«, stellt sie sich mit einem lasziven Lächeln vor und zieht mit einer gewollt unabsichtlichen verführerischen Bewegung ein Knie bis ans Kinn hoch. »Ich habe supergut geschlafen!«, fügt sie gähnend hinzu und räkelt sich, sodass der Reißverschluss ihrer Kapuzenjacke ein kleines bisschen aufgeht und ein Stück geäderte Brust entblößt.

»Toto«, ruft Fraser hinter der Theke hervor. »Wie möchtest du deine Eier haben, Liebling?«

»Unbefruchtet, denke ich«, raune ich zu Kate.

»Die Expedition Einkauf startet in zehn Minuten, Treffpunkt draußen«, verkündet Jake und steht auf.

»Ich sitze vorne«, sage ich.

»Seit wann bestimmst du das?«, entgegnet er.

»Seit jetzt.«

»Von mir aus. Du kannst deinen verdammten Willen haben«, gibt Kate nach und rollt mit den Augen.

»Wir können auch mit zwei Wagen fahren«, schlägt Perry vor. »Dann haben alle mehr Platz.«

»Tolle Idee!«, ruft Kate.

Kate und ich gehen zusammen aus der Küche nach oben, um Geld und unsere Jacken zu holen. Kaum hat sie die Tür zu meinem Zimmer geschlossen, drehe ich mich zu ihr mit einem dreckigen Grinsen um.

»Du hast den armen Jungen ja förmlich mit den Augen ausgezogen.«

»Ich weiß!«, kräht sie fröhlich. »Es macht so viel Spaß. Bin ich gut im Flirten?«

»Perfekt«, meine ich. Ich lasse mich auf das Bett plumpsen und stoße ein tiefes Seufzen aus.

Kate setzt sich neben mich und tut so, als würde sie eine Münze hochwerfen. »Kopf, Jake … Zahl, Männerpause. Kopf, Jake … Zahl, Männerpause …«

Egal, welche Seite, es ist ein Spiel. Ich ignoriere Kate demonstrativ und schließe die Augen. Sie stupst mich in die Seite.

»Kannst du mich bitte für Perry hübsch machen?«

Ich öffne die Augen und stehe vom Bett auf. »Mir ist aufgefallen, dass Sam ein Auge auf dich geworfen hat.«

»Im Ernst?«, will sie wissen. »Ich war zu beschäftigt damit, meinen zukünftigen Schatz anzuhimmeln, als dass ich es bemerkt hätte … Erzähl mir mehr von Jake. Hast du mit ihm schon über die Sache im Botanist gesprochen?«

Würg. Die Sache im Botanist. Ich schnappe mir mein Schminktäschchen vom Frisiertisch und setze mich wieder aufs Bett.

»Nein, habe ich nicht … Ein Hauch von Rouge, Bronzer, Mascara? Es wird natürlich ganz natürlich aussehen …«

Sie nickt, und ich fange an.

»Dann ist deine Auszeit also jetzt beendet …«, beginnt sie wieder, während sie versucht, weder das Gesicht noch die Lippen zu bewegen.

»Nein!«, sage ich. »Nein, nein, nein. Ich finde Jake nur, äh, sehr attraktiv … mehr nicht. Es würde einen tragischen, monumental falschen Verlauf nehmen, wenn ich mich tatsächlich auf ihn einlassen würde.«

»Eine sehr gesunde Einstellung, echt positiv. Wenn du die Auszeit nicht für Jake beenden möchtest, für wen dann? Oder willst du als eine verbitterte, einsame, frustrierte Alte enden?«

»Das werde ich ohnehin, weil meine Beziehungen nie lange halten«, entgegne ich achselzuckend. »Ich bin dazu verdammt.« Ich bin gar nicht so gelassen, wie ich tue. In der Tat, wenn nicht für Jake, für wen dann? Kann man freiwillig eine lebenslange Männerpause machen? Ist freiwillige romantische und sexuelle Enthaltsamkeit besser als Liebeskummer und große Enttäuschung?

»Kannst du nicht mal ernst bleiben, verdammt«, fährt Kate mich an. Ich dachte, ich bin ernst. »Willst du nie mehr verliebt sein, nie mehr Sex haben, niemals heiraten und Kinder kriegen und so weiter? So hörst du dich nämlich an.«

Ich setze mich neben sie auf das Bett und vergrabe das Gesicht in den Händen. »Ich … ich weiß nicht … Ich bin hin und her gerissen … Ich … ich …« Ich kann den Satz nicht vollenden. Ich weiß nicht, was ich sagen soll. Nein, ich möchte nicht bis in alle Ewigkeit alleine bleiben, und ich möchte definitiv nicht für immer auf Sex verzichten (Sex, Gott, wie ich ihn vermisse!), aber ich kann keine weitere Enttäuschung verkraften. »Lass uns über was anderes reden«, schlage ich schließlich vor.

»Du darfst Jake nicht kategorisch zurückweisen, okay? Du musst … Beurteile ihn einfach nach seinen Fähigkeiten, statt ihn mit deinen bescheuerten Exfreunden zu vergleichen. Vor allem nicht mit Rick.«

»Okay«, sage ich leise.

Kate verlässt mein Zimmer, um ihre Jacke zu holen, während ich mir noch rasch die Zähne putze, Lippenbalsam auftrage und mir Bloomies Lederjacke schnappe. Ich bin plötzlich ein wenig bedrückt, doch ich zwinge mich, auf dem Weg zur Küche fröhlich die Treppe hinunterzuhüpfen. Eddie und Mitch sind mit Geschirrspülen beschäftigt und singen lautstark »Don't go breaking my heart« von Elton John (Mitch mimt den Part von Kiki Dee mit großer Begeisterung), was ein zu merkwürdiger Anblick ist, um ihn zu beschreiben. Fraser und Tory sitzen noch beim Frühstück und grinsen sich zweideutig an. Bloomie hockt noch immer am Tischende bei Neil und Harriet und hört sich deren Gelaber über Cricket an. Ich muss sie erlösen.

»Oh, Bloomie, da bist du ja! Sorry, dass ich dich unterbreche, Harriet, aber Eugene hat mir eine SMS geschickt. Sie haben sich verfahren. Du sollst ihn schnell anrufen, Bloomie.«

»Ja?«, entgegnet sie, und ihr Gesicht leuchtet auf. »Ich meine … ach herrje! Männer! Tsss!« Sie holt ihr Handy hervor. »Oh, richtig, ich habe es stumm geschaltet, wie dumm von mir. Fünf entgangene Anrufe …«

Sie flitzt sofort davon. Ich schenke Harriet ein Lächeln, dann mache ich auf dem Absatz kehrt und gehe hinaus zu den Autos, wo die anderen bereits warten.

Kapitel 27

Die Fahrt nach Banbury dauert nur eine knappe halbe Stunde. Sam und Jake unterhalten mich währenddessen mit Geschichten über ihre Irrfahrt gestern Abend, bis mir der Bauch vom Lachen weh tut. Es stellt sich heraus, dass Mitch für die Route verantwortlich war und Jake am Steuer saß.

»Schließlich, da war es schon nachts um elf, hat Mitch in irgendeinem Kaff nach dem Weg gefragt«, erzählt Sam.

»Normalerweise bin ich dagegen, nach dem Weg zu fragen. Das ist unmännlich«, wirft Jake dazwischen.

»Aber es wurde allmählich albern«, fährt Sam fort. »Mitch steigt also aus und fragt diesen Kerl: ›Wo sind wir hier, Kumpel?‹, und der antwortet: ›Bryngwyn‹. Worauf Mitch nachhakt: ›Wo ist das?‹, und der Kerl erwidert: ›Way-ales‹.«

»Worauf Mitch ›Verpiss dich!‹ sagt und wieder einsteigt«, ergänzt Jake.

»Es dauerte eine weitere halbe Stunde, bis wir feststellten, dass wir tatsächlich in Wales waren«, erklärt Sam.

»Nie wieder«, bestätigt Jake. »Abgesehen davon, dass mein Cousin die Sexualmoral von einem Karnickel hat, fehlt ihm jeglicher Orientierungssinn. Dabei behauptet er, er wäre schon ein Dutzend Mal hier gewesen.«

»Das stimmt«, sage ich. »Und ich muss zu Mitchs Verteidigung hinzufügen, dass wir in letzter Zeit nur selten hier waren.«

»Ein tolles Haus.«

»Ja. Es ist perfekt für eine Wochenendparty. Wir haben früher fast unsere gesamten Semesterferien hier verbracht.«

»Du meinst früher, als du mit Eddie zusammen warst?«, fragt Jake in unbekümmertem Ton.

»Nein!«, antworte ich und lache. »Unsere unsterbliche Liebe hat genau zwölf Oktobertage in unserem ersten Semester gedauert.«

Jake schüttelt den Kopf. »Ach du Schande. War bestimmt hart, die Trennung.« Er wirft mir einen kurzen Blick zu. »Und warum hat es nicht gehalten?«

»Hm … weil wir nicht ineinander verliebt waren, schätze ich. Es war für uns beide das erste Mal, dass wir jemanden vom anderen Geschlecht kennenlernten, den wir witzig fanden. Jedenfalls haben wir uns auf Anhieb so gut verstanden, dass wir dachten, wir könnten es miteinander probieren. Aber dann … Ich weiß nicht, schon das Küssen war einfach … bäh.«

Jake lächelt, allerdings ohne zu lachen, wie ich gehofft habe. »Stammst du hier aus der Gegend?«

Ich schüttle den Kopf. »Ich bin in London geboren. Meine Eltern sind nach Berkshire gezogen, als ich ein Teenager war, und ich bin dann so schnell wie möglich nach London zurückgezogen. Und du?«

»Ich bin aus Somerset«, erwidert er und mustert mich kurz.

»Oh, war bestimmt hart, die Trennung … Tut mir echt leid …«, meine ich.

»Somerset ist sehr hübsch, damit du es weißt«, entgegnet er leicht beleidigt. »Jedenfalls definitiv schöner als die Latimer Road oder aus was für einem heruntergekommenen Viertel du auch immer stammst.«

»Ich bin aus Surrey«, meldet sich plötzlich Sam vom Rücksitz zu Wort. »Falls überhaupt noch einer mit mir spricht.«

Ach du doppelte Schande, wir hatten fast so etwas wie eine private Unterhaltung. Jake kommt offenbar auf denselben Gedanken, da er sofort wieder mit Anekdoten über Ausflüge mit Mitch anfängt. Ich betrachte seine Hände auf dem Lenkrad, während er fährt. Gibt es etwas an ihm, das ich nicht unwiderstehlich finde?

In Banbury ist zum Glück genug los (es gibt nichts Deprimierenderes als eine leblose englische Stadt an einem Samstagvormittag), doch da wir früh dran sind, haben wir keine Mühe, einen Parkplatz zu finden.

»Ich weiß, mein Vorschlag ist radikal, aber gibt es hier draußen in der Wildnis keinen Sainsbury? Müssen wir unser Zeug unbedingt auf dem Markt einkaufen?«, sagt Sam, als wir aussteigen.

»Damit unterstützen wir die lokale Wirtschaft«, gebe ich zurück und schürze die Lippen, um ein frommes Gesicht zu machen. »Die Bauern. Und die Metzger. Und die … Fischer.«

»Fischer?«, fragt Sam.

»Ist das einer von diesen Bauernmärkten, wo man sich seine auf Roseneiche geräucherte Ente selbst aussuchen kann?«, will Jake wissen. »Ich habe darüber gelesen.«

Ich nicke und überlege schnell. »Balsamico mit Zitronengras und vergammelten Lavendelblüten. Hausgemachtes Pesto mit Albinokresse. Handgemahlen von einbeinigen Witwen aus dem Nachbardorf.«

»Ist das dein Ernst?«, hakt Sam nach.

»Würste mit dem Namen des Schweins, aus dem sie gemacht sind, handgeschrieben auf der Verpackung. Vom Schwein selbst«, erwidert Jake.

»Mensch, Sam, ich dachte, du weißt das alles«, werfe ich ein und schüttle enttäuscht den Kopf. »Das ist doch Grundwissen.«

»Gott, da haben sich ja zwei gefunden«, stöhnt Sam. »Das ist zu viel.«

Ich spüre, dass ich rot werde.

»Was meint ihr?«, erkundigt sich Jake, als Perry und Kate zu uns stoßen. (Sie macht einen ziemlich aufgekratzten Eindruck. Ich würde sagen, sie übt sich im Flirten.) »Wir teilen uns auf und ziehen in zwei Gruppen los. In einer halben Stunde treffen wir uns wieder hier am Wagen.«

»Und anschließend fahren wir Getränke kaufen«, schlägt Sam vor.

»Ooh! Champagner!«, ruft Kate begeistert.

»Wenn ich zu viel Champagner trinke, bekomme ich fürchterliche Magenschmerzen«, sagt Jake. »Vor allem von Laurent Perrier Rosé.«

»Von Laurent Perrier bekommst du Magenschmerzen? Wie blöd für dich«, erwidere ich mitleidig.

»Allerdings«, stimmt Jake mir zu. »Ein richtiger Albtraum.«

»Juckt das nicht, wenn man in Geld schwimmt?«, füge ich hinzu und kann nicht anders, als über mich selbst zu kichern. Mir ist bewusst, dass ich meine Regeln breche, weil ich über meinen eigenen Witz lache, aber offenbar hat sich die Anspannung während der Fahrt auf mich ausgewirkt.

Jake sieht mich mit hochgezogenen Augenbrauen an. »Doch. Außerdem macht die Uhr in meinem Rolls Royce einen höllischen Krach.«

»Es reicht, genug«, schaltet sich Sam ein und gibt uns einen Schubs, damit wir uns in Bewegung setzen. Ich muss noch immer kichern, allerdings beruhige ich mich schließlich, als wir uns der ernsten Aufgabe einzukaufen widmen. Hin und wieder bekomme ich mit, dass Kate mit Perry flirtet, indem sie ihn kokett anlächelt und zu jedem Produkt, das sie in die Hand nimmt, seine Meinung einholt. Ich grinse in mich hinein, während ich zum nächsten Obststand wandere. Dabei stolpere ich über Jakes Fuß und lande auf allen vieren auf dem Boden.

»Alles okay?«, fragt Jake besorgt. Sam ist gerade mit

einem Händler in ein Gespräch über die Spargelsaison vertieft.

»Autsch! Au. Au. Au. Au«, jammere ich, setze mich auf und bürste Kieselsteine von meinen Handflächen. Die Haut ist ein wenig aufgeschürft, aber es blutet nicht.

»Tut mir furchtbar leid«, meint Jake und geht neben mir in die Hocke. »Alle Knochen noch heil?«

»Ich glaub schon ... Keine Sorge, das passiert mir ständig«, sage ich und stehe auf, wobei ich so tue, als würde ich seine ausgestreckte Hand übersehen. »Ich habe eine eingeschränkte räumliche Wahrnehmung.«

Vierzig Minuten später ächzen beide Autos unter der Last von Lebensmitteln und Alkoholvorräten, als wir uns auf den Rückweg machen. Während der Fahrt erzählen Jake und Sam, wie sie Freunde geworden sind.

»Wir kennen uns schon seit der Grundschule, aber Jake war damals der Klassenstreber«, erklärt Sam in sachlichem Ton. »Seine Schwester hat mir zwei Pfund gegeben, damit ich mich einen Monat lang in der großen Pause mit ihm abgebe und er sich bei den anderen beliebt machen kann ...«

Jake nickt. »Es war wie in *Can't buy me love,* weißt du. Nur ohne den Rasentraktor. Und statt Rotwein habe ich schwarzen Johannisbeersaft auf meine weiße Fransenjacke aus Wildleder verschüttet.«

Ich pruste los und schlage mir vor Lachen auf den Schenkel. Ha! Manche Männer kennen sich eben aus mit Filmen aus den Achtzigern.

Als wir zurückkommen, stellen wir fest, dass Eugene und Benoit mittlerweile eingetroffen sind. Sie helfen Jake, Sam und Perry, die Einkäufe ins Haus zu tragen. Während wir die Tüten auspacken, merken wir rasch, dass beide Gruppen ein paar Extras eingekauft haben, die die anderen auf ihrer Liste stehen hatten oder auch für notwendig hielten.

Das Ergebnis ist, dass wir jetzt genügend Lebensmittel haben, um vierhundert Leute zu verköstigen.

»Ça va?«, frage ich Eugene und Benoit in der Küche und gebe ihnen ein Begrüßungsküsschen auf beide Wangen.

»Ça va«, antworten sie gleichzeitig. »Tu parles français?«, fragt Benoit.

»Non«, erwidere ich bedauernd. Benoit macht ein enttäuschtes Gesicht und verschwindet wieder nach draußen zum Wagen, um die letzten Brote zu holen.

»Was gibt es zum Mittagessen?«, ruft Eddie aus dem Wohnzimmer.

»Vier Sorten Schinken, fünf Sorten Käse, zwei Nudelsalate, drei Brathähnchen, Pastete und ungefähr neun verschiedene Brote.«

Gleich darauf kommt Eddie gähnend in die Küche und kratzt sich unter dem T-Shirt am Bauch. Er und Ant haben offensichtlich den ganzen Vormittag vor der Glotze verbracht. »Sollten wir nicht etwas davon für heute Abend übrig lassen?«, bemerkt er beim Anblick der mit Lebensmitteln überfüllten Küche. »Das nenne ich ein Mittagsbuffet.«

Mein Blick fällt auf ein Paar, das draußen am Tisch sitzt, Tee trinkt und sich unterhält. Es sind Mitch und Tara. Am anderen Ende der Wiese entdecke ich Harriet und Neil, die Krocket spielen – Gott, dass sie sich immer mit irgendjemandem messen muss. Ein Paar fehlt.

»Sagt nicht, Tory und Fraser sind wieder ins Bett«, bemerke ich.

»Mir ist es lieber, sie sind im Bett als hier«, entgegnet Bloomie. »Ihr Frühstücks-Outfit hat mir richtig den Appetit verdorben. Welch eine Ironie, dass sie Shorts in einer Farbe, die man gemeinhin als ›Camel‹ bezeichnet, anhatte …«

»Treffer! Haut cinq«, bestätige ich ihm, und wir klatschen uns ab.

Jake blickt fragend von der Küchenanrichte herüber.

»Das heißt ›Give me five‹ auf Französisch«, erkläre ich. »Wir sind mehrsprachig.«

»Mon Dieu«, erwidert er. »Übrigens, où est le fromage?«

»Du sprichst Französisch, ein Glück«, meint Benoit, der gerade in die Küche zurückkehrt, und stellt Jake direkt auf Französisch eine Frage über englischen Käse. Jake hört höflich zu und versucht in seinem besten Schulfranzösisch zu antworten.

»Du kannst ja gar nicht richtig Französisch«, stellt Benoit fest, nachdem Jake mit einem »öh, eh, bof« geendet hat.

»Non.« Jake senkt verlegen den Kopf.

»Dommage«, sagt Benoit. »Kein Französisch, kein Date ...«, fügt er hinzu und deutet zuerst auf Jake, dann auf mich. Dann wendet er sich um und verlässt die Küche. Ich merke, dass ich wieder rot werde.

Jake dreht sich zu mir. »Echt peinlich. Woher weiß er, dass niemand ein Date mit mir möchte?«

Vielleicht weiß er doch nichts von meiner Auszeit. Vielleicht hat Mitch ihm gar nichts gesagt.

Innerhalb von zwanzig Minuten ist der Tisch mit Unmengen von Fressalien gedeckt, und wir setzen uns alle mit unseren Tellern hinaus in den Garten. Es ist ein sonniger und ruhiger Nachmittag, und die Vögel zwitschern fröhlich. Es ist das perfekte Bild eines englischen Gartens im Frühsommer.

»Mmm. Diese ländliche Idylle«, schwärmt Jake zufrieden, während er den letzten Bissen seines Sandwichs kaut, sich auf seinem Stuhl zurücklehnt und die Hände hinter dem Kopf verschränkt.

»Ihr müsst doch mehr als genug davon im beschaulichgrünen Somerset haben«, entgegne ich.

»Genau, mehr als genug. Es ist öde. Scheißöde«, murmelt er und schließt die Augen.

Am liebsten würde ich ihn beobachten, doch ich zwinge mich, meine Aufmerksamkeit auf die Unterhaltung von Bloomie, Benoit und Eugene zu richten. Mitch und Tara haben sich heimlich ins Haus verzogen und sitzen mit Kate und Perry am Küchentisch, wo sie ihre Sandwiches essen. Sam ist offenbar auf der Wiese eingeschlafen.

Zwischen Eugene und Bloomie scheint alles wieder im Lot zu sein, da sie ständig verstohlen Händchen halten und Zärtlichkeiten austauschen. Bloomie hat – zum ersten Mal seit Jahren – ihr BlackBerry nicht dabei und meidet bewusst alle Gespräche über die Arbeit oder die Wirtschaftskrise. Es mag durchschaubar sein, aber wenigstens versucht sie, Eugene zu zeigen, dass er ihr wichtiger ist als die Arbeit.

Eine Wochenendtour wie diese hat fast etwas Magisches. Es ist, als würde man sein Leben und den ganzen Stress und die Sorgen kurz hinter sich lassen, als ob sie einem nichts mehr anhaben könnten. Bloomie lacht so viel wie schon lange nicht mehr, und Kates kleine Sorgenfalte, die in letzter Zeit immer wieder erscheint – bestimmt weil sie daran denkt, dass sie ihren Job verlieren könnte – ist verschwunden. Selbst ich bin entspannter als sonst. Es ist alles so easy.

Ich lehne mich auf meinem Stuhl zurück, schlage die Beine unter und sehe zu dem hellblauen Bilderbuchhimmel über meinem Kopf hoch. Dann schaue ich wieder zu Jake und beobachte ein paar Sekunden lang sein entspanntes Gesicht. Er hat Lachfältchen, auch bei geschlossenen Augen. Offenbar lächelt er viel. Plötzlich dreht er den Kopf und sieht mich direkt an. Ungefähr zwei lange Sekunden kreuzen sich unsere Blicke, bis ich die Nerven verliere und die Augen abwende. Mein Herz rast schon wieder.

Eugene und Benoit erzählen von einem gemeinsamen Urlaub in Biarritz in Frankreich. Er begann damit, dass Eugene in seiner kurzen Hose mitsamt dem Autoschlüssel in der Tasche, den er natürlich prompt verlor, ins Meer sprang, woraufhin sie zwei Tage auf einen Ersatzschlüssel von Hertz warten mussten. Danach überfuhren sie drei Hühner auf der Straße, was wieder Eugenes Schuld war, und der Wagen war mit Blut und Federn versaut. Dann verlor Eugene den Straßenatlas, seine Geldbörse und Benoits Handy, alles nacheinander, aber am selben Tag. Und schließlich, am sechsten Urlaubstag, aß Eugene den letzten Nutella-Toast, den Benoit sich zuvor sorgfältig geschmiert hatte. »Das war's«, sagt Benoit und fügt mit seinem Akzent zerknirscht hinzu: »Das hat mir die Rest gegeben.« Offenbar stand Benoit danach auf, wischte das ganze Frühstücksgeschirr vom Tisch, marschierte aus dem Hotel und fuhr alleine zurück nach Paris.

Wir lachen jetzt so laut, dass Mitch und Tara herauskommen, um zu sehen, was los ist.

»Zwei Tage lang habe ich gewartet, dass er zurückkommt«, erzählt Eugene mit trauriger Stimme. »Sein Handy hatte ich ja verloren, und das Hotel hatte kein Internet. Ich konnte ihn weder anrufen noch ihm eine Mail schicken.«

»Oh Mann, das Leben war damals ganz schön hart«, wirft Bloomie seufzend ein. »Hotels ohne Internet. Kohlen zum Frühstück.«

»Schön, können wir bitte die ganze Geschichte hören?«, mischt sich Mitch ein, der mit Tara an den Tisch schlendert. »Ich dachte, ich verpasse hier nichts und habe nicht zugehört. Aber sie scheint recht lustig zu sein, darum möchte ich das Ganze noch mal hören.«

»Hallo, Sweetheart«, sage ich und lächle zu ihm hoch. »Du kommst ja aus dem Grinsen gar nicht mehr heraus«, füge ich hinzu und schaue demonstrativ von ihm zu Tara, die gerade mit Bloomie plaudert, und wieder zurück.

»Genau wie du«, kontert er und schaut genauso demonstrativ von mir zu Jake, der wieder zu dösen scheint, und zurück.

Ich stehe auf.

»Ich … werde mir ein bisschen die Beine vertreten«, erkläre ich.

»Ich komme mit, Sass«, meint Kate.

»Ich auch«, schließt sich Sam an. »Hat vorhin nicht einer was von einem Abstecher in den Pub gesagt?«

»Ich bin dabei«, ruft Tara.

»Ich auch«, meldet sich Mitch rasch zu Wort. »Komm schon, Ryan«, fügt er hinzu und stupst den dösenden Jake mit der Fußspitze an. »Steh auf.«

Eddie und Ant haben Harriet und Neil bereits ein Tennisdoppel versprochen, und der Rest will lieber ein Nachmittagsschläfchen halten (zwinker, zwinker) oder behauptet das zumindest. Also machen wir uns zu sechst auf den Weg zum nächsten Pub.

Kapitel 28

Der nächste Pub ist nicht weit entfernt, aber Mitch hört natürlich nicht auf Kate und mich, sondern beharrt darauf, den Weg genau zu kennen. Zwanzig Minuten später latschen wir noch immer durch die Gegend.

»Ich war vorhin irritiert!«, sagt Mitch. »Jetzt weiß ich wieder, wo wir sind. Das Anno Anal ist ein Stück die Straße runter, auf der linken Seite.«

»Die Kneipe heißt Anno Anal?«, erkundigt sich Sam.

»Nein«, erwidere ich. »Mitch hat nur mal wieder den richtigen Namen vergessen. Er erfindet gerne eklige Kneipennamen.«

»Wir geben dir noch fünf Minuten«, meint Jake. »Danach übernehmen die Frauen das Kommando.«

Für den Fall, dass unerwartet ein Aston Martin oder ein Porsche an uns vorbeirast, was ein echtes Problem in dieser Ecke von Oxfordshire ist, marschieren wir in Zweiergruppen die schmale Straße entlang. Zuerst Mitch und Tara – sie dreht sich ständig um und wirft Kate und mir übertrieben besorgte Blicke zu, während Mitch selbstsicher vorangeht –, Kate und ich in der Mitte und Sam und Jake zum Schluss. Mittlerweile ist es etwas kühler, weil die Sonne hinter ein paar Wolken verschwunden ist, aber es sind flauschige Schäfchenwolken wie aus dem Bilderbuch, die niemanden wirklich stören.

Nach ein paar Minuten bleibt Mitch plötzlich stehen.

»Also schön. Was meint IHR denn, wo das Mumu und Muschi ist?«

»Circa fünfhundert Meter hinter uns. Wir müssen umkehren, bis wir einen Wegweiser aus Holz sehen. Da gehen wir dann links«, antwortet Kate schnell. »Der Pfad führt durch ein paar Bäume, und nach zwei Minuten sind wir da.«

Sie hat recht. In Wirklichkeit heißt der Pub King's Arms und war früher einmal eine olle Kaschemme, in der es nach Bier und Urin stank. Früher machten wir uns während unserer Besuche bei Eddie in den Semesterferien bei den beiden alten Männern, die dort jeden Abend Stammgast waren, sehr unbeliebt, weil wir uns zu laut verhielten. Es gab einen abgewetzten Billardtisch und unbequeme Holzstühle. Die beiden Alten unterhielten sich nie, sondern saßen immer möglichst weit auseinander an der Theke und stierten uns an. Der Wirt erzählte uns, sie hätten 1963 einen Streit gehabt und sich nie wieder vertragen.

Vor ein paar Jahren verkaufte der Wirt den Laden an einen Londoner, der mit seiner Familie auf das Land ziehen wollte, und seitdem ist es dort urgemütlich. Tut mir leid, wenn sie modernisierte Lokale nicht leiden können, doch bei diesem würden Sie sicher eine Ausnahme machen, wenn Sie es sehen könnten. Der Kamin wurde in seiner ursprünglichen Form restauriert, der versiffte Teppichboden herausgerissen und das Mobiliar durch lange, handgefertigte Tische und bequeme Stühle ersetzt. Der Laden hat noch immer Atmosphäre. Aber jetzt riecht er gut.

Die beste Neuigkeit ist allerdings, wie wir von Eddie ungefähr ein Jahr nach der Renovierung erfuhren, dass die beiden Alten, die seit 1963 kein Wort mehr miteinander gesprochen hatten, sich in ihrer gemeinsamen Abneigung gegen die neue Einrichtung und die neuen Besitzer verbündet haben und nun friedlich jeden Abend zusammenhocken und der guten, alten Zeit nachtrauern. Ein schöner Nebeneffekt.

Mitch bleibt vor dem Pub stehen. »Ah, endlich, das

Frosch und Fisting«, seufzt er glücklich. »Leute, zwei Regeln: Erstens, die Mädels müssen Bier trinken. Zweitens, die Mädels müssen Bier trinken.«

»Frauen«, sage ich.

»Was auch immer.«

Der Pub ist fast leer, bis auf einen Tisch mit zwei älteren Paaren, die sich eine wohlverdiente Pause beim Wandern gönnen. Wir setzen uns vor den Kamin – in dem ein kleines Feuer brennt, was schön ist, denn auch im Sommer ist es deprimierend, vor einem kalten Kamin zu sitzen. Jake und Sam gehen an die Theke. Ich ertappe mich dabei, wie ich den beiden versonnen hinterherstarre.

»Genießt du die Aussicht?«, fragt Mitch. Ich drehe rasch den Kopf zu ihm und Kate, die offenbar genauso versonnen in dieselbe Richtung gestarrt hat. Wir müssen beide lachen und versuchen, uns wieder zu beruhigen, bevor die zwei mit den Drinks zurückkommen.

»Echt super hier«, meint Sam glücklich. Er sitzt rechts neben mir und Tara links. Jake nimmt mir gegenüber Platz, und unsere Knie stoßen unter dem Tisch kurz und überraschend schmerzhaft gegeneinander.

»Sorry«, sage ich.

»Oh nein, meine Schuld. Ich habe mich auf deine Knie gesetzt, tut mir leid«, entgegnet er schnell.

»Oh, aber meine Knie haben darauf gelauert, daher tut es mir leid«, gebe ich zurück.

»Nein, nein, ich hätte besser aufpassen müssen. Scheißknie.«

»Ist gut jetzt, ihr zwei … Cheers«, wirft Mitch ein und hält sein Pint hoch. Wir prosten ihm alle zu, und Jake sieht mir in die Augen, als wir anstoßen. Hilfe. Ups. Regel Nr. 3: Kein offensives Flirten.

»Ich war seit dem Sommer nach dem Studium nicht mehr hier … Wisst ihr noch?«, ruft uns Kate in Erinnerung. »Mitch war total knülle und hat auf der Männertoilette einen Streit angefangen. Wir hörten ihn schreien und jemanden als Wichser beschimpfen, und wir wollten dazwischengehen und schlichten …«

»Nein, nein, nein, so war das nicht«, unterbricht sie Mitch und nimmt Kates Kopf in die Schulterbeuge, um sie zum Schweigen zu bringen, während er einen nervösen Blick auf Tara wirft.

»Und dann stellte sich heraus, dass er sein eigenes Spiegelbild anbrüllte«, ergänze ich.

»In dem Scheißklo war es stockfinster, und der Kerl wollte mir einfach nicht aus dem Weg gehen«, erzählt Mitch, und alle brechen brüllend zusammen. »Ich bin inzwischen viel reifer geworden, wisst ihr.«

»Als du letztes Jahr an Weihnachten bei uns warst, hast du genau dasselbe gebracht«, entgegnet Jake.

Mitch dreht sich zu Tara. »Das ist Rufmord«, flüstert er. »Glaub ihnen kein Wort. Ich bin gar nicht so schlimm.«

»Keine Sorge«, flüstert sie zuversichtlich zurück. »Ich weiß.«

»Okay, lasst uns ein bisschen über Leute ablästern, die nicht hier sind und sich nicht verteidigen können. Zum Beispiel Tory«, schlägt Mitch vor.

»Ich kann nicht glauben, dass Fraser sie angeschleppt hat«, sage ich.

»Der Mann ist eben verliebt«, erwidert Mitch.

»Das kann ich ihm nicht verübeln«, meint Sam.

»Ja, aber hätte er sich nicht eine andere als diese Dorfmatratze aussuchen können?«, bemerkt Mitch.

»Ist sie das?«, fragen Sam und Jake gleichzeitig.

»Das habe ich mir schon bei ihrem Auftritt am Frühstückstisch heute Morgen gedacht«, antwortet Tara. »Außerdem hat sie dem armen Perry schöne Augen gemacht. Er hat sich richtig gefürchtet.«

»Warum ist eine Frau mit einem lockeren Liebesleben gleich eine Dorfmatratze, während ein Mann einfach nur … ein Mann ist?«, hakt Kate nach. Ich glaube, sie will von dem Thema »Perry schöne Augen machen« ablenken.

»Das ist nicht ganz richtig«, widerspreche ich ihr. »Es ist mir egal, mit wem Tory alles ins Bett steigt, das ist allein ihre Angelegenheit. Aber sie macht es zu unserer, indem sie ständig darüber redet.«

»Ja, sie scheint sich viel Mühe zu geben, einen ziemlich … sexhungrigen Eindruck zu machen«, räumt Kate vorsichtig ein.

»Richtig«, bestätigen Mitch und ich gleichzeitig. »Und sie gibt mit ihren Eroberungen an, dass sogar ich einen roten Kopf bekomme«, fügt er hinzu und sieht Tara unschuldig mit großen Augen an.

»Ja, das ist wahr«, stimmt Kate ihm zu. »Letztes Jahr hat sie mich auf einer Party vollgequatscht und mich gefragt, ob ich jemals Swingen war. Ich dachte, sie meint Tanzen, und habe Ja gesagt. Daraufhin hat sie mir ganz aufgedreht ihren damaligen Lover vorgestellt.«

Wir brechen in schallendes Gelächter aus.

Ab da kreist die Unterhaltung erwartungsgemäß um schlüpfrige Klatschgeschichten, von denen Mitch jede Menge kennt. Wie immer, wenn ich Bier auf nüchternen Magen trinke, wird mir von nur einem Pint leicht schwummrig im Kopf, und Kate, Tara und ich wechseln in der zweiten Runde zu Rotwein.

»Ich liebe Malbec«, erklärt Kate versonnen.

»Ja. Und ich liebe es, dass das Glas hier unter einem Zehner kostet. In London dagegen …« Tara schüttelt den Kopf. »Ich überlege, ob ich während der Wirtschaftskrise das Weintrinken aufgeben und auf Kochsherry umsteigen soll.«

»Kein Wort mehr über die Wirtschaftskrise«, meint Mitch. »Das ist zu deprimierend.«

Ich sehe zu Kate. Auf ihrer Stirn erscheint wieder diese kleine Sorgenfalte. Oh nein, ich hoffe, das zerstört nicht die glückliche, entspannte Wochenendatmosphäre.

»Alles wird gut«, sagt Jake. »Zwei meiner Brüder wurden von der letzten Rezession in den frühen Neunzigern kalt erwischt, gerade als sie mit der Uni fertig waren. Und sie haben es beide überstanden.«

»Einen Teufel haben sie. Ich kann mich noch gut an die Zeit erinnern«, kontert Mitch. »Die zwei haben ständig auf mich aufgepasst, um als Babysitter etwas nebenbei zu verdienen. Ich schwöre euch, manchmal sind meine Eltern den ganzen Abend um den Block gekurvt und haben nur so getan, als wären sie eingeladen. Ich meine, so beliebt sind sie nicht. Vor allem nicht mein Alter.«

»Meine Brüder sind deinen Eltern bis heute dankbar, weil sie ihnen immer mit Bier und Zigaretten ausgeholfen haben«, erwidert Jake und nickt. »Dank ihrer Unterstützung konnten sie sich über Wasser halten.«

Wir alle schweigen für einen Moment und denken darüber nach, dass uns das auch bei der derzeitigen Wirtschaftslage bevorstehen könnte. Wir hatten es alle immer so leicht.

Jake versucht, die Stimmung aufzuheitern.

»Eines Tages wird die Krise vorbei sein, früher als ihr denkt«, sagt er. »Wir müssen einfach nur Geduld haben und abwarten.«

Kate wirkt ein bisschen erleichtert. »Ja?«

»Ja«, bekräftigt Jake. »Außerdem kann so eine Krise auch Vorteile haben … Patrick, mein ältester Bruder, hat sich in der Zeit als Barkeeper durchgeschlagen und nebenbei ein halbes Jahr als ehrenamtlicher Helfer gearbeitet. Das war eine tolle Erfahrung für ihn.«

»Und das macht einen tollen Eindruck im Lebenslauf«, wirft Mitch ironisch dazwischen.

»Der Punkt ist, wir werden es alle überstehen«, entgegnet

Jake spitz. Kate macht ein deutlich optimistischeres Gesicht. Ich lächle Jake dankbar an, und er zwinkert mir fast unmerklich zu. Ich bin zu dem Schluss gekommen, dass er tatsächlich ein sehr netter Mensch ist und überhaupt nicht wie Rick. Das bedeutet nicht, dass ich mich mit ihm einlassen sollte. Vielleicht können wir Freunde sein. Oh, Shit. Regel Nr. 7: Keine neuen Männerbekanntschaften.

Sam legt Pokerkarten auf den Tisch, und wir beginnen das erste Spiel. Die Unterhaltung kehrt wieder auf das übliche alberne Niveau zurück. Mitch wird von Minute zu Minute lauter und geschmackloser. Er trinkt von unserem Wein und gleichzeitig Bier »auf das Wohl des Hauses«.

»Flush!«, verkünde ich stolz.

»Das ist kein Flush, Cocktailbiest«, gibt Jake Kontra und beugt sich über den Tisch.

»Und ob«, halte ich dagegen.

»Nein, das ist kein Flush«, bekräftigt Mitch. »Warum nennst du sie eigentlich Cocktailbiest? … Oh! Ich weiß!«

»Mist!«, fluche ich und überlege, wie ich Mitch ablenken kann, damit er nicht weiter auf dem Cocktailbiest herumhackt. »Ich hasse Poker. Ich gehe eine rauchen.«

Meine List geht auf.

»Ich würde es sehr begrüßen, wenn ihr Mädels endlich mit dem Rauchen aufhört«, meint Mitch verdrießlich. »Ihr stinkt die halbe Zeit wie ein billiges Wettbüro in Birmingham. Und die andere Hälfte der Zeit stinkt ihr nach Parfüm.«

Kate und ich sehen ihn erstaunt an. »Aber wir rauchen doch gar nicht richtig!«, rufen wir empört im Chor.

»Wir gönnen uns nur hin und wieder zu einem Gläschen Wein eine Zigarette!«, sage ich.

»Das ist einfach nicht wahr«, widerspricht Mitch.

»Oder wenn es uns schlecht geht«, bemerkt Kate.

»Ah, ihr Hühner und eure Krisen«, seufzt Mitch liebevoll.

»Da wir gerade von Krisen sprechen, ich habe ganz vergessen zu fragen, was das im Botanist für eine Szene war.«

Ich spüre, dass Jake und Sam mich ansehen, und werfe Mitch einen warnenden Blick zu. Gott, heute ist er eine richtige Nervensäge. »Nein. Das ist kein gutes Gesprächsthema heute. Oder in der Zukunft.«

»Spendiert ihr mir eine Zigarette?«, fragt Tara rasch, steht auf und legt die Hand auf Mitchs Schulter. Er schaut bewundernd zu ihr hoch. Vielleicht ist das ja eine geheime Methode, um ihn zum Schweigen zu bringen. Ich muss es mal ausprobieren.

»Natürlich!«, bejahe ich. »Kommt, Mädels. Lasst uns rausgehen und leckere, stinkende, krebserregende Nikotinstäbchen rauchen.«

Kate, Tara und ich verschwinden nach draußen auf eine kleine Terrasse, die an den wenigen Tagen im Jahr, an denen die Sonne sich zeigt und es warm genug ist, um draußen zu essen, herrlich sein muss. Jetzt, am späten Nachmittag, wird es bereits frisch. Die flauschigen weißen Schäfchenwolken von vorhin haben schwarze, fies aussehende Babys zur Welt gebracht, die gerade den Himmel übernehmen. Ich fröstle und ziehe den Reißverschluss von Bloomies Lederjacke zu.

»Was für eine Szene im Botanist?«, erkundigt sich Tara. »Ich verstehe, dass du drinnen nicht darüber reden wolltest, aber … macht es dir was aus, wenn ich frage?«

»Nein«, entgegne ich lächelnd. Es macht mir wirklich nichts aus. »Ähm …«, beginne ich und gebe Tara eine Zigarette und Feuer. »Ich war letzte Woche dort mit meinem bescheuerten Exfreund verabredet, und er hat sich absolut, ja, bescheuert verhalten, und wir haben uns gestritten, und ich habe ihm meinen Wein ins Gesicht gekippt.«

»Fantastisch!«, meint sie grinsend und bläst schnell den Rauch aus. Eine Amateur-Raucherin. »Bescheuerten Exfreunden sollte man die Augenbrauen abrasieren oder so, damit man sie sofort erkennt und wir Frauen einen Bogen um sie machen können.«

»Ich bin dafür«, sagt Kate. »Aber was, wenn die Augenbrauen nachgewachsen sind? Dann können sie sich wieder ungehindert in der Gesellschaft bewegen.«

»Vielleicht sollte man ihnen für jede Frau, die sie schlecht behandelt haben, einen Finger abschneiden«, schlage ich vor. »Dann weiß man auch direkt, wie schlimm sie es getrieben haben.«

»Gefällt mir gut, die Idee«, entgegnet Tara. »So wäre mir mein Ex erspart geblieben. Er hatte nämlich ein Sündenregister so lang wie …« Sie unterbricht sich und sucht nach dem richtigen Wort.

»Sein Johannes?«, vermute ich.

»Noch viel länger«, antwortet sie lachend.

»Und was läuft da eigentlich zwischen dir und Mitch?« Die Frage liegt mir schon die ganze Zeit auf der Zunge, und endlich scheint der richtige Moment dafür gekommen zu sein.

»Ich weiß nicht … Ich fürchte, er hat auch ein stattliches Sündenregister, das ich lieber nicht sehen möchte«, erwidert sie.

»Du irrst dich«, gibt Kate sich solidarisch. »Mitch hat noch nie eine Frau verarscht. Er spielt immer mit offenen Karten.«

»Ja, er vermeidet nur … engere Beziehungen«, ergänze ich. Es ist die netteste Art, die mir einfällt, um auszudrücken, dass Mitch ein Schwerenöter ist. »Aber bei dir verhält er sich ganz anders als sonst.«

»Oh, wirklich?« Tara lächelt. »Ähm, ja … nun ja, er ist sehr … Wir haben uns in den letzten paar Monaten oft unterhalten. Zum ersten Mal seit Jahren.«

»Warum habt ihr euch eigentlich getrennt?«, frage ich.

Sie zuckt mir den Achseln. »Ich habe damals noch studiert, er hat in London gearbeitet …, du weißt schon. Die Trennung geschah einvernehmlich. Okay, ich war schon ziemlich fertig, aber seitdem habe ich genug Trennungen hinter mir, um zu wissen, was es heißt, wenn es einem wirklich dreckig geht.«

»Oh ja.« Kate nickt.

»Jedenfalls habe ich mir über uns noch keine Gedanken gemacht … Ich warte einfach ab, was kommt.«

Wir drücken unsere Zigaretten aus und gehen wieder hinein. Die Männer sind gerade mitten in einer hitzigen Diskussion und schauen ertappt drein, als sie uns wahrnehmen.

»Na, Jungs, zieht ihr wieder über andere her?«, sage ich in missbilligendem Ton.

»Wo denkst du hin?«, antwortet Jake. »Wir haben uns nur über, äh, Filme unterhalten.«

»Ja«, bekräftigt Mitch. »Ich habe den anderen gerade von *Tödliche Geschwindigkeit* vorgeschwärmt. Ein Wahnsinnsfilm.«

»Welcher war das noch mal?«, erkundigt sich Kate, setzt sich und trinkt einen Schluck von ihrem Wein. »Diese Actionfilme haben neuerdings alle ähnlich klingende Titel.«

»Das stimmt. Wie zum Beispiel …« Ich überlege kurz und spreche dann mit einer tiefen amerikanischen Erzählerstimme weiter. *»Tödliches Ende* … und die Fortsetzung, die eigentlich die Vorgeschichte erzählt: *Endgültige Vernichtung.«*

Jake muss lachen und spricht nun auch mit Erzählerstimme. »Was ist mit … *Tödliches Finale* und der Fortsetzung *Finaler Todesstoß?«*

»Freiheit und Ehre«, sage ich, noch immer mit meiner tiefen amerikanischen Stimme. »In diesem Ton funktioniert wirklich alles. *Heirat und Ehe.«*

Jake lacht laut. »*Kollateralschaden* … ist das gut? Wie wäre es mit … *Grammatikalversagen?*«

»*Ideal und Freiheit*«, füge ich hinzu und muss so sehr lachen, dass ich Mühe habe, tief zu sprechen. »*Illusion und Enttäuschung* …«

»*Enthüllende Bekenntnisse*«, kontert Jake.

»Ihr zwei habt einen Knall«, bemerkt Kate.

»*Unbekannte Enthüllungen*«, fährt Jake fort. »*Unerschütterliche Gewissheiten* … *Unaufhaltbare Verwicklungen.*«

Ich muss jetzt so sehr lachen, dass mir keine Beispiele mehr einfallen. Die anderen sehen uns nur an. Nicht nur, dass sie stumm bleiben, sie lächeln nicht einmal.

Jake beruhigt sich allmählich wieder. Es herrscht Totenstille.

»Gut, ich gehe an die Bar«, meine ich.

»Ich komme mit«, sagt Jake.

Wir gehen zur Theke und lächeln uns an, während wir darauf warten zu bestellen. Der Barmann ist ein lässiger Typ, der einen stark verkaterten Eindruck macht. (Wissen Sie was? Ich erkläre hiermit offiziell Regel Nr. 3 für null und nichtig. Offensives Flirten ist meine Achillessehne.)

»Was zum Teufel hat dieser supercoole Hipster in der finstersten Ecke von Oxfordshire verloren?«, raune ich Jake zu, als der Barmann im Keller verschwindet, um die nächste Flasche Rotwein zu holen.

»Wahrscheinlich ist er in King's Cross in den falschen Zug gestiegen«, entgegnet Jake. »Ich wünschte, ich wäre auch so cool.«

»Das bist du leider nicht«, antworte ich bedauernd.

»Aber ich höre coole Musik«, verteidigt er sich. »Zum Beispiel die aktuelle Scheibe von diesem Blunt und, äh, die Stereophonics …«

Ich sehe ihn an, um mich zu vergewissern, ob er scherzt. Tut er. Ich grinse erleichtert.

»Also ich finde, du hast Mitch vorhin die passende Antwort gegeben.«

»Hm?«, sage ich, weil ich ihm nicht folgen kann. Der lahmarschige Barmann zapft das langsamste Bier, das ich jemals jemanden zapfen gesehen habe.

»Die Szene im Botanist …«

Ich sehe ihn wieder an und werde rot. »Äh … ja. Ich kann nicht glauben, dass du das mitbekommen hast. Das war nicht meine Sternstunde.«

»Ich werde besser einen Sicherheitsabstand zu dir halten …«, meint er grinsend. »Übrigens, Cocktailbiest, dieser Kerl – soll ich ihn dein Date nennen? – ist mir schon aufgefallen, als er gekommen ist.«

»Das war kein Date«, beeile ich mich zu sagen. »Du hast in deiner Mail richtig vermutet. Das war mein Ex. Er wollte mit mir reden.«

»Habe ich mir gedacht … Er hat meinen Freund Peter angerempelt, der sich dabei mit seinem Drink vollgekleckert hat. Aber statt sich zu entschuldigen, hat dein Ex Peter als Trottel beschimpft. Kurz darauf ist die Menge zurückgewichen, und wir haben gesehen, dass du ihm den Wein ins Gesicht geschüttet hast. Das hat uns sehr gefallen.«

»Oh Gott, er ist so ein Kotzbrocken … Als ich im Taxi saß, dachte ich, ein paar Typen sehen mir lachend hinterher. Waren das du und deine Freunde?«

»Ja. Ich dachte, du hättest mich erkannt, als ihr in die Sloane Street gebogen seid, doch ich war mir nicht sicher. Du hättest anhalten sollen …«

»Ja, aber ich war an jenem Abend in keiner guten Verfassung. Du hättest keine Freude an mir gehabt.«

»Ich freue mich immer, wenn ich dich sehe«, gibt er in beiläufigem Ton zurück, während er meine ausgestreckte Hand, die die EC-Karte hält, zur Seite schiebt und dem

Barmann einen Zwanzig-Pfund-Schein gibt. »Warum bezahlt ihr Frauen eigentlich immer alles mit Karte?«, fragt er.

»Ich bin mir ziemlich sicher, das hat was mit der Menstruation zu tun«, entgegne ich und stecke meine EC-Karte zurück in meine Geldbörse. »Danke, Jake.«

»Das ist das erste Mal, dass ich dich meinen Namen sagen höre«, bemerkt er wieder in beiläufigem Ton, schnappt sich zwei Biergläser und macht kehrt, um an den Tisch zurückzugehen. Ich nehme die Flasche Wein und das dritte Bier, sehe ihn an und lächle.

In der Zwischenzeit haben alle irgendwie ihre Plätze getauscht, sodass ich nun neben Jake sitze. Kate und Sam unterhalten sich über Italien, und Mitch unterhält Tara mit lustigen Anekdoten.

»Okay. Hast du Lust, Schnipp-Schnapp zu spielen?«, erkundigt sich Jake.

»Vielleicht … Kannst du auch Spit?«, möchte ich von ihm wissen.

»Ist das ein erfundenes Spiel, bei dem ich machen kann, was ich will, und du immer gewinnst? Meine kleine Schwester will das auch immer mit mir spielen, echt nervig …«

»Nein, nein«, sage ich. »Pass auf. Das ist ähnlich wie Solitär, nur dass fünf Reihen gelegt werden statt sieben …« Ich erkläre ihm die Spielregeln, und wir beginnen das erste Spiel. Die ersten drei Mal schlage ich ihn, aber dann beginnt er leider zu gewinnen. Er wird von Spiel zu Spiel schneller, brüllt immer lauter »Spit!« und knallt die Karten immer heftiger auf den Tisch, bis ich nicht mehr aufhören kann zu lachen trotz meiner leichten Panik vor der schmerzhaften Niederlage, die mir am Ende jeder Runde droht.

»Ich gewinne! Ich gewinne!«, ruft Jake.

»Kleine Regeländerung«, bestimme ich rasch. »Wir spielen die fortlaufende Version. Wenn du ausmachst, wartest du nicht ab, dass der andere die Karten aufnimmt, sondern mischst einen Ablagestapel neu und spielst direkt weiter.« Während ich ihm das Ganze erkläre, nehme ich einen Spitstapel auf, mische ihn und beginne das nächste Spiel, bevor er die Chance hat, mir zuvorzukommen.

»Na warte, aus heiterem Himmel die Regeln ändern«, meint er drohend. »Das wird dir auch nichts nützen.«

Zehn Minuten später hat er mich längst eingeholt und jede Runde gewonnen, und nun hat er nur noch zwei Karten übrig.

»Du musst früher oder später deine Niederlage eingestehen«, bemerkt Kate, die zu uns herübersieht.

»Ich weiß, ist das zu glauben?«, entgegnet Jake und deutet auf meine Hand, die circa fünfzig Karten hält. »Obwohl ihre ›Niemals aufgeben!‹-Haltung bewundernswert ist.«

Ich knalle die Karten auf den Tisch. »Also gut. Ich lasse dich dieses Mal gewinnen. Gottverdammt, ich hasse es, bei Spit zu verlieren. Der einzige Sport, den ich ernsthaft betreibe.«

»Ich weiß nicht, wie ich es dir beibringen soll, aber … das ist kein Sport«, sagt Jake. Ich will ihm gerade Kontra geben, werde allerdings von Mitch unterbrochen, der sich demonstrativ streckt und laut gähnt wie ein Löwe.

»Kommt zum Ende, liebe Freunde … Wir haben fast Cocktailstunde. Die anderen warten bestimmt schon auf uns.«

Ich sehe nach draußen, während ich meine Jacke von dem Stuhl hinter mir nehme. Es ist ungewöhnlich dunkel für halb sechs. Ich sehe genauer hin.

»Das darf doch nicht wahr sein …«, jammere ich.

»Doch«, erwidert Jake. »Es hat gerade angefangen zu regnen.«

»Wenn wir sofort aufbrechen und ihr mir brav folgt, können wir dem Regen ein Schnippchen schlagen«, schlägt

Kate vor. Das ist totaler Blödsinn, jedenfalls das mit dem Regen und dem Schnippchen, trotzdem springen wir alle von unseren Stühlen auf.

»Du bist die geborene Anführerin, nicht wahr?«, sagt Sam bewundernd zu Kate, während er ihr in die Jacke hilft.

»Nach einem Pint und drei Gläsern Wein bin ich vieles«, entgegnet sie mit kokettem Lächeln.

Wir stehen zusammengedrängt im Eingang des Pubs und sehen auf die graue Landschaft hinaus. Der Regen ist ein bisschen stärker geworden, und es fallen ziemlich dicke Tropfen.

»Wenn ich sage los … dann LOS!«, schreit Kate und rennt los. Ich folge ihr, mit Jake und Sam an meiner Seite, dahinter Tara und Mitch, der brüllt: »Du hast nicht laut genug ›los‹ gesagt! Du musst es noch mal sagen!«

Wir laufen den schmalen Pfad vom Pub hoch zur Straße, wo Sam vorsprintet, um neben Kate zu laufen, während Jake an meiner Seite bleibt. Der Regen wird jetzt immer heftiger, und der Himmel immer finsterer.

»Alles okay?«, ruft Jake zu mir nach ein paar Minuten.

»Ja!«, rufe ich zurück und versuche, nicht zu laut zu keuchen. Der Wein schwappt in meinem Magen herum, aber es geht. Durch das Kartenspielen habe ich weniger getrunken.

Plötzlich biegt Kate zielstrebig nach links ab.

»Seid ihr sicher?«, brüllt Mitch von hinten.

»JA!«, brüllen alle zurück. Ist Ihnen schon einmal aufgefallen, wie schön es ist, durch strömenden Regen zu laufen? Ernsthaft, probieren Sie es aus. Ich bin mittlerweile von oben bis unten durchnässt, meine Converses quietschen bei jedem Schritt und starren vor Dreck. Ich drehe den Kopf zu Jake. Er runzelt die Stirn, damit ihm das Wasser nicht in die Augen läuft, über denen seine nassen Haare kleben. Oh mein Gott, er ist so verdammt sexy.

Ein greller Blitz am Himmel, direkt gefolgt von einem krachenden Donnerschlag, lässt uns alle zusammenzucken, und Tara stößt ein nervöses Kichern aus. Der Knall war so laut, dass das Gewitter im Prinzip über uns sein muss.

»Wir sind gleich da, Leute!«, schreit Kate.

Ich höre, wie hinter mir jemand ins Stolpern gerät und gleich darauf in die Büsche kracht. Jake und ich bleiben stehen und drehen uns um. Tara ist gestürzt und liegt rücklings am Straßenrand, während sie sich vor Lachen nicht mehr einkriegt und im Regen zu Mitch hochsieht. Er lächelt sie mit einem Gesichtsausdruck an, den ich gar nicht von ihm kenne. Schlagartig wird mir bewusst, dass er sie liebt.

»Alles okay?«, ruft Jake.

»Ja!«, ruft Tara zurück. »Lauft weiter!«

Ich drehe den Kopf und wechsle einen Blick mit Jake. Wir wenden uns gleichzeitig um und fallen wieder in Laufschritt. Kate und Sam sind ungefähr fünfundzwanzig Meter vor uns, und ich erkenne jetzt, wo wir sind. Nur noch wenige Minuten bis zum Ziel.

»Noch alles okay?«, fragt Jake.

»Ja!«, antworte ich lächelnd und registriere, dass der Regen sogar noch mehr zunimmt, als Jake plötzlich ins Straucheln gerät. Er droht zu fallen, aber ich schnappe mir seine Hand und fange ihn auf.

»Danke«, sagt er und verlangsamt das Tempo, um meine Hand nicht loslassen zu müssen. Einen Augenblick lang genieße ich das Gefühl von meiner kalten nassen Hand in seiner großen warmen nassen Hand und das Gefühl, dass wir im Gleichschritt laufen. Dann komme ich mir plötzlich vor wie in einer schrecklich kitschigen Szene in einer romantischen Komödie, und ich ziehe meine Hand zurück und tue so, als würde ich sie brauchen, um mir die Nase abzuwischen.

Wir erreichen die Auffahrt von Eddies Elternhaus. Jetzt schüttet es wie aus Eimern, und wir sprinten so schnell wir können zur Eingangstür und stürzen ins Haus. In der Diele treffen wir Sam und Kate, von denen das Wasser heruntertropft und die japsend lachen.

»Bitte, Kinder, versaut mir nicht die ganze Diele«, bittet uns Eddie, der die Treppe mit Handtüchern für uns herunterkommt. »Wir haben uns sehr angeregt unterhalten, während ihr weg wart. Über Kunst und Literatur und Dingensbumens.«

»Ach ja?«, frage ich ungläubig, schnappe mir ein Handtuch und trockne mein Gesicht ab. Ich sehe auf das Handtuch. Ja, überall Wimperntusche. »Ich brauche eine warme Dusche«, sage ich und laufe die Treppe hoch, bevor Jake mein Pandagesicht sehen kann. (Ich weiß, ich bin eitel, aber Sie wissen ja, man muss sein Niveau halten.) Als ich den oberen Treppenabsatz erreiche, höre ich, dass Mitch und Tara eintreffen.

»Warum pisst es eigentlich ständig in dieser Scheißgegend, hm, Edward?«, höre ich Mitch laut schimpfen, bevor ich die Zimmertür hinter mir zumache. Mein benebelter Kopf möchte sich hinlegen und von Jake träumen, doch ich würde es nur versauen (das Bett und meinen Kopf), also marschiere ich direkt ins Bad und ziehe die nassen Klamotten aus. Oh Gott, Bloomies Lederjacke. Ich drapiere sie sorgfältig über der Heizung – die nicht an ist, so dumm bin ich nun auch wieder nicht –, hänge meine restlichen Klamotten über die Badewanne zum Trocknen und nehme eine lange, heiße Dusche.

Kapitel 29

Wenn Sie das nächste Mal in ein Gewitter geraten, gehen Sie anschließend unter die Dusche, dann wickeln Sie sich in ein flauschiges Handtuch und legen sich ins Bett. Das ist einfach saugemütlich. Ich werde mich ein bisschen ausruhen und in Gedanken über Jake schwelgen, ohne schlechtes Gewissen. Es ist mir egal, wenn das gegen die Auszeit verstößt. Ich bin ein bisschen beschwipst, und ich möchte darüber sinnieren, wie unheimlich, unwiderstehlich und unglaublich süß Jake ist. Ich frage mich, ob er Haare auf der Brust hat. Ich frage mich, wie seine Lippen schmecken. Ich fr…

Gerade als ich mich gedanklich in spannenden Fragen verliere, platzt Bloomie herein, gefolgt von Kate.

»Wir sind es, Darling!«, sagt Bloomie und hüpft auf mein Bett. Sie ist auch ein bisschen beschwipst.

»Hallo, Bloocinda«, erwidere ich. »Und, wie hast du den Nachmittag ohne uns überstanden?«

»Nun, es war ab-so-lut fürchterlich«, näselt sie im Stil von Posh Mark und lässt sich neben mich in das Kissen plumpsen. Kate macht es sich zu unseren Füßen bequem. »Eugene und ich haben ein Nickerchen gemacht …«

»Mm-hm. Ich wette, ein ruhiges und erholsames Nickerchen«, mutmaße ich.

»Ja, sehr erholsam, danke, Darling, lieb von dir, dass du fragst … Fraser und Tory waren auch den ganzen Nachmittag im Bett, obwohl, wisst ihr, ich glaube nicht, dass sie viel geschlafen haben. Und Ant und Eddie haben das Tennismatch mit Harriet und Neil ziemlich schnell abgebrochen und danach mit Benoit angefangen zu saufen … Wie war es im Pub?«

»Super«, antworte ich.

»Mitch ist in Tara verknallt«, erzählt Kate. »Und sie in ihn.«

»Und ich glaube, Sam ist in Kate verknallt«, meine ich.

»Und ich glaube, Jake ist in dich verknallt«, kontert sie.

»Quatsch!«, schnaube ich. »Obwohl er ganz … nett ist.«

»Das klingt ja alles hochinteressant«, sagt Bloomie spöttisch. »Ich kann es kaum erwarten, das mit eigenen Augen zu sehen. So, was anderes. Ich habe versprochen, dass wir uns um das Abendessen kümmern. Beeilt euch also mit dem Anziehen, hm?«

Kate klettert vom Bett. »Bin in sieben Minuten zurück zum Schminken«, verspricht sie.

»Okay«, rufe ich ihr nach, während sie die Tür hinter sich zuzieht. »Bloomie, ich muss dir was wegen deiner Lederjacke sagen …«

»Ich kann es mir denken«, entgegnet sie gelassen. »Ein bisschen Regen verleiht ihr nur mehr Charakter.«

Bloomie blättert durch die amerikanische *Vogue*, die ich mitgebracht habe (immer wenn ich verreise, muss ich ein richtig gutes Hochglanzmagazin dabeihaben, das ist eine Art Sicherheitsnetz), während ich rasch in eine alte Jeans schlüpfe, die am Hintern schön eng sitzt, und zwei langärmelige T-Shirts in Grau und Weiß übereinander anziehe. Dazu trage ich pinkfarbene Ballerinas, da meine Chucks noch völlig aufgeweicht sind und unten zum Trocknen stehen. Mmm, bequem. Ohne Motto, aber bequem.

Ich beuge den Kopf nach unten, um mir rasch die Haare zu föhnen, und klatsche mir ein bisschen Schminke ins Gesicht, gerade als Kate zurückkehrt, um uns abzuholen.

»Die Iren sind gerade gekommen«, sagt sie. »Ich mag diese Verrückten.«

»Wer denn alles?«

»Conor und Spud. Die Rhythmische-Sportgymnastik-Gruppe.«

»Einer von denen heißt tatsächlich *Spud?*«

Kate zuckt mit den Achseln.

Ein paar Minuten später gehen wir nach unten in die Küche, wo alle, außer Jake und die Iren, wenn ich das richtig sehe, am Tisch bei ein paar Flaschen Wein hocken. Tara und Mitch sitzen nebeneinander und halten Händchen.

Mitch macht einen ungeheuer zufriedenen Eindruck, und immer wenn er etwas sagt, wirft er einen Blick auf Tara, um ihre Reaktion zu sehen. Richtig niedlich, denke ich, als jemand aus der Gästetoilette kommt …

»Laura!«, schreie ich.

»Oooh mein Gott!«, kreischt Laura begeistert und stürzt auf mich zu, um mich zu umarmen. Es stellt sich heraus, dass mein kleines Mac-Äffchen, das mich jeden Morgen im Büro mit seinen Tagträumen unterhält, mit Spud verwandt ist.

»Das ist ja so was von abgefahren!«, ruft sie aus. »Oh mein Gott! Wie geht es dir? Wie schön, dich zu sehen! Ich meine, wir haben uns erst gestern gesehen, aber trotzdem freue ich mich, weißt du? Was für ein tolles Haus! Auf der Fahrt hierher habe ich zu Spud gesagt, dass das was ganz anderes als London ist. Das war nicht negativ gemeint. Einfach total anders, verstehst du? Kein Wunder, dass es Landmäuse und Stadtmäuse gibt. Eine Stadtmaus wäre hier nie und nimmer überlebensfähig. Ich musste mir direkt nach unserer Ankunft einen Tee genehmigen, um mich zu beruhigen.«

Ich grinse Laura an und sehe in die sprachlosen Gesichter von Bloomie und Kate. Zugegeben, wenn man Laura zum ersten Mal ohne Punkt und Komma reden hört, staunt man. Dann fällt mein Blick auf Eddie. Er starrt Laura mit leicht blödem Grinsen an und bietet ihr an, sie auf ihr Zimmer zu bringen. Interessant.

Mitch steht auf und erhebt sein Weinglas.

»Ich möchte die Gelegenheit nutzen und euch allen dafür danken, dass ihr gekommen seid«, verkündet er. »Ich spüre, dass es meine Pflicht ist, die Verantwortung zu übernehmen, denn Edward wird sich nur zurücklehnen und sich betrinken. Ich möchte daher eine progressive Dinnerparty vorschlagen.«

»Mit Partnertausch?«, ruft Tory begeistert.

»Nein, meine kleine Blume«, antwortet Mitch liebevoll. Tara und ich prusten kurz und wechseln einen Blick.

»Also, wir setzen uns so an den Tisch, dass immer ein Mann und eine Frau nebeneinandersitzen, und auf mein Kommando rücken die Jungs zwei Stühle auf.«

»Das ist wie die Reise nach Jerusalem … Und wir sind ganz allein auf dein Gutdünken angewiesen?«, fragt Bloomie.

»Gekko hat es kapiert«, meint Mitch und nickt.

»Die Reise nach Orthodoxshire«, sage ich und klatsche mir auf den Schenkel, während ich über meinen eigenen Witz lache. Leider bin ich die Einzige, die lacht. Seufz. Ich frage mich, ob Jake den Witz kapiert hätte.

»Warum?«, fragt Ant. »Damit keiner sich den ganzen Abend mit einer Niete abgeben muss, nehme ich an?«

Die Frauen werfen Ant böse Blicke zu, außer Laura, die kurzsichtig in ihr Weinglas starrt. Draußen gießt es noch immer wie aus Eimern, und der Plan zu grillen ist schon lange begraben.

»Buh!«, rufen zwei helle Stimmen im Chor, und Eddies Zwillingsschwestern Emma und Elizabeth machen einen Satz in die Küche. Alle schreien erschrocken auf, und die beiden kichern. Offenbar war es »mit Mummy und Daddy so stinklangweilig«, dass sie beschlossen haben, früher aus Spanien zurückzukommen.

»Wissen Mum und Dad überhaupt, dass ihr hier seid?«, fragt Eddie streng.

»Ja«, antwortet Elizabeth und verdreht die Augen. »Wir bleiben nur eine Nacht. Morgen fahren wir für eine Woche weiter nach Schottland und besuchen Ali.«

Emma schenkt Mitch ein schüchternes Lächeln. Oje. Das letzte Mal, dass sie sich begegnet sind, war im Montgomery Place vor Monaten. Mitch tauchte auf, als ich die Flucht vor Jake ergriff, und der Abend endete damit, dass er mit Emma herumknutschte. Das führte zu einem Riesenstreit zwischen Mitch und Eddie. Im Moment macht Mitch ein Gesicht wie ein Reh im Scheinwerferlicht. Eddie, der nicht nachtragend ist, scheint die ganze Sache vergessen zu haben. Gott sei Dank. Ein großer Bruder mit einem übergroßen Beschützerinstinkt gibt keinen guten Gastgeber ab.

Die Zwillinge gehen nach oben, um auszupacken und vor dem Abendessen kurz zu duschen, da sie direkt vom Flughafen kommen.

Bloomie, Eddie und ich fangen an zu kochen, und Tara gesellt sich rasch zu uns. Im Grunde verbringen wir die Zeit zu gleichen Teilen mit reden, Musik auf dem iPod auswählen (viel von den Killers und MGMT), kochen, trinken und draußen unter dem Vordach stehen, um eine zu rauchen.

Ich komme gerade von einer Zigarettenpause zurück, als ich feststelle, dass Jake auf der Bildfläche erschienen ist. Er sitzt am unteren Tischende neben Mitch und Sam und lacht gerade über einen Spruch von Mitch. Die Zwillinge kommen herunter, vor lauter Erwartungsfreude strahlend. Dann erscheint Laura, und kurz darauf die beiden Iren Conor und Spud, die frisch geduscht und umgezogen sind.

»Zeit für Remmidemmi. Die Partylöwen sind hier«, verkündet Conor und schaut sich in der Küche um, wobei er Blickkontakt zu allen weiblichen Anwesenden außer zu

Harriet sucht. Er schnappt sich einen Stuhl und quetscht sich zwischen Emma und Elizabeth, während er ihnen zuzwinkert. Spud wird in eine Unterhaltung mit Harriet und Neil verwickelt. Armer Spud.

Eugene und Benoit bieten uns ihre Hilfe beim Kochen an, was bedeutet, dass mehr Butter und Salz verwendet wird.

»Typisch Franzosen«, sage ich.

»Man kann ein Steak nicht dünsten, Chérie«, kontert Benoit.

So viele Leute zu bekochen grenzt an ein lächerliches Unterfangen. Wir haben alle Würste zusammen mit ein paar Bohnen, Tomaten, Zwiebeln und Knoblauch in einen Topf geworfen, um den größten Eintopf zu machen, den es je gab. Wir haben ungefähr dreihundertzweiundzwanzig neue Kartoffeln im Backofen gegart und ein paar Steaks gegrillt für den Fall, dass jemand Eintopf nicht für ein richtiges Essen hält. Und wir haben genügend Brot, um den guten Dr. Atkins damit totzuwerfen (wenn er noch am Leben wäre, Gott habe ihn selig). Als wir schließlich essen können, ist es nach neun. Wir haben bereits einen ganzen Karton Wein geleert, es herrscht eine lustige, ausgelassene Stimmung, und ich habe ein Auge auf die vielen kleinen Dramen, die sich am Tisch abspielen.

Tara sitzt auf Mitchs Schoß, woraufhin Tory sofort auf Fraser hüpft, obwohl sie viel schwerer ist als er und Fraser nicht gerade den Eindruck macht, als wäre das bequem für ihn. Emma, die das zwischen Mitch und Tara natürlich mitbekommen hat, ist offensichtlich sehr überrascht und tuschelt aufgeregt mit ihrer Schwester.

Eddie und Laura lachen sich über irgendetwas schlapp. Perry, Conor und Spud flirten alle mit Kate. Sam und Jake unterhalten sich mit Tara und Mitch. Ant versucht, mit den Zwillingen ins Gespräch zu kommen, aber sie ignorieren ihn, bis er schließlich beleidigt das Brot aufschneidet. Harriet und Neil sind in ein Gespräch vertieft.

Kurz bevor das Essen serviert wird, steht Mitch auf, schlägt einen Löffel gegen sein Glas und befiehlt jedem von uns, wo er sitzen soll. Wir sind neun Frauen und zwölf Männer, was bedeutet, dass ein paar Männer nebeneinandersitzen müssen. Ich sitze am Tischende in der Nähe von Bloomie, Kate und Tory, und während des ersten Gangs sind meine Tischnachbarn Fraser und Sam. Ich sehe zum anderen Tischende, wo Jake zwischen Laura und Elizabeth sitzt. Eddie sitzt dort auch, zwischen seinen Schwestern, und versucht, sich seinen Ärger darüber nicht anmerken zu lassen. Emma kippt den Wein in sich hinein und sieht immer wieder mit großen Kuhaugen zu Mitch. Elizabeth wird von Benoit zugetextet, was ihr offenbar gefällt.

»Gott, ich bin total im Arsch«, sagt Fraser, lehnt sich auf seinem Stuhl zurück und nimmt einen großen Schluck Wein.

»In welchem Arsch, Darling?«, hake ich nach.

Er lächelt mich an und senkt die Stimme. »Scheiße, ja, Toto … Sie ist unglaublich. Ich glaube … Ich glaube, sie ist die Richtige.«

Ich erwidere sein Lächeln und denke, oh Gott, nein, Toto ist so was von nicht die Richtige.

»Das ist schön, Darling. Ich wusste gar nicht, dass ihr zwei so viel gemeinsam habt«, bemerkt Bloomie.

»Ja, und außerdem gefällt es mir auf dem Land«, fährt er fort und deutet auf den strömenden Regen draußen. »Ich fühle mich hier sehr wohl. Ich könnte mir vorstellen, hier zu leben, wisst ihr.«

Tory sitzt ein paar Stühle weiter auf der anderen Tischseite und unterhält sich mit Spud. Ihre Stimme schwebt zu uns herüber: »Ich hasse die Provinz. Das Einzige, was mir daran gefällt, ist, dass man draußen überall poppen kann, weil einen weit und breit niemand stört. Was wiederum schade ist – schließlich widerspricht das dem Sinn von Outdoorsex!«

Fraser zieht eine Grimasse, während Bloomie und ich zu kichern beginnen. »Hört sofort auf. Gebt mal das Brot rüber.«

Mitch steht wieder auf und lässt sein Glas für die nächste Ansprache klirren. »Okay. Bevor wir anfangen, werde ich für Alkoholnachschub sorgen, damit wir später Zeit sparen. Hände hoch für Rotwein. Für Weißwein. Für Bier … Eugene, mon Dieu, du kannst nicht beides trinken, wir sind hier nicht im verdammten Frankreich, weißt du …«

Ich drehe mich zu Sam. »Das kann ja noch Stunden dauern. Bonsoir, Sam, amüsierst du dich? Könntest du mir helfen, das Essen aus der Küche zu holen?«

»Ja, sehr sogar, und ich helfe dir gerne«, antwortet er lächelnd. Er ist ziemlich betrunken, glaube ich, und er flüstert mir auf dem Weg in die Küche ins Ohr: »Deine Freundin Kate ist echt süß.«

»Ich weiß«, flüstere ich zurück. »Du solltest dir bei ihr Mühe geben.«

»Ich denke, das werde ich«, antwortet er, und wir machen uns daran, die schweren Töpfe mit dem Eintopf und den Kartoffeln und die Steaks zum Tisch zu tragen. Ich muss sagen, es sieht alles verdammt lecker aus.

Während die Ersten sich bereits bedient haben und zu essen beginnen, setze ich mich wieder auf meinen Platz und höre, dass Bloomie, Fraser und Eugene sich über Flirtlines im Internet unterhalten.

»Hätten wir uns nicht auf die altmodische Art kennengelernt – bei einer Telefonkonferenz – und wäre ich schon länger als ein paar Monate Single gewesen, hätte ich es bestimmt ausprobiert«, sagt Bloomie.

»Bloß nicht! Das ist viel zu gefährlich«, widerspricht ihr

Eugene. »Du könntest an einen Serienkiller geraten. Oder an einen Perversen.«

»Wirklich?«, klinkt Tory sich interessiert in das Gespräch ein.

»Mal im Ernst«, meine ich. »Es besteht wohl eher die Chance, an jemanden zu geraten, der es einfach leid ist, sich in Kneipen zu betrinken, um Leute kennenzulernen, und der schon seinen gesamten Bekanntenkeis durchhat.«

»Und die Bekannten der Bekannten«, ergänzt Bloomie. »Wenn man alle Möglichkeiten ausgeschöpft hat, um jemanden kennenzulernen, warum soll man es dann nicht über das Internet versuchen?«

»Das ist wie … Einkaufen im Internet. Für einen Mann«, füge ich hinzu. Andererseits hat die gute alte Kneipentour bei mir immer funktioniert, aber das sage ich nicht. Ich möchte vermeiden, dass über mich und meine Dates gesprochen wird. Oder über mich und meine Nicht-Dates.

»Oder man geht auf die Gumtree-Homepage, in die Rubrik ›Bekanntschaften/Partner‹. Das ist wirklich Internet-Shopping für Männer, mit sofortigem Erfolgserlebnis. Man braucht sich nur jemanden auszusuchen, der in der Nähe wohnt …«, meint Tory verträumt. Sie bemerkt, dass Fraser sie entgeistert ansieht, und fügt rasch »Äh … habe ich jedenfalls gehört« hinzu, bevor sie nach der Weinflasche greift.

Unsere Aufmerksamkeit wird plötzlich auf Mitch gelenkt, der die beiden Iren anschreit. »Warum hackt ihr Jungs eigentlich ständig auf mir herum? Hm? Von euch kommt doch nur Scheiße. Ihr taucht einfach auf, mit eurem derben Akzent und eurem irischen Charme und … und eurem … eurem …«

»Halt die Klappe, Bitch«, weist ihn Tara zärtlich zurecht. Daraufhin beginnen alle zu johlen und zu pfeifen, und Mitch steht auf und verbeugt sich.

Fraser hebt eine Hand, um unsere Aufmerksamkeit zurückzugewinnen. »Okay. Und was für Online-Dating-Portale gibt es?«

Ich beginne die Adressen aufzuzählen, die mir spontan einfallen, bis mir auffällt, dass er sie heimlich in sein BlackBerry eintippt, und ich muss wieder kichern.

Sam räuspert sich und sagt: »Ich hatte mal ein Date mit einer Internet-Bekanntschaft«, womit er schlagartig die Aufmerksamkeit von Bloomie, Fraser, Tory, Kate und mir hat.

»Und, wie war's?«, fragt Bloomie.

»Die Frau war in Ordnung«, antwortet er. »Ich habe es vor ein paar Monaten mal ausprobiert, weil ich es satthatte, dass bereits beim ersten Date keine richtige Unterhaltung aufkam oder die Frau mir unsympathisch war oder ich ihr …«

»Ja, ja, und dann? Was ist passiert? Wie war sie?«

»Da ist nicht viel passiert«, erzählt er. »Sie war eigentlich sehr nett. Und hübsch. Aber ich habe mir nicht wirklich Mühe gegeben, um am Ball zu bleiben, und sie genauso wenig … Es ist einfach im Sande verlaufen.«

»Oh. Du hast sie abblitzen lassen«, sage ich.

»Was? Sie hätte sich doch auch mal melden können!«, ruft Sam empört.

Bloomie, Kate und ich schütteln die Köpfe. »Oh nein. Es ist immer der Mann, der den ersten Schritt machen muss. Immer.«

»Ich würde niemals als Erste anrufen oder dem Mann eine SMS schicken«, erklärt Kate und sieht mich beifallheischend an. Mist, hoffentlich hat sie meine Dating-Tipps im Rauschzustand letztes Wochenende nicht wirklich ernst genommen.

»Ich auch nicht«, bestätige ich. »Obwohl, Bloomie hat mich vor ein paar Jahren mal dazu gebracht, meine Handynummer einem Barmann zu geben, der aussah wie Andrew McCarthy. Ich habe sie mit Eyeliner auf ein Stück Papier gekritzelt und zu ihm gesagt: ›Ruf mich an, wenn du mal etwas anderes zapfen willst als Bier‹ …«

Alle lachen.

»Das hast du nicht gesagt!«, ruft Sam ungläubig.

»Na schön, das habe ich nicht gesagt. Trotzdem habe ich ihm meine Nummer gegeben. Und natürlich hat er nie angerufen. Was mich in meinem inneren Instinkt bestätigt hat, dass Männer unbedingt erobern wollen.«

»Vielleicht warst du ja nicht sein Typ«, bemerkt Sam.

Ich sehe ihn stirnrunzelnd an, mit gespielter Verwunderung. »Wie meinst du das, nicht sein Typ?« Wieder lachen alle, was mir eine kurze Pause verschafft, um mich zu sammeln. Lieber spiele ich die Eingebildete als zuzugeben, dass dieser Gedanke mir tatsächlich noch nie gekommen ist. Ist das echte Arroganz oder schlichte Dummheit? Oder hat es damit zu tun, dass ich früher nie ein Date abgelehnt habe, auch wenn mir die Männer gar nicht besonders gefielen?

Sam rollt mit den Augen. »Ich dachte, ihr Frauen seid für Gleichberechtigung und so 'n Scheiß.«

»Sicher«, erwidert Kate. »Aber Gleichberechtigung oder nicht, wir Frauen sind darauf programmiert, den Männern das Jagen zu überlassen.«

»Ich bin Feministin«, bekenne ich mich. »Trotzdem möchte ich, dass der Mann den ersten Schritt macht. Das ist halt so.«

»Hättest du dich nach unserer ersten Begegnung bei mir gemeldet, wenn ich es nicht getan hätte?«, fragt Eugene Bloomie.

Sie schüttelt den Kopf. »Niemals. Bestimmt nicht. Und ich glaube auch an diesen Gleichberechtigungsscheiß«, erwidert sie.

»Wow«, sagt Sam nachdenklich. Er starrt auf seinen Teller und denkt wahrscheinlich an die ganzen Frauen, bei denen er sich nicht mehr gemeldet hat, während wir uns für eine Weile wieder auf das Essen konzentrieren.

»Gut … Würdest du als Erste ›Ich liebe dich‹ sagen?«, hakt Eugene nach.

»Du hast es als Erster gesagt«, entgegnet Bloomie grinsend.

»Ich weiß. Das ist es ja, was mich beschäftigt«, meint er. »Was, wenn ich das nicht getan hätte?«

Bloomie zuckt mit den Achseln. »Der Mann sagt es immer als Erster.« Dann wird ihr bewusst, was sie gesagt hat, und sie sieht mich entschuldigend an. Ich schenke ihr ein Lächeln. Es spielt keine Rolle. Dass ich Rick gesagt habe, ich würde ihn lieben, war nicht nur ein Fehler, sondern eine Lüge.

Sam schaut von seinem Eintopf hoch, den er sich recht geräuschvoll schmecken lässt. »Das ist doch albern. Der Mutigere sagt es als Erster. Das ist alles.«

Ich halte mich zurück. Das ist eine ganz neue Betrachtungsweise.

Mitch steht auf. »Alle mal herhören, bitte! Die Männer nehmen ihre Teller und Gläser und rücken zwei Plätze weiter. Die Frauen bleiben gemütlich sitzen. Ihr seht toll aus, Ladys, ich liebe eure Frisuren.«

»Jetzt schon? Aber wir sind noch gar nicht mit dem Essen fertig …«, protestiert Bloomie.

»Es gibt nur einen Gang, Darling, falls du das noch nicht bemerkt hast«, kontert Mitch. »Kommt schon, Männer, hopp, hopp.«

Nun sitze ich zwischen Mitch und Benoit.

»Okay. Erzähl uns alles über Tara«, fordere ich Mitch auf.

»Da gibt es nichts zu erzählen, Süße«, entgegnet er lächelnd.

»Du bist heimlich wieder in sie verliebt, du Blödmann!«, ruft Bloomie.

»Schsch!«, faucht er. »Versaut mir das bloß nicht. Sie hat mich ein halbes Jahr am Telefon zappeln lassen, bevor sie mich überhaupt sehen wollte. Wir haben uns letzte Woche zum ersten Mal wiedergetroffen.«

»Zum ersten Mal seit Jahren, oder?«, frage ich.

»Ich habe lange gebraucht, um zu erkennen, dass keine an sie heranreicht«, erwidert Mitch achselzuckend. Ich verkneife mir ein »Ach!«. »Und ich werde nicht zulassen, dass mir dieses Mal jemand dazwischenfunkt. Sie ist perfekt.«

»Wenn du Tara all die Jahre noch geliebt hast … warum hast du dich dann wie ein Ladykiller aufgeführt?«, erkundigt sich Bloomie.

»Nun, Sex ist Sex, und ich war Single«, antwortet er und grinst anzüglich.

»Richtig so, Kollege!«, ruft Tory, die seinen Kommentar mitbekommen hat. Sie beugt sich über den Tisch, um Mitch abzuklatschen.

»Damit ist es jetzt vorbei«, erklärt er und blickt hinüber zu Tara.

»Was ist mit Eddies Schwester?«, hake ich nach. »Sie ist in dich verschossen. Du Idiot.«

»Das war ein Riesenfehler, ja, doch das ist im Suff passiert, und wir haben nur rumgeknutscht«, rechtfertigt er sich und seufzt. »Ich habe ja ein schlechtes Gewissen, aber … was soll ich jetzt machen?«

»Nimm einfach ein bisschen Rücksicht auf sie«, empfehle ich ihm. »Du brauchst ja nicht direkt vor ihren Augen mit Tara herumzumachen oder so.«

»Ich werde Tara bei der erstbesten Gelegenheit aus der Küche locken«, sagt er entschlossen. »Wir verkrümeln uns ins Bett.«

»Das Problem bei diesem Cassoulet ist, dass die Ente

fehlt«, plappert Benoit dazwischen, mit traurigem Blick auf seinen Teller Eintopf.

»Darauf möchte ich anstoßen«, meint Sam und beugt sich mit seinem Glas über den Tisch. Es macht zwar keinen Sinn, aber wir stoßen alle an.

Mein Blick wandert über den Tisch. Jake sitzt nun zwischen Elizabeth und Perry. Ich rechne kurz im Kopf nach. In der nächsten Runde wird er neben mir sitzen.

In der Küche wird es immer lauter und lauter, und die Küchenfenster beschlagen immer mehr. An unserem Tischende entbrennt eine hitzige Debatte über die Frage »String-Tanga oder Slip?«. Wie vorauszusehen war, ist Ant natürlich für Strings, was hauptsächlich auf den nackten Hintern mit Arschgeweih beruht, die er aus seinen Schmuddelblättchen kennt. Mitch dagegen bevorzugt Slips, »besonders in Rot, wisst ihr, die knappen roten«. Benoit bekennt sich dazu, auf keine Unterwäsche zu stehen.

»Und, Ant, was macht die Liebe?«, fragt Bloomie, während Mitch aufsteht, um sich wieder in die Nähe von Tara zu setzen. Ich blicke besorgt zu Emma, doch die unterhält sich gerade mit Perry. Er flirtet mit ihr, glaube ich. Er ist ein viel besserer Fang für Emma, und er ist erst dreiundzwanzig.

»Das ist eine sehr persönliche Frage«, erwidert Ant. »Wie würde es dir gefallen, wenn ich dich fragen würde, ob du mit deinem Sexleben zufrieden bist?«

»Ich würde dir eine scheuern.«

»Genau«, sagt er, schmiert Butter auf ein Stück Baguette und beißt davon ab. Warum können Männer so viele Kohlenhydrate essen, ohne zuzunehmen? Warum nur?

»Hat das was damit zu tun, dass man Single ist?«, überlegt Kate laut. »Ihr glaubt nicht, wie oft ich gefragt werde, ob ich schon einen netten Mann kennengelernt habe … Ich dachte, das passiert nur mir.«

»Nein«, widerspricht ihr Ant. »Das gehört zum Single-Dasein.«

»Aber ich bin erst seit einem Monat Single!«, ereifert sich Kate. »Das ist so ... schräg. Als würden sich plötzlich alle brennend für mein Liebesleben interessieren, obwohl es sie vorher einen feuchten Dreck gekümmert hat.«

»Genau!«, stimmt ihr Ant zu, legt seinen Arm um Kate und versucht, sie an sich zu drücken.

Sie entkommt seinem fadenscheinigen Annäherungsversuch, indem sie aufspringt, um sich ein Glas Weißwein zu holen.

»Oh ... So habe ich das gar nicht gemeint«, meint Bloomie. »Sorry, Ant, Darling. Dein Liebesleben beziehungsweise dein Sexualleben interessiert mich einen Scheiß.«

»Danke, Bloomie, Darling.« Er schenkt ihr ein zuckersüßes Lächeln. »Gleichfalls.«

»Ich liebe diesen Wein«, werfe ich in einem ziemlich durchsichtigen Versuch, das Thema zu wechseln, ein. »Könntest du mir eine neue Flasche geben, Benoit?«

Benoit kippt mit seinem Stuhl zur Seite, um an die Weinflaschen auf der Anrichte heranzukommen, und verliert das Gleichgewicht. Elizabeth eilt sofort an seine Seite, um zu sehen, ob er okay ist, und Benoit, der zunächst nur etwas verlegen wirkte, aber unverletzt, täuscht sofort Schmerzen in der Schulter vor.

»Ich habe mein Abitur in Biologie gemacht«, bemerkt Elizabeth ernst. »Ich denke, wir sollten dich in die Notaufnahme bringen.«

»Ich denke, ich brauche nur eine kleine Massage«, meint Benoit hoffnungsvoll, und Elizabeth beginnt sofort, seine Schulter vorsichtig zu kneten.

»Prost«, sage ich zu Sam, und wir stoßen mit unseren Gläsern an und trinken.

»Mmm, der ist lecker ... Ich habe mal an einer Weinverkostung teilgenommen«, erzählt Sam. »Um Frauen kennenzulernen.«

»Und, hat es funktioniert?«, frage ich.

»Nicht im Geringsten«, antwortet er. »Ich habe nur herausgefunden, dass jeder, der so eine Verkostung mitmacht, ein Wichser ist. Oder hofft, an Frauen heranzukommen.«

Wir lachen, und dann ist es Zeit für die Männer, Plätze zu tauschen. Auf dem iPod laufen gerade französische Coverversionen von Popsongs aus den Sechzigern. Während die Männer sich umsetzen, räumen wir die Teller ab, arrangieren den Käse auf Holzbretter und leeren die riesigen Tüten mit Süßigkeiten (Jake hat heute auf dem Markt darauf bestanden, welche zu kaufen) in große Schüsseln. Ich sehe hinüber zum Tisch. Keiner sitzt da, wo er sitzen soll, der Geräuschpegel ist lauter denn je, und ich spüre, wie der Alkohol mir allmählich in den Kopf steigt. Emma führt widerwillig eine Unterhaltung mit einem sehr hoffnungsvollen Ant und einem selbstsicheren Conor und blickt dabei zwischendurch noch immer mit traurigen Kulleraugen zu Mitch, der ihr den Rücken zugewandt hat und auf Taras Schoß sitzt. Tory spielt lasziv mit ihrem Weinglas an den Lippen und wirft Fraser verführerische Blicke zu. Der scheint sie zu ignorieren und futtert stattdessen den ganzen Käse, der in Reichweite seiner Gabel ist, und plaudert mit Harriet und Neil über Cricket. Laura singt ein schmutziges Lied bis zum Ende, was bei Eugene und Spud hysterisches Gelächter auslöst, während Eddie den Blick nicht von ihr abwenden kann und von einem Ohr zum anderen grinst.

»Hallo«, sagt Jake und setzt sich neben mich, ein Weinglas in der Hand.

»Hallo«, erwidere ich. Ich spüre, dass mein Magen sich zusammenzieht. Verdammt, ich dachte, ich hätte diesen Mist unter Kontrolle.

»Freut mich, dich wiederzusehen«, meint er.

»Mich auch. Und, amüsierst du dich?«

»Ja, wunderbar«, antwortet er. »Ich habe die reizende Laura kennengelernt. Sie hat mir ausführlich geschildert, was für eine supertolle, absolut fantastische Arbeitskollegin du bist und wie du dich gegen irgendeinen Fiesling im Büro durchgesetzt hast und dass dich jetzt alle für eine Superheldin halten.«

»Ha«, sage ich und greife mir eine Handvoll Naschzeug aus der Schüssel.

»Ha? Hm, ich sehe, deine Konversation wird nicht besser, wenn du Wein trinkst, im Gegensatz zu meiner …«

»Also gut … Ich habe gerade gedacht, was für ein lieber Mensch Laura ist und dass ich sie eigentlich gar nicht richtig kenne. Und dass ich mich mehr um sie kümmern muss im Büro, weil ich mir Sorgen mache, dass sie keinen Anschluss findet. Und dass ich froh bin, dass ich diesem Idioten Paroli geboten habe – dem Fiesling, von dem sie dir erzählt hat –, und dass ich das noch vor kurzem nicht fertiggebracht hätte. Und dass ich auf Lakritzkonfekt abfahre und die ganze Schüssel alleine verputzen werde.«

»Mehr brauchst du gar nicht zu sagen«, entgegnet er lachend. »Bewegt sich dein Gehirn immer in so vielen verschiedenen Richtungen?«

Ich nicke. »Manchmal beruhigt es sich auch …«

»Das ist gut«, bemerkt er und lächelt mich an.

Schwupp!, und mein Magen verhält sich wieder still. War auch höchste Zeit. »Dann erzähl mir mal mehr über das andere Tischende.«

»Nun«, beginnt Jake in vertraulichem Ton. »Danach saß ich neben Perry, neben dem ich mir sehr, sehr alt vorkomme, und neben Tara. Die schien aber mehr daran interessiert, was Mitch sagte. Und sonst saßen nur noch Neil und Harriet in meiner Nähe … Die sind einfach … Ich … Mir fehlen die Worte.«

Ich unterdrücke ein Lachen. »Die kannst du dir sparen. Ein Glück für dich, dass du jetzt an diesem Tischende gelandet bist.«

Er nickt zustimmend. »Ein großes Glück. Ich habe mich vor dem Essen auch ein bisschen mit Eugene unterhalten. Netter Kerl.«

»Ja, das ist er.« Ich nicke, Lakritzkonfekt kauend. »Möchtest du einen Ersatz-Malteser? Wie alt bist du eigentlich?« Der Wein und ich haben beschlossen, dass es Zeit ist, Antworten auf die Fragen zu bekommen, die mich seit Wochen beschäftigen.

»Ja, danke. Ich bin zweiunddreißig«, sagt er kauend.

»Das ist schon ziemlich alt, Mann«, meine ich und stecke mir eine Schaumzuckerbanane in den Mund. »Was machst du beruflich? Und woraus zum Henker machen die dieses süße Zeug hier?«

»Ich dachte schon, wir würden uns nie private Fragen stellen«, wirft er ein. Ich lächle. Ich bin völlig locker. »Ich arbeite in einer Bank. Aber ich bin kein Verbrecher. Und ich glaube, das Zeug wird aus Zucker, giftigen E-Nummern und Feenstaub hergestellt.«

»Warum sollte ich dich für einen Verbrecher halten?«, frage ich und versuche, nicht zu lachen. »Ich liebe Feenstaub.«

»Ich habe irgendwie das Gefühl, dass du keine gute Meinung von Bankern hast. Und du, wie alt bist du, was machst du beruflich, kann ich dir noch ein Glas Wein einschenken und hast du irgendwelche Muttermale?«

»Ich bin achtundzwanzig. Ich arbeite in einer Werbeagentur. Ja, gerne. Und ja, ich habe ein Muttermal in der Form von Madagaskar, innen am rechten Oberschenkel.«

»Wie faszinierend ...«

»Hey, ihr zwei!«, funkt Bloomie dazwischen. »Wir machen gerade eine Umfrage. Dein allerschlimmstes erstes Date. Kate?«

»Ähm, tja, der eine kam zwanzig Minuten zu spät, und als er endlich auftauchte, meinte er …« Kate unterbricht sich, und ich muss grinsen, weil ich weiß, was als Nächstes kommt und wie schwer es ihr fällt, das auszusprechen. »›Sorry, dass ich zu spät komme. Ich musste noch dringend ein Ei legen.‹« Sie schüttelt den Kopf. »Ehrlich.«

Die anderen brechen brüllend zusammen.

»Ich hatte mal ein Date mit einer, die ständig vor sich hin gemurmelt und so getan hat, als wäre ein Insekt auf ihr gelandet«, sagt Eddie. »So …« Er beginnt, nervös mit dem Kopf zu wackeln und sich immer wieder auf den Oberarm zu klatschen. »Im Nachhinein wird mir klar, dass die Alte einen totalen Dachschaden hatte.«

»Okay, mein Erlebnis war zwar nicht *so* schlimm, aber ich hatte einmal ein Date, ohne dass ich den Namen von dem Kerl wusste«, erzähle ich. »Ich meine, wir haben uns in einer Bar kennengelernt, und irgendwie ist mir sein Name entgangen. Wir haben uns eine Weile unterhalten, und dann wollte er meine Nummer haben, und da war es schon zu spät, um zu fragen …«

»Ist es aufgefallen?«, fragt Jake lachend.

»Ja. Er hat mich zum Essen eingeladen. Nach ein paar Stunden muss es ihm gedämmert haben, denn er hat mich direkt gefragt, ob ich seinen Namen weiß, woraufhin ich sagte: ›Ben …?‹ Da ist er aufgestanden und gegangen.«

»Gott, kein Wunder, dass du mit den Dates aufgehört hast, wenn du dich immer so anstellst«, bemerkt Ant. Ich sehe ihn scharf an. Ich möchte jetzt nicht über meine Auszeit reden. Nicht in Anwesenheit von Jake. Eigentlich überhaupt nicht. Und das ist nicht nur wegen Regel Nr. 4.

»Also schön, also schön«, lenkt Jake ein. »Eine Frau, mit der ich mal ein Date hatte, ist auf der Restauranttoilette eingeschlafen. Ich würde ja gerne behaupten, sie litt an der Schlafkrankheit …« Er macht eine Pause und wartet, dass alle sich wieder beruhigen. »Aber ich glaube, sie war einfach nur betrunken und gelangweilt. Ich musste die Kellnerin bitten, nach ihr zu sehen.«

»Oh, ich habe auch einen«, sagt Tory. »Ich habe mal so 'nen Typen bei unserem ersten Date auf eine Party mitgenommen, nicht? Ich hatte einen tollen Abend, aber der Kerl, neben dem ich am nächsten Morgen aufgewacht bin, war nicht mein Date. Und haltet euch fest: Sie hatten beide das gleiche Hemd an! Ist das nicht schräg?«

Ich lache Tränen, und sogar Tory muss über sich selbst kichern. Der Lärmpegel in der Küche erreicht neue Höhen, und die Atmosphäre ist aufgeheizt. Ich ziehe eins meiner langärmligen T-Shirts aus und nehme aus dem Augenwinkel wahr, dass Jake mich dabei beobachtet.

»Okay, ich bin dran«, meldet sich Benoit zu Wort. »Kurz nachdem ich nach London gezogen bin, hatte ich ein Date mit einer Frau, die mir gleich beim ersten Mal erzählte, dass sie auf ›harte Sachen‹ steht.« Allgemeines Gelächter. »Mir war allerdings nicht klar, was sie damit meinte – ich dachte, sie spricht von Musik. Ein paar Wochen später …« Er macht absichtlich eine Pause. »… gingen wir zusammen nach Hause … Und dann wollte sie, dass ich an ihren Haaren zerre und ihr so fest wie möglich den Hintern versohle.« Er schildert das mit fast unbewegter Miene, bis wir brüllend zusammenbrechen und er selbst lachen muss.

»Bloomie! Du bist dran!«, sage ich.

»Ähm … Ich hatte mal ein Date mit einem Kerl, bei dem ich das Gefühl nicht loswurde, dass er gar kein Single war … Ich kann es nicht erklären, es war einfach so ein Gefühl. Also habe ich ihn gefragt, und er meinte: ›Um ehrlich zu sein, ich habe seit ein paar Wochen eine flüchtige Affäre.‹ Einen Monat später fand ich heraus, dass er verheiratet war und ein Kind hatte.«

Alle keuchen entsetzt.

»Oh, Shit. Sollte ich in Zukunft meine Frau und die Kinder zu den Dates mitnehmen?«, überlegt Jake laut.

»Oh, dabei fällt mir noch so ein Scheißkerl ein, obwohl das nichts mit dem ersten Date zu tun hat«, fährt Bloomie fort. »Ich war mal mit einem Typen zusammen, der mit mir Schluss gemacht hat, indem er einfach mein Facebook-Profil löschte und seinen Status in ›Single‹ änderte. Nicht, dass ich sein Profil hätte lesen können. Ich war ja schließlich gelöscht.«

»Was für ein kranker Typ macht denn so etwas?«, erkundigt sich Jake. »Und was sind das für Menschen, die täglich ihren Status aktualisieren? Jake … isst gerade Porridge. Jake … zahlt Steuern. Jake … kaut gerade.« Er lässt den Kopf auf die Brust fallen und beginnt laut zu schnarchen.

Während wir lachen, beugt Bloomie sich zu mir herüber und flüstert mir »Jake … ist ein Fisch, den ich gerne schuppen würde« ins Ohr. Ich antworte mit meinem »Halt gefälligst die Klappe«-Gesicht.

»Du findest Facebook nur doof, weil du zu alt dafür bist!«, ruft Emma vom anderen Tischende herüber.

»Genau!«, stimmt Elizabeth ihr zu. Die Zwillinge klatschen sich ab. Emma macht nun einen fröhlicheren Eindruck, aber inwiefern das am Wein und an Conors Arm auf ihrer Stuhllehne liegt, kann ich nicht beurteilen.

»Autsch«, sagt Jake.

»Du stehst auf Facebook?«, fragt Ant und dreht sich zu Emma. »Dann kann ich dich ja mal anchatten.«

Eddie wirft Ant einen finsteren Blick zu und sieht dann zum Fenster, dessen Scheiben noch immer beschlagen sind. »Ich glaube, es hat aufgehört zu regnen …«, bemerkt er und verrenkt den Hals. »Ja, es hat aufgehört! Los, alle Mann nach draußen! Hier drinnen geht man ein vor Hitze.«

Wir strömen hinaus auf den nassen Rasen, zünden uns Zigaretten an, lästern laut übereinander und lachen über

Mitch, der versucht, die anderen zu bewegen, die Stühle herauszuholen, damit wir uns alle wieder in die richtige Reihenfolge setzen.

»Kommt schon, Leute! Das wird bestimmt lustig!«, ruft er.

Eddie läuft zurück ins Haus, um die Außenlautsprecher einzuschalten, die seine Eltern eigens für ihre zahlreichen Sommerpartys angebracht haben. Er legt einen Achtziger-Mix auf, und Ray Parker Jr. singt »Ghostbusters«.

Mittlerweile sind alle ziemlich betrunken, und Bloomie und ich beginnen im Achtziger-Stil zu tanzen (rhythmisches Fingerschnipsen und Beinkicken, viel Schultereinsatz) und singen lauthals (und grottenfalsch) mit.

Ich schaue mich um und entdecke Jake, der Sam auslacht, weil dieser auf der Stelle hüpft und mit geschlossenen Augen mitsingt.

Das nächste Lied ist »Love is a battlefield« von Pat Benatar. Bloomie springt auf den langen Terrassentisch und beginnt, auf und ab zu stolzieren, als wäre es eine Bühne.

Und dann kommt einer meiner Lieblingssongs: »Sweet child of mine« von Guns N'Roses.

Sie mögen vielleicht den Eindruck haben, dass ich gewisse Mauerblümchen-Tendenzen zeige, wegen meines Mantras und meines nervösen Magens und so, aber wenn Slash spielt, bin ich die Luftgitarrenqueen, und nichts kann mich aufhalten.

Innerhalb von zwei Sekunden nach dem ersten Takt stehe ich auf dem Tisch neben Bloomie, meine Luftgitarre in Unterleibshöhe, genau wie Slash, den Kopf in stiller Konzentration auf das perfekte Wimmern, das ich aus meinem Instrument heraushole, nach unten gesenkt. Bloomie ist Axl, singt mit einem imaginären Mikro und lehnt sich mit dem Rücken gegen mich wie die perfekte Bühnenpartnerin. Als das Lied endet, hebe ich den Kopf. Jake spricht gerade mit Sam und Eugene, und hin und wieder schauen sie lachend zu uns. Tief in meinem Hinterkopf sagt mir eine leise Stimme, dass ich das morgen vermutlich bereuen werde. Ich ignoriere sie.

Ich halte noch immer meine Luftgitarre und blicke mich um. Kate ist drüben vor dem Fenster und tanzt mit Spud, der seltsame Verrenkungen macht, Emma lehnt an der Hauswand mit einem Glas Wein und unterhält sich mit Conor und Perry, und Benoit schäkert mit Elizabeth und macht ein schmerzverzerrtes, tapferes Gesicht, als sie ihm wieder die Schulter massiert. Alle reden und trinken und lachen. Stimmen, die vom anderen Ende des Gartens dringen, wecken meine Aufmerksamkeit. Ant und Harriet spielen eine Art Tennis auf dem Tennisplatz. Ich bin froh, dass endlich jemand etwas macht, was Harriet gefällt.

Ich sehe zum Haus, als das nächste Lied beginnt – »Only the good die young« von Billy Joel. Bloomie und ich wechseln einen Blick und sind uns wortlos einig, dass wir den Song nicht gut genug kennen, um ihn auf der Bühne zu performen, weshalb wir vom Tisch klettern.

Eugene, Sam und Jake kommen zu uns herüber und klatschen Beifall. Wir verbeugen uns lächelnd.

»Keine Autogramme, keine Presse, kein Kommentar«, sage ich und hebe eine Hand hoch.

»Wo sind die Groupies?«, erkundigt sich Bloomie in ihrer besten Nachahmung eines amerikanischen Rockstars. (Keine besonders gute.)

Sam und Jake spielen daraufhin scheinbar zwei Groupies, und Bloomie lässt sie so tun, als würden sie ihr die Füße küssen. Eugene lacht.

Ich lächle ihn an. »Ich freue mich so … für euch beide«, bemerke ich. Das liegt ein bisschen am Wein, aber es ist einfach wahr. Die zwei scheinen wirklich wunderbar zusammenzupassen.

»Ich mich auch«, erwidert er. »Ich habe noch nie eine Frau wie sie kennengelernt. Sie ist unglaublich.« Auch aus ihm spricht ein bisschen der Wein, doch ich weiß, dass er es aufrichtig meint. Er ist überhaupt kein Monk, denke ich. Er ist sanft und klug und genau der Richtige für Bloomie. Ich hoffe, die beiden werden heiraten.

Eddie und Laura kommen mit vier verschiedenen Schnapssorten, einer Flasche Tequila und einer Flasche Sambuca aus der Küche.

»Köpfe auf den Tisch!«, brüllt Eddie.

Ach du meine Güte.

»Darling … muss das sein?«, fragt Bloomie.

»Meine Party, meine Regeln«, entgegnet Eddie in bestimmtem Ton.

»Guter Junge!«, sagt Mitch, schnappt sich Taras Hand und verschwindet prompt mit ihr im Haus.

»Okay! Ihr setzt euch jetzt alle umgekehrt auf die Bank und legt den Hinterkopf auf den Tisch«, weist uns Laura energisch an. Wow, ich hoffe, sie zeigt auch mal bei der Arbeit so viel Autorität.

»Müssen wir jetzt in irgendeinem Mund Margaritas mixen oder so?«, will Kate wissen, die mit Spud herüberkommt.

»Nicht in Oxfordshire«, antwortet Eddie. »Hier saufen wir bloß das verdammte Zeug.«

Alle versammeln sich um den Tisch und setzen sich gehorsam auf die Bank, mit dem Rücken zum Tisch – ich sitze zwischen Emma und Kate –, während Laura auf den Tisch mit einer Schnapsflasche in jeder Hand steigt.

»Apfel und Pfirsich!«, ruft sie.

»Himmel, ich hoffe, wir erwischen nicht Apfel«, murmelt Kate.

»Wo ist Mitch?«, fragt Emma. Allerdings klingt es eher wie »Woossmitsch«. Sie ist total dicht.

»Und LOS!«, schreit Laura. Sie gießt den ersten beiden Schnaps in den offenen Mund und geht dann weiter zu den nächsten beiden. Als sie zu mir kommt, klappe ich die Zungenspitze hoch, damit mein Mund schneller voll ist und ich nicht so viel Schnaps erwische. (Ganz schön clever, was?)

Nachdem ich gegurgelt, geschluckt, gejapst und gerülpst habe, stehe ich auf und sehe mich beiläufig nach Jake um. (Das ist ein automatischer Reflex heute Abend. Mir ist mehr oder weniger bewusst, wo er ist und was er die meiste Zeit macht, ohne darüber nachdenken zu müssen.) Und wer hätte es geahnt, er kommt gerade auf mich zu.

»Hat dir das gefallen, Cocktailbiest?«

»Oh ja, unheimlich«, sage ich.

Jake macht einen Schritt auf mich zu, und seine Hand nähert sich meinem Gesicht. Ich sehe ihn erschrocken an. Will er mich küssen? Jetzt? Hier? Vor den anderen? Dann streift er nur mit dem Daumen über meinen Mundwinkel und steckt ihn anschließend in den Mund.

Die Geste ist gar nicht so verführerisch, wie es sich anhört. Sie ist einfach nur irgendwie süß.

»Du hattest da noch etwas Schnaps«, meint er entschuldigend.

Ich will gerade etwas erwidern, als es wieder zu regnen beginnt. Wie am Nachmittag, nur dass es sich nicht von einem leisen Nieseln über ein beständiges Tropfen zu heftigem Niederschlag steigert, sondern sofort ein heftiger Platzregen einsetzt. Es ist die Art von Regen, die man hören kann.

Als Nächstes wechselt die Musik von Hall&Oates' »Maneater« zu »ABC« von den Jackson 5 in derselben Sekunde, als der Himmel die Schleusen öffnet, und alle – in ausnahmslos betrunkenem Zustand – kreischen vor Freude und beginnen, im Regen zu tanzen. Dann nimmt Conor Anlauf über die Wiese, lässt sich auf die Knie fallen und schlittert ungefähr fünf Meter weit. Das muss weh getan haben, aber er springt sofort wieder auf und bejubelt sich selbst.

Und dann beginnt die große Rutschpartie.

Überall tummeln sich Leute, die kreuz und quer über den Rasen schlittern, gleiten und rutschen. Eddie läuft ins Haus und kehrt mit einer Flasche Spülmittel und einer Flasche Pflanzenöl zurück. (Das ist wahrscheinlich der Moment, in dem die Partygötter das Wochenende als »außer Kontrolle geraten« bezeichneten.) Keine fünf Minuten später ist der Rasen ein schäumendes, öliges Chaos. Ich rutsche und gleite mit den Besten. Conor – eindeutig ein geübter Rasengleiter – rennt in die Küche und kommt gleich darauf mit ein paar Müllsäcken zurück.

»Rasenschlitten! Rasenschlitten!«, ist alles, was er sagen kann. Spud nickt, schnappt sich einen Müllsack und schmiert eine Seite mit Öl und Spülmittel ein. Er legt die eingeölte Seite auf den Boden, setzt sich auf den Plastiksack, und Conor beugt sich herunter, um ihn zu dem kleinen Hang zu schieben, der zu den Tennisplätzen hinabführt. Als sie die Anhöhe erreicht haben, bleibt Conor stehen und Spud rutscht auf seinem Müllsack-Schlitten nach unten und schreit den ganzen Weg sehr unmännlich »Uiii!« Natürlich will danach jeder einen Müllsack haben, und es verstreichen gute zwanzig Minuten, bevor wir die Lust am Rutschen verlieren. Danach ist wieder Zeit für eine Abfüllrunde, bevor das nächste Schlittenrennen ansteht.

Es regnet nach wie vor und wir sind völlig durchnässt, voller Gras und Schlamm, aber keinen scheint es zu stören.

Ich entdecke Jake, Kate und Sam in einem Blumenbeet am Ende des Gartens, wo sie sich vor Lachen kringeln. Eugene und Bloomie knutschen in einer Hecke hinter einem Baum. Und – ich schaue genauer hin – es sieht aus, als würden auch Laura und Eddie sich an einem anderen Baum küssen. Elizabeth und Benoit sind kurz davor, miteinander herumzuknutschen. Emma gießt sich und Perry Schnaps nach. Die anderen schlittern lachend um sie herum und fallen übereinander. Es ist das pure Chaos: wie eine Junggesellenparty aus einem Achtziger-Film. Jeden Moment wird eins der Mädchen unabsichtlich absichtlich ihr Bikinioberteil verlieren und einer der Jungs seine Jungfräulichkeit.

Ich brauche eine Pause. Ich drehe mich um und gehe zurück zum Haus.

»Hallo, Prinzessin«, lächelt Conor mich an, der Mann, der alles ins Rutschen gebracht hat. Jetzt hockt er glücklich am Tisch im Regen, voller Schlamm und Gras, und beobachtet das Chaos, das er angerichtet hat. »Komm doch mal her zu mir, du. Hier ist noch ein Plätzchen frei.« Diese Iren und ihr verrückter Satzbau. Er schenkt mir ein strahlendes Lächeln und klopft auf die Bank neben sich. Ah, jetzt fällt es mir wieder ein. Conor kommt bei Frauen ziemlich gut an. Und er weiß es.

»Du bist wirklich eine Stimmungskanone, nicht wahr?«, sage ich, ohne seiner Aufforderung nachzukommen.

»Ich habe eine Begabung dafür«, entgegnet er. »Und ist es nicht so, dass sich alle köstlich amüsieren?«

Ich lache und beschließe hineinzugehen, um eine zu qualmen, da es draußen zu stark regnet, und ein bisschen Zigarettenqualm wird in der Küche nicht viel Schaden anrichten, nach allem, was sie hinter sich hat. Kate bewegt sich auch auf das Haus zu, und ich gebe ihr ein Zeichen, eine zu rauchen. Sie nickt, und wir gehen gemeinsam in die Küche.

Kapitel 30

Wir setzen uns an das Kopfende des Tisches.

»Ich liebe es, drinnen zu rauchen«, sagt Kate glücklich. »Ein echter Genuss.«

»Wie ist denn der aktuelle Stand mit Perry?«, frage ich, gebe ihr Feuer und zünde mir auch eine an. Wir können noch immer von draußen lautes Gröhlen hören, und nun läuft auf dem iPod »The heat is on« von Glenn Frey. In Kates Haaren steckt ein kleiner Zweig. Ich ziehe ihn heraus, und sie blickt stirnrunzelnd darauf, als könne sie sich beim besten Willen nicht erinnern, wie er da hingelangt ist.

»Unverändert«, entgegnet sie mit einem Achselzucken. »Er besäuft sich mit Emma. Anscheinend hatte sie dieses Jahr was mit einem Freund von ihm in Verbier. Darauf stoßen sie gerade an … Trotzdem finde ich, er sollte der erste Mann sein, der mich nach meiner Trennung küsst.«

»Was ist mit Sam?«, erkundige ich mich.

»Der ist hackedicht«, erwidert sie. »Außerdem war er mir ein bisschen zu … verschmust, als wir mit unseren Rasenschlitten zusammengekracht sind.«

Ich muss lachen. Zu verschmust. Armer Sam.

»Ist meine Wimperntusche verschmiert?«, will Kate von mir wissen. Sie hat überall Dreckspritzer im Gesicht.

»Nur ein bisschen«, beruhige ich sie, befeuchte eine Serviette mit der Zunge und tupfe vorsichtig die Tuscheflecken ab. »Und meine?«

»Hier …«, meint sie und macht dasselbe für mich. »So, wieder hübsch.«

Draußen wird jetzt »Faith« von George Michael gespielt.

»Und was ist mit Jake?«, hakt Kate nach und ascht sorfältig ab.

Ich zucke mit den Achseln. »Ich … Mal abwarten …«

In diesem Moment betritt Jake die Küche.

Ein Glück, dass er nicht drei Sekunden schneller war.

»Darf ich euch für eine Kippe Gesellschaft leisten?«, fragt er.

»Klar«, antworten wir gleichzeitig, und er setzt sich zu uns.

»Und, Ladys, genießt ihr den Abend?«, erkundigt er sich, während er sich mit geübter Präzision seine Zigarette anzündet.

»Bist du ein ehemaliger Raucher?«, frage ich.

Er nickt. »Irgendwann muss man damit aufhören. Bei mir war es der dreißigste Geburtstag. Das ist der Zeitpunkt, wo man zum ersten Mal Bilanz zieht und ein bisschen erwachsener wird.«

»Wie spießig«, sage ich.

»Stimmt«, entgegnet er.

»Ist Sam genauso alt wie du?«, will Kate jetzt wissen. Draußen haben die Männer ein Spiel begonnen, das daraus zu bestehen scheint, die anderen so hart wie möglich umzurennen. Sam brüllt in voller Lautstärke.

Jake beginnt zu lachen. »Er hat heute nicht seinen besten Abend, aber ja … Er ist genauso alt wie ich, zweiunddreißig. Normalerweise trinkt er gar nicht so viel. Ich denke, er hat sich von der ganzen Aufregung ein bisschen anstecken lassen.«

»Er war vorhin auf der Wiese ein bisschen verschmust«, bemerkt Kate in missbiligendem Ton.

»Sie meint aufdringlich«, erkläre ich.

»Oh Gott, wirklich? Aber er hat doch hoffentlich nicht die A-Körperteile begrapscht?«, gibt Jake entsetzt zurück.

»Nein, nicht ganz so schlimm … Er war einfach … verschmust.«

»Er ist eben ein verschmuster Kerl«, meint Jake. »Aber morgen wird er sich zu Tode schämen, wenn er erfährt, dass er dich belästigt hat. Normalerweise ist er nicht so.«

Plötzlich stürzt Emma in die Küche. Sie ist voller Dreck und Gras und schwankt leicht.

»Schaschwossmisch?«, fragt sie aufgebracht.

Oh, Scheiße. »Ich glaube, er liegt schon im Bett, Em.«

Sie sieht aus, als würde sie jeden Moment losheulen, doch dann muss sie heftig würgen und rennt zur Gästetoilette. Wenige Sekunden später hören wir laute Brechgeräusche. Ich werfe einen erschrockenen Blick zu Jake und Kate und laufe Emma rasch hinterher.

»Süße, lass alles raus, und danach verfrachte ich dich ins Bett«, sage ich. »Morgen wirst du dich besser fühlen.«

Sie kann nicht antworten, aber ich höre, dass sie zwischen ihren Würgeattacken weint. Ich klopfe ihr sanft auf den Rücken, während sie eine Weile weiterkotzt. Oh, unglücklich und betrunken zu sein, ist eine schreckliche Sache.

»Ich kümmere mich um sie«, bietet Elizabeth mir an, die hinter mir hereinkommt. »Sie wird schon wieder. Trotzdem ist Mitch ein verdammter Scheißkerl.«

»Ich weiß, es sieht vielleicht so aus, aber ich glaube nicht, dass Mitch ihr absichtlich weh tun wollte …«, erwidere ich. »Er fährt schon seit Jahren heimlich auf Tara ab, und sie waren vor sehr langer Zeit auch mal ein Paar. Außerdem ist er sowieso viel zu alt für Em. Sie kann einen Besseren finden.«

Wow. Das ist ein verdammt vernünftiger Rat. Habe ich das wirklich gesagt?

Emma steht auf und sieht mich tränenüberströmt an, während Elizabeth ihr die Kotze im Gesicht mit Toilettenpapier abwischt. »Tara ist seine Exfreundin? Keine neue?«

»Genau«, bestätige ich. »Das ist schon viele Jahre her. Die beiden haben erst seit kurzem wieder Kontakt. Darum darfst du dir das nicht zu Herzen nehmen. Das hat nichts mit dir zu tun.«

Emma nickt unter Tränen, dann schlurft sie mit Elizabeth aus der Toilette und nach oben in ihr Zimmer. Ich fühle mich wie ihre Mutter. Ich hoffe, Emma erholt sich schnell.

Ich kehre zurück an den Küchentisch, zünde mir die nächste Zigarette an und stoße ein altkluges Seufzen aus. »Diese Kinder heutzutage! Gut. Wo waren wir stehen geblieben … Ach ja, was sind denn die A-Körperteile?«, frage ich.

»Tolle Arbeit. Du solltest Seelsorgerin werden«, sagt Jake.

»Ich bin die Herrin aller Trennungen«, gebe ich seufzend zurück. »Die arme Emma. Sie ist wahrscheinlich schon in Mitch verliebt, seit sie acht war.«

Kate nickt und lässt ihre Zigarette in eine Weinflasche fallen. »Genau, da wir gerade von verliebt sprechen … Ich werde jetzt meinen kleinen Schatz suchen. Es ist höchste Zeit, dass wir diesen verdammten ersten Kuss endlich hinter uns bringen.«

Sie verlässt zielstrebig die Küche, und Jake wendet sich zu mir.

»Wovon zum Henker redet sie? Will sie einen … Hobbit küssen oder was?«

Ich erkläre ihm kurz das von Kates Trennung und ihrem Entschluss, dass der Erste, den sie küssen wird, Perry ist.

»Schade. Ich glaube, Sam hat sich ein bisschen in sie verguckt …«, meint Jake. »Perry? Wirklich? Er ist so … jung. Er passt besser zu den Zwillingen.«

»Wir mögen es jung«, antworte ich lässig und lasse meine Zigarettenkippe in die Weinflasche fallen. Plötzlich fällt mir ein, dass ich völlig verdreckt bin. Der Schmutz bildet bereits Krusten, und außerdem ist mir kalt. Ich sollte nach oben gehen und mich umziehen, aber ich habe keine Lust, vom Tisch aufzustehen. Niemals wieder.

»Ach ja?«, entgegnet er und grinst mich an. Ich grinse zurück. Ich habe vergessen, was er gerade gesagt hat. Wir sitzen in einer leeren Küche, an einem Tisch, über den Essensreste und Weinflaschen verteilt sind, inmitten eines totalen Chaos … doch das Einzige, was ich klar und deutlich sehen kann, ist Jake. Der dreckverschmierte, ungeheuer begehrenswerte Jake mit den Lachfältchen. Alles andere ist verschwommen. (Das könnte natürlich am Alkohol liegen.)

Die Musik verstummt, weil die Achtziger-Playlist offenbar durchgespielt ist, aber draußen sind alle zu betrunken und zu sehr beschäftigt damit, Chaos anzurichten, als dass es einer bemerken würde. Abgesehen von vereinzelten Rufen und Schreien und dem Geräusch des Regens ist es in der Küche fast totenstill.

Oh Mann, die sexuelle Anspannung in der Luft könnte man glatt mit … irgendeinem Schneidewerkzeug durchtrennen. Hm … Soso? Was? Oje, meine Gedanken schweifen ab … Ich kann nicht aufhören, Jake anzulächeln, der mich anlächelt, und wir lächeln uns gegenseitig an, und es ist sehr … prickelnd und schön.

»Komm mal her«, sagt er und beugt sich über den Tisch.

»Du bist so dominant …«, entgegne ich scherzhaft, aber – Sie wissen ja, dass ich es mag, charmant herumkommandiert zu werden – ich beuge den Kopf zu ihm vor.

Das ist der beste Part. Die fünf Sekunden, wenn man ganz sicher weiß, dass man gleich zum ersten Mal jemanden küssen wird, und nicht genau weiß, wie es sein wird, sich allerdings ziemlich sicher ist, dass es toll wird, und man den anderen anlächelt und dieser zurücklächelt, und es ist einfach … der beste Part. Manchmal ist die Vorfreude besser als der Kuss selbst.

Nicht jedoch dieses Mal.

Weil es nämlich nicht zu einem Kuss kommt. Mit einem lauten Poltern platzt Tory in die Küche, und ich ziehe gerade noch rechtzeitig meinen Kopf zurück. Sie stapft durch den Raum, ohne uns zu beachten, und marschiert direkt hinaus in den Garten.

Jake und ich sehen uns an. Das war schräg.

Ich hoffe gerade, dass wir dort weitermachen, wo wir aufgehört haben, als Fraser laut schnaufend hereingestürmt kommt.

»Oh, hallo, Leute«, sagt er, offenbar überrascht, uns zu sehen. »Ihr habt nicht zufällig Tory gesehen, oder?«

»Sie ist draußen«, antworte ich in der Hoffnung, dass er ihr folgt.

»Gut. Dann kann ich mich ja hier bei euch beiden verstecken«, meint er und nähert sich dem Tisch. Jake dreht den Kopf zu mir und macht ein »Was zum Teufel?«-Gesicht, das Fraser nicht sehen kann, dann wendet er es wieder ab.

»Ärger im Paradies, Fraser?«

»Öh, ja … Kann ich eine Kippe haben? Danke. Ja, sie ist sehr, äh, fordernd. Ich habe die ganze Zeit versucht, mit ihr zu reden, um, na ja, die Sache zu beenden, aber sie hört mir nicht zu. Und nachdem sie …« Er unterbricht sich, stößt den Rauch aus und macht ein verlegenes Gesicht.

»Dich blamiert hat?«, schlage ich vor, während ich zwei Zigaretten aus der Schachtel nehme, sie anzünde und eine davon Jake gebe.

»Ja, danach hat sie gesagt, dass sie mich satthat und Schluss machen möchte. Daraufhin habe ich gesagt, das versuche ich dir schon die ganze Zeit mitzuteilen. Du hättest mir mal zuhören sollen, statt mich die ganze Zeit herumzukommandieren wie ein verfluchter Oberfeldwebel. Dann hat sie ihr Höschen angezogen und ist aus dem Zimmer gerannt.«

Ich sehe Fraser mitfühlend an, doch aus dem Augenwinkel nehme ich wahr, dass Jake die Hand auf den Mund presst, um ein Lachen zu unterdrücken. Ich muss prompt kichern, was ich mit einem Husten zu verbergen versuche. Jake ist nun nicht mehr in der Lage, sich zusammenzureißen, und prustet laut los, womit er mich sofort ansteckt.

Fraser, der im ersten Moment perplex wirkt, beginnt nun auch zu lachen und sagt, unterbrochen von Wieheranfällen: »Okay, ich kann nachvollziehen, dass das … ziemlich lustig klingt. Ich habe zu ihr gesagt, sie soll es nicht falsch verstehen, aber ihr wisst ja, sie nimmt es immer, wie sie es, äh, braucht …«

»Fraser!«, rufe ich. »Du Schwein. Red nicht so schlecht von deiner Freundin.«

»Exfreundin«, verbessert er mich. »Definitiv ex …«

Eddie betritt die Küche, händchenhaltend mit Laura. »Wir haben keinen Stoff mehr für das Saufspiel«, erklärt er.

Gleich darauf taumelt Sam herein, mit schlimmem Silberblick.

»Wo ist Kate?«, fragt er leicht lallend, bevor er zum anderen Ende des Tischs weitertorkelt und auf einen Stuhl sackt.

»Was ist hier eigentlich los?«, will Eddie wissen. »Tory kam gerade herausgestürmt und ist schnurstracks zu den Tennisplätzen verschwunden … Ich habe den Eindruck, Ant und Harriet spielen Striptennis, und Neil schaut zu.«

Jake und ich sehen uns an und beginnen wieder zu lachen.

»Laura, kannst du das machen, worüber wir gesprochen haben?«, bittet Eddie sie, steht auf und geht zur Küchentheke. Er nimmt eine große Schere aus der Schublade und fuchtelt aufgeregt damit herum.

»Ja!«, quietscht Laura vergnügt, läuft zu ihm hinüber und kniet sich neben ihn. Dann beginnt sie, die Hosenbeine von Eddies dreckiger, schlammverkrusteter Jeans direkt unter dem Schritt abzuschneiden, sodass nur knappe Jeansshorts übrig bleiben.

»Siehst du? Siehst du? Habe ich nicht tolle Beine?«, ruft Eddie und dreht sich, während er stolz seine muskulösen Oberschenkel präsentiert.

Laura nickt. »Ja! Echt hübsch.«

Eddie schaut zu uns herüber, während wir mit offenem Mund zurückstarren (außer Sam, der am anderen Tischende eingeschlafen ist), dann blickt er auf die Hosenbeine, die tot auf dem Boden liegen, und zuckt mit den Achseln. »Den Dreck hätte ich sowieso nie ganz rausbekommen. Und es war sauschwer, darin zu gehen.«

»Ich will auch kurze Jeans!«, ruft Fraser.

Laura macht sich sofort ans Werk, während Eddie alles überwacht.

Ich sehe Jake an. Die werden wir nicht mehr so schnell los.

»Hast du nicht gesagt, du hast gesehen, dass in der Speisekammer Gin und, äh, Kochsherry sind?«, fragt Jake mich mit hochgezogenen Augenbrauen.

»Habe ich das? ... Oh. Ja, habe ich. Ich zeige es dir«, sage ich.

Ich stehe auf und gehe hinüber zur Speisekammer, während Jake mir folgt. Eddie, Laura und Fraser unterhalten sich noch immer über abgeschnittene Jeans und scheinen uns gar nicht zu beachten. Leise Schnarchgeräusche von Sam lassen vermuten, dass er heute Abend mit niemandem mehr schmusen wird.

Kaum stehen wir in der Speisekammer, drehe ich mich blitzschnell um und sehe ihn an. Wir stehen so eng beieinander, dass ich fast seine Körperwärme spüre. Mein Herz hämmert wie verrückt, und ich fröstle vor Aufregung oder Kälte oder Dreck – ich bin mir nicht sicher, was davon zutrifft. Zwei lange Sekunden ist die herrliche Vorfeude von eben noch millionenfach größer. Dann beugt er sich vor, und wir küssen uns.

Ich werde jetzt nicht ins Detail gehen, was den Kuss betrifft. Sie haben selbst schon geküsst. Sie wissen also, dass Küssen zu den schönsten Dingen auf der Welt zählt, besonders wenn man es mit jemandem tut, der volle, warme Lippen hat, und lange Arme, die einen festhalten, und dessen Kussinstinkte perfekt mit den eigenen harmonieren. Genau die richtige Dosis Zunge, Druck, Lippenöffnung, zwischendurch Liebkosungen von Kinn, Kiefer, Mundwinkel und Ohrläppchen. Und genau das erleben wir.

Nach ein paar Minuten perfekten Küssens hebt Jake den Kopf und grinst mich an. Regel Nr. 8 ist in tausend Stücke zerschellt.

»Das war allerhöchste Zeit«, meint er.

»Ich denke, du solltest wissen, dass ich dich nur wegen dem Fisch-Wortspiel geküsst habe«, gebe ich zurück. »Hättest du nicht ›Lachs, das war sein letztes Wort‹ gesagt, dann würde ich jetzt mit Ant Striptennis spielen.«

»Pst, Cocktailbiest …«, antwortet er und küsst mich wieder, wobei er mich tiefer in die Speisekammer hineinschiebt. Während der nächsten Minuten bin ich nur auf das Küssen konzentriert und verliere mich in dem schönen Gefühl, mit den Händen in seine Haare zu greifen – sie sind weicher, als ich dachte – und seinen Rücken, seinen Hals und seine Arme zu streicheln. (Oh, hören Sie auf zu kichern. Hätten Sie so sehr darüber nachgedacht, einen Mann zu küssen, wie ich darüber nachgedacht habe, Jake zu küssen, dann würden Sie sich genauso verhalten, da bin ich mir sicher.)

»Was stellt ihr da drinnen eigentlich an?«, ruft Eddie. »Wie lange dauert es denn noch, um den verdammten Kochsherry zu finden?«

»Wir haben ihn gefunden, kommen aber nicht richtig dran!«, ruft Jake zurück.

Dann (wie Sie das genauso tun würden, wenn Sie einen tollen Mann in einer Speisekammer küssen würden) werden wir leidenschaftlicher und stoßen uns gegen die Regale. Sehr stürmisch. Natürlich ist das jetzt nicht mehr leidenschaftlich, sondern lustig, aber trotzdem – verurteilen Sie mich nicht dafür – irgendwie sexy. Das lustige Geknutsche und Herumgeschiebe geht noch ein paar Minuten weiter, bis Jake mich einmal zu viel gegen das Regal drückt, das daraufhin zusammenkracht, sodass Reis und Mehl und Puderzucker und Rohrzucker und Gewürze und ein großes hohes Glas mit trockenen Linguini sich auf dem Boden verteilen. Vor Schreck bleibt mir kurz die Luft weg, und nach drei Sekunden Pause müssen wir beide so sehr lachen, dass wir kein Wort mehr herausbringen.

Der Boden ist mit Pulverhügeln in verschiedenen Farben übersät. An einem rinnt langsam Ahornsirup herunter. Die Linguini machen ihr eigenes Mikadospiel.

Fraser, Eddie und Laura schieben die Tür der Speisekammer auf.

»Himmel«, sagt Eddie. »Das ist mal was ganz Neues.«

»Wir machen das sofort sauber!«, rufe ich. »Irgendwo in der Küche ist ein Handstaubsauger!«

»Das Ding hat vor sieben Jahren seinen Geist aufgegeben«, entgegnet Eddie. »Um Gottes willen, was für ein Chaos.« Er scheint – wen wundert's? – nicht begeistert zu sein. Ich frage mich, wie er reagieren wird, wenn er sieht, was mit dem Garten passiert ist. Und mit seiner Jeans.

»Okay … Wie wäre es mit einem Besen?«, schlägt Jake vor. Ich sehe ihn an, wie er voller Dreck und Gras und Mehl dasteht, und kann mir das Lachen bei der Vorstellung, dass ein Besen hier etwas nützt, nicht verkneifen. Jake wirft mir einen gespielt tadelnden Blick zu, und ich beruhige mich mit großer Mühe. Ich bekomme vor lauter Kichern einen Schluckauf.

»Wir werden morgen jemanden organisieren, der sich darum kümmert«, erklärt Jake entschieden.

»Ja!«, stimme ich ihm zu. Geniale Idee.

»Ihr werdet verdammt noch mal vorher hier aufräumen, so gut es geht«, fährt uns Eddie an.

»Wir packen alle zusammen an«, meint Fraser. »Eins nach dem anderen. Wo findet man hier einen Staubsauger, Edward?« Er verhält sich in Krisensituationen immer so wunderbar militärisch.

»Ich sammle die Linguini ein«, sage ich. Ich bekomme noch immer Kicheranfälle, wenn ich auf den Boden schaue.

»Ich helfe dir«, antwortet Jake. Eddie und Laura gehen in die Küche, um Fraser zu zeigen, wo der Staubsauger ist, woraufhin Jake und ich fast sofort wieder anfangen zu knutschen und gleichzeitig zu lachen. (Das macht das Atmen schwer, aber ich opfere gerne Sauerstoff fürs Lachen und Küssen.)

Ungefähr eine Minute später gibt Fraser, der in der Tür steht, bewaffnet mit Staubsauger, Fliegersonnenbrille und seiner abgeschnittenen Jeans, uns mit einem lauten Räuspern zu verstehen, dass wir Platz machen sollen.

»Die Linguini!«, rufe ich und versuche rasch, die restlichen aufzuklauben. Schon erstaunlich, wie schwierig es ist, eine einzelne Nudel zu greifen.

»Raus«, befiehlt Fraser. Jake und ich verlassen vorsichtig die Speisekammer. Mit jedem Schritt hinterlassen wir einen Mehlabdruck. Ich senke den Blick auf meine Füße. Meine niedlichen Ballerinas sind ohne Zweifel ruiniert, erstickt an Dreck. Wir drehen uns um und beobachten Fraser bei der Arbeit: Er schwingt den Staubsauger wie einen Flammenwerfer, und innerhalb von wenigen Minuten ist das Chaos größtenteils beseitigt … kurz bevor der Staubsauger ein hustendens, stotterndes Geräusch von sich gibt und ausgeht.

»Das blöde Ding ist verstopft«, schimpft Fraser und wischt sich den Schweiß von der Stirn.

Ich überlege. »Hast du den Ahornsirup auch aufgesaugt?«

»Dieses braune klebrige Zeug? Ja. Alles. Ich habe alles aufgesaugt.«

Nun, das ist die Erklärung. »Mmm«, sage ich. Es macht im Moment keinen Sinn, sich über einen kaputten Staubsauger Gedanken zu machen. Fraser kommt aus der Kammer und nimmt seine Sonnenbrille ab, während er keucht, als wäre er gerade einen Marathon gelaufen.

Eddie und Laura geben Jake und mir Gummihandschuhe, Lappen, Geschirrtücher und Küchenspray. »Bis später, ihr zwei. Komm, Laura. Komm, Fraser«, meint Eddie und scheucht die beiden in Richtung Garten.

»Oh, Eddie, es tut uns leid. Bist du sauer? Ich verspreche, wir machen hier so gut sauber, wie es im Moment geht, und putzen morgen früh noch mal durch …«

»Schon gut, Süße«, beruhigt er mich und zwinkert mir zu. »Amüsiert euch schön … Ich nehme die beiden mit nach draußen.«

»Er ist nicht sauer«, sage ich und drehe mich zu Jake um, nachdem die anderen die Küche verlassen haben. »Sollen wir anfangen zu putzen?« Das ist nicht die chaotischste Party, die dieses Haus erlebt hat, aber sie rangiert unter den Top Five.

Jake zieht mich eng an sich heran, und wir küssen uns wieder.

»Ich muss mit dir alleine sein«, erklärt er unvermittelt. »Ich kann seit Monaten an nichts anderes denken, und ich will es, jetzt. Wenn wir hierbleiben, werden wir nur die ganze Zeit gestört.«

»Oh, okay«, erwidere ich. Wir lassen die Putzsachen fallen und verlassen küssend und stolpernd die Küche. Die einzige Rückzugsmöglichkeit, die mir einfällt, ist natürlich mein Zimmer, was sofort eine Gedankenspirale bei mir auslöst. Wir lassen unsere Schuhe unten in der Diele stehen, wo bereits meine aufgeweichten Chucks trocknen. Auf der halben Treppe bleibe ich stehen und drehe mich zu ihm um. Wir küssen uns wieder. »Warte ...«, werfe ich ein. »Damit du es weißt, wir gehen in mein Zimmer, aber ich werde nicht ... Wir werden nicht ...«

»Halt den Mund, mein süßes Cocktailbiest«, gibt er zurück. »Ich möchte nur mit dir alleine sein. Ich werde dir nicht an die Wäsche gehen.« Wir gehen weiter die Treppe hoch, und er fügt hinzu: »Okay, ich werde natürlich versuchen, dir an die Wäsche zu gehen, doch ich bin mir ziemlich sicher, dass du es nicht zulassen wirst.«

Wir erreichen mein Zimmer und küssen uns vor der offenen Tür, und ... nun, ich werde auch hier nicht ins Detail gehen, allerdings ist der Kuss wirklich sehr schön.

»Ich muss ... aus diesen nassen Klamotten raus ...«

»Das ist der schlechteste Anmachspruch, den ich je gehört habe«, lässt Jake verlauten und schüttelt den Kopf. »Für was für eine Sorte Mann hältst du mich?«

Ich muss lachen. »Das ist mein Ernst! Wir können nicht auch noch das Zimmer hier versauen.«

»Wer hat hier etwas von versaut gesagt?«, erwidert Jake, während wir das Zimmer betreten.

Ich verdrehe die Augen, schnappe mir aus meiner Tasche ein T-Shirt, einen Slip und mein drittes und letztes Paar Jeans und gehe zum Bad.

»Brauchst du Hilfe?«, fragt Jake.

»NEIN!«, entgegne ich. »Geh und zieh dir was Sauberes an.«

Ich betrete das Bad und betrachte mich im Spiegel. Was machst du? Denk nicht darüber nach. Jake ist nicht Rick, denk nicht an die Auszeit, mach einfach weiter. Als ich aus dem Bad komme, trocken und (natürlich, schließlich sprechen wir hier von mir) ordentlich geschminkt, liegt Jake auf meinem Bett in einer sauberen Jeans und einem T-Shirt.

Ich gehe zu ihm, setze mich aufs Bett und strecke mich neben ihm aus. Wir liegen Seite an Seite, einander zugewandt, ohne uns zu berühren.

»Ich habe mir das seit Mitchs Party gewünscht«, sagt er.

»Ich mir auch«, antworte ich.

»Du darfst nie wieder weglaufen«, meint er in strengem Ton. »Du bist immer weggelaufen, bevor ich eine Chance hatte, mich richtig mit dir zu unterhalten …«

»Okay«, verspreche ich ihm. »Ich werde nicht mehr weglaufen.«

Wir verlieren uns ungefähr eine Stunde lang wieder in einer Kusseuphorie. Jake ist auch gut im Komplimentemachen. Normalerweise würde ich innerlich zusammenzucken, doch tatsächlich ist es unheimlich schön, wenn man gute zehn Minuten in lustigen kleinen Geschichten detailliert erklärt bekommt, welche Körperteile besonders perfekt geformt sind, und diese anschließend geküsst werden. Unheimlich schön.

»Ich will Madagaskar sehen«, sagt er nach einem Monolog darüber, warum er mein linkes Ohrläppchen mehr vergöttert als mein rechtes. (Das rechte sieht ihm nie in die Augen, und er traut ihm nicht, aber er ist bereit, ihm noch eine Chance zu geben.)

»Nein«, widerspreche ich ihm.

Er tut so, als würde er beleidigt schnauben, und wir legen uns einen Moment lang wieder nebeneinander. Es ist einfach nur schön, so nah bei ihm zu sein. Er riecht übrigens sehr, sehr gut, ein bisschen nach Zitrus am Kinn, und ansonsten nach Seife und frisch gewaschen. Er legt die Arme um mich.

»Ich frage mich, ob jemand bemerkt hat, dass wir weg sind«, überlege ich laut.

»Ich bin mir sicher, die rechnen sogar damit«, entgegnet er achselzuckend und küsst die Innenseite meines Handgelenks. »Ich kann nicht aufhören, dich anzusehen. Die halbe Zeit höre ich den anderen nicht richtig zu, weil ich versuche, quer durch den Raum von deinen Lippen abzulesen. Ich bin nur hergekommen, um dich zu sehen, da es schon drei verdammte Monate her ist und ich nicht mehr länger warten konnte. Gott, ich habe die anderen bei unserer Dinnerparty nur deshalb überredet, durch die Bars in diesem gottverdammten Notting Hill zu ziehen, weil ich gehofft habe, dir zu begegnen.«

Ich stoße ein glückliches Seufzen aus. Gibt es etwas Schmeichelhafteres als einen einstudierten Zufall? Aber mir fällt nichts ein, was ich erwidern kann. Ich kann die Bedeutung seiner Worte nicht verarbeiten, also versuche ich, einen witzigen Spruch zu machen, um die Anspannung zu lockern.

»Ah, es gibt doch nichts Besseres als ein bisschen Stalking an einem Samstagabend.«

»Stalking?« Er zieht die Augenbrauen hoch. »Wie charmant. Gut, komm her …«

Wir küssen uns wieder. Nach ein paar Minuten löse ich mich von ihm. »Und was sollte das mit Homer Simpson?«

Er lächelt. »Das war ein Test, um zu sehen, ob du wirklich so gut bist, wie du tust.«

Er lässt sich in das Kissen zurückplumpsen und zieht mich halb auf sich, sodass ich auf seiner Brust lehne und wir uns von Angesicht zu Angesicht unterhalten können. Endlich habe ich den Mut zu sagen, was seit seiner Handgelenk-Rede laut in meinem Kopf widerhallt.

»Warum … Warum kannst du mich so gut leiden?«, frage ich und denke sofort, oh Gott, wie kannst du das fragen? Man darf sie nie nach ihren Gefühlen fragen. »Du kennst mich doch kaum.« Gottverdammt, halt den Mund, Frau! In vino veritas. Im Wein ist Wahrheit.

Jake schaut zur Decke hoch und überlegt ein paar Sekunden. »Du machst immer den Eindruck, als hättest du Spaß, du zu sein.«

Gute Antwort.

Allerdings weiß er noch nicht wirklich, wie ich bin, denke ich. Er kann nicht, es hat ja gerade erst begonnen. Ein schöner Anfang, aber trotzdem ein Anfang. Im Moment weiß er nur Sachen über mich, die ihm gefallen, und sobald er mich besser kennenlernt, wird er mich abservieren. Genau wie Rick und Posh Mark und alle anderen Kerle, mit denen ich zusammen war. Egal. Denk jetzt nicht darüber nach.

»Als Mitch mir erzählt hat, dass du mal was mit Eddie hattest, war ich total eifersüchtig«, fährt Jake fort und zwickt mich sanft ins Ohrläppchen. »Ich habe mich gefragt, ob zwischen euch beiden mehr ist als nur Freundschaft … Es war die Hölle.«

»Du dummer Mann«, meine ich, nehme seine Hand und küsse seine Handfläche. Ich möchte ihm gerne sagen, dass ich ihn süß finde und dass er mich mehr zum Lachen bringt als irgendein anderer Mann zuvor, doch die Vorstellung, meine Gefühle laut zu äußern, verursacht mir Übelkeit. Schieben Sie es auf mein törichtes Liebesgeständnis, das ich Rick gemacht habe, schieben Sie es auf jahrelang einstudierte Verhaltensmuster in Beziehungen, schieben Sie es worauf Sie wollen, aber ich kann einfach nicht. Also küsse ich stattdessen weiter seine Hand und hoffe auf einen Themenwechsel.

»Erzähl mir von dem Kerl, dem du den Wein ins Gesicht geschüttet hast«, sagt Jake.

Warum ausgerechnet dieses Thema? Ich drücke stöhnend meine Stirn an seine Brust, damit er mein Gesicht nicht sehen kann. »Wir hatten eine Beziehung letztes Jahr. Das ist der Pink-Lady-Kerl. Ich bin nicht stolz darauf. Er ist, ähm, ein Arschloch.«

»Ich habe mich schon gefragt, ob er das war. Mitch meinte, wahrscheinlich ja.«

»Mitch ist ein schlimmes Klatschmaul«, schimpfe ich.

Jake nickt. »Er hat mir erzählt, dass er deinen Ex noch nie leiden konnte.«

»Und warum hat er mir das nie gesagt?«, entgegne ich.

»Wahrscheinlich hält er sich aus solchen Sachen grundsätzlich heraus. So mache ich das auch bei Freunden, die in einer schlechten Beziehung leben.«

»Ach du Schande«, erwidere ich. Schlechte Beziehungen. Oh Gott. Ich seufze. »Tja, ich hätte meinen Ex schon vorher längst durchschauen müssen. Aber das habe ich nicht getan. Ich bin manchmal nicht sehr gut darin, andere Menschen richtig einzuschätzen … Ich glaube allmählich, ich bin ein bisschen dämlich«, erkläre ich. Hm. Da war es wieder, in vino veritas. Ich fühle mich nicht betrunken, doch ich habe ungefähr zwei Flaschen Wein intus, also muss ich es sein.

»Ich halte dich nicht für dämlich«, hält Jake lächelnd dagegen. »Hat er … dir wirklich das Herz gebrochen?«

»Nein, mir ging es danach einfach nur mies«, sage ich. Es fühlt sich seltsam normal an, mit ihm darüber zu reden. »Nein, mein Herz war nicht gebrochen. Es war eher so, dass … ich aus dem Gleichgewicht war. Das war echt ätzend.« Ah, schön formuliert. So eloquent.

Er nickt. »Ich kenne das Gefühl. Man muss dann einfach einen Schritt zurück machen und tief durchatmen.«

»Genau«, stimme ich ihm zu. Einen Schritt zurück machen, tief durchatmen und eine Männerpause einlegen. Wir küssen uns wieder. Es entwickelt sich für eine ganze Weile ein ziemlich leidenschaftlicher Kuss, und ich verliere mich in Sinnlichkeit. Dann fällt mir ein, dass ich von ihm mehr wissen will, viel mehr, und löse mich von ihm.

»Was ist mit dir? Irgendwelche fiesen Exfreundinnen?«

»In so einem Moment denkst du an meine Exfreundinnen? Ja, sicher … In meinem Alter hat jeder ein paar Beziehungsnarben.«

»Beziehungsnarben. Das gefällt mir«, meine ich. »Das klingt wichtig und trivial gleichzeitig.«

»Genau das sind sie auch. Ich bin betrogen worden. Zweimal. Und ich wurde aus keinem besonderen Grund sitzen gelassen. Wie jeder.«

Ich seufze. Ich habe heute nicht viel über dieses Thema nachgedacht.

»Das ist ein bisschen deprimierend, nicht wahr? Und die Dinge ändern sich nie.«

»Das ist ein dummer Spruch. Alles ändert sich.«

»Ja? … Ich denke nicht«, widerspreche ich ihm. »Zum Beispiel unsere Clique. Wir besaufen uns und feiern wilde Partys, und das schon seit zehn Jahren. Es kommt mir so vor, als würde sich nie etwas ändern.«

»Aber sicher ändert sich was. Glaub mir. Ich bin älter und weiser. Es passiert immer dann, wenn man am wenigsten damit rechnet. Plötzlich ist jeder, den man kennt, in einer neuen Lebensphase …«

Ich sehe ihn zweifelnd an. »Sprichst du von *meinen* Freunden?«

»Von deinen Freunden«, sagt er und nickt.

»Ich habe vor kurzem erfahren, dass Bloomie und Eugene über Hochzeitspläne gesprochen haben. Das hat mich wirklich überrascht. Ich kam mir vor wie ein Sonderling, weil ich nicht damit gerechnet habe«, gebe ich zu. »Ich kann mir das einfach für mich nicht vorstellen.«

Jake nickt wieder. »Einer meiner besten Freunde hat vor vier Jahren geheiratet und ist mittlerweile Vater. Damals konnte ich nicht nachvollziehen, dass er schon für dieses Leben bereit war, da ich selber … nicht dafür bereit war. Dann fiel mir ein, dass ich dieses Gefühl von früher kannte.« Er fährt mit dem Zeigefinger über meine Schläfe und meine Wange, während er weiterspricht. »Weißt du noch, als du ganz klein warst und die Hausaufgaben von deiner Cousine gesehen hast und gedacht hast, das kannst du nie?«

Ich grinse. »Ja. Mein Babysitter hat immer Integralrechnung gepaukt, während ich vor der Glotze saß. Die Vorstellung, dass ich später eine große Schule besuchen werde, hat mich total beunruhigt.«

»Genau das habe ich gemeint! Aber irgendwann ist plötzlich das, was vorher noch unvorstellbar war, nur der nächste logische Schritt. Viele meiner Freunde sind schon weiter als ich. Ehe, Kinder, Karriere – du weißt schon, jeder versucht einfach, das Beste daraus zu machen.«

»Vielleicht bin ich ja ein Spätzünder«, überlege ich laut. Jake grinst. »Ernsthaft. Ich habe erst seit ein paar Monaten das Gefühl, dass ich meinen Job und meine Finanzen und mein Leben einigermaßen unter Kontrolle habe, weißt du?« Ich überlege kurz. »Im Moment gefällt mir mein Platz in der Welt … Trotzdem habe ich keine Ahnung, wo das alles hinführt.« Alles, was ich weiß, ist, dass ich für diese Kontrolle die Männer aufgeben musste, denke ich im Stillen. Warum liege ich also hier und knutsche mit Jake herum, wenn ich doch Männerpause habe? Denk nicht darüber nach.

»Meine Mutter ist ein richtiger Hippie«, erzählt Jake. »Sie glaubt an sich selbst erfüllende Prophezeihungen, doch die können in beide Richtungen gehen. Daher darf man sich nur Positives wünschen. Mal dir deine perfekte Zukunft aus, und lass sie wahr werden.«

Ich grinse. »Klingt genau wie meine Mutter.«

»Gott segne die 68er«, meint Jake lächelnd und schlingt die Arme um mich, um mir einen Kuss zu geben, der zu einer recht langen, körperbetonten Knutschsession ausartet. »Okay, danke, du küsst übrigens sehr gut, echt toll …

Also, reden wir über deinen Job. Ich weiß, du bist Werbetexterin …«

»Oh, du hast deine Hausaufgaben gemacht. Dabei hast du vorhin am Tisch den Unwissenden gespielt …«, sage ich bewundernd, und wir küssen uns wieder.

»Also …« Er löst sich von mir. »Du bist Werbetexterin. Magst du deinen Job? Was kommt als Nächstes?«

Ich denke nach. »Ja, ich mag ihn. Ich mag meine Firma und meinen Chef, und ich möchte zu seinem Erfolg beitragen … Allerdings weiß ich nicht, was als Nächstes kommt. Irgendwann in den nächsten dreißig Jahren wird es wahrscheinlich langweilig werden, Reklametexte zu schreiben, um den Leuten irgendeinen Scheiß zu verkaufen, den sie nicht brauchen.« Ich starre einen Augenblick ins Leere. »Aber ich versuche, nicht darüber nachzudenken.«

»Und was machst du gerne?«, fragt Jake und küsst meine Handfläche. »Du hast übrigens schöne Hände.«

»Danke. Du solltest mal meine Füße sehen. Nun ja, das Einzige, was ich gerne mache, ist Schreiben. Das ist gut, schließlich werde ich fürs Schreiben bezahlt. Dennoch will ich keine Journalistin sein, wie mir jeder immer vorschlägt, und sonst fällt mir nichts ein. Also versuche ich eben, mir über meine Zukunft keine Gedanken zu machen. Nie.«

Jake schüttelt den Kopf. »Du hast eine sehr negative Einstellung. Du schreibst also gern. Das ist toll. Schreib doch mal einen Blog oder ein Buch oder so.«

Ich sehe ihn an und lache. »Ein Buch? Worüber denn? Das ist nicht so einfach … Aber … ja, weißt du, in letzter Zeit schreibe ich viele Kurzgeschichten … Nichts Besonderes, aber vielleicht hast du recht. Ich könnte wirklich einen Blog aufmachen und sie reinsetzen … Und vielleicht werde ich dann von einem Verleger entdeckt, et voilà, ewiges Glück.«

»Wir haben gerade deine sich selbst erfüllende Prophezeihung definiert. Du wirst als Schriftstellerin dein ewiges Glück finden«, stellt Jake fest.

»Das erleichtert mich«, entgegne ich.

»Darf ich deine Geschichten lesen?«

»Nein«, sage ich. »Auf keinen Fall.« Er lächelt mich an, und wir küssen uns wieder. Nach ein paar Minuten löse ich mich von ihm. Das Reden ist fast so gut wie das Küssen, und ich will von beidem mehr.

»Ich bete dich an«, meint er und macht gleich darauf ein erschrockenes Gesicht. »Tut mir leid, das war ein bisschen, äh ...«

Ich lächle ihn an, und ein warmes Gefühl durchrieselt mich. »Gut. Das hoffe ich doch.«

»Eben eingebildet ...«, murmelt er, und wir verlieren uns wieder in einem langen Kuss, den ich unterbreche.

»Erzähl mal was von dir ... Was machst du beruflich?«

»Oh, Cocktailbiest, mein Job ist so langweilig, dagegen sind dreißig Jahre Reklametexte schreiben für irgendeinen Scheiß, den keiner braucht, wie ein Abend im Studio 54 Ende der Siebzigerjahre.«

Ich muss lachen. »Und warum machst du dann nicht was anderes?«

Er überlegt. »Ich bin recht gut in meinem Job. Und die meiste Zeit macht er mir auch Spaß, obwohl ich in letzter Zeit zu oft verreisen musste. Ich hatte mir eigentlich vorgenommen, dich in den letzten Monaten ein wenig zu verfolgen, aber ich konnte nicht, und Mitch wollte deine Nummer nicht herausrücken. Er hat gesagt, du würdest ihn sonst kastrieren ...«

»Oh, wie süß«, sage ich. Wir küssen uns wieder.

Jake löst sich von mir und redet weiter. »Wo war ich stehen geblieben? Ach ja, mein Job ... Und er ermöglicht mir bestimmte Dinge, die mir gefallen, wie überall auf der Welt zu leben, ständig neue Leute kennenzulernen ... Ich habe drei Jahre in New York gelebt, und ich würde liebend gerne dorthin zurückgehen. Allerdings bin ich mir nicht sicher, ob diese nervige Wirtschaftskrise mir das erlaubt.«

»Oh, du Glücklicher. Ich würde sterben, um in New York zu leben.«

»Du würdest die Stadt lieben«, meint er.

»Wo hast du gewohnt?«, frage ich.

»Zuerst auf der Upper East Side, dann bin ich zu einem Freund von der Uni gezogen, der in New York arbeitet. Paul. Das war auch in Manhattan, im West Village.«

»Wie wundervoll«, bemerke ich neidisch.

Mich überkommt plötzlich das Bedürfnis, alles über ihn zu erfahren. Wir reden und reden und reden, über unsere Familien, unsere Kindheit, über Bücher, Filme und Musik, über unsere Freunde, über London und Reisen und Urlaubsziele, wir erzählen uns lustige Geschichten und traurige Geschichten, und dann küssen wir uns noch ein paar Mal ... Wir reden, küssen uns, reden, küssen uns, küssen uns noch länger, bis die graue Morgendämmerung seitlich durch die Fenster späht. Sie ist eine unwillkommene Erinnerung an die Realität. Ich komme mir vor, als wären wir die ganze Nacht in irgendeiner surrealen Traumwelt gewesen.

Irgendwann gegen fünf Uhr morgens werden wir plötzlich sehr müde und kuscheln uns zusammen unter die Bettdecke.

»Ich wollte dir eigentlich die Klamotten vom Leib reißen und dich schänden, damit du es weißt«, murmelt Jake, bevor wir eindösen.

»Du sagst immer so süße Sachen«, murmele ich zurück. Und dann schlafen wir ein.

Kapitel 31

Als wir wach werden, liegen wir eng aneinandergekuschelt unter der Bettdecke. Seine Arme sind um mich geschlungen. Die Sonne scheint, und das Zimmer ist deprimierend hell. Es ist fast neun Uhr. Mein Schädel fühlt sich an, als würde jemand mit dem Hammer Nägel darin einschlagen.

»Mmmm, das ist aber mal eine verdammt gute Kuschelstellung«, sagt Jake und küsst meinen Nacken. »Wir passen zusammen wie zwei Pringles.«

»Ist das ernsthaft der beste Vergleich, der dir gerade einfällt?«, entgegne ich. Mein Kopf, au, au, mein Kopf.

»Nun, Löffelchen sind langweilig.«

»Ja, Löffelchen sind langweilig«, stimme ich ihm zu. Oh mein Gott, warum habe ich so viel Wein getrunken?

Wir liegen ein paar Minuten schweigend da. Die Intensität und die Intimität während unseres Seelenstriptease gestern Nacht sind verschwunden. Ich bin müde, schlimm verkatert, fühle mich irgendwie unwohl und sehr befangen. Jake weiß jetzt praktisch alles über mich, mehr noch als Bloomie oder Kate. Wenigstens habe ich ihm nicht gesagt, was ich für ihn empfinde, Gott sei Dank. Und trotzdem habe ich mich noch nie so nackt gefühlt – dabei bin ich vollständig bekleidet. (Wissen Sie, wir waren die ganze Nacht anständig. Worüber ich nun froh bin, sonst würde ich mich noch mieser fühlen.) Ich ziehe die Decke über die Ohren, um mein Gesicht zu verstecken. Oh, Alkohol und seine Folgen, wie ich sie hasse.

Wir liegen weiter schweigend da.

»Du«, meint Jake schließlich und liebkost wieder meinen Nacken, »ich möchte dich heute Abend sehen. Und auch an allen anderen Abenden in dieser Woche.«

Nur in dieser Woche? Und was passiert dann?

Fast hätte ich es laut gesagt. Und im Bruchteil einer Sekunde kippt etwas in mir, was ich nur als emotionales Gleichgewicht beschreiben kann. Ich habe das Gefühl, am Abgrund einer hohen Klippe zu stehen, ohne Sicherheitsnetz, ohne Bungeeseil, ohne Fallschirm, ohne irgendetwas … Alle meine Instinkte, vor allem die, die mich auf diese saublöde Männerpause gebracht haben, schlagen Alarm, und ich kann nur noch eins denken: Das wird niemals länger als ein paar Wochen oder Monate halten, niemals, wozu also das Risiko eingehen?

Es ist nicht so, dass ich mich blindlings der Männerauszeit unterwerfe. Aber ich könnte es nicht ertragen, von Jake verlassen zu werden. Und ich könnte es nicht ertragen, alles zu verlieren, wofür ich so hart gearbeitet habe. Meine Zufriedenheit im Job, mein emotionales Gleichgewicht, die innere Gelassenheit, die das direkte Resultat zu sein scheint, dass ich mich nicht mehr von Männern ablenken lasse …

Ich brauche das. Wenn ich mich auf Jake einlasse, ist das alles futsch. Und wenn er mich sitzen lässt, muss ich wieder ganz neu anfangen und mich selbst aufbauen. Das schaffe ich kein zweites Mal.

Besser, ich fange mit Jake erst gar nichts Ernstes an. Viel, viel besser. Besser, ich bleibe noch ein bisschen länger Single, damit ich mein restliches Leben schütze und es so weiterführen kann, wie es mir gefällt.

Ich bin jetzt hellwach. Mein Herz rast, und am liebsten würde ich mich aus dem Staub machen, bevor mehr passiert. Oder nichts passiert. Oder doch was passiert. Oder nicht. Es ist eindeutig besser, wenn nichts passiert.

»Süße … Bist du wach?«, fragt Jake und zieht mich enger an sich heran. Ich rücke von ihm weg und stecke den Kopf unter die Decke. Hilfe, holt mich hier raus. »Cocktailbiest«, sagt er und zieht mir die Decke weg, »alles okay?«

»Ja …« Ich kann die Augen nicht aufmachen. Dann sieht er sofort, dass mit mir etwas nicht stimmt. »Aber wir können uns diese Woche nicht sehen.«

»Warum nicht? Hast du so viel zu tun? Sag alles ab, ich bin unendlich viel wichtiger …«

»Nein. Ich … Ich kann dich diese Woche nicht sehen.«

»Warum nicht?«

»Ich kann einfach nicht …« Ich hole tief Luft. Ich kann genauso gut mein As aus dem Ärmel ziehen. »Ich habe Männerpause.«

»Ach, komm schon … Nach allem, was war? Mitch hat mir auf seiner Party von deiner Männerpause erzählt, und ich wollte es ihm fast nicht glauben. Die Pause ist noch immer aktuell?«

»Ja.« Verdammt. Er hat es die ganze Zeit gewusst.

»Erzähl mir nicht, es ist wegen diesem Blödmann … dem Pink-Lady-Typen?«

»Nein, es hat nichts mit ihm zu tun, echt nicht. Ich bin einfach … noch nicht bereit. Ich bin einfach noch nicht bereit.«

»Blödsinn. Du bist bereit. Ich weiß, dass du es bist.« Er zieht mich an sich und küsst mich. Ich erwidere den Kuss ein paar Sekunden – nun, es ist verdammt schön, ihn zu küssen, wie ich bereits ein- oder zweimal erwähnt habe –, dann löse ich mich wieder von ihm.

»Nein. Es ist mein Ernst, Jake. Ich möchte keine Beziehung. Ich möchte mich nicht wieder auf einen Mann einlassen.«

»Das hast du bereits«, sagt er. »Komm schon …«

»Nein«, wiederhole ich entschlossen und setze mich auf. »Nein, ich will nicht. Ich will einfach nicht.«

»Hör zu«, meint er, setzt sich auch auf und nimmt meine Hände in seine. »Niemand wünscht sich eine schlechte Beziehung. Niemand. Man braucht keine Liebesauszeit, um das zu herauszufinden. Wer wünscht sich nicht eine glückliche Beziehung? … Meinst du nicht, wir sollten uns wiedersehen und einfach … abwarten, was passiert?«

»Nein. Ich kann nicht … Ich kann einfach nicht.« Ich ziehe ruckartig meine Hände weg und steige aus dem Bett. »Ich glaube, du solltest jetzt gehen.«

»Du schmeißt mich raus?« Er wirkt schockiert.

»Ja. Ja, ich weiß nicht, was … Ich bin … Das geht alles viel zu … schnell.«

»Zu schnell? Ist das dein verdammter Ernst?« Ich gebe keine Antwort. Ich weiß wirklich nicht, was ich sagen soll. Jake sieht mich an und schüttelt den Kopf. Ich habe noch nie diesen Blick von ihm gesehen. Seine Lachfältchen sind in einem ungläubigen, enttäuschten Stirnrunzeln verschwunden. »Das ist … erbärmlich. Du hast einfach … keine Ahnung … Angst.«

»Was? Ich habe keine Angst!«, widerspreche ich ihm laut. »Ich will einfach keine Beziehung! Kannst du das nicht verstehen?«

»So ein Schwachsinn!«, schreit er zurück. »Du hast panische Angst. Du willst dich einfach weiter so durchwursteln und das Leben ignorieren und dir keine Ziele setzen und bloß nichts riskieren. Und im Prinzip läuft es darauf hinaus, dass du mir wegen all den anderen Idioten, mit denen du zusammen warst und die dich verarscht haben, nicht vertraust.«

Ich traue meinen Ohren nicht. »Wie kannst du es wagen, Dinge gegen mich zu verwenden, die ich dir anvertraut habe?«, brülle ich. »Scheiße, du kennst mich nicht einmal! Ich habe keinen verdammten Grund, dir zu vertrauen. Aber dafür habe ich jetzt einen Grund, dir zu misstrauen. Du bist ein Arsch.«

»Ich dachte, sonst bevorzugst du immer den Ausdruck ›Scheißkerl‹«, giftet er zurück und steigt auch aus dem Bett.

Wie kann er es wagen? Und das mit dem Scheißkerl hat er sicher von Mitch, dem blöden Klatschmaul.

»Okay. Von mir aus auch Scheißkerl. Du bist ganz sicher ein absolut mieser Scheißkerl. Gut, dass ich das jetzt rausgefunden habe und nicht erst später, kann ich nur sagen.«

»Wenn hier einer mies ist, dann du, du Miststück«, kontert er. Er steht mitten im Zimmer und starrt mich an. Ich kann seinen Blick nicht ertragen, darum setze ich mich aufs Bett und vergrabe den Kopf in den Händen. »Immer wenn wir uns begegnen, ist es einfach nur fantastisch, verdammt fantastisch. Es hat von Anfang an zwischen uns Klick gemacht, und das weißt du … Und dann bist du weggerannt. Jedes Mal. Und jetzt läufst du wieder weg.«

Wie kann er so etwas sagen? Wie kann er mich so anschreien? Ich weiß nicht, was ich erwartet habe, aber das ganz sicher nicht …

Ich habe das Gefühl, als würden mir gleich die Tränen kommen, doch ich bin auch wütend. Beide Emotionen kämpfen es eine Sekunde lang aus. Die Wut gewinnt.

Ich sehe zu ihm hoch und beginne so deutlich zu reden, wie ich in meiner Wut kann. »Hör zu. Es ist verdammt noch mal allein meine Sache, wenn ich nicht mit dir zusammen sein will. Ich möchte nichts überstürzen. Das solltest du gefälligst respektieren.«

»Das ist lächerlich, und … du bist einfach dämlich. Ich kann nicht glauben, dass …« Er wedelt in der Luft herum, als würde er nach den richtigen Worten suchen. Aber ich will nichts mehr hören.

»Verlass sofort mein Zimmer, Jake. Raus.«

»Schön.«

Er dreht sich um, geht aus dem Zimmer und knallt die Tür hinter sich zu.

Ich lasse mich rücklings auf das Bett plumpsen und starre an die Decke.

Verdammt.

Kapitel 32

Ich weiß nicht, wie lange ich hier schon liege.

Stunden.

Okay, wahrscheinlich nicht Stunden.

Ich lasse den gestrigen Tag in meinem Kopf Revue passieren. Die Fahrt nach Banbury, der Pub, das Abendessen, die Küsse, die Gespräche … Alles war so … perfekt.

Und dann, innerhalb von einer Minute und dreißig Sekunden, verliert er seine Beherrschung und ich meine – und zack! ist alles vorbei. Ich beginne zu weinen, höre aber gleich wieder auf. Warum heule ich? Es ist gut. Es ist gut so. Das war wie eine komplette Beziehung im Schnelldurchlauf. Die freudige Erwartung, das lockere Flirten, das Küssen, die Unsicherheit, das Anbrüllen, die Trennung. Der Gedanke bringt mich zum Lachen. Beinahe.

Ich fühle mich nicht gut. Ich fühle mich krank. Ernsthaft, ich habe Schmerzen, als hätte ich einen Schlag in die Magengrube abbekommen. Nicht dass ich wüsste, wie sich das anfühlt, doch ich kann mir vorstellen, dass es sich so ähnlich anfühlt, wenn einem jemand sehr, sehr hart mitten in die Magengrube schlägt. Oh, verdammt.

Gleich darauf höre ich, wie die Haustür und anschließend eine Wagentür laut zugeknallt werden. Ich springe aus dem Bett und stürze ans Fenster. Ich sehe Jakes Wagen, der auf der Auffahrt beschleunigt.

Oh, verdammter Mist.

Ich krame in meiner Tasche nach Paracetamol, dusche kurz sehr heiß und schlüpfe in eine saubere Jeans und ein Kapuzenshirt, das ich nur trage, wenn ich schlimm verkatert bin. Mein Gesicht ist ein verschwommener Fleck aus von Bartstoppeln gereizter Haut und roten, leicht geschwollenen Augen, weshalb es keinen Sinn macht, Makeup aufzutragen. Gäbe es heute ein Motto, würde es »Feuermelder« lauten.

Ich sehe in den Spiegel und zeige streng auf mich selbst. Eine Nacht mit Gesprächen und Küssen. Mehr war das nicht. Komm also endlich darüber hinweg, und spar dir dein schlechtes Gewissen.

Ich trete hinaus in die Diele, als Laura im selben Moment aus Eddies Zimmer kommt.

»Hi!«, flüstert sie gut gelaunt. »Oh mein Gott, dein Freund Eddie ist so unglaublich nett! Wie geht es dir? Hat dieser Jake dich gestern Abend geküsst? Der ist auch unglaublich nett! Oh … oh nein, was hast du?«

Ich setze mich auf die oberste Treppenstufe und vergrabe das Gesicht in den Händen, um die Tränen zurückzuhalten. Oh Gott. Ich kann das nicht ertragen.

Laura hockt sich neben mich und umarmt mich von der Seite. Ich lehne mich an sie und stoße ein tiefes Seufzen aus.

»Ich habe es irgendwie vermasselt.«

»Ich denke, ihr zwei kriegt das wieder hin …, was auch immer passiert ist«, meint sie hoffnungsvoll. »Ich meine, ich finde … Er ist so nett und witzig und ziemlich scharfsinnig, weißt du, aber ich meine, nicht auf eine fiese Art. Er ist … Ich hatte einfach den Eindruck, er ist genau wie du.«

»Oh Gott«, sage ich. Das war definitiv das Verkehrteste, was sie sagen konnte. »Nein, nein, ich will keine Beziehung, weißt du? Darum ist es gut, dass nichts passiert ist. Beziehungsweise dass es passiert ist und schon wieder vorüber ist. Das ist gut.«

»Vielleicht solltest du mit ihm reden?«, schlägt Laura mir vor.

Ich hole tief Luft. »Er ist weggefahren. Ich kann nicht mit ihm reden.« Ich drehe den Kopf und sehe sie lächelnd an. »Trotzdem, danke. Du und Eddie, das ist richtig toll, nicht?«

Sie lächelt verlegen. »Ja! Er ist einfach süß! Wir gehen am Dienstag zusammen aus.«

Ich lächle so aufrichtig, wie ich kann, obwohl es sich anfühlt, als würde mein Gesicht schmerzen. »Das freut mich.«

In diesem Moment kommt Bloomie aus ihrem Zimmer. Sie sieht sehr blass aus. Bestimmt ist sie auch verkatert. »Hallo, Darlings. Ich hoffe, ihr habt besser geschlafen als ich. Hat jemand Lust auf Frühstück?«

»Oh, danke, aber ich wollte gerade unter die Dusche. Ich komme danach wieder runter!« Laura huscht davon.

Bloomie kommt zu mir herüber und mustert mich. Sie ist ziemlich gut darin, in meinem Gesicht zu lesen. Echt nervig. »Schätze, du solltest mir erzählen, wohin du gestern Abend so plötzlich verschwunden bist und was seitdem alles passiert ist.«

Ich seufze. »Du hast ja keine Ahnung. Und warum konntest du nicht schlafen?«

Sie seufzt auch, und mir fällt auf, dass ihre Augen blutunterlaufen sind. »Du hast ja keine Ahnung. Lass uns nach unten gehen und reden.«

In der Küche herrscht, wie zu erwarten war, absolutes Chaos. Überall Teller, Essensreste, Gläser, Flaschen, Klamotten, Schlamm, Gras, Zigarettenstummel, Süßigkeiten und eine verstörende Anzahl von Schuhabdrücken aus Mehl (ich vermute, wir haben doch nicht so gut geputzt, wie wir gedacht haben). Ich mache Bloomie und mir einen (perfekten) Kaffee, während sie alibimäßig ein bisschen aufräumt. Dann gehen wir mit den Zigaretten, die Bloomie immer in ihrer Handtasche für den Morgen danach bunkert, hinaus in den Garten. Wir setzen uns an den

Tisch, zünden uns Zigaretten an und richten beide im selben Moment den Blick auf den Garten.

»Oh … mein … Gott …«, sagen wir gleichzeitig.

Der herrliche Garten ist ruiniert. Er sieht aus, als hätte ein ganzes Kriegsheer dort in der Nacht Schützengräben ausgehoben, um bei Tagesanbruch wieder abzurücken und einen Morast aus dreckverkrustetem Elend zurückzulassen. In dem Hang, den wir auf den Müllsäcken heruntergerutscht sind, klafft eine tiefe lehmige Furche. Der Rasen ist ein matschiger Acker mit weißlichen Spuren von getrocknetem Spülmittelschaum. Die Blumenbeete sind völlig zerstört. Ganze Büsche wurden einfach herausgerissen und auf den Kopf gestellt. Überall liegen Flaschen und Gläser und Müllsäcke, manche davon kaputt, manche noch ganz. Eddies Mutter wird einen Anfall bekommen.

»Der Garten sieht aus wie mein Kopf«, meine ich.

Bloomie dreht sich zu mir. »Also, was war mit Jake?« Ich erzähle ihr alles. Als ich zum Schluss komme, frage ich mich, wie sie reagieren wird, aber sie sagt nicht viel.

»Hast du seine intimen Stellen berührt?«, ist alles, was sie wissen möchte.

»Nicht wirklich«, erwidere ich. »Ich dachte, das kommt später. Wir haben uns nur unterhalten und herumgeknutscht. Und dann sind wir eingeschlafen. Betrunken, nehme ich an.«

»Mmm … Und was jetzt?«, fragt sie.

»Nichts«, antworte ich. »Ich mache weiter Männerpause. Jeder Mann, den ich anfasse, verwandelt sich offenbar in einen Scheißkerl. Ich bin wohl eine abgefuckte Version von König Midas.«

Bloomie sieht mich stirnrunzelnd an und schüttelt lächelnd den Kopf. »Hätte ich die Energie dafür, würde ich dir sagen, dass du eine Idiotin bist.«

»Und was war bei dir letzte Nacht?«

Sie zuckt mit den Achseln und holt tief Luft. »Eugene und ich … Er hat mich gestern Abend dabei erwischt, als ich im Bett mein BlackBerry kurz gecheckt habe. Ich dachte, er schläft. Er hat die Beherrschung verloren und gesagt, dass er nicht glaubt, ich hätte es ernst gemeint, als ich sagte, er sei mir wichtiger als die Arbeit. Ich hatte ihm nämlich versprochen, das Ding zu Hause zu lassen. Ich weiß nicht einmal, warum ich es eingeschaltet habe, wirklich nicht, aber für ihn bedeutet das, dass ich gelogen habe … Worauf ich ihm gesagt habe, er soll nicht so ein Drama daraus machen … Worauf er meinte, ich wäre egoistisch und dumm …«

»Scheiße«, sage ich. »Das ist schrecklich. Bist du okay?«

Bloomie legt das Gesicht in die Hände und beginnt zu schluchzen. »Es ist aus. Er hat in Benoits Zimmer geschlafen, und ich glaube, sie sind bereits nach London zurückgefahren.«

»Oh Scheiße«, sage ich wieder und lege den Arm um ihre zuckenden Schultern. Wenn Bloomie weint, bekomme ich es immer mit der Angst zu tun. Das ist, als ob man seine Mutter weinen sieht. Wir drücken unsere Zigaretten aus, zünden direkt neue an, und Bloomie heult weiter.

»Ich weiß nicht, was … ich tun soll. Ich weiß es einfach nicht«, schluchzt sie immer wieder unter Tränen. Ich weiß nicht, was ich sagen soll, also lasse ich einfach den Arm um ihre Schulter und nehme ihr hin und wieder die Zigarette aus der Hand, um abzuaschen. Nach ein paar Minuten scheinen ihre Tränen zu versiegen. Sie setzt sich auf, atmet ein paar Mal tief durch und trocknet sich die Augen mit ihrem Ärmel. »Lass uns die Küche aufräumen und dann rasch von hier verschwinden«, schlägt sie vor. »Bitte erzähl es keinem. Ich kann das nicht ertragen.«

»Warum rufst du ihn nicht einfach an?«, entgegne ich.

Heute ist der Tag, um ehrlich meine Meinung zu sagen. »Um Gottes willen, Bloomie … Er ist eben ausgeflippt. Außerdem du hast dein Versprechen gebrochen …«

»Scheiß auf ihn«, meint sie.

»Er hat dir verziehen, dass du dich letzte Woche im Ziani's wie eine Oberzicke aufgeführt hast. Du solltest ihm auch verzeihen. Er war betrunken. Das lag nur am Wein.«

»Er ist ein Idiot.«

»Ist er nicht, er will nur wissen, ob er dir wichtig ist … Du bist der Idiot, Süße. Immer wenn jemand was macht, was dir nicht passt, gehst du in die Luft. So funktioniert das nicht im Leben. Du musst auch mal nachgeben …« Das ist vermutlich das Härteste, was ich je zu Bloomie gesagt habe, also versuche ich, es so nett wie möglich klingen zu lassen. Sie starrt ein paar Sekunden ins Leere. »Komm schon, Bloomie. Du weißt, dass er dich liebt. Sei ein Mann. Ruf ihn an.«

Sie sieht mich an. »Sei ein Mann?«

»Was auch immer.«

Sie greift an ihre Gesäßtasche, zieht ihr Handy heraus und wählt Eugenes Nummer. Ich stehe vom Tisch auf und gehe ins Haus zurück, damit sie ungestört telefonieren kann.

»Hi … ich bin es …«, ist alles, was ich sie noch sagen höre.

Mein Gott, keine von uns hat einen blassen Schimmer, was wir da machen. Ich bin mir sicher, dass es eigentlich nicht so schwer sein sollte.

In der Küche entdecke ich Kate, die über den Kaffeebereiter gebeugt ist und leise »achtundneunzig, neunundneunzig, hundert« murmelt. Bei »hundert« drückt sie den Pressstab herunter.

»Du Freak«, sage ich. Ich sehe mich rasch um und vergewissere mich, dass wir alleine sind und ich ihr von Bloomie erzählen kann. Aber wir sind nicht alleine. Im Wohnzimmer liegen ein paar Leute in Schlafsäcken. Also frage ich flüsternd »Perry?«, und sie nickt kurz. Wir klatschen uns ab und gießen uns Kaffee ein.

»Was gibt es sonst noch Neues?«, frage ich.

»Nun, Eddie und Laura haben geknutscht … Fraser hat mit Tory Schluss gemacht. Sie ist dann mit Conor ins Bett. Das sind wahrscheinlich die wichtigsten Neuigkeiten …«

Ich kann nicht anders, ich muss lachen.

»Zwei Männer in einer Nacht? Gott, sie ist wirklich eine Sch … Der arme Fraser.«

»Mitch und Tara natürlich. Und du und Jake.«

»Ja.« Ich seufze. »Ich und Jake.« Ich versuche ihr flüsternd in möglichst wenigen Worten zu schildern, was sich vergangene Nacht und heute Morgen abgespielt hat. Sie sagt zwischendurch an den richtigen Stellen »Nein!« und »Ernsthaft?«, und als ich ende, erscheint in ihrem Gesicht wieder diese Sorgenfalte.

»Besser, ich fordere das Glück nicht heraus. Sonst riskiere ich, alles zu verlieren, was ich mir erarbeitet habe«, meine ich zum Schluss. Ich fühle mich irgendwie im Recht, und es wundert mich, dass Kate und Bloomie sich von meiner Entscheidung nicht stärker beeindruckt zeigen. Ist es nicht toll, dass ich Verantwortung für mein Leben übernehme? Ist es nicht toll, wie sehr sich mein Leben ohne die Ablenkung durch nervenaufreibende Dates verbessert hat? Diese Frage will ich gerade Kate stellen, aber sie schüttelt nur seufzend den Kopf, als könnte sie meine Gedanken lesen.

»Du bist eine Idiotin. So funktioniert das nicht im Leben.«

Ist das nicht genau dasselbe, was ich eben zu Bloomie gesagt habe?

Meine Gedanken werden von einem leisen Schnurren unterbrochen.

»Was zum Henker ist das?«

Wir blicken uns in der Küche um, doch außer uns ist hier keiner. Ich sehe hinüber ins Wohnzimmer auf die zusammengerollten Gestalten in ihren Schlafsäcken, aber das Geräusch kommt nicht von dort. Plötzlich wird es lauter. Kate hebt die Hand, damit ich leise bin, und lauscht angestrengt.

»Warte ... Das kommt von da unten ...« Sie beugt sich unter den Tisch und beginnt zu kichern. »Ach du meine Güte.«

Unter dem Tisch liegt Sam, der selig schläft, vollständig bekleidet, den Kopf auf ein Brot gebettet und ein Geschirrtuch unter sein Kinn gestopft. Sein Anblick heitert mich aus irgendeinem Grund sofort auf, und ich krieche unter den Tisch und stupse ihn an.

»Aufwachen ... aufwachen.«

»Mum, ich trage doch meine Zahnspange ...«, murmelt er, bevor er ein völlig blutunterlaufenes Auge öffnet. »Oh, du bist es. Oh Gott, diese Schmerzen. Diese Schmäääärzen ...«

Ich lege mich auf den Boden neben ihn. »Ich auch.«

»Wo ist Ryan?«

Ich seufze. Jake Ryan. Der gottverdammte Jake Ryan. Alles, was ich jetzt sage, wird zu ihm durchdringen, das weiß ich, also beschließe ich, nicht zu viel zu sagen.

»Er ist gefahren.«

»Er ist was? Und wie zum Teufel soll ich jetzt nach Hause kommen?« Sam öffnet beide Augen und versucht aufzustehen, bevor er sie rasch wieder schließt und den Kopf zurück auf sein Brotkissen sinken lässt. »Oh Gott. Am besten nicht bewegen.«

»Möchtest du einen Kaffee?«

»Ja. So einen perfekten, von dem Ryan mir gestern vorgeschwärmt hat. Er behauptet, du bist die Meisterin des Koffeins.«

Oh, verflucht.

Ich mache einen perfekten Kaffee für Sam, und er schlürft ihn geräuschvoll unter dem Tisch, mit dem einen oder anderen »Au« dazwischen. Kate und ich bemühen uns, Frühstück zu machen und wenigstens einen Teil von dem Chaos zu beseitigen, während die anderen nach und nach aus ihren Zimmern und dem Wohnzimmer in der Küche eintrudeln. Ich denke an das Frühstück gestern Morgen, mit den Fischsprüchen, und verglichen damit kommt mir alles grau und öde vor.

Fraser schlendert in die Küche. Er trägt noch immer seine abgeschnittene Jeans. Sie ist so kurz, dass ich sehen kann, dass er der Boxershorts-Typ ist.

»Das ist die einzige Hose, die ich dabeihabe«, sagt er, als wir alle zu gackern anfangen. »Die ist übrigens saubequem. Vielleicht trage ich sie öfter. Okay, ich mache mich jetzt auf den Rückweg nach London.«

»Alles okay, Darling?«, fragt Kate, während sie Fraser kurz zum Abschied umarmt und ihm ein Sandwich mit Spiegelei in die Hand drückt.

»Oh ja. Ich glaube, ich habe gerade noch rechtzeitig von Tory den Absprung geschafft«, antwortet er. »Aber ich habe bereits am Donnerstag ein Date mit einer aus dem Internet. Es ist nicht alles verloren.« Er schenkt mir ein Lächeln, und ich versuche, es zu erwidern. »Alles okay, Zuckermaus?«, will er von mir wissen. Ich nicke zuerst, schüttle den Kopf und zucke dann mit den Achseln. Er tätschelt meine Schulter, was Frasers Äquivalent für eine Umarmung ist. »Das letzte Mal, als ich dich gesehen habe, warst du um einen sehr jungen Kerl gewickelt«, meint er zu Kate.

»Mmmm …«, sagt sie mit einer Mischung aus Stolz und Verlegenheit.

»Ich habe ihn vorhin gesehen, als ich auf dem Klo war. Er ist mit den Zwillingen weggefahren.«

»Ich bin am Boden zerstört«, erklärt Kate in unbekümmertem Ton, aber trotzdem sehe ich ihr an, dass sie erleichtert ist. Manchmal küsst man jemanden, nur um es hinter sich zu bringen, statt um des Küssens willen. Falls das Sinn ergibt.

Plötzlich kommt Bloomie aus dem Garten gerannt und flitzt durch die Küche in die Diele. Ich höre sie die Treppe hochpoltern. Dann knallt eine Tür zu.

Kate sieht mich fragend an. »Erzähl ich dir später«, sage ich mit Lippensprache.

Neil kommt aus dem Wohnzimmer herüber. »Morgen, Mädels! Das riecht ja fantastisch. Kann ich euch helfen? Ich hätte gerne Toast. Oh, und ich mache uns einen leckeren Tee.«

Ich bin baff. Ich habe Neil noch nie so viel am Stück sagen hören.

»Hi, Neil … Öh … Wie fühlst du dich heute Morgen? Wo ist Harriet?«

»Keine Ahnung«, antwortet er fröhlich. »Sie ist gestern Abend mit Ant abgezogen. Ich habe sie seitdem nicht mehr gesehen.«

»Was? Ich meine … Oh Mann. Ich dachte, ihr zwei seid …«

»Nein«, entgegnet er und füllt den Wasserkocher. »Sie hat zwar immer so getan, aber ich habe sie nicht einmal geküsst. Trotzdem habe ich mich verpflichtet gefühlt, bei ihr zu bleiben. Sie kann sehr energisch sein, wenn sie sich etwas in den Kopf gesetzt hat.«

»Ohne Scheiß?«, hake ich nach.

»Oh ja!«, entgegnet er und streicht schwungvoll Butter auf seinen Toast. »Egal, ich hatte jedenfalls einen tollen Abend. Zum Schluss habe ich mit Benoit gepokert, und wir haben eine ganze Flasche Whiskey geleert. Ich muss kurz los und eine neue besorgen. Ciao!«

Aus irgendeinem Grund muss ich darüber lachen, und

ich schalte mit meiner ganzen Kraft auf Autopilot um. Ich brauche mich nur still zu verhalten und mich über den Kater der anderen zu amüsieren, bis es Zeit ist, nach Hause zu fahren, und dann kann ich über Jake und alles, was passiert ist, nachdenken.

Oh Mist, Jake. Ich frage mich, was er gerade denkt. Ich meine, ich bin wirklich froh, dass ich mich für die Auszeit entschieden habe, denn so brauche ich mich nicht zu fragen, was er gerade denkt.

»Kaaaaaate«, plärrt Sam unter dem Tisch hervor. »Kann ich mit dir kuscheln?«

»Nein«, erwidert sie streng. »Du riechst.«

»Biiitte.«

»Nein.«

Sam streckt seinen langen Arm aus und packt sie am Fußknöchel, als sie vorbeigeht, woraufhin sie laut quiekt und kichert. Ah, Flirten. Wie ich das vermissen werde.

Eddie und Laura betreten nun die Küche, Hand in Hand. Eddies erste Reaktion beim Anblick des Gartens ist nicht so schlimm, wie ich befürchtet habe.

»Hab ich mir schon gedacht«, sagt er, während er den Blick durch das Küchenfenster schweifen lässt und ein Croissant wie eine Banane futtert. »Ich werde Murray anrufen. Er wird alles in Ordnung bringen, bevor meine Leute zurück sind.«

»Murray?«, frage ich.

»Mums Gärtner«, erklärt er. »Sie tut zwar immer so, als wäre das alles ihr Werk, aber das ist gelogen. Murray wird den Garten wieder herrichten, und sie wird es nicht mal merken.«

»Ich werde mich an den Kosten beteiligen«, sage ich, woraufhin alle anderen ebenfalls ihre Hilfe anbieten.

Ant schleicht in die Küche und ignoriert die Pfiffe und die Anspielungen wegen ihm und Harriet, als plötzlich jemand laut die Treppe herunterstampft. Gleich darauf wird die Haustür zugeknallt.

»Harriet haut ab«, murmelt Ant.

Als Nächstes erscheinen Mitch und Tara auf der Bildfläche, händchenhaltend und glücklich verliebt, bis sie erfahren, dass Jake und Perry, ihre Mitfahrgelegenheiten, bereits nach Hause aufgebrochen sind. Mitch wählt sofort Jakes Nummer.

»Was zum Henker hast du dir dabei gedacht, Cousin? Lässt mich einfach hier zurück in der nordenglischen Einöde …«

»Das heißt Oxfordshire«, verbessert ihn Eddie und verdreht die Augen.

Mitch lauscht in den Hörer. Ich frage mich, ob Jake etwas von mir sagt. Mitchs Blick wandert kurz zu mir und wieder weg.

»Okay, Kumpel, äh, wir reden später.«

»Ihr könnt bei mir mitfahren«, meint Eddie.

Benoit kommt jetzt herein und setzt sich stumm an den Küchentisch. Seltsam, ich dachte, er wäre heute Morgen mit Eugene gefahren. Er trägt eine sehr dunkle Sonnenbrille und scheint einen mörderischen Kater zu haben.

»Möchtest du frühstücken?«, frage ich ihn. »Le petit déjeuner? Oui?«

Er dreht ganz langsam den Kopf zu mir und sagt »un café, s'il te plaît«, bevor er sich langsam wieder in Richtung Garten dreht.

Kate, Laura, Eddie und ich verbringen die nächste Stunde mit Frühstücken und Aufräumen. Sam liegt noch immer unter dem Tisch und verlangt zwischendurch laut mehr Toast oder Kaffee. Benoit gibt keinen einzigen Mucks von sich. Niemand spricht mich auf Jake an, also versuche ich, mich von dem verkaterten Geplauder am Frühstückstisch ablenken zu lassen.

Ach du meine Güte, hör endlich auf, darüber nachzudenken, wie es ihm geht.

Tory und Conor erscheinen nun auf der Bildfläche und setzen sich möglichst weit auseinander an den Tisch. Conor macht einen leicht verlegenen Eindruck. Tory dagegen einen euphorischen. Ich beschäftige mich, indem ich den Speck anbrate und die Eier und Toast für alle mache. Ablenkenablenkenablenken.

Spud kommt aus dem Garten herein.

»Danke, Leute«, sagt er. »Ich bin gerade in den verdammten Rhododendronbüschen aufgewacht.«

Wir brechen alle in Gelächter aus. Ich mache mir um Bloomie ein wenig Sorgen. Zwischendurch verziehe ich mich kurz nach oben und klopfe an ihre Tür, worauf ich nur ein »Alles okay! Komme gleich runter!« erhalte und beschließe, sie in Ruhe zu lassen. Neil kommt mit dem Whiskey zurück und bricht kurz darauf zusammen mit Tory, Conor und Spud auf. Gegen Mittag tauchen Bloomie und Eugene auf, Hand in Hand, mit vor Glück, sexueller Befriedigung und – sorry, aber es ist so unverkennbar – Liebe geröteten Gesichtern.

Ich schenke den beiden ein Lächeln. »Ich schulde dir was«, flüstert Bloomie mir zu, als sie an mir vorbeigehen. Ich nehme an, sie hat sich bei ihm entschuldigt. Es stellt sich heraus, dass Benoit Eugene daran gehindert hat, in seinem Zustand Auto zu fahren.

»Ich habe ihm gesagt, er soll hierbleiben und es in Ordnung bringen«, schildert Benoit nickend. Bloomie und Eugene beginnen wieder herumzuturteln.

Gegen zwei Uhr nachmittags beschließen Bloomie, Kate und ich aufzubrechen und bieten Sam an, bei uns mitzufahren. Eugene fährt mit Benoit, weil sie auf dem Rückweg noch einen Abstecher zu Benoits Tante machen wollen. Eugene und Bloomie brauchen zehn Minuten, um sich mit vielen Küssen und I-love-yous voneinander zu verabschieden. Richtig ekelhaft.

»Ist das der French Kiss, von dem man immer so viel hört?«, ruft Sam vom Rücksitz in Kates Wagen. »Könnt ihr das bitte in Zeitlupe machen, damit ich mitschreiben kann?«

Eugene küsst Bloomie weiter und streckt den rechten Arm aus, um Sam den Stinkefinger zu zeigen.

»Le doigt«, sagt Sam zu Kate und mir. »Das heißt Finger, Ladys. Il a montré le doigt.«

Sam hat ein sehr lautes, albernes, noch immer betrunkenes Stadium erreicht. Kate ist in einer ähnlich albernen Stimmung, obwohl diese von dem ersten Kuss nach ihrer Trennung herrührt. Beide sitzen kichernd hinten im Wagen.

»Ich kann nicht glauben, dass du gestern Abend dieses Kind verführt hast«, bemerkt er.

»Er ist ein Mann, damit du es weißt«, erwidert sie.

»Mal im Ernst, hat er an deiner Brust genuckelt und Mami zu dir gesagt?«

Wir lachen alle laut.

»Weißt du, er hat sich nur mit dir eingelassen, damit du ihm beibringst, wie man Auto fährt. Und sich rasiert.«

»Ich bin nicht mit ihm zusammen«, stellt Kate klar. »Ich habe mit ihm ungefähr zwanzig Minuten im Wohnzimmer rumgeknutscht, dann ist er ohnmächtig geworden, und ich bin alleine ins Bett gegangen. Ich will keine Beziehung mit ihm. Er ist zu jung und zu süß.«

»Gut, dann kannst du ja mit mir ausgehen.«

»Aber du bist zu alt und … nicht süß.«

»Du verletzt meine Gefühle … Willst du sie wieder gesund küssen?«

»Oh, ihr zwei, könnt ihr mal aufhören zu flirten«, wirft Bloomie ein.

»Nun, sie hat mir das Herz gebrochen. Als sie mit diesem Kind abgezogen ist, hat sie mir das Herz gebrochen.«

Auf der Fahrt nach London geht es so weiter, und nachdem wir Notting Hill erreicht haben, beschließen die beiden, das Wochenende im Walmer Castle ausklingen zu lassen.

»Ich mag diese faulen Freitage!«, sagt Sam begeistert.

»Es ist Sonntag«, erwidert Kate ernst.

»Mein süßer, süßer Schatz … Wir sind ein tolles Komikerduo: Ich bin der lustige Kerl, und du bist die, die immer ernst bleibt, okay?«

Sam informiert per SMS Mitch, der mit Tara unterwegs ist, und beide finden die Idee gut, genau wie Eugene, Benoit, Laura, Fraser und Eddie. Sam sagt, er hat die SMS auch an Jake geschickt. Aber er sagt nicht, wie dessen Antwort lautet.

»Kommst du mit in den Pub, Darling?«, fragt Bloomie, als wir vor ihrem Haus halten.

»Nee«, antworte ich. »Ich habe eine dringende Verabredung mit meiner Badewanne und meinem Bett.«

Schließlich komme ich zu Hause an, und die Stille klingelt in meinen Ohren. Meine Eingeweide tun weh. Das liegt wahrscheinlich an meinem Kater.

Oh, verdammt. Ich habe ihn verloren.

Und das ist das, was ich will. Ich habe mich für mich entschieden statt für Jake. Ich habe mich für mein neues Leben und für Stabilität statt für den unvermeidlichen Liebeskummer und den Männerfrust entschieden.

Auf dem Weg zur Treppe höre ich aus dem Wohnzimmer leises Murmeln. Ich gehe hinein und sehe Anna zusammengerollt auf einem der Sofas zusammen mit einem Mann, der – glaube ich jedenfalls – Don sein muss. Er ist Ende dreißig, hat ein tolles Lächeln und scheint ihr gerade einen Zeitschriftenartikel über Jennifer Aniston vorzulesen. Anna kichert und strahlt von einem Ohr zum anderen. Um die beiden herum liegt Pralinenpapier verstreut. Sie machen einen sehr glücklichen und harmonischen Einduck.

»Hallo!«, sage ich und versuche dabei so fröhlich zu klingen, wie die beiden bestimmt sein werden.

»Hi, Schnecke!«, erwidert Anna und stellt mich Don vor. »Ich habe gehofft, dass wir dich sehen!«

»Ich habe schon viel von dir gehört«, meint Don und steht auf, um mir die Hand zu geben. »Die Frau mit der berühmten Männerpause.«

»Oh, … der Unfug«, entgegne ich, ein wenig sinnlos.

»Möchtest du einen Tee?«, fragt Don. »Ich wollte gerade einen für Anna machen.«

»Oh, sehr gerne«, erwidere ich.

Er springt auf, deckt Anna sorgfältig mit der Decke zu und geht in die Küche, während er »Ist Pfefferminz okay?« ruft.

»Ja, super«, sage ich und drehe mich lächelnd zu Anna. Sie grinst und legt den Finger auf die Lippen. Zugleich bedeutet sie mir, mich neben sie zu setzen.

»Es läuft perfekt«, flüstert sie. »Er hat mich am Donnerstag angerufen und gesagt, er brauchte ein paar Tage, um einen klaren Kopf zu bekommen … eine Art Auszeit. Und dass er nur mich liebt und mit mir zusammenziehen möchte! Ich bin so glücklich! Keine Angst, ich werde erst in ein paar Monaten ausziehen.«

Ich habe kaum Zeit, um das alles zu verarbeiten, und sage an den passenden Stellen »Oh!« und »Wunderbar!«, als Don bereits mit dem Tee zurückkehrt.

»Was zu knabbern?«, fragt er und bietet mir Kekse an. »Ich versuche, deine Mitbewohnerin aufzupäppeln. Sie ist zu dünn.«

Anna lächelt ihn verzückt an. Ich hätte mir nicht vorstellen können, sie jemals so glücklich zu sehen.

»Ich würde ja gerne«, antworte ich und stehe auf. »Aber letzte Nacht ist es sehr spät geworden … Ich sehne mich nach einem heißen Bad und meinem Bett … Danke für den Tee. Ich nehme ihn mit nach oben.«

»Gerne«, meint Don. »War nett, dich kennenzulernen.«

Ich schenke den beiden ein Lächeln, während sie sich wieder auf der Couch zusammenkuscheln, und gehe nach oben. Als ich in meinem Zimmer bin, sehe ich auf die Uhr. Es ist fast sechs. Ich bin geschafft. Ich lasse mir ein heißes Bad ein, lege mich anschließend ins Bett und lese *Stolz und Vorurteil*, um mich zu trösten.

Es funktioniert nicht.

»Verdammt, Austen«, schimpfe ich irgendwann laut, da ich zum neunten Mal denselben Absatz lesen muss. Meine Gedanken wandern ständig zurück zu gestern Abend. Ich muss immer an die Küsse und an die Gespräche denken. Und an das Abendessen. Und an den Pub. Und wieder an die Küsse. Und an all die schönen, süßen, lustigen Dinge, die Jake gesagt und getan hat.

Außer natürlich, als er mich ein Miststück und eine Idiotin und dämlich und erbärmlich genannt hat. Das war überhaupt nicht süß.

Ich ziehe mein Kissen über den Kopf und lasse einen Verzweiflungsschrei heraus. Es fühlt sich gut und dramatisch an. Gleich darauf meldet sich die nervige kleine Stimme in meinem Kopf.

Ich habe verdammt gute Gründe, Jake niemals wiederzusehen. Sollen wir sie einzeln durchgehen?

Nein, nein. Ich weiß, wie das läuft, wirklich.

Gut. Dann wiederhole es.

Ich werde Jake niemals wiedersehen.

Ich werde mir nicht das Herz brechen lassen.

Ich entscheide mich für Stabilität statt für Unsicherheit. Und für Sicherheit statt für Risiko.

Ich entscheide mich für die Männerpause. Ich will Jake nicht. Ich entscheide mich für die Männerpause. Ich will Jake nicht.

Mit diesem Sprechgesang im Kopf schlafe ich schließlich ein.

Kapitel 33

Am Montagmorgen wache ich auf und fühle mich gut – sogar richtig gut, nachdem ich so lange geschlafen habe –, bis mir einfällt, was passiert ist, und schon gefriert mir das Blut in den Adern.

Ich öffne die Augen und sehe mich um. Mein Zimmer ist das reinste Chaos. Ich habe noch nicht ausgepackt. Und das in mehr als nur einer Hinsicht nicht: Meine Reisetasche ist ein einziges Durcheinander aus mehlbestäubten, regenfeuchten, schlammverkrusteten Kleidern, und mein Kopf ist ein genauso schlimmes Durcheinander aus Erinnerungen und Gedanken an Jake. Verdammt, zieh Leine, Jake.

Es war die richtige Entscheidung. Es ist das, was ich will. Es ist vorbei.

Ich brauche nicht einmal den Versuch zu wagen, mein wohliges Seestern-Stretching zu machen, um zu wissen, dass es heute nicht funktioniert, also stehe ich direkt auf, packe meine Tasche aus, werfe eine Waschmaschine an, dusche (blabla) und ziehe mich an so schnell es geht, was nicht sehr schnell ist.

Wissen Sie, was die Krönung an diesem beschissenen Morgen ist? Ich habe meine modische Inspiration komplett verloren. Schließlich entscheide ich mich für ein Farmer-Outfit aus einem blaukarierten Hemd, einer Schlaghose mit hohem Bund und einem braunen Gürtel und taufe es »Yee-ha«. Ich bezweifle, dass ich heute laut »Yee-ha« rufen könnte, selbst wenn mein Leben davon abhinge.

Dann schnappe ich mir meine gelbe Glückshandtasche (Anmerkung für mich selbst: nach einer anderen Tasche suchen, weil dieses Scheißding mir null Glück gebracht hat) und mache mich auf den Weg zur Arbeit.

Heute nieselt es, und es ist verhältnismäßig kühl für einen Sommertag. Dieses beschissene Londoner Sauwetter. Missmutig stapfe ich zur Victoria Station, wobei mir auf halbem Weg auffällt, dass ich meinen iPod vergessen habe. Scheiße. Als Nächstes stehe ich vor einem geschlossenen Bahnhof, da die Bahnsteige überfüllt sind. Immer dieselbe Scheiße. Diese blöde U-Bahn. Ich warte draußen vor dem Gitter und werde schließlich nach unten gelassen, wo ich feststelle, dass meine Bahn vorübergehend nicht mehr fährt.

Klar.

Ich gehe wieder die Treppe hoch, wobei ich von all den anderen angepissten Pendlern angerempelt werde, und steige in die Buslinie 38. Als wir auf der Hauptstraße in Richtung Hyde Park in einen Stau geraten, habe ich das Gefühl, als würde ich gleich hyperventilieren. Will das Universum mir damit sagen, dass ich in der falschen Richtung unterwegs bin?

Was für eine dumme Bemerkung.

Ich quetsche mich im Bus nach vorne durch und flehe den Fahrer an, mich aussteigen zu lassen. Der hysterische Ton in meiner Stimme muss ihm signalisiert haben, dass es mir ernst ist. Der Fahrer beschließt, sein bisschen Macht wohlwollend einzusetzen und drückt die Tür auf, ohne mich anzusehen. Blödmann.

Ich gehe den restlichen Weg zu Fuß, während ich verzweifelt versuche, mich in eine glückliche und gelassene Stimmung zu versetzen. Ich bin glücklich, ich liebe mein Single-Leben, ich liebe die Männerauszeit. Sie ist der Grund, warum mein Leben gerade so fantastisch läuft, warum es beruflich aufwärts geht und ich alles unter Kontrolle habe. Ich habe mich bewusst dafür entschieden, Single zu sein, und es war die richtige Wahl, und ich bin glücklich. Also werde ich immer glücklich sein, wenn ich Single bleibe. Scheiß auf deine sich selbst erfüllenden Prophezeiungen, Jake.

Denk nicht an Jake.

Ich gehe durch das schmutzige kleine Soho, wo alle zur Arbeit hetzen. Mein Kaffee ist perfekt. Der Regen hat aufgehört, und die Wolken geben ihr Bestes, um den Himmel freizugeben. Ich fühle mich gut. Ja, das tue ich. Ich fühle mich gut, weil ich nicht an Jake denke.

Wie, wie, wie soll ich denn heute, diese Woche, diesen Monat, für immer nicht an ihn denken? Ich bin völlig erschöpft davon, nicht an ihn zu denken, und dabei ist es erst Viertel nach neun.

Als ich im Büro ankomme, warten auf mich zwei Überraschungen, die mich von meiner Krise ablenken. Erstens, Andy ist nicht da, und er wird sich auch nicht mehr blicken lassen. Er hat beschlossen – Kündigungsfrist hin oder her – ab sofort nicht mehr arbeiten zu kommen, bestimmt da es unter seiner Würde ist, mit mir zusammenzuarbeiten, nehme ich an. Seltsamerweise finden das alle zum Kichern, vor allem Laura, die mir ein verstohlen-schüchternes Lächeln zuwirft, nachdem ich sie nach Eddie gefragt habe. »Wir sind heute Abend verabredet«, flüstert sie.

Um die anderen von Andys Abwesenheit abzulenken, beschließe ich, das Büro umzustellen. Ich bin es leid, ganz hinten an der Wand zu sitzen. Ich möchte stärker einbezogen sein und eine echte Teamwork-Atmosphäre schaffen. Ich begeistere die anderen für meinen Vorschlag, und als Cooper mittags erscheint, sitzen wir alle fröhlich an unseren neuen Plätzen. Wir haben die Tische näher zusammengerückt, aber so, dass einem nicht mehr jeder über die Schulter sehen kann und jeder mehr Privatsphäre hat. Plötzlich fühlt es sich an wie ein richtiges Team.

Und die zweite Überraschung ist, dass Kate ihre Kündigung bekommen hat.

Sie schickt Bloomie und mir um 10.04 Uhr eine E-Mail.

Ich bin gerade gefeuert worden! Mein Chef auch! Die ganze Abteilung! Wir sind alle draußen! Im Moment sind Abfindungsverhandlungen! Melde mich später!

Oh Scheiße. Ich habe noch nie gesehen, dass sie so viele Ausrufezeichen verwendet. Definitiv ein Zeichen von Hysterie. Bloomie und ich schicken ihr sofort eine Antwort und bitten darum, dass sie uns schnellstmöglichst anruft. Danach schreibt Bloomie eine E-Mail an mich.

Bei denen ist jetzt sicher die Hölle los. Ich hätte mir nie vorstellen können, dass jemand wie Kate gekündigt wird.

Ich antworte:

Vielleicht gibt es ja noch einen Silberstreif am Horizont in Form einer saftigen Abfindung.

Bloomie erwidert:

Allerhöchstens drei Monatsgehälter.

Mit drei Monatsgehältern würden sich die meisten zufriedengeben, denke ich. Stattdessen entgegne ich:

Arme Katie … Wie war es im Walmer?

Bloomie antwortet:

Ziemlich lustig. Sam war zum Brüllen. Wir waren alle betrunken und ziemlich albern. Zwischen dem Monk und mir läuft es wieder besser. Tatsächlich läuft es super. Danke, Darling. Du hattest recht.

Ich lächle. Ich bin so froh, dass sie wieder glücklich ist.

Dann bekomme ich eine neue E-Mail von ihr.

PS: Ich nehme an, das ist nicht der richtige Zeitpunkt, um mich zu revanchieren und dir zu raten, Jake anzurufen?

Und was soll ich ihm sagen?, denke ich. Ich muss ständig an dich denken, aber trotzdem glaube ich, dass ich das Richtige getan habe? Ich antworte nicht auf Bloomies E-Mail. Ich muss mich um die Boiler-Kampagne kümmern, an der sich der Streit mit Andy entzündet hat, und verbringe den restlichen Tag damit, mit Laura und Danny neue Entwürfe auszuarbeiten.

Am Nachmittag schickt Kate eine SMS, in der sie schreibt, dass alles in Ordnung ist und ich heute Abend bei Bloomie und ihr eingeladen bin. Sie klingt überraschend gelassen. Vielleicht ist es so das Beste. Vielleicht ist alles so am besten.

Als ich das Büro verlasse, sind die restlichen Wolken ganz verschwunden. Es ist so schön, dass ich beschließe, zu Fuß durch Mayfair und den Hyde Park nach Notting Hill zu gehen. Obwohl ich mir die allergrößte Mühe gebe, kreist mein Verstand natürlich weiter um Jake und das Wochenende. Scheiße, was für ein Chaos.

Ich hoffe, er ist gut zu Hause angekommen. Ich hoffe, er versteht meine Beweggründe. Es liegt nicht an ihm oder an mir, sondern an der Männerauszeit.

Warum sollte er deine Beweggründe verstehen, du Närrin?

Liebes Ich, halt deine verfluchte Klappe.

Ich überquere den Berkeley Square. Das letzte Mal, dass ich hier war, war an jenem Abend im Nobu. Das ist erst zehn Tage her, doch es kommt mir vor wie eine Ewigkeit. Der gute alte Lukas, denke ich. Er kommt am Donnerstag zurück aus Deutschland. Ich habe kein Problem damit, ihn wiederzusehen. Es war ein Kuss, aber es gibt schlimmere Versehen.

Allerdings.

Aus heiterem Himmel muss ich an Coopers Worte an jenem Abend mit den Deutschen denken. Sie kreisen in einer nervigen Endlosspirale mehrere Minuten lang in meinem Kopf herum.

Cooper sagte: »Du wirst einen Mann kennenlernen, den du mehr begehrst als alle anderen Männer auf der Welt. Wenn er sich wie ein Scheißkerl benimmt, dann … stellt er dich einfach nur auf die Probe. Und du stellst ihn auf die Probe, wenn du herumzickst. Du wirst es lieben.«

Ich frage mich, ob Jake mich auf die Probe gestellt hat.

Nein, hat er nicht. Natürlich nicht. Ich habe recht. Ich weiß, dass ich recht habe. Ich bereue es nicht. Wenn sich zwischen uns etwas ergeben hätte, wäre es sowieso irgendwann wieder vorbei gewesen. Das ist so. Das weiß ich sicher. Ich wäre verunsichert, und dann würde ich verunsichert reagieren und könnte nicht mehr locker sein, und er würde die Lust an mir verlieren und die Sache beenden. So oder in einer ähnlichen Version.

Mit diesen Überlegungen schreite ich für mindestens dreißig Sekunden recht fröhlich voran. Ich entscheide mich bewusst für das Alleinsein. Ich will Jake nicht.

Vielleicht sollte ich mir das alles aufschreiben und es dann alle paar Minuten durchlesen, um Zeit zu sparen. Oder es mir auf den Arm tätowieren.

Gesprächsfetzen von unserem fünfstündigen Offenbarungs- und Kussmarathon schleichen sich immer wieder in meinen Kopf. Wir haben uns über alles unterhalten, einfach alles. Und dann seine Küsse. Verdammt, das Küssen war echt toll.

Ich habe seit Jahren mit niemandem mehr so geredet – ganz zu schweigen von jemandem, der männlich und mir praktisch fremd ist. Und im Gegensatz zu den anderen Männern, für die ich mich geringfügig interessierte, habe ich nicht den ganzen Abend gehofft, dass er mich zum Essen einlädt. Ich habe es einfach nur genossen, mich mit ihm zu unterhalten … Ich habe seine Nähe genossen und das Kribbeln, wenn sich unsere Blicke trafen, und das Küssen und den Seelenstriptease …

Das lag nur an dem verdammten Alkohol!, rufe ich mir sofort ins Gedächtnis. Ich hatte genug Wein – und Schnaps – intus, dass ich jeden Mann interessant und witzig gefunden hätte. Und vergiss nicht, junge Dame, dass er nach dem Aufwachen dachte, er hätte dich bereits sicher – weil er ein arroganter Scheißkerl ist! Und dann kam es zu dem hässlichen Streit, und er hat dich ganz übel beleidigt! Dieses Oberarschloch!

Ja, Ausrufezeichen gleich Hysterie.

Ich muss aufhören, mir die ganze Zeit den Kopf zu zerbrechen, sofort. Kate ist arbeitslos, und es gibt schlimmere Probleme auf der Welt.

Als ich bei Kate und Bloomie eintreffe, stecken sie knietief in Zigaretten, Rotwein und Pistazien, alles vom Spirituosenladen um die Ecke.

»Merlot für zwei Pfund neunundneunzig?«, frage ich.

»Es sind schwierige Zeiten, Darling«, erklärt Bloomie und zündet sich eine Zigarette an. Wir rauchen nur in echten Notfällen drinnen. Das ist definitiv einer.

Kate wirkt fast unmöglich ruhig. Ich beuge mich zu ihr und drücke sie ganz fest.

»Alles okay?«

»Ja«, sagt sie. »Mir geht es gut. Mir geht es sogar super!«

Sie erzählt uns, wie es zu der Kündigung kam und dass sie wahrscheinlich eine Abfindung in Höhe von drei Monatsgehältern bekommt. Sie hat den Nachmittag mit Immie verbracht und ihre Möglichkeiten abgewägt. Es hört sich an, als hätte Immie ein paar psychotherapeutische Knöpfe gedrückt, da Kate plötzlich Selbstbeobachtungen wie nie zuvor äußert.

»Ich glaube, es ist Zeit, mein Leben neu zu überdenken«, meint sie. »Ich will nicht mehr in einer Bank arbeiten. Ich mag zwar die Routine, aber ich weiß nicht, ob das gut für mich ist. Ich glaube, das verstärkt meinen … Kontrollzwang.«

Mein Blick fällt auf den Tisch, wo sie die Pistazienschalen mit der Öffnung nach oben der Größe nach fein säuberlich aufgereiht hat. »Ich denke, ich werde versuchen, mich für ein paar Monate als freie Mitarbeiterin durchzuschlagen – egal, wo, Hauptsache, ich verdiene genug, um weiter hier zu leben –, und anschließend werde ich verreisen«, sagt Kate. »Vielleicht gebe ich Fortbildungskurse für Lehrer. Oder Yoga-Kurse. Oder ich werde Floristin. Ich liebe Blumen.«

Ich sehe Bloomie an. Kates äußere Gelassenheit ist reine Fassade. Innerlich steht sie unter Schock. Bloomie zuckt mit den Achseln und macht ein »Ich weiß auch nicht, was ich sagen soll«-Gesicht.

»Nun, Darling, du musst das ja nicht sofort entscheiden«, räume ich ein.

»Ich weiß«, entgegnet Kate fröhlich. »Das ist ja das Lustigste daran. Ich muss gar nichts tun. Ich muss morgen nicht einmal aufstehen.« Plötzlich schwimmen Tränen in ihren Augen. »Ich weiß nicht, was ich mit mir anfangen soll.«

»Das ist ein Neuanfang für dich, Katiepoo«, sage ich und schenke ihr Wein ein.

»Das ist kein Anfang, sondern das Ende«, widerspricht sie mir und wischt sich eine Träne aus dem Augenwinkel. »Das nächste. Zuerst Tray, und jetzt das.«

»Betrachte es als den Beginn eines neuen Lebensabschnitts!«, meine ich mit einer leichten Überdosis Optimismus. »In den letzten zehn Jahren hat sich unser Leben ausschließlich um Studium und Job und wie wir auf die dreißig zugehen gedreht … Jetzt sind wir fast dreißig, und es ist höchste Zeit herauszufinden, was wir wirklich brauchen, um glücklich zu sein.«

Bloomie und Kate sehen mich sonderbar an. Bis jetzt ist noch nichts annähernd Philosophisches aus meinem Mund gekommen.

Während ich es ausspreche, wird mir bewusst, dass ich

das wirklich glaube. Für uns alle ist es Zeit für einen Neubeginn. Für Kate, damit sie aufhört, ein Kontrollfreak zu sein, und einfach das Leben genießt, für Bloomie, damit sie sich auf etwas anderes – oder, besser gesagt, auf jemand anderen – als nur auf ihren Job konzentriert, und für mich … damit ich mich nie wieder auf eine Beziehung einlasse und mein restliches Leben funktioniert.

Brr, mein Neubeginn ist nicht der Hit.

Kate leert ihr Weinglas, das fast voll war. »Das ist definitiv ein neuer Lebensabschnitt. Ich bin arbeitslos.« Sie lässt sich plötzlich auf den Boden fallen und beginnt zu lachen und »Ich bin arbeitslos! Ich bin arbeitslos!« zu singen.

Bloomie und ich wechseln einen leicht besorgten Blick. Na, wenigstens lässt sie es aus ihrem System. Wir zünden uns Zigaretten an und gießen Wein nach.

Kate setzt sich plötzlich auf. »Das hätte ich glatt vergessen, meine geschäftliche Kreditkarte. Ich habe so viele Bonusmeilen gesammelt, dass ich praktisch überall gratis hinfliegen kann. Ich muss sie schnell einlösen, bevor die mir die Karte wegnehmen.«

»Oh mein Gott«, antwortet Bloomie. »Das solltest du wirklich tun. Du wirst die Karte bestimmt zurückgeben müssen.«

Kate starrt uns an. »Wo soll ich hinfliegen? Eigentlich …« Sie springt auf, läuft hoch in ihr Zimmer und kommt mit einem Briefumschlag zurück. »Ich habe ein Companion Ticket. Das bedeutet, dass eine von euch umsonst mitkann, egal, wohin ich fliege. Lasst uns nach Sri Lanka reisen und zwei Wochen Strandurlaub machen. Nein! Lasst uns nach Kroatien jetten und die Jachten der Banker abklappern.«

»Die Banker können sich keine Jachten mehr leisten … Und ich bekomme im Moment keinen Urlaub«, sage ich bedauernd. Verdammt, ich hatte seit einem Jahr keinen Urlaub mehr.

»Dann lasst uns einen Wochenendtrip nach New York machen«, schlägt Bloomie vor. Ich sehe sie an. Was für eine großartige Idee. New York. New fucking York. Damit könnte ich Jake aus meinem System löschen, und es würde Katie ablenken … Einfach perfekt.

»Wann?«, frage ich.

»Dieses Wochenende«, meint Bloomie. »Das passt super wegen deinem Geburtstag! Wir fliegen Freitagmittag hin und Sonntagabend wieder zurück. Dann kannst du am Montag wieder arbeiten gehen.«

Oh Gott, mein Geburtstag. Er ist am Sonntag. Mein neunundzwanzigster Geburtstag ist das Letzte, womit ich mich im Moment beschäftigen möchte. Ich hasse Geburtstage.

»Aber nur eine Begleitperson ist frei«, gebe ich zu bedenken. »Und ich kann es dir niemals zurückzahlen.«

»Egal!«, ruft Kate. »Du fliegst umsonst mit!«

Bloomie nickt. »Ich habe auch Bonusmeilen gesammelt. Ich fliege ebenfalls gratis.«

Wir beginnen alle laut auf eine schrecklich mädchenhafte Art zu kreischen. New York! Bars und Boutiquen und Wolkenkratzer und der Central Park und …

»Ich kann mir das Hotelzimmer nicht leisten«, sage ich plötzlich. »Ich meine, mal im Ernst, Leute, das können wir nicht machen. Ich habe keine Ersparnisse, und Kate hat kein Einkommen mehr. Und der Wechselkurs ist auch nicht mehr das, was er mal war. Früher konnte ich mir noch einen Shoppingbummel in New York leisten, aber heute …«

»Ich bekomme eine Abfindung. Ich kann mir ein Hotel für zwei Nächte leisten«, entgegnet Kate. »Und du kannst das genauso. Du hast eine Gehaltserhöhung bekommen. Und wir müssen ja nicht shoppen gehen. Wir genießen einfach die Stadt, alle drei gemeinsam … Bitte, Süße. Das ist unser letztes Hurra …«

Bloomie hebt den Zeigefinger, um uns zum Schweigen zu bringen, und verschwindet kurz nach oben in ihr Zimmer. Gleich darauf kehrt sie mit ihrem aufgeklappten Laptop zurück.

»Meine Bank bekommt in fast jedem zweiten Fünf-Sterne-Hotel in New York einen Firmenrabatt …«, erklärt sie und tippt hektisch auf der Tastatur. Nach dreißig Sekunden sieht sie uns triumphierend an. »Vierundachtzig Dollar pro Nacht. Geteilt durch drei, wenn wir ein drittes Bett ins Zimmer stellen lassen …«

Wir fangen wieder an zu kreischen. Ich erspare Ihnen die Szene.

Als mir bewusst wird, dass ich mir diese Reise tatsächlich leisten kann, und wir die nächste Stunde mit Buchen und Planen verbringen, bessert sich meine Stimmung unermesslich. Es wäre eine supertolle Ablenkung, sowohl für Kate als auch für mich. Kates Problem ist natürlich ungefähr zehnmal so schlimm wie meins, ich weiß, aber das heißt nicht, dass der Streit mit Jake nicht auf einem kleinen Bildschirm ganz hinten in meinem Kopf in einer Endlosschleife spielt. Ich sage keinen Ton von Jake. Bloomie fragt mich einmal, ob ich über ihn reden möchte, worauf ich den Kopf schüttle. Ich will nicht. Ich will nicht ich will nicht ich will nicht.

Alles, was ich tun muss, ist, Cooper zu fragen, ob ich am Freitag Urlaub haben kann. Ich schicke ihm kurz eine SMS, um zu fragen, ob es okay ist, wenn ich ihn anrufe, und als er »Kein Problem« antwortet, hole ich tief Luft und springe ins kalte Wasser. Er hebt nach dem zweiten Klingeln ab.

»Kann ich Freitagnachmittag frei haben?«

»Warum?«

»Weil ich am Wochenende wegfahren möchte.«

»Ja, das müsste in Ordnung gehen. Doch vergiss nicht, das Team zu informieren. Und sag nicht mehr als nötig.«

»Ja, mach ich … äh, mach ich nicht.«

»Gut. Wir sehen uns morgen.«

So einfach ist das. Schon seltsam, wie einfach es manchmal ist, etwas im Leben zu bekommen. Man muss nur darum bitten. Ich wünschte, jemand hätte mir das früher gesagt.

Es ist äußeres Glück, ich weiß, aber ich freue mich sehr, dass wir nach New York fliegen. Um mich von Jake abzulenken und die Endlosspirale in meinem Kopf zu unterbrechen, mache ich eine Reise- und eine Einkaufsliste und studiere nymag.com, als ich am Montagabend nach Hause komme.

Dienstag ist kein guter Tag. Cooper ist schlecht gelaunt. Offenbar bereut er seine Entscheidung, dass er mir den Freitagnachmittag freigegeben hat. Wir haben zwei Beschwerden von langjährigen Kunden erhalten, die sich in letzter Zeit vernachlässigt fühlen. Da wir uns in den letzten Monaten so stark auf das Projekt mit den Deutschen konzentriert haben und Andy für das Tagesgeschäft verantwortlich war, ist das kein Wunder. Cooper überträgt mir ab sofort die persönliche Verantwortung für alles, was in Zukunft an die beiden Kunden rausgeht. Die Woche ist also ziemlich stressig und bringt mich wieder auf den Boden der Tatsachen zurück. Mag sein, dass ich mehr Gehalt bekomme, aber im Gegenzug habe ich meinen »In der Ecke verstecken«-Status verloren.

Die nächsten Tage vergehen rasend schnell. Ich wache um sechs Uhr auf, und mein erster Gedanke ist dieser verdammte Jake. Ich verdränge ihn und gehe dann joggen. Ich versuche erst gar nicht zu schreiben. Ich bin einfach nicht in der Stimmung dafür. Die geschäftigen, Andy-freien Arbeitstage verstreichen, und abends telefoniere ich mit Bloomie und Kate wegen New York und lese anschließend im Bett, bis ich mit meinem Buch auf der Brust einschlafe. Das sind alles hervorragende Ablenkungen. Genau wie früher Wodka und Klamotten. Aber viel gesünder für meine Leber und mein Bankkonto.

Kate ist ein paar Tage zu ihren Eltern gefahren, doch sie scheint in bester Verfassung zu sein und konzentriert ihre Fähigkeiten als Kontrollfreak auf die Planung eines perfekten Wochenendes in New York. Wir waren alle schon oft genug dort, um uns nicht mit dem Tourikram aufzuhalten. Außerdem kann es sich keine von uns wirklich leisten, shoppen zu gehen, also bleiben nur essen und trinken und spazieren gehen übrig. Drei Dinge, in denen sowohl wir uns als auch New York auszeichnen.

Kate schreibt mir irgendwann in einer SMS, es sei wie Fliegen, wenn man einmal begriffen hat, dass man sich um seinen Job oder seinen Chef oder die Firmenpolitik keine Gedanken mehr zu machen braucht. Ich antworte, sie soll aufhören, Crack zu rauchen. Sie antwortet, dass sie keine Zeit hat, um meine SMS zu beantworten, weil sie gerade plant, wie sie ihre Tasche packt. Ja, Sie haben richtig gelesen. Kate packt nicht nur schon Tage vorher, sie macht sogar einen Plan dafür.

Wenn mir in ruhigen Momenten Jake in den Sinn kommt (Vielleicht kennt er gute Lokale in New York? Schließlich hat er dort einmal gelebt), scheuere ich mir selbst eine (bildlich gesprochen) und befehle mir, mich zusammenzureißen.

Ich höre von ihm die ganze Woche nichts, natürlich nicht. Nicht dass ich gedacht hätte, er würde sich melden. (Okay, irgendwie schon ein bisschen.) (Nun, ich habe es gehofft.) (Nein, nicht gehofft. Gefragt. Ich habe mich gefragt, ob er sich meldet.) (Es kam mir kurz in den Sinn.) (Also einmal.) Am Donnerstagvormittag ist ein Meeting mit den Deutschen, die sich über den aktuellen Projektstatus informieren wollen. Es ist das erste Mal, dass ich Lukas nach dem Abend im Mahiki wiedersehe, aber da ich so viel um die Ohren habe, kann ich keine Energie aufbringen, verlegen zu sein. Cooper und ich präsentieren gemeinsam unsere Arbeit, während Sally, unser Account Director, die den Kunden gut Honig um den Bart schmieren kann, dabeisitzt und hin und wieder einen blöden Kommentar abgibt. Auf dem Weg aus dem Konferenzraum bleibt Lukas ein wenig zurück, bis die anderen draußen sind.

»Sass. Darf ich Sie zum Lunch einladen?«, fragt er. »Natürlich nur, wenn es Ihre Auszeit erlaubt.«

Ich blinzle. Warum sollte mich meine Auszeit daran hindern zuzusagen – oh shit, Regel Nr. 6: Keine verkappten Dates. Und Regel Nr. 7: Keine neuen Männerbekanntschaften. Ich betrachte die Männerpause mittlerweile eher als Schutzschild vor Jake und nicht mehr so sehr als Lebensphilosophie. Ich überlege kurz. Was kann es schon für einen Schaden anrichten?

»Kommen Sie«, sagt Lukas. »Sie sehen aus, als könnten Sie etwas zu essen vertragen. Ich habe Hunger. Also, lassen Sie uns zusammen essen gehen. Das ist besser für die Verdauung, als alleine zu essen.«

»Ich würde ja gerne, Lukas«, entgegne ich. »Aber …«

»Ich bin Ihr Kunde«, unterbricht er mich. »Ich weiß.«

Wir verlassen zusammen das Büro und gehen in ein kleines Café in der Nähe des Golden Square. Wir bestellen an der Theke und setzen uns hinaus auf die Terrasse. Lukas vertilgt ein Full English Breakfast mit der Begeisterung eines Nicht-Engländers, während ich von meinem Ciabatta mit Parmaschinken abbeiße.

»Na los«, meint er. »Erzählen Sie mir schon, was passiert ist. Ich sehe es Ihnen doch an. Es ist hoffentlich nicht wegen der Sache im Mahiki?«

Wenn es das nur wäre. »Nein, das ist es nicht.«

»Gut«, erwidert er. »Ich habe Sie zum Essen eingeladen,

Sie haben abgelehnt, also keine große Sache. Ich bin nicht in Sie verliebt.«

Ich grinse ihn an.

»Tatsächlich«, fährt Lukas fort, »spreche ich momentan jede nette Frau an, die mir begegnet. Sozusagen das genaue Gegenteil von einer Liebesauszeit. Ich spinne ein sehr großes Netz.«

»Ein Serientäter!«, rufe ich. Es ist ein bisschen seltsam, so mit einem wichtigen Kunden zu sprechen, aber es ist unmöglich, Lukas nicht sympathisch zu finden, und Cooper legt Wert auf ein gutes Geschäftsklima. Lukas ist ein feiner Kerl. Vielleicht könnte er mit Kate ausgehen. »Und, wie läuft es?«

»Gar nicht schlecht«, antwortet er. »Ich habe bereits drei Dates in London und noch eins in Berlin. Ich ziehe in zwei Wochen um, also ist es Zeit, mich mehr auf London zu konzentrieren.«

»Gute Arbeit«, sage ich. Wow, und ich dachte, ich wäre eine Serientäterin.

»Ich weiß«, entgegnet er achselzuckend mit falscher Bescheidenheit. »Sie sollten Samstagabend mit mir essen gehen. Dann kann ich Ihnen alles genau erzählen.«

Ich muss lachen. Ich mag ihn wirklich. Er ist witzig. Und sehr direkt. »Nein. Ich kann nicht. Ich fliege am Wochenende mit meinen Freundinnen nach New York. Am Sonntag ist mein Geburtstag.«

Lukas lehnt sich auf seinem Stuhl zurück. Er hat seinen ganzen Teller leer gegessen. Ich sehe auf mein Ciabatta. Ich habe gerade zweimal abgebissen.

»Stört es Sie, wenn ich rauche?«, frage ich ihn.

»Natürlich nicht«, gibt er grinsend zurück. »Rauchen Sie, und ich erzähle Ihnen, was Sie meiner Meinung nach tun sollten.«

Ich zünde mir eine Zigarette an und sehe ihn mit hochgezogenen Augenbrauen an. Seine Art, mich herumzukommandieren, amüsiert mich. Er ist zwar nicht so charmant wie andere, die mich herumkommandieren … Verdammt, hör sofort auf, an Jake zu denken.

»Sie sollten mit Ihren Freundinnen nach New York fliegen und dort das Ende Ihrer Männerpause und Ihren Geburtstag feiern. Und wenn Sie wieder zurück sind, gehen wir zusammen essen.«

Ich lächle ihn an und schüttle den Kopf.

»Es sind erst drei Monate«, gebe ich zu bedenken. »Ich glaube, ich brauche eine Männerpause von drei Jahren.«

Wir plaudern über die Bars und die Restaurants in London, da Lukas Tipps braucht, wo er sich am besten mit seinen Dates treffen kann. Nach zwanzig Minuten sage ich ihm, dass ich wieder ins Büro zurückmuss, und Lukas wünscht mir ein schönes Wochenende in New York, bevor er ein Taxi heranwinkt. Lächelnd gehe ich zu Fuß zurück ins Büro. Lukas wäre sehr umgänglich. Umgänglich ist gut. Umgänglich ist besser als Männer, die einen beleidigen und auf die Probe stellen. Vielleicht könnten wir Freunde sein. Zur Hölle mit Regel Nr. 7.

Aber warum mache ich mir überhaupt Gedanken wegen der Regeln? Warum sie nicht einfach alle brechen? Und wenn ich schon dabei bin, warum sie nicht brechen für jemanden, den ich wirklich mag? Warum denke ich überhaupt darüber nach, die Regeln in den Wind zu schießen?

Keine Ahnung.

Ich weiß gar nichts mehr.

Kapitel 34

Am Donnerstagabend hüpfe ich fröhlich nach Hause – ein wenig gezwungen fröhlich, wie ich zugeben muss, und es kostet mich meine gesamte Willenskraft, nicht an Jake zu denken – und beginne zu packen.

Unser New-York-Aufenthalt ist kurz – von Freitagnacht bis Sonntagabend –, aber das ist mehr als genug Zeit, um sich in der Stadt zu amüsieren, und ich brauche natürlich eine große Auswahl von Outfits, passend für jede Stimmung. Ich checke die Wettervorhersage im Internet. Juhu! In New York scheint die Sonne bei vierundzwanzig Grad. Wir haben ausgemacht, dass Bloomie und Kate mich morgen Mittag mit einem günstigen Airport Shuttle Service zu Hause abholen.

Nach zehn Minuten bin ich fertig. Ich bin verdammt gut im Packen. Ich rufe Bloomie an, um zu hören, wie weit Kate und sie sind. Bloomie freut sich sehr, weil es ihr gelungen ist, ihr ganzes Gepäck in einer kleinen Reisetasche unterzubringen. Kate nimmt den größten Koffer mit, den sie besitzt.

»Und du, Darling?«, fragt Bloomie.

»Ich habe nur einen kleinen Koffer«, sage ich. »Allerdings habe ich ungefähr zwanzig verschiedene Outfits eingepackt.«

»Das habe ich mir gedacht, darum habe ich mich nur auf das Nötigste beschränkt. Mit Kate und dir bin ich voll ausgestattet«, antwortet Bloomie, dann höre ich sie rufen: »Kate! Wir brauchen keinen Verbandskasten!«

Ich höre Kates Stimme im Hintergrund. »Nur für alle Fälle!«

»Nein.«

»Bloooooomiiiiiieeeeeee.«

Ich habe Kate seit Jahren nicht mehr so jaulen gehört.

»Sorry, Sass. Wie war deine Woche, Süße? Du hast per E-Mail nicht viel von dir hören lassen.«

»Alles bestens. Hatte viel zu tun, weißt du.«

»Und du hast nicht an Jake gedacht?«

»Nein.«

»Und die Männerpause ist noch immer aktuell?«

»Ja.«

»Wünschst du dir etwas Besonderes zu deinem Geburtstag am Sonntag?«

»Nein, auf keinen Fall«, entgegne ich.

»Warum hörst du nie auf dich selbst?«, seufzt Bloomie.

Ich versuche gerade dahinterzukommen, was sie damit meint, als sie plötzlich sagt: »Ich muss auflegen. Sie will ein Kissen einpacken … KATE! VERGISS ES!«

»Was, wenn ich mit den Kissen im Hotel nicht zurechtkomme?«, höre ich Kate zurückschreien.

»Ich gebe es auf mit euch beiden«, meint Bloomie. »Wir sehen uns morgen Mittag. Ich wünsche dir eine gute Nacht.«

Mit diesen Worten hat sie mich zu einer schlechten Nacht verdammt. Ich schalte um elf das Licht aus und weiß nicht mehr, wie Einschlafen geht. Und das liegt daran, dass Jake mir ständig durch den Kopf spukt.

Schon wieder.

Ich lade ihn nicht ein, wissen Sie. Er taucht einfach auf. Ich muss ständig an das denken, was er gesagt hat, die Geschichten, die er mir erzählt hat, was mich an andere Geschichten erinnert, die ich ihm gerne erzählt hätte, weil ich glaube, sie hätten ihm gefallen und ihn zum Lachen gebracht. Ich muss daran denken, wie er gesagt hat, dass er mich anbetet und dass er mein linkes Ohrläppchen vergöttert.

Und ich muss an unseren Streit denken. Inzwischen kann ich mich nicht mehr richtig daran erinnern, da ich ihn in meinem Kopf so oft abgespult habe, dass er einer ausgeleierten alten Videokassette ähnelt. Ein paar weniger nette Dinge habe ich verinnerlicht, wie dass er mich als lächerlich und dämlich bezeichnet hat, und auch ein paar nette Dinge, wie dass er es immer fantastisch findet, wenn wir uns begegnen. Und an irgendeinem Punkt sagte er: »Niemand wünscht sich eine schlechte Beziehung. Niemand. Man braucht keine Liebesauszeit, um das zu herauszufinden. Wer wünscht sich nicht eine glückliche Beziehung?«

Hm.

Es muss inzwischen ein Uhr sein. Ist es schon eins? Ich sehe auf meinen Radiowecker. Es ist sogar 1.23 Uhr! Schlaf endlich, verdammt. Denk an etwas anderes.

Noch dreimal schlafen, dann bin ich neunundzwanzig! Verdammt, neunundzwanzig! Das ist deprimierend. Das heißt, ich werde bald dreißig. Was mir bisher noch nie wirklich in den Sinn gekommen ist. (Manchmal bin ich eben doch nicht so schlau.) Ich frage mich, ob die Männerpause noch gilt, wenn ich dreißig bin. Oder vierzig. Oder fünfzig. Gott, eine deprimierende, dumme Vorstellung, nicht wahr? Und trotzdem, was ist die Alternative? Mit gebrochenem Herzen sitzen gelassen zu werden und in einem ewigen Beziehung-Trennung-Kreislauf festzuhängen?

Das ist wie die Wahl zwischen Pest und Cholera.

Hör auf, dir darüber den Kopf zu zerbrechen. Schlaf endlich. Schlaaa-fen.

Und er hat gesagt, dass ich Angst habe. Und dass ich dämlich und erbärmlich bin, was ich bereits erwähnt habe, aber diese Worte kommen mir besonders oft in den Sinn. Und dass ich ein Miststück bin.

Was habe ich zu ihm gesagt? Okay, ich habe definitiv die Auszeit erwähnt. Und ich habe gesagt, dass ich mich auf keinen Mann einlassen möchte. Worauf er meinte, Blödsinn, das hätte ich bereits.

Ich habe mich bereits eingelassen.

Und wenig später habe ich ihn rausgeschmissen. Und wir haben beide die Beherrschung verloren. Und er hat mich ein Miststück genannt. Und ich habe ihm gesagt, dass ich keinen Grund habe, ihm zu vertrauen, und ihn als miesen Scheißkerl beschimpft und als Arsch, glaube ich.

Ich bin ein Miststück.

Halt die Klappe, innere Stimme.

Wäre es anders herum gewesen und ich hätte jemanden kennengelernt, bei dem ich Schmetterlinge im Bauch habe und der jedes Mal die Flucht ergreift, wenn wir uns begegnen, und der mich schließlich aus dem Zimmer wirft, nachdem wir die ganze Nacht geredet und uns geküsst haben, würde ich … ja, ich würde ihn wahrscheinlich für einen miesen Scheißkerl halten.

Bitte, Gehirn, schlaf ein. Bitte.

Ich schalte das Licht an und versuche zu lesen, um Jake aus meinem Kopf zu bekommen. Um 1.57 Uhr schalte ich das Licht wieder aus. Jake ist sofort wieder da.

Bitte, hau ab, sage ich zu ihm.

Du hast einen Fehler gemacht, erwidert er. Nicht ich bin es, dem du nicht vertraust.

Und plötzlich muss ich wohl eingenickt sein und träumen, weil ich mit Jake rede. (Erinnern Sie sich, was ich über die Träume und den Arbeitsalltag anderer Leute gesagt habe und dass beides gleich langweilige Themen sind? Tja, Pech. Ich habe noch immer die Muschel.)

Ich sitze mit Jake auf einem Sofa vor einem Hotel. Wir schauen auf einen Strand, es ist bewölkt und nicht zu heiß, und es geht ein leichter Wind. Wir unterhalten uns, aber das Gespräch wird vom Wind fortgetragen. Irgendwann rutsche ich auf dem Sofa eng an ihn heran, und er nimmt mich zärtlich in den Arm. Ich entspanne mich neben ihm und strecke die Beine neben seinen aus. »Ich bin eins fünfundsiebzig, weißt du«, sage ich. »Du bist eins dreiundsiebzig«, antwortet er. »Nein. Ich bin wirklich ziemlich groß«, bekräftige ich. »Oh Cocktailbiest«, meint er.

Dann werde ich wach.

Sorry, doch den Traum musste ich Ihnen erzählen. Analysieren Sie ihn, wenn Sie möchten. Ich werde es ganz bestimmt nicht tun.

Es ist 6.40 Uhr. Fast noch eine Stunde, bis ich aufstehen muss. Ich liege in meinem angenehm kühlen Zimmer in der frühsommerlichen Morgendämmerung. Wie schön es ist, hier zu liegen. Und nicht an Jake zu denken.

Ich möchte aber gerne an Jake denken.

Tja, kannst du aber nicht.

Kapitel 35

Ich nicke wieder ein und falle während der nächsten fünfzig Minuten in einen traumlosen Schlaf. Als ich wieder wach werde, fühle ich mich ausgeruht. Vergiss Jake. Heute fliegst du nach New York. Draußen scheint die Sonne. Auf geht's.

Im Büro ist glücklicherweise nicht viel los, und um halb zwölf eile ich nach Hause, ziehe mich rasch für den Flug um (alte, bequeme Jeans, weißes T-Shirt, Blazer – fast schon langweilig, bis ich die Jeans mit einem Gürtel aufmotze, die Ärmel des Blazers hochkremple, eine Pilotenbrille aufsetze und das Ganze »Transatlantische Cindy Crawford um 1991« taufe), und stehe mit meinem fertig gepackten Koffer pünktlich um 11.59 Uhr unten. Kurz darauf kommt das Minicab mit Bloomie und Kate, und unter fröhlichem Geschnatter lade ich mein Gepäck in den Kofferraum und steige ein.

»Hast du deinen Pass?«, fragt Kate.

»Ja.«

»Geld?«

»Ja.«

»Gut, hier sind deine Online-Bordkarte, die Nummer und die Adresse von unserem Hotel und eine Karte von dem Viertel, in dem wir wohnen, ach ja, und die Telefonnummer des britischen Konsulats in New York.«

»Was glaubst du denn, wird an diesem Wochenende passieren?«, erkundige ich mich und stopfe die Sachen in meine gelbe Glückshandtasche. Sie geht gerade noch zu.

»Ich weiß nicht«, erwidert Kate. »Aber es kann nicht schaden, für den Notfall gewappnet zu sein.«

Bloomie holt ihr Handy hervor und wählt Eugenes Nummer. Er antwortet nicht, also hinterlässt sie eine Nachricht auf der Mailbox.

»Ich liebe dich, mein Schatz. Ich rufe nur an, weil ich dir das sagen wollte. Ich melde mich wieder, sobald wir am Flughafen sind.« Sie legt auf und bemerkt, dass Kate und ich sie ansehen. »Kein Wort.«

Wenig später steigen wir in Heathrow vor Terminal 5 aus, einem futuristischen Glasbau, wo wir unser Gepäck aufgeben und durch die Passkontrolle gehen. Wir stehen gerade vor der Sicherheitsschleuse an, als Bloomie plötzlich laut keucht.

»Da ist Jake!«

»Wo? Wo?«, will ich wissen und kauere mich sofort auf den Boden. (Der Sicherheitsbeamte bekommt das mit, aber er ist zu dick, um aufzustehen und zu beobachten, was ich da mache. Toller Sicherheitsdienst, Heathrow. Da fühlt man sich wirklich sicher.)

»Ist er es wirklich? Wo denn?«, zischt Kate.

»Da drüben!«

»Nein! Das ist er nicht!«, meint Kate.

»Wo? Wo?«, kreische ich mit gedämpfter Stimme.

»Er ist weg, Darling«, sagt Bloomie. »Er war gerade noch da drüben. Ich bin mir sicher, dass er es war.«

»Und ich bin mir sicher, dass er es nicht war«, hält Kate dagegen.

»Oh mein Gott, warum tut ihr mir das an?«, entgegne ich, noch immer am Boden kauernd.

Tja, meine Nerven sind nun völlig hinüber. Wir haben eineinhalb Stunden Zeit bis zum Boarding und schlendern durch die Duty-Free-Shops, wo wir diverse Parfüms ausprobieren. Ich kann es allerdings nicht richtig genießen, weil ich nach jedem Schritt eine schnelle 360-Grad-Drehung mache, um nach Jake Ausschau zu halten. Ich sehe aus wie eine paranoide Balletttänzerin. Ich entdecke ihn nirgends. Natürlich nicht.

»Ich habe übrigens noch eine Überraschung für dich«, lässt Bloomie verlauten, als wir zum Gate gehen. »Wirf mal einen Blick auf deine Bordkarte.«

Ich folge ihrer Aufforderung. Ich habe mir die Bordkarte nicht näher angesehen, da Kate uns eingecheckt hat. Die Bordkarte sieht völlig normal aus. »Ist alles okay damit?«, frage ich ängstlich.

»Wir fliegen Business Class, Baby!«

»Was?«, sage ich. »Aber …«

»Uns ist am Dienstag aufgefallen, dass wir beide genug Bonusmeilen gesammelt haben, und wir dachten, warum nicht«, erklärt Bloomie. »Business Class ist viel besser.«

»Wie oft wird man schon gekündigt, weißt du?«, bemerkt Kate. »Betrachte es als ein vorzeitiges Geburtstagsgeschenk!« Ich bekomme einen Freudenanfall, weil wir Business Class fliegen, und bedanke mich überschwänglich bei den beiden. Das wird der beste Geburtstag aller Zeiten.

Würg, mein Geburtstag.

»Wir können uns in die VIP Lounge setzen, aber so toll ist die gar nicht«, meint Bloomie. Ich bin ein wenig enttäuscht. Für mich wäre es schon etwas Besonderes, in der VIP Lounge zu sitzen.

Wir erreichen unser Gate und stellen uns hinten in der Schlange an, um an Bord zu gehen. Nach unserem ausgelassenen Schnattern und unserer Hyperaktivität während der letzten paar Stunden sind wir nun ein wenig unterzuckert und verhältnismäßig still, während wir herumstehen beziehungsweise langsam aufrutschen (mit einer gelegentlichen 360-Grad-Drehung, um nach Männern Ausschau zu halten, die Jake ähnlich sehen), als mir jemand auf die Schulter tippt.

»Ich habe dir ja gesagt, wir sehen uns wieder.«

Es ist Rob, Mr. America aus dem Footman/Lonsdale. Wir rufen alle laut Hallo und küssen ihn auf die Wangen, bevor er sich zu uns in die Schlange stellt und sich höflich bei den Wartenden hinter uns entschuldigt.

»Tut mir leid, Ma'am, Sir. Ich habe diese Ladys schon eine Weile nicht mehr gesehen …« Er dreht sich wieder zu uns. »Und, was geht ab? Ein Wochenende in New York? Shoppen, trinken, schlemmen?«

»Ich nehme Antwort D«, sage ich.

Er lacht. »Sicher. Steigt ihr Ladys in Manhattan ab?«

»Wo kann man denn sonst absteigen?«, entgegnet Bloomie und spricht damit meine Gedanken aus. »Ach ja, Brooklyn.« Verdammt, ich hatte Brooklyn vergessen.

»Und mindestens in drei weiteren Stadtteilen … Außerdem gibt es ja noch außerhalb der Stadt etwas, das nennt sich New York State«, entgegnet er und schüttelt übertrieben mißbilligend den Kopf. »Kate, wie geht's? Du machst so ein besorgtes Gesicht. Flugangst?«

»Nein, nein, ich gehe nur gerade noch mal in Gedanken die Checkliste durch«, antwortet sie und sieht ihn besorgt an.

»Ich werde ein paar Valium schlucken, sobald ich im Flieger sitze«, sagt Rob mit gesenkter Stimme. »Ich muss mich vor dem Wochenende ausruhen. Morgen Abend feiert ein Arbeitskollege und Kumpel von mir seinen dreißigsten Geburtstag, der alle dreißigsten Geburtstage in den Schatten stellen wird. Ihr solltet auch kommen. Ich meine, falls ihr nicht schon andere Pläne habt.«

»Liebend gerne!«, ruft Bloomie. Eine Überreaktion auf den Umstand, dass Kate und ich uns heute so zwanghaft verhalten, nehme ich an.

»Sehr gerne!«, stimme ich leicht verspätet auch zu.

»Super«, meint Rob. »Die Party ist morgen Abend in Downtown. Ihr kennt doch bestimmt den Meatpacking

District, oder? Unter welcher Nummer kann ich euch erreichen? Dann simse ich euch die weiteren Details.« Er sieht mich erwartungsvoll an. Ich diktiere ihm meine Nummer. »Endlich! Gott, die war schwerer zu kriegen als mein MBA.«

Ich muss lachen, einerseits über Rob, weil ich nicht weiß, ob er nur witzig sein möchte oder ob er doch ein Idiot ist, und andererseits, weil es ziemlich lustig ist, dass drei zufällige Begegnungen nötig waren, bevor ich einwilligte, meine heilige Nummer zu verraten. Vor ein paar Jahren hätte ich mir wahrscheinlich ein Bein ausgerissen, um ihm meine Nummer zu geben.

Er schickt mir direkt die erste SMS:

Wurde auch langsam Zeit, Baby …

Mir fällt keine Antwort ein, also spare ich mir die Mühe und sehe ihn mit einem Kopfnicken an. »Kapiert.«

Wir gehen durch das Gate in den miefigen schmalen Tunnel zum Flugzeug. Ich hoffe, Rob sitzt nicht in unserer Nähe. Das wäre wirklich ätzend. Ich möchte kichern und albern sein, und das kann ich nicht, wenn er dabei ist.

»Fliegt ihr Holzklasse?«, erkundigt er sich.

»Nein, Business Class«, sage ich und versuche, nicht zu begeistert zu klingen.

»Ich auch.«

Verdammt.

Bloomie, Kate und ich setzen uns auf unsere Plätze und tun so, als würden wir lässig die kleinen Kulturbeutel inspizieren, die gratis verteilt werden. Nun, ich tue jedenfalls so. Bloomie und Kate sind bereits Business Class geflogen, darum könnte ihre Lässigkeit echt sein. Business Class ist der Hammer, wenn man mich fragt. Kate sitzt alleine auf der anderen Seite des Gangs (»Mir ist das lieber«, meinte sie vor dem Einsteigen. »Ich unterhalte mich nicht gerne im Flugzeug. Ich muss mich darauf konzentrieren, ruhig zu bleiben.«), während Bloomie und ich uns gegenübersitzen und doch nebeneinander sind.

Ich schiebe meine Handtasche unter meinen Sitz, und als ich den Kopf hebe, sehe ich Rob, der seine Tasche in der Gepäckablage auf der anderen Kabinenseite verstaut.

»Wir sehen uns im nächsten Leben«, meint er, zwinkert mir zu, steckt sich zwei Pillen in den Mund und spült sie mit einem Schluck Wasser herunter.

Definitiv ein Idiot.

Ich fange Bloomies Blick auf, und wir probieren unsere verstellbaren Sitze aus. »Okay, ich habe genug von dir«, erklärt sie plötzlich und zieht ein fächerartiges Ding heraus, das uns voneinander trennt. Eine Sekunde später schiebt sie es wieder herunter. »Erwischt!«

Unsere Albernheit hält an, bis wir zur Startbahn rollen. Ich strecke den Arm über den Gang, um Kates Hand zu halten, da ich das Gefühl habe, dass ihr das hilft. Sobald wir in der Luft sind, löse ich vorsichtig jeden ihrer Finger einzeln, die fest meine Hand umklammern.

»Was machst du eigentlich, wenn du alleine fliegst?«, frage ich.

»Du wirst nicht glauben, wie viele Menschen bereit sind, beim Start Händchen zu halten«, entgegnet sie.

Gleich nach dem Take-off holt Bloomie ihr Notebook heraus.

»Was machst du da?«, will ich von ihr wissen.

Sie sieht mich schuldbewusst an. »Ich habe es heute erst um halb zehn ins Büro geschafft. Das war das erste Mal, dass ich nach acht gekommen bin … Ich war mit dem Monk im Bett … Ich muss hier nur kurz was durchlesen und eine E-Mail schreiben, bevor wir landen …«

Ich schaue drei Folgen von *Arrested Development*, dann mache ich es mir gemütlich und versuche, nicht an Jake zu denken. Nach dem Kopfkino letzte Nacht bin ich völlig erschöpft. Ich schlafe ein und werde erst wieder wach, als wir zur Landung auf dem JFK Airport ansetzen.

Nachdem wir die Passkontrolle hinter uns haben, holen wir unser Gepäck, springen in das nächste freie Taxi (ein Yellow Cab!), und fünfundvierzig Minuten später fahren wir in der Abendsonne über eine Brücke (ich glaube, es ist die Williamsburg Bridge, aber wer weiß) nach MANHATTAN.

Wir spüren alle ein aufgeregtes Kribbeln, während die Stadt mit ihrer glänzenden Wolkenkratzer-Skyline näher und näher kommt. Die Gebäude wirken aus der Entfernung wie ein großes Ganzes, wenn man allerdings näher kommt, sieht man, dass jedes einzeln und stolz in die Höhe ragt, mit seinem eigenen Charakter und seiner eigenen Geschichte und Haltung. Es ist beinahe überwältigend: zu groß, zu schön … Drei Sekunden später werden wir von Manhattan verschluckt und sind mittendrin, wir sind da, ich meine, wir sind hier!

Siehst du, das ist genau das Richtige, um mich von Jake abzulenken.

Was meinst du mit »um mich von Jake abzulenken«? Es ist nichts passiert. Ein bisschen Blabla, ein bisschen Kisskiss, er ist ein Arschlochwichserscheißkerl, Ende.

Doch er fehlt mir.

HaltdeindummesMaul.

Na gut.

Das Taxi hält vor dem Standard Hotel, einem hohen, asymmetrischen Gebäude, das scheinbar recht unbeholfen die High Line überspannt, einen öffentlichen Park, der ebenfalls auf Stelzen errichtet ist, südwestlich am Rand des Meatpacking District.

»Ich dachte, wir übernachten in einem 08/15-Hotel im Zentrum«, sage ich, als wir aus dem Taxi steigen. Ich war vorhin so abgelenkt, dass ich gar nicht gehört habe, wie

Bloomie dem Fahrer die Adresse genannt hat. Sie dreht sich zu mir und zuckt mit den Achseln.

»Das war das beste Angebot. Und das beste Hotel.«

Sie hat recht: Das Hotel ist wirklich cool. Wir checken ein, und der charmante Hotelpage bringt uns auf unser Zimmer, das riesig ist, besonders wenn man wie ich nur begrenzt mit Hotels in New York Erfahrung hat. Von unserem Zimmer hat man einen herrlichen Blick auf den Hudson River und ganz Uptown. Ich kann sogar das Empire State Building sehen, das in der Abenddämmerung funkelt. Und das Bad hat auch ein großes Fenster. So kann man in der Wanne liegen und den tollen Ausblick genießen.

»Wow«, sagen wir alle gleichzeitig.

Ich lasse mich mit einem Seufzen auf das Bett plumpsen. Ich bin plötzlich hundemüde.

Ich vermisse Jake.

Halt's Maul.

»Ich lasse uns einen Kaffee aufs Zimmer bringen«, erklärt Kate. »Hier ist es zwar erst neunzehn Uhr, aber bei uns zu Hause ist es Mitternacht. Ich denke, wir können eine Dosis Koffein gebrauchen, schließlich wollen wir noch essen gehen. Los, zieht euch um.«

Jeder sollte mindestens einmal im Leben mit einem Kontrollfreak verreisen. Das ist viel einfacher.

Kapitel 36

Eine Stunde später sind wir bereit, durch die Straßen im Meatpacking District zu ziehen. In einer nicht aufreizenden Art.

Übrigens, für den Fall, dass Sie eine Carrie-Bradshaw-und-Freundinnen-Szene vor Augen haben, wir schreiten nicht in tollen Designerklamotten, Schulter an Schulter, Schritt für Schritt, mit einem »Was hat die Stadt wohl heute Abend mit mir vor?«-Strahlen in unseren Gesichtern durch die Straßen von Manhattan. Wir sind Engländerinnen. Wir tragen keine Designerklamotten – mein gesamtes Outfit ist von H&M, die Unterwäsche inbegriffen (ich trage nichts Besonderes, ich bin zu sehr abgelenkt, um mir Gedanken über mein Outfit zu machen, also kombiniere ich ein rotes Kleid mit meinem Trenchcoat und roten Schuhen und nenne das Ganze »Blinker«) –, und wenn ich ehrlich bin, sehen wir ein bisschen zu unperfekt aus, um als New Yorkerinnen durchzugehen. Hoffentlich sexy und stylish unperfekt, aber wahrscheinlich nur unperfekt. Die können das gut mit dem Glamour in den Staaten. Ich wünschte, ich könnte das auch. Was soll's. Egal.

»Die Minetta Tavern gehört demselben Besitzer, dem auch das Pastis und das Balthazar gehören!«, erklärt Kate fröhlich, als wir in ein Taxi steigen. »MacDougal Street Ecke Minetta Lane, bitte«, sagt sie zu dem Fahrer.

Ich wechsle mit Bloomie einen Blick. Oh mein Gott, wir haben eine Reiseleiterin dabei.

»Und was gibt es da zu essen?«

»Die Minetta Tavern ist bekannt für ihre hervorragenden

Steaks und ihren Black Label Burger«, zitiert Kate. Aus dem Gedächtnis. »Klassische New Yorker Küche im berühmten McNally-Ambiente.«

»Super«, entgegne ich. Während der Fahrt sehe ich aus dem Fenster. Ich liebe es, dass jede einzelne Straße hier an einem Freitagabend um acht Uhr vor Leben pulsiert. In London gibt es Viertel, in denen immer der Bär tanzt, und Viertel, in denen abends um acht die Bürgersteige hochgeklappt werden. Auch freitags. Ich verrenke meinen Hals, um jeden Laden (Die Geschäfte haben noch geöffnet! Wie schön Kapitalismus doch sein kann!), jede Bar und jedes Restaurant zu betrachten, an denen wir vorbeikommen. Überall wimmelt es von Menschen, sie gehen und reden und lachen und essen. Ich frage mich, was sie beruflich machen. Ich frage mich, wie viel eine Werbetexterin in New York verdient. Ich frage mich, wo Jakes ehemalige Wohnung ist. Nein, tu ich nicht. Ich denke überhaupt nicht an Jake.

»Ich liebe New York«, sage ich und drehe mich zu den beiden. Das war vorhersehbar.

»Wohin fahren wir?«, fragt Bloomie.

»Ins West Village, Baby«, antwortet Kate.

Bloomie und ich wechseln einen Blick. Als wir vor der Minetta Tavern anhalten, drehe ich mich lächelnd zu Kate. Wieder hat uns ihr Kontrollzwang gute Dienste geleistet. Ich war noch nie in einem Restaurant, das so göttlich und typisch für New York ist wie dieses: ein kleines, überfülltes Bistro mit schwarz-weißen Bodenfliesen in Schachbrettmuster, Malereien an den Wänden und vollbesetzten Sitznischen. Es ist chic und gemütlich zugleich, warm und kühl, und es platzt aus allen Nähten vor Gästen, die ihr Essen genießen.

»Hier sind sehr attraktive Männer«, flüstert Kate, nachdem wir bestellt haben.

»Ja?«, erwidere ich. Mir ist kein einziger Mann aufgefallen, seit wir hier sind.

»Ich bin richtig high«, meint Bloomie.

»Das ist kein Wunder. In London ist es jetzt zwei Uhr morgens«, erklärt Kate hilfreich.

»Okay«, entgegnet Bloomie. »Das reicht. Ich will ab sofort nichts mehr davon hören, wie spät es in London ist. Sonst muss ich immer an Eugene denken.« Ooh.

»Du bist aber empfindlich«, gibt Kate zurück, während eine Kellnerin riesige Teller an uns vorbeibalanciert. »Vielleicht könnte ich ja Kellnerin in New York werden«, fährt Kate verträumt fort. »Vielleicht könnte ich in einer Mansardenwohnung leben, kellnern und nebenher malen.«

»Mansardenwohnungen gibt es in Paris«, bemerkt Bloomie. Das wollte ich auch gerade sagen, aber die Worte sind in meinem Kopf stecken geblieben, irgendwo hinter den Gedanken an Jake.

»Ah«, sagt Kate.

»Was hast du eigentlich?«, erkundigt sich Bloomie und dreht sich zu mir. Ah. Die empfindliche Bloomie ist zurück. »Du hast heute den ganzen Tag kaum einen Ton gesagt.«

Nein? Kommt mir gar nicht so vor. Mein Gehirn redet ununterbrochen mit mir.

»Siehst du? Du sagst nicht einmal jetzt was. Du bist stumm wie ein Fisch.«

Ich stoße ein Räuspern aus. »Ich bin ein bisschen, äh, du weißt schon, neben der Spur. Ich habe letzte Nacht nicht gut geschlafen.«

»Am Sonntag ist dein Geburtstag. Du hast noch kein einziges Wort darüber verloren.«

»Ich möchte nicht groß feiern, das ist alles«, kontere ich. »Du weißt, ich hasse Geburtstage. Wir tun einfach so, als wäre das ein ganz normaler Tag.«

»Hat das was mit Jake zu tun?«, fragt Bloomie.

Ja, hat es.

Nein, hat es nicht.

»Nein.«

»Du lügst.«

»Gib uns Bescheid, wenn du darüber reden möchtest«, fällt Kate rasch dazwischen, legt eine Hand auf meinen Arm und wirft Bloomie einen »Sei still!«-Blick zu. Ich nicke und nehme einen Schluck von meinem Dirty Martini. Ich weiß gar nicht, warum ich mir einen bestellt habe, aber ich hatte den Eindruck, in so einem Lokal ist das angebracht. Das Glas ist so groß wie mein Kopf. Kate beginnt von unseren Plänen für morgen zu erzählen, und ich lasse ihre Worte über mich hinwegrieseln und versuche, die Augen offen zu halten. Der Martini, von dem ich gehofft habe, dass er mich munter macht, ist in Wirklichkeit eine riesige flüssige Schlaftablette.

»Ooh!«, ruft Kate und weckt mich auf. »Das Essen kommt. Oh, danke sehr … Haben Sie englischen Senf?«

Kate hat ein Steak bestellt, Bloomie einen Schweinsfuß (»Warum nicht?«, meinte sie achselzuckend) und ich den berühmten Burger. Er schmeckt absolut fantastisch, und der köstliche Zucker-, Salz- und Fettschub macht mich schon nach den ersten Bissen wach. Nach der halben Portion drückt mein Körper auf die »Fertig!«-Taste, und ich bekomme keinen Bissen mehr herunter.

Ich vermisse Jake.

Habe ich dir nicht gesagt, du sollst deine Klappe halten?

Meine Güte, ich werde offenbar allmählich senil. Ich habe aufgehört zu essen und starre ins Leere, während ich mich mit mir selbst unterhalte. Ich kann nichts mehr essen. Tatsächlich sind wir alle drei verstummt und geistig abwesend.

»Und, was machen wir jetzt?«, fragt Kate.

»Tut mir leid, wenn ich das sage, aber vielleicht sollten

wir ins Bett gehen und schlafen, damit wir morgen fit sind«, entgegne ich. Meine Stimmung ist im Keller, ich fühle mich erschöpft und elend, und ich kann es nicht fassen, dass ich ein Wochenende in New York in so einer beschissenen Verfassung verschwende. Wir lassen uns die Rechnung geben und verlassen das Restaurant. Ich frage mich, ob die Einheimischen uns ansehen, dass wir Touristen sind. Es passt mir irgendwie nicht, eine Touristin zu sein, weil ich Touristen in London immer nervig finde, besonders die Horden von spanischen Studenten, die sich am Piccadilly Circus herumtreiben.

Wir zünden uns Zigaretten an und gehen ein Stück, aber es fällt mir richtig schwer, einen Fuß vor den anderen zu setzen. Ich bekomme nicht einmal mit, ob Bloomie und Kate sich unterhalten, da mein Gehirn offenbar die Pausetaste gedrückt hat.

Wir winken ein Taxi heran und fahren zurück zum Hotel, als wir kurz darauf in einem Stau stecken bleiben. Ich lehne mich nach hinten und lasse den Blick durch das Seitenfenster schweifen, mit fast geschlossenen Augen, während mein Gehirn sich bereits bettfertig macht, als ich ihn plötzlich entdecke.

Es ist Jake.

Verdammt, es ist Jake. Ich kann es nicht glauben.

Er geht auf dem Bürgersteig, genau in Höhe unseres Taxis, sodass ich sein Profil sehr gut sehen kann. Er ist in Begleitung einer Frau. Er hat dasselbe Hemd an, das er trug, als wir uns küssten. Er ist es. Er ist es definitiv.

»KÖPFE RUNTER!«, zische ich den anderen beiden zu, während das Taxi ungefähr zwanzig Meter fährt und dann wieder stehen bleibt.

»Huch!«, sagt Bloomie. Sie war mit geschlossenen Augen an meine Schulter gelehnt. Kate sieht durch das Fenster zur anderen Seite hinaus.

Wir sind jetzt wieder ein Stück vor Jake, und ich spähe vorsichtig aus meiner (ziemlich unbequemen und verkrampften – ich wünschte, die hätten hier schöne geräumige schwarze Taxis) halb kauernden Position durch die Heckscheibe, um wieder einen Blick auf ihn zu werfen.

Er geht auf meiner Straßenseite und kommt langsam auf uns zu, sodass ich ihn genau sehen kann. Seine Begleiterin ist ungefähr in meinem Alter, sehr hübsch, mit glänzenden braunen Haaren und einem wundervollen blauen Kleid. Glamourös. Sehr glamourös.

»Sehtmaldaisserdaisser!«, zische ich und unterbreche die »Warum? Was? Wo?«-Fragen. Bloomie dreht sich langsam um und sieht durch das Heckfenster in die Richtung, in die ich wie besessen starre.

»Ohmannduwillstmichwohlverarschen«, murmelt sie leise.

Wir starren alle sprachlos nach hinten. Jake kommt immer näher und ist nun fast wieder auf unserer Höhe, als der Stau sich plötzlich auflöst und wir weiterfahren. Das Letzte, was ich sehe, ist, dass er den Arm um ihre Schulter legt.

»Ich glaube das nicht«, sage ich unter Schock. Ich drehe den Kopf zu Bloomie und Kate. »Habe ich mir das eingebildet?«

»Nein, das war er«, bestätigt mir Bloomie und nickt. »Definitiv. Er ist in New York. Mit einer anderen Frau.«

»Tja … wow«, ist alles, was mir dazu einfällt.

Wir lehnen uns wieder zurück und starren wortlos nach vorne.

Ich habe dir gesagt, dass du ihn vermisst.

Sei still. Ich denke gerade nach.

Nun, es ist ganz allein deine Schuld. Du hast ihn in die Wüste geschickt. Jetzt hat er sich eine andere gesucht.

Ich sagte, sei still.

Die restliche Fahrt verläuft in absolutem Schweigen. Wir

sind alle geschafft, was uns sowieso leise werden lässt, aber da ich mich die ganze Woche geweigert habe, über Jake zu sprechen, wissen die beiden wahrscheinlich nicht, was sie sagen sollen. Bin ich gekränkt? Oder ist es mir egal? Sie wissen es nicht. Ich weiß es selbst nicht.

»Ich brauche einen Drink«, meine ich, als das Taxi hält. Gegenüber dem Hotel ist eine schmuddelig aussehende Kneipe, mit vielen bunten Aufklebern auf der Fassade und dem Neonschriftzug »Hogs & Heifers« im Schaufenster. »Lasst uns da drüben reingehen.«

»Oh nein«, wehrt Kate in besorgtem Ton ab. »Das ist eine von diesen billigen Kneipen, wo die Gäste vom Personal übel beschimpft werden, doch das ist alles nur Show.«

»Ist mir völlig egal«, antworte ich. »Ich brauche jetzt einen Drink.«

Wir überqueren die Straße, quetschen uns an ein paar Rauchern vorbei und betreten das Lokal. Die Kneipe ist gerammelt voll mit Betrunkenen, die zu AC/DC mitgrölen und zwei Kellnerinnen zuschauen, die auf der Theke in Jeans und Büstenhalter tanzen. Echte Schlampen. Die Einrichtung ist billig, die Wände sind mit Fotos, Aufklebern und allem möglichen vermeintlich szenigen Schnickschnack zugekleistert, und über der Theke baumeln ungefähr fünftausend BHs wie Tierhäute, die zum Trocknen aufgehängt wurden.

»OhmeinGott«, höre ich Kate hinter mir sagen.

Eine der Thekenschlampen sieht zu uns herüber und schnappt sich ein großes Megafon hinter der Theke.

»Hey, Modetussiiiii!«, brüllt sie. »Wenn du schon meine verdammte Kneipe betrittst, dann zieh gefälligst deinen verdammten Mantel aus, Motherfuckaaahhh. Das ist hier eine modische Sünde, du Bitch!«

Ich bin baff. Die meint mich. Alle in der Kneipe drehen sich zu uns um und lächeln uns an, teils aus Mitleid, weil sie wahrscheinlich ähnliche Beschimpfungen über sich ergehen lassen mussten, teils aus Belustigung. Im Bruchteil einer Sekunde wird mir bewusst, dass ich zwei Möglichkeiten habe: weglaufen oder bleiben und der Thekenschlampe Paroli bieten. Ich habe den Eindruck, sie schikaniert nur Leute, die entweder vor ihr Angst oder zu wenig Respekt haben. Egal, ich habe andere Sorgen, und alles, was ich will, ist ein Drink.

Ich streife meinen Trenchcoat ab und gehe zur Theke. Bloomie und Kate folgen mir.

»Wir müssen hier nicht bleiben«, höre ich Kate sagen.

Ich gehe schnurstracks weiter an die Bar, und die Thekenschlampe hüpft herunter und baut sich vor mir auf, mit hochgezogenen aufgemalten Augenbrauen.

»Heute gibt's nur Kurze, Bitches«, erklärt sie. »Was wollt ihr saufen?«

Ich sehe auf die Bar und lese laut von der ersten Flasche ab, die mir ins Auge fällt. »Makers Mark.«

»Das ist mein Standardgetränk, Modetussi!«, ruft sie laut. »Du bist in Ordnung. Hey, Enid, Regina, schwingt eure Ärsche an die Theke und stoßt mit eurer Freundin Elizabeth an.«

»Ich wollte immer eine Jessica sein«, sage ich. Die Thekenschlampe sieht mich an und lacht.

»Scheiße! Sechs Kurze!«, schreit sie und bemerkt gleich darauf einen Kerl, der sie hoffnungsvoll ansieht. »Was zur Hölle willst du von mir, Motherfuckaaahhh?«

»Äh, einen Drink?«, erwidert er optimistisch.

Sie beginnt, ihn durch das Megafon zu beschimpfen. Ich drehe mich zu Bloomie und Kate, und wir kippen wortlos unsere Gläser.

»Wie kommen wir hier wieder lebend raus?«, murmelt Bloomie verstohlen aus dem Mundwinkel. Ich habe sie noch nie eingeschüchtert gesehen. »Ich hasse solche Läden.«

»Könnt ihr fassen, dass wir gerade Jake gesehen haben?«, entgegne ich.

Beide schütteln den Kopf, und wir trinken die zweite Runde.

»Ich kann nicht glauben, dass du keine Angst vor dieser … Frau hast«, meint Kate.

Ich sehe zu der Thekenschlampe hinüber, die irgendeinem armen Kerl hinterherbrüllt, der zur Toilette geht. Der Bourbon macht mich unheimlich ruhig. »Sie ist okay, wirklich. Ich frage mich, was Jake in New York macht.«

»Können wir bitte gehen?«, sagt Kate flehentlich.

»Ja, ich bin auch dafür«, kommt ihr Bloomie zu Hilfe.

Ich mache die andere Thekenschlampe auf mich aufmerksam und verlange die Rechnung. Sie hat kein Megafon, brüllt aber laut: »Verdammt, warum willst du schon abhauen, Motherfuckaaahhh?« Warum haben diese Frauen so einen beschränkten Wortschatz?

»Ich bin erledigt«, antworte ich und sehe ihr direkt in die Augen.

Unglaublich, doch sie zuckt nur mit den Achseln, kassiert ab und zwinkert uns zum Abschied zu. Alles nur Show.

»Süße Motherfuckaaahhh-Träume, ihr Motherfuckaaahhh!«, brüllt uns die Thekenschlampe mit dem Megafon hinterher, als wir gehen.

Draußen zünden wir uns eine an und kriegen uns nicht mehr ein vor lauter Kichern, während wir zum Hotel hinübergehen. Das war eine echt abgefahrene Ablenkung, um zu verdrängen, dass Jake hier in New York ist, genau wie ich, denke ich. Ich bin so betrunken und müde, dass ich nicht mehr klar denken kann, und ich schlafe sofort ein, als mein Kopf in das Kissen sinkt.

Kapitel 37

Ich wache in genau derselben Position auf, exakt siebeneinhalb Stunden später. Es ist erst kurz nach sechs. Einen Moment lang überkommt mich ein Hochgefühl – ich bin in New York! –, bis mir schlagartig einfällt, dass ich Jake gestern auf der Straße gesehen habe, zusammen mit einer anderen Frau.

Ich öffne die Augen und starre an die Decke. Ich bin hellwach. Okay.

Ich bin nicht kaputt oder betrunken oder müde. Es ist Zeit, mit dem Scheiß aufzuhören. Vergiss die Auszeit und Rick und Dates und Liebeskummer und den Streit und dass es wahrscheinlich schiefgehen würde und den ganzen Scheiß. Sei einfach ehrlich.

Ich mag ihn. Ich mag ihn wirklich sehr. Ich vermisse ihn seit der Sekunde, in der ich ihn letzten Sonntag aus meinem Zimmer geworfen habe. Ich mochte – nein, ich habe es genossen, mit ihm zu reden, ich habe es genossen, in seiner Nähe zu sein, ich habe es genossen, ihn zu küssen. Ich will nicht, dass er mit einer anderen hier ist. Im Grunde will ich nicht, dass er sich überhaupt mit anderen Frauen außer mit mir abgibt. Ich will keinen anderen als ihn.

Oh Gott.

Inneres Glück, Abgang Bühne links. Auftritt Bühne rechts, inneres Chaos.

Ich stöhne laut über meinen eigenen bescheuerten Hochmut. Kate dreht sich auf meine Seite.

»Morgen, Prinzessin«, sagt sie gähnend. »Alles okay?«

Ich drücke mein Gesicht in das Kissen und brülle.

»Darling?«, ruft Bloomie aus ihrem Einzelbett herüber.

Seufzend rolle ich mich zur Seite. »Jake.«

»Ich wusste es!«, triumphiert Bloomie, hüpft aus ihrem Bett und in unseres.

»Ich auch!«, meint Kate, richtet sich ruckartig auf und greift nach dem Telefon. »Ich bestelle uns nur einen Kaffee«, flüstert sie und drückt den Knopf für den Zimmerservice.

»Ich – oh, kann ich gleich zwei haben, Katiepoo? – Leute, sorry, dass ich euch am frühen Morgen damit belästige, aber ich ... ich habe versucht, es zu verdrängen, doch ich ... kann nicht.«

»Okay ...«, entgegnet Bloomie.

»Ich kann nicht glauben, dass ich letztes Wochenende solche Sachen zu ihm gesagt habe. Ich habe zu ihm gesagt, ich wäre noch nicht bereit, dass ich keine Beziehung möchte und mich auf keinen Mann einlassen werde, und dann habe ich ihn als Arsch beschimpft, glaube ich ... und als Scheißkerl.«

Bloomie lacht. »Du machst keine halben Sachen, nicht wahr, Darling?«

Ich versuche zu lächeln, aber ich bin von einer großen Traurigkeit überwältigt.

»Ich denke ... Besser gesagt, ich dachte, ich würde das Richtige tun. Ihr wisst, wie sehr sich seit der Männerpause mein Leben verändert hat, und das zum Positiven ... Und ich will nicht wieder alles verlieren. Ich will nicht wieder so unglücklich werden wie früher ...«

»Warum denkst du, dass du alles wieder verlieren wirst?«, fragt Kate. »Du hast es doch auch nicht verloren, als du mit Rick an dem einen Abend verabredet warst.«

»Wirklich?«, erwidere ich. »Aber ... da war ich auch sturzbetrunken. Wie in alten Zeiten.«

»Ja, und du hast ihm deinen Wein ins Gesicht gekippt«, erinnert mich Bloomie. »Das hättest du früher nie getan.«

»Und Jake ist nicht wie Rick oder irgendein anderer Ex von dir«, ergänzt Kate. »Eigentlich ist er genau wie du. Bloomie und ich haben uns neulich darüber unterhalten. Ist dir das noch nie aufgefallen?«

Ich überlege kurz. Sie hat recht. Jake ist weder wie Arty Jonathan noch wie Rugby Robbie oder wie Clapham Brodie oder wie der schlaue Henry. Und er ist das genaue Gegenteil von Rick. Mit Jake zusammen zu sein war überraschend, unvorhersehbar und witzig auf die bestmögliche Art. Immer wenn ich ihm begegnet bin, war er ehrlich und aufrichtig und freundlich zu mir und den anderen. Und ich habe ihn als einen nicht vertrauenswürdigen Arsch und Scheißkerl beschimpft und aus meinem Zimmer geworfen.

»Ich glaube, er ist viel netter und freundlicher und schlauer als ich«, sage ich traurig.

Bloomie und Kate sitzen still da und warten, dass ich weiterrede.

»Ihr dürft mir gerne widersprechen, Mädels«, füge ich hinzu, und wir lachen alle.

»Gott, das ist ein ganz schön ernstes Thema um Viertel nach sechs am frühen Morgen. Lasst uns einfach ein wenig … chillen.« Ich lasse mich auf den Rücken plumpsen. Wie bringe ich das in Ordnung? Ich kann nicht. Ich kann das nicht in Ordnung bringen. Er ist hier mit einer anderen Frau, und ich kann es nicht in Ordnung bringen, und selbst wenn ich die Chance hätte, ihn zu fragen, ob er mir noch eine Chance gibt, oder besser gesagt eine erste Chance, wird er mich abblitzen lassen. Also wozu die Mühe.

»Das war's? Das ist alles, was du dazu zu sagen hast«, fragt Bloomie.

»Ja, für den Moment schon«, sage ich und schalte den Fernseher ein, wo *The City* läuft. Ich will nicht weiter darüber nachdenken. Ich will mir Olivia Palermos Frisur ansehen.

Wir trinken unseren Kaffee und beschließen, aufzustehen und die Stadt zu erkunden. Wir werden im La Bonbonniere frühstücken, einem winzigen, altmodischen Diner, das nur ein paar Minuten zu Fuß entfernt ist. Draußen empfängt uns ein perfekter Frühsommermorgen, und selbst das Wetter ist beeindruckender und besser als in London: blauerer Himmel, strahlendere Sonne. Als wir die Washington Street in Richtung Eighth Avenue verlassen, sehe ich mich rasch nach Jake um.

»Er ist nicht hier«, beruhigt mich Bloomie.

»Lasst uns erst heute Abend wieder über das Thema reden«, sage ich. Ich will den Tag genießen. Ich möchte nicht, dass meine innere Stimme wieder mit mir zu sprechen beginnt.

Aber ich will mit dir über Jake und die Männerauszeit reden.

Ich sagte, ich will meinen Tag genießen, verdammt noch mal.

Schön.

Wir sind so früh unterwegs, dass es im La Bonbonniere erfreulicherweise nur halb voll ist und eine ruhige, friedliche Atmosphäre herrscht, während die Sonne durch die offenen Fenster hereinscheint. Ich möchte Pfannkuchen mit Ahornsirup und Speck. Das weiß ich bereits. Ich lasse den Blick zu den anderen Gästen schweifen und freue mich für sie, dass sie das Glück haben, im West Village zu leben und hier jeden Samstag frühstücken zu können. Diese Bastarde.

»Jelly Omelette. Das klingt wie eine Sexstellung«, meint Bloomie gedankenverloren, während sie die Karte studiert.

»Nein, tut es nicht. Du und deine schmutzige Fantasie«, erwidert Kate und blättert in ihrem Notizheft.

»Doch, tut es wohl. Du weißt schon, so wie der Angry Pirate«, kontert Bloomie.

»Jelly Omelette klingt eher schlapp als sexy …«, sage ich.

»Was ist ein Angry Pirate?«, füge ich widerwillig hinzu, wie von mir erwartet wird. Ich weiß nicht, was das ist, aber es klingt nicht gut.

»Oh nein, bitte nicht hier …«, entgegnet Kate.

Bloomie beugt sich über den Tisch und bedeutet uns, dasselbe zu tun, dann flüstert sie: »Das ist, wenn der Mann, ähm, der Frau ins Auge spritzt und gegen das Schienbein tritt. Dann hält sie mit einer Hand ihr Auge und mit dem anderen ihr Schienbein, während sie herumhüpft und ›ARGHHH!‹schreit. Wie ein wütender Pirat!«

Ich muss so sehr lachen, dass mir der letzte Schluck von meinem Latte – den ich ungefähr mitten im vorletzten Satz getrunken habe – aus der Nase herausläuft und ich mit der flachen Hand auf den Tisch schlage. Das ist das Widerlichste, was ich jemals gehört habe. Ich liebe es.

»Das ist das Widerlichste, was ich jemals gehört habe. Ich hasse es!«, flüstert Kate aufgebracht. Sie ist total entsetzt, oder zumindest tut sie so. Sie dreht sich zu mir. »Pscht! Wie kannst du darüber lachen? Das ist ekelhaft! Und frauenfeindlich!«

»Das ist LUSTIG!«, japse ich.

»Nun, es muss natürlich mindestens ein Penis beteiligt sein, Darling«, fährt Bloomie fort. »Aber es funktioniert auch für Schwule. Also ist es nicht wirklich frauenfeindlich.«

Ich muss jetzt so sehr lachen, dass mir die Tränen kommen und ich fast das Gleichgewicht auf meinem Stuhl verliere. Das Frühstück – obwohl es phänomenal gut ist, wie immer in New York – erholt sich nicht wirklich davon. Kate hat Angst, dass uns irgendeiner zugehört haben könnte, und verstummt fast ganz. Ich habe einen richtig schlimmen, kaum unterdrückten Lachanfall, und aus irgendeinem Grund kann ich nicht auf Kates Frühstück schauen, ohne wieder die Beherrschung zu verlieren.

Nach dem Frühstück beschließen wir, die Gedenkstätte am Ground Zero zu besichtigen. Zugegeben, ein ernüchterndes Ziel für ein unbeschwertes Wochenende in New York, doch wir finden alle, dass es ein Zeichen von Respekt und daher wichtig ist. Und da es im Leben nicht mehr viel gibt, was wichtig ist und Respekt verdient, werden Sie das aushalten müssen.

Bloomies Cousin war in einem der Türme, und ihm gelang gerade noch rechtzeitig die Flucht, bevor er einstürzte, aber die meisten seiner Kollegen haben es nicht geschafft. Was für eine schreckliche Art zu sterben. Bei der Erinnerung an die Bilder im Fernsehen dreht sich mir noch immer der Magen um. Ich hatte kurz vor 9/11 meinen ersten Job angefangen. In London war es ungefähr vierzehn Uhr, und wir drängelten uns alle im Konferenzraum, um die Bilder zu verfolgen. Abends war ich in meinem Yoga-Kurs – eine völlig untypische Reaktion von mir, doch ich wusste nicht, was ich sonst mit mir anfangen sollte. Das war in meinem ersten Jahr, als Kate und Bloomie noch nicht in London wohnten –, und alle weinten. Die Lehrerin schlug vor, eine Schweigeminute einzulegen und an die Familien und die Freunde der Opfer zu denken. Also saßen wir zusammen, in einem abgedunkelten Raum, und heulten.

Nach diesem düsteren Anblick machen wir uns eine Stunde später auf den Rückweg nach Soho und trinken unterwegs einen Kaffee, während wir unsere Möglichkeiten diskutieren.

Ich bin mir nicht sicher, ob ich den restlichen Vormittag schildern soll oder nicht. Ich denke nicht, da es ein wenig langweilig werden könnte, wenn Sie sich nicht so sehr für Mode interessieren. Darum werde ich einfach nur die Geschäfte aufzählen, die wir in keiner besonderen Reihenfolge abgeklappert haben, und wenn es Sie wirklich interessiert und Sie das nächste Mal in New York sind, dann können Sie sich selbst ein Bild davon machen: Theory, MAC, J Crew, Banana Republic, Barney's Co-op, Atrium, Sephora, Ricky's, Bloomingdale's, der MoMA-Shop und eine Reihe andere Boutiquen in Soho, die nicht nach einer Modemarke benannt sind, weil sie zu cool sind.

Die Shopping-Götter sind uns wohlgesinnt. Ich erstehe ein paar günstige Teile, aber mir wird bewusst, dass ich es vor allem genieße, Zeit mit meinen beiden besten Freundinnen in New York zu verbringen, unabhängig vom Shoppen. Ist das nicht bizarr?

Gegen vierzehn Uhr beschließen wir, etwas zu essen. Kate schleppt uns in die Pearl Oyster Bar, wo wir freie Plätze an der Theke ergattern.

»Unglaublich, wie lecker die Küche hier ist«, sagt Bloomie, den Mund voll mit Brot, Hummer und Pommes frites.

»Finde ich auch«, seufze ich glücklich.

»Vielleicht könnte ich so etwas Ähnliches in London aufmachen, wenn ich meinen Job hinter mir habe«, meint Kate nachdenklich. Sie sieht uns an. »Hab nur laut gedacht.«

Mein Handy piept. Es ist Rob, der Amerikaner, der uns die Details zu der Party heute Abend simst. Ich beratschlage mich mit den Mädels und antworte ihm, dass wir gegen zehn Uhr da sein werden. Wir beenden den Lunch mit dem besten Eisbecher, den ich in meinem ganzen Leben gegessen habe, bezahlen die Rechnung und schlendern mit unseren Einkaufstüten die Cornelia Street entlang und kommen dann auf die Bleecker Street. Bloomie bleibt ein Stück zurück, um Eugene für ein schnelles »Ich liebe dich« anzurufen, während Kate und ich langsam weitergehen und die Leute in nachdenklichem Schweigen beobachten. Wir sehen so viele große, glamouröse Frauen in hohen Absätzen, dass ich mich inspiriert fühle, von nun an auch jeden Tag hohe Absätze anzuziehen.

Uns tun allmählich die Füße weh, doch wir haben keine

Lust, ins Hotel zurückzukehren und auch nur eine Minute des Tages zu verschwenden. Und New York – ja, ja, das sagt jeder, aber es ist wahr – hat so viel Energie, dass man sie irgendwie aufsaugt. Die Stadt gibt mir ein seltsames, aufgeregtes Gefühl, als wäre alles möglich und als könne man nie wissen, was hinter der nächsten Ecke wartet. Bei diesem Gedanken mache ich einen kurzen Hüpfer. Das Problem mit Jake ist noch nicht gelöst, tatsächlich ist es ziemlich verfahren, und trotzdem ist mein Leben schön. Wirklich.

Plötzlich, auf der anderen Seite der Bleecker Street, entdecke ich jemanden, von dem ich nie gedacht hätte, ihn jemals wiederzusehen.

Er hat längere Haare und einen Bart, und er trägt ein Holzfällerhemd und eine Tarnhose und eine orangegetönte Fliegerbrille. Er lehnt an einer Fassade, raucht eine Selbstgedrehte und doziert in sein Handy. Ich kann ihn nicht hören, aber ich weiß, dass er doziert, weil er genau dasselbe Bild abgibt wie damals, als ich dreiundzwanzig war und er mir einen Vortrag über Blek le Rat hielt, während er sich Geld von mir »lieh«.

Es ist Arty Jonathan.

Ohne zu überlegen, überquere ich die Straße und gehe auf ihn zu. Ich höre, dass Bloomie und Kate mir hinterherrufen, doch ich ignoriere sie. Das ist der Kerl, mit dem alles angefangen hat. Das ist das Arschloch, das mich anschnorrte und meine Naivität ausnutzte und mich sitzen ließ, um mit seiner Freundin nach Paris zu fahren. Sicher, das ist nicht so schlimm wie das, was Rick mir angetan hat. Aber es war auch nicht gerade nett. Und das werde ich ihm sagen.

Ich bleibe direkt vor ihm stehen, nehme meine Sonnenbrille ab und schenke ihm ein strahlendes Lächeln.

»Hi! Kennst du mich noch?«

Arty Jonathan schiebt seine Sonnenbrille hoch und starrt

mich an, dann murmelt er »Ich muss auflegen, Alter« in sein Handy. »Boa …«, sagt er. »Das ist ja abgefahren.« Er erinnert mich ein wenig an ein Reh im Scheinwerferlicht.

»Allerdings!«, stimme ich ihm zu und grinse von einem Ohr zum anderen. Ich werfe einen Blick hinter mich und sehe, dass Bloomie und Kate ein paar Meter entfernt stehen und uns anstarren. »Echt abgefahren! Wohnst du jetzt in New York?«

Er nickt und gewinnt sofort seine alte Lässigkeit zurück. »Ja, zuerst in Brooklyn, aber jetzt wohne ich in Queens, weißt du.«

»Und, versuchst du dich noch immer als Künstler?«

Er wirkt überrascht und leicht beleidigt. »Ja. Ich stelle in einer Galerie in Woodstock aus. Und ich manage eine Band.«

»Natürlich«, entgegne ich, nach wie vor lächelnd. Er ist so ein Blender. Und er sieht nicht einmal gut aus – er hat ganz gelbe Zähne. Ich kann nicht glauben, dass er mich jemals beeindruckt hat.

Plötzlich kommt eine Frau aus dem Geschäft, vor dem wir stehen. Sie ist Anfang zwanzig, hat sehr lange dunkle Haare und trägt eine Jeansshorts mit hohem Bund und ein kurzes verspieltes Top. Eine alternative Prinzessin, falls es so etwas gibt.

»Viiielen Dank, Jono, dass du gewartet hast«, sagt sie. Dann lächelt sie mich an und zeigt perfekte amerikanische Zähne. »Hallo, ich bin Keira. Bist du eine Freundin von Jono?«

»Ja, eine alte Freundin«, antworte ich nickend und erwidere ihr Lächeln. Armes Mädchen. Ich senke die Stimme und sehe ihr in die Augen. »Leih diesem Mann niemals Geld. Du darfst ihm nicht vertrauen. Und lass dich nicht von seinem Scheiß beeindrucken. Er hat null Talent.«

»Er ist mit Damien Hirst befreundet«, gibt sie zurück.

»Nein, ist er nicht«, widerspreche ich ihr sanft. »Er hat nur mal in derselben Kneipe wie Hirst verkehrt.« Ich drehe mich zu »Jono«, der ein Gesicht macht, als würde er gleich losheulen, und lächle ihn an. »Du schuldest mir mehr, als du jemals ahnst, ganz zu schweigen von der Kohle, die du dir von mir geliehen hast, um mit deiner Freundin nach Paris zu düsen, du beschissener Lügner. Aber das ist mir inzwischen egal. Hör einfach auf, nette junge Frauen auszunutzen. Wir haben etwas Besseres verdient.«

Ich drehe mich auf dem Absatz um und entferne mich, gefolgt von Bloomie und Kate, während Arty Jonathan sprachlos dasteht und seine Freundin mir »Leck mich am Arsch!« hinterherschreit (typisch New Yorker, ein Engländer würde sich so etwas nie trauen).

»Scheiße, wer zum Teufel war das?«, fragt Bloomie erschrocken.

»Der Kerl, mit dem alles angefangen hat«, antworte ich. Ich fühle mich fantastisch: beschwingt und glücklich. Und ich sehe die Dinge plötzlich völlig klar. »Arty Jonathan. Derjenige, der meine Serie von Kurzschlussreaktionen und Bruchlandungen ausgelöst hat. Hätte ich ihm das alles nur schon vor Jahren gesagt.«

»Ich dachte immer, du hasst Konfrontationen«, sagt Kate. Sie sieht mich mit einem leicht ängstlichen Blick an.

Ich runzle die Stirn. »Hab ich auch … Aber jetzt nicht mehr.«

»Kein Scheiß.«

»Was war das mit Paris?«, hakt Bloomie nach. Ich habe ihnen die Geschichte nie erzählt.

»Er hat sich von mir Geld geliehen und mich dann sitzen gelassen, um mit seiner Freundin nach Paris zu fliegen«, erkläre ich achselzuckend.

»Verdammt«, stößt Bloomie ungläubig hervor. »Ich

wusste, wir kennen noch nicht die ganze Geschichte von Arty Jonathan.« Sie dreht sich um und sieht die Straße hoch. Ich drehe mich auch um und sehe, dass Arty Jonathan und Keira in ein Taxi steigen. »Ja, hau bloß ab, du Blödmann!«, brüllt Bloomie und dreht sich dann lächelnd zu uns. »Ich könnte glatt als New Yorkerin durchgehen.«

Wir brechen alle in Lachen aus. Kate beschließt, dass wir hungrig sein müssen, weil wir seit ungefähr zwei Stunden nichts mehr gegessen haben, und führt uns um die Ecke zu einem Café. Wir nehmen Platz und bestellen Cola light und Kuchen. (Wissen Sie, die Kalorien, die man durch die Cola light spart, kann man mit dem Kuchen praktisch wieder ausgleichen.)

»Wisst ihr, was lustig ist?«, sage ich nachdenklich, während ich an dem Zuckerguss knabbere. »Ich habe sie alle in den letzten drei Monaten gesehen. Alle meine Exfreunde. Und keiner von ihnen war ein echter Scheißkerl. Sie waren einfach noch nicht reif.«

»Außer Rick«, wendet Bloomie ein und beißt in ihren Cupcake wie in einen Apfel.

»Außer Rick«, stimme ich ihr zu. »Und Arty Jonathan ist auch ein echter Scheißkerl. Aber von den anderen war keiner auch nur eine Träne wert. Sie haben einfach nicht zu mir gepasst.«

»Das stimmt«, sagt Kate, die ihren Kuchen mit Messer und Gabel isst.

»Und ich bin auch nicht mehr wütend auf mich, da ich mich auf sie eingelassen habe«, meine ich. »Sie waren einfach ein Teil dessen, was passieren musste, damit ich auf die Männerpause und all die guten Sachen, die daraus hervorgingen, kam.«

»Warum bist du in letzter Zeit eigentlich so verdammt philosophisch?«, fragt Bloomie.

Ich überlege kurz. »Weil ich mit meinem Leben zufrieden bin, nehme ich an.« Außer was die Sache mit Jake betrifft, füge ich im Stillen hinzu.

»Wirst du versuchen, mit Jake Kontakt aufzunehmen?«, erkundigt sich Kate sanft, die meine Gedanken gelesen hat.

»Die Männerpause ist offiziell vorüber«, wirft Bloomie dazwischen.

»Nein«, antworte ich ehrlich. »Ich habe Angst.«

Bloomie und Kate sehen sich an und beginnen zu lachen. »Wenn du eines ganz bestimmt nicht mehr hast, dann ist das Angst«, bemerkt Kate schließlich.

Wir sitzen ein paar Minuten schweigend da und essen.

Bloomie sieht auf ihre Uhr. »Shit, es ist gleich Zeit für die letzte Überraschung, die ich vorbereitet habe ... Eine Kollegin von mir arbeitet den halben Monat in New York, und sie hat mir wärmstens einen Friseursalon empfohlen. Der ist ganz in der Nähe von unserem Hotel ... Ich habe für uns um vier Uhr einen Termin klargemacht.«

Es ist der perfekte Abschluss für den Nachmittag. Wir können in Ruhe entspannen, ohne eine Sekunde unserer Zeit in New York zu verschwenden. Schließlich können wir nirgendwo anders ein richtiges New Yorker Styling bekommen als hier. Logisch. Eine halbe Stunde später sitzen wir mit nassen Haaren nebeneinander in einer Reihe im Salon und sehen hoffnungsvoll die Stylisten hinter uns an.

»Okay, glattföhnen, aber am Ansatz etwas mehr Volumen? Mit Glamoureffekt?«, fragen sie.

»Ja«, sagen wir.

Die Haartrockner werden eingeschaltet, und Bloomie und Kate schnappen sich die *US Weekly* und die *People* und beginnen darin zu blättern. Ich blicke auf mein Spiegelbild und seufze. Die Konfrontationseuphorie ist verpufft. Ich bin mit meinen Gedanken alleine.

Was soll ich machen?

Normalerweise kann ich meinen Anblick im Spiegel

beim Friseur nicht ertragen, weil die Beleuchtung immer so schrecklich ist. Heute stelle ich mich meinem Spiegelbild und beginne zu reden.

Was stimmt nicht mit dir?

Was?

Alles, was du zu Jake gesagt hast, war falsch.

Und?

Du willst es einfach nicht einsehen. Du hattest unrecht. Er hatte recht. Du bist die Miese, nicht er. Außerdem willst du die Männerpause nicht mehr. Du willst ihn.

Halt die Klappe. Ich habe Angst. Ich wurde sechsmal hintereinander verlassen. Da bleiben schlimme Beziehungsnarben zurück. Ich kann keinem Mann mehr trauen.

Ich habe das Gejammer über deine Beziehungsnarben so satt. Du hast vorhin zugegeben, dass keiner den Liebeskummer wert war. Es sind nicht die Männer, denen du nicht trauen kannst. Du bist es.

Was?

DU traust dir selbst nicht. Hab keine Angst. Riskier mal was. Vertrau dir selbst. Mehr brauchst du nicht zu tun.

Um Gottes willen!

Ich habe das Gefühl, als wären plötzlich tausend Lampen in meinem Kopf angegangen. Ist das alles, worauf meine Männerpause hinausläuft? Dass ich mir selbst vertraue?

Ja, wie mir bewusst wird. Das ist es. Weil ich mir vorher nicht selbst vertraut habe. Ich habe mich zu oft selbst enttäuscht, durch falsche Entscheidungen und die falschen Männer … Aber das hat sich alles geändert. Ich traue mir jetzt alles zu, was ich mir in den Kopf setze. Ich muss nur entscheiden, was ich will, und kann es dann geschehen lassen.

Ich traue mir zu, Jake zu finden und ihm zu sagen, wie es um meine Gefühle für ihn bestellt ist.

Und ich muss es sofort tun.

Ich drehe mich zu Bloomie und Kate. Unsere Köpfe werden von den Stylisten bearbeitet, und riesige Föhne dröhnen laut in unseren Ohren. Kate liest eine Zeitschrift und knabbert an ihrer Nagelhaut, während Bloomie, ihrem entrückten Lächeln und ihrem hektisch tippenden Finger nach zu urteilen, gerade SMS-Verkehr mit Eugene hat.

»ICH MUSS DRINGEND JAKE FINDEN!«, schreie ich über den Lärm der Haartrockner und über die Musik hinweg.

»WAS?«, schreit Bloomie. Kate liest noch immer, ohne etwas um sich herum wahrzunehmen.

»ICH MUSS IHN FINDEN UND IHM SAGEN, DASS ICH UNRECHT HATTE!«, brülle ich. Mein Stylist sieht mich fragend an.

»WAS?«, schreit Bloomie wieder. Kate hebt den Kopf und lässt den Blick mit leichtem Stirnrunzeln wandern.

»ICH MUSS JAKE FINDEN UND IHM SAGEN, DASS ICH IHN LIEBE!«, brülle ich so laut ich kann, genau in der Sekunde, als alle drei Stylisten ihren Föhn ausschalten. Boa, ich liebe ihn? Wo kam das denn her?

Bloomie, Kate, die Stylisten und all die anderen Frauen vor den Spiegeln starren mich erschrocken an. Selbst die Empfangsdame sieht herüber. Es herrscht Totenstille. Mein Gebrüll hallt in meinen Ohren wider. (Und wahrscheinlich in allen anderen auch.)

»Ich werde Mitch eine SMS schicken und ihn nach Jakes Nummer fragen«, sage ich leise.

Ich hole mein Handy heraus und schreibe sofort eine SMS an Mitch. In London ist es bereits später Abend, doch Mitch wird sicher noch auf sein. Ich überlege, ob ich es ihm erklären soll, komme aber zu dem Schluss, dass er keine Details braucht beziehungsweise hören möchte:

Hey. Kannst du mir bitte die Handynummer von deinem Cousin schicken?

Ich starre ein paar Sekunden lang auf das Display. Keine Antwort. Ich blicke nervös zu Bloomie und Kate. Sie starren mich noch immer an, während die Stylisten an ihren Haaren herumzupfen. Mein Stylist zupft sehr vorsichtig an meinen Haaren, als könnte ich ihn jeden Moment beißen.

»Fertig!«, ruft er fröhlich. »Wundervoll! Großartig!«, schiebt er rasch hinterher und huscht davon.

Ich schaue in den Spiegel. Ich übertreibe nicht: Ich hatte in meinem ganzen Leben noch nie so eine tolle Frisur. Ich sehe zu Kate und Bloomie. Auch sie sehen unglaublich aus. Plötzlich haben wir alle volles, perfekt glänzendes Haar. Richtig glamourös.

Wir stehen auf. Ich bin ganz benommen und starre zwanghaft alle paar Minuten auf mein Handy. Nichts. Nichts. Was zum Teufel? Mitch ist handysüchtig. Er hat das verdammte Ding immer dabei, immer, er legt es sogar im Restaurant auf den Tisch.

Wir bezahlen und geben Trinkgeld für die Stylisten – ich gebe meinem ein extragroßes für das emotionale Trauma, das ich ihm bestimmt verursacht habe, als ich unter dem Haartrockner anfing herumzukreischen – und steigen draußen in ein Taxi.

»Was zum Teufel sollte das eben?«, fragt Bloomie, sobald Kate die Wagentür zugezogen hat.

»Ich vertraue mir selbst!«, sage ich.

»Was?«, meint sie. »Alles okay mit dir?«

»Ich muss Jake finden und ihm sagen, was ich für ihn empfinde. Das ist die einzige Möglichkeit, um wiedergutzumachen, dass ich mich wie ein Miststück verhalten habe, und um zu beweisen, dass ich ihm vertraue und dass ich mir selbst vertraue und dass die Männerpause vorüber ist!«, plappere ich hektisch los.

Bloomie und Kate wechseln einen Blick. »Du bist hysterisch«, stellt Kate fest.

»Nein. Mir geht es gut, zum ersten Mal seit Wochen!«, rufe ich.

»Ganz ruhig, Darling. Atmen nicht vergessen«, erinnert mich Bloomie.

Ich drehe mich zu den beiden, hole tief Luft und spreche so langsam wie möglich. »Ich weiß, dass ich einen Fehler gemacht habe. Ich weiß, dass Jake der Mann ist, mit dem ich zusammen sein möchte. Und ich kann alles haben, mein neues Glück und Jake. Ich muss nur mir selbst vertrauen, dass ich das schaffe, und dann schaffe ich das auch.«

»Okay …«, entgegnet Kate.

»Ich habe mich wie ein Miststück aufgeführt. Was, wenn er hier ist und sich gerade mit seiner Exfreundin versöhnt, weil ich mich so dämlich verhalten habe? Jede Sekunde zählt!«

»Hm … Scheiße«, überlegt Bloomie. »Also gut, lasst uns Jake suchen.«

Wir kommen im Hotel an und rennen durch die Eingangshalle zu den Aufzügen. »Ich werde ihn heute noch aufspüren und ihm sagen, was er mir bedeutet«, sage ich zuversichtlich. »Selbst wenn er gestern Abend mit einer anderen Frau zusammen war. Selbst wenn er nicht mehr in New York ist. Das mach ich. Wo zum Teufel treibt sich dieser verdammte Mitch herum?«

»Ich schicke ihm auch mal eine SMS«, bietet mir Bloomie an. »Vielleicht ist deine nicht angekommen.«

»Ich kann Sam auch eine schicken!«, schlägt Kate vor.

»Woher hast du seine Nummer?«, fragen Bloomie und ich gleichzeitig nach einer Sekunde Pause.

Kate grinst. »Er hat mich letzten Sonntag im Walmer nach meiner Nummer gefragt. Wir haben ein paar Mal gesimst, und … nächste Woche gehen wir zusammen aus.«

»Oh mein Gott!«, rufe ich. »Das ist ja super!«

»Fantastisch!«, meint Bloomie.

Kate grinst wieder. »Ja, nun, es ist nichts Besonderes, nur ein Essen. Ich finde ihn ganz sympathisch.«

Der Aufzug hält in unserer Etage, und wir laufen zu unserem Zimmer.

»Warum rennen wir eigentlich?«, will ich wissen.

»Keine Ahnung«, erwidert Bloomie. »Scheint ein Notfall zu sein.«

Ich liebe einen Mann, den ich vor sechs Tagen zum Teufel gejagt habe. Und nun muss ich ihn zurückgewinnen.

Das ist ein Notfall.

Kapitel 38

Wir betreten unser Zimmer, mit lautem Herzklopfen von der unnötigen Rennerei, und sehen uns an. Wir können tatsächlich nichts anderes tun, als darauf zu warten, dass Mitch oder Sam sich melden und Jakes Nummer herausgeben. Es gab überhaupt keinen Grund, so herumzuhetzen.

»Möchtest du darüber reden?«, fragt Kate.

»Ich mache seit Tagen nichts anderes«, entgegne ich. »Zumindest mit mir selbst. Ich bin es leid, darüber zu sprechen. Ich möchte es in Ordnung bringen.«

»Darauf müssen wir anstoßen«, sagt Bloomie fröhlich. »Ich werde mal die Minibar plündern.«

Eine Stunde – und mehrere Mini-Wodkas – später machen wir uns allmählich bereit für den Abend. Ärgerlicherweise haben die Jungs noch immer nicht geantwortet. Wir haben alle geduscht (es ist das erste Mal in meinem Leben, dass ich den Sinn einer Duschhaube erkannt habe. Wenn man so eine tolle Frisur hat, will man sie hegen und pflegen wie ein Baby) und sind dabei, uns zu schminken, während wir alle paar Minuten nervös unsere Handys checken.

»In London ist es gleich Mitternacht«, erkläre ich. »Wo zum Henker treibt Mitch sich herum? Bestimmt in einer Kneipe, wo er keinen Empfang hat, der dumme Säufer.«

»Das reicht«, antwortet Bloomie. »Ich rufe ihn an.«

Sie wählt seine Nummer, aber es meldet sich direkt die Mailbox.

»Argh!«, schreit Bloomie und sieht mich dann lächelnd an. »Das ist lustig.«

»Wir könnten den Concierge bitten, alle Hotels in Manhattan anzurufen und nach einem Jake Ryan zu fragen«, schlägt Kate vor.

»Es gibt Hunderte von Hotels in New York«, erwidert Bloomie.

»Was, wenn das gestern seine Exfreundin war und er bei ihr übernachtet?«, meint Kate erschrocken und schlägt sofort die Hand vor den Mund, da sie so etwas Demoralisierendes gesagt hat.

Ich sehe sie an und schnappe mir ein Minifläschchen Wild Turkey. Ich brauche einen kleinen Kick, um mit der Anspannung fertig zu werden.

Wir sind uns einig, dass wir heute Abend ein paar starke Drinks brauchen. Kate hat uns einen Tisch im Public reserviert, einem schicken kleinen Restaurant in Nolita, aber Bloomie schlägt stattdessen ein mexikanisches Lokal in Gramercy vor, das ¡Vamos! heißt, aus dem hervorragenden Grund, weil es dort Margaritas gibt. Ich glaube, Kate hat auf einen kultivierteren Abend gehofft, allerdings sagt sie, sie wisse die Bedeutung von Cocktails auf Tequila-Basis in so einer Situation zu schätzen.

»Es wird euch dort gefallen«, sagt Bloomie fröhlich. »Ein witziger Laden. Eugene hat ihn mir empfohlen. Wenn ihr mich nun entschuldigt, ich möchte ihn kurz anrufen …«

Sie geht hinaus in den Flur, damit sie ihm ungestört süße Nichtigkeiten vormiauen kann.

»Was ziehst du an?«, fragt Kate mich und wirft einen ängstlichen Blick in ihren Koffer. Er ist noch immer ordentlich gepackt. Bloomie und ich dagegegen haben unsere ganzen Klamotten im Zimmer verstreut. Ein paar davon hängen auf Bügeln. Die meisten nicht.

»Ähm …«, stammle ich. Ich bin in ein Handtuch gewickelt und gerade mit meinem Make-up fertig geworden. »Was Kurzes, Freizügiges, schätze ich. Gehen wir nachher noch auf die Party von Robs Kumpel?«

»Klar«, antwortet Kate. »Ich möchte amerikanische Männer kennenlernen. Ich habe gehört, die Dating-Szene soll hier ziemlich brutal sein, und ich bin bereit dafür.« Sie unterbricht sich kurz. »Außer dir ist es lieber, keine Ahnung, dass wir Manhattan nach Jake abkämmen.«

»Entweder ich kriege seine Nummer und werde ihn finden oder auch nicht«, gebe ich ruhig zurück. »Wie auch immer, wir werden uns auf jeden Fall amüsieren. Das heißt, du wirst amerikanische Männer kennenlernen.«

Kate jubelt und schraubt ein Minifläschchen Jack Daniel's auf.

Unerwartet endet Kate in meinem kurzen und freizügigen schwarzen Minikleid. Ich trage ein klassisches knielanges, griechisch angehauchtes goldenes Kleid von Bloomie, das eine Schulter freilässt. Bloomie hat ein braves weißes Hemdkleid von Kate an, aber sie ist viel größer und trägt hohe rote Schuhe dazu, sodass es richtig sexy an ihr aussieht. Es ist heute Abend so warm, dass wir keine Jacke brauchen.

»Ich bin mir nicht sicher, wie ich das hier taufen soll …«, überlege ich laut.

»Soso?«, sagt Kate.

Bloomie mustert mich von oben bis unten. »Sehr hübsch. Du brauchst keinen Namen dafür. Du kannst dir auch meine Schuhe borgen.«

»Okay«, erkläre ich mich einverstanden. Ich bin plötzlich im Schlenkerpuppen-Modus. Ich mache alles, was man mir sagt. (Es ist auch nicht so schlimm, wenn man gesagt bekommt, man soll goldene Stilettos von Christian Louboutin anziehen.) Gott, ich habe wirklich beschlossen, jemanden zu lieben, den ich noch vor sechs Tagen in die Wüste geschickt habe. Und jetzt muss ich ihn zurückgewinnen und wahrscheinlich den Armen einer anderen Frau entreißen. Mein Magen krampft sich vor lauter Angst zusammen.

»Hör auf«, sage ich zu ihm. »Du wirst das wohl oder übel mit mir durchstehen müssen. Ich habe mich unter Kontrolle, und ich weiß, was das Beste ist.«

Mein Magen entkrampft sich sofort.

Schon besser.

Bloomie gibt mir ihre zehn Zentimeter hohen goldenen Pumps von Christian Louboutin. Sie sind – es gibt keine andere Beschreibung dafür – absolut traumhaft. In Kombination mit dem Kleid ist das ein bisschen viel Gold, doch das ist mir egal.

»Und, verdammt noch mal, lass diese blöde gelbe Handtasche hier«, erinnert mich Bloomie.

»Aber die bringt mir Glück!«, protestiere ich halbherzig.

»Da täuschst du dich gewaltig, Darling«, erwidert sie. »Katie, hast du deine Abendhandtasche dabei?«

Kate nimmt sofort Haltung an. »Ja, hab ich! Du meinst die kleine schwarze? Brauchst du sie? Hier, bitte. Vergesst nicht, eure Pässe einzustecken, Mädels. Sonst bekommen wir in den Bars keinen Alkohol ausgeschenkt.«

Ich packe den Inhalt meiner gelben (Un-)Glückshandtasche in Kates schwarze Clutch. »Ich sehe aus wie du«, meint sie beim Blick auf ihr Spiegelbild in meinem kurzen schwarzen Kleid und den geschlossenen schwarzen Pumps.

»Fabelhaft, meinst du?«, entgegne ich und stopfe Lipgloss, Kreditkarten, Pass, Bargeld, Zimmerschlüssel, Zigaretten und Kaugummi in das Täschchen. Das Einzige, was ich draußen lasse, ist der alte, zerfledderte Zettel mit den Regeln für die Männerauszeit; der, den Bloomie und ich uns vor einigen Monaten an jenem Abend in Sophie's Steakhouse im Rausch zusammengestellt haben. Ich werde ihn heute Abend nicht brauchen, glaube ich. Ich zerreiße das Blatt in zwei Teile, lege sie aufeinander und reiße sie wieder durch, und dann vorsichtshalber noch einmal. Tschüss, Männerpause, denke ich. Ich brauche dich nicht mehr.

Kate und Bloomie starren mich neugierig an. Ich zucke mit den Achseln. »Alle bereit?«, frage ich und werfe einen Blick auf mein Handy. Wo bleibt Mitchs Antwort mit Jakes Nummer, verdammt noch mal?

»Wir könnten Eddie anrufen«, schlägt Kate vor. »Vielleicht weiß er, wo Mitch steckt. Dann können wir ihn ausfindig machen und uns die Nummer geben lassen.«

Ich sehe wieder auf mein Handy. »Nein. Ich kann warten. Ich werde nächste Woche etwas unternehmen, wenn Jake aus New York zurück ist.« Ich weiß noch nicht genau, was. Aber mir wird schon noch was einfallen.

»Falls er zurückkommt«, gibt Kate zu bedenken.

»Was?«, sage ich.

»Ähm … nichts«, antwortet sie. »Sam hat letztes Wochenende so eine Bemerkung gemacht … Ich wollte dich eigentlich nicht damit belasten … Er meinte, Jake spielt mit dem Gedanken, aus London wegzuziehen. Ich habe nicht weiter darüber nachgedacht, jetzt überlege ich allerdings, ob er vielleicht nach New York geht.«

»Scheiße!«, fluche ich. »Was, wenn er sich bereits entschieden hat und hier ist, um sich Wohnungen anzusehen, und das der Grund ist, warum er wieder mit seiner Ex anbandelt?«

Wir sehen uns alle erschrocken an.

»Lasst uns jetzt nicht darüber nachdenken. Lasst uns losgehen und Margaritas trinken«, meint Bloomie.

Etwas später betreten wir das ¡Vamos! und bekommen einen kleinen Tisch in der Nähe einer großen und sehr lauten Gruppe von New Yorkern in unserem Alter, die schon seit mehreren Stunden hier zu sein scheinen. Wir nutzen rasch die letzten fünfzehn Minuten der Happy Hour und bestellen Two-for-one-Margaritas: den Classico für Bloomie, einen Lemon Basil für Kate und Frozen für mich.

»Leck mich«, keucht Bloomie nach dem ersten Schluck.

»Leck mich«, keuchen Kate und ich, als wir unsere Drinks probieren.

»Ich spüre förmlich, wie der Alkohol durch meine Meridiane fließt«, fügt Kate hinzu. »Wie Heroin.«

Woher weiß sie, wie sich Heroin im Körper anfühlt?

Nach dem halben Glas entspanne ich mich und sehe mich um. Die große Gruppe bestellt gerade die nächste Runde. Einer schreit: »Keine Frozen Margaritas mehr. Ich habe bereits einen Brummschädel von dem Eis. Ist euch das eigentlich egal?« Er ist der Mitch der Gruppe, beschließe ich. Auf der einen Seite des Tisches kichern drei Mädels über irgendeinen Spruch. Das sind Bloomie, Kate und ich. Und am anderen Tischende sitzt ein großer, gutaussehender Kerl, der eins der drei Mädels beobachtet. Das ist Jake. Oder vielleicht Rick. Schwer zu sagen.

Ich seufze laut und nehme wieder einen Schluck von meiner Frozen Margarita.

Bloomie hebt den Kopf. »Darling, um Gottes willen. Du bist in New York. Mach ein fröhlicheres Gesicht.«

»Ich bin fröhlich!«, bekräftige ich und rühre nachdenklich in meiner Margarita. »Ich denke nur nach.«

»Über Jake?«

»Nein«, gebe ich zurück. »Über mich. Ich dachte eigentlich, nachdem ich sechsmal hintereinander abserviert wurde, hasse ich Beziehungen und, du weißt schon, das ganze Drumherum. Aber das war es nicht. Vielmehr habe ich das Vertrauen in mich selbst verloren. Irgendwo zwischen zerstörten Hoffnungen und grottenfalschen Entscheidungen habe ich das Einzige verloren, was ich brauche, um wirklich glücklich zu sein: mein Selbstvertrauen.«

Bloomie und Kate beginnen zu applaudieren.

»Tolle Ansprache!«, sagt Bloomie. »Ich liebe dein neues philosophisches Ich!«

»Oh, halt die Klappe«, erwidere ich und lache.

»Ich dachte, die Männerpause ist dazu da, eben nicht mehr abserviert zu werden«, wirft Kate ein.

»War sie anfangs auch. Ich wollte das kein siebtes Mal durchmachen. In Wahrheit wollte ich keine Experimente mehr eingehen, aus Angst zu versagen, weil ich bisher immer versagt habe … Aber dann ist in meiner Männerpause genau das Gegenteil passiert. Alles, was ich angepackt habe, hatte Erfolg. Man muss nur wissen, was man im Leben möchte, und das nötige Selbstvertrauen haben, dass man es schaffen kann.«

»Ich bin ganz deiner Meinung«, sagt Bloomie. »Das nennt man eine sich selbst erfüllende Prophezeihung.«

Ich lächle in mich hinein. Das könnte von Jake stammen.

»Okay!« Ich halte die Hände hoch. »Genug mit der Nabelschau … Vielen Dank für diese Reise, Mädels. Ich stoße auf euch beide an.«

Wir lassen unsere Gläser klirren und trinken.

»Und auf das Ende der Männerpause«, füge ich hinzu.

Wir stoßen wieder an und trinken.

»Und auf meine Kündigung«, sagt Kate. »Ohne sie wären wir jetzt nicht hier.«

Wir stoßen an und trinken.

»Und auf mich, weil ich Eugene gezeigt habe, dass er mir wichtiger als die Arbeit ist«, sagt Bloomie.

Wir stoßen an und trinken.

»Und auf Tray. Möge er mit einer anderen Frau glücklich werden«, sagt Kate. Das war nett von ihr.

»Und auf Arty Jonathan. Möge er immer arm und erfolglos bleiben«, sage ich und ziehe die Augenbrauen hoch.

»Und auf den Typen von Facebook. Möge er seine Passwörter vergessen«, sagt Bloomie.

»Und auf Rugby Robbie. Möge er nie wieder im Halbschlaf pinkeln«, sage ich.

»Und auf den haarigen Rücken. Möge er die Freuden von Wachsenthaarungen entdecken«, sagt Bloomie.

»Und auf Clapham Brodie. Möge er sich das nächste Mal früher als schwul outen«, sage ich.

»Und auf Arschgesicht. Möge er … aufhören, ein Arschgesicht zu sein«, sagt Bloomie. Sie zuckt mit den Achseln und ergänzt leise: »Ich weiß gar nicht mehr, warum wir uns damals getrennt haben.«

»Und auf den schlauen Henry. Möge er viel Freude an seinem Spießerleben haben«, sage ich.

»Und auf das fehlende Glied. Möge es sich entwickeln«, sagt Kate.

»Und auf den lieben Posh Mark. Möge er bis in alle Ewigkeit mit seiner Belly glücklich werden«, sage ich.

»Und auf Rick«, beginnt Kate fröhlich, woraufhin eine kleine Pause entsteht. Über Rick gibt es nichts Gutes zu sagen. »Möge er in der Hölle verrotten?«, sagt sie zögernd, und wir müssen alle lachen.

Dann spreche ich einen stummen Toast aus. Auf Jake. Mögest du mir verzeihen, dass ich ein Miststück war.

Ein weiterer halber Margaritakrug später, und die Welt sieht schon viel fröhlicher aus. Ich liebe New York. Ich liebe Kate und Bloomie. Ich liebe Fajitas und Tacos und Quesadillas, obwohl ich nie weiß, was was ist, wenn sie zusammen serviert werden. Während wir gerade die nächste Runde bestellen – wir beschließen, es denen einfacher zu machen und einen ganzen Krug Frozen Margarita zu nehmen –, bekomme ich eine SMS von Rob.

Hello, Kitty! Die Party startet im Tenjune! Schick mir eine SMS, wenn ihr da seid!

Ich lese sie den anderen laut vor.

»Kitty?«, sagt Bloomie.

»Das Tenjune ist ein Nachtclub«, erklärt Kate. »Das ist nicht weit weg von unserem Hotel.«

»Bist du sicher, der Meatpacking District ist an einem Samstagabend nicht wie Covent Garden?«, frage ich.

»Du musst deine Londoner Vorurteile hier ablegen«, entgegnet Kate.

Ich simse Rob, dass wir gegen zehn Uhr da sein werden.

»Ooh, Katie, erzähl mal von dir und Sam«, fordere ich sie auf. »Komm schon. Trau dich.«

»Nun ja … Du warst letzten Sonntag im Walmer nicht dabei«, antwortet Kate. »Wir waren alle ein bisschen betrunken und albern, und ich habe den anderen von dem Pseudo-Eisschnelllauf erzählt. Daraufhin haben Sam und Mitch sich ein Rennen geliefert. Und vor dem Start meinte Sam zu mir, wenn er gewinnt, muss ich ihm meine Nummer geben und mit ihm ausgehen.«

»Nein!«

»Doch! Und dann hat er gewonnen! Also musste ich ihm natürlich, äh, meine Nummer geben.«

Bloomie und ich prusten los.

»Lacht ihr mich aus?«, sagt Kate. »Ich weiß, dass das kein echtes Wettrennen war, Leute. Das ist mir durchaus bewusst. Trotzdem fand ich, dass er eine Belohnung verdient hatte, allein schon für den Versuch … und für seinen Einfallsreichtum.«

»Das ist wahr«, bestätigt Bloomie lächelnd. »Das war ein toller Abend … Oh, ich vermisse Eugene.« Sie zieht einen leichten Schmollmund.

»Ach, Süße. Wenn wir das nächste Mal hierherkommen, nehmen wir ihn mit«, verspreche ich ihr.

»Gute Idee«, meint sie und grinst. »Übrigens, Kate.« Sie räuspert sich. »Es tut mir leid, dass ich es dir nicht schon früher gesagt habe, aber ich konnte dir das eine nicht ohne das andere erzählen und, äh, tja … Ich ziehe zu Eugene.«

Kate und ich kreischen vor Freude los, beherrschen uns aber sofort wieder (so uncool) und sprechen in aufgeregtem Flüsterton unseren Glückwunsch aus. Es stellt sich heraus, dass Eugene Bloomie angeboten hat, bei ihm einzuziehen, letzten Sonntag nach dem Abend im Walmer, und sie die ganze Woche darüber diskutiert haben.

»Ich habe mich dafür entschieden«, erzählt Bloomie. »Ich liebe Eugene von ganzem Herzen. Ich hätte ihn letztes Wochenende fast verloren … Das war das Schlimmste, was mir je passiert ist.«

»Darling, ich freue mich so für dich«, sage ich.

»Ich mich auch«, meint Kate, obwohl ich ihr ansehe, dass sie noch etwas anderes beschäftigt.

»Katie, mach dir keine Sorgen wegen der Wohnung oder wegen einer neuen Mitbewohnerin oder so«, beruhigt sie Bloomie rasch. »Lass dir so viel Zeit, wie du willst, bis du weißt, was du als Nächstes vorhast, und dann können wir uns noch mal unterhalten.«

Kates Gesicht wirkt sofort erleichtert. »Eigentlich weiß ich schon, was ich als Nächstes mache. Ich wollte nur den richtigen Zeitpunkt abwarten, um es euch zu sagen«, erklärt sie. »Ich werde wieder studieren und den Master in Kunst und Kulturmanagement machen. Danach bewerbe ich mich bei wohltätigen Organisationen, zum Beispiel für das Finanzmanagement oder so, oder bei Galerien und Museen … Ich weiß noch nicht. So weit habe ich noch nicht geplant.«

»Oh mein Gott«, sagt Bloomie. »Das ist eine geniale Idee.«

»Ja, das passt perfekt zu dir«, stimme ich ihr zu.

»Ich weiß!«, antwortet Kate fröhlich. »Jedenfalls habe ich mir das alles schon durchgerechnet, und ich kann mir gerade noch so Bloomies Wohnung leisten. Ich würde nur sehr ungern ausziehen. Ich wohne gerne dort. Ich habe ein paar Ersparnisse, und vielleicht muss ich nebenher jobben gehen, und das wird bestimmt ein hartes Jahr, aber das ist okay.« Sie zuckt mit den Achseln. »Das macht mir nichts aus.«

»Ich bin so froh, dass du dort wohnen bleibst!«, ruft Bloomie. Plötzlich drehen Kate und sie die Köpfe zu mir und sehen mich an.

»Was?«, sage ich.

»Liegt das nicht auf der Hand? Willst du bei mir einziehen? Bitte!«, entgegnet Kate.

Ich bin überrascht. Ich wohne schon seit Jahren bei Anna. Es ist günstig und praktisch – und es ist Zeit für eine Veränderung.

»Klar ziehe ich bei dir ein«, erwidere ich. »Sehr gerne sogar.«

Wir stoßen wieder mit unseren Margaritas an und machen sofort Pläne für den Umzug.

Nachdem wir bezahlt haben, gehen wir hinaus, um eine zu rauchen, und halten danach ein Taxi an. Unterwegs schicke ich Rob eine SMS, dass wir gleich da sind. Die Fahrt zum Tenjune ist nur sehr kurz. Als ich aus dem Taxi steige, sehe ich eine große Schlange vor dem Eingang und ein Stück weiter eine eher kleine Schlange von Leuten, die wahrscheinlich auf der Gästeliste stehen. Außerdem trägt jeder in der kurzen Schlange ein Kostüm.

Ich drehe mich zu Bloomie und Kate. »Ich glaube, da drüben beim VIP-Eingang geht es zur Party. Und ich glaube, es ist eine Kostümparty. Nicht zu fassen, und wir sind nicht verkleidet.«

Bloomie nickt. »Wie lautet das Motto? Es muss irgendwas mit Musik sein. Ich habe nämlich einen Michael Jackson und eine Dolly Parton gesehen.«

»Vielleicht lautet das Motto auch ›Schönheitsoperationen‹«, werfe ich ein.

»Verdammt!«, sagt Kate. »Ich kann nicht glauben, dass wir auf einer Mottoparty die Einzigen sein werden, die zwar heiße Outfits tragen, aber keine Kostüme. Das sieht uns überhaupt nicht ähnlich!«

Das klingt so untypisch für Kate und so hochmütig, dass Bloomie und ich losprusten.

Plötzlich erscheint Rob im Eingang neben dem Türsteher und zeigt auf uns. Der Türsteher nickt. Während wir uns in unserer normalen Aufmachung wie etwas Besonderes vorkommen, gehen wir an beiden Schlangen vorbei und betreten den Club. Rob hat sich auch nicht verkleidet, bis auf seine John-Lennon-Brille. Billig. Trotzdem sieht er gut aus.

»Nochmals danke für die Einladung, Rob … Aber hättest du nicht vorher Bescheid geben können, dass das eine Mottoparty ist?«, meine ich, nachdem wir uns alle begrüßt haben.

»Das Motto lautet ›Echte amerikanische Idole‹ … Ach was, ihr hättet euch doch bestimmt nicht verkleidet, oder doch?«, entgegnet er. »Ihr seht in normalen Klamotten viel besser aus! Tolles Outfit, Mädels! So London-Style.«

Und wir dachten, wir wären New-York-Style.

Das Tenjune ist klein, gerammelt voll und laut, während die Menge fröhlich feiert. Wir gehen links eine Stufe hoch zu einem leicht abgetrennten Bereich, und ich stoße fast mit einem Kerl zusammen, der als Vanilla Ice verkleidet ist und sich mit einem anderen unterhält, der, kaum zu glauben, die junge Diana Ross darstellen soll.

»Ich wollte unbedingt diesen Bürstenschnitt. Aber es hat sich gelohnt«, sagt Vanilla Ice.

»Wo zum Teufel sind meine Supremes?«, fragt Diana Ross.

Ich werde auf dieser Party viel Spaß haben.

Wir holen uns Getränke, und Rob macht uns mit einigen Leuten bekannt. Trotz der Kostüme kann ich sehen, dass wir von recht gutaussehenden, gepflegten Männern umringt sind, die alle unheimlich charmant und höflich sind. Und nach ein paar Minuten Smalltalk sind sie zum Brüllen komisch.

Um uns herum entdecke ich Axl Rose, Jim Morrison, Michael Bolton, Prince, Marilyn Manson, Barbra Streisand, Joni Mitchell, mehrere Britneys, eine Madonna aus jeder Ära (außer natürlich aus der rätselhaften »American Pie«-Phase) und drei Elvisse. Ich plaudere mit einer Debbie Gibson in Hut und Weste, während Bloomie und Kate über Jim Morrison und Axl Rose lachen, die sich darüber streiten, wer von ihnen den größeren Einfluss auf die Rockmusik hatte. »›Paradise City‹, Mann! Hast du nicht gehört, was ich zwischen den Zeilen singe? Ich bitte dich!«, sagt Axl.

Diese New Yorker wissen, wie man eine Kostümparty veranstaltet.

Rob schaut gelegentlich vorbei, um Hallo zu sagen, obwohl er die meiste Zeit damit verbringt, mit einer Nancy Sinatra herumzuschäkern. (Ich bin mir nicht ganz sicher, aber die toupierten Haare und die weißen Stiefel lassen es vermuten.) Er ist ein sehr guter Gastgeber. Wir sind offensichtlich nur eingeladen, weil das Verhältnis zwischen männlichen und weiblichen Gästen drei zu eins beträgt, aber das ist schon okay so.

Rob macht uns auch mit dem Geburtstagskind bekannt, das darauf besteht, dass wir es »Birthday Paulie« nennen. Es stellt sich heraus, dass Birthday Paulie Engländer ist und hier seit ungefähr sechs Jahren lebt. Er hat sich als Kurt Cobain mit einer blonden Perücke und einem blau-weiß gestreiften T-Shirt verkleidet und spendiert uns ständig Shots, vor allem Kate.

Zwischendurch tausche ich mich mit den Mädels aus.

»Ich kann nicht glauben, dass wir als Einzige nicht verkleidet sind«, sage ich.

»Ich weiß. Das versaut mir fast den Abend«, erwidert Bloomie.

»Ich mag Birthday Paulie«, meint Kate nachdenklich. »Ich

frage mich allerdings, ob transatlantische Fernbeziehungen funktionieren.«

Um Mitternacht finde ich mich auf der Tanzfläche zu »9 to 5« wieder, zusammen mit Kate, Bloomie, Cyndi Lauper und MC Hammer. Der DJ ist unglaublich. Er legt neue und alte Scheiben auf, und alles gleichzeitig. Tolle Party, denke ich zufrieden. Ich wette, Jake würde es hier auch gefallen. Ich muss ihm eines Tages davon erzählen.

»Wer will noch ein Glas?«, ruft Birthday Paulie.

»Ich will Schnaps, ich will Bier, ich will Champager, ich will das ganze Paket. Mein Märchen soll wahr werden«, erklärt MC Hammer. Bloomie und ich müssen so sehr lachen, dass ich meine schwarze Handtasche fallen lasse.

Und dann, als ich sie aufhebe, sehe ich aus dem Augenwinkel heraus Slash an der Theke stehen. Aber es ist nicht Slash.

Es ist Jake. Eine schwarze Lockenperücke verdeckt sein Gesicht zur Hälfte, sodass ich nur seinen Mund richtig sehen kann, doch ich weiß, dass er es ist. Und er sieht mich direkt an.

Abgesehen von der Perücke trägt er eine Spiegelsonnenbrille, einen Zylinder, ein ärmelloses schwarzes T-Shirt und eine schwarze Lederhose. Er hat sich sogar eine Gitarre umgehängt, eine hübsche Idee.

Ich drehe mich zu Bloomie und Kate. »Noch mal danke, dass ihr mich nach New York gebracht habt«, sage ich rasch.

Ich gehe zu ihm hinüber. Im ersten Moment bringt keiner von uns einen Ton heraus.

»Du besitzt eine schwarze Lederhose?«, bringe ich schließlich heraus. Keine Antwort. Er sieht mich nur an, sprachlos, mit leicht offenem Mund. Das passt zu seinem Slash-Outfit. Sehr beeindruckend.

»Was machst du hier?«, bringt er schließlich heraus und nimmt die Sonnenbrille und die Perücke ab.

»Ähm, ich kenne den Kerl da drüben. Rob«, sage ich und deute auf ihn. »Ich bin mit Bloomie und Kate über das Wochenende hier …« Ich drehe mich auf die andere Seite und zeige auf die Mädels, wobei ich sehe, dass sie sich an den Armen festhalten und zu uns herüberstarren. »Warum bist … Warum bist du hier?«

»Ich besuche meine Schwester über das Wochenende. Sie wohnt in Brooklyn«, meint er. Ich sehe ihm über die Schulter und erkenne die Frau, mit der er gestern Abend unterwegs war. Sie hat sich als Jon Bon Jovi verkleidet, was ich wirklich respektieren muss, und unterhält sich mit Billy Ray Cyrus. Sie ist nicht Jakes Freundin. Gott sei Dank.

»Ich habe früher mit Paul zusammengewohnt, als ich hier gelebt habe. Die Hälfte der Jungs kenne ich von der Arbeit«, fährt er fort. Er versucht offenbar, Smalltalk zu machen.

»Toll«, erwidere ich.

Jake fängt schließlich meinen Blick auf. »Ich habe beschlossen, dass es eine gute Idee ist, dieses Wochenende gleich wieder zu verreisen. Ich habe den Flug am Montag gebucht und bin gestern Abend gelandet.« Er ist ganz sachlich, oder ironisch oder so. Ich kann es nicht einschätzen.

»Wegen dem letzten Wochenende«, beginne ich. Es ist so weit, höchste Zeit, es hinter mich zu bringen. Bin ich bereit? Ich habe mir nicht einmal überlegt, was ich sagen soll. Ich hätte mir Notizen machen sollen. Kate hätte das sicher getan.

»Keine Sorge«, sagt er schnell und schaut auf sein Glas. »Es tut mir wirklich leid, dass ich … dich beschimpft habe. Ich … Ich habe die ganze Situation falsch verstanden. Ich wünschte, ich könnte alles wieder zurücknehmen.«

»Nein! Nein …«, halte ich dagegen. »Ich war im Unrecht. Ich war total im Unrecht.«

Ich hole tief Luft.

»Ich war ein Miststück. Das weiß ich. Und es hatte nichts damit zu tun, dass ich dir nicht vertraue. Vielmehr habe ich mir selbst nicht vertraut, um zu wissen, was wirklich das Richtige ist für mich«, erkläre ich ihm. »Aber jetzt weiß ich es. Und ich bin … Ich bin verrückt nach dir«, sage ich zögernd und räuspere mich. Er starrt mich an, seine tollen Augen mit den Lachfältchen auf mich geheftet. Ich versuche, eine Träne zu ignorieren, die mir über die linke Wange kullert. »Ich habe das nicht so gemeint, was ich gesagt habe, und ich bereue es sehr … Ich möchte es gerne in Ordnung bringen, wenn ich darf …«

Ich bin ins Plappern geraten und verstumme, während Jake mir sein strahlendes Lächeln schenkt und sagt: »Ich bin auch verrückt nach dir.«

»Wirklich?«, frage ich und wische mir rasch die Träne ab.

»Ja, Cocktailbiest, wirklich. Und ich halte dich auch nicht wirklich für ein Miststück«, entgegnet er. »Dann ist also jetzt wirklich Schluss mit der Männerpause?«

»Ja, die ist vorüber«, bestätige ich und werfe einen Blick auf seine Armbanduhr. »Es ist nach Mitternacht. Ich habe Geburtstag.«

»Alles Gute«, wünscht er mir und lächelt mich an.

Ich beschließe, dass wir genug geredet haben.

»Du solltest mich jetzt küssen«, fordere ich ihn auf.

»Wie despotisch …«, seufzt er glücklich, beugt sich lächelnd vor und küsst mich.

Nach ein paar Sekunden löse ich mich von ihm, hole tief Luft und springe von der Klippe, auf der ich schon einmal an dem Morgen nach Eddies Hausparty stand.

»Ich liebe dich.«

Ich bezweifle, dass ich den Mumm gehabt hätte, das zu sagen, hätte ich nicht den schönsten Kuss meines Lebens bekommen, wären wir nicht in New York und wäre ich mir nicht so sicher gewesen – absolut sicher ohne den allergeringsten Zweifel –, dass ich Jake von ganzem Herzen liebe und dass es unheimlich wichtig war, ihm das zu sagen.

»Ich liebe dich auch«, erwidert Jake.

Und dann küssen wir uns wieder.

Wir küssen uns und küssen uns und küssen uns. Ich kann Bloomie und Kate im Hintergrund jubeln hören, und wir küssen uns weiter. Tut mir leid, wenn ich romantisch werde, aber ich bin in meinem ganzen Leben nicht so geküsst worden, noch nie. Das ist äußeres Glück und inneres Glück zusammengemischt in einer herrlichen, unfassbaren Explosion der Glückseligkeit.

Epilog

Erwischt! Als würde ich es dabei belassen.

Acht Monate sind vergangen, und Jake und ich sind, ähm, ja, sehr verliebt. Ich werde verlegen, wenn ich das sage. Ich male mit der Fußspitze kleine Kreise auf den Boden. Das restliche Wochenende in New York war unglaublich. Ich hatte den schönsten Geburtstag meines Lebens. Jake und ich haben uns im Standard ein eigenes Zimmer genommen und Regel Nr. 9 über den Haufen geworfen, bevor wir dann am Sonntag die Papierschnipsel mit den Regeln für die Männerauszeit genommen und in den Hudson geworfen haben. Als Sarg diente meine gelbe (Un-) Glückshandtasche.

Ich war noch nie so glücklich in meinem Leben. Ich kann nicht glauben, dass ich die Gefühle, die ich für meine Exfreunde empfand, derart falsch interpretieren konnte … Jake ist einfach … perfekt für mich.

Was das Schicksal als Nächstes für uns bereithält … tja, das kann ich nicht sagen. Lassen Sie es mich so ausdrücken: Ich kann inzwischen Integralrechnung, und wir diskutieren ständig darüber.

Okay, hören Sie auf zu würgen. Ist gut jetzt. Sie haben es so lange mit mir ausgehalten. Ich dachte, Sie würden gerne wissen, wie es ausgeht.

Auch sonst läuft es bombig. Ich bin befördert worden, ganz offiziell, zum stellvertretenden Creative Director. Ich tippe noch immer meine eigenen Sachen. Das Schreiben fällt einem leicht, wenn man glücklich ist. Mir zumindest. Ich habe zwar noch nichts zu Ende geschrieben, worüber es sich zu reden lohnen würde, aber irgendwann komme ich schon noch dorthin.

Okay, zu den anderen: Kate studiert Kunst und arbeitet stundenweise in einer kleinen Galerie in Mayfair. Sie weiß noch nicht, was sie danach machen wird, doch das scheint ihr keine Sorgen zu bereiten. Außerdem ist sie mit Sam zusammen, den sie im selben Maß witzig wie unergründlich findet. Er betet sie an. Bloomie ist bei Eugene eingezogen. Sie arbeitet nach wie vor sehr viel, hat sich allerdings mittlerweile von ihrem BlackBerry getrennt. Schätze, das ist nur ein kleiner Anfang, aber immerhin.

Eddie und Laura waren ein paar Monate zusammen, bevor sie beschloss, ein Jahr herumzureisen. Eddie versuchte, es nicht persönlich zu nehmen. Er scheint sein Single-Leben zu genießen. Mitch und Tara sind vor kurzem zusammengezogen. Fraser ist auf den Geschmack von Online-Dating gekommen und hat die beste Zeit seines Lebens. Cooper und Marlena erwarten ein Baby. Lukas hat sich in eine Frau namens Alexa verliebt. Tory ist noch immer Single. Rick ist, wie ich vor ein paar Wochen gehört habe, arbeitslos. Und alle anderen, die ich kenne, sind in einem unterschiedlichen Stadium von Liebe, Lust, Elend, Glück, Hoffung und Chaos und versuchen herauszufinden, was sie möchten und wie sie es wahrmachen können. Es ist fantastisch.

Das Dating-Handbuch

Es gibt Hunderte von Liebesratgebern. Dieser hier ist anders.

Sehen Sie, ich werde Ihnen nicht sagen, wie Sie sich verhalten sollen, was Sie anziehen sollen, worüber Sie reden sollen und wohin Sie gehen sollen. Würde ich das tun, würde Ihr Date sich nicht mit Ihnen treffen. Sondern mit mir. Und nicht einmal mit meinem echten Ich, sondern mit meinem imaginären Ich. (Das viel besser ist als mein echtes Ich. Das würde nämlich bestimmt mehr trinken als geplant und dann versehentlich das Weinglas umstoßen, weil es über seine eigenen Witze lacht.)

Dies ist auch kein Ratgeber, wie man jemanden kennenlernt und/oder zu einem Date eingeladen wird. Das ist ein anderes Buch. Ich sollte es eines Tages schreiben. (Ich sollte es »Warum man nie einen Mann im Salsakurs kennenlernt« nennen.) Trotzdem noch eine kurze Anmerkung dazu: Viele Frauen beschweren sich, dass sie keine Single-Männer kennenlernen. Das sind normalerweise dieselben Frauen, die am Samstagabend zu Hause bleiben, weil sie müde sind, und wenn sie einmal auf eine Party gehen oder so, dann glucken sie den ganzen Abend mit ihren zwei besten Freundinnen in der Ecke zusammen, ohne überhaupt wahrzunehmen, ob Männer anwesend sind. Stellen Sie es sich doch mal so vor: Wenn Sie ein Taxi brauchen, stehen Sie auch nicht einfach auf der Straße herum in der Hoffnung, dass ein Taxifahrer Ihre Gedanken liest und anhält. Vielmehr stellen Sie sich an die Straße und heben die Hand, um ein Taxi anzuhalten. Dasselbe gilt für Männer.

Suchen Sie einfach Blickkontakt, bringen Sie ihn zum Lachen, und lachen Sie über seine Sprüche. Er wird Sie einladen.

Egal, zurück zum Wesentlichen. Also, stellen Sie sich dieses Dating-Handbuch wie einen magischen Katalysator vor, der Ihnen hilft, die bestmögliche Version ihres Ichs zu sein. Ihr gut gekleidetes, witziges, beeindruckendes, intelligentes, kokettes, freundliches, attraktives, begehrenswertes, selbstsicheres, unvergessliches Super-Ich. Damit Sie äußerlich und innerlich gewappnet sind, bevor Sie losziehen und flirten, wie Sie noch nie zuvor geflirtet haben. Das Buch ist eine Art Anabolikum … für die Liebe.

Und, weitaus wichtiger, dieser Ratgeber gibt Ihnen ein paar Werkzeuge in die Hand, um beim Flirten Spaß zu haben. Denn – und das vergessen die meisten – Flirten macht Spaß. Man brezelt sich auf, trinkt und isst lauter gute Sachen und unterhält sich mit jemandem, der die besten Sprüche von einem noch nicht kennt. Was soll einem daran nicht gefallen?

Nun, da ich genug Reklame dafür gemacht habe, lassen Sie uns einsteigen.

Vorbereitung

Männer mögen Rot. Männer hassen Rot. Zeigen Sie viel Dekolleté. Zeigen Sie wenig Dekolleté. Blablabla. Gähn gähn gähn. Hätte ich für jeden bescheuerten Artikel über die psychologische Wirkung von Kleidung bei ersten Dates ein Pfund bekommen, würde ich jetzt nicht hier sitzen. Dann wäre ich am Mittelmeer und würde über mein Whiskyglas hinweg dem Bootsjungen schöne Augen machen.

Ziehen Sie an, wozu auch immer Sie Lust haben. Am besten etwas, was einen größer und schlanker aussehen lässt. Achten Sie darauf, unvorteilhafte Ausbuchtungen, die nichts mit den Brüsten zu tun haben, unter der Kleidung zu vermeiden. Ziehen Sie keinen BH mit durchsichtigen Trägern an. (Das sieht billig aus.) Achten Sie darauf, dass Sie in Ihren Schuhen gehen können. Überprüfen Sie, ob auf Ihrem Oberteil Erdnussbutterflecken sind. Die könnten Sie nämlich wegen meinem nächsten Tipp haben: Essen Sie eine Scheibe Toast mit Erdnussbutter oder Ähnlichem, bevor Sie das Haus verlassen. Zwei Wodkas + Nervosität + leerer Magen = betrunken. Und nichts macht ein erfolgreiches Date unwahrscheinlicher, als betrunken umzufallen. Ich kann diese Behauptung statistisch belegen. Wo war ich stehen geblieben? Ach ja. Ziehen Sie an, wozu auch immer Sie Lust haben. Wenn Sie sich darin gefallen, dann steht es Ihnen wahrscheinlich super. Machen Sie am Abend zuvor eine Anprobe, am besten zu passender Musik, damit Sie Ihr eigenes romantisches Outfit zusammenstellen können.

Wenn Sie den Durchschnittsmann fragen, was eine Frau anziehen soll, wird die Antwort »so wenig wie möglich« lauten. Und er wird seine Antwort für lustig und originell halten. Solange ihr Outfit einigermaßen weiblich und nicht zu abgedreht oder altbacken ist, können Sie nichts falsch machen. Ein narrensicheres Outfit für ein Date: schwarzer Bleistiftrock, schwarzes Oberteil und hohe Schuhe in einer knalligen Farbe. Wenn Ihnen die Gesprächsthemen ausgehen, können Sie Folgendes sagen: »Ich habe gehofft, Sie würden auch kanariengelbe Sandalen anziehen. Dann hätten wir etwas, worüber wir uns unterhalten könnten.«

Die ersten zwei Minuten …

Eine Schlüsselszene des Abends, die für den Verlauf der nächsten Stunde (oder der nächsten fünf) entscheidend ist. Darum müssen Sie ihm Ihr Pokergesicht zeigen: ein sorgfältig einstudierter Gesichtsausdruck, der verbirgt, wie nervös/aufgeregt/begeistert/gelangweilt/enttäuscht Sie sind. Einer, der Ihnen hilft, das ABC der Lässigkeit auszustrahlen: angstfrei, beherrscht und cool. Ein Pokergesicht besteht im Wesentlichen aus entspannter Mimik, hoch getragenem Kinn und leicht nach oben gebogenen Mundwinkeln zu einem gelassenen Fast-Lächeln.

Machen Sie sich keine Sorgen, dass Sie immer etwas sagen müssen. Wer Schweigepausen aushält, demonstriert Selbstsicherheit. Außerdem unterminiert Labern das ABC der Lässigkeit. Ich muss das wissen. Ich bin nämlich eine geborene Labertasche: bei Dates, in der Arbeit, im Aufzug, überall. Mit zunehmendem Alter habe ich gelernt, auch mal die Klappe zu halten. Es stellt sich heraus, dass die Welt nicht stehen bleibt, wenn keiner etwas sagt. Wer hätte das geahnt?

Allerdings dürfen Sie auch nicht den ganzen Abend lang nur stumm herumsitzen. Wenn Ihnen nichts einfällt, was Sie sagen können, versuchen Sie es mal mit: »Können Sie die Unterhaltung eine Weile lang alleine bestreiten? Ich glaube, ich finde meinen Humor erst nach dem zweiten Glas.« Wenn er lacht und Sie das ermutigt, fügen Sie hinzu: »Und bitte versuchen Sie interessant zu sein, okay?« Falsche Arroganz ist witzig. Und das wird ihn auf Trab halten.

Jedenfalls wird er Sie bestimmt fragen, was Sie trinken möchten, und das ist ein einfacher Gesprächseinstieg. Ich gehe davon aus, Sie sind zu einem Drink oder vielleicht zu einem Essen eingeladen. Wenn Sie sich zu einem Baseballmatch im Park treffen, dann viel Kraft, Schwester, denn dieses Handbuch wird Ihnen keine große Hilfe sein. Wenn ihm scheinbar die Worte ausgehen, übernehmen Sie das Kommando: Ziehen Sie die Augenbrauen hoch, und sagen Sie: »Oh, ich nehme einen (fügen Sie Ihr Lieblingsgetränk ein). Danke, dass Sie fragen.« Das ist witzig und bricht das

Eis und verstößt nicht gegen das ABC der Lässigkeit. Volltreffer.

Und wenn alle oben genannten Ratschläge nicht helfen, dann lachen Sie. Denn Sie haben einen langen Abend vor sich, meine Lieben.

Das Date

Wenn es zur Unterhaltung kommt, halten Sie sich nicht zurück. Ich weiß, Sie sind etwas Besonderes, Sie wissen, Sie sind etwas Besonderes, aber wenn Sie ihm nicht zeigen oder wenigstens eine winzige Andeutung machen, wie einzigartig und humorvoll und unverwechselbar Sie wirklich sind, dann wird er es nie merken … weil er sich keine Mühe geben wird, es herauszufinden. Stattdessen wird er den Abend beenden, nach Hause gehen, sich die Wiederholung der Sportschau reinziehen und nie wieder einen Gedanken an Sie verschwenden.

Wenn Sie erzählen, dass Sie gerne essen oder ins Kino gehen, dass Sie gerne lachen und etwas mit Freunden unternehmen, dass Sie ins Fitnessstudio gehen, dann klingen Sie wie jeder, den ich kenne. Meine Mutter inbegriffen. Wenn Sie »Ich schaue gerne *Sex and the City* ohne Ton und spreche meinen eigenen Text dazu. Ich esse Burger gerne Schicht für Schicht. Ich male meinen männlichen Freunden gerne Eyeliner ins Gesicht, wenn sie betrunken sind und keinen Widerstand leisten« sagen, dann klingen Sie wie jemand, an den ich mich erinnern werde. Und den ich gerne wiedersehen möchte. (Übrigens, haben Sie nachher schon was vor?)

Um einzigartig zu erscheinen, müssen Sie jedenfalls nicht ihr gesamtes Leben und Ihre Vergangenheit offenlegen. Ich habe durch viele Selbstversuche und dumme Versprecher gelernt, dass ein Date mit dem Tanz der sieben Schleier vergleichbar ist. Bei jedem Date lässt man einen weiteren Schleier fallen und – tada! – enthüllt sich so Stück für Stück. Sie sind ein Menü mit vielen Gängen, das man genießen soll, und kein pürierter Milchshake, den man in einem Zug herunterschluckt. Also, öffnen Sie nicht Ihre Brust, reißen Sie nicht Ihr Herz und Ihre Seele heraus und legen Sie diese nicht nackt und pulsierend mitten auf den Tisch. Jeder Mensch hat traurige Geschichten und Liebeskummer und Rückschläge und Heimlichkeiten erlebt. Heben Sie sich den saftigen Teil für später auf.

Reden Sie einfach. Sie sind gut darin. Sie können das, seit Sie zwei Jahre alt sind. Stellen Sie Fragen. Erzählen Sie Geschichten, die garantiert witzig sind, wie die eine, als Sie in der Führerscheinprüfung rückwärts gegen einen Müllcontainer gekracht sind. Seien Sie kokett. Seien Sie selbstbewusst. Seien Sie ironisch. Seien Sie anders als sonst. Grinsen Sie süffisant, runzeln Sie fragend die Stirn, ziehen Sie die Augenbrauen hoch, und lachen Sie frei heraus. Das nennt man Flirten, und verdammt, das macht Spaß.

Störfaktor Nr. 1: Die Nerven

Sind Sie auch so ein Nervenbündel, das sofort Herzklopfen und zittrige Hände bekommt? Ich kann Ihre Not nachvollziehen. Herzflattern ist ganz übel. Manchmal kann man nichts dagegen tun als abzuwarten, bis es wieder vorbeigeht. Irgendwann hört es wieder auf. Sie sind klug, sehen umwerfend gut aus und haben sich völlig unter Kontrolle, also lächeln Sie einfach und überlassen ihm das Reden. Und vergessen Sie nicht zu atmen.

Störfaktor Nr. 2: Unwillkommene Wahrheiten

Okay, er hat also Kinder. Oder die Krätze. Oder er schlägt Ihnen vor, auf einen Absacker zu ihm zu gehen, um 20.41 Uhr. Oder er wählt die Rechtsradikalen und erklärt Ihnen in aller Ausführlichkeit, warum Sie das auch tun sollten.

Oder seine Tischmanieren bringen Sie zum Würgen, oder er wohnt noch mit seiner Ex zusammen, oder er bewundert den ganzen Abend sein Spiegelbild über der Bar. Shit happens, meine Lieben. Wenn Sie nach dem ersten oder zweiten Date feststellen, dass Sie ihn nicht leiden können, ist das kein Grund zur Aufregung. Verbuchen Sie es unter »Erfahrungen«.

Störfaktor Nr. 3: Schlechte Dates

Manche Dates werden schlecht verlaufen. Das ist eine Tatsache. Offen gesagt, manche Männer werden sich auch schlecht benehmen. Bewahren Sie einen klaren Kopf und finden Sie heraus, wie er wirklich ist, statt wie Sie ihn sich wünschen. Es wird viel Zeit vergeudet, weil man sich wünscht/so tut, als wäre der Mann schlauer/interessanter/freundlicher, als er in Wirklichkeit ist. Sie müssen nach Zeichen Ausschau halten. Die sind nicht so schwer zu erkennen. Ich hatte mal ein Date mit einem Idioten, der in einem T-Shirt mit der Aufschrift »Ich habe deiner Freundin alles beigebracht, worauf du abfährst« erschien. Dieser eklatante Fauxpax amüsierte mich so sehr, dass ich Tränen lachte. Der Kerl hielt mich wahrscheinlich für verrückt. Hey ho.

Die Sache ist die, jeder Mann ist der Falsche, bis er der Richtige ist. Das macht die Sache nicht einfacher, besonders wenn man sich dumm vorkommt, da man ihn gemocht hat, obwohl er gar nicht so nett zu einem war, oder da man sich ausgenutzt vorkommt, nachdem er einen anfangs noch zu mögen schien und sich plötzlich nicht mehr meldete, oder – Gott bewahre – da man in ihn verliebt ist, aber er nicht in einen selbst. Machen Sie sich keine Gedanken deswegen, und nehmen Sie es sich nicht zu Herzen. Manche Männer sind einfach nicht nett. Es sind auch nicht alle Hunde nett, doch das heißt nicht, dass Sie keinen mehr streicheln sollen.

Das Analysieren von schlechten Dates, schlechten Männern und schlechten Gefühlen hat ein ähnlich hohes Suchtpotenzial wie Schorf von der Haut abkratzen oder mit Kerzenwachs spielen. Aber Sie sind stärker, als Sie denken, also schieben Sie die schlechten Gedanken weg, zeigen Ihnen den metaphorischen Mittelfinger und freuen sich auf den nächsten Mann/Abend/Drink. Schlagen Sie zurück.

Die letzten zwei Minuten

Die letzten zwei Minuten Ihres Dates sind ungefähr genauso wichtig wie die ersten zwei Minuten. Wenn Sie ihn küssen möchten und das noch nicht getan haben, und wenn Sie es leid sind, ihm zuzusehen, wie er seinen ganzen Mut zusammennimmt, um den ersten Schritt zu machen, dann sehen Sie ihm einfach in die Augen und sagen: »Ich denke, du solltest mich jetzt küssen.« Ernsthaft. Ja, man braucht dafür Mumm in den Knochen – der Alkohol wird Ihnen dabei helfen –, aber ich denke, Sie kriegen das hin.

Der Sinn von allem

Sie müssen entscheiden, ob er Ihnen sympathisch ist. Das ist das Einzige, was wirklich zählt. Nicht, ob er Sie sympathisch findet (das tut er), nicht, ob Sie gut aussehen (das tun Sie) oder ob Sie witzig sind (das sind Sie). Sondern ob Sie gerne den Sonntagmorgen mit ihm im Bett verbringen möchten, ob Sie ihn bewundernd anlächeln können und er Sie und ob er Ihnen ein wohliges Stöhnen entlocken kann wie ein heißes Bad.

Sobald also das Date begonnen hat, vergessen Sie, wie Sie aussehen und ob Sie Ihr ABC der Lässigkeit beherrschen. Das sind nur Hilfsmittel, damit Sie sich gewappnet fühlen, also machen Sie sich keinen Druck und schonen Sie Ihre Nerven. Macht er einen freundlichen Eindruck? Ist er klug? Witzig? Interessant? Interessiert? Möchten Sie ihm die Kleider vom Leib reißen? Bei diesem Part kann Ihnen kein Ratgeber helfen. Den müssen Sie ganz alleine bewältigen.

Danksagung

Einen Dank an Keshini Naidoo, die einen Mann, der Steff heißt und einen Leinenanzug mit hochgekrempelten Ärmeln trägt, fast genauso sehr liebt wie Sass; an Maxine Hitchcock für ihre fantastische Unterstützung; an Alex Stone, Alice Sumpster, Alida Stewart, Bennary Smith, Amy Eastall, Catherine Ryan, Caroline Morrison, Sarah Gibson, Jackie Cook, Devi Govender, Jean Cahill, Yvette Quane, Elsa Stewart und Valerie Nestor für ihr enthusiastisches Feedback, ihre Motivation und/oder Mitarbeit bei »Wie nennen wir das Kind?«[*]; an Conor Barry, weil er auf einem Gastauftritt bestand; an Victoria Hannon und Matt Hallett für ihre technische Unterstützung; an Cat Cobain von Transworld für ihre brillanten Vorschläge; an meine Literaturagentin Laura Longrigg von MBA für ihren weisen Rat und ihre liebenswerte Art; an meine Eltern Sue und Bill Burgess, da sie saukomisch und einfach wunderbar sind; an Paul Barry, weil er so verdammt perfekt ist, und vor allem an meine wunderschöne Schwester Anika Burgess, die das Buch als Erste zu lesen bekam und es lustig fand.

* Für weitere Details zu »Wie nennen wir das Kind, Teil 2« besuchen Sie www.gemmaburgess.co.uk